O mundo explicado por T.S. Spivet

"Não figura em mapa algum; os verdadeiros lugares jamais figuram nos mapas."
Herman Melville — *Moby Dick*

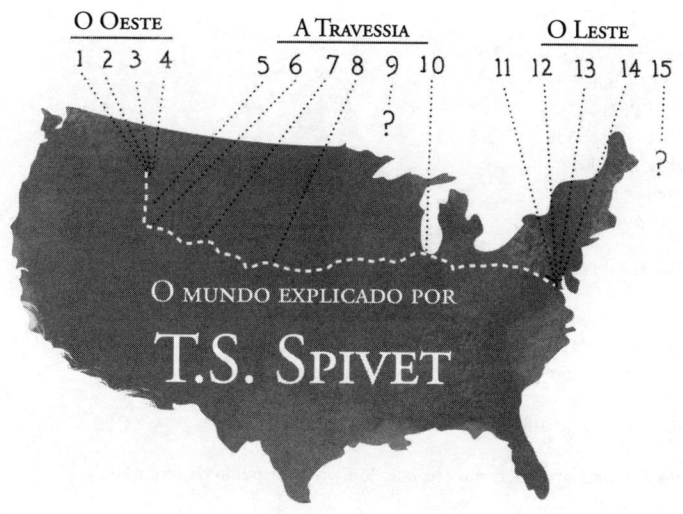

REIF LARSEN

TRADUÇÃO

ADRIANA LISBOA

Título original: The Selected Works of T.S. Spivet

Copyright © 2009 by Reif Larsen

Direitos de edição da obra em língua portuguesa no Brasil adquiridos pela Editora Nova Fronteira Participações S.A. Todos os direitos reservados. Nenhuma parte desta obra pode ser apropriada e estocada em sistema de banco de dados ou processo similar, em qualquer forma ou meio, seja eletrônico, de fotocópia, gravação etc., sem a permissão do detentor do copirraite.

Editora Nova Fronteira Participações S.A.
Rua Nova Jerusalém, 345 – Bonsucesso
Rio de Janeiro – RJ – CEP: 21042-235
Tel.: (21) 3882-8200 – Fax: (21) 3882-8212/8313
http://www.novafronteira.com.br
e-mail: sac@novafronteira.com.br

Texto revisto pelo novo Acordo Ortográfico.

As ilustrações contidas neste livro foram criadas por Ben Gibson e Reif Larsen, com exceção das imagens das páginas 3, 104, 171, 270 e 343, de autoria de Martie Holmer e Ben Gibson, ainda assim estas imagens basearam-se em desenhos originais do próprio autor.

O mapa-mundo de *Moby Dick* é de autoria de Ben Gibson.

O fragmento de *Moby Dick* que aparece como epígrafe do livro foi extraído da tradução de Berenice Xavier, Ediouro, 2001.

CIP-BRASIL. CATALOGAÇÃO NA FONTE
SINDICATO NACIONAL DOS EDITORES DE LIVROS, RJ

L343m   Larsen, Reif
        O mundo explicado por T.S. Spivet / Reif Larsen; tradução de Adriana Lisboa. – Rio de Janeiro: Nova Fronteira, 2010.
        il.

        Tradução de: The Selected Works of T.S. Spivet

        ISBN 978-85-209-2197-5

        1. Meninos superdotados – Ficção. 2. Cartografia – Ficção. 3. Vida rural – Ficção. 4. Viagens – Ficção. 5. Romance americano. I. Lisboa, Adriana, 1970-. II. Título.

CDD: 813
CDU: 821.111(73)-3

Para Katie

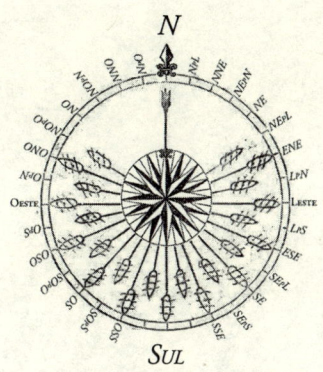

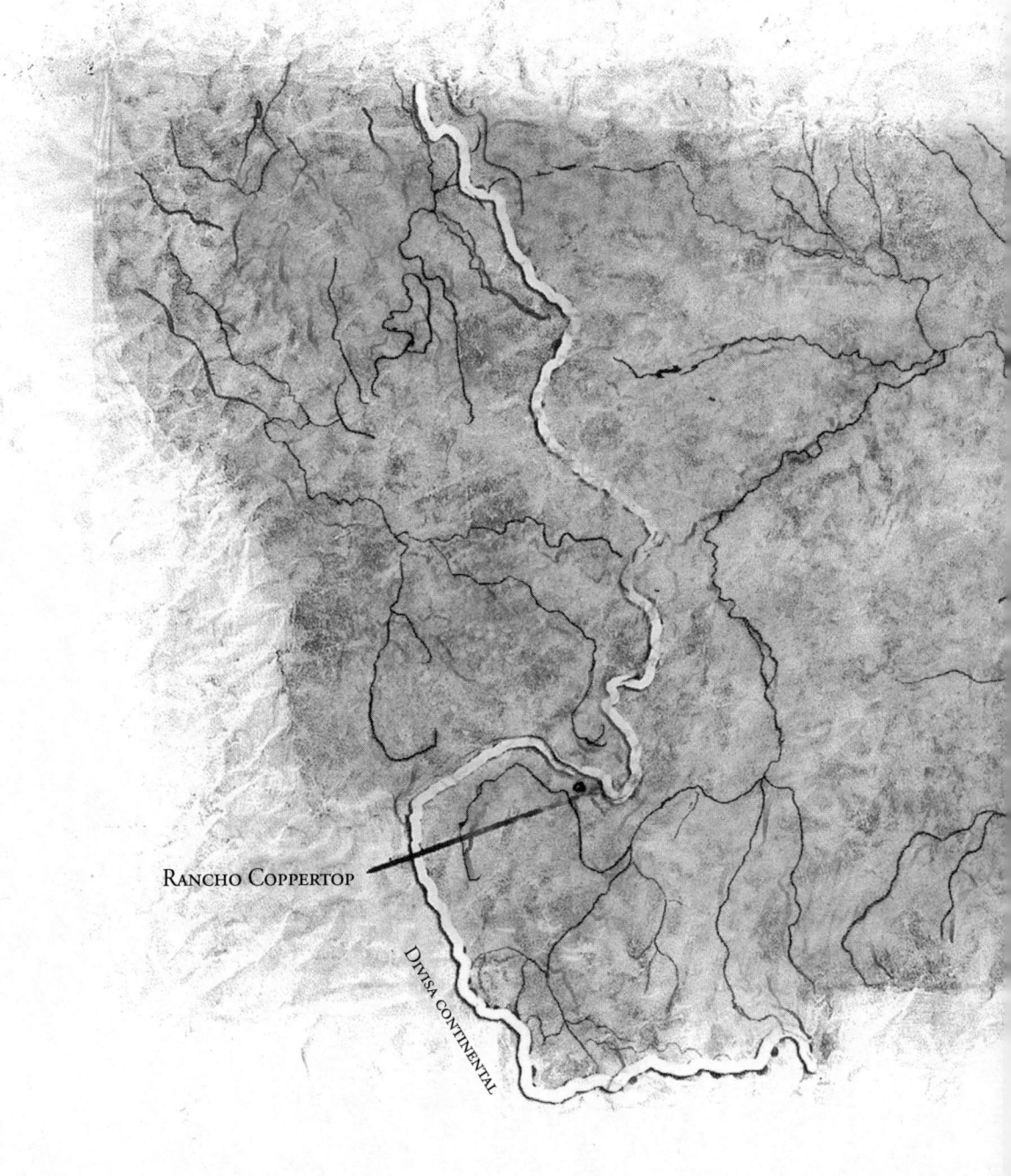

PARTE I: O OESTE

Rios de Montana

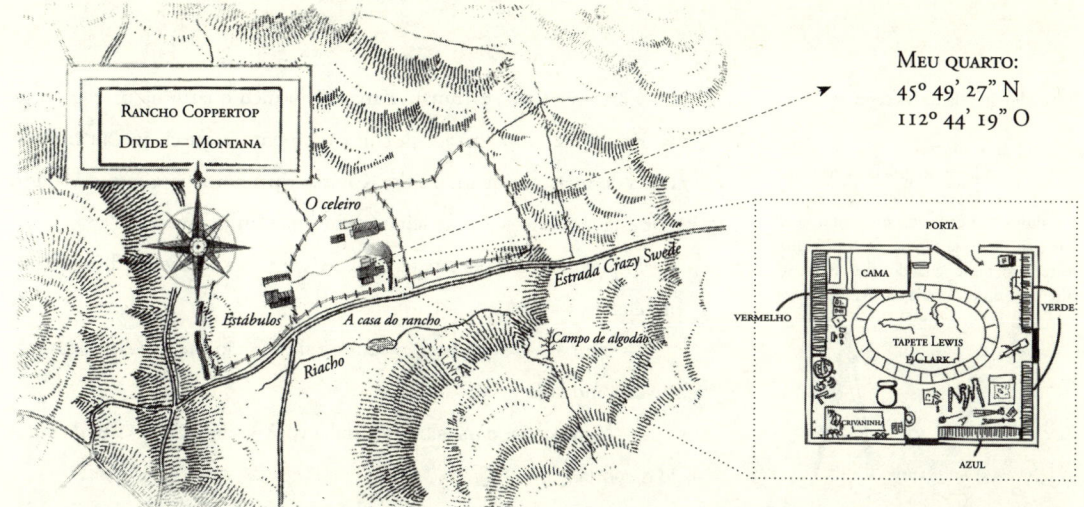

Capítulo 1

Recebi o telefonema num fim de tarde de agosto. Minha irmã mais velha, Gracie, e eu estávamos sentados na varanda dos fundos tirando palha dos milhos e jogando-os em latões ainda crivados com as marquinhas de dentes da primavera passada, quando Muitobem, o cachorro do rancho, ficou deprimido e começou a roer metal.

Talvez eu deva esclarecer. Quando digo que Gracie e eu estávamos tirando a palha do milho, o que quero dizer na verdade é que ela estava tirando a palha do milho enquanto eu fazia um diagrama de *como* exatamente ela tirava a palha do milho em um dos meus cadernos azuis de espiral.

Todos os meus cadernos obedeciam a um código de cores. Os *azuis* estavam alinhados nas prateleiras que cobriam a parede sul do meu quarto e eram reservados para "Esquemas de pessoas fazendo coisas", diferentemente dos *verdes* da parede oriental, que continham mapas zoológicos, geológicos e topográficos, ou dos *vermelhos* da parede ocidental, nos quais eu mapeava a anatomia de insetos para o caso de algum dia minha mãe, a dra. Clair Linneaker Spivet, precisar recorrer aos meus serviços.

Eu lutava constantemente contra o curioso peso da entropia no meu pequeno quarto, cheio até o teto dos sedimentos da vida de um cartógrafo: equipamento de pesquisa, telescópios antigos, sextantes, longos rolos de barbante-de-ganso, potes de cera de coelho, bússolas, balões de meteorologia murchos e fétidos, um esqueleto de pardal empoleirado em minha escrivaninha. (Na hora do meu nascimento, o pardal colidiu de modo fatal com a janela da cozinha. Um ornitologista de perna dura de Billings reconstruiu o esqueleto despedaçado, e me foi dado um novo nome do meio.)

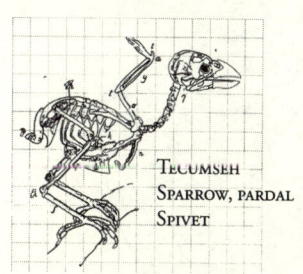

O esqueleto de pardal
Do caderno G214

E eu acho que ela estava certa. ◄

Todos os instrumentos no meu quarto ficam pendurados num gancho, e na parede atrás de cada peça eu desenhei e rotulei o contorno de cada aparato, como uma imitação da coisa em si, de forma que sempre soubesse quando algo estivesse faltando e onde deveria ser recolocado.

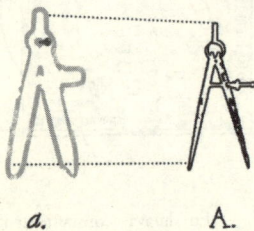

Ainda assim, mesmo com este tipo de sistema, coisas caíam e coisas se quebravam; pilhas se formavam e os meus métodos de ordenação sempre pareciam se desfazer. Eu tinha apenas doze anos, mas mediante lentas e inevitáveis passagens de mil pores do sol e alvoradas, mil mapas traçados e retraçados, eu já tinha absorvido o valioso preceito de que tudo se desmancha um dia, e passei a desenvolver um inconformismo com relação a isso, ou seja, percebi que era uma perda de tempo.

Meu quarto não era exceção. Não era incomum eu acordar no meio da noite com minha cama cheia de mecanismos de mapeamento, como se os espíritos noturnos estivessem tentando cartografar meus sonhos.

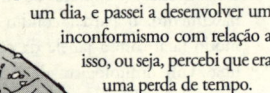

Certa vez tentei arrumar os mapas do meu quarto na parede norte, mas, na minha empolgação, por um momento esqueci que ali ficava a entrada do quarto, e quando a dra. Clair abriu a porta para anunciar que o jantar estava pronto, as prateleiras caíram na minha cabeça.

Fiquei sentado no tapete de Lewis e Clark, coberto de cadernos e prateleiras.

— Morri? — perguntei, sabendo que ela não me diria, mesmo que eu tivesse morrido.

— Nunca deixe o trabalho encurralar você — disse a dra. Clair do outro lado da porta.

Nosso rancho ficava logo ao norte de Divide, Montana, uma cidadezinha que você nem chegaria a ver da estrada se fosse sintonizar o rádio no momento errado. Cercada pelas montanhas Pioneer, Divide ficava aninhada num vale plano salpicado de artemísia e tocos de madeira semiqueimados, do tempo em que as pessoas de fato viviam ali. A estrada de ferro vinha do norte, o rio Big Hole vinha do oeste, e os dois partiam dali rumo ao sul, em busca de pastos mais promissores. Cada um tinha sua própria maneira de se mover pela terra e cada um deixava seu próprio rastro por onde passava: os do trem seguiam, em frente, sem fazer perguntas ao leito de rocha pelo qual eles serpenteavam; os trilhos de ferro batido cheiravam à graxa dos eixos e as ripas de madeira, a verniz rançoso com aroma de alcaçuz. Já o rio Big Hole conversava com a terra enquanto abria, sinuoso, seu caminho pelo vale, colecionando riachos ao passar e seguindo silencioso o caminho de menor resistência. O Big Hole cheirava a musgo, lama, artemísia e, vez por outra, a mirtilos — se fosse a época certa do ano, embora o tempo estivesse desordenado há muitos anos.

Naqueles dias, a ferrovia não parava em Divide, e só o trem de carga da Union Pacific vinha ribombando pelo vale às 6h44, às 11h53 e às 17h15, alguns minutos a mais ou a menos dependendo das condições climáticas. A era do *boom* das cidades de mineração em Montana já tinha passado fazia tempo; não havia mais motivos para os trens pararem ali.

No passado Divide teve um *saloon*.

"O *saloon* Lua Azul", costumávamos dizer meu irmão Layton e eu enquanto flutuávamos no riacho, de nariz para cima, como se apenas gente bem-nascida frequentasse o estabelecimento, embora agora eu compreenda que o oposto fosse mais provável: naquela época, Divide era uma cidade de estancieiros persistentes, pescadores fanáticos e ocasionais eremitas, não de dândis interessados em jogos de salão.

Layton e eu nunca havíamos estado no Lua Azul, mas imaginar o que e quem poderia estar lá dentro era a base de muitas de nossas fantasias enquanto boiávamos de costas. Logo depois que Layton morreu o Lua Azul pegou fogo, mas, a essa altura, mesmo em chamas, o lugar não era mais uma parte da minha imaginação; tinha se tornado apenas mais uma construção queimando — e agora queimada — no vale.

Se você permanecesse parado no lugar onde ficava a velha plataforma da ferrovia, ao lado da placa branca enferrujada em que ainda se podia ler DIVIDE caso apertássemos os olhos de determinada maneira — bom, desse ponto, se você se virasse para o norte, usando bússola, Sol, estrelas ou intuição, e então andasse 7,64 quilômetros abrindo caminho entre os arbustos acima da bacia do rio e depois subindo as colinas cobertas de abeto do monte Douglas, colidiria com o portão da frente de nosso pequeno rancho, o Coppertop, aninhado num isolado platô a 1.826 metros, a dois passos da divisa continental, onde a cidade foi buscar seu nome.

A divisa, ah, a divisa: eu cresci com essa grande fronteira às minhas costas, e sua existência quieta e certeira penetrou fundo em mim. A divisa era um limite imponente e extenso, delineado não por política, religião ou

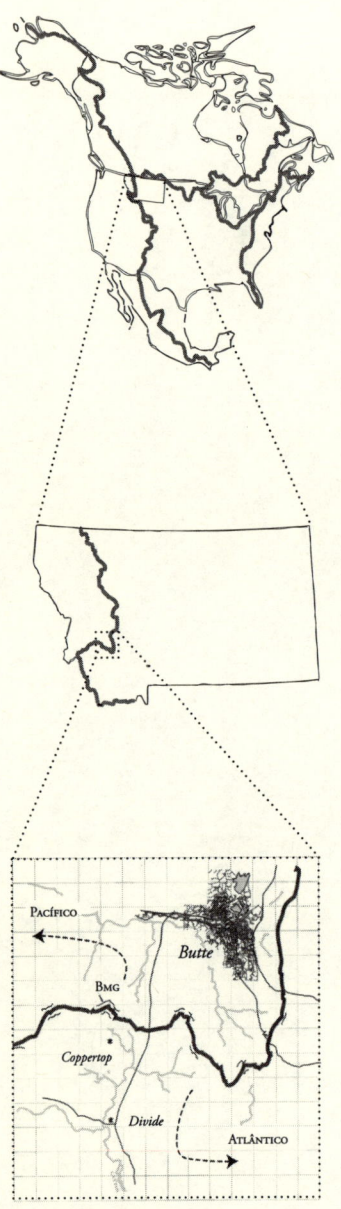

Divisa continental como fractal
Do caderno B58

guerra mas por placas tectônicas, granito e gravidade. Era notável que não tivesse sido definida por nenhum presidente, e no entanto seu delineamento afetou a expansão e a formação das fronteiras dos Estados Unidos de um milhão de maneiras incalculáveis. Essa sentinela pontuda fatiava as bacias hidrográficas da nação, dirigindo-as a leste e a oeste, ao Atlântico e ao Pacífico — no oeste a água era ouro, e aonde a água fosse as pessoas iam atrás. As gotas de chuva sopradas a uns três quilômetros a oeste do nosso rancho iam aterrissar em riachos que escorriam através do rio Columbia até o Pacífico, enquanto a água em Feely Creek, nosso riacho, era abençoada com a tarefa de viajar mais mil e seiscentos quilômetros, descendo até os *bayous*, os igarapés da Louisiana, antes de se derramar pelo delta profuso em argila e calcário até o Golfo do México.

Layton e eu subíamos o desfiladeiro Bald Man, o exato ápice da divisa — ele tomando cuidado para não derramar água do copo que levava nas mãos, eu cuidando de uma câmera rudimentar que tinha fabricado usando uma caixa de sapato. Eu tirava fotografias dele despejando água dos dois lados da montanha, correndo para lá e para cá, gritando alternadamente "Olá, Portland!" e "Olá, Nov'Orleãs!" com seu melhor sotaque *creole*. Por mais que eu mexesse nos mecanismos na lateral da caixa, as fotos não capturavam muito bem o heroísmo de Layton naquele momento.

Layton certa vez disse na mesa do jantar, depois de uma de nossas expedições: "Dá para aprender um bocado com um rio, não dá, papai?". E embora nosso pai não tenha dito nada na época, podia-se perceber pelo modo como comeu o resto do purê que ele apreciava aquele tipo de pensamento. Nosso pai amava Layton mais do que tudo nesta vida.

Na varanda, Gracie tirava a palha do milho e eu fazia meus diagramas. Os estalos e os zumbidos de grilos e cigarras se espalhavam sobre os campos do nosso rancho com sua orquestra, e agosto boiava a nossa volta — quente, espesso e notável. Montana ardia sob o verão. Fazia apenas uma semana que eu tinha observado o sol nascente se derramar lento e silencioso por cima do espinhaço macio e coberto de abetos das montanhas Pioneer. Tinha ficado acordado a noite inteira desenhando um *flip book* que superpunha um antigo esquema anatômico da dinastia Chin em um tríptico do conhecimento navajo, shoshone e cheyenne sobre o funcionamento interno de uma pessoa.

Ao raiar do dia, fui até a varanda dos fundos, descalço e delirante. Mesmo sonolento, sentia a mágica particular do momento, então segurei o mindinho com força atrás das costas até que o sol iluminou as montanhas Pioneer e debruçou sobre mim seu rosto impenetrável.

Sentei-me nos degraus da varanda, desnorteado, e aquelas tábuas astutas se valeram da oportunidade para iniciar uma conversa comigo:

Somos só eu e você, rapazinho — vamos cantar juntos uma música baixinho, disse a varanda.

Tenho trabalho a fazer, respondi.

Que trabalho?

Não sei... coisas do campo.

Você não é um garoto do campo.

Não sou?

Você não assobia canções de vaqueiro nem cospe dentro de latas.

Não sou bom em cuspe, retruquei. *Faço esquemas.*

Esquemas?, perguntou a varanda. *O que há para esquematizar? Cuspa dentro de latas. Cavalgue pelas montanhas. Divirta-se.*

Há muita coisa a esquematizar. Não tenho tempo para brincadeiras. Nem sei direito o que isso quer dizer.

Você não é um garoto do campo. Você é um bobo.

Não sou um bobo, reclamei. Mas depois perguntei: *Eu sou um bobo?*

Você é solitário, disse a varanda.

Sou?

Onde está ele?

Não sei.

Sabe sim.

Sei.

Então sente-se e assobie uma música de vaqueiro solitário.

Não terminei meus esquemas. Tenho mais esquemas para fazer.

O primeiro mapa que eu desenhei foi deste portão dos fundos.

Olá, Deus por T.S. Spivet, 6 anos

Na época, pensei que estas eram instruções úteis de como encaminhar o velho e desengonçado sr. Humburg para o paraíso e apertar a mão de Deus. Em retrospecto, sua cruz não se devia apenas às mãos vacilantes da juventude, mas também ao fato de eu não ter entendido que o mapa de um lugar era diferente do lugar propriamente dito. Aos seis anos, um menino podia entrar no mundo de um mapa tão facilmente quanto no mundo de um artigo genuíno.

Enquanto Gracie e eu estávamos tirando a palha do milho, a dra. Clair apareceu na varanda dos fundos. Nós dois erguemos os olhos quando ouvimos a velha varanda ranger sob os passos da dra. Clair. Ela apertava com força entre o polegar e o indicador um alfinete, em cuja ponta reluzia um besouro verde azulado metálico e brilhante e, que reconheci como sendo um *Cicindela purpurea lauta*, uma subespécie rara do besouro-tigre púrpura do Oregon.

Minha mãe era uma mulher alta e ossuda cuja pele era tão branca que as pessoas com frequência ficavam olhando quando passávamos por elas na rua em Butte. Uma vez ouvi uma senhora de idade com um chapéu de verão florido comentar para quem estava com ela: "Que pulsos mais frágeis!". E era verdade: se não fosse minha mãe, eu acharia que havia algo de errado com ela.

A dra. Clair prendia o cabelo escuro num coque usando duas varetas polidas que pareciam ossos. Só soltava o cabelo à noite, e mesmo assim só dentro de casa. Quando éramos mais novos, Gracie e eu gostávamos de ficar espiando pelo buraco da fechadura a cena oculta da escovação do cabelo. O buraco da fechadura era pequeno demais para nos deixar ver o quadro completo: só dava para distinguir o cotovelo dela se mexendo para lá e para cá, para lá e para cá, como se estivesse trabalhando num antigo tear; ou, se você movesse o corpo um pouquinho de nada, talvez tivesse a sorte de ver até um pouco do cabelo, a escova passando repetidas vezes, fazendo aquele ruído baixinho. O buraco da fechadura, a espionagem, o ruído suave: tudo parecia tão deliciosamente ousado naquela época..:.

Layton, como papai, não estava interessado em nada que tivesse a ver com beleza ou higiene, portanto nunca se juntava a nós. Seu lugar era com nosso pai nos campos, vaquejando e domando potros selvagens.

A dra. Clair usava um montão de joias verdes tilintantes — brincos de peridoto e pequenos braceletes de safira brilhantes —; até a corrente que mantinha seus óculos em torno do pescoço era feita de pedras de malaquita verde, que ela encontrara numa expedição de campo à Índia. Às vezes, com as varetas no cabelo e todos os discretos ornamentos de esmeralda, achava que ela parecia uma bétula na primavera, pronta a irromper em flores.

Por um momento a dra. Clair ficou ali, supervisionando Gracie, com o latão cheio de espigas amarelas entre as pernas, e a mim, com o caderno e a lupa presa na cabeça. Olhamos para ela.

E então ela disse:

— Telefone para você, T.S.

— Telefone? Para ele? — disse Gracie, chocada.

— Sim, Gracie, o telefone é para T.S. — disse a dra. Clair, não sem certa satisfação.

— Quem é? — perguntei.

— Não sei. Não perguntei — respondeu minha mãe, ainda girando seu besouro-tigre sob a luz. A dra. Clair era o tipo de mãe que ensinava a tabela periódica enquanto lhe dava mingau em sua mais tenra infância, mas não o tipo, naquela era de terrorismo global e sequestradores de crianças, que perguntava quem estava querendo falar com seu filho ao telefone.

Minha curiosidade acerca do telefonema aumentava com o fato de eu estar no meio do desenho do meu diagrama, e um diagrama inacabado sempre deixava um nó no fundo da minha garganta.

No diagrama, "Gracie tirando a palha do milho n° 6", coloquei um pequeno número um ao lado de onde ela inicialmente havia pegado a palha

Para dizer a verdade, como Gracie, eu também estava intrigado com o telefonema, porque eu na realidade só tinha dois amigos.

1) *Charlie*. Charlie era um menino louro da série anterior à minha ávido por me ajudar com quaisquer das minhas expedições de mapeamento que o levasse a subir as montanhas e para além do trailer de sua família ao sul de Butte, onde sua mãe ficava sentada numa cadeira de jardim o dia todo com uma mangueira passando por cima dos seus pés enormes. Era quase como se Charlie fosse meio cabra-montês, porque ele parecia se sentir em casa quando ficava de pé em lugares com inclinação de 45 graus ou mais, segurando sua brilhosa vara de mapeamento laranja, como eu o avistei do outro lado do vale.

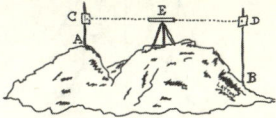

2) *Dr. Terrence Yorn*. Dr. Yorn era professor de entomologia na Universidade Estadual de Montana em Bozerman e meu mentor. Fomos originalmente apresentados pela dra. Clair no piquenique da Besouros do Sudoeste de Montana. O piquenique foi horrivelmente tedioso antes de eu conhecer o dr. Yorn. Com nossos pratos cheios de salada de batata, falamos por três horas seguidas sobre longitude. O dr. Yorn foi quem me encorajou (às escondidas da minha mãe, o que admitia) a enviar meu trabalho para a *Science* e a *Smithsonian*. De certa forma, acho que poderia chamá-lo de meu "pai científico".

Jimney, o teodolito
O dr. Yorn me deu este teodolito após minha primeira publicação na *Smithsonian*.

JIMNEY

do milho na parte de cima da espiga. Depois ela deu três puxões para baixo: *rip, rip, rip*, e esse gesto eu representei com três setas, embora uma delas fosse menor do que as outras porque o primeiro puxão sempre requeria um pouco mais de esforço — é preciso superar a inércia inicial da palha do milho. Adoro o som da palha do milho sendo arrancada. A violência do ato, o barulho do corte dos fios sedosos e orgânicos me fazia pensar em alguém rasgando uma calça cara italiana num acesso de loucura de que essa pessoa talvez fosse se arrepender mais tarde. Pelo menos era assim que Gracie tirava a palha do milho, ou *desmilhava as palhas,* como eu às vezes dizia — com um pouco de maldade, devo acrescentar, porque por algum motivo minha mãe se irritava quando eu subvertia as palavras desse jeito. Não dava para culpá-la, na verdade — ela era uma cientista que estudava besouros, e tinha passado quase toda a vida adulta estudando criaturas muito pequeninas sob uma lupa e depois classificando-as com precisão em famílias e supra-famílias, espécies e subespécies, de acordo com suas características físicas e evolucionárias. Tínhamos até uma foto de Carolus Linnaeus, o sueco que inventou o sistema moderno de classificação taxonômica, pendurada em cima da lareira, o que era motivo de silenciosos e contínuos protestos por parte de meu pai. Então, de certo modo, fazia sentido que a dra. Clair se aborrecesse comigo quando eu dizia "garfanhoto" em vez de "gafanhoto" ou "acho-que-pago" em vez de "aspargo", porque seu trabalho era prestar minuciosa atenção aos menores detalhes que o olho humano não tinha como ver e então certificar-se de que a presença de um pelo no alto da mandíbula ou uma pequena mácula traseira dos élitros significava que o besouro era um *C. purpurea purpurea* e não um *C. purpurea lauta*. Pessoalmente, achava que minha mãe devia se preocupar menos com os meus inventivos jogos de palavras —, uma espécie de aeróbica mental a que todos os meninos de doze anos de idade se dedicavam —, e prestar mais atenção na leve insanidade que tomava conta de Gracie quando ela arrancava a palha do milho. Porque realmente não condizia com sua personalidade de legítima adulta presa no

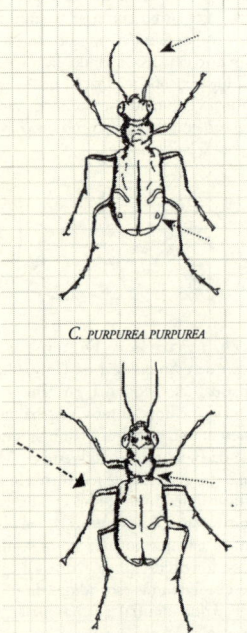

Identificação de sub-espécies do besouro-tigre púrpura
Do caderno R23

Ainda não mostrei estes desenhos à dra. Clair. Ela não os solicitou e eu temia que fosse se irritar comigo por estar enveredando em seu campo de especialidade outra vez.

corpo de uma garota de dezesseis anos, e na minha opinião apontava para alguma fonte de raiva reprimida. Acho que eu podia dizer com segurança que, mesmo Gracie sendo quatro anos mais velha, ela estava muitos anos na minha frente em termos de maturidade, sensatez, conhecimento dos hábitos sociais e compreensão da postura dramática. Talvez o ar de perturbação que cultivava no rosto enquanto tirava a palha do milho não passasse disso: algo que ela cultivava; apenas mais um detalhe a sugerir que Gracie era uma atriz incompreendida aperfeiçoando suas habilidades durante uma das muitas tarefas mundanas num rancho em Montana. Talvez. Mas eu era mais inclinado a pensar que, por trás de seu exterior imaculado, ela na verdade era apenas perturbada.

Ah, Gracie. A dra. Clair disse que ela estava deslumbrante no papel principal da montagem que fizeram em sua escola de *Piratas de Penzance*, embora eu não tenha podido ir porque estava terminando um diagrama comportamental para a revista *Science* sobre como a fêmea do besouro do esterco australiano *Onthophagus sagittarius* usava seus chifres durante a cópula. Não contei à dra. Clair sobre esse projeto. Apenas reclamei de dor de estômago, fiz Muitobem comer um pouco de artemísia e vomitar por toda a varanda e depois fingi que o vômito era meu — fingi ter comido a artemísia, os ossos de rato e a comida de cachorro. Gracie devia estar fenomenal como a esposa do pirata. Geralmente ela era uma mulher fenomenal, talvez o membro mais estável da nossa família, pois, se você fosse parar para pensar, a dra. Clair era uma mal direcionada coleopteróloga que há vinte anos vinha caçando uma espécie fantasma de besouro — o monge-tigre, *Cicindela nosferatie* — de cuja existência ela nem mesmo tinha certeza; e meu pai, Tecumseh Elijah Spivet, era um silencioso e meditativo domador de potros, que entrava num lugar e dizia algo como "Com grilos a gente não pode se meter", e depois simplesmente ia embora; o tipo de pessoa que talvez tenha nascido com cem anos de atraso.

. . .

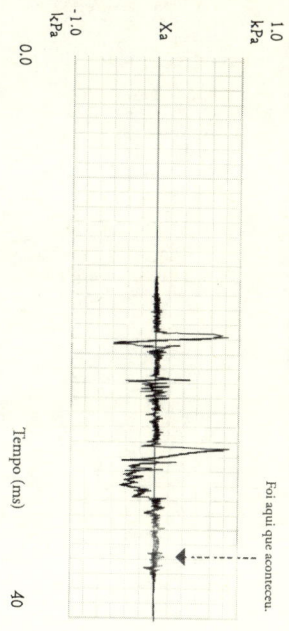

E havia meu irmão mais novo, Layton Housling Spivet, o único menino Spivet nascido sem receber o nome Tecumseh em cinco gerações. Mas Layton morreu em fevereiro passado num acidente com uma arma no celeiro, assunto sobre o qual ninguém falava. Eu também estava lá, medindo tiros. Não sei o que deu errado.

Tiro nº 21
Do caderno B345

Depois disso, eu escondi seu nome na topografia de todos os meus mapas.

— Ele deve estar cansado de esperar, T.S. É melhor você atender o telefone — dizia a dra. Clair. Decerto ela havia descoberto alguma coisa interessante no *C. purpurea lauta* que estava na ponta do alfinete porque suas sobrancelhas subiram, desceram, voltaram a subir, e depois ela se virou e desapareceu dentro de casa.

— Vou acabar de tirar a palha — disse Gracie.

— Nem pense nisso — retruquei.

— Vou sim — disse ela com firmeza.

— Se fizer isso, não vou ajudar você com a sua fantasia de Halloween este ano.

Gracie fez uma pausa diante dessa ameaça, avaliando a seriedade, depois repetiu:

— Vou sim. — E segurou a espiga de milho de modo ameaçador.

Tirei com cuidado minha lente de aumento presa na cabeça, fechei o caderno e coloquei a caneta por cima, em diagonal, para indicar a Gracie que eu voltaria logo — que aquela história de esquematizar o milho ainda não tinha terminado.

Quando passei pela entrada do escritório da dra. Clair, eu a vi em dificuldades com o peso de algum imenso dicionário taxonômico, usando só uma das mãos para segurar o tomo gigante, enquanto a outra ainda mantinha no ar o besouro-tigre espetado. Esse era o tipo de imagem pela qual eu me lembraria da minha mãe quando e se ela viesse a falecer: equilibrando o delicado espécime contra o peso do sistema ao qual ele pertencia.

Para chegar à cozinha, onde o telefone aguardava, eu podia seguir um número infinito de rotas, cada uma com seus próprios prós e contras: a *Rota dos corredores/da despensa* era mais direta, mas também a mais sem graça; a *Rota andar de cima/andar de baixo* me proporcionava o máximo de exercício, mas também o deslocamento de altitude suficiente para que eu me sentisse meio tonto. No calor do momento, eu me decidi por uma rota que não usava com frequência, muito menos quando meu pai estava perambulando pela casa. Abri uma fresta na porta de pinho e depois segui pela escuridão enegrecida da Sala d'Está.

A Sala d'Está era o único lugar da casa que claramente pertencia a meu pai. Ele o reivindicava com uma fúria silenciosa que ninguém se atrevia a desafiar. Era raro ouvi-lo falar num tom mais alto do que um resmungo, mas, uma vez, quando Gracie ficou insistindo, durante o jantar, que devíamos transformar a Sala d'Está numa sala de visitas mais normal, onde pessoas "normais" se sentissem à vontade e tivessem conversas "normais", ele, muito devagar, começou a fumegar por cima de seu purê até que ouvimos uma espécie de estalo. Olhamos e vimos que ele tinha estilhaçado seu copo de uísque com a mão. Layton adorou aquilo. Lembro que ele adorou aquilo.

— É o último lugar que tenho nesta casa pra sentar e ficar de pernas pro ar — disse meu pai, com a palma da mão vertendo lentamente rios de sangue em cima das batatas. E foi isso.

A Sala d'Está era uma espécie de museu. Pouco antes de meu bisavô, Tecumseh Reginald Spivet (*ver barra lateral sobre o nome Tecumseh*), morrer, ele deu a meu pai um naco de cobre da mina Anaconda pelo seu aniversário de seis anos. Ele havia contrabandeado o minério das minas na virada do século, na época em que Butte era um movimentado entreposto de cobre, e a maior cidade entre Minneapolis e Seattle. O pedaço de cobre lançou algum tipo de feitiço sobre meu pai, pois ele desenvolveu o hábito de colecionar, pouco a pouco, pequenos objetos que achava no amplo palco que era o campo aberto.

Na parede setentrional da Sala d'Está, ao lado de um grande crucifixo que meu pai tocava todas as manhãs, havia um altar para Billy the Kid, iluminado de um jeito meio desajeitado por uma única lâmpada incandescente e arrematado com couros de cascavel, refugos empoeirados e uma velha Colt 45 alinhados junto a um retrato do infame bucaneiro da pradaria. Meu pai e Layton tinham construído a instalação com esmero. Para um observador de fora, talvez parecesse estranho ver Deus e um fora

Os Tecumseh Spivet

MORTOS
- Tecumseh Tearho Spivet (1851-1917) ✱
- Tecumseh Reginald Spivet (1878-1965)
- Tecumseh Perrymore Spivet (1917-1978)

VIVOS
- Tecumseh Elijah Spivet (1959-)
- Tecumseh Sparrow Spivet (1995-)

✱ O pai de Reginald (e meu trisavô) nasceu, na realidade, na periferia de Helsinki com o nome de Terho Sievä, que em finlandês traduz-se mais ou menos como "sr. Bolota Elegante". Então talvez tenha sido um alívio para ele quando as autoridades de imigração na Ellis Island mudaram seu nome para Tearho Spivet, e o nome de família foi criado com um rabisco equivocado de caneta. No seu caminho para oeste a fim de trabalhar nas minas de Butte, Tearho por acaso parou num *saloon* de *Ohio* caindo aos pedaços e grande o suficiente para se escutar um homem bêbado, que se intitulava meio navajo, contar uma história muito enfeitada sobre o grande guerreiro shawnee, Tecumseh. Na parte da história em que Tecumseh opunha uma resistência final contra o Homem Branco na Batalha de Thames meu trisavô começou a chorar silenciosamente, mesmo sendo ele, em tese, um daqueles endurecidos finlandeses. Na batalha, depois que Tecumseh foi abatido por um tiro duplo no peito, os homens do general Proctor o escalpelaram e mutilaram seu corpo até deixá-lo irreconhecível, e então o jogaram numa vala comum. Tearho saiu daquele *saloon* com um novo nome numa nova terra.

Ao menos foi assim que a história foi contada — nunca dá para ter certeza quando se trata desses contos ancestrais.

da lei do Velho Oeste recebendo o mesmo tratamento, mas assim eram as coisas no rancho Coppertop: meu pai era guiado pelo tácito Código dos Caubóis que havia engastado em seus adorados filmes de faroeste tanto quanto por qualquer versículo da Bíblia.

Layton achava que a Sala d'Está era a segunda melhor coisa depois do queijo-quente. Depois da igreja, aos domingos, meu pai e ele ficavam sentados juntos a tarde toda assistindo ao faroeste que passava direto na TV, que ficava no canto sudeste da sala. Por trás da TV havia uma vasta e ainda assim extremamente seleta coleção de fitas VHS. *Rio vermelho, No tempo das diligências, Rastros de ódio, Pistoleiro ao entardecer, Paixão de fortes, O homem que matou o facínora, Um homem difícil de matar, O tesouro de Sierra Madre* — eu não era um espectador ativo como meu pai e Layton, mas tinha sido exposto àqueles filmes tantas vezes que eles pareciam ser meus sonhos mais íntimos e recorrentes em vez de produções cinematográficas. Às vezes, quando voltava da escola, me deparava com o estrépito abafado de armas ou o suado meio galope de cascos nessa estranha televisão, a versão do meu pai para a chama eterna. Ele era ocupado demais para assistir no meio do dia, mas acho que se reconfortava com a ideia de que a TV estava ligada *aqui dentro* enquanto ele estava *lá fora*.

E ainda assim a TV não era a única coisa que conferia à Sala d'Está uma ambientação peculiar. Havia muitos objetos de vaqueiro: laços, pedaços de freio, cordas usadas no freio, estribos, botas finalmente gastas após avançarem mais de quinze mil quilômetros pela planície, canecas de café, e até mesmo um par de meias femininas usadas outrora por um vaqueiro excêntrico de Oklahoma, alegando que elas faziam com que ele montasse direito. Em toda parte na Sala d'Está havia fotografias desbotando e desbotadas de homens anônimos sobre cavalos anônimos. Soapy Williams montando o velho e maluco Firefly, seu vulto elástico torcido de um modo impossível e ainda assim de algum modo

---

"Cada cômodo tem um 'clima.'"

Isso eu aprendi com Gracie, que durante um curto período há uns dois anos andou gostando de ler a aura das pessoas. A sensação que você tinha quando entrava na Sala d'está era uma intensa sensação de nostalgia do Oeste que a invadia em ondas. Parte era o cheiro: couro velho manchado de uísque, um pouco daquele cavalo morto na manta indígena, um pouco de mofo das fotografias — mas por baixo de tudo isso estava o cheiro de algo como poeira da pradaria recém-assentada, como se você estivesse entrando num campo por onde um grupo de caubóis tivesse acabado de passar a galope; o bater dos cascos, o aperto dos antebraços castigados pelo sol — e agora as nuvens de poeira suavemente regressavam à terra. A prova da passagem dos homens e dos cavalos repousava em si mesma, deixando apenas o eco de sua passagem. Você entrava na Sala d'está e se sentia como se tivesse acabado de perder algo importante, como se o mundo estivesse quieto outra vez depois de um momento muito turbulento. Era na verdade uma sensação meio triste, e combinava com a expressão no rosto do meu pai quando ele se instalava na Sala d'está depois de um longo dia de trabalho no campo.

se segurando às costas do animal arqueado. Era como contemplar um casamento feliz.

Na parede ocidental, por trás da qual o sol se punha todos os fins de tarde, meu pai tinha pendurado um cobertor indígena feito com crina de cavalo e um retrato do Tecumseh original com seu irmão, o profeta shawnee Tenskwautawa. Na chaminé em cima da lareira, sobre um conjunto de porcelana da Natividade, havia uma estátua de mármore do deus finlandês, Väinämöinen, que meu pai alegava ter sido, na verdade, o primeiro caubói, antes mesmo de existir um Oeste para percorrer. Não via problema em misturar deuses pagãos com a cena do nascimento de Cristo. "Cristo ama todos os caubóis", gostava de dizer.

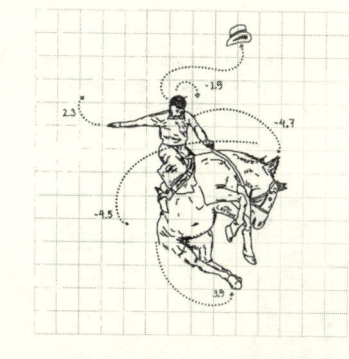

Soapy Williams como vetores de movimento
Do caderno B46

Se eu tivesse sido consultado — coisa que meu pai nunca fez —, diria que o mausoléu do Velho Oeste do sr. T.E. Spivet era a homenagem a um mundo que nunca havia existido, para início de conversa. Claro, ainda havia caubóis de verdade na segunda metade do século XX, mas, quando Hollywood começou a esculpir o "Oeste" dos filmes, já fazia muito tempo que os barões do arame farpado haviam dividido a planície em terras cercadas de fazendas, e os dias de trilhas dos vaqueiros já tinham passado. Homens com perneiras, botas e chapéus gastos de caubói não mais juntavam o gado nas planícies cheias de espinhos do Texas e o levavam mil e tantos quilômetros para o norte através da faixa extensa das terras habitadas por hostis índios comanches e dacotas até chegar a uma das movimentadas estações ferroviárias do Kansas, onde o gado seria distribuído para o leste. Acho que meu pai não se sentia tão atraído pelos caubóis reais dessas trilhas dos vaqueiros, ele gostava mesmo era do melancólico eco da trilha, uma melancolia que se projetava em cada cena de cada filme daquela coleção atrás da TV. Era sua memória falsificada — *nem ao menos era memória falsificada, era uma memória cultural falsificada* — que funcionava como combustível para o meu pai, instalando-o em sua Sala d'Está, com suas botas na porta e o copo de uísque na boca uma vez a cada 45 segundos, numa regularidade impressionante.

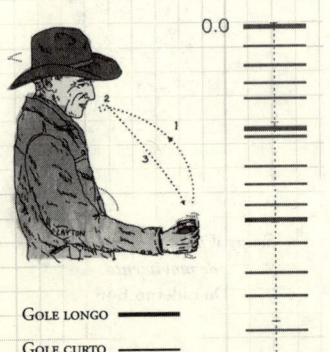

Meu pai bebe uísque com um sensacional grau de regularidade
Do caderno B99

Talvez eu nunca tenha comentado com ele acerca da hermenêutica conflituosa de sua Sala d'Está. Não apenas porque isso me valeria uma série de gritos de primeira categoria, mas porque eu também era culpado por cultivar certo anseio pelo Velho Oeste. Aos sábados, eu descolava uma carona até a cidade para fazer uma visita aos arquivos de Butte. Lá, eu me agachava com meu suco Juicy Fruit e minha lente de aumento presa na cabeça e estudava os mapas históricos de Lewis e Frémont e do governador Warren. O Oeste era totalmente aberto naquela época, e aqueles primeiros cartógrafos do Corpo de Engenheiros Topográficos bebiam o café puro matinal na traseira da carroça e fitavam uma cadeia de montanhas sem nome que, ao fim do dia, logo acrescentariam ao receptáculo cartográfico do conhecimento, que se expandia velozmente. Eram conquistadores no sentido mais essencial da palavra, pois ao longo do século XIX transferiram pouco a pouco o vasto continente desconhecido para a grande esfera do conhecimento, do mapeado, do testemunhado — do mitológico para o domínio da ciência empírica. Para mim, *essa* transferência era o Velho Oeste: o crescimento inevitável do conhecimento, o resoluto enquadramento do grande território Trans-Mississippi num mapa que pudesse ser posto ao lado de outros.

O meu museu particular do Velho Oeste ficava no andar de cima, no meu quarto, nas minhas cópias dos velhos mapas de Lewis e Clark, em diagramas científicos e esboços de observações. Se você me perguntasse num dia quente de verão por que eu ainda copiava o trabalho deles, mesmo sabendo que uma enorme parte estava errada, não saberia o que responder, exceto isto: nunca houve um mapa em que as coisas estivessem todas corretas, e a verdade e a beleza nunca permaneceram casadas por muito tempo.

— Alô? — atendi, enrolando o fio do telefone no dedo mínimo.

— Sr. T.S. Spivet?

Do outro lado da linha, a voz do homem ceceava de modo sutil, inserindo gentilmente um *ff* dentro de cada *s*, como um padeiro pressionando os polegares bem de leve na massa. Tentei não visualizar a boca do homem enquanto ele falava. Eu era péssimo ao telefone porque ficava imaginando o que estaria acontecendo na outra ponta, e isso com frequência me fazia esquecer de falar.

— Eu mesmo — respondi cautelosamente, tentando não pensar num cinematográfico close da língua daquele estranho passando pelos dentes enquanto falava, respingando gotículas de saliva no fone.

— Finalmente, sr. Spivet. Aqui é G.H. Jibsen, subsecretário de ilustração e design da Smithsonian, e devo dizer que foi uma luta conseguir encontrá-lo. Por um minuto pensei que a ligação tivesse caído e...

— Desculpe. Gracie estava agindo como uma idiota.

Fez-se um silêncio do outro lado, durante o qual pude ouvir uma espécie de tique-taque nos fundos — como um relógio de pêndulo com a janela da frente aberta —, e então o homem disse:

— Não me leve a mal... mas pela voz o senhor parece ser bastante jovem. É mesmo o sr. T.S. Spivet?

Por entre os lábios do homem nosso sobrenome adquiria um tom escorregadio e explosivo, mais parecendo algo sibilado para o gato, numa tentativa de tirá-lo de cima da mesa. *Deve ter cuspe no fone.* Tinha que ter. Ele devia ter que enxugar o fone de vez em quando com um lenço, o qual mantinha elegantemente escondido na parte de trás do colarinho para esse exato propósito.

▶ **Breve história do fio do nosso telefone**

Gracie estava naquela fase em que gostava de falar ao telefone a noite toda, com a corda esticada ao máximo desde a cozinha, passando pela sala de jantar, escada acima, seguindo pelo nosso banheiro e chegando ao seu quarto. Ela ficou muito chateada quando nosso pai se recusou a instalar um telefone no quarto dela. A despeito dos ataques dela, ele disse apenas: "A casa vai desmoronar se a gente mexer naquela confusão", e então saiu da sala, embora ninguém tenha entendido de fato o que aquilo significava. Gracie foi obrigada a ir à loja de ferramentas Sam's Hardware no centro da cidade para comprar um desses fios de quinze metros que podem na verdade se esticar até trezentos se você estiver com vontade de esticar. E ela estava.

O fio do telefone, acostumado a ser esticado por Gracie e sua solidão até adquirir comprimentos impossíveis, agora encontra-se enroscado e encolhido num pequeno gancho verde que meu pai pregou ali para conter suas inúmeras voltas e curvas.

— Cê podia puxar um alce por uns oitocentos metros com um laço destes — disse meu pai, balançando a cabeça enquanto pregava o gancho na parede.
— A garota não consegue falar o que tem pra falar na cozinha, do que é que ela vai falar afinal?

Meu pai via a conversa como uma tarefa, como ferrar um cavalo: não era feita para dar prazer; era feita quando precisava ser feita.

Uma coisa que pode surpreendê-lo sobre Layton: ele sabia os nomes de todos os presidentes americanos em ordem, assim como cada uma de suas datas de nascimento e os nomes de seus animais de estimação. E tinha a todos classificados de acordo com um sistema que nunca pude decodificar. Acho que o presidente Jackson estava entre os primeiros, talvez no quarto ou quinto lugar de sua lista, porque ele era "durão" e "bom com armas". Eu sempre ficara impressionado com esse lampejo de disposição enciclopédica do meu irmão; em todos os outros aspectos ele era exatamente o protótipo do garoto de rancho que florescia atirando em coisas, tocando vacas e cuspindo em latas junto com nosso pai.

Talvez para provar que eu era de fato ligado a ele, eu fazia a Layton intermináveis perguntas, extraindo seu conhecimento do gabinete presidencial.

— Quem é o presidente de quem você menos gosta? — perguntei uma vez.

— William Henry Harrison — disse Layton. — Nascido em 9 de fevereiro de 1773 na Barkeley Plantation, Virgínia. Ele tinha uma cabra e uma vaca.

— Por que é dele que você menos gosta?

— Porque ele matou Tecumseh. E Tecumseh o amaldiçoou e então ele morreu um mês depois que assumiu o poder.

— Tecumseh não o amaldiçoou — disse. — E só porque ele morreu, isso não é culpa dele.

— É sim — disse Layton. — Quando você morre é sempre sua culpa.

— Sim — disse eu, me esforçando para prestar atenção na conversa adulta que estávamos tendo. — Sou bastante jovem.

— Mas o senhor é de fato o mesmo T.S. Spivet que produziu aquele elegante diagrama de como o *Carabidae brachinus* mistura e expele secreções escaldantes de seu abdome para nossa exposição sobre darwinismo e design inteligente?

O besouro-bombardeiro. Passei quatro meses fazendo aquela ilustração.

— Sou — respondi. — Ah, e eu ia dizer isso antes, mas tem um pequeno erro numa das legendas glandulares...

— Oh, esplêndido, esplêndido! Sua voz me confundiu por um segundo. — O sr. Jibsen riu e depois pareceu se recuperar. — Sr. Spivet, o senhor sabe quantos comentários recebemos sobre sua ilustração do bombardeiro? Nós a ampliamos, ficou imensa!, e fizemos dela a peça principal da exposição, iluminada por trás e tudo. Como o senhor pode imaginar, as pessoas do design inteligente ficaram irritadíssimas por causa disso da *complexidade irredutível*, que é a expressão da moda e uma blasfêmia absoluta aqui no Castelo. Mas, quando entraram, viram a sua "Série Glandular" no meio da sala. Lá estava a complexidade *reduzida*!

Quanto mais empolgado ele ficava, os lábios pareciam se inserir na fala com maior frequência e urgência. Eu só conseguia me concentrar naquilo: a saliva, a língua e o lenço; então respirei fundo e tentei pensar em algo óbvio que pudesse lhe dizer, *qualquer coisa* que não fosse a palavra "cuspe". Bater papo, era como os adultos chamavam, então resolvi bater papo:

— O senhor trabalha na Smithsonian?

— Isso mesmo, sr. Spivet, de fato trabalho. Na verdade, muitos diriam que eu praticamente mando no lugar... ah, o aumento e a difusão do conhecimento, ordenados há muito tempo por nossos legisladores, e totalmente apoiados pelo presidente Andrew Jackson faz mais de 150 anos...

embora o senhor nunca fosse imaginar, com esta atual administração. — Ele riu e pude ouvir a cadeira guinchando ao fundo, como se aplaudisse suas palavras.

— Uau — exclamei. E então, pela primeira vez durante nossa conversa, pude desviar a atenção dos lábios daquele homem e deixar-me envolver pelas palavras do meu interlocutor. Eu estava parado na cozinha, naquele piso desnivelado, reparando na absurda proliferação de pauzinhos para comida oriental e imaginei o meu fone conectado por fios de cobre que atravessavam o Kansas e o Centro-Oeste, entrando no vale do Potomac e subindo até o escritório desordenado do sr. Jibsen no Castelo da Smithsonian.

A Smithsonian! *O sótão da nossa nação.* Mesmo tendo examinado e até copiado detalhes da planta do Castelo, não conseguia transformar a instituição em realidade dentro da minha mente. Acho que é sempre necessário o bufê sensorial variado da experiência em primeira mão para se absorver verdadeiramente a atmosfera de um lugar — ou, para pegar emprestado o termo de Gracie, para ler a soma de suas "sensações ambientes". Essa informação não pode ser coletada a menos que você esteja lá para sentir o cheiro da entrada, inalar o ar parado dos pórticos, deixar a ponta do sapato dar de cara com suas coordenadas existenciais, num certo sentido. A Smithsonian era o tipo de lugar, pode-se dizer, que adquiria sua característica assustadora de templo não da arquitetura de suas paredes, mas do vasto e eclético carma da coleção que se encontrava *dentro* de suas paredes.

O sr. Jibsen ainda estava falando na outra ponta da linha, e minha atenção se voltou novamente para sua voz arrastada, inteligente e um tanto escorregadia da costa leste:

— É, aqui há um bocado de história — dizia ele. — Mas acho que homens da ciência como o senhor e eu encontram-se numa verdadeira encruzilhada agora. A participação anda baixa, muito baixa. Digo isso em caráter confidencial, é claro, porque agora o senhor é um de nós... mas é bem preocupante, devo dizer. Jamais antes, desde os tempos de Galileu... ou

▶ Uma das mais encantadoras fotos que eu já vira da Instituição foi na revista *Time*, entre todas as publicadas, que Layton e eu folheávamos deitados de bruços debaixo da árvore de Natal às 6:17 da manhã. Não sabíamos disso naquele momento, mas aquele foi o último Natal em que nos deitaríamos de bruços juntos daquele jeito.

Normalmente, Layton lia com atenção uma revista numa velocidade aproximada de uma página por segundo, mas enquanto ele ia folheando eu pensei numa imagem que me fez agarrar seu braço e deter o ritmo constante das viradas de página.

— O que você esta fazendo? — perguntou Layton. Ele ficou com aquela expressão de quem ia me bater. Layton tinha um temperamento que nosso pai repreendia e encorajava ao mesmo tempo, no seu modo de não dizer nada mas esperar tudo.

Eu não respondi a ele, no entanto, pois estava encantado com a foto: em primeiro plano, uma gaveta de um grande armário com espécimes estava aberta, mostrando para a câmera três rãs-touros africanas gigantes — *Pyxiecephalus adsperus*, as pernas esticadas com se estivessem no meio de um salto. Alinhados atrás, num corredor que parecia interminável, estavam milhares de armários metálicos antiquados parecidos com aquele, cheios de milhões de espécimes escondidos. As expedições para o Oeste no século XIX coletaram crânios dos shoshones e cascos de tatus e pinhas-de-ponderosa e ovos de condor e enviaram tudo de volta para o ocidente, para a Smithsonian — a cavalo ou de charrete e mais tarde de trem. Muitos desses espécimes nunca foram classificados, na pressa de coletá-los, e agora estão enterrados em algum lugar aqui, num destes intermináveis armários. A fotografia me fez ansiar no mesmo instante por qualquer sensação de "clima" do lugar que se sentia quando se caminhava por aqueles arquivos.

— Você é tão idiota! — disse Layton, puxando a página com tanta força que ela se rasgou, exatamente no corredor.

— Desculpe, Lay — disse eu, e larguei a página, mas não a imagem.

◀ O rasgo era como esse, só que maior e de verdade.

de Stokes, no mínimo... Isto é, este país está inexplicavelmente tentando regredir 150 anos de teoria darwinista... às vezes é como se o Beagle nunca tivesse zarpado.

Ao ouvir isso, me lembrei de uma coisa.

— O senhor nunca me mandou um exemplar de *Bomby, o besouro-bombardeiro* — observei. — Em sua carta, o senhor disse que ia mandar.

— Oh! Ha-ha! E tem senso de humor! Ora, ora, sr. Spivet, vejo que o senhor e eu vamos nos dar maravilhosamente bem.

Como eu não disse nada, ele prosseguiu:

— Mas é claro que ainda podemos enviar um exemplar! Quero dizer, era mais uma brincadeira, na verdade, porque o senhor coloca esse livro de crianças lado a lado com sua ilustração, e embora eu goste de um bom debate e tudo mais, trata-se de um livro infantil! É tão, tão insidioso! Quero dizer, é exatamente contra isso que estamos lutando por aqui. Estão usando livros infantis agora para solapar os próprios dogmas da ciência!

— Gosto de livros infantis — comentei. — Gracie diz que não os lê mais, mas eu sei que o faz porque encontrei um esconderijo no closet dela.

— Gracie? — perguntou o homem. — Gracie? Sua esposa, presumo. Puxa, adoraria conhecer toda a família!

Como eu gostaria que Gracie tivesse ouvido o modo como ele pronunciou seu nome, com aquele curioso e quase inocente ceceio — *Grayssffie* —, parecia uma dessas perigosas doenças tropicais.

— Ela e eu estávamos tirando a palha do milho quando o senhor... — comecei, depois parei.

— Bem, sr. Spivet. De fato, é uma grande honra finalmente falar com o senhor. — Ele fez uma pausa. — E o senhor mora em Montana? É isso mesmo?

— Isso.

— Sabe, por uma extraordinária coincidência, eu nasci em Helena e vivi lá durante os dois primeiros anos de minha vida. O estado de Montana sempre teve uma espécie de estatura mitológica em minha memória. Muitas vezes me pergunto o que teria acontecido se eu tivesse ficado por lá e tivesse crescido no pasto, como dizem. Mas minha família se mudou para Baltimore e... é assim que as coisas acontecem, imagino. — Ele suspirou. — Onde exatamente o senhor mora?

— No rancho Coppertop, 7,61 quilômetros ao norte de Divide, 24 quilômetros a sul/sudoeste de Butte.

— Ah... bem, preciso ir visitá-lo algum dia. Mas ouça, sr. Spivet, temos notícias muito animadoras.

— Longitude: 112° 44' 19". Latitude: 45° 49' 27". Pelo menos no meu quarto; não tenho nenhuma das outras coordenadas memorizada.

— Isso é incrível, sr. Spivet. Seu olho para os detalhes fica claramente refletido nas ilustrações e nos diagramas que o senhor nos forneceu ano passado. Totalmente estarrecedor.

— Nosso endereço é Estrada Crazy Swede Creek número 48 — completei, e então subitamente desejei não ter dito, porque era possível que esse homem não fosse

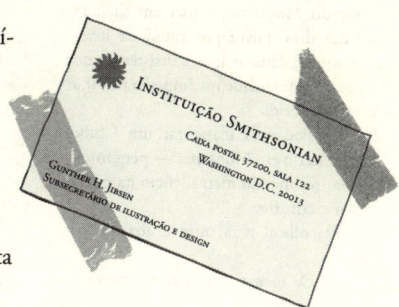

e se revelasse, em vez disso, um sequestrador de crianças da Dakota do Norte. Então eu disse, só para tentar despistá-lo:

— Bem, esse talvez seja o nosso endereço.

— Fabuloso, fabuloso, sr. Spivet. Olhe, irei direto ao assunto: o senhor ganhou o nosso prestigioso prêmio Baird para o avanço popular da ciência.

Silêncio.

Spencer F. Baird estava entre os cinco primeiros da minha lista. Tinha feito de sua missão de vida levar toda sorte de flora e fauna, artefatos arqueológicos, dedais e próteses aos grandes cercados da Instituição. Aumentou a coleção da Smithsonian de seis mil espécimes para dois milhões e meio antes de morrer em Woods Hole, fitando o mar, talvez se perguntando por que não podia coletar aquilo também.

Ele era, além disso, o pai do Clube do Megatério, nomeado a partir de uma espécie extinta de preguiça. O Clube do Megatério foi uma sociedade de vida curta que existiu em meados do século XIX para jovens aspirantes a exploradores e cientistas. Seus membros viviam nas torres da Smithsonian, treinando sob os olhos atentos de Baird de dia, bebendo *eggnog* com álcool e fazendo uma bagunça com raquetes de *badminton* nas exposições do museu à noite. Que conversas devem ter surgido entre esses agitadores sobre a natureza da vida, a conectividade e a locomoção! Era como se os megatérios ganhassem uma espécie de energia cinética insaciável dentro daquelas grandes paredes de taxidermia antes que Baird os lançasse na selva e, munidos de suas redes coletoras e raquetes de *badminton*, eles rumariam para o Oeste para contribuir com a grande busca pelo conhecimento.

Quando a dra. Clair me falou do Clube do Megatério, fiquei em silêncio por três dias, talvez por causa da inveja diante do fato de que a insistência do tempo na linearidade me impedia de vir a fazer parte dele.

— Podemos inaugurar um Clube do Megatério em Montana? — perguntei, por fim rompendo meu silêncio na porta do seu escritório.

Ela olhou para mim e abaixou os óculos.

— Os megatérios estão extintos — disse, misteriosa.

— Spencer F. Baird, segundo-secretário da Smithsonian? Ele tem um prêmio? — perguntei, depois de um tempo.

— Tem, sr. Spivet. Sei que o senhor não se candidatou a esse prêmio, então talvez seja novidade, mas Terry Yorn apresentou um portfólio em seu nome. E para ser franco, bem... até esse ponto só tínhamos visto pequenos trabalhos que o senhor fizera para nós, mas esse portfólio, bem, gostaríamos de organizar uma exposição o quanto antes.

— Terry Yorn?

A princípio não reconheci o nome, mais ou menos como quando você acorda pela manhã e não reconhece seu próprio quarto. Mas então, aos poucos, fiz um mapa mental dele: dr. Yorn, meu mentor e parceiro no jogo de palavras cruzadas; dr. Yorn, com aqueles imensos óculos pretos, as meias brancas puxadas para cima, os polegares agitados, a risada que mais pareciam soluços emanados de algum mecanismo estrangeiro dentro de seu corpo... *Dr. Yorn?* O dr. Yorn era, em tese, meu amigo e guia científico, e agora eu descobria que ele tinha apresentado meu nome em segredo para um prêmio em Washington. Um prêmio criado por adultos, para adultos. De repente quis me esconder em meu quarto e nunca mais sair.

— É claro que o senhor pode agradecer a ele mais tarde — dizia o sr. Jibsen. — Mas uma coisa de cada vez: queremos que o senhor venha até Washington o quanto antes; ao Castelo, como chamamos, para que possa fazer um discurso de aceitação do prêmio e anunciar o que fará com o seu posto de um ano de duração... Isto é, o senhor deveria pensar um pouco a respeito, é claro. Teremos uma festa de gala para celebrar nosso 150º aniversário na próxima quinta-feira e esperamos que o senhor possa ser um dos convidados de honra, pois o seu trabalho é justamente o tipo de produção científica de vanguarda, visualmente, bem... visualmente repleto de processos científicos que a Smithsonian tem grande entusiasmo em mostrar nestes dias. A ciência está de fato se erguendo contra alguns obstáculos gigantescos em nossos dias e na nossa

Gosto de você.

Megatherium americanum
Do caderno G78

época, e nós precisaremos lutar com as mesmas armas... temos que fazer um trabalho muito melhor para atingir o público, o *nosso* público.

— Bem... As minhas aulas começam na próxima semana.

— Ah, sim, tem isso. É claro. O dr. Yorn não chegou a me dar o seu currículo completo, então é... ah!... aham, um pouco embaraçoso, mas se importaria se eu lhe perguntasse que posição ocupa neste momento? Temos andado bastante ocupados e ainda não telefonei para o reitor da sua universidade para dar as boas-novas, mas eu lhe asseguro que isso nunca foi um problema, nem mesmo a esta altura do campeonato... suponho que o senhor esteja com Terry na Universidade Estadual de Montana, é isso? Sabe, por acaso conheço bem o reitor Gamble.

De repente, me dei conta de todo o absurdo que estava acontecendo. Vi que aquela conversa com o ceceante sr. Jibsen tinha ocorrido devido a uma série de mal-entendidos cada vez mais sérios, construídos com base em informações omitidas e mesmo falsas. Um ano antes, o dr. Yorn tinha apresentado minha primeira ilustração à Smithsonian sob o pretexto de que eu era seu colega de profissão, e a sensação ruim que tive por causa da mentira daquela declaração foi dirimida pela esperança secreta de que eu talvez fosse realmente um colega do dr. Yorn, pelo menos em espírito. E então quando aquela primeira ilustração — uma mangangaba devorando canibalmente outra — foi aceita e ainda por cima publicada, o dr. Yorn e eu comemoramos, de modo um tanto sub-reptício, porque minha mãe ainda não sabia que nada daquilo tinha ocorrido. O dr. Yorn veio de carro de Bozeman, cruzando a divisa continental duas vezes (uma vez para oeste rumo a Butte, outra vez para Divide), me apanhou em Coppertop e me levou para tomar um sorvete no O'Neil's, no centro histórico de Butte.

Sentamo-nos num banco para tomar nossos sorvetes de nozes e ficamos fitando o morro com os andaimes pretos de uma estrutura que marcava a entrada para uma das velhas minas.

— Os homens embarcavam nessas caçambas, desciam a quase cem metros e ficavam oito horas debaixo da terra — disse o dr. Yorn. — Durante oito horas o mundo era quente, escuro, suado e com um metro de largura. Toda esta cidade funcionava em turnos de oito horas: oito horas trabalhando nas minas lá embaixo, oito horas aqui em cima bebendo nos bares, oito horas dormindo na cama. Os hotéis alugavam as camas por um período de oito horas. Sabiam que podiam ganhar o triplo do dinheiro assim. Dá para imaginar?

— O senhor teria sido minerador se tivesse vivido aqui naquela época? — perguntei.

— Não teria muita escolha, teria? — disse o dr. Yorn. — Não havia muitos coleopterólogos naqueles tempos.

Depois disso, fomos coletar borboletas em Pipestone Pass. Ficamos em silêncio durante muito tempo enquanto perseguíamos os pequeninos e ariscos lepidópteros. Então, quando estávamos deitados de barriga para baixo, examinando a grama alta, o dr. Yorn disse:

— Sabe, tudo isso está acontecendo muito rápido.

— O quê?

— Muitas pessoas esperam por esse tipo de reconhecimento a vida inteira.

Mais silêncio.

— Como a dra. Clair? — perguntei, finalmente.

— Sua mãe sabe o que está fazendo — disse às pressas o dr. Yorn. Fez uma pausa, fitando as montanhas. — É uma mulher brilhante.

— É? — perguntei.

O dr. Yorn não me respondeu.

— O senhor acha que ela um dia vai encontrar o tal besouro? — perguntei.

De repente o dr. Yorn investiu com sua rede e errou feio ao tentar apanhar uma borboleta, a *Callophrys gryneus*, uma criaturinha derivando rumo

A estrutura da Bell Diamond. Do caderno G21

Aquelas estruturas feito esqueletos pretos pontuavam o morro sobre o centro da cidade de Butte como lápides das minas mortas de cobre que jaziam sob a superfície da cidade. Quando você se deitava debaixo delas, o vento gemia em meio às suas treliças de ferro. Charlie e eu subíamos as torres fantasiados, fingindo ser piratas escalando as velas principais.

ao céu como se risse de seu esforço fracassado. Ele se sentou sobre a moita de artemísia, ofegante com o esforço. O dr. Yorn não fazia muito exercício.

— Sabe, T.S., sempre podemos esperar — disse ele, respirando com dificuldade. — A Smithsonian vai continuar por aí durante muito tempo. Não temos que fazer isso neste momento se não se sentir confortável.

— Mas gosto de desenhar para eles. Eles são legais.

Ficamos algum tempo sem falar depois disso. Continuamos revistando a grama, mas as borboletas tinham ido embora.

— Em algum momento teremos que falar com ela sobre isso — disse o dr. Yorn quando voltamos para o carro. — Ela ficaria muito orgulhosa.

— Eu vou falar. No momento adequado.

Mas o momento adequado nunca chegava. Era evidente para todos, exceto para ela, a obsessão inabalável da dra. Clair pelo besouro-monge-tigre, somada à contínua ausência desse mesmo besouro apesar de seus vinte anos de pesquisa, conservava sua carreira numa espécie de limbo perpétuo, mantendo-a afastada de todos os numerosos avanços sistêmicos que eu sabia que ela era capaz de descobrir. Estava convencido de que se a dra. Clair tivesse inclinação para isso, podia ser uma das mais renomadas cientistas do mundo. Mas alguma coisa sobre o monge-tigre e sua influência nos sentidos dela me fazia ficar de bico calado a respeito da minha carreira florescente, uma carreira que em tese ainda nem deveria estar florescendo, mas estava, de modo inexplicável, e com ímpeto crescente.

Então, a natureza clandestina de nossa correspondência com a Smithsonian continuou, e aquela trapaça crescia dia a dia: em casa, meus pais não sabiam de nada; em Washington, acreditavam que eu tinha um doutorado. Com o dr. Yorn servindo de intermediário, comecei de repente a enviar o meu trabalho não apenas à Smithsonian, mas também para as revistas *Science*, *Scientific American*, *Discovery*, e até mesmo para a *Sports Illustrated for Kids*.

> **Como é uma família científica normal?**
>
> Eu às vezes me perguntava como as coisas poderiam ter sido diferentes se o dr. Yorn fosse meu pai em vez de T.E. Spivet. Então o dr. Yorn, a dra. Clair e eu poderíamos nos sentar ao redor da mesa de jantar e ter uma discussão científica sobre a morfologia das antenas ou sobre como largar um ovo do Empire State Building sem quebrá-lo. A vida seria normal? Cercada pela linguagem casual de ciência, será que a dra. Clair se inspiraria para dar um salto na sua carreira? Eu percebi que a dra. Clair estava sempre me encorajando a passar tempo com o dr. Yorn, como se ela soubesse que ele poderia preencher algum papel que ela era incapaz de desempenhar.

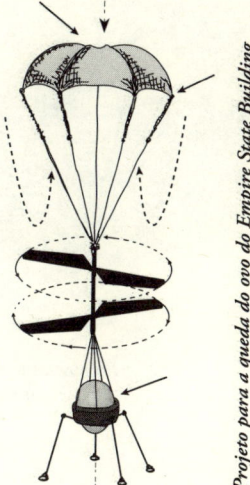

Projeto para a queda do ovo do Empire State Building (segundo lugar na feira de ciências)

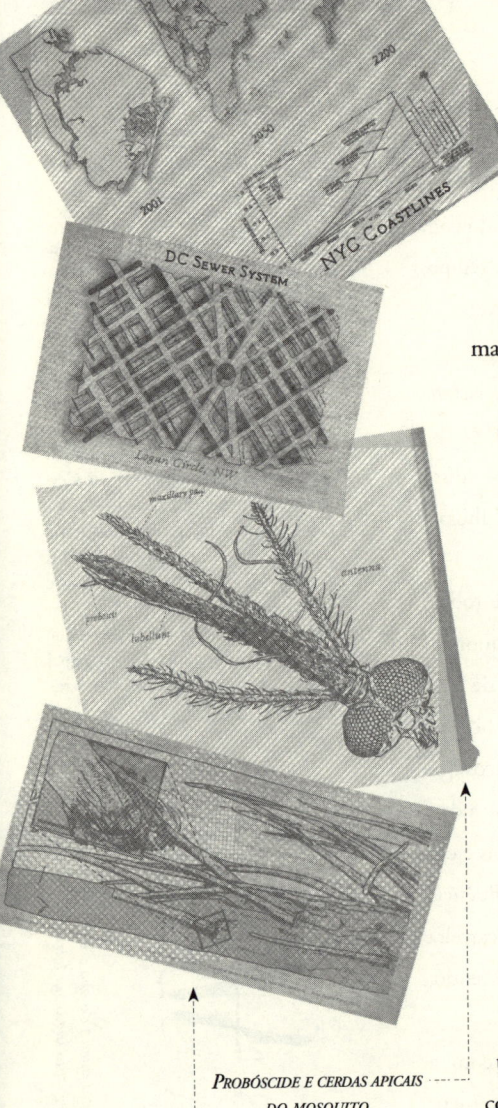

PROBÓSCIDE E CERDAS APICAIS
DO MOSQUITO

Meus projetos eram amplos. Havia ilustrações: esquemas de engenhosas colônias de formigas cortadoras de folhas e numerosos lepidópteros multicoloridos; diagramas anatômicos decompostos do sistema circulatório do caranguejo-ferradura; diagramação microscópica dos elétrons na *sensilla* emplumada das antenas do *Anopheles gambiae* — o mosquito-da-malária.

E havia também, é claro, os mapas esquemáticos: o sistema de esgotos de Washington D.C. em 1959; um esquema frente e verso de dois períodos mostrando o declínio das nações indígenas nas High Plains ao longo dos últimos dois séculos; três contrastantes e hipotéticas projeções da costa dos Estados Unidos em trezentos anos, representando resultados teóricos contrários ao aquecimento global e ao derretimento da calota polar.

E havia o meu preferido: o diagrama de dois metros do besouro-bombardeiro misturando as secreções escaldantes que saíam do corpo dela — ah, sim, era uma fêmea — e que levei quatro meses para desenhar, pesquisar e fazer as legendas; tudo isso resultou num terrível caso de coqueluche que me deixou afastado da escola por uma semana.

Mas o dr. Yorn, outrora tão hesitante em Pipestone Pass com a rede de caçar borboletas, pelo visto tinha ficado animado com minha carreira potencial a ponto de apresentar o meu trabalho, sem meu conhecimento ou consentimento, para que ele concorresse ao Baird. Isso não me parecia uma atitude adulta. Achei que ele devia ser o meu mentor. Mas, pensando bem, o que eu sabia sobre o mundo ilusório dos adultos?

Não era sempre que eu lembrava que tinha doze anos. A vida era por demais ocupada para se prestar atenção em coisas como idade, mas, naquele momento, deparando-me com um grande mal-entendido causado por adultos, experimentei de repente o peso da minha juventude de modo doloroso e agudo, numa sensação — por razões que eu não conseguia entender — centrada ao redor das artérias radiais dos meus punhos. Também me dei conta de que o sr. G.H. Jibsen, falando a um mundo de distância dali, ainda que a princípio talvez tivesse desconfiado da minha voz de menino, agora pensava em mim tanto como adulto quanto como um colega de profissão.

Vi-me parando diante de um grande entroncamento em forma de T.

Para a esquerda ficam as planícies. Podia deixar tudo aquilo de lado, explicar ao sr. Jibsen que quando disse que precisava ir à escola na semana seguinte na verdade queria dizer que precisava ir à Central Butte Middle School, e não dar aulas para estudantes da graduação na Universidade Estadual de Montana. Eu podia educadamente pedir desculpas pela confusão, agradecer-lhe pelo prêmio, e explicar que provavelmente seria melhor dá-lo a alguém capaz de fazer coisas como dirigir até o trabalho, votar e fazer piadas sobre imposto de renda em coquetéis. Deixaria o dr. Yorn num beco sem saída, mas ele também havia me deixado num beco sem saída. E essa seria a coisa mais nobre a fazer — o tipo de coisa que meu pai, seguindo aquele código silencioso dos caubóis, faria.

Para a direita ficam as montanhas. Eu podia mentir. Podia mentir durante todo o caminho até Washington D.C., e talvez continuar mentindo lá, escondido num quarto de hotel que cheirasse a guimba de cigarro e produto para limpar vidro, onde faria ilustrações, mapas e *releases* para imprensa a portas fechadas, como um Oz dos tempos modernos. Talvez eu pudesse até mesmo contratar um ator de idade apropriada para se passar por mim, alguém com jeito de caubói, um cientista caubói, alguém que os washingtonianos fossem apreciar como um homem observador, um homem autoconfiante de Montana. Eu podia me reinventar, escolher um novo corte de cabelo.

— Sr. Spivet? — perguntou Jibsen. — O senhor ainda está aí?

— Estou — respondi. — Estou aqui.

— Então podemos esperá-lo? Seria ótimo se o senhor pudesse chegar o mais tardar na próxima quinta. Seria fantástico se pudesse comparecer à festa de gala. Todos ficariam deliciados.

Nossa cozinha era velha. Continha pauzinhos de comida oriental, fios de telefone, vinil à prova de fogo e nenhuma resposta às minhas perguntas. Surpreendi-me perguntando a mim mesmo o que Layton faria. Layton, que usava suas esporas dentro de casa, colecionava pistolas antigas e uma vez saltou do telhado de bicicleta com seu pijama espacial depois de ver *E.T.* Layton, que sempre quis visitar Washington porque era onde o presidente morava. Layton iria.

Mas eu não era Layton e não podia pretender emular seu heroísmo. Meu lugar era diante da mesa de desenho lá em cima no meu quarto, mapeando pouco a pouco o estado de Montana em sua totalidade.

— Sr. Jibsen — disse eu, quase que ceceando também. — Obrigado pelo convite; estou muito surpreso, muito mesmo. Mas não acho que seria uma boa ideia aceitá-lo. Estou muito ocupado com meu trabalho e, bem... muito obrigado mesmo assim, e tenha um bom dia.

Desliguei antes que ele pudesse protestar.

```
    O CAPIM ALTO          O RETÂNGULO PRETO        KOOLIES E ARTISTAS
                                                      ITINERANTES
                   CASCAVEL          NENHUMA
                                   RELATIVIDADE?            TORRADEIRAS
     MORGEGOS
      YUMA              TRIANGULAÇÃO
                                                      PORTÕES RANGENDO
         CARTOGRAFIA INDÍGENA
                                                          NOVA-IORQUINOS
                          SINCRONIA EM VAGA-LUMES

              ÁRVORE DE DARWIN
                            RETIRO DO IDIOTA      POÇO BERKELEY

  GUNGA DIN, O PTERODÁTILO
```

Mapa de 22 a 23 de agosto
Do caderno G100

Capítulo 2

O telefone foi recolocado na base, a conexão de Washington com o rancho Coppertop, encerrada. Imaginei uma mulher com óculos de armação de chifre desconectando um cabo do orifício num pequenino e monótono escritório do Centro-Oeste. O ato causaria um suave *pop!* em seus fones de ouvido. Essa mulher então ia se virar de novo para a companheira de cubículo e continuariam a conversa sobre removedores de esmalte, uma conversa que tinha durado o dia inteiro graças às constantes interrupções.

No caminho de volta para a varanda, parei na porta do escritório da dra. Clair. Ela agora tinha cinco volumes taxonômicos monumentais abertos na mesa. Seu indicador esquerdo estava firme sobre alguma linha num daqueles livros gigantes encadernados a couro enquanto seu indicador direito corria alucinado para lá e para cá por cima das minúsculas taxonomias como se dançasse algum tipo de tango em miniatura com uma companhia de pulgas.

Ela me viu parado na porta.

— Acho que essa deve ser uma *nova* subespécie — disse ela, os dedos em seus respectivos lugares enquanto olhava para mim.

Ela estava mentindo.

Gracie começaria a cozinhar em breve. A dra.Clair sempre fazia um gesto no sentido de ir cozinhar, mas então parecia se lembrar de alguma coisa importante em seu escritório no último minuto e deixava o mais difícil do trabalho para mim e para Gracie. Estava tudo bem: a dra. Clair era na realidade péssima cozinheira. Ela passou por vinte e seis torradeiras durante o curso de minha vida consciente, um pouco mais de duas por ano.Uma delas explodiu e incendiou metade da cozinha. Sempre que ela colocava um pedaço de pão na torradeira e abandonava a sala para se dedicar a algo que havia esquecido, eu ia em silêncio ao meu arquivo e trazia o mapa cronológico que mostrava cada torradeira, os destaques de sua carreira, a data e a natureza de seu falecimento.

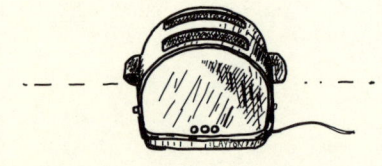

Nº 21, "A Devoradora" — Explodiu em 5/4/04 enquanto tostava pão integral

Eu ficava parado na porta de entrada de seu escritório e segurava o mapa na frente do peito como um tipo de placa de protesto e mais ou menos nesse momento a fumaça entrava flutuando no quarto, e ela olhava para o alto sentindo o cheiro da fumaça e me via e gritava *"yip siifg!"* como um coiote ferido.

— É um milagre que esta casa ainda 'teja de pé com uma mulher como essa na locomotiva — dizia meu pai com frequência.

— Tem um sulco no esternito abdominal que não foi descrito antes... *acho* que não. Acho que não... sempre há uma possibilidade, mas acho que não.

— Você sabe onde o meu pai está? — perguntei.

— Acho que não...

— Você sabe onde... — comecei a perguntar outra vez.

— Quem era ao telefone?

— A Smithsonian — respondi.

Ela riu. Não estava acostumado a ouvi-la rir, e isso me pegou um pouco desprevinido. Acho que até bati os calcanhares com a surpresa.

— Babacas — disse ela. — Se algum dia você trabalhar para uma grande instituição, lembre-se de que eles são, por definição, babacas. A burocracia anula a gentileza a cada passo.

— E quanto aos *Hymenoptera*? — perguntei. — Eles têm burocracia.

— Bem, uma colônia de formigas é feita apenas de fêmeas. É diferente. A Smithsonian é um clube de garotos velhos. E formigas não têm egos.

— Obrigado, dra. Clair — disse eu, me virando para ir embora.

— Vocês dois já estão quase terminando, lá fora? — perguntou ela. — Eu ia começar a cozinhar daqui a pouco.

Gracie estava na última espiga de milho quando voltei à varanda.

— Gracie! — exclamei. — Ei! Quantas espigas ruins?

— Não vou dizer — respondeu ela.

— Gracie! Você está estragando nosso banco de dados!

— Você passou umas seis horas ao telefone. Fiquei de saco cheio.

— O que fez com as que estavam ruins?

— Joguei todas no quintal para o Muitobem.

— Todas? — perguntei. — Arrá! Então havia mais de uma. Quantas?

Ela arrancou o restante dos fios sedosos da espiga e colocou-a no latão junto com as outras. Ali dentro, as lustrosas espigas de milho estavam uma por cima da outra, apontando em todas as direções, com seus perfeitos grãos amarelos brilhando ao sol do fim da tarde como botõezinhos pedindo para ser apertados. Não havia nada como um balde de milho cru para mudar definitivamente o curso do dia. A cor amarela, o simbolismo fértil, a promessa de manteiga derretida: era o suficiente para mudar a vida de um menino.

Eu me dei conta de que se fosse realmente engenhoso poderia revirar as palhas, contá-las, depois contar as espigas e então fazer uma pequena conta matemática dedutiva para descobrir quantas espigas ruins minha irmã tinha descoberto. Lamentei não ter registrado no meu esquema desde o início o número de espigas cuja palha planejávamos tirar naquele dia, embora, para ser sincero, como eu poderia ter previsto um motim tão ostensivo por parte de Gracie?

No canto direito superior do meu esquema "Gracie tirando a palha do milho nº 6", que agora jazia ultrapassado nos degraus da escada, eu havia reservado um espaço em branco para anotar a quantidade de espigas de milho ruins quando as descobríssemos. Antes de ir atender ao telefonema, não tínhamos descoberto nenhuma, mas já estava pronto: normalmente, desenhava uma espiga semidescascada, o melhor que conseguisse, escrevia a hora da descoberta, registrava que espécie de praga tínhamos encontrado e se era praga da espiga, caruncho-do-milho ou a lagarta-do-caruncho-do-milho. Depois, riscava o desenho com um X, a fim de informar ao leitor do esquema que aquela espiga era ruim e não devia ser comida. À margem do esquema, incluí alguns dados históricos: escrevi com muita clareza e em forma de fração o número de espigas ruins que tínhamos descoberto sobre o número total de espigas de que havíamos tirado a palha em cada um dos nossos últimos cinco eventos

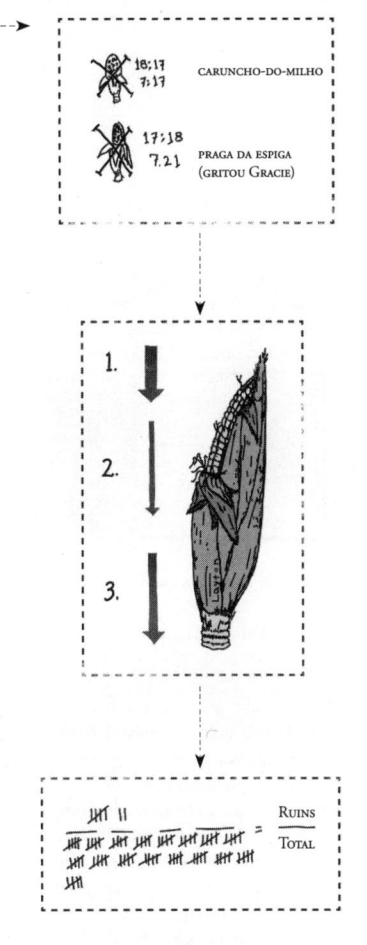

Detalhes de Gracie tirando a palha do milho nº 6*
Do caderno B457

* Esta colheita foi excelente. Eu poderia acrescentar: apenas sete espigas ruins de um total de 82, embora agora esses dados tenham sido jogados numa nuvem de confusão devido à imponente idiotice de Gracie.

de tirar a palha do milho na varanda dos fundos. Esses dados dariam até mesmo ao mais amador dos historiadores uma boa ideia do calibre de milho com que lidávamos aqui.

Obtive todos esses dados consultando minha biblioteca de cadernos azuis. Esses cadernos continham esquemas de quase todas as ações executadas na fazenda ao longo dos últimos quatro anos. Incluíam as seguintes tarefas, embora não se limitasse a elas: desviar canais de irrigação, consertar cercas, reunir vacas, marcar cavalos, colocar ferraduras, dar feno, vaciná-los, castrá-los (!) e domá-los, abater galinhas, porcos e coelhos, colher agreiras, podar samambaias, colher e tirar palha do milho, ceifar, varrer, limpar os arreios, enrolar todos aqueles laços, lubrificar o velho trator Silver King e empurrar as cabeças dos bodes e cabras para fora da cerca a fim de protegê-los dos coiotes.

Esquematizei meticulosamente todas essas atividades desde os oito anos, pois foi nessa idade que minha cognição e sabedoria floresceram suficientemente do broto da infância e concederam a perspectiva necessária para ser um cartógrafo. Não que minha mente estivesse desenvolvida por completo: eu seria o primeiro a admitir que ainda era uma criança em vários aspectos. Mesmo agora às vezes fazia xixi na cama e ainda conservava um medo irracional de mingau. Mas acreditava firmemente que desenhar mapas esquemáticos apagava muitas das crenças injustificadas de uma criança. Algo sobre medir a distância entre *aqui* e *ali* acabava com o mistério do que havia no meio, e, sendo eu uma criança com provas empíricas limitadas, o desconhecido do que poderia existir entre *aqui* e *ali* podia ser aterrorizante. Eu, como a maioria das crianças, nunca tinha estado *ali*. Mal tinha estado *aqui*.

A regra número um da cartografia era que se você não pudesse observar um fenômeno não tinha permissão para representá-lo em seu pergaminho. Muitos dos meus antepassados, porém, incluindo o sr. Lewis, o sr. Clark e até mesmo o sr. George Washington (o cartógrafo que virou presi-

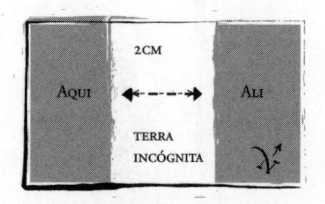

A distância entre aqui e ali
Do caderno G1

Acho que isso era parte da razão pela qual eu molhava minha cama quando criança: não sabia se o raivoso pterodátilo atrás de minha cama — que eu chamava de Gunga Din e que imaginava ter olhos como seixos, brancos e fulminantes, e um terrível bico mortal — estava pronto para me matar a qualquer noite se eu saísse naquele chão frio de tábuas para usar as instalações sanitárias. Então eu me segurava, e então não me segurava mais e os meus lençóis primeiro ficavam molhados e quentes e depois molhados e frios. E eu ficava deitado lá tremendo, mas vivo, tirando todo consolo possível do pensamento de que talvez meu xixi estivesse pingando na cabeça do Gunga Din, deixando-o com ainda mais raiva (e com mais fome) pela refeição que ele perdera. No entanto, eu não acreditava mais em Gunga Din, então não poderia explicar a você por que às vezes ainda molhava a cama. A vida é cheia de mistérios.

dente que não podia *contar* uma mentira, mas com certeza podia *desenhar* uma mentira), talvez porque tivessem nascido num mundo de grandes incertezas, violaram essa regra de modo bastante espalhafatoso, imaginando todo tipo de geografia falsa no território logo atrás da montanha mais próxima. *Um rio indo direto para o Pacífico, as Rochosas apenas como uma fina linha de contrafortes* — era muito tentador enxergar nossos desejos e temores nos espaços vazios de nossos mapas. *"Aqui se encontram os dragões"*, escreviam os cartógrafos de outrora no espaço vazio logo após a região ao alcance das linhas de suas penas.

E qual era a minha tática para acalmar o impulso de inventar em vez de representar? Simples: todas as vezes que eu via minha caneta querendo dar uma voltinha além das fronteiras do meu banco de dados dava um gole no refrigerante Tab que ficava na minha mesa de desenho. Um vício, talvez, mas um vício de humildade.

— Gracie — disse eu, com calma, tentando assumir um tom adulto de diplomacia —, se você puder apenas fazer a gentileza de me dizer quantas espigas ruins havia, poderei acrescentar isso ao nosso importante banco de dados sobre controle de praga nesta região. Será um trabalho bem-feito.

Ela olhou para mim, tirando mais alguns fios sedosos de sua calça.

— Está bem — disse ela. — Que tal... dez?

— Você está mentindo — reclamei. — Dez é muito.

— Como você sabe? — retrucou ela. — Você por acaso estava *aqui*? Não. Você estava *no telefone*. Quem era ao telefone, aliás?

— A Smithsonian.

— Quem?

— É um museu em Washington — respondi.

— E por que estavam ligando para *você*?

— Querem que eu vá para lá fazer ilustrações e discursos.

— O quê? — disse ela.

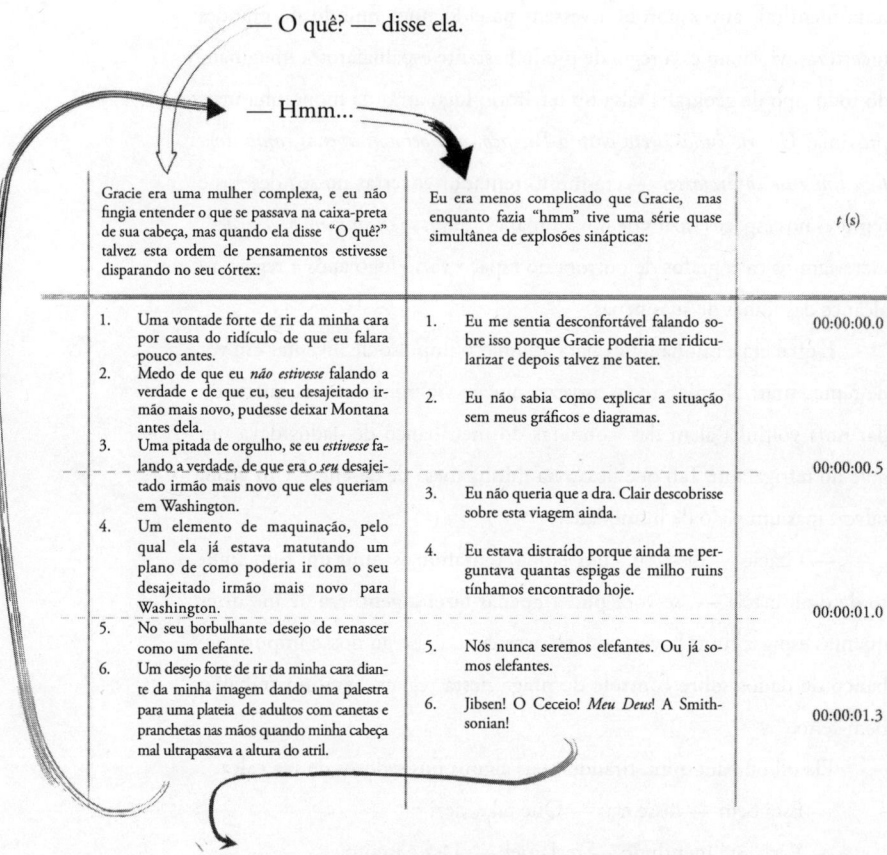

— Hmm...

		t (s)
Gracie era uma mulher complexa, e eu não fingia entender o que se passava na caixa-preta de sua cabeça, mas quando ela disse "O quê?" talvez esta ordem de pensamentos estivesse disparando no seu córtex:	Eu era menos complicado que Gracie, mas enquanto fazia "hmm" tive uma série quase simultânea de explosões sinápticas:	
1. Uma vontade forte de rir da minha cara por causa do ridículo de que eu falara pouco antes.	1. Eu me sentia desconfortável falando sobre isso porque Gracie poderia me ridicularizar e depois talvez me bater.	00:00:00.0
2. Medo de que eu *não estivesse* falando a verdade e de que eu, seu desajeitado irmão mais novo, pudesse deixar Montana antes dela.	2. Eu não sabia como explicar a situação sem meus gráficos e diagramas.	
3. Uma pitada de orgulho, se eu *estivesse* falando a verdade, de que era o *seu* desajeitado irmão mais novo que eles queriam em Washington.	3. Eu não queria que a dra. Clair descobrisse sobre esta viagem ainda.	00:00:00.5
4. Um elemento de maquinação, pelo qual ela já estava matutando um plano de como poderia ir com o seu desajeitado irmão mais novo para Washington.	4. Eu estava distraído porque ainda me perguntava quantas espigas de milho ruins tínhamos encontrado hoje.	
5. No seu borbulhante desejo de renascer como um elefante.		00:00:01.0
	5. Nós nunca seremos elefantes. Ou já somos elefantes.	
6. Um desejo forte de rir da minha cara diante da minha imagem dando uma palestra para uma plateia de adultos com canetas e pranchetas nas mãos quando minha cabeça mal ultrapassava a altura do atril.	6. Jibsen! O Ceceio! *Meu Deus*! A Smithsonian!	00:00:01.3

— Do que você está falando? — perguntou ela.

— Bem, eles querem que eu vá para Washington fazer umas coisas.

— Por que você? Você tem doze anos! E é um idiota! — disse ela, e então parou. — Espere... isso é a maior mentira.

— Não é nada. Mas eu disse a eles que não podia ir. Como é que eu ia chegar a Washington para começo de conversa?

Gracie olhou para mim como se eu tivesse alguma doença contagiosa. Ela inclinou a cabeça para o lado e entreabriu de leve a boca, um tique indicativo de descrença que ela havia aprendido com a dra. Clair.

— Não acredito neste mundo — disse ela. — É como se Deus me detestasse. É como se ele tivesse dito: "Ei, Gracie, eis a família maluca com a qual você vai viver! Ah, e vocês vão ter que morar em *Montana!* Ah, e o seu irmão, *um completo idiota,* vai para Washington..."

— Eu já disse que não vou para Washington...

— "...você não sabe? As pessoas simplesmente adoram idiotas! Nunca se cansam deles em Washington."

Respirei fundo.

— Gracie, sinto que você está se desviando um pouco do assunto... só me diga, *de verdade,* quantas espigas ruins nós tivemos... não precisa nem me dizer que tipo de insetos havia em cada uma.

Mas eu já havia perdido Gracie para o fenômeno comportamental multifacetado do "Acesso de Idiotice". Primeiro, ela daria aquele grunhido que eu nunca tinha escutado em nenhum outro contexto exceto num programa de TV sobre o mundo animal. Foi assim: um babuíno macho socou o estômago do irmão e esse irmão fez um barulho similar ao que Gracie estava fazendo agora, um barulho que o narrador do programa interpretou como denotativo de uma "resolução relutante quanto ao domínio de sua família". E então ela sairia batendo pé e se enfiaria no quarto por um longo período, e não reapareceria, nem mesmo para as refeições. Uma vez chegou a ficar trancafiada um dia e meio, e isso porque eu a tinha eletrocutado (acidentalmente) com meu polígrafo feito em casa — que eu, sensatamente, desmontei depois do acontecido. Só consegui persuadir Gracie a sair de seu antro de música pop para meninas subornando-a com quase cento e cinquenta metros de chiclete, mas para isso tive que torrar meu ordenado do USGS, o Instituto de Levantamento Geológico dos Estados Unidos.

— Desculpe, Gracie — disse do outro lado da porta do quarto dela. — Tenho aqui quase cento e cinquenta metros de chiclete. — E joguei os quatro sacos plásticos no chão.

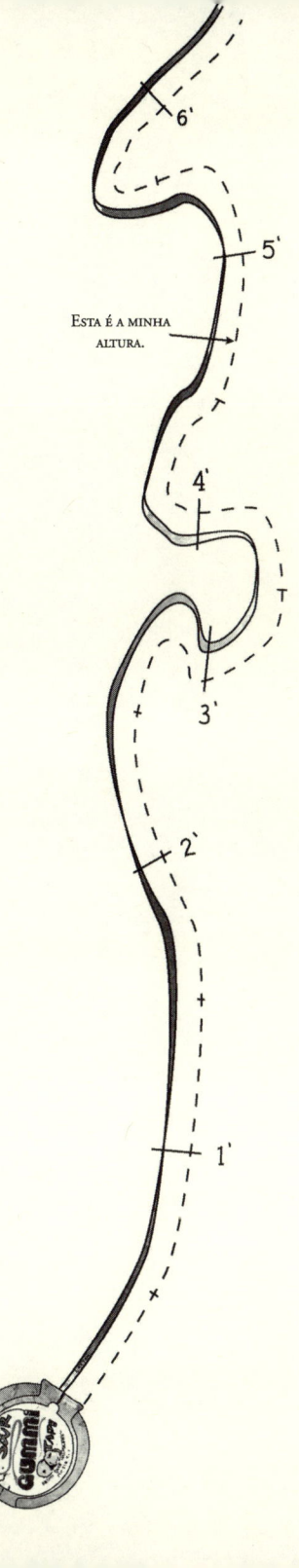

A cabeça dela surgiu um minuto depois. Gracie ainda estava amuada, mas também visivelmente cansada e com fome depois de seu isolamento.

— Está bem — disse ela. Depois, arrastando os sacos para dentro, acrescentou: — T.S., será que você pode ser normal daqui para a frente?

Um dia se passou. Gracie ainda não estava falando comigo, o que me deixava sem ninguém com quem conversar, já que a dra. Clair parecia absorvida pelas minúcias de suas questões sobre besouros, e meu pai, como de hábito, tinha desaparecido nos campos. Durante algum tempo, fingi que o telefonema do sr. Jibsen nunca tinha ocorrido. Sim, sim: era apenas um dia normal em fins de agosto no rancho — o preparo final do feno começaria logo, a escola também, aquelas seriam as duas últimas semanas para dar uma boa nadada no poço do rio junto ao campo de algodão.

Mas o ceceio suave de Jibsen me seguia por toda parte. Naquela noite, sonhei com um coquetel da alta sociedade na costa leste em que a fala sibilante do sr. Jibsen se tornara o centro das atenções. No sonho, todo mundo ouvia com atenção cada palavra sua, como se o caráter escorregadio de sua entonação desse a palavras como "transumanismo" seu próprio tipo particular de legitimidade. Acordei suando.

— Transumanismo? — murmurei na escuridão.

No dia seguinte, num esforço para me distrair, tentei começar meu mapa esquemático de *Moby Dick*.

Um romance é uma coisa difícil de esquematizar. Às vezes a paisagem inventada me proporcionava um descanso do fardo de ter que esquematizar o mundo real em sua totalidade. Mas esse escapismo era sempre temperado por um certo vazio: eu sabia que estava me iludindo com uma obra de ficção. Talvez equilibrar as alegrias do escapismo com a consciência da ilusão fosse o motivo para lermos romances, mas eu nunca conseguira lidar muito bem com aquela simultânea suspensão do real e do fictício. Talvez fosse preciso apenas ser um adulto para desempenhar aquela operação arriscada de acreditar e não acreditar ao mesmo tempo.

No final da tarde, fui lá para fora desanuviar a mente dos fantasmas de Melville. Segui o caminho sinuoso que meu pai tinha aberto pelo capim alto. Com o verão tão avançado, o capim estava quase acima da minha cabeça. Oscilava num vaivém sobre si mesmo enquanto o resto de luz da tarde filtrava azul e salmão por entre o movimento suave da trama de caules e pedúnculos.

Havia todo um mundo dentro do capim alto. Eu podia submergir no meio dele com os caules finos roçando em minha nuca e o capim infinito se erguendo e se dobrando contra o imenso céu azul, e o rancho e todos os seus personagens desapareceriam num sonho distante. Deitado de costas desse jeito, eu poderia estar em qualquer lugar. Era como um teletransportador de pobre. Fechava os olhos, escutava o ruge-ruge suave das folhas e fingia estar na estação Grand Central, ouvindo os sobretudos dos homens roçarem uns nos outros enquanto eles corriam para pegar o trem expresso de volta a Connecticut.

Layton, Gracie e eu brincávamos, sem cansar, no meio desse capim. Ficávamos entretidos por horas em jogos como "Sobrevivência na selva: quem é devorado?" ou "Encolhemos e temos dois centímetros, e agora?" (Por alguma razão, a maioria dos nomes de nossos jogos assumiam o formato de perguntas.) Depois disso, voltávamos para casa com um problema de saúde que chamávamos de "lanhos": nossas canelas ficavam coçando por causa dos cortes microscópicos infligidos por aquele esperto e implacável capim alto.

Porém, o mundo no interior do capim alto não era só uma terra de faz de conta: era a fronteira não oficial entre a observação científica e a questão prática de administrar um rancho. A dra. Clair e eu íamos para lá com redes e jarros, tentando coletar besouros-burrinhos e os da família *Scraptiidae*. Eles se contorciam e se agitavam tão violentamente quanto os que apanhávamos na rede. Nós dois começávamos a rir do jeito es-

— Mãe, a gente pode pegar AIDS da grama? — perguntou Layton uma vez no verão passado.

— Não — disse a dra. Clair. — Somente febre maculosa.

Eles estavam jogando mancala. Eu estava no sofá, trabalhando nas minhas linhas topográficas.

— Eu posso passar AIDS para a grama? — perguntou Layton.

— Não — disse a dra. Clair.

Tap tap tap fizeram as pecinhas nos receptáculos de madeira.

— Você já teve AIDS?

A dra. Clair olhou para o alto.

— Layton, que coisa é essa com a AIDS?

— Não sei — disse Layton. — Só não quero pegar. Angela Ashforth diz que é ruim e que eu provavelmente tenho.

A dra. Clair olhou para Layton. As peças do mancala ainda estavam em suas mãos.

— Se Angela Ashforth falar alguma coisa como esta a você novamente, diga-lhe que só porque ela se sente insegura por ser uma menina pequena numa sociedade que coloca uma enorme pressão em garotas pequenas para que correspondam a certos padrões físicos, emocionais e ideológicos, muitos dos quais são impróprios, não saudáveis, e se autoperpetuam, isso não significa que ela tenha que jogar a mal situada abominação que tem por si mesma para cima de um garoto tão bom como você. Talvez você seja parte do problema, mas isso não significa que não seja um bom menino com boas maneiras e certamente isso não significa que tenha AIDS.

— Não tenho certeza de que vou conseguir me lembrar de tudo isso — disse Layton.

— Bem, então diga a Angela que a mãe dela é uma branquela bêbada de Butte.

— Está bem — disse Layton.

Tap tap tap fizeram as pecinhas.

Até onde minha memória alcançava, sempre houve esse cabo de guerra entre meus pais em Coppertop. A dra. Clair uma vez isolou o depósito inteiro de feno, envolvendo-o com uma corda, durante a eclosão das pupas do ciclo de dezessete anos da cigarra, enfurecendo meu pai a ponto de ele ir fazer suas refeições no lombo do cavalo por uma semana.

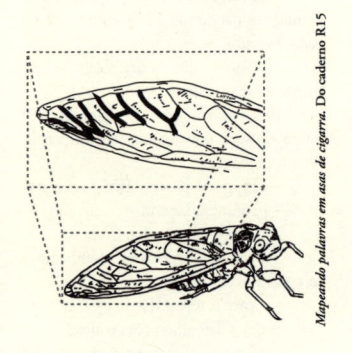

Mapeando palavras em asas de cigarra. Do caderno R15

Do mesmo modo, ele deixou as cabras (consciente ou inconscientemente era algo que ainda estava em discussão) entrarem no cercado com todas as metades de laranja onde a dra. Clair estava criando seus besouros perfuradores de raiz recém-importados do Japão. Pobres besouros! Viajam quase cinco mil quilômetros pelo Pacífico só para serem devorados por um monte de cabras ignorantes de Montana.

Foi assim que meu pai evitou um pedido de desculpas à dra. Clair:

— É só um bando de cabras ignorantes — disse ele, com seu chapéu Stetson na mão. — Só isso. Ignorantes.

Talvez meu lugar favorito de observação no Coppertop fosse empoleirado na grande trave da cerca bem no meio das coisas: atrás de mim, o capim alto e a casa do rancho (com a dra. Clair estudando lá dentro), na minha frente, os campos e os novilhos e as cabras ignorantes mascando com "aquelas suas boquinhas ignorantes que parecem motores". Sentado nessa trave da cerca, ficava evidente que o nosso rancho era, mais do que qualquer coisa, um grande acordo.

pontâneo e frenético do besouro, e acabávamos deixando o pobre inseto espasmódico escapar.

Meu pai não encarava tão tranquilamente o crescimento interminável do capim e da exuberante artemísia em nosso rancho. Quando eu era mais novo e me esforçava ao máximo para ser um caubói em treinamento como Layton, nosso pai nos mandava cortar o capim para abrir espaço para uma nova cerca, ou mesmo quando ele apenas tinha a sensação de que o mato estava ultrapassando por demais os limites do mundo ordenado de seus campos.

— Isso aqui virou uma reserva ecológica agora? — dizia ele, e nos entregava pequenos facões de mato para cortar o capim transgressor. — Daqui a pouco a gente vai precisar de um periscópio para mijar.

Era visível que a dra. Clair desaprovava o aparo do capim — aquele era o seu território de coletas, afinal de contas —, mas geralmente não dizia nada depois que cortávamos mais uma área que meu pai reivindicava com suas cercas. Apenas retornava em silêncio para o seu escritório tumultuado e para os seus espécimes de coleópteros. Conforme suas mãos adejavam por ali, só havia um leve aumento na voracidade dos gestos de espetar e arquivar, que talvez apenas eu, ou um cientista, pudesse detectar.

Estava deitado de costas no capim alto tentando imaginar como seria ver a Smithsonian em pessoa, caminhar pelo National Mall e chegar, então, ao castelo de descobertas e invenções e a seus torreões. *Por que eu tinha recusado uma oferta como essa?*

De repente, um ruído no capim interrompeu minhas visões da Smithsonian. Meu corpo se retesou. Parecia um puma se aproximando. Dei um salto, assumi uma posição de ataque improvisada e me preparei. Minha mão esquerda verificou meus bolsos sem fazer qualquer barulho.

Tinha deixado o canivete Leatherman (Edição do cartógrafo) no banheiro. Se aquele puma estivesse com fome, eu estava perdido.

O animal lentamente entrou em foco em meio aos caules altos. Não era um puma. Era o Muitobem.

— Muitobem! — exclamei. — Vá fazer algo que preste. — E de imediato me arrependi por ter dito isso.

Muitobem era velho e estropiado cão de caça do rancho. Eu já tinha lido com atenção muitos livros sobre cães, tentando traçar a origem de sua espécie, e só consegui chegar à hipótese de que Muitobem era parte *golden retriever* e parte *koolie* — um *sheep dog* australiano sabidamente raro por aquelas bandas —, mas não conseguia encontrar outra explicação para o seu pelo malhado e desordenado com volteios de cinza, preto e castanho que mais parecia uma pintura de Edvard Munch com tinta escorrendo.

Era curioso como a dra. Clair, a obsessiva-compulsiva sistêmica, ficava indiferente ao passado de Muitobem.

— Ele é um cachorro — era tudo o que dizia, exatamente a mesma coisa que meu pai havia dito no dia em que trouxe Muitobem para casa, três anos antes. Ele tinha ido comprar seringas de vacinação em Butte quando viu o jovem Muitobem correndo pelo acostamento da rodovia I-15.

— Quem você acha que pode tê-lo deixado lá? — perguntou Gracie, coçando as costas do cachorro de um modo que indicava já estar tomada por um profundo amor.

— Os Carnie — disse meu pai.

Gracie o batizou com uma elaborada cerimônia marcada por guirlandas e música de acordeão no chaparral às margens do rio. Todo mundo achou que era um bom nome, exceto meu pai. Resmungou que "Muitobem" não era o nome de um cão de caça de rancho, que eles deviam receber como nome algo curto e duro como "Chip", "Rip" ou "Tater".

Quando Layton morreu, Muitobem ficou maluco durante alguns meses — correndo para cima e para baixo pela varanda dos fundos, esquadrinhando constantemente o horizonte, mastigando os baldes de lata a tarde toda até sua boca começar a sangrar. Eu olhava seu tormento em silêncio, incerto sobre o que falar ou fazer.

Então um dia no início do verão Gracie o levou para um longo passeio, um passeio que poderia ter sido como qualquer outro, exceto pelo fato de ela ter feito para ele uma guirlanda de dentes-de-leão e parado por um tempo perto do algodoeiro. Os dois retornaram com um novo tipo de entendimento em seus rostos. Muitobem parou de mastigar os baldes.

Depois disso, todos nós começamos a usá-lo de nossa própria maneira. Quando você estava se sentindo particularmente solitário, levantava-se da mesa e dava aquele pequeno estalo com a língua, não cem por cento igual ao que Layton fazia mas parecido o suficiente — isso significava para Muitobem que ele deveria acompanhá-lo até o campo. Muitobem não parecia se incomodar em ser usado dessa forma. De algum modo, ele se conformara com a perda do dono. Além disso, essas "caminhadas solitárias" lhe permitiram dedicar-se a um de seus hobbies: tentar morder vaga-lumes, *Photinus pyralis*. Durante certas noites no final de julho, os insetos todos piscavam em sincronia, como se estivessem seguindo algum metrônomo divino.

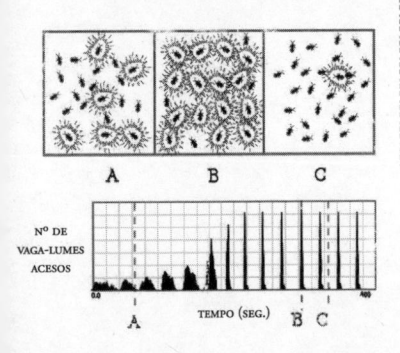

Sincronia nos **Photinus pyralis** *de Montana*
Do caderno R62

— Um cão de caça com um nome desses vai acabar entendendo tudo errado — disse meu pai naquela primeira manhã após a chegada de Muitobem, colocando a colher de mingau dentro da boca em golpes curtos e rápidos. — Ele vai esquecer que tem que trabalhar. Vai achar que está de férias por aqui. Nova-iorquinos.

"Nova-iorquinos" era uma sentença que meu pai atirava a esmo com grande liberalidade e sem nenhum tipo de contextualização. Acrescentava-a ao fim das frases como uma indicação generalizada sempre que estava falando sobre algo que julgava "frouxo", "exageradamente elegante" ou "inadequado", como em: "Três meses e esta camisa nova já está gasta. Por que é que eu pago por isso? Meu rico dinheirinho vai se esfarrapar antes mesmo de eu tirar a porcaria da etiqueta. *Nova-iorquinos!*"

— O que você tem contra os nova-iorquinos? — perguntei uma vez. — Já esteve em Nova York?

— Pra quê? — disse ele. — É de Nova York que vêm todos os nova-iorquinos.

Embora Muitobem tenha se revelado um cão de caça no mínimo medíocre para o rancho, tornou-se o primeiro amor de Layton. Os dois eram inseparáveis. Meu pai ficava reclamando que Muitobem não valia seu próprio peso em estrume, mas Layton não parecia se importar com a postura profissional do cachorro. Os dois falavam um idioma que só eles conseguiam entender: uma série de tapas, assobios e latidos que tinham sua própria cadência. Muitobem observava todos os movimentos de Layton na mesa de jantar, e, quando meu irmão se levantava, Muitobem o seguia, com as patas fazendo barulhinho sobre o piso de madeira. Acho que Gracie tinha ciúmes dessa afinidade toda, mas às vezes não há como ir contra o verdadeiro amor.

— Ei, Muitobem — chamei. — Vamos dar uma volta.

Muitobem fez uma pose falsa de cão pronto para a caça e depois latiu duas vezes, o que significava que não queria dar uma volta, queria brincar de "Gente não me pega".

— Não, Muitobem. Não quero brincar. Só quero andar. Tenho algumas questões para pensar. Questões das grandes — acrescentei, dando tapinhas no meu nariz com o indicador.

Eu me levantei devagar, e Muitobem se moveu devagar também, virando-se na direção em que andaríamos, mas nós dois sabíamos que isso tudo era uma artimanha. Eu estava tentando enganá-lo, e ele sabia. Esperou apenas até o momento em que meu bracinho de 12 anos de idade pudesse se estender para segurar sua coleira e então saiu correndo — *ele deve ter memorizado um motivo para sair correndo!* — e fui atrás dele. Quando perseguido, Muitobem tinha esse hábito de se esquivar correndo para cá e para lá. Como se fosse uma esquizofrênica corrida, sua traseira disparava para a esquerda, para a direita e para a esquerda outra vez, e o efeito não era tanto o de nos enganar quanto o de confundir seu próprio corpo, que parecia estar sempre prestes a tropeçar e dar uma cambalhota. A ideia de um incidente desses era em parte o motivo que nos fazia continuar a persegui-lo, então talvez aquelas bufonarias fossem seu modo de nos atrair para um pega-pega prolongado.

Tivemos nosso pega-pega prolongado. Podia ver o rabinho malhado marrom e amarelo de Muitobem fugindo bem diante de mim pelos arbustos e pelo capim alto, se balançando como um daqueles coelhos mecânicos que são pendurados na frente dos galgos. Em seguida estávamos emergindo de dentro do mar de capim rumo ao espaço aberto. Chegamos à cerca. Eu estava correndo a toda velocidade. No exato momento em que pensei em pular e agarrar a traseira dele, percebi que a cerca ao longo da qual seguíamos estava prestes a fazer uma curva abrupta de noventa graus em nossa direção. Muitobem deve ter planejado isso desde o início. Vi a coisa toda acontecer em câmera lenta: Muitobem mergulhando agilmente por baixo da cerca enquanto eu tentava, desesperado, frear, e em seguida colidia com

Você sempre tinha que fazer essa respiração extra quando confrontado com o sr. Tecumseh Elijah Spivet. Olhava para as rugas do seu rosto de lixa, o modo como seu cabelo grisalho saltava por debaixo das manchas de suor de seu chapéu, e via as provas de um tipo particular de vida circular, uma vida exonerada pelas mudanças de estação — domando cavalos selvagens no verão, marcando na primavera, rodeios no outono, abrindo e fechando aquele mesmo portão ano após ano.

As coisas eram desse modo aqui: você não questionava a monotonia de abrir e fechar o portão. E no entanto eu queria explorar, continuar até o próximo portão, comparar como aquelas dobradiças rangiam de modo diferente das nossas.

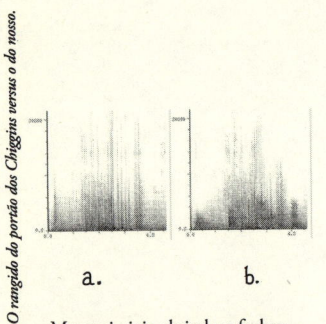

O rangido do portão dos Chiggins versus o do nosso.

a.   b.

Meu pai vivia abrindo e fechando o mesmo portão, e apesar de todas as suas idiossincrasias — a Sala d'está, as metáforas estranhas e antiquadas, sua insistência para que todo mundo na família escrevesse cartas uns para os outros durante os dias santos (suas cartas nunca tinham mais do que duas linhas) — apesar de tudo isso, meu pai era o homem mais prático que eu jamais conhecera.

Ele também era o homem mais sábio que conheci na vida. E eu podia dizer — daquele modo tênue e no entanto preciso com que as crianças às vezes pressentem coisas sobre seus pais que suplantam a reverência familiar costumeira — que meu pai provavelmente era um dos melhores homens naquilo que ele fazia em todo o sudoeste de Montana. Dava para dizer pelos seus olhos, pelo seu aperto de mão, o modo como suas mãos seguravam aquela corda, sem insistir, apenas dizendo para o mundo como as coisas eram e como seriam.

a cerca, o *momentum* me levando para o alto e por cima das traves de madeira até cair de costas do outro lado.

Não sei ao certo se perdi a consciência, mas a primeira coisa de que me lembro é de Muitobem lambendo meu rosto e meu pai de pé à minha frente. Talvez eu ainda estivesse um pouco atordoado, mas queria acreditar que havia o leve traço de um sorriso em seu rosto.

— T.S., pra que você está correndo atrás desse cachorro? — perguntou meu pai.

— Sei lá — respondi. — Ele queria que eu corresse atrás dele.

Meu pai suspirou, e a expressão de seu rosto mudou ligeiramente — um aperto dos lábios, uma contração e uma descontração do queixo. Com o tempo, eu havia aprendido a traduzir aquela sequência particular de tiques faciais assim: "Como é possível que você seja meu filho?"

Era uma tarefa difícil ler um rosto como aquele. Já tinha tentado (e não consegui) criar um esquema do rosto do meu pai que capturasse de maneira adequada tudo o que acontecia por ali. As sobrancelhas eram um pouquinho irregulares, mas desgrenhadas demais, ainda assim sempre se projetavam de maneira perfeita como árvores, sugerindo que ele talvez tivesse acabado de voltar de uma longa volta de buscas em sua motocicleta Indian cor de vinho. O bigode grisalho estava aparado e eriçado, mas não aparado demais ou eriçado demais a ponto de transmitir um jeito almofadinha de dândi ou um jeito grosseiro de gente do interior — pelo contrário, o bigode evocava tanto a admiração quanto a confiança que existe em nós quando nos viramos para confrontar a infinita linha do horizonte no rancho ao crepúsculo. Uma cicatriz do tamanho e com o formato de um clipe de papel aberto marcava a fenda do seu queixo, o sinal branco em forma de V visível apenas o suficiente para confirmar não apenas a capacidade inevitável de recuperação do meu pai, mas também — por baixo da firmeza que ele demonstrava sobre a sela — o fato de que tinha consciência de suas próprias vulnerabilidades, como seu dedo mínimo direito, que era fraco por ter se quebrado durante a construção de uma cerca. A constituição geral de sua fisionomia era unida pela rede cuidadosa de rugas que emolduravam o rosto dos olhos até a papada, regatos que chamavam a atenção não para sua idade mas para sua ética profissional, e a existência do mesmo portão que ele passara a vida toda abrindo e fechando. Tudo isso era expresso num instante quando você se deparava com meu pai em carne e osso, portanto era compreensível meu medo de a essência de sua presença na vida real se perder numa reprodução feita na mesa de desenho.

Ano passado fiz uma ilustração para um artigo na *Science* sobre uma nova tecnologia em caixas eletrônicos que registrava não apenas o tom da voz do cliente mas também a expressão de seu rosto. O dr. Paul Ekman, autor do artigo, tinha criado o Sistema de Codificação da Ação Facial, que decompunha todas as expressões da pessoa numa combinação de 46 unidades básicas de ação. Essas 46 unidades eram a base para construir todas as expressões humanas existentes. Usando o sistema do dr. Ekman, eu podia tentar mapear pelo menos a gênese muscular da expressão do meu pai, expressão que eu tinha apelidado de "Ponderação Solitária Este-garoto-deve-ter-sido--trocado-na-maternidade". Em termos técnicos, era uma UA-1, UA-11, UA-16 — a parte interna das sobrancelhas elevada, uma depressão nasolabial e um afundamento no lábio inferior (e às vezes a expressão até chegava a uma pequena UA-17, em que seu queixo de clipe de papel se enrugava e se tornava ondulado e poroso, mas isso só acontecia quando eu fazia alguma coisa muito peculiar, como, por exemplo, amarrar aqueles aparelhos de rastreamento GPS ao pescoço das galinhas ou montar a câmera de lapso de tempo na cabeça de Stinky, o bode, coisa que fiz para descobrir o que esses animais viam).

— Quer me dar uma ajudinha um instante? Tá ocupado? — perguntou ele.

— Não, senhor — respondi. — Do que precisa?

— Equilibrar o nível da água — disse o meu pai. — Comporta sul. O riacho tá com mais sede que um frangão-d'água em telhado de zinco, mas a gente vai espremer dele esse restinho antes que seque de vez.

UA-1
"Elevação interna das sobrancelhas"
Músculo: Frontalis

UA-11
"Afundamento nasolabial"
Zigomático menor

UA-16
"Depressão do lábio inferior"
Labii

UA-17
"Elevação do queixo"
Mentalis

O dr. Ekman usava esta mesma face para todos seus exemplos de unidades de ação. Eu imaginava quem seria essa pessoa e se o seu rosto não estaria muito cansado de tanto se expressar.

Esta pergunta evocava em mim varias emoções:

1) Eu estava excitado com a perspectiva de me pedirem ajuda, pois, além de algumas tarefas aqui e ali, fazia algum tempo que meu pai aceitara que eu, assim como Muitobem, não era uma criatura do rancho. Durante a marcação a ferro, recordo-me de ter olhado pela janela para o meu pai trabalhando afastado e eu queria calçar as minhas botas e me juntar a ele, mas havia sido silenciosamente traçada uma linha que eu sabia não poder ser cruzada (Quem traçou esta linha? Foi ele? Fui eu?).

2) E então essa pergunta também me deixava muito triste: aqui estava um dono de rancho perguntando ao seu único filho restante se ele viria ajudá-lo com as tarefas diárias do rancho. Isso não deveria acontecer. Garotos de rancho deveriam, em tese, trabalhar a vida inteira nas terras de seus pais, assumindo aos poucos as responsabilidades de capataz que num dado momento culminariam no evento da transferência de responsabilidade do patriarca para o filho, de preferência num outeiro durante um pôr do sol.

— A gente pode fazer isso nessa época do ano? Os outros estancieiros não precisam da água?

— Não tem mais ninguém. Thompson vendeu pra prefeitura. Ninguém dá bola pro Feely. Watermen tá ocupado recuperando a terra lá pra cima no vale. — Ele fez um gesto e cuspiu. — Então, cê vem? Só quero cavar antes de escurecer.

O Sol estava agachado sobre as Pioneer. As montanhas estavam roxas e marrons, o ângulo da luz atingindo o tecido de pinheiros e abetos produzia uma miragem esfumaçada que fazia o vale parecer estar tremendo. Era uma visão e tanto. Nós dois olhamos.

— Acho que posso ajudar — disse eu, tentando parecer sincero.

Dentre todas as infindáveis tarefas no rancho Coppertop, "equilibrar o nível da água" — com seu toque de harmonia e sincronicidade — sempre me atraíra mais. Empoleirados lá no alto como estávamos, no terreno duro, de vegetação rasteira — onde não havia chovido muito no último mês de maio e a maioria dos riachos eram agora apenas um filete cansado pelos corredores de seixos —, tínhamos poucos artigos mais preciosos do que a água. Açudes, canais, sistemas de irrigação, aquedutos, reservatórios — esses eram os verdadeiros templos do Oeste, a distribuição da água através de uma série incrivelmente complexa de leis que na verdade ninguém entendia, mas sobre as quais todo mundo, incluindo meu pai, tinha uma opinião.

— Essas leis são *pura bosta* — disse meu pai certa vez. — Ocê quer me dizer como usar a *minha* água na *minha* terra? Então vam'lá pro riacho brigar por ela.

Eu não podia falar com a mesma resolução, talvez porque não estivesse equilibrando o nível da água por tanto tempo quanto ele. Ou talvez fosse só porque logo depois da divisa continental a cidade de Butte tivesse uma relação trágica com o fornecimento de água que me deixara acordado durante muitas noites planejando soluções na minha mesa de desenho, acalentado por uma lata de refrigerante Tab.

Quando meu pai não ficava resmungando demais, eu podia pegar uma carona com ele até a cidade todos os sábados para visitar os Arquivos de Butte. Os materiais dos Arquivos ficavam amontoados no andar de cima de um antigo corpo de bombeiros desativado, e no espaço mal cabia a série aleatória de detritos históricos enfiados na malha de suas prateleiras. O local tinha cheiro de jornal mofado e um perfume muito particular, levemente acre, de lavanda, que a velha que cuidava das estantes, a sra. Tathertum, usava em doses generosas. Esse aroma desencadeava uma reação pavloviana em mim: sempre que eu sentia o mesmo perfume em outras mulheres, não importava onde eu estivesse, era no mesmo instante transportado de volta à sensação de descoberta, à sensação de dedos sobre papel velho, cuja superfície era poeirenta e frágil, como a membrana da asa de uma mariposa.

Era possível se deparar com um livro de registro de nascimentos ou óbitos ou com as páginas mofadas de um dos jornais de outrora de Butte e ingressar num mundo inteiramente paralelo. Havia rastros de amor, esperança e desespero espalhados por aqueles documentos oficiais, e ainda mais interessante do que isso eram os jornais diários que eu vez por outra descobria atrás de uma caixa de lona, quando a sra. Tathertum estava de bom humor e permitia que eu entrasse no depósito do andar de baixo. Havia ali fotografias amareladas, diários banais que às vezes revelavam momentos de intensa intimidade, faturas de vendas, horóscopos, cartas de amor, até mesmo um ensaio, arquivado no lugar errado, sobre buracos de minhoca no Centro-Oeste americano.

Sentado naquele pequeno esconderijo aos sábados, com ondas pronunciadas de perfume de lavanda e os fantasmas de inquisitivos bombeiros dando tapinhas no meu ombro, lentamente passei a compreender uma das grandes ironias de Butte: mesmo com as companhias mineradoras sugando das montanhas os seus minerais por mais de cem anos, não era uma avalanche ou uma grave instabilidade do solo que ameaçava a cidade hoje: o que a

> A monografia era de autoria de um sr. Petr Toriano e era intitulada "A preponderância dos buracos de minhoca lorentzianos no Centro-Oeste americano, 1830-1970". Eu estava tão satisfeito com a minha descoberta que secretamente escondi o envelope pardo e seu conteúdo em cima do gabinete no banheiro de forma que eu pudesse ter certeza de que ia achá-lo novamente. Quando voltei aos arquivos na semana seguinte, entretanto, o envelope pardo tinha sumido.

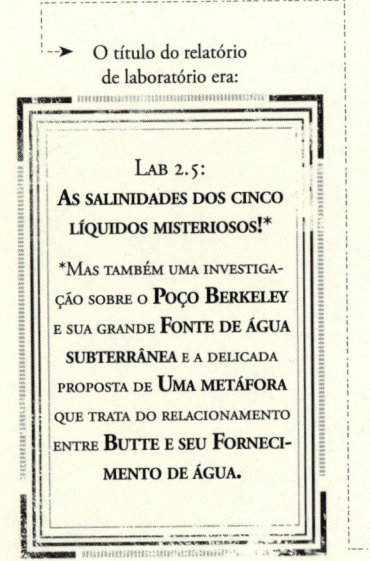

ameaçava era a *água* — a água vermelha e cheia de arsênico que lentamente fluía de volta para dentro do grande espaço oco do poço de mineração Berkeley. A cada ano aquele lago carmim subia quase quatro metros, e em vinte e cinco anos ia ultrapassar o nível de água subterrânea e se derramar sobre a Main Street. Era possível ver isso apenas como a terra reivindicando o que outrora fora seu, um gesto natural na direção do equilíbrio de acordo com as leis da termodinâmica. De fato, ao longo do último século e meio, Butte havia sobrevivido e cultivado sua *persona* à base de uma indústria florescente de extração de cobre tão notadamente fora de sincronia com o mundo sustentável que seria possível dizer que a cidade moderna — aninhada ao lado da prova de seu excesso histórico na forma de um poço com quase dois quilômetros de amplitude e quase trezentos de profundidade se enchendo de modo constante com um transbordamento de água subterrânea tóxica — estava agora recebendo a esperada punição cármica e ecológica. Uns dois anos antes, 342 gansos canadenses tinham pousado na superfície do lago e morrido, seus esôfagos queimados, como se dissessem: *Viemos até aqui para prenunciar seu sofrimento*. Gracie fez uma pequena cerimônia para eles com grous de papel e corante vermelho sob o velho choupo.

➤ O título do relatório de laboratório era:

Lab 2.5:
As salinidades dos cinco líquidos misteriosos!*

*Mas também uma investigação sobre o **Poço Berkeley** e sua grande **Fonte de água subterrânea** e a delicada proposta de **Uma metáfora** que trata do relacionamento entre **Butte** e seu **Fornecimento de água**.

No meio do ano passado, esbocei o frágil estado da bacia hidrográfica de Butte em um trabalho de laboratório da minha aula de ciências do sétimo ano. O trabalho devia ser apenas sobre a salinidade de cinco líquidos misteriosos, então, admito, retrospectivamente, que talvez não fosse o foro mais apropriado para minha longa ruminação com uma extensa metáfora do lençol d'água contaminado com arsênico enchendo o poço de mineração como sangue enchendo uma grande ferida no peito. Concluí meu trabalho com uma reflexão hipodesenvolvida e definitivamente pouco persuasiva sobre responsabilidade social corporativa, ignorando conceitos adultos como "orçamento" e "inércia burocrática" em minha pressa para chegar a conclusões idealistas que requisitavam intensa intervenção do governo. Essa parte final do trabalho de laboratório era assumidamente duvidosa, na melhor das hipóteses, e deixava evidente que havia sido escrita por uma criança que tinha uma noção deformada do mundo real. Mas ainda achava que a linha de pensamento analógica era um bom dispositivo para emoldurar meu banco de dados. Eu não era uma pessoa literária, portanto a metáfora da ferida no peito não era um floreio; pelo contrário, a persegui com cuidado, chegando até mesmo a examinar as surpreendentes similaridades entre a formação de coágulos nos capilares e nos padrões aquíferos subterrâneos.

O sr. Stenpock, meu professor de ciências do sétimo ano, não gostou muito.

O sr. Stenpock era uma criatura incoerente. Um único olhar confirmaria isso, quando se considerava tanto a fita adesiva sustentando uma haste de seus antiquados óculos de aviador com lentes bifocais — o que por si só seria o cartão de visitas tradicional de um idiota — quanto o fato de ele sempre usar uma extravagante jaqueta de couro para dar aula, uma declaração, em termos de moda, que tentava dizer (mas não conseguia): "Crianças, é provável que eu faça coisas depois da escola que vocês ainda não estão preparadas para saber."

Suas anotações nas margens do meu trabalho sobre o poço Berkeley ajudarão a ilustrar essa postura dualista. Ao lado da minha análise dos cinco líquidos ele escreveu:

> *Ótimo trabalho, T.S. Você realmente entendeu o conceito.*
>
> *bela ilustração! →*

Mas assim que cheguei à discussão mais longa e um tanto quanto frágil sobre o poço Berkeley (as 41 páginas finais do trabalho de 44 páginas) ele assumiu um tom bem diferente:

> *Isto não cabe num relatório de laboratório. Leve isto a sério! Isto não é um jogo.*

▸ Cunhei portanto o termo *Stenpock*:

Stenpock [sten*päk] s. qualquer adulto que insista em ficar confinado no seu cargo e que não nutra paixão alguma pelo extraordinário ou incrível.

Se todos fossem Stenpocks, ainda estaríamos na Idade Média, pelo menos em termos científicos.

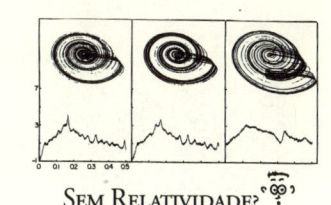

SEM RELATIVIDADE?

Sem relatividade. Sem penicilina. Sem biscoitos com gotas de chocolate. Sem mineração em Butte. Então, era uma ironia que o sr. Stenpock, a fonte do termo, tenha escolhido ser ele próprio um professor de ciências — profissão que sempre considerei abençoada com a grande tarefa de distribuir a admiração entre as crianças.

A SUBIDA DAS ÁGUAS NO POÇO BERKELEY

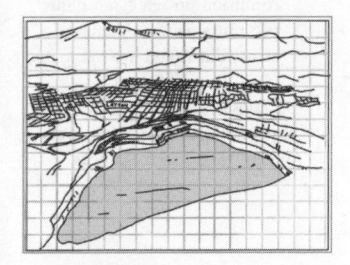

BUTTE - MONTANA

crítico: 5410'
hoje: 5261'

**Do laboratório 2.5
"As salinidades dos cinco líquidos misteriosos"**

e

*O que você está fazendo, Spivet?
Que tipo de pessoa você acha que eu sou?!
Acha que eu sou um idiota?*

e

Eu não sou um idiota. Vou ✹
Você está muito longe da sua praia, Spivet.

Eu não estava ali para julgá-lo, mas a verdade é que, como tantos moradores de Butte, o sr. Stenpock não queria ouvir mais nenhuma palavra sequer sobre aquele poço, que era uma lembrança contínua do apocalipse vindouro que aguardava a cidade logo abaixo da Main Street. Eu entendia como era: Butte saía nas manchetes nacionais ano sim ano não perto do Dia da Terra como um exemplo do que podia dar mais errado na tênue relação do homem com o meio ambiente. Devia ser psicologicamente cansativo viver na cidade-emblema da catástrofe ambiental, até porque não era só isso que acontecia por ali: Butte tinha uma faculdade técnica com jogos de futebol e um centro cívico que organizava mostras de armas, tinha também uma feira nos meses quentes, os sempre populares festivais de motociclismo Evel Knievel Days, os festivais de dança irlandesa, e as pessoas bebiam café, se amavam, viviam e faziam crochê como em todas as outras cidades. O poço Berkeley não era tudo o que havia na cidade. Ainda assim, era de se esperar que um professor de ciências conseguisse olhar para além de sua estratégia defensiva provinciana e ver o poço como uma potencial mina de ouro científica: um tesouro recém-descoberto de análises de projetos e estudos de caso e metáforas extensas.

O sr. Stenpock não gostou, em especial, da referência que fiz a ele na introdução à parte do poço Berkeley do meu trabalho. Para efeito dramático, descrevi como seria se nós dois congelássemos no instante em que ele me devolvesse o trabalho, e permanecêssemos imóveis nesse gesto de troca por vinte e cinco anos. Em determinado momento haveria um grande estrondo e então a porta da sala de ciências seria aberta com violência, e por trás dela viria um redemoinho bíblico de água vermelha tóxica que encharcaria no mesmo instante nossos cartazes sobre massa, gravidade e ovos de galinha, e, segundo o que escrevi no trabalho, "a água queimaria nossa pele humana macia ao tocá-la e encresparia aquele bigode do sr. Stenpock, que mais parecia um pregador de cabelos".

— Seu espertinho — disse o sr. Stenpock quando fui falar com ele depois. — Escute: atenha-se às suas aulas. Você é muito bom em ciências, e vai se sair bem. Depois pode ir para uma universidade e se mandar deste lugar.

A sala de aula estava vazia, as janelas abertas como se fosse o primeiro dia realmente quente da primavera, e lá fora as crianças estavam rindo em meio ao guinchar dos balanços e ao quicar suave de uma bola vermelha sobre o asfalto. Parte de mim queria me juntar aos meus semelhantes, esquecer a entropia e a inevitabilidade e aproveitar as delícias de jogar bola.

— Mas e quanto ao poço? — perguntei.

— Eu não dou a menor *pelota* pro poço — disse ele.

Esse momento de confronto ficou congelado na minha memória num eco peculiar da imagem congelada que eu descrevera em meu trabalho de laboratório. Queria perguntar o que era uma pelota mas, para ser franco, estava com muito medo. O modo como ele disse essa frase fazendo-a parecer uma dispensa tão óbvia me fez recuar um passo e piscar os olhos, e piscar novamente. Como podia um homem supostamente devotado às ciências — a força vital que unia minha mãe à tarefa de desvendar o mundo natural, a disciplina que acolhia aquela busca incansável e o método de investigação que empregava todo o meu anseio e a minha curiosidade em confeccionar meus esqueminhas em vez de enviar bombas pelo correio a proeminentes capitalistas —, um cientista afinal de contas assumir uma postura tão agressivamente limitada usando aquela palavra "pelota"? Embora eu soubesse que a maioria dos cientistas ainda eram homens, me perguntei naquele momento se haveria algo de inato à composição cromossômica XY, se homens adultos com suas jaquetas de couro, sua gordura entrópica de meia-idade e seus chapéus de caubói com a aba semilevantada poderiam em algum momento ser verdadeiros cientistas de mente aberta, curiosos e obsessivos como minha mãe, a dra. Clair. Ao que parecia, os homens, com sua natureza à Stenpock, estavam, ao contrário, destinados a abrir e fechar o mesmo portão, trabalhar nas minas e martelar trilhos de trem para prendê-los na terra, em movimentos repetitivos que satisfaziam seu desejo de consertar os problemas do mundo usando gestos simples feitos com as mãos.

O sr. Stenpock e eu ficamos olhando um para o outro na sala de aula e, em vez das águas vermelhas inundando tudo, aconteceu que eu tive um daqueles raros momentos de perceber algo que rasga e que às vezes acaba por arrebentar os elos fibrosos que nos ligam à nossa infância. Apesar de nosso instinto de invencibilidade, o sr. Stenpock e eu vivíamos numa fatia estreita de condições propícias à vida: um leve declínio da nossa temperatura interna, um nanodeslocamento na composição química do ar da sala de aula, uma mudança minúscula nas propriedades da água dentro de nossos tecidos, um dedo pressionado de leve sobre um gatilho — qualquer uma dessas coisas podia extinguir a chama da nossa consciência instantaneamente, sem rufar de tambores, e com muito menos esforço do que havia sido necessário para produzir a centelha da vida. Talvez em algum lugar em seu interior, apesar de todos os gestos e da postura verbal apontando em outra direção, o sr. Stenpock estivesse bastante consciente da situação delicada de nosso tempo aqui, e o casulo transitório dentro daquela jaqueta de couro servisse como seu abrigo pessoal a protegê-lo da inevitável quebra, desintegração e reciclagem de sua arquitetura celular.

— Tudo bem entre nós? — perguntei ao sr. Stenpock. Foi tudo em que consegui pensar para dizer.

Ele ficou me olhando. Os balanços rangiam.

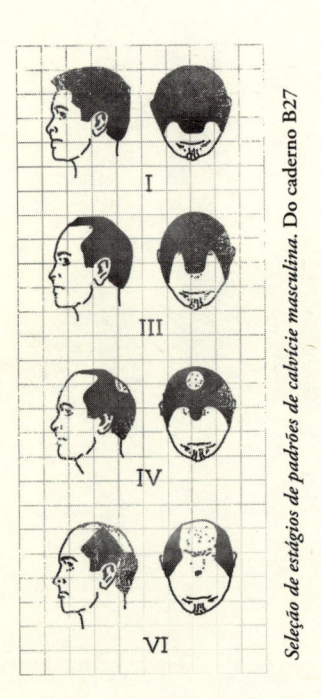

Seleção de estágios de padrões de calvície masculina. Do caderno B27

Nem todos os homens são maus

Por exemplo: o dr. Yorn. Ele era um homen, mas também era curioso e obsessivo como a dra. Clair. Uma vez nós conversamos por três horas sobre quem ganharia uma luta entre um urso polar e um tubarão-tigre (em água rasa, com cerca de um metro e meio de profundidade, no meio do dia). Mas o dr. Yorn morava a duas horas de distância e eu não sabia dirigir; então eu era deixado entre vaqueiros e Stenpocks, meus modelos locais de comportamento masculino.

Por um breve instante — que passou pouco antes que eu tivesse tempo de registrá-lo — quis abraçar o sr. Stenpock, apertar sua carne macia em meio a todo aquele couro e lente bifocal.

Aquele momento na sala de aula não foi a primeira vez em que tomei consciência da nossa tendência à desintegração. Na primeira vez eu tinha acabado de ligar o sismógrafo e estava de costas para Layton quando ouvi o *pop* — tão estranhamente baixo em minha memória — e o som de seu corpo caindo primeiro na mesa de experiências e depois no chão do estábulo, que ainda estava coberto com o feno do inverno.

Subi no lado do passageiro da picape, lutando com a dobradiça rangente da porta. Quando ela por fim se fechou com um baque, me vi dentro de uma cabine de silêncio súbito. No meu colo, minha mão tremia. Tudo na picape evocava trabalho: no vão onde o rádio deveria estar, cordões umbilicais se enroscavam uns nos outros; duas chaves de fenda repousavam no painel, a cabeça de uma tocando a da outra em conferência; em toda parte havia poeira, poeira e poeira. Nada supérfluo ali. Nenhum sinal de excesso ou indulgência exceto por uma ferradura em miniatura que a dra. Clair tinha dado ao meu pai quando eles fizeram vinte anos de casados. Só o lampejo daquele pequeno ornamento pendurado no retrovisor, girando suavemente, mas isso era o bastante.

O dia estava acabando devagar; os campos, se assentando. Apertei os olhos e vi nossa horda de novilhas no alto de um campo em terras públicas, logo acima da faixa de árvores. Em cerca de um mês e meio, Ferdie e os mexicanos voltariam para mais uma vez trazê-las das montanhas para o inverno.

Meu pai abriu a porta do lado do motorista, entrou, e a bateu com a força necessária para fechá-la. Tinha trocado suas botas por outras longas e impermeáveis, e jogou para mim um par ao mesmo tempo.

→ Juntar o gado, juntar o gado: o zumbido dos cascos no chão macio, o tênue estalo dos chifres contra o arame farpado, o cheiro de esterco e a pele de novilhos misturada com cheiros estranhos de couro dos mexicanos. Pela manhã, antes de ir para o trabalho, os mexicanos davam umas pinceladas no para-lama da sela com um unguento que eles faziam circular numa caixa preta do tamanho de um punho fechado. Antes de o dia acabar, eles vinham até a casa e ficavam de pé no portão conversando entre si, cuspindo de leve nas gardênias com uma gentileza estranha que parecia completamente natural. A dra. Clair, numa incomum mostra feminina de hospitalidade, servia a eles limonada e biscoitos de gengibre. Eles adoravam estes biscoitos de gengibre. Acho que era por isso que vinham ao portão para conversar e cuspir — por causa dos biscoitos de gengibre, que manipulavam cuidadosamente com seus dedos ásperos como se fossem amuletos valiosos, mordiscando-os pedaço a pedaço.

Eu me peguei imaginando se eu não estaria aqui este outono para ver os mexicanos comendo aqueles biscoitos de gengibre e se sentiria falta desse ritual que marcava o início do outono tanto quanto a queda das folhas, mesmo sendo um ritual do qual eu sempre tinha sido excluído.

— Não que cê vá precisar — falou ele. — O riacho tá mais seco do que bolso de múmia, mas a gente coloca isso pra fazer tipo. — Meu pai deu tapinhas nas botas em meu colo. — Pra dar umas risadas.

Eu ri. Ou tentei rir. Talvez eu estivesse projetando isso, mas podia ver que havia um constrangimento permeando os movimentos do meu pai — ele estava um tanto quanto desconfortável por me ter em seu espaço de trabalho, como se eu fosse dizer algo inapropriado ou embaraçosamente atípico para um menino.

A velha picape Ford era azul e estava surrada como se um tornado a tivesse atingido (e um tinha mesmo, pelo que eu sabia, lá em Dillon). O nome dela era Georgine. Gracie que tinha batizado, do mesmo modo como dava nomes a todas as coisas no rancho, e eu me lembro de quando ela anunciou isso e meu pai fez que sim em silêncio, dando-lhe um tapinha no ombro com a palma da mão com um pouco mais de força do que deveria. Na linguagem dele, isso significava "concordo com você".

Meu pai girou a chave e o motor engasgou — uma vez, duas —, tossindo e fazendo um curto e frágil estalo até finalmente pegar e voltar à vida com um rugido. Ele lhe deu um pouco de gasolina. Olhei para trás pela janelinha imunda e vi o esquema inacabado da última batalha de Custer numa das laterais da caçamba. Era uma cópia do desenho de One Bull, o sobrinho de Sitting Bull, que tinha representado a batalha com ilustrações, feitas para serem lidas da esquerda para a direita.

Minha tosca versão foi o resultado de uma tarde que Layton e eu passamos juntos pensando em cobrir Georgine com uma história ilustrada dos grandes conflitos do mundo. Na verdade, foi muito mais uma ideia minha, e acho que Layton só queria escapar de algumas de suas tarefas no rancho, porque depois que ele desenhou Andrew Jackson e Teddy Roosevelt atirando em coisas (sem qualquer ponto de referência histórica específica), ficou apenas me observando pintar no carro os cavalos e os soldados tombados, o sangue e Custer no meio de tudo aquilo. Depois ele caiu no sono e só acordou quando meu pai deu um grito. Nunca terminamos aquelas ilustrações.

Saímos trepidando ao longo da cerca. Os amortecedores de Georgine já tinham cedido fazia muito tempo e não havia cintos de segurança, então eu me agarrava ao puxador da porta com as duas mãos para não sair voando pela janela. Meu pai parecia não notar que sua cabeça quase batia no teto todas as vezes que passávamos por um buraco. Quase, mas nunca batia, e assim eram as coisas com meu pai: o mundo físico sempre parecia se afastar e abrir caminho para ele.

Durante algum tempo dirigimos escutando o motor da picape e o passar do vento nas janelas (que nunca fechavam por completo).

Por fim, ele disse, mais para si mesmo do que para mim:

— A água tava correndo um pouco semana passada. Ainda tá caindo um pouco da neve. Parece que tá me pregando uma peça. Me mostrando o que é capaz de fazer, mas depois amarelando.

Pensei em falar algo, mas permaneci calado. Tinha várias explicações para a hidrologia cíclica do riacho, mas já as havia compartilhado com meu pai. Naquela primavera, poucos meses depois da morte de Layton, eu tinha feito talvez duas dúzias de esquemas das águas e do lençol freático do nosso vale — suas elevações, a tendência da drenagem, níveis de água subterrânea empoçada há cem anos, composição do solo e capacidade de filtragem. Tinha chegado à Sala d'Está com uma porção desses mapas uma noite no início de abril, no momento em que as chuvas fortes da primavera tinham começado e os cursos d'água das montanhas estavam começando a engrossar por causa da neve que derretia.

Já que os mexicanos só chegariam em três semanas, sabia que meu pai ia precisar de muita ajuda para fazer o sistema de irrigação funcionar. Quando eu já estava me preparando para calçar as botas e sair pelos campos afora, percebi que talvez aqueles esquemas pudessem ser mais úteis do que os meus braços. Layton sempre tinha sido o que calçava as botas e pegava a pá, desobstruindo as valas, desemaranhando as lonas, tirando as pedras redondas que tinham sido sugadas para dentro da lama. Layton era muito novo e pequenino e verdadeiramente elegante no alto de seu

Neste mapa de One Bull, o tempo fluía da esquerda para a direita. O acréscimo da quarta dimensão, bem como o relaxamento com que as coordenadas espaciais eram tratadas, enervava-me um pouco, mas tentei seguir com o fluxo. Para One Bull, múltiplos pontos no tempo podiam existir simultaneamente.

tempo

One Bull vai ao encontro das armas que disparam, de um porrete de pedra e do escudo de Touro Sentado.

BANG!!!

Este é One Bull levando Good Bear consigo quando eram perseguidos.

Essa é uma das contribuições de Layton para o diagrama.

No estranho período de tempo que se seguiu à sua morte, com a igreja e a casa vazia e o modo como a porta do seu quarto ficava o tempo todo entreaberta, esse mapa incompleto no banco de trás da picape era o que não me saía da cabeça: Eu gostaria que tivéssemos tirado mais uma tarde para terminá-lo. Mais cinquenta tardes. Eu não me importava que Layton nunca pegasse um pincel. Contanto que estivesse sentado no vagão-plataforma, me observando, até mesmo dormindo. Isso seria o bastante.

cavalo quarto de milha cinza quase azulado, Teddy Roo. Cavalgando lado a lado, ele e meu pai travavam conversas intermináveis numa língua que eu entendia mas não falava:

1   LAYTON: Quando é que cê vai trazer eles pra cá?
    MEU PAI: Se tudo der certo... três semanas, acho. Vamo cortar, carregar e vender mais ou menos um quarto... vamo medir quando ela chegar. Cê tá a fim de botar a mão na massa?
5   LAYTON: Tamo quase no inverno. Quando a gente tava trabalhando na semana passada... os riacho, um fiapo de nada... Ferdie falou que esse ano o governo tá em cima.
    MEU PAI: Igual aos outros anos. Ferdie é uma porqueira de um mexicano que não sabe de nada, se ocê quer saber minha opinião.

E eu cavalgava mais rápido para me juntar a eles em meu cavalo, Sparrow (batizado assim por minha causa e que, com aquele nome, compartilhava de muito mais características com um pardal do que seria saudável para um cavalo), que tremia e deixava a cabeça baixa, voltada para as patas, em vez de se alinhar com os outros dois, como os cavalos dos filmes.

— Do que que cês tão falando? — dizia eu. — O inverno vai chegar mais cedo?

LAYTON: Silêncio
MEU PAI: Silêncio

Agora que Layton se fora, eu me perguntava como meu pai conseguiria equilibrar sozinho os níveis de água. Eu não podia simplesmente ir trotando em meu cavalo até ele e substituir o que não podia ser substituído, então fiz minha pesquisa, desenhei minha série sobre o lençol d'água e entrei na Sala d'Está naquela noite de abril.

O Oeste

Meu pai estava bebendo uísque, absorto no filme *Um homem difícil de matar* na televisão. Seu chapéu estava no sofá ao lado dele, como se guardasse lugar. Ele lambeu os dedos.

Na tela, homens a cavalo se empurravam, os cascos de seus animais arranhando a terra, criando uma nuvem de poeira que formava um denso acolchoado e depois rodopiava de volta ao chão. Fiquei assistindo com meu pai durante algum tempo. Havia alguma coisa de intensamente bonita na cena, sobre a natureza da obstrução, pois mal dava para ver os cavaleiros enquanto eles dançavam e se moviam em meio ao gado cansado, mas mesmo quando eles desapareciam naquele mar de poeira era possível saber que os caubóis estavam ali, em algum lugar, fazendo o que tinham nascido para fazer. Meu pai sacudia a cabeça em silêncio diante daquele espetáculo de cavalos, terra e homens, como se estivesse assistindo a um velho filme caseiro de sua família, em 8mm.

Lá fora chovia, os pingos golpeando a varanda em ondas pesadas. Para mim, esse era um bom sinal, um sinal do que estava por vir e do motivo pelo qual aqueles esquemas da água poderiam se revelar úteis. Sem dizer nada, comecei a espalhá-los no chão de madeira. Usei dois dos pesos de papel do meu pai em formato de vaqueiras para mantê-los abertos. Lá em cima, na tela da TV, pude ouvir um dos cavalos resfolegar e um homem gritar algo abafado pelo barulho dos cascos.

Em certo momento, Muitobem entrou na sala, ensopado. Sem tirar os olhos da tela da televisão, meu pai gritou "Fora!", e Muitobem deu no pé, antes de ter uma chance de nos encharcar com sua rotina de sacudidelas caninas.

Acabei de arrumar meus esquemas e esperei por um momento de silêncio no filme.

— Quer dar uma olhada nisto? — perguntei.

Meu pai enxugou o nariz e largou o copo de uísque. Com um longo suspiro, se arrastou para fora do sofá e veio devagar até mim. Observei-o

Meu pai tinha o hábito de lamber periodicamente os dedos, como se estivesse prestes a executar algum tipo de tarefa para a qual precisasse de tração e destreza extra. Com frequência, nenhuma tarefa se seguia, apenas o lamber habitual e a promessa das infindáveis tarefas por vir, como se meu pai nunca pudesse abandonar aquele tique de trabalho físico árduo. Até mesmo quando se esticava no seu lugar favorito diante da televisão com o uísque na mão, meu pai nunca estava cem por cento relaxado.

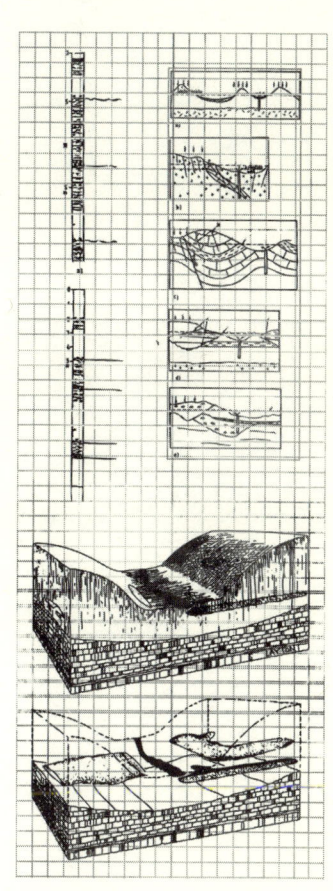

A série do lençol d'água
Do caderno G56

enquanto ele examinava os mapas no chão, abaixando-se uma ou duas vezes para ver mais de perto. Nunca o vira tão interessado em um dos meus projetos como naquele, e comecei a sentir os batimentos cardíacos pulsando em meu pescoço enquanto ele deslocava o peso do corpo de um pé para outro, esfregando o dorso da mão na bochecha, olhando.

— O que acha? — perguntei. — Porque estou achando que não devíamos nos concentrar tanto no Feely. Acho que na verdade podíamos atravessar a estrada e construir um aqueduto até Crazy Swede e...

— Besteira — disse ele.

Subitamente lembrei que tinha escondido o nome de Layton na borda de cada um dos esquemas, como vinha fazendo com todos os meus trabalhos desde que meu irmão morreu. Será que meu pai tinha visto isso à fraca luz da Sala d'Está? Será que eu tinha descumprido o Código dos Caubóis? Transgredido alguma linha de silêncio desenhada na areia?

— O quê? — indaguei. As pontas dos meus dedos tinham ficado dormentes.

— Besteira — disse ele outra vez. — Cê podia fazer um desenho me mostrando como tirar água dos Three Forks pelas montanhas e podia deixar a coisa toda bem bonita, mas isso aí é que nem secar gelo, se ocê quer saber a minha opinião. Essas coisas é só número bacana e um monte de besteira. Abre os olhos um pouquinho que ocê vai ver.

Normalmente eu seria o primeiro a questionar isso. Números numa página, sim, mas desde os tempos do Neolítico marcamos representações em paredes de cavernas, na terra, em pergaminhos, árvores, pratos, guardanapos, até mesmo em nossa própria pele, tudo para que possamos nos lembrar de onde viemos, para onde queremos ir, para onde *deveríamos* estar indo. Havia um profundo impulso arraigado em nós de resgatar essas rotas, coordenadas, declarações de dentro da massa da nossa cabeça e efetivá-las no mundo real. Desde que eu fizera meus primeiros esquemas sobre como trocar apertos de mãos com Deus, aprendera que a representação não era a coisa verdadeira, mas, em certo sentido, essa dissonância era o que tornava tudo tão bom: a distância entre o mapa e o território nos dava espaço para descobrir onde estávamos.

De pé na Sala d'Está, com a chuva caindo torrencialmente sobre nossa casa de pinho, formando goteiras, fazendo a madeira se expandir, correndo pelas vidraças da varanda para dentro das bocas sedentas de besouros, camundongos e pardais reunidos numa convenção abaixo de nós — ali me perguntei como poderia explicar ao meu pai o fato de que eu tinha os olhos abertos, sim, de que fazer mapas e esquemas não era um ato de falsificação, mas de tradução e transcendência. Mas antes que eu pudesse sequer começar a esboçar meus pensamentos para dar a resposta, meu pai já estava voltando para o sofá e as molas, rangendo. O uísque estava em suas mãos; sua atenção estava voltada para a TV.

Comecei a chorar. Detestava chorar, especialmente na frente do meu pai. Agarrei o mindinho da mão esquerda nas minhas costas, uma necessidade que eu tinha em momentos como esse, e disse "Sim, senhor" antes de sair da sala.

— Seus desenhos! — gritou meu pai quando eu estava no meio da escada. Voltei e os recolhi, um a um. Na televisão, os caubóis tinham se reunido em cima de um morro. O gado pastava indolente na planície, sem mostrar qualquer consciência remanescente da luta que acabara de acontecer.

Num dado momento, meu pai esfregou o polegar na borda do copo de uísque, produzindo o mais delicado, veloz e agudo som. Nós nos entreolhamos por um instante, surpresos com aquela criação. Então ele lambeu o polegar e eu saí da Sala d'Está com os braços cheios daqueles mapas inúteis.

Meu pai pisou com força no freio. A poeira se levantou e se espalhou sob os pneus. Alarmado, levantei os olhos para ele.

— Esses bodes burros — disse ele, olhando pela janela.

Virei-me e vi Stinky — o bode mais famoso em todo Coppertop por toda hora ficar preso na cerca —, e lá estava ele, preso na cerca. A outra ca-

Lembro-me da primeira vez que vi os cadernos de Charles Darwin. Estudei minuciosamente todos os desenhos, as anotações nas margens, as digressões, tudo isso em busca do momento de ruptura, do acontecimento fortuito que levou à sua descoberta da seleção natural. Claro, não encontrei um único momento assim, e não estou certo de que seja desse modo que as grandes descobertas tenham sido realizadas, que de fato havia uma longa série de tentativas e erros, correções e redirecionamentos, em que mesmo as declarações de "ah-ha!" eram mais tarde revisadas e refutadas.

Uma página em seus cadernos chamou minha atenção, porém: a primeira ilustração conhecida de uma árvore evolucionária, umas poucas linhas bifurcando-se na página, ramificando-se para o exterior, nada mais, uma forma infantil da imagem que nos é tão familiar hoje. Mas a imagem não foi o que me deteve. Sobre a árvore, Darwin tinha escrito a linha:

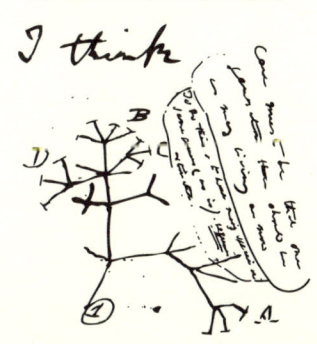

racterística que definia Stinky era sua cor: ele era o único bode totalmente preto no nosso rebanho de cerca de quatrocentos bodes e cabras, e tinha pequeninos pontos brancos por todo o lombo.

Ao ouvir a picape subindo o morro, Stinky começou a se contorcer em espasmos, de modo desordenado.

Meu pai o chamava de "a ovelha negra do nosso rancho". Eu o chamava de "Docinho Fedido" ou apenas "Stinky", fedorento, porque ele sempre fazia um monte de cocô quando ficava preso na cerca. Pelo visto, aquela manhã não tinha sido exceção.

Meu pai suspirou alto e desligou o carro. Fez um gesto na direção da maçaneta. Sem pensar muito, eu lhe disse:

— Eu cuido disso.

— É? — disse ele. Encostou-se outra vez no assento. — Tudo bem. Ia mesmo acabar matando essa criatura. Mais burro que um garfanhoto, e eu tô cansado de empurrar a cabeça oca dele pra fora da cerca. O filho da puta merece virar comida de coiote.

Saí da picape e me vi sussurrando "ma-ais burro que gar-fanhoto" repetidas vezes, de um jeito meio cantarolado.

Quando me aproximei, Stinky ficou completamente imóvel. Eu podia ver os sulcos das suas costelas arquejando enquanto ele respirava. O pescoço estava com um corte terrível no lugar onde o arame farpado tinha rasgado a pele — o sangue brotava da ferida e escorria pela cerca. Nunca o tinha visto numa situação tão ruim antes. Quanto tempo fazia que estava ali?

— A coisa está feia — observei, olhando para trás.

Mas a picape estava vazia. Meu pai tinha mania de desaparecer por um segundo, sem que você se desse conta; fazia alguma coisa e depois voltava tão silenciosamente quanto tinha ido embora.

Avancei com cuidado.

— Tá tudo bem, Stinky — disse eu. — Não vou machucá-lo, só tô tentando soltar você.

Stinky ofegava; uma de suas patas dianteiras estava a um centímetro do chão, como se estivesse pronta para dar um coice. Podia ouvir a respiração curta saindo das narinas úmidas do animal, podia ver o fio de baba que escorria descontrolada por sua barbicha preta. Seu pelo estava inundado de sangue. A ferida em seu pescoço abria e fechava a cada respiração.

Olhei nos olhos de Stinky, pedindo permissão para tocar seu pescoço.

— Tá tudo bem — repeti. — Tá tudo bem.

O olho dele era algo mágico. A pupila tinha a forma de um retângulo quase perfeito. Embora eu conseguisse reconhecê-lo como um olho semelhante ao meu, havia algo de muito estranho naquela protuberância que nunca piscava, na ausência total de amor e perda daquele trêmulo retângulo de visão.

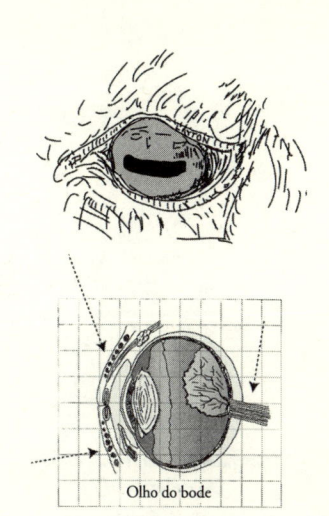

O retângulo preto
Do caderno G57

Abaixei-me, apoiando-me com os cotovelos, e puxei devagar o arame farpado que estava embaixo. Normalmente a gente apenas dava um bom e certeiro chute na testa do bode, e isso bastava para soltá-lo da cerca, mas eu estava com medo de chutar Stinky. O animal já estava em mau estado, tão traumatizado que ficara imóvel, e um chute poderia simplesmente fazer o arame farpado ficar preso na pele e abrir o pescoço dele até a altura da boca. E então Stinky estaria morto.

— Tá tudo bem, tá tudo bem — fiquei repetindo.

Então notei que Stinky na verdade não olhava para mim. Ouvi um barulho vindo do lado esquerdo — barulho que mais parecia o de um guizo. Virei-me e, a não mais de cinquenta centímetros do meu rosto, estava a maior cascavel que eu já tinha visto na vida. Grossa como um bastão de beisebol, a cabeça levantada bem acima do chão balançando tensa, não como algo que balançasse na brisa. Eu não sabia muita coisa naquele momento mas agora sei: uma cascavel pode matar você se picá-lo no rosto, e era exatamente para o meu que aquela ali estava mirando.

Vi nós três presos numa estranha encenação de luta pela sobrevivência — de algum modo a mira do destino nos havia reunido naquele instante de triangulação. Como cada um de nós vivenciava aquele momento? Será que ha-

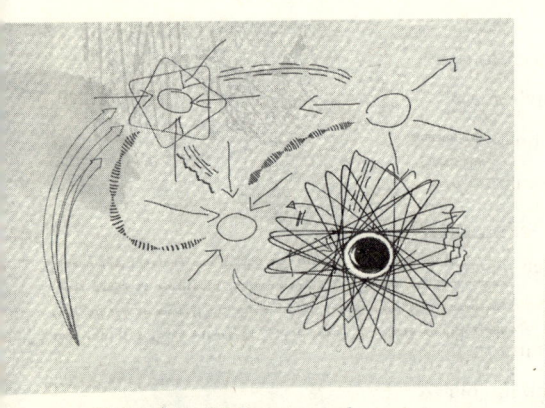

Triangulação Stinky e a cascavel
Do caderno B77

via algum reconhecimento — por baixo dos papéis de medo, predação, territorialidade — de nossa percepção sensitiva compartilhada? Parte de mim desejava estender o braço até a cascavel e apertar sua mão invisível. Eu diria: "Embora você não saiba nada além de como ser uma cascavel, você não é um Stenpock, e por isso aperto sua mão invisível".

A cascavel se moveu em minha direção, os olhos transfigurados em seu propósito resoluto, e eu fechei os meus, pensando que era assim que tinha de ser, que morrer num rancho após ser picado no rosto por uma cobra era ainda mais coerente do que dar um tiro na própria cabeça com um rifle velho no estábulo frio.

Ouvi dois tiros:

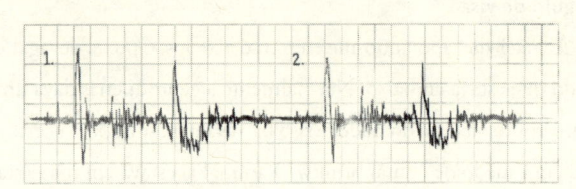

De algum modo, o segundo tiro me trouxe de volta ao mundo do rancho. Abri os olhos e vi que a cabeça da cascavel tinha sido decepada, estava no chão, e o sangue escorria de seu pescoço grosso. O corpo sem cabeça pulsava, como se estivesse decidido a confessar algo importante. A cobra se enroscou, se apertou sobre si mesma, se desenroscou de novo e depois ficou definitivamente imóvel.

Eu podia sentir meu coração aos pulos e, por um momento, achei que ele tinha chegado, aos pulos, até o outro lado do meu peito, que todos os meus órgãos tinham se reorganizado (*situs inversus!*), que eu seria uma bizarrice científica e morreria jovem numa cadeira de balanço.

— Tá a fim de dar um beijo nessa cobra?

Ergui os olhos. Meu pai estava segurando o rifle, caminhando em minha direção, e logo me tirou dali com um puxão.

— E então? — Sua voz era firme, mas seus olhos estavam pálidos e úmidos.

O Oeste

Eu não conseguia falar. Minha boca estava mais seca que o bolso de uma múmia.

— Você é idiota? — Meu pai me deu um tapa nas costas, com força, e não consegui saber se aquilo era para me tirar dali, para me repreender ou para servir de substituto de um abraço.

— Não, eu estava...

— Essa coisa acaba co'cê antes de ocê conseguir dizer "ai, Jesus", e eu não vô tá aqui pra atirar nela da próxima vez. Cê teve sorte. Foi assim que Old Nancy levou uma picada nos quartos.

— Sim, senhor.

Ele cutucou com a ponta do pé a carcaça da cascavel.

— Uau. Das grandes. A gente podia levar essa cobra pra casa. Mostrar pra sua mãe.

— Vamos deixar ela aqui — propus.

— É? — disse ele. Deu mais um cutucão na cobra e depois olhou para Stinky, que ainda não tinha se mexido.

— Você viu tudo, hein, seu filho da puta? — Deu um chute na cabeça do bicho com tanta força que ele foi parar a mais de quatro metros de distância. Eu me sobressaltei. Stinky ficou parado ali por um instante, atordoado, a língua passando pelos beiços com um ar delirante.

Fiquei observando Stinky, talvez com medo de que ele pudesse desmaiar e morrer por causa do choque, mas os animais têm uma rara qualidade que algumas pessoas — como o meu pai — rotulariam como indiferença e que eu achava que estava mais para capacidade de perdoar. Enquanto ele estava parado ali lambendo os beiços foi quase como se eu pudesse ver a tensão dos eventos dos instantes anteriores se esvaindo de seu corpo. Então ele se pôs de pé de um salto e, sem olhar para trás, correu morro acima, para longe daquela loucura.

— Porcaria de bode ignorante — disse meu pai, e derramou no chão os cartuchos do rifle. *Cla ta tinque, cla ta tinque.* — Vam'bora, a gente tem coisa pra fazer, o dia tá passando.

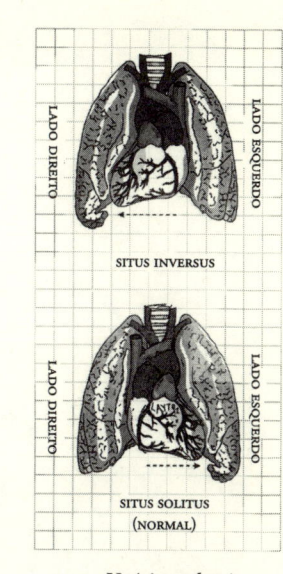

Você é um de nós, mas não é como nós
Do caderno G77

Essa ação parecia violar a regra nº 4 do *Código de Conduta do Caubói*, mas meu pai parecia um seguidor seletivo tanto da ética dos caubóis quanto da Bíblia: fazia referência a um dos dois apenas quando era conveniente às ações dele.

CÓDIGO DO CAUBÓI

1. UM CAUBÓI NUNCA DEVE ATIRAR PRIMEIRO, BATER NUM HOMEM MENOR QUE ELE OU LEVAR VANTAGEM DE MODO INJUSTO.
2. NUNCA DEVE VOLTAR ATRÁS SE EMPENHOU SUA PALAVRA, NEM TRAIR A CONFIANÇA NELE DEPOSITADA.
3. SEMPRE DEVE DIZER A VERDADE.
4. DEVE SER GENTIL COM CRIANÇAS, IDOSOS E ANIMAIS.
5. NÃO DEVE ADVOGAR OU POSSUIR IDEIAS DE INTOLERÂNCIA RACIAL OU RELIGIOSA.
6. DEVE AJUDAR QUEM ESTIVER COM PROBLEMAS.
7. DEVE SER UM BOM TRABALHADOR.
8. DEVE SE MANTER ÍNTEGRO NO QUE DIZ RESPEITO A PENSAMENTOS, FALA, AÇÕES E HÁBITOS PESSOAIS.
9. DEVE RESPEITAR AS MULHERES, OS PAIS E AS LEIS DE SUA NAÇÃO.
10. O CAUBÓI É UM PATRIOTA.

Segui meu pai até a picape. Enquanto ele persuadia o motor daquele cacareco velho a voltar à vida, fui tomado por uma sensação de ardência. As pontas dos meus dedos queimavam como se descongelassem após um frio intenso. Não conseguia esquecer o modo como meu pai tinha cutucado com o pé aquela cobra, como ele se concentrara nela naquele momento e, logo depois, simplesmente a esquecera. Assim que o momento crítico passou, voltou à tarefa de irrigar os fossos, e a segurança em seus movimentos dizia, em essência: *Não existem milagres nesta vida.*

Eu não pertencia àquele lugar. Já sabia disso fazia muito tempo, acho, mas a visão limitada encarnada no gesto do meu pai cristalizou essa verdade. Eu não era uma criatura do campo.

Iria para Washington. Eu era um cartógrafo, um cientista, e precisavam de mim por lá. A dra. Clair também era uma cientista — mas de algum modo ela se encaixava ali tanto quanto ele. Os dois pertenciam àquele lugar, juntos, movendo-se um em torno do outro ao longo dos intermináveis declives da divisa.

Através da janela da picape, o vidro com manchas de palmas de mãos, fitei a paleta suave do crepúsculo lá em cima. Corpinhos escuros bruxuleavam no céu cinzento e sem profundidade — os morcegos yuma (*M. yumanensis*) tinham começado sua frenética dança de ecolocação. O ar em torno da picape devia estar tomado por um milhão de seus sinaizinhos de radar. Embora eu dobrasse minhas orelhas, não conseguia compreender a densa treliça da tarefa deles.

Saímos trepidando pelo caminho, meu pai com a mão na parte de cima do volante, seu dedo mínimo fraco um pouco erguido. Fiquei observando os morcegos fazerem aquele ruído como um crepitar e mergulharem no céu. Coisas tão leves. Seu mundo era de reflexão e deflexão, de diálogo constante com superfícies e sólidos.

Era uma vida que eu não poderia suportar: eles nunca conheciam o *aqui*, só conheciam o eco do *ali*.

Herança, nossa lhama

Holofote (os insetos adoram ele)

O portão que range

EU

Layton, entediado

Fita cassete com a gravação de meu último desejo e testamento enterrada sob este carvalho

Mapa dos morcegos yuma nº 2

Julho de 2006

Myotis yumanensis

TSS

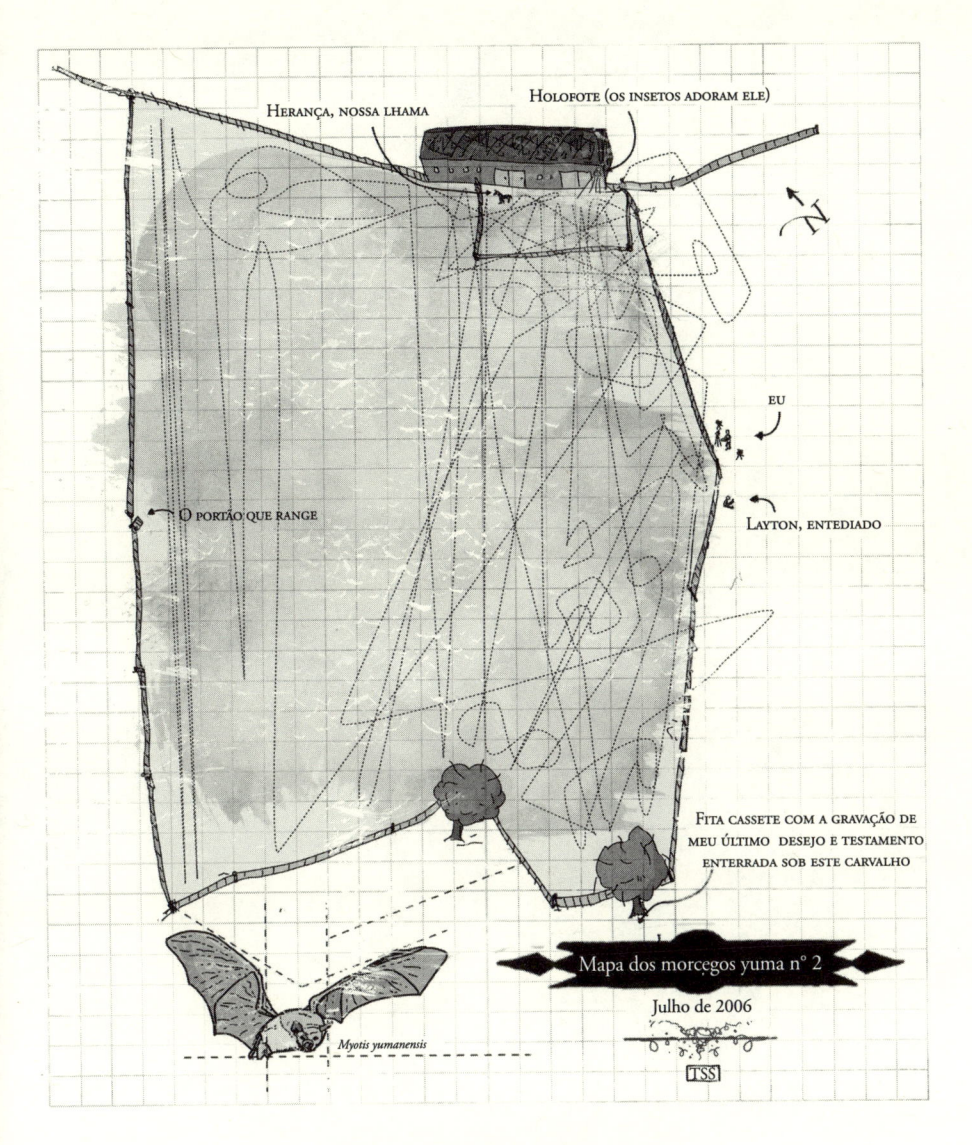

Fiz esse mapa para o dr. Yorn, que é um estudioso dos morcegos. Também o fiz para o caso de eu vir a falecer. Quero que ele saiba onde estão meu testamento e último desejo (fiz o mapa antes de ele começar a mentir para mim).

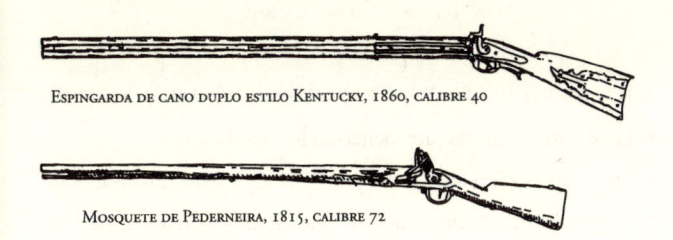

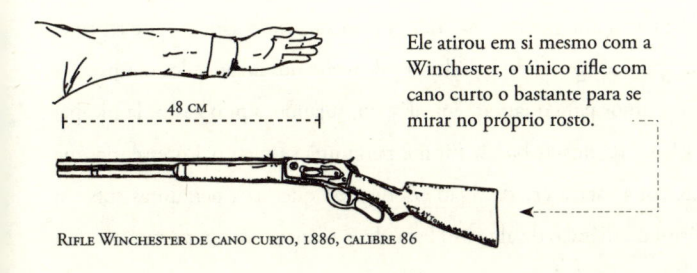

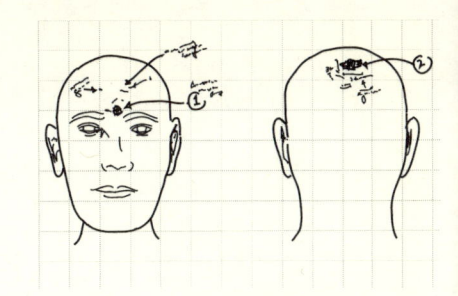

ESPINGARDA DE CANO DUPLO ESTILO KENTUCKY, 1860, CALIBRE 40

MOSQUETE DE PEDERNEIRA, 1815, CALIBRE 72

48 CM

Ele atirou em si mesmo com a Winchester, o único rifle com cano curto o bastante para se mirar no próprio rosto.

RIFLE WINCHESTER DE CANO CURTO, 1886, CALIBRE 86

O relatório da autópsia
Do caderno G45

Quando um dos advogados veio até o rancho, vi o relatório do médico-legista no topo de sua pasta. Copiei este diagrama enquanto o advogado estava no celeiro com meu pai. Mesmo que o modelo do médico-legista de uma cabeça parecesse um espião russo durão e não um garoto de dez anos de idade, acho que Layton teria gostado de ser desenhado dessa maneira.

CAPÍTULO 3

Não nos falamos enquanto limpávamos as valas. Num dado momento, meu pai deu um grunhido e fez uma pausa para avaliar a configuração do terreno; depois apontou com os dedos indicador e médio, como uma pistola, para a vala do outro lado da ravina.

— Ali — disse ele, disparando a pistola. — Limpa aquela.

— Tá bem. — Suspirei e fui caminhando até lá com passos pesados. Para qualquer outro observador, os movimentos dele podiam ser vistos como uma demonstração brilhante de intuição hidrológica, mas eu já não me importava. Sentia-me como um ator mirim liderando uma performance ao vivo com o objetivo de criar uma atmosfera particular para alguma exposição de iluminação dramática na Smithsonian sobre a história do Oeste americano.

Eu limpava. A trilha sonora era composta pelos sons de lama revirada e ordens bruscas e guturais do meu pai, abafadas pelas rajadas de vento do fim

Logo à esquerda dos dois vultos, uma discreta tabuleta de museu em letras com serifa estava enfiada na lama:

GAROTO IRRIGANDO FOSSO NO RANCHO DO PAI
DIVIDE, MONTANA (DIAS DE HOJE)

da tarde, que jogavam sementes de linho e pó de pinheiros dentro dos nossos olhos. (Será que o museu havia providenciado isso também?)

Parei entre um movimento e outro com a pá. Os canais enlameados da água fria do riacho fluíam por cima e ao redor das minhas botas impermeáveis. Meus pés eram ilhas. Eu podia sentir a temperatura gelada da água através da borracha das minhas botas, mas tudo estava silencioso agora — de repente, desejei a pontada gélida do líquido na pele macia dos meus dedos dos pés.

Voltamos para o jantar, em silêncio, sujando o piso gasto da picape, com a lama de nossas botas. Eu me perguntei se meu pai pressentia que alguma coisa estava errada. Não era do tipo que fazia perguntas sobre o propósito do silêncio de alguém. Para ele, o silêncio era um prazer, não um sinal de inquietude interior.

Quando paramos em casa, ele fez um gesto para que eu saísse do carro.

— Dê a ela os meus cumprimentos. Tenho que cuidar de umas coisas. Guarde um prato de comida pra mim.

Isso era um pouco fora do normal, pois um dos formalismos do meu pai era exigir que todo mundo estivesse presente à mesa para jantar. Essa ordem tinha relaxado um pouco desde a morte de Layton, mas na maioria das noites nós quatro ainda ficávamos diante de Lineu, comendo num semissilêncio cultivado.

Meu pai deve ter me surpreendido fazendo perguntas silenciosas diante dele, pois seu rosto se abriu por um breve instante num sorriso, talvez para abrandar o momento. Pulei para fora da picape calçado com as botas e carregando os mocassins nas mãos. Queria dizer alguma frase de despedida que rematasse nossa conversa — alguma coisa curta e simpática que transmitisse minha simultânea reverência e repulsa por aquele lugar, por ele. É claro que, sob a pressão do momento, não consegui pensar em nada adequado, então disse apenas:

— Os bons tempos.

Embora meu pai não tivesse verbalizado o que exatamente havia de errado com o comentário, seu sorriso desapareceu. Havia um leve cheiro de óleo, que saía do capô, um gemido acre da dobradiça enquanto eu balançava de leve a porta da picape para lá e para cá. Estávamos empacados ali, olhando um para o outro. Ele fez o sinal com os dedos para que eu fechasse a porta. Continuei olhando para ele.

— Fecha — disse ele por fim, e eu fechei. A porta guinchou e se fechou com um estalo, indicando que talvez ainda estivesse ligeiramente aberta. Eu fitava a silhueta do meu pai através da janela quando o motor acelerou rapidamente e a picape saiu pela estrada escura, as duas lanternas traseiras em brasa, depois em brasas ainda mais vivas, e se foi.

O jantar não estava bom. Ervilha enlatada, purê de milho-doce apimentado temperado com aquelas bolinhas vermelhas e alguma coisa parecida com um bolo de carne em formato de torta, que chamávamos simplesmente de "A Segunda Melhor Coisa", porque Gracie nunca revelava do que era feito. Ninguém, porém, reclamou do jantar; não estava delicioso, mas estava ali e estava quente.

Empurramos o prato da Segunda Melhor Coisa pela mesa, para nos servirmos. Gracie falou de desfiles. Pelo visto, o Miss EUA passaria na TV na manhã seguinte, o que nitidamente era uma ocasião anual importante para certos membros da família Spivet.

A dra. Clair sorria e mastigava.

— Essas mulheres têm talentos especiais? Como, por exemplo, para a pintura? — Ela fez um gesto desanimado com o garfo no ar, estilo charada, para denotar um pincel em ação. — Ou caratê? Ou técnicas de laboratório? Ou elas só são avaliadas pela aparência?

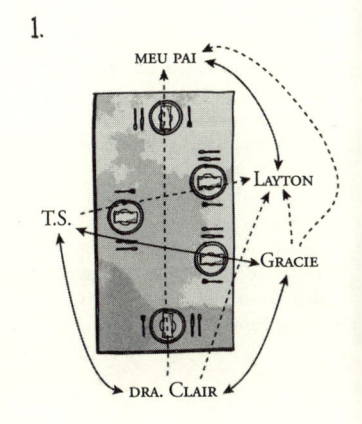

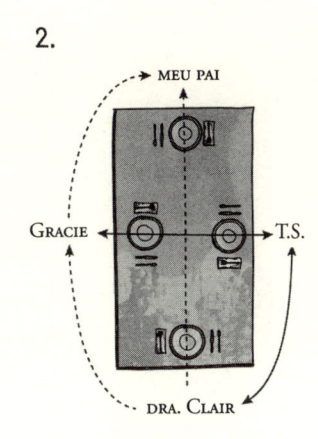

Padrões das conversas cruzadas antes e depois
Do caderno B56

Embora a dra. Clair dissesse isso como uma meia pergunta, todos sabíamos ser verdade. Havia muitos mapas documentando as notas desafinadas espremidas desse instrumento; as improvisações ágeis; o dó médio tocado por horas sem fim num Retiro de Idiota num de seus dramáticos rompimentos com Farley, Barrett e Whit.

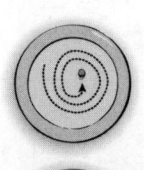

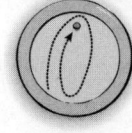

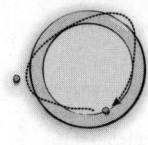

Variações de percursos da raiva com ervilhas
Do caderno B72

— Não, é só um concurso de beleza. — Lá estava o famoso suspiro de Gracie. — O Miss América tem um momento para exibição de talentos. Mas o Miss EUA é bem melhor.

— Gracie, você sabe que a beleza não leva ninguém muito longe. Aposto que essas mulheres têm putrefação do cérebro.

— O que é putrefação do cérebro? — perguntei.

— A Miss Montana é de Dillon — disse Gracie. — Ela tem 1,85 metro. Qual a altura do papai?

— Ele tem 1,91m — respondi.

— Uau — disse Gracie, dando estalinhos com os lábios como se contasse mentalmente cada centímetro.

— Bem, eu só acho que talento, aptidão, *aptidão científica* deveriam ser levados em consideração — disse a dra. Clair.

— Há... mãe? Só se isso fosse uma feira de ciências, não é? — Gracie se virou para ela, a familiar ponta de sarcasmo em sua voz. — E aí ninguém assistiria, porque seria um saco. Que nem a minha vida — concluiu, pondo uma garfada de ervilhas na boca para pontuar o que tinha dito.

— Bem, só acho que você tem mais do que a sua aparência. Eles deviam ter um concurso que levasse em conta as habilidades... como a sua habilidade para o teatro! E a sua voz! Você tem uma voz tão bonita... E sabe tocar oboé.

Gracie fez uma careta. Sugou o que deve ter sido um bocado de ar do tamanho de uma noz e falou para o seu prato:

— Eles *têm* um concurso para isso. O Miss América tem um momento para exibição de talentos. Este é o Miss EUA. — Enquanto ela dizia cada palavra, empurrava com o garfo uma única ervilha em torno do prato numa oval lenta e ameaçadora.

— Só acho que eles deviam encorajar as mulheres a usar todas as suas capacidades — disse a dra. Clair naquela voz divagante dela. (Que significava: "Estou pensando em mandíbulas.") — Para que assim elas pudessem se tornar cientistas.

Gracie fitou-a. Abriu a boca e depois fechou. Olhou para o teto, pareceu apaziguar seus pensamentos, e depois começou a falar, como se estivesse se dirigindo a uma criança muito pequena:

— Mãe, eu sei que é difícil para a senhora me escutar. Mas quero que tente: eu gosto do Miss EUA, que é um concurso de beleza. As mulheres não são inteligentes. São burras e bonitas e eu as adoro. Não tem nenhum laboratório de ciências no programa, é só diversão. Di-ver-são.

O tom de jardim de infância de Gracie pareceu ter um efeito anestésico na dra. Clair. Ela ficou sentada, imóvel, escutando.

Gracie continuou:

— E por apenas uma hora eu posso esquecer que estou nesta fazenda maluca em Montana morrendo aos poucos como um gato cego.

A menção do gato cego pegou todo mundo de surpresa. Entreolhamo-nos e então Gracie desviou o rosto, envergonhada. A frase foi uma estranha referência ao nosso pai e, no entanto, soou como um deslocado artigo de segunda mão nos lábios de Gracie — de algum modo apoiando ainda mais o ponto fundamental que ela vinha recapitulando desde que ficara menstruada: como aquela família tinha erodido lentamente seu potencial para ser uma atriz famosa e em vez disso a condenara a ser para sempre só mais uma garota proverbial de fazenda com o espírito subjugado.

Numa demonstração aguda de avançado Acesso de Idiotice, Gracie 1) tirou seu iPod do bolso e enfiou os fones nos ouvidos — orelha esquerda, depois direita; 2) jogou suco de uva sobre o que restava de seu pedaço da Segunda Melhor Coisa; e 3) saiu de cena, prato e talheres tilintando agressivamente em suas mãos.

Para dizer a verdade, até a menção ao gato cego e o intenso comportamento Acesso de Idiotice eu não estava prestando atenção nos detalhes da conversa, pois esse era um ritual de comunicação falha que acontecia quase todas as noites.

→ Não que não fosse interessante — se eu fosse um psicólogo humano fascinado por relações mãe-filha, aquelas duas eram como descobrir a Pompeia do intercâmbio familiar feminino. Gracie e a dra. Clair tinham uma dinâmica complexa: sendo as duas as únicas mulheres do rancho, se atraíam de modo inerente, discutindo coisas de garotas como brincos, esfoliantes e laquê, conversas que criavam casulos femininos temporários em meio ao resto da tarde num rancho árido. Ainda assim, a dra. Clair não era a mãe típica, no sentido em que eu acreditava, que ficaria mais feliz se seus filhos tivessem exoesqueletos e murchassem depois de um ciclo de vida. Ela tentava, mas no fim era uma tremenda, uma gigantesca *nerd*, e quanto a Gracie, a crescente inevitabilidade de ter destino semelhante era talvez seu medo mais profundo. Só era preciso sussurrar a palavra começada com *n* no ouvido de Gracie para suscitar o mais terrível dos faniquitos, os piores dos quais duravam um ano, como em *O faniquito de 2004*. Assim, com base nessa experiência histórica, a palavra que começava com *n* era uma das quatro proibidas no rancho Coppertop.

Por que estes dois?
Eu estava a par dos fatos — eles tinham se conhecido num baile em Wyoming —, mas não sabia que maquinações internas teriam sido necessárias para que uma união como aquelas pudesse ter começado e se mantido. Por que diabos eles tinham ficado juntos? Eram duas criaturas feitas de matéria inteiramente distinta:

Meu pai: homem silencioso das coisas práticas, com suas sacolas vazias e mãos pesadas, fechando as fivelas na sela daqueles cavalos indomados, os olhos no horizonte e nunca em você.

Minha mãe: vendo o mundo somente em partes, em partes bem pequenas, nas menores partes, em partes que talvez não existissem.

Como era possível que esses dois tivessem se atraído um pelo outro? Eu queria perguntar isso ao meu pai, só porque sentia seu grande desapontamento com minha inclinação à ciência. Eu queria dizer: "Mas e quanto à sua mulher? Ela é uma cientista! O senhor se casou com ela! Não pode odiar tudo isso, então? Escolheu esta vida!"

A gênese e o sustento do amor deles, assim, foram arquivados junto com o resto dos assuntos não ditos no Coppertop, materializando-se apenas em bagatelas: o ornamento em forma de ferradura na cabine da picape, uma única foto do meu pai jovem, de pé, junto a um cruzamento ferroviário que a dra. Clair tinha prendido na parede de seu escritório; aqueles momentos silenciosos de contato que eu em certas ocasiões os via ter nos corredores, quando suas mãos se encontravam brevemente, como se estivessem trocando um monte secreto de sementes.

— Como foi o trabalho com seu pai? — perguntou a dra. Clair. Gracie estava na cozinha fazendo uma barulhada.

Não tinha me dado conta de que a atenção se voltara para mim, então levei um momento para responder.

— Tudo bem. É, tudo bem. Acho. Ele parecia zangado com a água. Parecia baixa para mim. Não medi, mas parecia baixa.

— Como ele está?

— Bem, eu acho. A senhora acha que ele não está bem?

— Bom, você sabe como seu pai é. Ele não diria, mas acho que tem alguma coisa errada. Alguma coisa não muito...

— Tipo o quê?

— Aquele homem pode ser muito teimoso quando se trata de alguma ideia nova. Tem medo de mudanças.

— Que ideia nova?

— Você não se casou com ele — disse ela estranhamente, e abaixou o garfo para indicar o fim daquele assunto.

— Vou para o norte amanhã, para perto de Kalispell — disse ela.

— Por quê?

— Para fazer coleta.

— A senhora ainda está tentando encontrar o monge-tigre? — perguntei, depois prendi a respiração.

Ela não disse nada por alguns instantes.

— Bem... em parte. Quer dizer, acho que sim. Estou.

Ficamos sentados em silêncio à mesa de jantar por um tempo. Comi minhas ervilhas e ela comeu as dela. Gracie ainda estava na cozinha fazendo uma barulhada.

— Gostaria de ir comigo? — perguntou ela.

— Para onde?

— Para Kalispell. Seria ótimo ter a sua ajuda.

70

Se fosse qualquer outro dia, eu iria adorar o convite. A dra. Clair não me convidava com frequência para viajar com ela, talvez porque se sentisse um pouco incomodada comigo espiando por cima do seu ombro o dia inteiro. Mas quando precisava de um ilustrador, eu ficava com água na boca diante da chance de observá-la trabalhar. Tudo bem que a dra. Clair tinha aquele caráter obsessivo e recalcitrante, mas ela era sensacional quando tinha nas mãos a rede de coleta, não havia ninguém com instinto melhor. E eu ficava meio com medo de que se ela, logo ela, não tinha conseguido encontrar o monge-tigre, na verdade ele não existisse.

Mas agora eu me sentia como se a estivesse traindo. Não podia viajar com ela porque embarcaria no dia seguinte para Washington D.C. *Washington D.C.!* Pensei por um breve instante em confessar tudo a ela, à mesa de jantar. Alguma coisa nas ervilhas e no bolo de carne criava um foro seguro para que eu fizesse isso. Cercado pela simbologia da minha família, a única família que eu tinha, confessaria tudo — porque, se não pudesse confiar naquela mulher, em quem poderia confiar?

— Tem uma coisa... eu vou... — Comecei, devagar, pressionando alternadamente o dedo mínimo no polegar e o polegar no dedo mínimo, estilo "a dona aranha subiu pela parede", uma espécie de tique que eu tinha quando estava nervoso.

Muitobem entrou, em busca de ervilhas extraviadas.

— Sim? — disse ela.

Eu me dei conta de que tinha parado de falar. E que tinha parado meu pequenino número com as mãos.

Suspirei e prossegui:

— Não posso ir com a senhora. Estou ocupado. Vou até o vale amanhã.

— Ah é? — disse ela. — Com o Charlie?

— Não — respondi. — Mas boa sorte por lá. Lá no norte. Espero que a senhora o encontre. O monge-tigre, quero dizer.

Número nervoso
Do caderno B19

O nome da espécie desaparecida soou como um palavrão quando eu o pronunciei. Tentei recuperar o momento.

— Kalispell, Montana... *Uau!* — disse alto, como se recitasse a última frase de um comercial de baixo orçamento em tecnicólor da Secretaria de Turismo de Kalispell. A frase estava tão fora de lugar que na verdade trouxe de volta para o cômodo um pouco de oxigênio.

— Bem, é uma pena — disse a dra. Clair. — Seria bacana ter você comigo. Vou sair cedo, então provavelmente não vou vê-lo — disse ela, tirando a mesa. — Mas em algum momento gostaria de lhe mostrar um dos meus cadernos. Estou trabalhando num novo projeto que acho que você talvez considere esclarecedor. Ele me faz lembrar de você...

— Mãe...

Ela parou; ficou olhando para mim, os pratos nas mãos, a cabeça inclinada para o lado. Embaixo da mesa, Muitobem lambia algumas ervilhas que havia encontrado, fazendo um barulho bem baixinho, que mais parecia uma torneira vazando em um cômodo distante.

Então, ela voltou a tirar a mesa, mas parou atrás de mim a caminho da cozinha. Em suas mãos, as facas escorregavam pelos pratos.

— Boas viagens — disse ela, e saiu da sala.

Quando os pratos já estavam limpos e secos, quando a dra. Clair já tinha se retirado para o seu escritório e Gracie para o seu covil de música pop para meninas, me vi finalmente sentado sozinho na sala de jantar, diante de uma série de tarefas difíceis e adultas.

Respirei fundo e fui até o telefone na cozinha. Peguei o fone e apertei com força o "0", porque esse botão do nosso aparelho era um pouco caprichoso. A linha estalou, zumbiu e finalmente uma voz feminina agradável disse:

— O que deseja consultar?

— Quero encontrar Gunther H. Jibsen no Museu Smithsonian, por favor. Não sei qual é o primeiro sobrenome.

— Aguarde um minuto, por favor.

A mulher voltou:

— O Smith o quê? De que cidade?

— Washington D.C.

A mulher riu.

— Ih, meu bem, você vai ter que ligar para... — alardeou ela e, depois, suspirou. — Oh, *tudo bem*. Por favor, aguarde.

Gostei de quando ela disse "por favor, aguarde". Aquilo foi dito de um modo que me deu a certeza de que coisas estavam sendo feitas por mim enquanto eu aguardava, que o mundo estava trabalhando com afinco para obter a informação de que eu necessitava.

Depois de um tempinho, ela voltou e recitou o número.

— Não sei quem você está tentando encontrar lá, querido — disse ela. — Mas eu ligaria para o número principal e pediria ajuda.

— Obrigado, telefonista — respondi. Senti um imenso carinho por aquela mulher. Queria que ela me levasse de carro até Washington. — A senhora está fazendo um excelente trabalho.

— Ora, obrigada, meu jovem — agradeceu ela.

Disquei o número e, em seguida, tive de passar, não sem alguma dificuldade, por um menu automático bastante longo. Andei em círculos duas vezes antes de finalmente descobrir como conseguir o número pessoal de Jibsen.

Enquanto tocava, fui ficando mais nervoso. Como deveria pedir desculpas? Deveria alegar uma temporária doença mental? Um medo de viagens interestaduais? Uma pletora de bolsas de estudo já oferecidas a mim? Em dado momento, a secretária eletrônica atendeu. Eu devia ter imaginado. Eram quase dez da noite na costa leste.

— Hmm... bem. Sr. Jibsen. Aqui é T.S. Spivet. Nos falamos hoje mais cedo. Sou aquele de Montana. Bem, enfim, eu lhe disse que não

---

▶ *Navegando pelas opções do menu automático da Smithsonian*

A voz gravada dizia: "Para melhor atendê-lo, as opções de nosso menu mudaram. Por favor, ouça com atenção". E tentei ouvir com atenção. Enquanto ela listava todas as minhas opções, cheguei a colocar os dedos sobre os botões que talvez quisesse selecionar, criando um elaborado e retorcido sinal de gangue no teclado conforme minhas opções aumentavam, mas quando ela chegou à opção nº 8 eu já tinha esquecido o que era a opção nº 2.

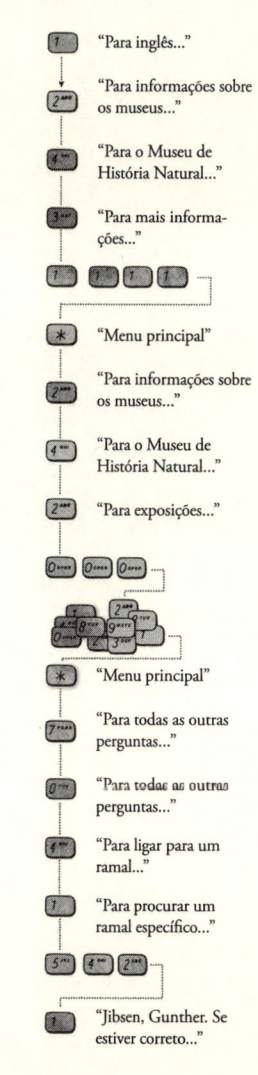

[1] "Para inglês..."

[2] "Para informações sobre os museus..."

[4] "Para o Museu de História Natural..."

[3] "Para mais informações..."

[7] [2] [1] [1]

[*] "Menu principal"

[2] "Para informações sobre os museus..."

[4] "Para o Museu de História Natural..."

[2] "Para exposições..."

[0] [0] [0]

[teclado]

[*] "Menu principal"

[7] "Para todas as outras perguntas..."

[0] "Para todas as outras perguntas..."

[4] "Para ligar para um ramal..."

[1] "Para procurar um ramal específico..."

[5] [4] [2]

[1] "Jibsen, Gunther. Se estiver correto..."

poderia aceitar o prêmio Baird... mas agora consegui... hmm... reorganizar minha vida e, portanto, *posso* aceitar sua generosa oferta. Parto esta noite, na verdade, e com isso não poderei ser contactado pelo telefone para o qual o senhor ligou mais cedo. Ou seja, não se dê o trabalho de ligar. Mas não se preocupe! Estarei aí, sr. Jibsen, pronto para fazer um discurso no jantar de aniversário, e tudo mais de que o senhor precisar. Então... então... muito obrigado mais uma vez e tenha um ótimo dia.

Desliguei rápido. *Foi terrível.* Sentei-me no banco ao lado do telefone, murcho. Retomei uma lenta e melancólica espécie do cacoete da dona aranha, fitando a porta que levava ao andar de cima. Não estava nem um pouco ansioso pelo obstáculo seguinte.

Veja bem, enquanto meu pai não tinha fraquezas, eu tinha várias, a mais evidente delas era a incapacidade de realizar uma tarefa banal que não costumava atrapalhar o caminho de homens fortes com grandes fivelas de cintos: arrumar uma mala. Até mesmo arrumar minhas coisas para a escola todo dia me tomava pelo menos 23 minutos, *talvez* 22. Arrumar a bolsa podia parecer um ritual normal que os humanos praticavam todos os dias ao redor do globo — mas se você fosse parar para pensar a respeito disso, arrumar uma mala, sobretudo para uma viagem a um lugar estranho, requeria uma habilidade altamente desenvolvida de prever os implementos de que você necessitaria para viver num ambiente com o qual não estava familiarizado.

Suponho, como acontece com sapatos, padrões de fala e modos de andar, que seja possível deduzir muita coisa sobre uma pessoa só pela maneira como ela arruma a mala. A dra. Clair, por exemplo, embalava com cuidado seus instrumentos de coleta e dissecção numa série de caixas de jacarandá. Colocava todas no meio da mala vazia numa curiosa mas cuidadosamente assimétrica composição em forma de losango, seus dedos tocando a borda das caixas como se elas fossem criaturas vivas, respirando, e com ossos bem frágeis. Em torno desse coração frágil, então, ela atirava uma miscelânea confusa de roupas e curiosas joias verdes, tratando esses itens com um desdém que contrastava violentamente com a prévia atenção dedicada às belas caixas. Até mesmo um observador casual dessa técnica de arrumar mala poderia ser forçado a concluir que aquela mulher era no mínimo ligeiramente esquizofrênica, e se na verdade esse observador fosse um médico dando uma palestra sobre a dupla personalidade da minha mãe, então uma série de slides de sua mala seria a ilustração perfeita para começar sua fala. (Não vou dar a ele, contudo, a minha ilustração.)

Meu pai, por outro lado, não se dava ao trabalho de fazer malas para viajar; ele simplesmente saía. Quando ia a Dillon vender cavalos no rodeio, jogava uma velha sacola de couro no assento do passageiro, na picape.

Às vezes achava que seria interessante comparar a mochila de um caubói do Oeste norte-americano com a de um monge do Camboja. Seriam as similaridades superficiais? Ou indicativas de uma semelhança mais profunda de interesses no modo como cada um encarava o mundo? Eu estaria apenas romantizando a escassez cultuada pelo meu pai? Será que o laconismo dele não era um indicativo de sabedoria, mas de medo?

Num contraste agudo com o caráter casual de uma sacola jogada pela janela da picape no banco, eu, momentos antes da partida, quando arrumava a mala para uma excursão, tinha uma elaborada rotina, cujo propósito primário era evitar uma hiperventilação.

OS CINCO PASSOS PARA ARRUMAR MALAS

PRIMEIRO PASSO: *Visualização.*

Eu representava repetidas vezes em minha mente o cenário da minha viagem. Enumerava todas as potenciais casualidades da jornada, todas as oportunidades que talvez tivesse de pegar meus artefatos para elaborar diagramas e fazer anotações, todos os espécimes que poderia querer coletar, todas as imagens, sons e cheiros que eu poderia querer capturar.

Seu conteúdo (que eu examinara munido de uma câmera e uma pinça numa missão potencialmente perigosa quando ele não estava olhando) era, do topo até o fundo:

1) Uma camisa;
2) Uma escova de dentes, cujo cabo parecia estar coberto de graxa;
3) Uma folha de papel listando dez nomes de cavalos com uma série de números ao lado (mais tarde, deduzi que deviam ser as dimensões de cada animal);
4) Um saco de dormir;
5) Um par de luvas de couro, com o dedo mindinho aberto revelando enchimento cor-de-rosa; quase como a isolação térmica que se vê nas paredes das casas. Isso era resultado do acidente com as cercas que tinha deixado o dedo fraco e empinado para cima.

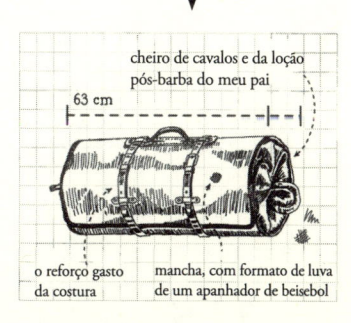

Este é o saco de dormir
Do caderno G33

SEGUNDO PASSO: *Inventário.*

Depois, colocava todos os artefatos e artigos de que poderia necessitar em minha mesa de desenho e os arrumava em ordem de importância.

TERCEIRO PASSO: *Agrupamento nº 1.*

Tendo designado os itens que não poderia levar por causa do espaço limitado, deixava-os na mesa de desenho e então, com cuidado, colocava na mala os itens essenciais remanescentes, embrulhando-os com plástico bolha e fita isolante para que os aparatos delicados não fossem danificados no caminho.

QUARTO PASSO: *A grande dúvida.*

Então, logo antes de fechar a mala eu necessariamente via o aspirador para coleta de insetos ou o sextante ou o telescópio 4X e pensava num cenário, o ambiente sonoro de um pica-pau, por exemplo, em que precisaria do sismógrafo, e então repensaria a viagem inteira e também minha vida inteira.

QUINTO PASSO: *Agrupamento nº 2.*

Portanto, eu era forçado a rearrumar tudo. E a essa altura geralmente já estava atrasado para a escola.

Com isso, já se pode imaginar minha dificuldade ao arrumar a mala para *aquela* viagem, que ia me levar o mais longe de Coppertop que eu já tinha estado na vida. Aquela viagem que me conduziria à meca das coleções, a La Capitale (como eu começara a dizer mentalmente ao longo das últimas duas horas, talvez porque a entonação diminuísse a seriedade do empreendimento).

Fui na ponta dos pés até a base da escada, examinando o corredor nas duas direções. A crescente ansiedade de minha partida iminente e as ondas de segredo altamente confidencial que sentia queimando em meus ossos me fizeram agir de modo um tanto exagerado quando colei o corpo à parede, como se estivesse num exército, e assim subi a escada rangente até o meu quarto. Por segurança, desci pela escada dos fundos e subi outra vez pela escada da frente, a fim de me certificar de que ninguém estava me seguindo. Ninguém estava, exceto Muitobem, e eu tinha certeza de que ele era inocente. Mesmo assim, e me sentindo um idiota, revistei a coleira dele em busca de câmeras. Ele gostou da atenção da revista e me seguiu até o quarto.

— Não — disse-lhe eu, na porta, fazendo com a mão o sinal de "pare". — Preciso de privacidade.

Muitobem olhou para mim e lambeu os beiços.

— Não. Olhe, vá brincar com Gracie. Ela está se sentindo solitária. Está até ouvindo pop das meninas.

No momento em que a tranca do meu quarto se fechou com um estalo, comecei a ficar aflito. Para o ato da arrumação da mala, vesti uma roupa esportiva completa, com faixas para absorver o suor e proteção nos joelhos. Aquilo seria mais difícil do que o Desafio da Boa Forma do Presidente, em que eu não conseguia fazer uma única flexão.

Coloquei Brahms para tocar para ver se acalmava os nervos.

Com os sons da orquestra estalando nos alto-falantes velhos, imaginei minha entrada em La Capitale: chegando aos degraus de mármore da Smithsonian com botas de caubói na altura dos joelhos e quatro serviçais cambaleando tentando puxar meus baús monumentais.

— *Cuidado*... Jacques! Tambeau! Ollo! Curtis! — eu lhes diria. — Tem muitos equipamentos raros e importantes aí dentro.

E o sr. Jibsen viria andando com uma gravata-borboleta amarela, batendo com uma bengala no mármore, como que para testar a integridade do material.

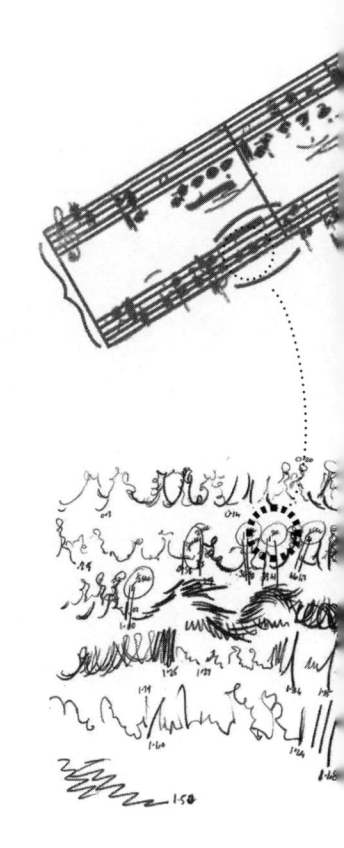

▸ ***Desenho do som da Dança Húngara nº 10 de Brahms**, pelo me correpondente da Nova Zelândia Raewyn Turner.*

— Ahhh! Meu caro sr. Spivet, *bonjour! Bienvenue à la capitale!* — diria ele, ceceando agora de forma mais familiar, usando terno e, nessa minha visão, assumindo ares de francês. De fato, nessa visão, toda a pastoral da Smithsonian tinha uma curiosa tendência francesa: havia bicicletas em toda parte; uma criança no banco de um parque tocava acordeão.

— O senhor deve estar *très fatigué* de sua viagem — diria o sr. Jibsen. — E vejo que sua bagagem atende a todas as ocasiões. *Il y a beaucoup de bagages! Mon Dieu! C'est incroyable, n'est-ce pas?*

— Sim — diria eu. — Queria estar preparado para tudo. Para atender o que quer que o senhor peça que eu faça em nome da ciência.

Mas então a visão se desfez quando meu imaginário Jibsen francês, não mais amortecido pela cegueira do telefone, viu o meu eu imaginário, que não ganhara mais idade naquela fantasia e ainda tinha doze anos. Na cena imaginária, baixei os olhos para olhar a mim mesmo e meu terno de viagem francês de tecido aveludado era quatro tamanhos acima do meu, os ombros largos demais, os punhos encobrindo minhas mãos — aquelas mãos de criança —, e por isso não pude apertar a mão estendida do sr. Jibsen, que já recuava, num sobressalto.

— *Oe-ui-u* — diria ele. — *Un enfant!*

Até mesmo a criança com o acordeão pararia subitamente de tocar, horrorizada.

Ah, sim. *Oe-ui-u.* Ainda havia esse detalhe.

Peguei todos os instrumentos das paredes do meu quarto e os dispus sobre o tapete Lewis & Clark.

Fechei os olhos, andando em círculos ao redor da pilha de instrumentos, e imaginando os prédios da Smithsonian, o Mall, o Potomac e o outono se transformando em inverno e este, em primavera, e o surgimento daquelas perfumadas flores de cerejeira sobre as quais tinha lido tanto. La Capitale.

O Oeste

Quase oito horas depois, às 4h10 da manhã, eu tinha chegado ao meu inventário final, que datilografei e preguei com fita adesiva no interior da mala.

Eu levava:

1) Dezesseis pacotes de Trident sabor canela.
2) Roupa de baixo em abundância.
3) Só um telescópio: um Zhummel Aurora 70.
4) Dois sextantes e um octante.
5) Meus três agasalhos cinza e outras coisas de vestir.
6) Quatro compassos.
7) Meu papel de desenho e o conjunto completo de plumas e bicos de pena Gillot e minha caneta nanquim Harmann.
8) Minha lente de aumento de prender na cabeça — "Thomas" (ou "Tom" em ocasiões informais).
9) Dois heliotrópios e o velho teodolito que minha mãe tinha me dado no meu aniversário de 10 anos. Ele ainda funcionava bem se você soubesse como forçar as engrenagens para abri-las.
10) Meu GPS — "Igor".
11) Três dos meus cadernos azuis: *As Leis da Conservação de Newton e os Movimentos laterais das aves migratórias ao noroeste de Montana, 2001-2004; Meu pai e a curiosa variedade de seus hábitos para preparação do feno; e Layton: gestos, malapropismos, cadência.*

A bússola quebrada da sorte. Do caderno G32

Duas bússolas de topografia, uma direcional e outra que não funcionava mas era um objeto da sorte — o dr. Yorn me deu aquela bússola no meu décimo segundo aniversário. O dr. Yorn era, na verdade, um sujeito e tanto. Ele provavelmente sabia o que era melhor. Se achava que o Prêmio Baird era uma boa ideia, então era uma boa ideia. Eu podia deixá-lo orgulhoso de mim de um modo que meu pai nunca ficaria.

Igor não se dava com os equipamentos mais velhos, mas era parte necessária do grupo. "Não se deve viver no passado", me disse certa feita um homem que trabalhava na Sociedade Histórica de Butte. Achei que era uma coisa esquisita para um historiador dizer, mas estou certo de que o sujeito estava bêbado.

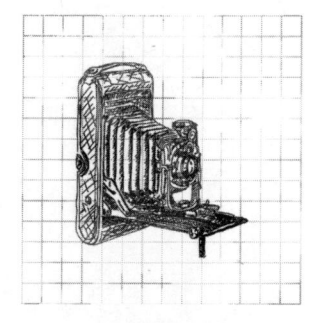

A Maximar ◄┄┄┄┄
(Eu já não confiava nela)
Do caderno G39

Considerando-se a fragilidade ◄┄┄┄┄
do pássaro, passei por longos debates sobre levá-lo ou não, mas por fim concluí que não levar o pardal era como não levar a mim mesmo. A única coisa que me separava de todos os outros Tecumsehs antes de mim era meu segundo nome — *Sparrow* (ou seja, pardal).

Era para ser um cartão de Na- ◄┄┄┄┄
tal, mas nunca o enviamos, talvez porque nos déssemos conta de que na verdade não tínhamos amigos o bastante para justificar um cartão de Natal. Além disso, acho que não estava na época do Natal.

O MUNDO EXPLICADO POR T.S. SPIVET

12) Cinco cadernos verdes em branco. G101-G105.

13) Um lenço (dos Ursos Berenstain).

14) Da cozinha: três barras de cereal, uma caixa de Cheerios, duas maçãs, quatro biscoitos e oito cenourinhas.

15) A parca azul-escura com fita isolante nos cotovelos.

16) Uma Leica M1 e uma câmera de médio formato Maximar de sanfona.

17) O resto do rolo de fita isolante.

18) Um rádio AM/FM.

19) Três relógios.

20) O esqueleto de pardal do ornitólogo de Billings.

21) Minha velha e ruidosa corrente de Gunther.

22) Um mapa ferroviário dos Estados Unidos.

23) Escova e pasta de dentes. Fio dental também.

24) Minha tartaruga de pelúcia: a Tangencial.

25) Uma foto da minha família na frente do estábulo, tirada quatro anos antes. Todos olhando para lados diferentes, menos para a câmera.

A mala tinha a metade do tamanho necessário para conter todos esses itens.

Infelizmente, eu não podia deixar nenhum deles, pois essa curta lista já tinha sido reduzida por meio de quatro trabalhosos ciclos de "definição de aparatos de sobrevivência". Por fim, consegui fechar o zíper da mala sentando-me com cuidado (e com uma careta de preocupação) em cima dela. Quando o conteúdo se ajustou sob o meu peso, ouvi uma série de estalos nada naturais. Imaginei engrenagens quebrando, lentes se espatifando. Mas ainda assim não me mexi: em vez disso, puxei o zíper em torno da alça curva da mala proferindo frases curtas de encorajamento.

— Você consegue, amigo — disse eu, no último trecho. — Lembre--se dos velhos tempos. Você ainda tem isso dentro de você.

Com a mala garantida, cheia de protuberâncias mas com o zíper fechado de modo triunfal, voltei minhas atenções para a segunda tarefa da lista: o pequeno detalhe de como eu ia efetivamente chegar a Washington.

*Por gentileza,
considere estas restrições*

Divide, MT

Restrição nº 1: Meus pais. Eu não estava pronto para anunciar minha partida iminente a nenhum dos dois, embora planejasse deixar uma mensagem lhes dizendo que estava a salvo, junto com outras coisas apropriadas que as pessoas mencionam num bilhete de despedida.

Restrição nº 2: Transporte. No início, eu havia pensado em ligar para o dr. Yorn e lhe pedir que me desse uma carona até Washington. Mas eu ainda desconfiava um pouco das suas intenções. Além disso, ele não era na realidade meu pai; eu não podia simplesmente pedir que largasse o trabalho e me levasse de carro numa viagem de ida e volta de mais de seis mil quilômetros como se fosse para me deixar na escola.

Restrição nº 3: A mentira. Pensei em ligar para a Smithsonian e pedir que comprassem uma passagem de avião para mim, mas tinha um pouco de medo de um contato direto com eles antes de chegar, já que poderiam descobrir minha idade e retirar a oferta.

Restrição nº 4: Fundos. Eu podia tentar conseguir uma passagem de avião, pois tinha muitas economias guardadas na Bíblia oca em meu quarto — o único lugar onde eu sabia que Gracie não as encontraria —, mas provavelmente precisaria do dinheiro para a viagem.

Restrição nº 5: Hmmm, eu sou criança?!

Washington D.C.*

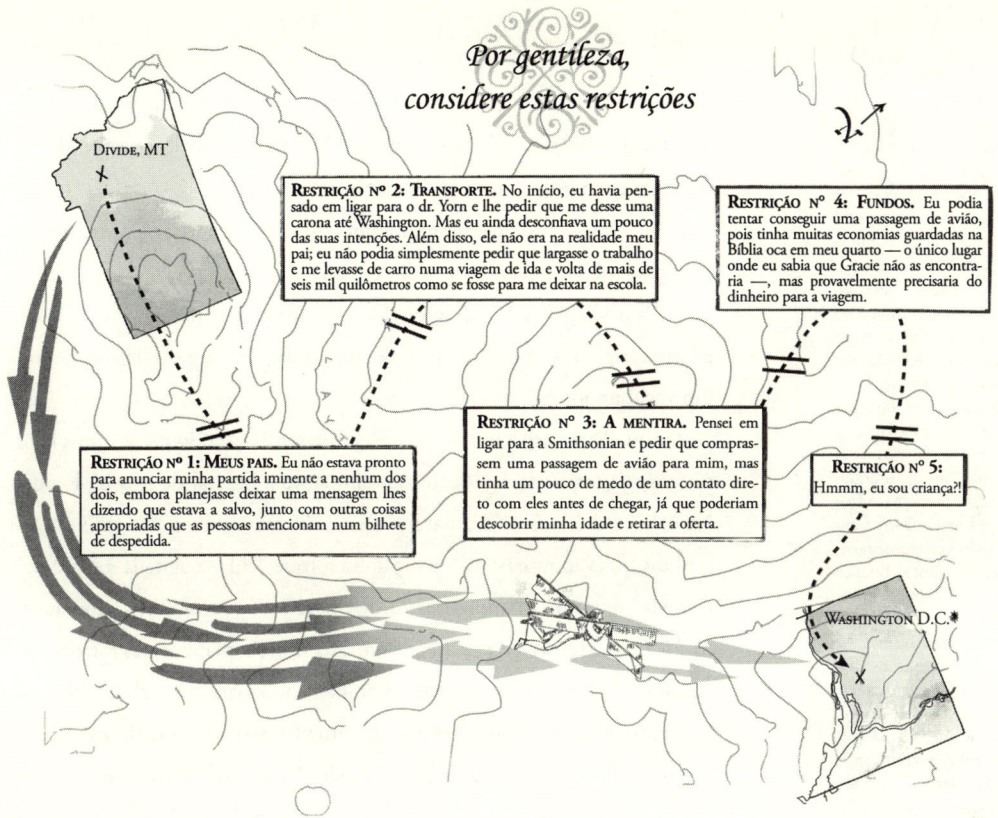

Capítulo 4

* **Um bilhetinho para o Viajante Intrépido:** Este mapa não é destinado a propósitos de navegação. Se tentar usá-lo para viagens reais, é possível que você acabe perdido no Canadá.

P eguei um copo d'água tarde da noite. Pela fenda entre meus dentes da frente fui sugando aos pouquinhos, e fiquei observando o nível da água diminuir. Peguei uma uva-passa no andar de baixo, trouxe-a para o meu quarto e tentei fazê-la durar vinte mordidas. Fiquei olhando para a mala.

Percebia a minha única opção. Era, na verdade, uma confirmação do que eu talvez já soubesse desde o início — como ficou evidente quando coloquei na mala o mapa ferroviário —, mas que eu não tinha conseguido conjurar na parte consciente do meu córtex. De fato, a solução para a minha viagem através do país era óbvia, ainda que um pouco perigosa e definitiva-

Eu só conseguia extrair a profundidade dessa mudança na concepção americana do espaço e do tempo de minha própria experiência brincando de Oregon Trail com Layton em nosso Apple IIGS ("Old Smokey", era como o chamávamos).

Talvez vinte anos depois do momento em que deveríamos ter atualizado nosso sistema, o Old Smokey continuava sendo o burro de carga computacional do rancho. Embora Gracie tivesse desistido dele há muito tempo e comprado um laptop rosa que parecia tampo de privada, Layton e eu não nos importávamos com o fato de ele ser um pouco velho demais, e ainda por cima estar manchado com ketchup daquela guerra que fizemos com cachorro-quente. Nós o adorávamos. E passávamos horas jogando o pixelrizado jogo Oregon Trail. Sempre dávamos aos nossos personagens nomes horrorosos: Piroca, Pescoço de Cocô, Cara de Cu, então, quando eles morriam de cólera, fingíamos que não nos importávamos.

Um dia, e acho que isso foi apenas uma semana antes da experiência com os tiros no celeiro, Layton descobriu que se você gastasse todo o dinheiro comprando bois em Independence, Missouri, no começo do jogo — esquecendo-se de comida, roupas e munição para comprar uma boiada com 160 cabeças — o jogo não forneceria nenhuma velocidade máxima para a sua carroça mas, ao contrário, continuaria aumentando o seu passo em dez quilômetros por hora para cada boi. Assim, era possível terminar o jogo em dois dias, viajando a uma velocidade que eu calculava ser de aproximadamente 1.500 quilômetros por hora. Nu, faminto e desarmado, ainda assim você disparava pelo continente antes que o cólera pudesse alcançá-lo. Da primeira vez que ganhamos o jogo desse modo, ficamos os dois olhando fixamente para a tela, mudos, tentando abrir um espaço em nossos mapas mentais para um mundo que podia incluir uma escapatória daquelas.

Então Layton disse:

— Agora esse jogo ficou meio idiota.

O MUNDO EXPLICADO POR T.S. SPIVET

mente não garantida. Quando pensei nela, executei uma dancinha no tapete que agora estava vazio, bem no rosto de Meriwether Lewis. A realidade de minha viagem iminente de repente se materializou.

— Ora — disse para mim mesmo —, se estou partindo numa aventura, poderia ser uma aventura de verdade.

Para chegar a Washington D.C. e arranjar o meu primeiro emprego real, eu ia pular dentro de um trem de carga. Viajaria como um vagabundo.

Em alguns aspectos, acho que eu me sentia atraído pelos mitos históricos tanto quanto meu pai. Mas enquanto a Espiral de Incompletude Nostálgica dele se voltava para o Oeste cinematográfico das trilhas dos caubóis, para mim bastava sussurrarem a frase "cidade agitada à beira da ferrovia" que meus batimentos cardíacos se aceleravam. Uma sequência de imagens irresistível passaria pela minha cabeça: plataformas lotadas de famílias com bagagens pesadas desembarcando para uma nova vida no Oeste, o sibilar do vapor, o cheiro da fornalha no interior da locomotiva, a graxa, a poeira, o condutor e seu bigode insuperável, a extensão pesarosa de silêncio sônico que se seguia ao ruído alto do assobio do motor, o homenzinho que dormia o dia inteiro junto à minúscula estação de trem com um jornal amarelado a cobrir-lhe o rosto, a manchete dizendo: *A Ferrovia Union Pacific vende terras baratas!*

Tudo bem, tudo bem, admito que esse sentimentalismo talvez me deixasse atrasado no tempo. No século XXI, o termo "ferrovia transcontinental" já não deixava mais um monte de dândis nova-iorquinos num frenesi expansionista e frívolo como acontecia outrora, nos anos 1860. Mas quer saber? Esse tipo de amnésia tecnológica era uma vergonha. Se eu tivesse algum tipo de influência sobre o que se definia como estiloso aos olhos dos americanos, tentaria redirecioná-los de volta aos velhos centros transcontinentais, ao suspiro curioso da locomotiva a vapor, ao profissionalismo terno com que aquele condutor bigodudo verificava o relógio de algibeira exatamente um minuto antes da chegada do trem das 10h48. *Todo o conceito de tempo* foi revolucionado pela estrada de ferro: cidades inteiras sincronizaram seus ritmos diários com aquele apito solitário, e uma viagem através do país, que antes levava três meses, de repente era uma questão de dias.

Será que a minha nostalgia era tão equivocada quanto a do meu pai? O mundo dele era um mundo de mitologia; o meu, de ciência empírica. Eu via meu amor pela estrada de ferro não tanto como nostalgia, era mais como um reconhecimento de que os trens foram e ainda eram o pináculo tecnológico das viagens por terra. O carro, o caminhão, o ônibus, todos eram primos mirrados da perfeita locomotiva e sua carga chacoalhante.

Oh, veja só a Europa! Veja só o Japão! Eles haviam adotado o trem como a pedra angular de seu sistema de transportes. O trem levava muitas pessoas felizes com eficiência e conforto: em uma viagem de Tóquio a Quioto podia-se tentar pensar em outros anagramas perfeitos com nomes de cidades; podia-se estudar a variação da topografia e da ecologia no Japão central; podia-se ler histórias de mangá; podia-se fazer mapas esquemáticos da viagem e ilustrá-los com personagens de histórias de mangá... e quem sabe até conhecer alguém que se tornaria sua futura esposa ao viajar num estado tão relaxado do ponto A ao ponto B.

Então, quando decidi embarcar na ferrovia Modern American Freight, um dos últimos vestígios dessa outrora grande indústria, tudo pareceu perfeito. Era a minha versão da peregrinação a Meca.

Recentemente, li um artigo que descrevia como os japoneses tinham acabado de aperfeiçoar um trem Maglev que flutua um milímetro acima dos trilhos usando poderosos repelentes magnéticos. A eliminação da fricção permitia que o trem atingisse velocidades de até 640 quilômetros por hora. Escrevi uma carta de parabenização à Tokogamuchi Inc., na qual também oferecia qualquer um de meus serviços como cartógrafo, sem custo, para as suas necessidades de levantamento topográfico, porque aquele era exatamente o tipo de pensamento de que este mundo precisava em maior quantidade: engenharia de ponta associada a uma profunda (e respeitosa) sabedoria histórica. "Venha para a América", pedi ao sr. Tokogamuchi. "Vamos fazer uma parada em sua homenagem; garanto que o senhor não vai se esquecer dela tão cedo."

Às 5h05 da manhã, um último olhar pelo meu quarto serviu apenas para cauterizar minha sensação de que tinha deixado algo de muito importante para trás, e, temendo que uma demora adicional fosse me fazer abrir a mala e voltar ao passo 1 do processo, esgueirei-me pela porta e desci a escada, tentando da melhor maneira possível abafar o barulho da mala batendo em cada degrau.

A casa estava silenciosa. Podia-se ouvir os relógios.

Parei no pé da escada e deixei minha mala onde estava. Subi a escada de novo, de dois em dois degraus, e me esgueirei pelo corredor até a última porta. Eu não abria aquela porta fazia 127 dias, desde 21 de abril, aniversário dele, quando Gracie insistiu em fazer uma pequena cerimônia com um pouco de artemísia e contas de plástico que eu sabia que ela tinha comprado na loja de produtos a um dólar. Ainda assim, apreciei o gesto — era muito mais do que qualquer outra pessoa da família tinha feito. Em geral, aquela porta ficava fechada, ou pelo menos quase fechada, já que as correntes de ar sempre a abriam e a deixavam com uma pequenina fresta (o que, devo admitir, era meio assustador).

Na verdade não sei por que ele morava lá em cima: um calor sufocante no verão, congelante no inverno, com o odor poderoso de cocô de rato emanando das tábuas do piso, o sótão parecia quase inabitável. Mas Layton parecia não se importar. Usava o espaço extra para praticar o laço no cavalinho de balanço. Quando ele ainda estava vivo, à noite podíamos ouvir os constantes baques e puxões da corda ecoando lá no sótão.

Quando subi o último lance de escada, vi o mesmo cavalinho de balanço vermelho no canto, como sempre ficava. À exceção daquela silenciosa criatura e de uma estante vazia para guardar armas no canto, o quarto estava deserto. Tinha sido limpo primeiro pelo xerife, depois pela minha mãe, depois pelo meu pai, que foi lá em cima no meio da noite e pegou de volta todos os seus presentes para Layton — as esporas, o chapéu Stetson, o cinto, as balas. Alguns desses presentes resgatados acabaram, aos poucos, se materializando na Sala d'Está, no altar para Billy the Kid. Alguns desapareceram, provavelmente em algum dos muitos depósitos que se espalhavam pelo Coppertop. Meu pai nunca mais usou nenhum dos acessórios.

Fiquei parado no meio do quarto olhando o cavalinho de balanço. Não havia qualquer truque de telepatia que eu pudesse realizar para fazer a criatura se mexer. Tinha a sensação de que mesmo que fosse até lá e empregasse a força das mãos, o cavalo não sairia do lugar.

— Tchau, Layton — disse eu. — Não sei se você ainda está aqui ou se já foi embora, mas estou indo para bem longe por um tempo. Para Washington D.C. Vou trazer alguma coisa de lá para você. Talvez algum bonequinho presidencial ou um globo de neve.

Silêncio.

— Isto aqui está com uma aparência um pouco árida.

O cavalinho de balanço estava imóvel. O quarto estava imóvel, como uma impressionante ilustração de si mesmo.

O cavalo de balanço de Layton
Ah, que saudade dele...

— Desculpe pelo que fiz — concluí.

Fechei a porta do sótão e me encaminhei lá para baixo. No meio da escada, ouvi um barulho no escritório da dra. Clair. Pareciam seixos sendo esfregados uns nos outros. Congelei, o pé imobilizado no ar. Por baixo da porta, podia ver a luz acesa lá dentro.

Fiquei escutando. Havia o tique-taque do relógio de pêndulo de mogno na Sala d'Está; havia o estalar dos beirais. Nada além disso. Prova ulterior de minha hipótese de que após a meia-noite os sons em casas antigas já não são mais governados pelas leis normais de causa e efeito: beirais podiam estalar por vontade própria; seixos podiam se esfregar uns nos outros.

Fui na ponta dos pés até a porta do escritório. Estava ligeiramente aberta. Será que a dra. Clair tinha se levantado tão cedo para arrumar as coisas da sua viagem? Ouvi o barulho farfalhante outra vez. Respirando fundo, espiei pelo buraco da fechadura.

O escritório estava vazio. Empurrei a porta e entrei. *Estava entrando no espaço de outra pessoa sem seu conhecimento!* Meu sangue golpeava minhas têmporas. Já tinha estado ali antes, mas só quando a dra. Clair estava presente. Aquela invasão parecia absurdamente ilegal.

A única luz vinha do abajur da mesa de trabalho; o resto do cômodo estava coberto por sombras indistintas. Fitei as fileiras e mais fileiras de enciclopédias etimológicas, os cadernos, os estojos para coleta, os escaravelhos montados. Algum dia, uma versão adulta de mim teria um escritório idêntico àquele. No centro da mesa estava o conjunto de caixas de jacarandá, já arrumadas e prontas para a viagem.

Tinha sido presente de um entomólogo russo, dr. Ershgiev Rolatov, que se hospedou conosco durante duas semanas faz alguns anos e que eu acho que tinha uma queda, pelo menos científica, pela dra. Clair, se não uma genuína obsessão eslava. Ele não sabia inglês, mas mesmo assim falava sem parar durante o jantar em sua língua materna, como se todos entendêssemos o que dizia.

Então, uma noite meu pai veio para casa com os polegares nos prendedores do cinto de seus jeans, o que sempre significava que alguma coisa não andava bem no Coppertop. Mais tarde, o dr. Ershgiev Rolatov entrou mancando pela porta dos fundos com sangue em todo o rosto. Seu penteado tinha se desmanchado e estava levantado, como a palma da mão de alguém esperando que outro alguém o cumprimentasse. Passou por mim na cozinha sem dizer uma palavra. Era a primeira vez que estava silencioso durante aquelas duas semanas inteiras e quase senti falta do modo como ele se dirigia a mim com tanta sinceridade em sua gutural língua nativa. O dr. Rolatov foi embora no dia seguinte. Foi uma das poucas vezes que vi meu pai reafirmar os laços do matrimônio.

Ouvi outra vez o barulho dos seixos e me dei conta de que vinha de um terrário onde a dra. Clair mantinha alguns espécimes vivos. Dois grandes besouros-tigres rodeavam um ao outro nas sombras. Depois atacaram, e o som de seus exoesqueletos colidindo era surpreendentemente forte e agradável. Eu os analisei enquanto eles repetiam esse ritual várias vezes.

— Por que estão brigando? — perguntei. Eles olharam para mim. — Desculpem, podem continuar com o assunto de vocês. — Deixei-os com suas negociações.

Andei pelo escritório. Aquela poderia ser a última vez que colocaria os olhos naquele aposento. Passei as mãos pelas capas e lombadas vinho de seus cadernos. Uma seção inteira estava marcada com as letras EOE. Talvez fosse um código para suas anotações sobre o monge-tigre. *Vinte anos de anotações.* Eu me perguntei o que ela queria dizer quando falou que gostaria de me mostrar um de seus cadernos. Qual seria o seu novo projeto?

Iluminado estava um dos cadernos EOE sobre o monge-tigre. Era quase como se...

De repente, ouvi a escada ranger do lado de fora do cômodo. Passos. O alarme do pânico disparou em minha cabeça e, por alguma razão — não sei dizer qual —, peguei o caderno que estava na mesa e saí correndo do quarto. *Nossa, cometi um crime!* Talvez o pior crime de todos fosse roubar um valioso arquivo de dados de um cientista, pois o crucial elo que faltava podia estar contido naquelas páginas — mas eu queria um pedaço dela para levar comigo! Pois é, não nego: crianças são criaturas egoístas.

Mas afinal os passos não eram passos. O rangido era uma anomalia. A velha casa do rancho estava me pregando mais uma peça. *Essa foi muito boa, velha casa do rancho, muito boa.*

Só havia uma última coisa a fazer. Esgueirei-me para dentro da cozinha e enfiei a carta no pote de biscoitos. Ela só seria descoberta na hora do almoço, quando Gracie comia seus biscoitos, e a essa altura eu já estaria bem longe.

Eu sabia que Gracie provavelmente contaria a eles sobre nossa conversa e eles acabariam adivinhando meu paradeiro, e talvez telefonassem para Washington antes de eu chegar lá. Nesse caso a cena dos degraus na entrada da Smithsonian não conseguia nem aparecer na minha imaginação. Mas essa possibilidade, como todas as outras coisas no momento, estava fora do meu alcance, então eu a arquivei na "Lista de não preocupações:" e fingi não pensar mais a respeito disso, embora a preocupação na verdade apenas tivesse se canalizado para uma espécie de tique nervoso, um pulinho e um passo que eu dava com o pé direito todas as vezes que estava tentando não me preocupar com alguma coisa.

Quando voltei pela Sala d'Está até o vestíbulo da frente, vi que *Incidente em Ox-Bow* estava passando silencioso na televisão. No filme, uma multidão observava três homens amarrados serem erguidos e acomodados no lombo de três cavalos para serem enforcados. Por um minuto fiquei hipnotizado pelo ritual do ato: o aperto dos laços, o tiro de revólver, o chicotear dos cavalos, a queda invisível dos corpos fora da tela. Eu sabia que não era real, mas não importava.

Muitobem entrou no quarto escuro, as unhas estalando no piso.

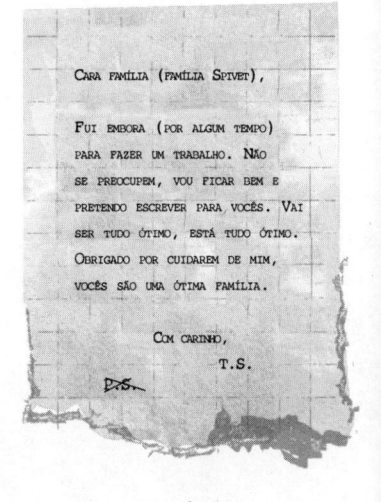

CARA FAMÍLIA (FAMÍLIA SPIVET),

FUI EMBORA (POR ALGUM TEMPO) PARA FAZER UM TRABALHO. NÃO SE PREOCUPEM, VOU FICAR BEM E PRETENDO ESCREVER PARA VOCÊS. VAI SER TUDO ÓTIMO, ESTÁ TUDO ÓTIMO. OBRIGADO POR CUIDAREM DE MIM, VOCÊS SÃO UMA ÓTIMA FAMÍLIA.

COM CARINHO,
T.S.
P.S.

→ *A carta*
Arrancada do caderno G54

LISTA DE NÃO PREOCUPAÇÕES:

SEM TEMPO: ADULTOS; ATAQUES DE U[...]
ATÉ FICAR CEGO; O FINAL
GENGIVITE; O FOGO DESTRUIU TODO [...]
A DRA. CLAIR NUNCA DESCOB[...]

— Olá, Muitobem — cumprimentei, olhando para a tela. Eles ainda não mostravam os corpos, apenas as três sombras silenciosas, oscilando acima do chão.

Olá.

— Vou sentir sua falta.

Ele estava olhando para a televisão também. *Para onde você vai?*

Por um momento suspeitei que ele poderia dizer à dra. Clair se eu lhe contasse, mas depois me dei conta de que esse tipo de lógica era absurda. Ele era um cachorro sem as faculdades da fala humana.

— Para a Smithsonian.

Deve ser divertido.

— É — concordei. — Mas estou nervoso.

Não devia.

— Ok.

Você vai voltar?

— Vou — respondi. — Com certeza.

Ótimo, disse ele. *Precisamos de você por aqui.*

— Sério? — perguntei, virando-me em sua direção.

Ele não me respondeu. Assistimos ao filme um pouco mais e depois eu o abracei e ele lambeu minha orelha. De encontro à minha têmpora, seu focinho parecia mais frio do que o normal. Peguei minha mala, de algum modo consegui enfiar o caderno roubado da dra. Clair lá dentro e abri a porta da frente.

Lá fora havia uma espécie de claridade pré-aurora, quando o *momentum* da vida ainda não capturou por completo o dia. O ar não estava tomado por balões de falas ou de pensamento ou olhares enviesados. Todos dormiam, todas as suas ideias e esperanças, seus planos secretos estavam emaranhados no mundo dos sonhos, deixando este mundo limpo, revigorado e frio como uma garrafa de leite na geladeira. Bem, todos dormiam exceto meu pai, que estaria de pé em cerca de dez minutos, se já não estivesse. O pensamento me fez descer correndo os degraus da varanda.

As montanhas Pioneer eram sombras escuras e imóveis contra um céu que azulava devagar. O horizonte recortado onde a terra se abria para o vazio da atmosfera era uma fronteira que eu já havia analisado e desenhado várias vezes — era uma divisa que eu encontrava sempre que saía por aquela porta, e ainda assim, sob aquela luz, naquela manhã, a tênue demarcação entre preto e azul, entre um mundo e outro, me pareceu inteiramente estranha, como se as montanhas tivessem mudado de posição durante a noite.

Caminhei na grama úmida de orvalho. Meus sapatos ficaram molhados no mesmo instante. Meio arrastando, meio carregando minha mala pela estrada, me dei conta de que não poderia seguir daquele jeito todo o caminho de um quilômetro e meio até os trilhos do trem. Por um breve instante, considerei a ideia de roubar o carro da família, a caminhonete Ford Taurus que cheirava a formol, pelo de cachorro e pastilhas sabor morango, daquelas que a dra. Clair vivia guardando em todo canto, mas percebi que isso atrairia atenção desnecessária ao meu desaparecimento.

Depois de pensar no assunto por um minuto, voltei à varanda dos fundos, me pus de quatro e vi: o carrinho Radio Flyer de Layton, coberto de teias de aranhas, com amassões feios em vários lugares (da vez em que ele tentara descer surfando o telhado de casa), mas fora isso em condições bem aceitáveis.

Para minha surpresa, a mala coube com perfeição no interior das bordas vermelhas irregulares — era como se as partes amassadas se casassem perfeitamente com os contornos da bagagem.

A estrada até os trilhos era irregular, e passei um mau bocado com o Flyer, que parecia sempre querer virar à esquerda, para dentro da vala.

O carrinho Radio Flyer, a mala e o alinhamento de saliências e reentrâncias
Do caderno G101

Eu gostava que a sincronicidade do comportamento gravitacional extravagante de Layton de algum modo se ajustasse naquela manhã escura e gélida com a soma exata do meu inventário. Isso fez com que eu sentisse saudade dele.

Essa frase, "carrinho de promessas vazias", ficou presa na minha cabeça e, enquanto seguia adiante pela estrada, eu me vi pensando em como poderia ser o título das memórias de um caubói de segunda categoria, ou de um disco de música caipira de segunda categoria, ou de qualquer coisa de segunda categoria, na verdade. Será que a minha fala se encontrava mesmo cheia daqueles ditos de segunda categoria? Talvez eu tivesse me acostumado com eles porque meu pai dizia muitas dessas coisas, exceto pelo fato de que quando ele as dizia elas não pareciam de segunda categoria; pareciam exatas, como o barulho de um casco batendo no chão poeirento, o discreto tap tap da colher na borda de uma jarra de limonada.

NÃO ESTOU MAIS CONSEGUINDO ENTENDÊ-LO.

— Por que você quer ir para dentro daquela vala? — perguntei. — Você é só um carrinho de promessas vazias.

Subitamente, os faróis de um carro brilharam atrás de mim. Eu me virei, e naquele instante meu coração parou.

Era a picape.

Era o fim. Era o fim antes mesmo que eu conseguisse sair da nossa propriedade. Como eu me enganara ao pensar que poderia chegar a Washington D.C. se não conseguia passar da entrada da minha casa? E no entanto o fim da minha viagem também trazia consigo uma sensação de grande alívio, como se fosse isso, é claro, o que desde o início deveria acontecer — eu nunca deveria chegar ao Leste do país. Eu era um garoto do Oeste, e pertencia ao vórtice que era aquele rancho.

O carro fez a curva, e por um momento pensei em tentar fugir para a mata, pois ainda estava bastante escuro — mas tinha que competir com o caprichoso Radio Flyer e, além disso, agora estavam perto demais. As luzes me atingiram em cheio. Tristonho, fui até a beira da estrada para esperar que a picape parasse e que o homem dentro dela fizesse o que quer que pretendesse fazer.

Mas a picape não parou. Apenas seguiu em frente. Era a velha Georgine, sim — eu sabia por causa do valsante *trup trup trup* do motor —, mas o ruído não parou, e, quando a picape passou por mim, seu interior por um instante se tornou visível por trás da cortina dos faróis e eu vi o perfil nítido e familiar de meu pai atrás do volante, seu chapéu baixo sobre a testa e virado de lado. Naquele momento, ao passar, ele não chegou sequer a olhar para mim, mas, eu sabia que devia ter me visto; não tinha como não ver uma comitiva como eu, o carrinho e minha volumosa mala cheia de equipamentos para mapas esquemáticos.

Pela segunda vez em doze horas, eu me vi olhando fixamente para as duas lanternas traseiras daquela picape desaparecendo na escuridão.

Meu corpo tremia. Fiquei parado, hipnotizado pela onda de adrenalina de quase ter sido descoberto, mas também pelo comportamento desconcertante do meu pai. Por que ele não tinha parado?

O Oeste

Será que já sabia? Será que queria que eu fosse embora? Será que queria que eu soubesse que ele queria que eu fosse embora? Eu era o responsável pela morte do seu filho preferido e agora tinha que ser banido do rancho. Ou ele só estava cego? Cego durante todos aqueles anos, tentando disfarçar com a familiaridade de um estilo de caubói? Era por isso que ele só abrira um portão? Porque era o único portão que conseguia enxergar?

Meu pai não estava cego.

Cuspi no chão. Um cuspe ralo, quase inexistente, que eu tinha visto os mexicanos conjurarem constantemente enquanto trabalhavam montados a cavalo. O ato humano de cuspir sempre me intrigara, e eu desenvolvera a teoria de que essas gotas continham todas as palavras que não eram ditas pelo sujeito que tinha cuspido. Enquanto observava minha gota de escarro deslizar para dentro das fendas do cascalho na estrada, fui tomado por uma segunda onda de consciência: tinha que seguir adiante. Naquele momento de resignação, quando aceitei minha captura e o fato de que minha viagem tinha chegado ao fim, meu corpo relaxou e abandonei meu lado aventureiro. Agora, subitamente livre outra vez, diante de uma estrada mais desimpedida que nunca, tinha que voltar a entrar no clima. Tinha que voltar ao meu estado de atenção felina, à minha condição de Garoto Moderno/Vagabundo.

Consultei o relógio.

5h25 da manhã.

Eu tinha cerca de vinte minutos antes que o trem passasse pelo vale. Vinte minutos. Tinha feito alguns esquemas calculando o tempo que levaria para andar ao redor do mundo ao longo do paralelo 49, e para isso medira a extensão do meu passo e a velocidade do meu andar normal. Minha passada tinha cerca de 75 centímetros, um pouco a mais ou a menos dependendo do meu estado de ânimo e do desejo de chegar aonde estava indo. Eu dava, em média, de 92 a 98 passos por minuto, percorrendo, assim, cerca de 73 metros.

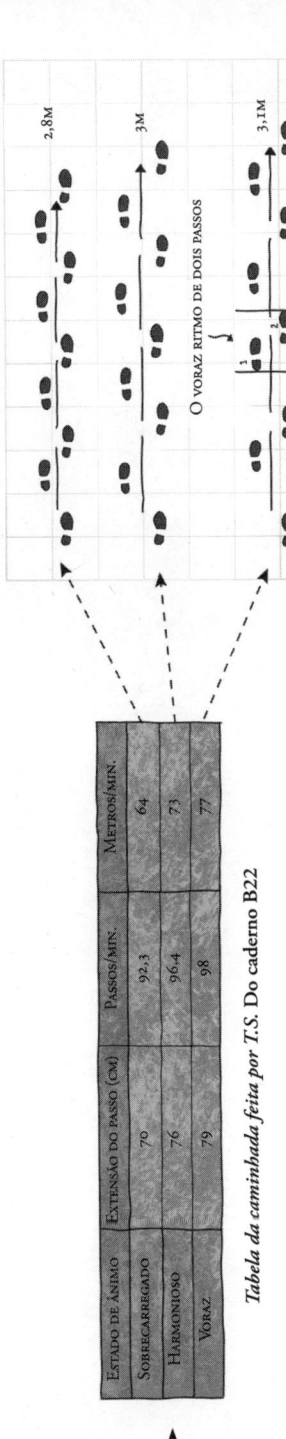

Estado de ânimo	Extensão do passo (cm)	Passos/min.	Metros/min.
Sobrecarregado	70	92,3	64
Harmonioso	76	96,4	73
Voraz	79	98	77

Tabela da caminhada feita por T.S. Do caderno B22

Logo, em vinte minutos eu habitualmente percorreria cerca de 1.469 metros — menos de um quilômetro e meio. Do lugar onde estava, na entrada de veículos de casa, o trem ficava a cerca de um quilômetro e meio. E eu estava puxando o maldito carrinho. Não era preciso ser um gênio para concluir que eu teria que correr.

As últimas estrelas se tornavam mais pálidas e tremeluziam antes de sumir do céu. Mesmo enquanto eu saía em meio a sons de motor de descarga, a frente do Flyer vermelho batendo o tempo todo nos meus calcanhares, tentei voltar a atenção à minha dúvida seguinte: como fazer que o trem de carga parasse para mim. Não conhecia muito a vida de vagabundos, mas sabia que as pessoas nunca subiam num trem em movimento, porque, por mais devagar que ele estivesse, se você escorregasse e caísse debaixo das rodas, o trem não teria a menor consideração. Quando criança, fiquei fascinado com Peg Leg Sam, um vagabundo que virou músico que se juntara a um grupo performático ambulante de curandeiros do Apalache. Ele tocava uma gaita com aqueles seus dedos longos e nodosos, cantava baixinho músicas estranhas de amor sobre verduras oleosas e a perna que lhe faltava, perdida num acidente de trem. Eu não queria ser Peg Leg Spivet.

A solução para evitar uma corrida a pé com o Cavalo de Ferro me ocorreu assim que alcancei o topo do morro e cheguei ao aclive da ferrovia, onde a estrada Crazy Swede Creek cruzava os trilhos. Não tínhamos os encardidos portões vermelhos e brancos que desciam para bloquear o tráfego — nossa estrada era tão pouco usada que não justificava um aparato desses —, o que tínhamos era um sinal de trânsito para o próprio trem. O sinal consistia em dois poderosos holofotes com pequeninas abas no topo para protegê-los da chuva e da neve. No momento, as luzes indicavam CAMINHO LIVRE — uma luz branca em cima de uma vermelha. Se eu conseguisse descobrir como mudar a luz de cima de branca para vermelha, o sinal então exibiria DUPLO VERMELHO, o que significava PARADA TOTAL naquela linha da Union Pacific. Olhei para o poste de cima a baixo, meio que esperando encontrar algum tipo de painel eletrônico com botões grandes e legendas indicativas de luz branca, verde, vermelha, mas não havia nenhum botão. Apenas um poste frio de metal e aquela maldita luz branca enorme no alto, chamando uma atenção incontestável.

Enquanto eu a fitava, a luz falou devagar e ameaçadoramente: *Não se meta comigo, T.S. Sou uma luz branca e vou continuar sendo branca. Algumas coisas nesta vida não podem ser alteradas.*

Isso talvez seja verdade, mas eu também tive uma ideia — uma ideia surpreendentemente simples e potencialmente absurda. Por sorte, tinha descoberto que, em cartografia, às vezes a melhor solução era na verdade a mais simples e mais absurda. De qualquer modo, não havia tempo para um debate laborioso: eu agora só tinha quatro minutos para promulgar minha solução antes que o trem passasse. Minha ideia, contudo, exigia que eu abrisse a mala, e, depois de tudo pelo que tinha passado, isso era meio como voltar à cena do crime. Tentei vasculhá-la em minha mente, mapeando onde havia colocado cada item. *Roupa de baixo no canto, embrulhada no Thomas ("Tom"), a lente de aumento; caixa com o esqueleto do meu xará pardal por cima e à direita...*

Ergui a mala, apoiando-a num dos lados, o conteúdo chocalhando lá dentro. O chocalhar não parou quando a mala voltou a ficar imóvel. Aquela mala era assustadora, como um animal pré-histórico sofrendo de um terrível problema de indigestão. Revendo mentalmente a arrumação da mala, contando os órgãos daquela criatura, tirei meu Leatherman (Edição do cartógrafo) do cinto e, usando a lâmina tamanho médio, fiz uma pequena incisão no canto direito superior da mala. O couro se rompeu com facilidade, abrindo-se com um talho exatamente como eu imaginava que uma pele de verdade se abriria. Quase esperava que a mala começasse a sangrar enquanto eu fazia aquela operação. Enfiei dois dedos no interior do buraquinho, remexi ali dentro por um segundo até encontrar o que procurava, contei *um-dois-três-quatro-cinco* a partir da direita e então tirei dali uma caneta permanente Sharpie novinha em folha, comprada na semana anterior.

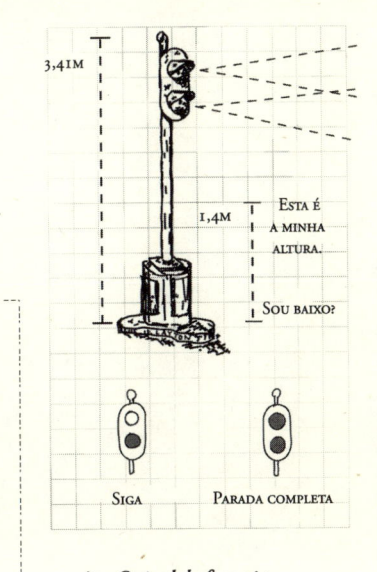

O sinal da ferrovia
Do caderno G55

Colocando a caneta vermelha entre os dentes como se fosse um canivete, assumi a melhor posição para escalar árvores e rapidamente subi, trêmulo, o poste. O metal estava frio, e meus dedos começaram a congelar no mesmo instante, mas permaneci concentrado na tarefa que tinha em mãos, e de repente eu estava no topo do poste, fitando o clarão ofuscante daquela enorme lâmpada branca.

Segurei-me ao poste com uma das mãos e tirei com os dentes a tampa da caneta numa demonstração de habilidade digna de um orangotango, que teria impressionado até mesmo a Layton. No início, a tinta da caneta não pareceu pegar na curvatura cheia de reentrâncias da lâmpada de cima, mas depois de vários instantes tensos de um rabiscar furioso e aleatório naquela superfície, a ponta esponjosa da caneta finalmente pegou, e a tinta começou a fluir. E, rapaz, como fluiu. Em vinte segundos já havia uma mudança significativa ali, como se a lâmpada estivesse aos poucos se enchendo de sangue.

O que você está fazendo comigo?, exclamou a enorme lâmpada branca, nos estertores da morte.

Subitamente, fiquei banhado de luz carmim. Era como se a meio caminho do amanhecer o Sol tivesse decidido encerrar o jogo, contabilizar as perdas e descer de novo para dentro de um sono tingido de escarlate. E no entanto havia uma artificialidade no brilho daquela nova aurora, como a melancolia sintética da iluminação de um palco.

Perdi o fôlego, e talvez tenha sido por isso que a minha mão escapou do poste e caí no chão. Com força.

Deitado com os zimbros às minhas costas, esbaforido e machucado, fitei o raio vermelho de luz diante de mim e comecei a rir. Nunca tinha ficado tão feliz por ver uma das cores primárias. Ela brilhava intensa e firme pelo vale:

Pare, exclamava ela, em seu recém-assumido papel de detenção. *Pare neste instante, estou mandando!*

Era convincente. Como se nenhum embate tivesse ocorrido entre nós — como se aquela luz tivesse escolhido a cor vermelha por vontade própria.

Deitado de costas, senti um leve ronco no chão. Nas palmas das minhas mãos. Nos tendões na minha nuca. Rolei de lado e me arrastei para dentro do abrigo da artemísia. *Ele estava vindo.*

Eu estava tão habituado a ouvir o trem de carga da Pacific Union roncar pelo vale duas ou três vezes por dia que, em geral, não registrava o som de sua passagem. Quando você não está escutando com atenção — quando está, em vez disso, concentrado em apontar seu lápis ou olhar através de uma lente de aumento —, as vibrações distantes passam por você junto com o resto do mundo sensorial que não estamos sintonizados para notar: respiração, grilos, a vibração intermitente do compressor da geladeira.

Agora, contudo, com minha mente alerta e pronta para a chegada do Cavalo de Ferro, aquele ronco curioso se apoderou de cada sinapse em meu córtex sensorial e não largou mais.

Conforme o som ficava mais alto, comecei a separá-lo em seus respectivos componentes: o ronco era sublinhado por uma profunda e quase imperceptível vibração do chão (n° 1), mas acima disso — como camadas de um delicioso sanduíche cujo esplêndido sabor não podia ser explicado apenas pela soma de suas partes — estava o *cláquete-clac* das rodas sobre os encaixes soldados dos trilhos (n° 2), o *rom-rom* das turbinas do motor a diesel (n° 3) e o irregular *lica-tim-tam* das junções (n° 4). E em toda parte havia o brado nocivo de metal arranhando metal, como dois címbalos sendo esfregados um contra o outro de modo muito rápido (n° 5), conjurando um som agudo de trilho e trem, que seguidamente se encontravam e se separavam, se ajustavam e reagiam em seus respectivos momentos. Todos juntos, aqueles sons se fundiam com perfeição no som de um trem se aproximando, talvez um dentre os dez sons elementares do mundo.

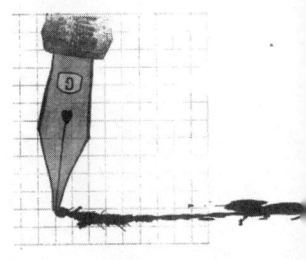

O arranhar da pena

Outros sons elementares: trovão; o *tique tique tique* do acendedor do fogão a gás; o rangido e o desengate do antepenúltimo degrau da escada da frente; risada (bem, não toda risada, mas acho que estou pensando na de Gracie, quando ela tem um daqueles seus acessos de riso, seu corpo se contrai e ela parece tão jovem de novo); os ventos encanados varrendo os campos de feno, principalmente no outono, quando as folhas fazem um suave ruído de comichão ao longo dos grupos de sementes plumosas do capim; tiros; o arranhar de uma pena Gillot em papel novo.

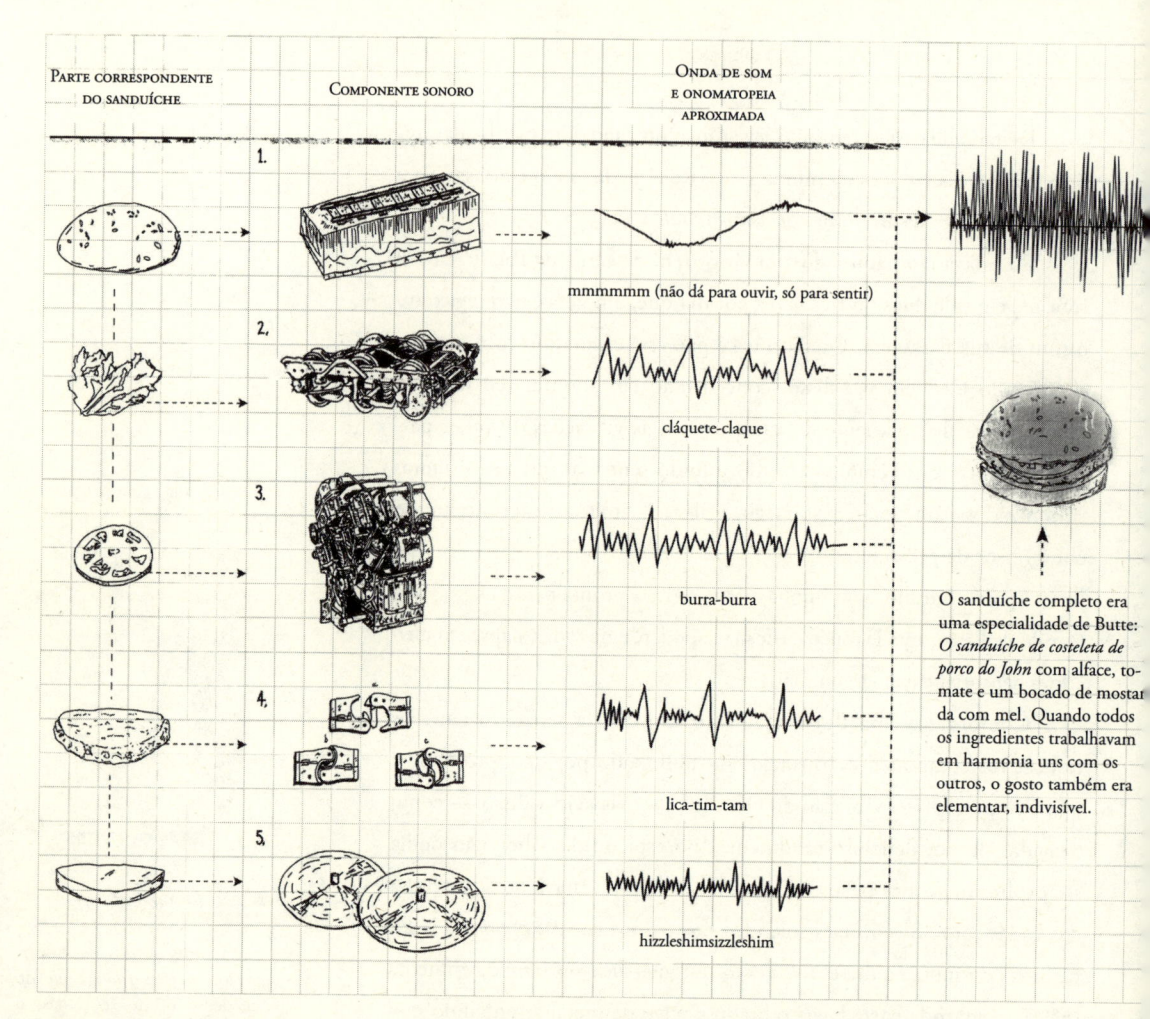

Parte correspondente do sanduíche	Componente sonoro	Onda de som e onomatopeia aproximada
1. pão (topo)	dormente	mmmmmm (não dá para ouvir, só para sentir)
2. alface	truque do vagão	cláquete-claque
3. tomate	motor	burra-burra
4. queijo	engates	lica-tim-tam
5. costeleta	rodas	hizzleshimsizzleshim

O sanduíche completo era uma especialidade de Butte: *O sanduíche de costeleta de porco do John* com alface, tomate e um bocado de mostarda com mel. Quando todos os ingredientes trabalhavam em harmonia uns com os outros, o gosto também era elementar, indivisível.

Trem de carga como sanduíche sonoro
Do caderno G101

E então eu vi: o olho branco incandescente da locomotiva emergindo da neblina, vindo à toda em minha direção. Aquele único farol cortava o nevoeiro e os últimos vestígios da aurora, ignorando o vale pelo qual passava como um animal enxergando apenas aquilo que via. O trem chegou a uma curva dos trilhos, e de repente pude ver a fila interminável de vagões de carga por trás da locomotiva cor de mostarda — seu serpentear estranho, de caixotes, se estendendo lá atrás pela bacia tão longe quanto meu tamanho de menino podia enxergar sem o auxílio das lentes de aumento.

Me escondi de volta na pequena vala junto aos trilhos, ofegante. Dei-me conta de que aquela era a primeira coisa ilegal que eu fazia na vida.

Tudo formigava. Pode-se aprender bastante coisa acerca da integridade de suas fibras morais a partir do modo como se reage ao fazer alguma coisa má, portanto eu estava na vala sentindo ondas de adrenalina latejando pelas articulações dos meus braços até os meus dedos, mas também observando a mim mesmo e às minhas reações, como se gravasse a cena com uma câmera colocada cinco metros acima de mim.

Mas não houve nenhum falatório e nenhum pavor coletivo, porque a minha incomum mudança de perspectiva foi interrompida pela consciência de que o trem ainda se aproximava muito veloz, e fui tomado de súbito pela ideia aterrorizante de que ele não ia parar. Não ouvi freios estridentes nem vapor sibilante, como eu tinha imaginado, só aquele vagaroso *chuga-chuga*; os címbalos se esfregando um no outro, a confusão de troncos, compensado, carvão e milho em todas aquelas gôndolas e carros-tanques. E conforme o trem se aproximava, estando a não mais do que vinte metros de distância agora, eu mesmo me xinguei por não ter planejado aquilo com cuidado durante semanas antes, por não ter observado o tamanho do trem e registrado o tempo exato que levaria para aqueles vagões de carga pararem. Percebi que eles provavelmente tinham um montão de vagões sucessivos e não podiam apenas parar, de repente, muito menos diante de um duplo sinal vermelho de "parada total" que muito provavelmente jamais tinha ficado vermelho em toda a história da ferrovia.

A locomotiva chegou ao lugar onde eu estava, nos zimbros, e então passou por mim sem pestanejar. O bloco de ar me atingiu com violência, agitando a carne flácida das minhas bochechas. Meu mundo entrou em colapso diante dos sons e da visão do trem de carga. O que antes havia sido um ronco que podia ser desmembrado em suas particularidades sônicas agora era simplesmente esmagador: seixos, terra e fuligem voaram para dentro dos meus olhos, o martelar das rodas destruiu meus tímpanos. Tudo se lançava para a frente,

> TOMADA PANORÂMICA:
> TRILHOS DO TREM — PELA MANHÃ
>
> Tomada externa do trem se aproximando velozmente. Um *close* bem próximo de uma mão segurando uma mala. E de linha fina de BABA escorrendo do canto da boca. *Zoom out* afastando aos poucos a imagem de um fora da lei afoito, de olhos ferozes. T.S. SPIVET. BAIXOS e VIOLONCELOS tocam três notas descendentes para indicar PAVOR COLETIVO.

e eu podia sentir minha garganta se contrair. Não conseguia imaginar aquele mastodonte gigantesco de aço e peças fedorentas e oleosas *algum dia* parando, muito menos naquele instante. Parecia destinado ao movimento eterno.

Lembrei-me da primeira lei do movimento de Newton, a lei da inércia: "Um objeto em movimento tende a permanecer em movimento até que uma força aja sobre ele."

Será que meu truque com a caneta Sharpie era uma força suficiente para agir sobre aquela criatura? Diante do peso dos baques dos vagões de carga passando velozmente por mim, a resposta era um firme *não*.

Enquanto o trem continuava passando rápido por mim, fitei aquelas rodas cor de ferrugem que se moviam de modo vigoroso, desejando que parassem. Vagões de carga pesados, gôndolas, tremonhas, vagões-tanque, vagões-plataforma. Não parava nunca. O vento dos vagões passando soprava sobre mim, e o ar estava repleto do cheiro de fuligem, graxa de motor e, estranhamente, xarope de bordo.

— Bem, nós tentamos — falei para a minha mala e seu conteúdo.

E foi bem nesse momento que os sons explosivos do motor começaram a ceder, e fiquei olhando espantado enquanto todo aquele quase um quilômetro de trem aos poucos desacelerou. O guincho de metal contra metal de repente ficou mais alto conforme o tilintar diminuía e então, sempre muito devagar, o trem de xarope de bordo parou num passo ritmado e não muito gracioso, com alguns últimos arquejos de uma válvula escondida e o trepidar das juntas antes que a besta metálica finalmente ficasse imóvel, arfando. Levantei os olhos: diante de mim havia um grande vagão-plataforma. Por um segundo fiquei imobilizado, duvidando de que tivesse feito o imponente trem de fato parar; de que uma única caneta vermelha Sharpie tivesse ordenado que uma baleia imensa como aquela se imobilizasse. O trem ficou ali, impaciente, o sibilar fraco dos freios de ar comprimido quase inaudível, enquanto ele permanecia imóvel, esperando, com o amplo vale aberto ao nosso redor.

Haveria problemas muito em breve: o condutor telefonaria para a central perguntando o que diabos estava acontecendo com um sinal de

ponha umas moedas aqui

tábua do depósito

latas de refrigerante

barbante

Meu primeiro experimento sobre a inércia

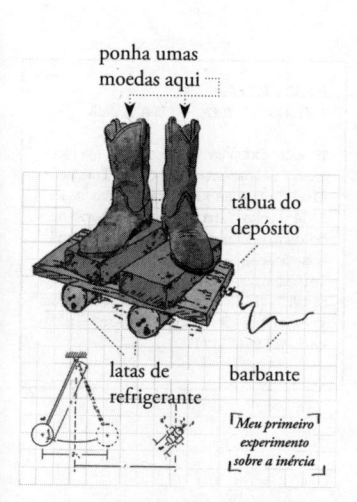

Meu primeiro experimento sobre a inércia
Do caderno G7

Foi um desastre. "A inércia é mais complicada do que parece à primeira vista", disse o dr. Yorn certa vez. O dr. Yorn é um sujeito muito inteligente.

parada total sem qualquer aviso prévio ao longo da ferrovia; meu pequeno truque "caneta vermelha sobre sinal branco" rapidamente seria descoberto e era provável que eles ficassem furiosos, procurando em toda parte por alguém como eu, um pestinha capaz de causar um estrago daqueles.

Cuspi nos zimbros e fiz um pequeno assobio pelo espaço entre meus dois dentes da frente. Isso em tese deveria ser uma espécie de tiro de largada. Então entrei em ação, erguendo minha mala do aperto do carrinho vermelho, que fez uma última tentativa para reter a mala, como se os dois fossem velhos amigos incapazes de se separar naquela plataforma de trem.

— Tchau, Layton! — falei ao carrinho, e então puxei minha mala para fora dos zimbros e para cima do aterro de balastro. As pedras de um azul acinzentado, desbotadas pelo sol, faziam um suave ruído farfalhado sob meus tênis. O barulho dos meus passos parecia tão alto se comparado ao relativo silêncio do trem parado que tive certeza de que ia denunciar minha posição.

Tentando ser um fora da lei despreocupado, abandonei minha ideia original de entrar num vagão de carga fechado. Achei que o vagão-plataforma parado diante de mim teria que servir, pelo menos por um tempo, até que eu conseguisse encontrar acomodação melhor. Simplesmente não tinha tempo para examinar todos os vagões em busca de aposentos adequados para morar. Mas ao me aproximar do vagão, de súbito me deparei com a altura da plataforma, que era de mais de um metro, e com o fato de que a minha própria altura era de pouco mais de um metro e quarenta. Sem pensar, ergui minha mala por cima da cabeça, mais uma vez demonstrando uma força e uma coordenação hercúleas, que me surpreenderam no instante mesmo em que eu ergui a mala. Sem esforço, fiz a mala deslizar para dentro do vagão.

Ai de mim, quando tentei fazer uma versão de exercício de barra (maldito programa de boa forma do presidente!) para levar meu próprio corpo para dentro da plataforma, a força lendária tinha me abandonado totalmente. Fiz uma espécie de grunhido de pânico que eu imaginava que um cervo devia fazer momentos antes de saber que estava prestes a ser abatido a tiros.

O que fazer com esta frágil constituição física de cartógrafo? Agachei-me no dormente de madeira da ferrovia arquejando, os trilhos de metal de ambos os lados. Os imponentes vagões se erguiam à minha frente e atrás. Daquele ponto, eu podia ver o túnel formado por todas as estruturas dos vagões diante de mim.

Um terrível apito, comprido, forte e estridente veio de algum lugar naquele túnel infinito de estruturas. E soou outra vez. Os freios de ar comprimido do vagão-plataforma sibilaram e se soltaram. Então, com um leve solavanco, a junção acima de mim se tensionou e os vagões começaram a deslizar, vagarosos, para a frente.

Eu ia morrer.

Desesperado, agarrei a junção acima da minha cabeça. Era provavelmente a pior coisa na qual se agarrar, com todas aquelas partes móveis e aqueles lugares onde meus dedos poderiam ser esmagados. Era oleosa e escorregadia, mas havia muitas saliências e juntas para eu me segurar. Não parava de imaginar meus dedos sendo pulverizados. Ficando largos e chatos como nos desenhos animados. *Meus dedos não!*, implorei à junção lá embaixo. *É tão complicado ter que colocá-los de volta no lugar!*

Agarrei-me à parte de baixo da junção enquanto o trem começava a andar num crescente. Meus pés esbarravam nos dormentes da ferrovia, então eu dobrei as pernas para envolvê-las com os braços, de modo que fiquei bem parecido com um macaco se agarrando à barriga da mãe enquanto ela abre caminho pelos galhos de uma árvore alta: desnecessário dizer, eu me segurei desesperadamente. Num certo ponto, olhei para baixo e os dormentes da ferrovia já eram um borrão debaixo de mim. Minhas mãos estavam cobertas de suor e graxa. Eu sabia que ia cair, e projetei repetidamente em minha mente a cena da queda, mas mesmo aceitando o fato de que ia cair e sofrer um desmembramento, ainda lutava contra a gravidade: primeiro uma perna e depois a outra,

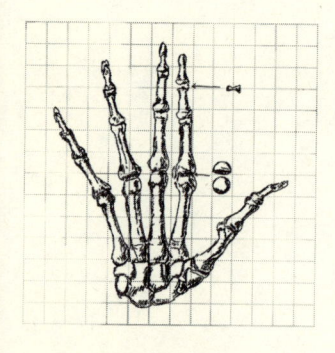

Os metatarsos da dra. Clair
Do caderno G34

(Eu queria desenhar as mãos do meu pai e seu dedo mínimo fraco, mas não sabia como abordá-lo para um estudo desses.)

para cima e por cima, e pouco a pouco, enquanto o trem ganhava mais e mais velocidade e o chão se transformava numa sopa indistinta de madeira, trilho e pedra. Fui conseguindo subir, de centímetro em centímetro, e depois passar por volta da junção oleosa. Subi; resfoleguei; suei, e eis que eu estava lá em cima — montado na junção como se fosse uma sela.

Triunfo. Era a primeira coisa corajosa que eu tinha feito na vida.

Imundo, pulei para a plataforma do vagão e caí em cima da minha mala. E respirei. Meus dedos estavam pretos de graxa e latejando com os ecos remanescentes da adrenalina. De repente desejei que Layton estivesse ali para compartilhar aquele sentimento comigo. Ele teria adorado aquela aventura.

▸ *Os quatro componentes da aventura*

Por Layton e T.S. Spivet, 8 e 10 anos, respectivamente. Agora enterrado debaixo de um velho carvalho junto com meu testamento.

Deitado com o rosto sobre a mala, olhei para cima e fui saudado pela mais estarrecedora das visões. Por um instante, fiquei confuso ao extremo. Embora eu estivesse num trem, à minha frente havia um trailer Winnebago novinho em folha. Num primeiro momento, não consegui fazer cair a ficha das categorias de transporte e achei que tinha ido parar numa estrada, numa balsa ou numa garagem, mas aí a razão voltou trotando para mim. O trem transportava Winnebagos! E modelos top de linha, pelo visto. Era a última coisa que eu imaginara ver num trem de carga como aquele. Estava preparado para o básico: mercadorias sujas, madeira, carvão, milho, xarope. Não aquela criatura maravilhosa, aquele puro-sangue tecnológico. E vou lhe dizer: não há nada como ficar olhando para a estrutura de um trailer moderno e luxuoso.

Circundei devagar o espécime. *Morada do Caubói*, anunciava ele em letras de bronze, na lateral. Por trás disso, pintado em tons suaves e terrosos com *air-brush*, o Sol se punha sobre um reluzente rancho nas montanhas, não muito diferente daquele de que eu acabara de fugir. No primeiro plano, um caubói empinava seu cavalo, a mão na direção do céu, os dedos abertos num gesto relutante de conquista.

BUTTE

DIVISA CONTINENTAL

FEELY DIVIDE

MELROSE

DILLON

MONTANA

RED ROCK

LOMA

MONIDA

DIVISA CONTINENTAL

IDAHO

HAMER

IDAHO FALLS

BLACKFOOT

POCATELLO

PARA OGDEN

PARTE II: A TRAVESSIA

Vagão de carga fechado

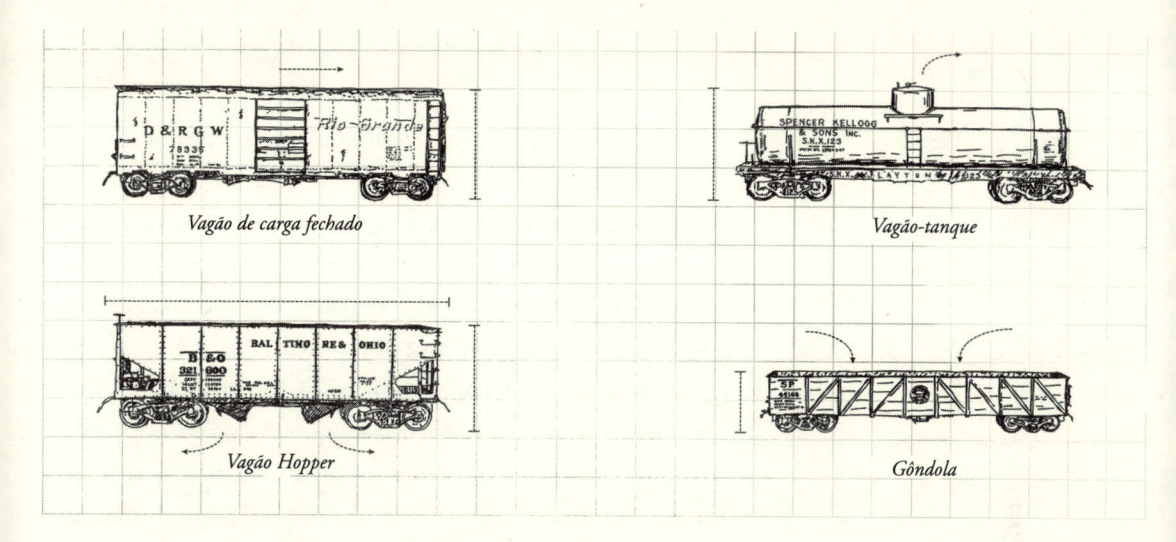

Vagão-tanque

Vagão Hopper

Gôndola

Capítulo 5

A maior parte do meu conhecimento relativo à vida de vagabundos vinha do segundo ano, quando a srta. Ladle leu para a turma *Hanky, o vagabundo*, uma cançoneta sobre um sujeito carismático de cabelo castanho e encaracolado que morava na Califórnia e de repente se viu sem recursos e abandonado à própria sorte. E então o que ele fez? Pulou dentro de um trem de carga, é claro, e seguiu em frente, rumo a todos os tipos de deliciosas aventuras ferroviárias.

Embora nenhum ditado jamais tenha sido emoldurado e colocado na parede (na escola, é preciso deixar à vista todos os truísmos), meus colegas de classe e eu rapidamente criamos uma equação simples em nossas mentes.

Na verdade, ficamos tão impressionados com Hanky que decidimos fazer um trabalho na turma sobre a vida de vagabundo. Em retrospecto, é meio estranho que a srta. Ladle tenha aceitado essa proposta, mas talvez ela seguisse a linha de pedagogia segundo a qual é preciso estimular o interesse das crianças a todo custo, mesmo que isso signifique dedicar uma unidade do ano letivo a como descumprir a lei.

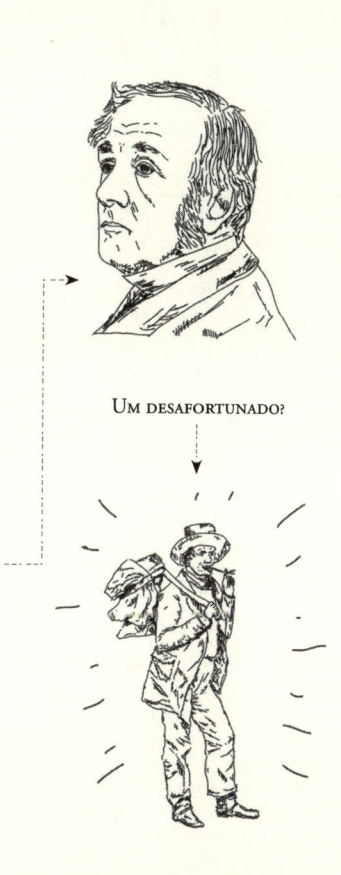

Um desafortunado?

Viaje pelos trilhos!

O MUNDO EXPLICADO POR T.S. SPIVET

O
NADA ROLANDO AQUI ←

χ
DÊ O FORA!

ᴗ̈
É SEGURO DORMIR NO CELEIRO

M
CONTE UMA HISTÓRIA TRISTE E VAI CONSEGUIR COMIDA

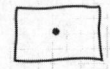

▱
HOMEM MUITO PERI-
GOSO MORA AQUI

Sinais dos vagabundos
Do caderno G88

Nossa turma aprendeu que durante a Depressão, época em que era difícil encontrar trabalho e um número incontável de pessoas foi parar nas ferrovias, os vagabundos simplesmente ficavam nos arredores dos trilhos, aos montes. Às vezes havia um bando de vagabundos num único vagão de carga fechado, talvez um ou dois colchões, e eles faziam uma *festa* (um grupo em nossa turma encenou uma festa desse tipo como trabalho), cantavam músicas, cozinhavam ovos e ficavam observando enquanto a paisagem rural corria lá fora. Para se comunicar com determinadas pessoas em outras estações da linha, eles deixavam até mesmo *sinais de vagabundos* em fachadas de depósitos ou cercas para indicar portos seguros ou lugares perigosos. Descobrimos que o funcionário que operava o pátio de manobras da ferrovia geralmente era amigo dos vagabundos; revelava informações valiosas, como de onde e quando os trens partiriam. A pessoa com a qual você tinha que tomar cuidado era o guarda da estrada de ferro, ou o Touro, como era chamado pelos vagabundos. Eram ex-policiais que tinham sido demitidos devido à sua brutalidade. Muitos deles gostavam de pegar as pessoas que passeavam pelos trilhos e dar uma surra inesquecível. Em outras palavras: eles as matavam. (Salmon, o garoto mais bagunceiro porém também o mais inteligente da turma, fez uma apresentação sobre os touros das estradas de ferro em que ele começou a bater num outro garoto, Olio, por uns bons trinta segundos até a srta. Ladle intervir.)

Na história de *Hanky, o vagabundo,* Hanky tinha uma vida muito divertida correndo dos touros e caindo de trens e coisas do tipo. E um dia, quando estava muito ocupado vagabundeando, Hanky se deparou com uma mala ao lado dos trilhos. E quando abriu a mala, viu que ela continha dez mil dólares em espécie.

— Ba-wing! — disse Salmon dos fundos do nosso cantinho de leitura. Não sabíamos o que aquilo queria dizer, mas gostamos da expressão, então rimos.

A srta. Ladle continuou lendo:

Quando Layton viu o sinal do "homem muito perigoso", declarou no mesmo instante que queria tatuar o símbolo em seu punho. Meu pai não chegou sequer a honrar esse pedido com uma resposta, e assim Layton pediu que eu apenas desenhasse o símbolo em sua pele com uma de minhas canetas Sharpie. Comecei a aguardar com ansiedade nosso ritual matinal em que eu traçava novamente o desbotado ponto-dentro-do-retângulo em seu punho antes da escola. E então certa manhã Layton simplesmente anunciou que não precisava mais dos meus serviços. Durante os dois dias seguintes observei enquanto o retângulo desbotava devagar e desaparecia.

— Mas em vez de ficar com ela, Hanky a devolveu aos devidos donos, optando por voltar à sua vida nômade nos trilhos em vez de gastar um dinheiro que não era seu.

Ficamos esperando mais uma linha, mas aquilo parecia ser o final. A srta. Ladle fechou o livro com cuidado, como se fosse a tampa da gaiola de uma tarântula.

— Então, qual é a moral dessa história? — perguntou a srta. Ladle.

Todos ficamos olhando para ela, inexpressivos.

— A *honestidade* é sempre a melhor conduta — disse ela devagar, enfatizando a palavra "honestidade" como se fosse um termo estrangeiro.

Todos fizeram que sim, concordando. Isto é, todos exceto Salmon, que disse:

— Mas ele acabou pobre.

A srta. Ladle olhou para Salmon. Limpou a poeira imaginária da capa do livro.

— Bem, algumas pessoas pobres são honestas — disse ela. — E felizes.

O que foi exatamente a coisa errada a dizer, pois, sem jamais verbalizá-lo ou talvez até mesmo sem que nos déssemos realmente conta, perdemos um pouco de respeito por ela naquele momento. Estava claro que ela não tinha ideia do que estava falando. E isso não devia ser supresa alguma, pois aquela era a mesma professora que nos permitira dedicar uma unidade inteira aos vagabundos. Mas minha pergunta era: para onde tinha ido o nosso respeito? Será que o respeito de uma criança apenas evaporava ou, como na primeira lei da termodinâmica, o respeito não podia ser criado nem destruído, mas meramente transferido? Talvez tenhamos canalizado nosso respeito aquele dia para Salmon, o rebelde de cabelo desgrenhado que misturava leite com suco de laranja na hora do lanche, que desafiara o sistema naquele cantinho de leitura e que revelara a nós, ansiosos espectadores, que os adultos podiam ser tão idiotas quanto as crianças. Nós *o* respeitávamos. Pelo menos até ele ser preso, anos depois, por empurrar Lila da beira do Melrose Canyon e o juiz mandá-lo ao Rancho para Delinquentes XX, em Garrison.

"O Coyote Toyte"

1/64 PIMENTA TABASCO
43/64 REFRIGERANTE TAB
20/64 BOURBON MAKER'S MARK

Como preparar um Coyote Toyte
Do caderno B55

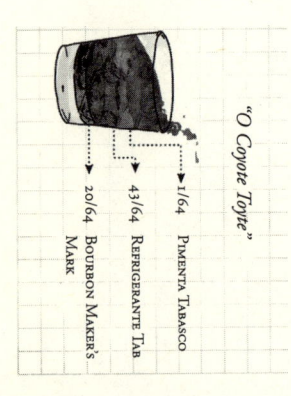

Doretta sempre acrescentava a pimenta Tabasco por último, com um floreio, dizendo "E aqui vai a coisa boa" todas as vezes. Era o tipo de memória repetitiva da infância que passei a temer, não pelo seu conteúdo, mas pela sua repetitividade.

Como essas montanhas púrpuras eram bonitas! Mas eram bonitas porque todos os pinheiros da espécie *Pinus contorta* estavam morrendo devido a uma infestação de besouros-do-pinheiro (*Dendroctonus ponderosae*).

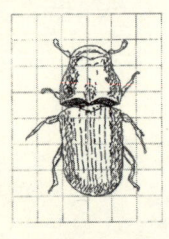

Dendroctonus ponderosae
Do caderno R5

Enquanto o trem recuperava a alta velocidade — eu não tinha pegado meus instrumentos da mala, mas ele ia a pelo menos oitenta ou noventa quilômetros por hora, ao que parecia — observei o cenário se abrir diante de mim. Eu já tinha passado por aquela parte da I-15 muitas vezes para ir até Melrose visitar Doretta Hastings, meia-tia do meu pai. Ela era esquisita: colecionava mísseis não lançados da Segunda Guerra Mundial e tinha uma predileção por um drinque especial seu, chamado Coyote Toyte, que continha, pelo que lembro, refrigerante Tab, *bourbon* Maker's Mark e um pouco de molho de pimenta Tabasco. Nunca ficávamos muito tempo na casa dela, pois meu pai sempre começava a se sentir desconfortável depois de alguns instantes de papo. Por mim tudo bem, já que Doretta tinha o hábito de passar as mãos pelo meu rosto, e as mãos dela cheiravam a cocô de rato e hidratante. Um pouco depois da casa dela, mais adiante na I-15, acontecia o rodeio de Dillon. Eu fui talvez meia dúzia de vezes com meu pai, e nunca mais desde que Layton morrera.

Enquanto seguíamos para o sul, o dia se abriu. Fazia frio com todo aquele vento correndo pelo vagão aberto, mesmo com um suéter extra, gostei muito quando os primeiros raios de sol desceram entre as montanhas Tweedy e Torrey, ganhando os pastos e depois as planícies e aquecendo a terra conforme avançavam. Vi a linha de luz gradualmente abrir caminho pelo vale. Fora das sombras agora, as montanhas pareciam se espreguiçar e bocejar, os rostos cinzentos apresentavam um tom verde-escuro e, conforme a manhã avançava, relaxavam e adquiriam aquele aspecto familiar de beringela macia da mata distante.

O vento mudou de direção e pude sentir o cheiro do Big Hole, o intenso toque de lama, lodo, girinos e pedras cobertas de musgo esfregadas constantemente pelas juntas dos dedos daquela correnteza tortuosa. O trem apitou e eu senti como se tivesse sido eu a apitar. Vez por outra vinha o mesmo cheiro de xarope de bordo, de algum lugar lá adiante, e também havia sempre o cheiro do próprio trem, os vapores espiralados de óleo, graxa, de metal rangendo, puxando e fazendo seu trabalho. Era uma curiosa mistura de cheiros, mas depois de algum tempo, como sempre acontece, aquele cenário olfativo aos poucos recuou para dentro da tela da percepção e eu parei por completo de notá-lo.

De repente, eu estava com fome outra vez. Todo o esforço gasto subindo como um macaco pelo poste de sinalização e me pendurando em junções de vagões de trem tinha acabado comigo, para não mencionar as múltiplas ondas de adrenalina que tinham deixado meus pequeninos bíceps num estado como que de borracha, intensamente alerta.

Ainda com medo de abrir a mala e correr o risco de o que havia ali dentro explodir, mais uma vez meti a mão naquele buraquinho feito com meu Leatherman (Edição do cartógrafo) e vasculhei ali dentro durante um ou dois minutos, até localizar minha bolsa de provisões e puxá-la com cuidado para fora de novo.

Desembrulhei toda a minha comida. Meu coração perdeu as esperanças. Simplesmente não havia o bastante. Se eu fosse um herói, um caubói, eu conseguiria viver três semanas com aquela escassa quantidade de barras de cereal e frutas que estava diante de mim. Mas eu não era um caubói. Era um menininho com metabolismo hiperativo. Quando ficava com fome, meu cérebro aos poucos começava a parar de funcionar, parte por parte: primeiro eu perdia domínio das cordialidades sociais, depois perdia minha capacidade de fazer contas de multiplicação, depois perdia minha aptidão de formar frases completas, e assim por diante. Quando Gracie tocava o sino do jantar, era muito comum me encontrarem balançando para a frente e para trás na varanda dos fundos, faminto e delirante, emitindo barulhos de passarinho.

Eu combatia essa falência estilo Alzheimer fazendo lanches frequentes. Tinha um estoque de cereal Cheerios em todos os bolsos de todas as minhas roupas, o que muitas vezes fazia uma bagunça na lavanderia. A dra. Clair me obrigava a fazer a "verificação de Cheerios" antes de eu colocar uma peça de roupa na máquina de lavar.

> O que fazer com todos aqueles besouros-do-pinheiro era questão política local que gerava debates acalorados; esse era provavelmente o único besouro sobre o qual as pessoas normais falavam. O estranho era que a dra. Clair na verdade escrevera sua tese sobre o controle do besouro-do-pinheiro em Montana, e estava a caminho de se transformar numa heroína científica quando conheceu meu pai naquele baile em Wyoming. Depois de se casarem, algo inexplicável se modificou dentro dela; a dra. Clair deixou para trás uma carreira potencialmente útil para se voltar a uma busca fútil besouro monge-tigre.
>
> A cada primavera, enquanto novas faixas de pinheiros começavam a assumir aquele tom avermelhado mortal, eu fantasiava ter uma mãe que de fato ajudava na luta contra aquela praga e com isso mudava o mundo. Eu queria que as pessoas passassem de carro pela Crazy Swede e apontassem para a nossa casa, no rancho, mais acima nas montanhas.
>
> — É ali que mora a senhora do besouro-do-pinheiro — diriam. — Ela salvou Montana.
>
> Uma vez reuni coragem para lhe perguntar por que ela não estudava mais o problema do besouro-do-pinheiro.
>
> A dra. Clair respondeu o seguinte:
>
> — Quem foi que disse que o besouro-do-pinheiro é um problema? Eles estão muito bem, obrigado.
>
> — Mas não vai sobrar nenhuma floresta! — exclamei.
>
> — Nenhuma floresta de pinheiros — corrigiu ela. — Nunca gostei dos pinheiros. Vivem gotejando. São tão grudentos... Bons ventos os levem, é o que penso. Certas coisas têm mais é que morrer mesmo.

Agora, olhando aquela insignificante quantidade de comida, me deparei com um problema real de sobrevivência. Será que eu escolho a opção sensata de só comer um pouco dessa vez, sem saciar minha fome, comendo apenas o suficiente para ainda ser capaz de contar até dez e apontar para o norte? Isso parecia o mais sábio, sobretudo considerando a possibilidade de que aquele trem de carga poderia continuar seguindo seu caminho até chegar ao seu destino — fosse ele Chicago, Amarillo ou Argentina.

Ou... eu podia simplesmente me empanturrar. Mas isso seria confiar na esperança de que em algum momento um vendedor ambulante para vagabundos aparecesse ladeando os vagões e vendendo cachorros-quentes e *fajitas* crepitantes para todos os vagabundos do trem.

Depois de um instante de reflexão, selecionei uma única barra de cereal — mirtilo e maçã com nozes sortidas — e com relutância coloquei o resto das minhas provisões (*Oh, mas aquelas cenourinhas pareciam tão fluorescentes e saborosas!*) de volta pelo buraquinho na mala.

Mastigando o mais devagar que conseguia, permitindo que cada pedaço de granola vagasse pelo interior da minha boca, sentei-me com as costas no para-lama da Morada do Caubói e tentei me habituar àquela nova vida.

— Sou um errante — falei com uma voz grave de Johnny Cash. Soou ridículo.

— *Er-ran-te*. Errado. Errôneo — tentei. Nada funcionava.

As montanhas aos poucos começaram a recuar da planície do rio, o vale se dividindo e se abrindo na grande bacia em forma de ferradura do Jefferson. Em todas as direções a terra corria, corria e corria até dar com uma tigela de cereal de montanhas que circundavam o vale: a elevação fissurada do Ruby Range a sudeste, o desordenado conjunto das Blacktails a uma grande distância, e atrás de nós as majestosas Pioneer, que agora desapareciam gradualmente pois chegáramos a uma curva dos trilhos.

À minha esquerda, distante e solitária na planície, ficava a grande Beaverhead Rock. A Beaverhead Rock tinha salvado a expedição de Lewis &

A Beaverhead Rock
Do caderno G101

A pedra levava esse nome porque se parecia um pouco — quando vista de determinado ângulo — com a cabeça de um *beaver*, ou seja, um castor. Sempre achei mais parecido com a traseira de uma baleia, mas talvez os shoshones, que deram originalmente o nome daquele marco, não soubessem da existência das baleias e, portanto, tivessem que se limitar às criaturas das matas quando criavam suas analogias.

Clark: numa manhã de agosto incomumente fria, Sacagawea reconhecera aquela formação rochosa como um sinal de que o retiro de verão de seu povo estava próximo. Naquele ponto, a expedição dos exploradores estava com poucos suprimentos e não tinha acesso a novos cavalos. Seus barcos seriam inúteis nas montanhas: montanhas que haviam de se revelar muito mais extensas do que Lewis e Clark imaginaram no início. Originalmente, eles viram uma passagem fluvial ao noroeste levando diretamente ao oceano Pacífico, e quando ficou claro que isso era impossível, eles se concentraram em uma faixa única de montanhas que ainda podia ser atravessada em um ou dois dias. Como quase todas as grandes viagens, a expedição de Lewis & Clark se resumiu a uma série de momentos cruciais em que a sorte e a astúcia desempenhavam papéis de igual importância. E se eles tivessem tentado enfrentar a divisa por conta própria, sem a ajuda dos shoshones? E se Sacagawea não tivesse divisado aquele marco, agarrando a manga do capitão Clark com aquelas suas mãos pequenas e ásperas, e apontado?...

Olhei pelas fendas do vagão-plataforma para a pedra, que se virava devagar conforme o trem seguia pela paisagem. Sorri. Era a mesma pedra. Muita coisa havia mudado: o Cavalo de Ferro chegara; não havia mais os shoshones; havia agora carros, sorvetes de casquinha feitos de raspas de gelo, aviões, dispositivos de GPS, rock'n'roll e McDonald's, tudo isso no vale, mas aquela pedra era a mesma, firme e com seu vago jeito de castor, tanto quanto antes.

Alguma coisa relativa à continuidade geológica da Beaverhead Rock, localizada naquele vale, na mesma posição de quando Sacagawea puxou a manga da camisa do capitão Clark, me unia de modo intrínseco àquela expedição. Seguindo cada um nosso caminho, ambos transpomos em nossas viagens aquele marco estacionário, como aquelas rochas sem muita definição pelas quais o seu vagão passava periodicamente no Jogo de computador da Oregon Trail. A diferença, talvez, era que eles eram livres para viajar para onde queriam, podiam escolher qualquer caminho para além da divisa continental e depois, até o Pacífico. Naquele exato momento, preso àqueles trilhos, eu não tinha outras alternativas para a minha rota; seguia o caminho traçado para mim. Por outro lado, talvez eu só estivesse me agarrando àquela noção de predeterminismo por questões de conforto — talvez a rota ainda não estivesse traçada diante de mim, e eu estivesse me encaminhando para o mesmo desconhecido da expedição de duzentos anos antes.

O dia esquentou. O vento estava mais forte na bacia, açoitando a pradaria seca, rodopiando ao redor do trem, enfiando-se por baixo das ripas de madeira. Às minhas costas, podia sentir o Winnebago balançando de leve para trás e para a frente, apesar de estar acorrentado ao chão do vagão-plataforma. Aquele balançar era confortável. Eu balançava também. Viajávamos juntos, a Morada do Caubói e eu — éramos companheiros.

— Como vai você? — perguntei a ele.

— Bem — respondeu ele. — Estou feliz por você estar aqui.

— É — disse. — Também estou feliz por você estar aqui.

Peguei minha Leica M1, lambi os dedos como meu pai fazia e tirei a tampa da lente. Fiz algumas fotos da Beaverhead Rock. Tentei alguns autorretratos comigo em primeiro plano, usando o *timer* da câmera, e obtive graus variados de sucesso. Depois tirei algumas cândidas fotos da Morada do Caubói, e dos meus pés, da mala, e algumas fotos artísticas das junções cobertas de graxa. Gastei dois rolos em dez minutos. Assim que chegasse a Washington, faria um álbum de colagens de minha viagem pelos Estados Unidos. Podia editar as ruins mais tarde. Eu detestava quando as pessoas colocavam direto todas as fotos num álbum, sem fazer uma seleção primeiro. A dra. Clair era uma dessas pessoas, o que era estranho, pois ela tão exigente com a anatomia dos besouros, mas seus álbuns de família eram coisas longas e extensas que vez por outra incluíam fotos de filhos de estranhos.

Passamos por baixo da I-15 através de um túnel e de repente a rodovia estava ao meu lado. Picapes passavam a toda. Caminhões. Trailers não muito diferentes do que o que estava às minhas costas. Notei que uma minivan prateada rodava ao lado do trem, mais ou menos no ponto onde eu estava. Como o resto dos carros, eles pareciam ir um pouco mais rápido do que o nosso trem, mas inesperadamente as nossas velocidades se igualaram e ficamos lado a lado, como se alguma linha invisível nos conectasse.

No assento dianteiro, um homem grande e careca dirigia ao lado de uma mulher com um vestido florido magenta e grandes brincos redondos como discos. Pareciam ser casados. Não apenas porque havia três meninas no banco de trás (havia), mas porque a gente percebe quando duas pessoas estão acostumadas a ficar sentadas em silêncio uma ao lado da outra por longos períodos de tempo. No banco de trás, as três meninas pareciam estar jogando alguma espécie elaborada de cama de gato. Uma delas (a mais velha, ao que parecia) colocava os dedos com muita atenção no centro da teia de aranha, concentrando-se em pegar com os dedos dois X.

Eu estava realmente gostando de observar aquela cena doméstica e de cooperação fraterna no banco de trás da minivan. Era melhor do que televisão. Era como dar uma olhada no interior de um mundo que sempre tinha existido mas com o qual eu só entraria em contato durante uns poucos segundos, como quando passamos por pessoas conversando na rua e só ouvimos uma fala do diálogo, mas uma primorosa fala, como: "E desde aquela noite, minha mãe tem uma queda por submarinos".

Então tudo virou um inferno. Uma das irmãs menores deixou escapar a linha ou algo igualmente trágico, porque a mais velha jogou as mãos para cima e empurrou a outra contra a janela. Isso fez com que a menor começasse a chorar, então o pai careca se virou com seus grandes óculos escuros estilo aviador e começou a gritar com as filhas no banco de trás. A mãe se virou mas não disse nada. A velocidade da minivan diminuiu. Eu perdi a cena de vista.

Quando eles me alcançaram novamente, a minivan estava correndo pra valer. Pulei do meu assento junto ao para-lama e, deixando de lado toda a prudência, enfiei a cabeça nas fendas para ver melhor. Cada menina tinha recuado para um canto da minivan. A mais nova, que tinha estra-

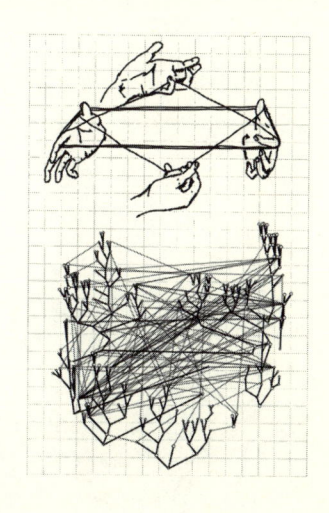

Gracie & eu jogamos cama de gato durante a nevasca
Do caderno B61

(Com todos os movimentos possíveis mapeados a partir desta posição inicial.)

gado a brincadeira da cama de gato, olhava pela janela na minha direção, evidentemente emburrada, lágrimas brilhando em suas bochechas.

Quando a van passou, eu acenei. Ela deve ter visto o movimento, pois levantou os olhos, confusa, procurando. Acenei de novo. Seu rosto se iluminou. Eu me senti como um super-herói. Ela ficou literalmente de boca aberta e pressionou o rosto contra o vidro, depois se virou e gritou alguma coisa para as outras pessoas no carro — eu quase podia ouvir agora, mas àquela altura a minivan já tinha se afastado demais. Não voltei a vê-la.

Então o trem arquejou e o som das rodas ficou diferente, e começamos aos poucos a diminuir a velocidade. Estávamos chegando a Dillon. Decidi que a melhor coisa a fazer era sumir de vista, o mais rápido possível. Mas onde eu poderia me esconder? Lembrando que a dra. Clair certa vez me dissera "Não chame muito a atenção" — conselho que, acho, nem ela própria seguia —, fui para o lugar mais óbvio que consegui encontrar: tentei abrir a porta do Winnebago, logo acima da minha cabeça.

Claro, estava trancada. Quem a deixaria destrancada?

O trem parou abruptamente, sibilando. Tropecei e caí. De repente me senti muito exposto naquele vagão-plataforma. O movimento do trem tinha me dado segurança, mas com ele parado eu era um alvo fácil.

Através das fendas eu podia ver, lá na frente, o pátio de manobras e um depósito de estilo antiquado. Homens aproximavam-se do trem para falar com o maquinista; dava para ouvi-los gritando alguma coisa. O pânico começou a crescer dentro de mim. Tinha sido uma péssima ideia. Eu devia simplesmente abandonar o trem, encontrar algum outro meio de transporte.

E se eu conseguisse entrar na mala do Winnebago?

— Winnebagos não têm malas — disse para mim mesmo. — Só uma criança pensaria isso.

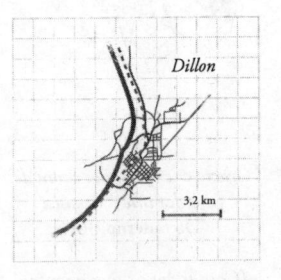

Dillon, a sede do condado
Do caderno G54

Dillon era uma cidade do tipo lugar nenhum — o tipo de cidade cujo atributo mais notável era ser a sede do condado de Beaverhead. Sempre que usávamos vaidosamente os termos "sede do condado" mais do que duas vezes por semana, víamos que não havia tanta coisa assim de que pudéssemos nos envaidecer. Claro, meu pai teria argumentado o contrário. Para ele, o rodeio de Dillon era a Broadway de todas as competições entre homens e animais. E por isso eu havia passado a ver a cidade como um lugar mágico quando era mais novo. Mas quando finalmente vi Dillon num mapa, pude dimensionar o que a cidade era de fato.

Corri ao redor do veículo, procurando alguma coisa, qualquer coisa: um carro reserva, uma canoa, uma barraca — qualquer tipo de acessório recreativo que pudesse temporariamente me ocultar do Touro da ferrovia, com seu bastão, seu monóculo e seu faro para sangue.

Nada. Será que aquelas coisas não vinham com nenhum acessório extra?

As vozes nos trilhos mais adiante estavam exaltadas; espiei pela beirada e vi dois homens com pranchetas andando junto ao trem, vindo na minha direção. Um deles estava uniformizado e era imenso, quase trinta centímetros mais alto do que o outro homem. Parecia fazer parte de um circo.

Ótimo, pensei comigo. *Eles agora contratam gigantes. Ok. Fique calmo. Espere até o momento certo, depois chute-o nas gônadas e saia correndo. Corra até um posto de gasolina e finja que a sua família te deixou para trás numa viagem de carro. Arranje um suco em pó e pinte o cabelo. Arranje um pouco de maquiagem e mude a cor da sua pele. Compre uma cartola. Fale com sotaque italiano. Aprenda a trapacear.*

Os homens estavam a três vagões de distância. Eu podia ouvir o ondular das suas vozes e o som do cascalho sendo pisado.

— O que eu faço? — sussurrei para o Winnebago.

— Pode me chamar de Valero — sussurrou o Winnebago em resposta.

— Valero?

— É, Valero.

— Tá bom, Valero, o que diabos eu faço?

— Fácil — disse Valero. — Não entre em pânico. Um caubói nunca entra em pânico, nem mesmo quando a coisa fica feia.

— Eu não sou um caubói — sussurrei. — Por acaso pareço um caubói?

— Um pouco — disse Valero. — Você não tem aquele chapéu, mas está sujo como um caubói e tem aquele olhar esfomeado nos olhos. Não dá para imitar esse olhar, você sabe.

— É mesmo?

As vozes dos homens agora estavam ao alcance dos meus ouvidos. Eles deviam estar no vagão ao lado.

Tudo bem, o que um caubói faria? Desesperado, numa última tentativa, experimentei a porta do passageiro do Winnebago. A princípio pareceu trancada também, mas então ouvi o trinco se soltar e a porta abriu. Soltei o ar, uma pequena baforada. Quem tinha deixado aquilo aberto?

Quem quer que o senhor seja, obrigado, sr. Funcionário da Fábrica. Gracias e adiós.

Peguei minha pesada mala e a arrastei pela porta escancarada do Winnebago, o mais silenciosamente que pude, fechando-a atrás de mim devagar, bem devagar. Quando a porta enfim deu um estalo, o ruído pareceu muito mais alto: a cena no filme em que os olhos do vilão saltam na direção do esconderijo do herói. Eu tinha certeza de que seria pego. Não me demorei desfrutando do interior luxuoso do Winnebago. Passei correndo pelo sofá amarelo-canário e fui em linha reta até o banheiro dos fundos, ao lado do quarto espelhado com a cama *king-size* e, na coberta, a reprodução em tecnicólor da cadeia das montanhas Tetons.

Fechei a porta do banheiro atrás de mim. Talvez eu só estivesse seguindo um outro velho adágio que a gente aprende quando criança.

No claustrofóbico mundo do banheiro, tentei não respirar. Isso é difícil quando você está ofegante. Mesmo que as vozes deles estivessem abafadas pelas paredes do Winnebago, eu podia ouvi-los se aproximando. Então pararam. Alguém pulou na plataforma do vagão. Uma gota de suor rolou pelo meio da minha testa, pelo meu nariz e até a sua ponta, onde parou como uma joaninha pensando em voar. Eu podia ver a gota se ficasse vesgo, e por algum motivo, em meu estado delirante movido a adrenalina, me vi acreditando que se a gota caísse no chão o gigante Touro da ferrovia ouviria o ruído e saberia no mesmo instante a minha localização.

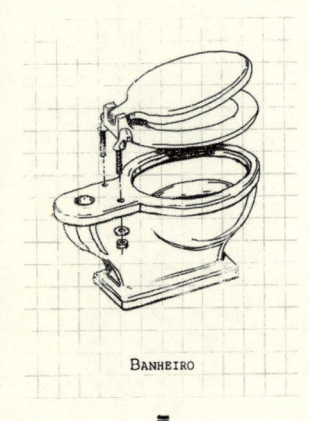

A plataforma rangia enquanto o homem andava ao redor do Winnebago e ia até o lado do passageiro. Nesse exato momento, notei que a porta do banheiro tinha o que parecia ser um olho mágico. Naquele instante de asfixia autoinduzida e vesga, não segui a costumeira linha de pensamento de me perguntar por que um banheiro haveria de ter um olho mágico e imaginar que tipo de perturbadoras cenas domésticas podiam se desenrolar com a inclusão de uma opção daquelas. Em vez disso, eu estava concentrado no pequenino fenômeno da gota de suor na ponta do meu nariz e na dificuldade de, sendo um mamífero, não respirar. Apenas pensei comigo: *Oh, que bom, tem um olho mágico, então eu posso ver se as pessoas que querem me matar vão me matar.*

Olhei pelo buraco. A gota de suor caiu no chão. Quase sufoquei, mas não por causa da queda da gota. Foi o que vi pelo olho mágico: um imenso guarda de ferrovia — e era mesmo *imenso*! Alto e gordo. Seu rosto estava pressionado contra o vidro fumê da janela lateral do Winnebago. Ele pôs as mãos em concha por cima dos olhos a fim de ver lá dentro. E no chão, bem diante de sua imensa cabeça com aquelas mãos de gorila, estava minha mala abarrotada.

O Touro ficou na janela durante mais um minuto. Num certo ponto limpou o vidro com uma daquelas mãos. As mãos dele eram enormes! Imaginei um pequenino pardal empoleirado em seus dedos.

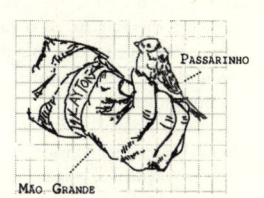

O gigante & o pardal
Do caderno G101

Depois de limpar o vidro com a mão, o Touro espiou lá para dentro outra vez. Fiquei esperando que ele visse a mala, esperando pela mudança em sua expressão: "O que é isto? Ei, é melhor vocês virem até aqui..."

Por que estava demorando tanto? Será que era narcoléptico? Estava considerando a ideia de comprar um daqueles para sua gigantesca esposa, calculando as dimensões? Ou você vê essa mala e vem me matar, ou acaba logo com isso! Mas não fique enrolando desse jeito! Depois do que pareceu uma eternidade, ele por fim tirou seu vulto gigantesco da janela e desapareceu de vista.

Por que 304?

Na verdade, eu não tinha certeza do motivo que tornava esse número razoável para mim. Por que 304 e não apenas 300? Criamos medidas informais como essa em nossas mentes o tempo todo, tanto que algumas delas se tornaram populares, verdadeiras regras informais de surpreendente estabilidade: a "regra dos três segundos" para o tempo que a comida pode ficar no chão e ainda ser comestível; a "regra dos dez minutos" para o tempo que um professor podia se atrasar para a aula antes de sairmos de sala e irmos para o recreio. (Isso só aconteceu uma vez, com a sra. Barstank, mas, segundo diziam as más línguas, ela era alcoólatra e foi despedida um mês depois do início do ano letivo, para nossa consternação.)

Meu pai dizia que se um cavalo não pudesse ser domado nas duas primeiras semanas, então não podia ser domado. Eu me perguntava se a minha mãe tinha alguma extensão de tempo em sua mente relativa à duração de sua busca pelo besouro-monge-tigre. Vinte e nove anos? Um ano para cada osso no esqueleto humano? Um ano para cada letra no alfabeto finlandês, língua que meus ancestrais tinham abandonado quando vieram para o Oeste? Ou será que ela não havia estabelecido nenhum período de tempo formal? Buscaria até não poder mais? Gostaria que houvesse alguma coisa que eu pudesse dizer ou fazer capaz de encerrar sua busca e inspirá-la a se unir outra vez ao mundo da ciência útil.

— Valero — sussurrei. — Você está aí?

— Estou aqui.

— Essa foi por pouco, hein?

— É, tive medo por você. Mas você é um terrorista hábil.

— Terrorista? — falei. Mas eu não estava com disposição para entrar numa discussão com um Winnebago sobre a definição de terrorismo. Se ele achava que eu era um bandido, tudo bem.

Quanto mais nos demorávamos na velha Dillon, mais eu achava que talvez eles não fossem deixar o trem sair da estação sem encontrar o culpado pelo ato de vandalismo no sinal. Por outro lado, talvez aquela monstruosidade de homem apenas demorasse muito para verificar todos os carros com o engenheiro. Quando eu considerava a súbita e atraente opção de sair do trem, caminhar até a cidade, tomar um milk-shake e depois chamar um táxi para me levar de volta para casa, ouvi os freios de ar comprimido se soltarem e o trem começar a andar com um solavanco.

— Ouviu isso, Valero? — falei. — Estamos em movimento outra vez! Washington D.C., aqui vamos nós!

Fiquei no banheiro, contando até 304 — me pareceu um número bom e seguro até o qual contar.

Saí do banheiro e me vi em meio à elegância de pelúcia da Morada do Caubói. Pela primeira vez pude prestar atenção detalhada em minha nova moradia temporária. Havia uma tigela com bananas de plástico sobre a mesa dobrável da sala de jantar. Todas as TVs tinham grandes plásticos translúcidos grudados em suas telas com a imagem de um caubói de desenho animado a cavalo sobre o fundo de uma paisagem estilo Monument Valley. Um grande balão de diálogo em cima de sua cabeça dizia: "É um Winnebago americano!"

O interior da Morada do Caubói tinha aquele cheiro de carro novo misturado a um levemente doce e alcalino produto para limpeza com aroma de cereja, como se o pessoal da manutenção tivesse sido um pouco generoso demais na aplicação dos fluidos. De pé no tapete de poliéster, observando o espaço ao meu redor, fui tomado por uma sensação sinistra: havia algo de familiar e seguro naquele lugar, e ainda assim algo incrivelmente estranho e elaborado. Eu me sentia como se estivesse entrando na sala cheia de pequenos ornamentos *kitsch* de crochê de um parente desconhecido sobre o qual tivesse ouvido falar mas nunca tivesse conhecido pessoalmente.

— Bem, Valero, este é meu lar. Lugar simpático. — Tentei ser sincero. Não queria magoá-lo.

Valero não me respondeu.

O trem seguiu em frente. Depois de algum tempo, as montanhas ficaram mais estreitas e se transformaram num cânion íngreme e a ferrovia subiu a fenda estreita junto ao rio Beaverhead. Nossa velocidade diminuiu e os rangidos aumentaram conforme a inclinação. Olhei pelas janelas do Winnebago, tentando ver o topo das montanhas em cada lado.

E continuamos subindo e subindo. Um búteo-de-cauda-vermelha desceu num voo rasante sobre as cachoeiras. Desapareceu por dois segundos inteiros, submerso por completo na água fria da montanha. Eu me perguntei qual devia ser a sensação sob a superfície, uma criatura treinada para o ar mas agora cercada pelo líquido. Será que ele se sentia como um visitante desajeitado, assim como eu quando estava debaixo d'água fitando os peixinhos que se moviam furtivos como pontinhos de luz no fundo do nosso lago? E então o búteo já estava rasgando o ar outra vez, num voo ascendente, gotas d'água explodindo de suas asas, que batiam. Havia um peixinho prateado em seu bico. Uma coisinha perfeita. O pássaro circundou uma vez e eu tentei acompanhar seu movimento contra o fundo dos penhascos do cânion, mas ele já se fora.

Sem saber por quê, comecei a chorar. Sentei-me no sofá amarelo-canário no estéril Winnebago propelido por um trem de carga e me pus a choramingar. Não eram soluços, nada daquelas coisas de menina, apenas a liberação lenta de algo pequeno e triste que estava no fundo das minhas costelas, preso entre meus órgãos esponjosos. Foi só eu me sentar que começou. Era como se eu estivesse liberando o ar abafado de um quarto que tivesse ficado trancado por muito tempo.

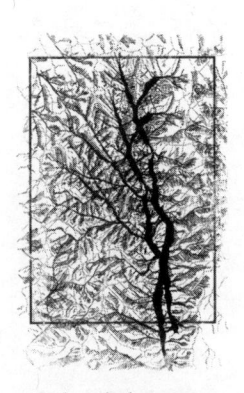

Padrão de drenagem nas obstinadas Bitterroots
Do caderno G12

Todas as cadeias de montanhas que conheci têm seu próprio humor e conduta.

Por fim, a subida terminou. A vista se abriu para a vasta extensão ondulatória das Bitterroots — montanhas muito antigas e perversas, como um bando de tios desagradáveis fumando charutos e recontando histórias quase críveis sobre raquitismo e racionamento na época da guerra, durante jogos de pôquer longos e lentos. As Bitterroots eram obstinadas, mas, ah, eram tão sublimes em sua obstinação, e quando subimos elas passaram pela janela como o dorso de baleias em câmera lenta. Eu de fato gostaria que os shoshones tivessem conhecido as baleias. Teriam batizado tudo em referência a elas: montanha Baleia nº 1, morro da Pequena Baleia, serra da Baleia.

Chegamos ao topo do desfiladeiro, e me senti como se estivesse no alto de uma montanha-russa gigante esperando pelo grande mergulho.

Hesitante, pus a cabeça para fora do Winnebago. Mais uma vez fui saudado pelo barulho colossal do trem. Lá dentro o som ficava abafado, mas fora eu me confrontava com o ruído metálico das engrenagens e com os movimentos e sacolejos de todas aquelas pequenas peças mecânicas que empurravam o trem para a frente. Sempre o gemido e o guincho do metal, num lamento, *ai de mim!, ai de mim!, ai de mim!*, como mil passarinhos sentindo uma dor intensa.

O ar que me batia na testa era frio e rarefeito. Eu podia sentir o cheiro limpo e nítido das florestas de abetos e coníferas que se estendiam acima dos trilhos. Aquelas eram as montanhas. O vasto território aberto.

O significado daquela subida me ocorreu quando o trem parecia tomar fôlego no alto do desfiladeiro.

— Valero! — falei. — É a divisa! Estamos passando pela divisa!

Aquela divisa era muito mais dramática do que as encostas suaves e dóceis junto à Coppertop. Aquele era o desfiladeiro de Monida, o tipo de lugar que já tinha sido palco de um bocado de ação das boas, pelo menos geograficamente falando. Enormes lajes de batólito ascendendo e se fendendo ao longo de milhões e milhões de anos, placas continentais subindo e cavando a terra, leitos de magma indignado borbulhando por baixo de rocha firme, moldando a topografia assombrosa da parte ocidental de Montana. *Obrigado, magma,* pensei.

Inspirei o ar e quase não vi uma placa quando o trem passou com seus sons explosivos.

Sorri. Se a divisa continental era a última fronteira entre o Oeste e o Leste, talvez só agora eu estivesse entrando oficialmente no Oeste. Nossa fazenda ficava logo ao sul de onde a divisa continental descrevia um arco, voltando ao sentido oeste, para incluir a bacia do Big Hole em sua drenagem rumo ao Atlântico. Isso significava que a Coppertop na verdade se localizava logo a leste daquela simbólica linha divisória. O que significava...

Pai, nós somos do Leste!, eu queria gritar. *Passa pra cá um pouco desse ensopado de mariscos da Nova Inglaterra! Ouviu isso, Layton? Você teria sido um caubói do Leste! Na verdade, nossos ancestrais nunca chegaram ao verdadeiro Oeste!*

Mas pelo menos ali, no ápice coberto de pinheiros daquele desfiladeiro, as Rochosas repletas de fendas, ao nosso redor, duas fronteiras — uma física, a outra política — se fundiam numa só. E para mim, a divisa continental sempre tivera um silencioso significado de algo com que não se podia discutir. Talvez separasse de fato o verdadeiro *faroeste* (o *far West*, Oeste distante) do simples *Oeste*. Parecia simbolicamente apropriado: antes que eu pudesse ir para o Leste, precisava passar pelo faroeste.

Tentei pegar minha câmera na mala e tirar uma foto da placa da divisa continental para o meu álbum de colagens, mas, como acontece com a maioria das fotos, a imagem se foi antes de eu conseguir apertar o botão. Temia que o meu álbum de colagens fosse ser composto exclusivamente de fotos tiradas logo após o fato em si que eu quisera fotografar. Quantas fotos no mundo eram na verdade fotos de logo-após, o momento que fizera o fotógrafo apertar o botão jamais seria capturado; em lugar dele, os fragmentos que vinham logo a seguir, o riso, a reação, as ondas. E como as fotos eram tudo o que restava, como eu só podia ver as fotos de Layton agora, e não o próprio Layton, gradualmente aqueles ecos do momento substituíam o momento em si em minha mente. Eu não me lembrava de Layton equilibrando-se precariamente

DIVISA CONTINENTAL
ELEVAÇÃO 2.078 METROS
<- DRENAGEM PARA O ATLÂNTICO
DRENAGEM PARA O PACÍFICO ->
FRONTEIRA MONTANA — IDAHO

Coppertop como um rancho oriental?
Do caderno G101

Lembrei-me de alguns versos do clássico poema de Arthur Chapman:

*Lá longe onde o mundo está sendo criado,
E o coração solitário dói, desesperado,
É lá que o Oeste começa.*

Esses poucos critérios podem ter sido muito bons para um poeta, mas e para um empirista como eu? Onde, de fato, estava aquela linha mágica em que a promessa do Oeste começava e aquele jeito presunçoso do Leste terminava?

O momento logo depois
Da caixa de sapato 3

Uma fotografia de Layton pulando em cima de um esquilo (pena ter sido tirada um segundo tarde demais).

em seu carrinho Flyer sobre o nosso telhado, mas do tombo resultante, do carrinho amassado e de Layton de quatro, tentando esconder a dor voltando a cabeça para o chão, porque ele nunca tinha chorado antes.

Já estava escuro quando paramos em Pocatello — a "Cidade dos Sorrisos", uma placa bem iluminada anunciava. Li em algum lugar que era contra a lei parecer triste em Pocatello, mas eu me sentia bastante triste, em parte porque a comida se tornava uma questão cada vez mais importante. Eu havia, definitivamente, levado coisas de menos em minha bagagem. Sem nem mesmo me dar conta, já tinha comido minha última cenoura. *Tchau, cenouras, nós mal chegamos a conhecê-las.*

Decidi — ou melhor, meu estômago decidiu — que eu arriscaria uma descida em Pocatello para comprar um cheeseburger e depois voltaria correndo, o mais rápido possível, antes que o trem saísse. Levaria quinze minutos no máximo, dependendo do quão perto fosse o McDonald's mais próximo, e eu imaginava que seria bem perto. Pátios de manobras ferroviários e os Arcos Dourados do McDonald's seguiam de mãos dadas. Como uma prova de que eu estava mesmo confiante na brevidade do meu empreendimento, deixei minha mala abarrotada e todas as minhas posses dentro do Winnebago.

Mas levei comigo cinco itens. Um cartógrafo não pode sair pelo mundo completamente desprevenido.

Hesitante, abri a porta do Winnebago. A proteção de borracha fez um som de alguma coisa desgrudando quando o selo foi rompido. Parei e fiquei escutando. Podia ouvir o ruído irregular de um martelo golpeando algum pedaço de metal. Da estrada que corria ao lado da ferrovia veio outro zumbido, quando os faróis de um carro passaram. O martelar parou por um momento. Tudo ficou imóvel. E então o ruído recomeçou, desta vez com o alívio reconfortante de já ser um som familiar.

Desci com cuidado a escadinha do vagão-plataforma. Ah, se eu tivesse visto aquela escadinha antes, em vez de tentar dar uma de ginasta e subir pela junção! Sentia os degraus frios e oleosos nas minhas mãos. *Maldita mãos macias de cartógrafo!* Brancas feito algodão, tinham passado por mais [ação] aquele dia do que durante um ano inteiro no rancho. Eu não passava [d]e um dândi almofadinha.

Meu trem estava parado num desvio entre dois outros trens, vagões-plataforma adormecidos assomavam de ambos os lados do meu vagão. Do[b]rei à esquerda e caminhei silenciosamente por entre os trens, rumo ao norte, [n]a direção em que eu imaginava poder haver um McDonald's. Eu não tinha [u]ma varinha mágica, mas a maioria dos meninos da minha idade era aben[ç]oada com um sexto sentido para localizar as lanchonetes mais próximas.

Não me afastei mais do que o comprimento de três vagões quando [s]enti a mão de alguém nas minhas costas. Dei um pulo que pareceu ser [u]m no ar, deixando cair minha bússola e meu caderno. *Droga de sistema [i]nvoluntário de reflexos!* Virei-me, esperando ver uma arma apontada para [a] minha cabeça e ferozes cães policiais puxando a coleira, saboreando a [o]portunidade de arrancar meu pâncreas.

Em vez disso, havia um homenzinho de pé diante de mim, na pe[n]umbra. Era apenas alguns centímetros mais alto do que eu. Usava um [b]oné de beisebol e segurava uma maçã comida pela metade. Vestia calças [c]argo bem largas com muitos bolsos, do tipo que Gracie usara uns dois [i]nvernos antes. Nas costas carregava uma mochila da qual saíam diversas [v]aretas apontando em todas as direções.

— Ora, ora — disse ele, dando uma mordida na maçã do modo mais [s]em-cerimônia. — Tá indo pra onde?

— Eu? *Ei lito uito snucomes* — falei, meu pulso ainda em disparada. Eu não tinha ideia do que estava dizendo.

Ele pareceu não me ouvir.

— Acabei de pedir informações sobre estes trens. Este aqui vai para [C]heyenne, depois para Omaha. — Apontou com o polegar na direção do [t]rem de que eu tinha acabado de sair. — E aquele ali vai pra Ogden e Vegas. [A]pontou para o trem à nossa esquerda, depois percebeu que eu não havia [d]ado uma resposta de verdade à sua pergunta. — Tá indo pra onde?

1. BÚSSOLA

2. CADERNO

3. FITA MÉTRICA

4. LENTE DE AUMENTO

5. APITO DE PÁSSARO

Inventário do que levei para o McDonald's de Pocatello
Do caderno G101

A visão dos cães policiais esticando as coleiras tinha se dissipado o suficiente para que eu pudesse dar conta de um inglês rudimentar:

— Eu vou... Washing... D.C. — murmurei.

— D.C.? — Ele soltou um assobio baixo por entre os lábios, deu outra mordida na maçã e me olhou de cima a baixo sob a luz do crepúsculo. — Primeira vez?

— Sim — falei, abaixando a cabeça.

— Ei, não é pra sentir vergonha — disse ele. — Todo mundo tem uma primeira vez. Duas Nuvens. — Ele estendeu a mão.

— Duas Nuvens?

— É como me chamam.

— Ah — falei. — Você é índio?

Ele riu.

— Você disse isso igual dizem nos filmes. Sou cree, ou pelo menos parte cree... meu pai era branco, italiano — disse ele. — De *Gênova*. Com sotaque.

— Meu nome é Tecumseh — falei.

— Tecumseh? — Ele me olhou com uma expressão cética.

— É — falei. — É um nome de família. Todos os homens se chamam Tecumseh. Eu sou Tecumseh Sparrow.

— O pardal?

— É — respondi. De algum modo, falar tornava a situação menos assustadora, então continuei: — Minha mãe disse que no momento exato do meu nascimento, um pardal se chocou contra a janela da cozinha e morreu bem ali, no chão. Eu só não sei como ela poderia saber que foi no momento exato do meu nascimento, porque é claro que ela não me deu à luz na cozinha. Mas, enfim, a dra. Clair mandou o corpo para um amigo em Billings que era especialista em montar esqueletos de pássaros, e foi o que ele me deu de presente no meu primeiro aniversário. — *E o esqueleto eu trouxe comigo, está no trem neste instante*, tive vontade de dizer, mas não disse.

— Você sabe muita coisa sobre pardais?

— Bem, não muita — disse. — Sei que eles são agressivos e empurram outros pássaros de seus ninhos a bicadas. E estão em toda parte. Acho que às vezes eu gostaria de não me chamar Sparrow.

— Por quê?

— Talvez eu pudesse ter sido um curiango ou um bem-te-vi.

— Mas você nasceu pardal.

— É.

— E não apenas um pardal, um Tecumseh Pardal.

— É. Você pode me chamar de T.S., para encurtar.

— Você conhece a história do pinheiro e do pardal, T.S.?

— Não — respondi, sacudindo a cabeça.

Ele deu uma última mordida na maçã e jogou graciosamente o caroço por cima de um dos trens. Eu podia ficar olhando aquele homem jogar caroços de maçã o dia inteiro. Limpou as mãos na camisa e olhou para mim, bem nos olhos.

— Bem, é uma das histórias que minha avó me contava quando eu era criança. — Ele fez uma pausa, limpou a boca na manga. — Vem comigo — disse ele.

Segui o homem até um vagão-plataforma, sob uma das luzes fortes do pátio de manobras.

— Não vão ver a gente?

Ele sacudiu a cabeça e então pôs as mãos perto da porta do vagão-plataforma. Achei que ele talvez estivesse tentando fazer a porta se abrir em um passe de mágica, porque seus dedos se dobravam uns sobre os outros de modo estranho. Esperei.

— Está vendo? — ele perguntou.

— O quê? — interroguei.

— A sombra — disse ele.

Claro, ali estava. Um pardal perfeito voando pela parede enferrujada do vagão-plataforma.

Ele baixou as mãos e o pardal desapareceu, a parede voltou ao seu estado prévio de vazio enferrujado.

Ele fechou os olhos por um segundo e então começou a falar outra vez, a voz agora grave e sonora.

— Uma vez... havia um pardal que estava muito doente. Não podia ir para o sul com o resto da família, então mandou que os outros fossem, dizendo que acharia abrigo durante o inverno e que na primavera iria encontrá-los. O pardal olhou para seu filho nos olhos e disse: "Eu o verei novamente". E o filho acreditou nele.

Duas Nuvens era muito bom ao interpretar um papai pardal olhando para seu filho pardal no fundo dos olhos. Continuou:

— O pardal foi até um carvalho e lhe perguntou se podia se esconder em suas folhas e seus galhos durante o inverno para se manter aquecido, mas o carvalho não deixou. Minha avó costumava dizer que os carvalhos eram árvores frias e duras, com o coração muito pequeno. Minha avó...
— Mas Duas Nuvens parou e pareceu se perder por um segundo. Sacudiu a cabeça.

— Desculpa — disse ele. — Bem, depois disso o pardal foi até um bordo e lhe fez a mesma pergunta. O bordo era mais bondoso do que o carvalho, mas também se recusou a dar abrigo ao pássaro. O pardal perguntou a todas as árvores que encontrou se poderiam acolhê-lo durante o mortal inverno. A faia, o álamo, o salgueiro, o olmo. Todas disseram que não. Você acredita nisso?

— Em quê? — perguntei.

— Não — disse ele. — Não responda à pergunta. É parte da história.

— Ah — falei.

— Bem, a neve começou a cair — ele continuou —, e o pardal estava desesperado. Por fim, ele voou até o pinheiro. "Você pode me acolher du-

A sombra do pardal
Do caderno G101

rante o inverno?", perguntou o pardal. "Mas eu não tenho muita proteção a oferecer", respondeu o pinheiro, "só tenho agulhas que deixam passar o vento e o frio". "Tudo bem", disse o pardal, tremendo. E então o pinheiro concordou. Finalmente! E sabe o que aconteceu?

Segurei a língua. Não respondi.

— Com a proteção da árvore, o pardal sobreviveu ao longo inverno. Quando a primavera chegou e as flores silvestres se abriram nas colinas, sua família voltou para ele. O filho se encheu de alegria. Nunca achou que voltaria a ver o pai. Quando o Criador ouviu essa história, ficou zangado com as árvores. "Vocês não deram abrigo a um pequenino pardal necessitado", disse Ele. "Perdão", disseram as árvores. "Vocês nunca mais esquecerão esse pardal", disse o Criador. E depois disso Ele fez com que todas as árvores perdessem as folhas a cada outono... bem, quase todas as árvores. Por ter sido tão bondoso com o pobre pássaro, o pinheiro pôde manter suas pequeninas agulhas durante todo o inverno.

Ele parou.

— O que você acha da história?

— Não sei ao certo — respondi.

— Mas é boa, não é?

— É, você a contou muito bem — disse.

— Na verdade, não tenho certeza se a história é mesmo sobre um pardal ou sobre um pássaro diferente. Minha memória anda ruim esses dias.

Ficamos um tempo em silêncio, pensando em pássaros em meio ao ruído dos martelos batendo e dos apitos dos trens. Então eu perguntei:

— Você viaja muito por esses trilhos?

— Desde que fugi de casa. E isso foi... bem, não sei direito. Anos são um pouco inúteis por aqui. A gente presta mais atenção à estação do ano que ao próprio ano.

— Você está indo para onde? — perguntei.

— Bem, vou lhe dizer uma coisa: Vegas com certeza tem um lado interessante. Em geral só vou aos cassinos das tribos, porque se você jogar

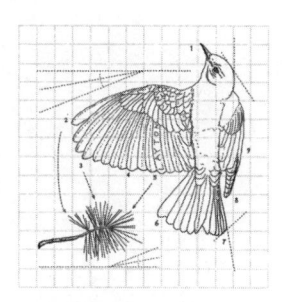

Mapeando a história de Duas Nuvens
Do caderno G101

Mais tarde, quando tive tempo de fazer alguns cálculos, descobri que as propriedades isolantes das agulhas de pinheiro não teriam salvado o pardal. Era uma boa história, mas a avó de Duas Nuvens tinha lhe contado umas boas mentiras.

com os índios eles dão umas rodadas grátis. Tudo na vida tem volta — disse ele, fazendo um pequeno e estranho gesto com o dedo. Fiz que sim, demonstrando conhecimento de causa, como se entendesse. — Mas não dou um pulo em Vegas faz algum tempo. Só ando jogando nesses caça-níqueis, sabe? As garçonetes lhe dão uísque grátis enquanto você estiver colocando moedas na máquina.

Fiz que sim mais uma vez, sorrindo, como se me lembrasse de meus dias nos cassinos.

— A melhor parte dessa vida que a gente leva é que se vê umas coisas bem malucas na estrada. Eu já vi de tudo. Uma vez encontrei uma família que lutava com jacarés na Flórida, quatro gerações ou algo maluco desse tipo. Vi até um bando de pássaros devorarem um homem vivo em Illinois, sem brincadeira. Tem uma porrada de coisa acontecendo neste país que nunca dá no rádio. Ei, cara, isso me lembra... Você tem pilhas sobrando? — perguntou ele. — Meu rádio ficou mudo na noite passada e eu estava quase *morrendo* hoje. Tenho que ouvir o meu programa de rádio... detesto admitir isso, mas tenho um GRANDE fraco pelo Rush.

— Não tenho — acrescentei. — Mas eu poderia lhe dar uma bússola.

Ele riu.

— Eu tenho cara de quem precisa de bússola, garoto?

— Não — admiti. — E que tal um apito que imita o som de pássaros?

— Deixa eu ver.

Mostrei a ele o apito. Ele o remexeu nas mãos e depois fez um ruído rápido, puxando o êmbolo para cima e para baixo com o dedo mindinho apontando para fora. Abriu um sorriso largo.

— Posso ficar com isto?

— Pode — respondi.

— O que eu posso lhe dar em troca?

— Bem, você pode me dizer onde eu encontro um McDonald's por aqui.

— Tem um bem no cruzamento, logo ali — disse ele, apontando para o norte. — É aonde os ferreiros vão no almoço. Eu conheço todos os ferreiros: Ted, Leo, Ferry, Ister, Angus. Gente boa, feito eu e você. O Touro não é nem tão durão assim. O.J. LaRourke. A gente o chama de *Sumo*. Ele adora quando a gente chama assim. *Sumo*. Ele também adora pornografia, então temos um bom acordo.

— Obrigado — disse, me afastando. — Ei, você sabe quando é que este aqui parte?

— Espera aí — disse ele. Cantarolando, pegou um telefone celular e discou um número. Depois de um segundo, levantou os olhos para o trem e apertou mais algumas teclas.

— O que você está fazendo?

Com o dedo, ele me pediu silêncio. Esperamos, e então o telefone tocou. Ele disse:

— Esse trem parte às 23h12. Você tem pouco tempo.

— Como você sabe disso? — perguntei.

— Pela Linha Direta dos Vagabundos.

— A Linha Direta dos Vagabundos?

— Ah, é, você é novato. Esqueci. Bem... sabe, as coisas mudaram um pouco desde os velhos tempos. Os vagabundos agora também têm tecnologia. Tem um cara no Nebraska com acesso ao *mainframe;* ele teoricamente trabalha pra Union Pacific, mas ninguém sabe ao certo, tudo é muito na surdina. Bem, ele fez um pequeno programa para os caras que vivem como errantes, você telefona pra linha direta e digita os números que constam do vagão — ele apontou para a lateral de um vagão-plataforma —, aí o serviço diz quando e para onde o vagão está indo. Bastante útil.

— Uau — comentei.

— Eu sei — disse ele. — As coisas andam pra frente. As pessoas ficam mais espertas. Os índios tiveram que ficar mais espertos, ou então teríamos morrido.

Não se preocupem, crianças, há um McDonald's em Pocatello
Do caderno G101

Ele vasculhou dentro do bolso e pegou uma caneta e um pedaço de papel. Escreveu algo e me entregou.

— Essa aqui é a linha direta. Usa na hora do sufoco, mas se alguém te pegar, queima esse pedaço de papel... de preferência, come.

— Obrigado! — disse.

— Não foi nada. Obrigado pelo apito. Nós, os errantes, temos que ajudar uns aos outros.

Eu agora era um de *nós, os errantes*.

— Espero que você encontre o seu caminho — disse ele. — A parte complicada vai ser Chicago. É uma cidade grande. A coisa pode ficar feia. Vê se pega um trem de carga azul e amarelo da CSX. Esses vão pro leste. Use a linha direta, e, se não tiver um telefone, é só perguntar. A maioria dos ferreiros é gente boa, ainda mais se você pagar uma cerveja pra eles. Você... parece muito novinho pra poder comprar. Quantos anos tem?

— Dezesseis — respondi. Senti uma pontada denunciadora de dor nas mandíbulas. Meus molares sempre doíam quando eu mentia.

Ele fez que sim sem demonstrar surpresa.

— Era mais ou menos a idade que eu tinha quando comecei nisso. Minha avó morreu e eu simplesmente me mandei. Ainda me sinto um menino, em alguns aspectos. Não perder isso é o meu conselho. O mundo vai fazer o que puder pra te ferrar, mas se você puder se manter nessa idade de dezesseis anos pelo resto da vida, vai ficar bem.

— Tá bom — disse. Eu faria qualquer coisa que aquele homem me aconselhasse.

— Duas Nuvens — disse ele, levantando dois dedos.

— Tchau, Duas Nuvens.

— Tchau, Pardal. Tomara que você encontre o seu pinheiro.

Enquanto eu caminhava ao longo dos trilhos, escutei a suave oscilação do apito de pássaros recuando para dentro da escuridão.

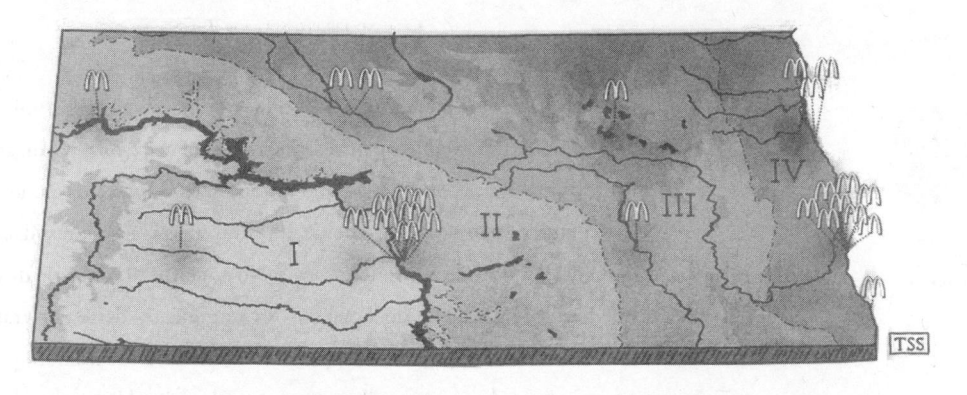

Mapa da Dakota do Norte mostrando as ecorregiões, água de superfície e localização dos 26 McDonald's

~ para o sr. Corlis Benefideo ~

ECORREGIÕES

I GRANDE PLANÍCIE DO NOROESTE
II PLANÍCIE CONGELADA DO NOROESTE
III PLANÍCIE CONGELADA DO NORTE
IV PLANÍCIE DO LAGO AGASSIZ

Capítulo 6

Obrigado a ti, McDonald's, por teu abençoado tridente de luz.
A dra. Clair jamais nos deixaria comer no Mickey D da Harrison Avenue, nos Flats, embora eu não entendesse muito bem o raciocínio dela para essa proibição: ela deixava de bom grado que eu e Layton fôssemos comer ao lado, na Maron's Pasty Shop (pronuncia-se *pestxop*), uma espelunca em xadrez azul e branco que na verdade servia comida muito mais entupidora de artérias do que seu vizinho de corporação.

Aí, uma vez, quando pressionei a dra. Clair sobre seus critérios para o veto ao Mickey D, ela simplesmente proclamou: "Tem tantos deles". Como se fizesse sentido. Embora sua lógica fosse evasiva, ela também era minha mãe. Uma das obrigações das mães era criar regras, e uma das obrigações das crianças era seguir essas regras, não importando o quão ilógicas elas fossem.

Enquanto comíamos nossos pastelões na Maron's, eu fitava o estacionamento diante daqueles dois arcos de plástico, mais amarelos do que dourados, mas ainda assim excruciantemente sedutores. Estudava as crian-

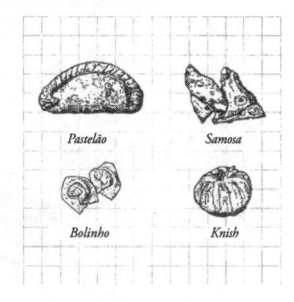

Pastelão   *Samosa*
Bolinho   *Knish*

‣ **Bolsas como comida**
Do caderno G43

O pastelão foi importado pelos mineradores da Cornualha: batatas, carne e um bom molho saudável, tudo isso era dobrado asseadamente dentro de uma bolsa de massa. A contenção de toda essa maravilha dentro de uma bolsa robusta criava uma refeição conveniente para os mineradores segurarem com aquelas suas mãos imundas. A "bolsa como comida" tinha sido descoberta de modo independente por civilizações ao redor do mundo, prova da seleção natural de ideias simples e versáteis. Temos que admitir: as pessoas não eram tão diferentes assim quando se tratava do desejo de segurar e comer sua comida ao mesmo tempo.

A ZONA DA
NOSTALGIA E
DO OLFATO

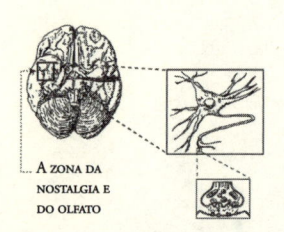

cinhas rolando pelos escorregas no McPlayground, as picapes e minivans se sucedendo interminavelmente pelo semicírculo do *drive-thru*. O lugar exercia em mim uma atração magnética que ultrapassava o limite da razão. Percebi que essa atração não se exercia apenas em mim, mas era uma realidade para a maioria das crianças de doze anos no país. No entanto, ao contrário dos outros, eu me sentia compelido a documentar os componentes desse raio-trator com meus olhos de cientista mesmo enquanto meus músculos ansiavam por penetrar no conforto de seus vermelhos, amarelos e laranjas. Uma vez eu havia lido que essas cores em tese aumentam o seu apetite (pesquisas dizem: *sim*).

Eu não era perito em propaganda, mas, observando meu próprio comportamento nos arredores do McDonald's, tinha esboçado uma teoria sobre como o local penetra em minha barreira permeável de anseio estético, num trio de persuasão multissensorial:

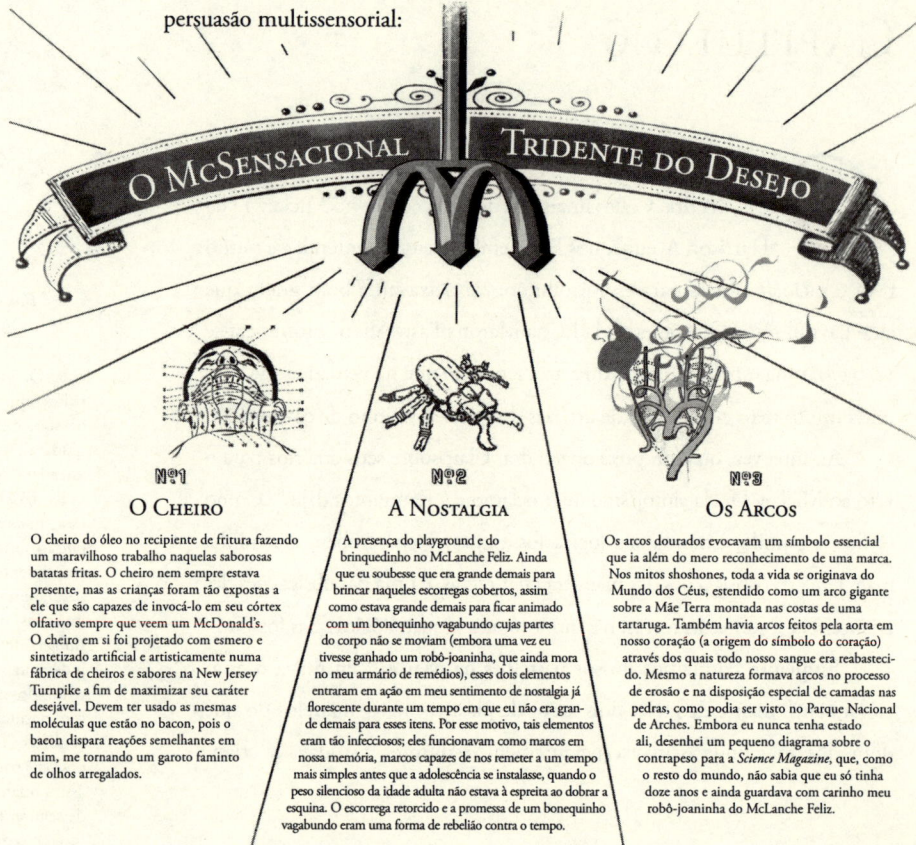

O McSensacional Tridente do Desejo

Nº 1
O Cheiro

O cheiro do óleo no recipiente de fritura fazendo um maravilhoso trabalho naquelas saborosas batatas fritas. O cheiro nem sempre estava presente, mas as crianças foram tão expostas a ele que são capazes de invocá-lo em seu córtex olfativo sempre que veem um McDonald's. O cheiro em si foi projetado com esmero e sintetizado artificial e artisticamente numa fábrica de cheiros e sabores na New Jersey Turnpike a fim de maximizar seu caráter desejável. Devem ter usado as mesmas moléculas que estão no bacon, pois o bacon dispara reações semelhantes em mim, me tornando um garoto faminto de olhos arregalados.

Nº 2
A Nostalgia

A presença do playground e do brinquedinho no McLanche Feliz. Ainda que eu soubesse que era grande demais para brincar naqueles escorregas cobertos, assim como estava grande demais para ficar animado com um bonequinho vagabundo cujas partes do corpo não se moviam (embora uma vez eu tivesse ganhado um robô-joaninha, que ainda mora no meu armário de remédios), esses dois elementos entraram em ação em meu sentimento de nostalgia já florescente durante um tempo em que eu não era grande demais para esses itens. Por esse motivo, tais elementos eram tão infecciosos; eles funcionavam como marcos em nossa memória, marcos capazes de nos remeter a um tempo mais simples antes que a adolescência se instalasse, quando o peso silencioso da idade adulta não estava à espreita ao dobrar a esquina. O escorrega retorcido e a promessa de um bonequinho vagabundo eram uma forma de rebelião contra o tempo.

Nº 3
Os Arcos

Os arcos dourados evocavam um símbolo essencial que ia além do mero reconhecimento de uma marca. Nos mitos shoshones, toda a vida se originava do Mundo dos Céus, estendido como um arco gigante sobre a Mãe Terra montada nas costas de uma tartaruga. Também havia arcos feitos pela aorta em nosso coração (a origem do símbolo do coração) através dos quais todo nosso sangue era reabastecido. Mesmo a natureza formava arcos no processo de erosão e na disposição especial de camadas nas pedras, como podia ser visto no Parque Nacional de Arches. Embora eu nunca tenha estado ali, desenhei um pequeno diagrama sobre o contrapeso para a *Science Magazine*, que, como o resto do mundo, não sabia que eu só tinha doze anos e ainda guardava com carinho meu robô-joaninha do McLanche Feliz.

Talvez por eu ser agora oficialmente um fugitivo, O *McSensacional Tridente do Desejo* estava tendo efeito total sobre mim enquanto eu entrava no McDonald's localizado junto à ferrovia em Pocatello. Às vezes, quando a dra. Clair nos levava de carro pela Harrison Avenue, nos Flats, eu ficava com uma sensação de muito desânimo e tristeza quando passávamos em frente a shoppings e mais shoppings, mas qualquer tipo de culpa diante da desintegração da amplitude dos Estados Unidos em tempos de consumo logo desaparecia sob o feitiço mágico do Tridente.

Agora, na Cidade dos Sorrisos, quatrocentos quilômetros ao sul de Butte, eu me aproximei do cardápio pictograficamente rico reluzindo acima do balcão. Assim que encontrei meu alvo, apontei. Percebi tarde demais que na verdade estava apontando para o cardápio com minha trena. A mulher no balcão se virou e olhou para onde eu apontava, depois olhou de volta para mim.

— McLanche Feliz com cheeseburguer? — perguntou ela.

Fiz que sim. *Dra. Clair, você não pode me deter agora.*

Ela suspirou e apertou botões na grande caixa cinza à sua frente. Uma telinha verde na caixa dizia: "Tempo médio de atendimento: 17,5 segundos".

Depois de preparar todos os itens do meu McLanche Feliz, ela disse:

— São 5,46 dólares.

Eu notei que minhas mãos estavam cheias de coisas como bússola, caderno, trena e lentes de aumento, então tive que fazer uma apressada reorganização para tirar uma nota de dez dólares do meu porta-moedas.

— Para onde você vai com tudo isso? — ela perguntou num tom monótono enquanto me entregava o troco. Será que eu estava extrapolando sua média de 17,5 segundos?

— Leste — respondi, misterioso, e peguei o saco do McLanche Feliz das mãos dela. A operação fez com que a sacola produzisse ruídos de papel sendo amassado. Me senti muito adulto.

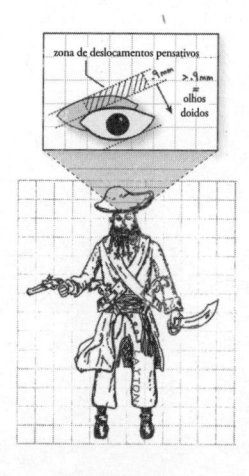

Barba-Vermelha:
pensativo, deslocado
Do caderno G101

Mensagem em código Morse
Do caderno G84

Antes de me esgueirar de volta para a noite pelas portas automáticas, verifiquei rapidamente que brinquedo tinha vindo dentro do McLanche Feliz. Dentro de um saco plástico lacrado estava a estatueta feia e imóvel de um pirata. Desembrulhei o pirata e passei o polegar sobre o seu rosto. Havia uma espécie de conforto na feiura do brinquedo — principalmente no modo como a máquina chinesa tinha pintado as pupilas do pirata um pouco deslocadas da protuberância onde seus olhos deveriam estar, então ele parecia estar olhando para baixo, com um jeito pensativo e lamentoso que era decididamente atípico num pirata.

Caminhando outra vez de volta à noite lá fora, aquecendo-me sob aquela invariável e mais amarela do que dourada luminescência dos arcos no alto, lembrei-me de uma palestra a que tinha assistido na Universidade Montana Tech logo antes de Layton morrer. Era a primeira vez que eu me lembrava da palestra, e isso era estranho, porque eu saíra daquele evento convencido de que jamais esqueceria o que tinha acabado de testemunhar.

Tinha ido de carona até Butte com meu pai para escutar um homem de 82 anos de idade chamado Corlis Benefideo fazer uma apresentação sobre seu projeto de mapas da Dakota do Norte. A palestra foi patrocinada pela Agência de Minas e Geologia de Montana na Montana Tech, e deve ter sido muito mal divulgada, pois só havia seis pessoas na plateia além de mim. Eu só tinha ouvido falar da palestra em código Morse, em meu rádio amador e na noite da véspera. A ausência de plateia foi particularmente estarrecedora considerando a qualidade estontente do trabalho que o sr. Benefideo nos mostrou ao longo de sua palestra. Ele estava terminando um projeto de 25 anos de duração: um registro sistemático da Dakota do Norte mediante uma série de mapas esquemáticos que demonstravam uma compreensão ampla da história, geologia, arqueologia, botânica e zoologia do território. Havia um gráfico mostrando as sutis oscilações leste/oeste nos padrões de aves migratórias ao longo dos últimos quinze anos, outro ilustrando as relações entre flores silvestres e leitos de rocha firme na planície a sudeste do estado, outro mostrando a taxa de assassinatos relacionada à frequência do uso de todas as dezessete travessias de fronteira para o Canadá. Tudo era feito com estreitos traços a bico de pena e pinceladas, tão pequenos que ele teve que nos mostrar slides com os detalhes para cada mapa, e diante desse poder de ampliação todo um outro mundo se revelou.

Com uma voz muito suave, o sr. Benefideo nos disse que havia mais de dois mil daqueles esquemas, que era com esse grau de profundidade que devíamos conhecer a nossa terra, os nossos estados, a nossa história, e que ele adoraria fazer uma série completa daquela para cada um dos estados norte-americanos; mas estava prestes a morrer e esperava que a próxima geração de cartógrafos assumisse essa tarefa. Quando ele disse isso, pensei que estivesse olhando diretamente para mim, e eu me lembro de sentir um zumbido intenso na sala.

Enquanto eu voltava para o trem pelas ruas escuras de Pocatello, lembrei-me de um diálogo entre um dos poucos membros da plateia e o sr. Benefideo depois do fim da palestra.

— Todos esses trabalhos são estupendos, é claro — o membro da plateia disse. Parecia um daqueles alunos de pós-graduação em geologia, jovens bem-sucedidos que costumavam viver ao ar livre. — Mas e quanto ao *agora*? Por que este campo é tão preso ao século passado? E quanto a mapear McDonald's ou pontos de *wireless* ou cobertura de celulares? E quanto aos *mashups* do Google? A democratizar os SIG para as massas? O senhor não está prestando um desserviço ao ignorar essas tendências? Ao não mapeá-las? Ao não... *o senhor entende*?

O sr. Benefideo olhou para o homem, não exatamente zangado, mas também não exatamente interessado.

— Você tem o meu apoio para se dedicar a esses trabalhos — disse ele. — Google *smash*...?

— *Mashups*, senhor. As pessoas agora podem fazer muito rapidamente esquemas de suas trilhas de escalada preferidas dos Tetons, por exemplo. E colocá-los na rede para que os colegas deem uma olhada. — Este homem

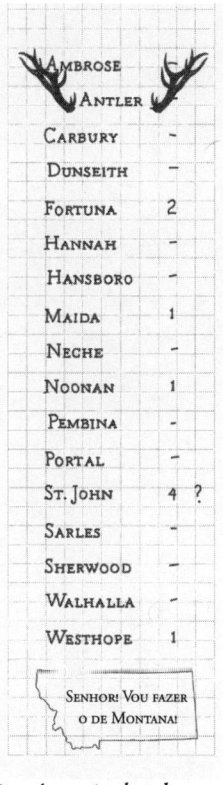

Ambrose	
Antler	
Carbury	-
Dunseith	-
Fortuna	2
Hannah	-
Hansboro	-
Maida	1
Neche	
Noonan	1
Pembina	
Portal	-
St. John	4 ?
Sarles	
Sherwood	-
Walhalla	-
Westhope	1

Senhor! Vou fazer o de Montana!

Anotações da palestra de Benefideo
Do caderno G84

estava muito satisfeito com seus mapas de trilhas de escalada, pelo visto. Virou-se e sorriu e esfregou a mão no alto da cabeça.

— *Mashups* — disse o sr. Benefideo, revirando as palavras na boca para ver se cabiam. — Com certeza, faça os seus *mashups*. Eles parecem... divertidos. E eu estou velho demais para entender essa tecnologia.

O estudante de geologia esfregou a cabeça outra vez, sorrindo para os outros poucos membros da plateia, satisfeito com seu conhecimento tecnológico. Estava prestes a se sentar quando o sr. Benefideo voltou a falar.

— Creio, porém, que há muito a se aprender sobre a gênese dos ingredientes de nossa comida, suas relações com a terra, suas relações uns com os outros, antes que possamos até mesmo começar a compreender que impacto o McDonald's teve em nossa cultura. Eu poderia pegar um pedaço de papel e desenhar o contorno da Dakota do Norte e depois desenhar um ponto para cada McDonald's no estado e até mesmo publicar isso na internet, mas para mim isso não viria a ser propriamente um mapa, seriam apenas marcas no papel. Um mapa não apenas cartografa, ele revela e formula significado, cria pontes entre aqui e ali, entre ideias discrepantes que não sabíamos estarem previamente conectadas. Fazer isso de modo correto é muito difícil.

Talvez fosse por ainda não ter aprendido muito bem a me fazer imune ao McSensacional Tridente, mas eu não tinha o mesmo problema que o sr. Benefideo em incluir os modernos artefatos do progresso em meus mapas. Traçaria as rotas dos comerciantes de peles do século XIX, sim, mas traçaria-as em relação à localização dos principais shopping centers.

Dito isso, a ênfase do sr. Benefideo nas técnicas mais antigas de cartografia, usando suas mãos e uma série de instrumentos análogos com engrenagens, lápis, canetas, bússolas e teodolitos fazia as pontas dos meus dedos tremerem de empolgação. Como ele, eu desenhava mapas esquemáticos sem a ajuda de computadores ou aparelhos de GPS. Não estava certo quanto ao motivo, mas me sentia muito mais criador desse modo. Computadores faziam com que eu me sentisse um *operador*.

— Você é da velha guarda — me disse certa vez o dr. Yorn, rindo ao dizer isso. — O mundo caminha para a frente, você nasceu depois da internet, e ainda assim insiste em usar os mesmos métodos de desenho que eu usava na faculdade nos anos 1970.

Embora eu soubesse que não era sua intenção, o dr. Yorn me magoou ao dizer isso. Então, quando assisti à palestra do sr. Benefideo, finalmente pude me sentir aliviado: ali estava um homem que possuía um dos mais meticulosos talentos empíricos que eu jamais encontrara, e no entanto também compartilhava do meu estilo velha guarda. Depois que a palestra terminou, esperei até a sala esvaziar para ir falar com ele. O sr. Benefideo tinha pequenos óculos circulares que obscureciam parte de seus olhos cansados e vermelhos. Havia uma leve sugestão de um bigode branco sob um nariz que se curvava ligeiramente para a esquerda. Ele estava enrolando alguns de seus mapas ao lado do atril.

— Com licença — falei. — Sr. Benefideo?

— Sim? — disse ele, levantando a cabeça.

Havia muita coisa que eu gostaria de dizer naquele momento: como ele e eu compartilhávamos de uma afinidade absurda, imensa; como ele talvez fosse a pessoa mais importante que eu já conhecera, mesmo que nunca mais voltasse a vê-lo; como me lembraria daquela palestra pelo resto da vida. E até sobre seus óculos: gostaria de perguntar por que ele tinha escolhido lentes tão pequenas e circulares.

Em vez disso, falei:

— Vou fazer o de Montana.

— Ótimo — disse ele, sem hesitação. — É um estado difícil pra caramba. Você tem sete ecorregiões nível IV lá, em doze graus de longitude. Mas só treze travessias de fronteira. Reserve para si mesmo bastante tempo. Esse foi o meu problema. Acabou a areia da ampulheta.

> **▶ A capacidade de recuperação da memória**
>
> Uma semana depois da palestra, Layron estaria morto. No turbilhão de eventos que se seguiram ao acidente no celeiro, me esqueci por completo da palestra. Acho que mesmo esses acelerados momentos de relevância poderiam desaparecer se por acaso ocorressem junto aos buracos negros de nossas vidas. E, no entanto, a composição sináptica de uma memória era tal que poderia suportar o puxão do buraco negro e reaparecer meses mais tarde, exatamente como a imagem da armação circular dos óculos de Benefideo agora irrompia nas barbatanas da minha memória enquanto eu comia meu Big Mac em Pocatello.

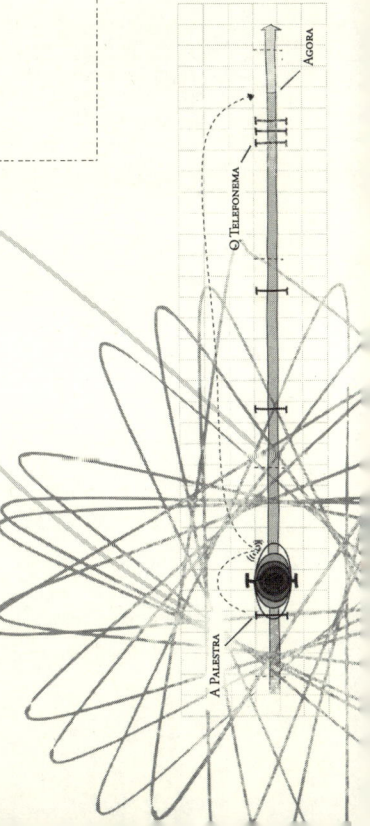

· · ·

    Consultei meu relógio: 2h01 da manhã. O McLanche Feliz com o cheeseburguer era agora apenas uma memória distante. Xinguei a mim mesmo por não ter pedido também um sanduíche para o café da manhã. Eu tinha voltado para o pátio de manobras depois da refeição e procurado por Duas Nuvens, mas ele e o trem que ia para Las Vegas já tinham partido. Embarquei com cuidado no meu vagão outra vez, esgueirei-me de volta para a segurança da Morada do Caubói e esperei. Foi só bem depois da meia-noite que o trem se pôs em movimento e deixou o pátio de manobras de Pocatello. A diferença entre o tempo previsto pela Linha Direta dos Vagabundos e o verdadeiro horário de partida de repente me fez questionar a confiabilidade do serviço. Quem era aquele sujeito no Nebraska? Será que ele só estava inventando um monte de números? Será que o meu trem iria para Boise e depois Portland?

    Depois de algum tempo, cedi ao lento e inevitável progresso do trem. Iria para onde ele fosse. Não havia como mudar isso agora. Portland, Louisiana, México, Saskatoon — lá estaria eu. Aceitar a inevitabilidade do meu destino trouxe certa paz ao meu corpo. Dei-me conta de como estava cansado, de como aquele tinha sido o dia mais longo da minha vida. Numa ousada demonstração de territorialidade, coloquei, sonolento, minha estatueta imóvel e melancólica de pirata no amplo painel reto do Winnebago.

    — Proteja-me, Barba-Vermelha — falei.

    Não me lembrava de ter me deitado na cama *king-size* com a imagem dos Tetons, mas um pouco mais tarde me vi caindo da cama quando o trem parou de súbito, com um solavanco.

    Olhei pelas janelas. Um mar de luzes cor de laranja cintilava sob uma chuva leve. Consultei o relógio: 4h34 da manhã. Provavelmente era Green River, outro ponto importante da Union Pacific. Fiquei pensando o que as pessoas estariam fazendo naquele exato instante, naquela cidade cintilante de luzes cor de laranja. Era provável que a maioria dormisse, mas talvez houvesse algum menino acordado em seu quarto perto dos trilhos, imaginando como seria sair a bordo de um trem de carga através do deserto. Parte de mim queria trocar de posição com esse menino, ocupar seu lugar na janela escura de seu quarto, conduzi-lo a uma aventura rumo ao desconhecido e deixar a imaginação para mim.

O trem partiu e observei as luzes úmidas se retirando furtivas para dentro da escuridão do deserto.

Não consegui voltar a dormir. A noite passava. Logo ficou claro que eu jamais conseguiria dormir períodos de oito horas ininterruptas naquele trem de carga, mas apenas em rompantes curtos e irregulares. Havia sacolejos e paradas demais, barulho demais, sacudidelas demais para cá e para lá. O guarda-freios estava conduzindo aquela coisa para chegar aonde ia, não para que eu, seu passageiro clandestino, pudesse dormir um sono tranquilo. Uma vez eu fiz um esquema de como os golfinhos só dormem com uma metade do cérebro de cada vez, prática que lhes permite nadar e respirar debaixo d'água sem se afogar. Experimentei a técnica dos golfinhos tentando dormir com um olho aberto, mas isso só deixou o meu olho irritado e me deu uma grande dor de cabeça nos dois lados do cérebro.

Por fim, depois de ficar mais algum tempo andando de um lado a outro, insone, decidi que estava na hora: precisava me aventurar no interior da minha mala. O Winnebago estava quase no escuro completo à exceção de alguns estranhos flashes vindo do deserto lá fora. Acendi uma lanterna e a apoiei para que o foco de luz iluminasse diretamente a mala. Lambi o polegar e o indicador e comecei a abrir devagar o zíper, tomando cuidado para que a mala não despejasse todos os meus artigos no interior da Morada do Caubói. Ao abri-la, porém, fiquei surpreso ao ver que tudo estava intacto, apesar das alucinadas últimas 24 horas. Meu teodolito fun-

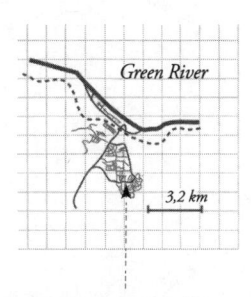

Aqui um menino ficaria imaginando coisas?

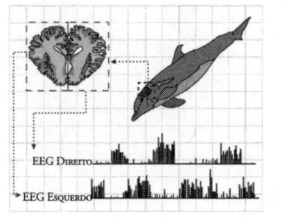

Sono não hemisférico de ondas lentas nos golfinhos nariz-de-garrafa
Do caderno G38

Dormir com um olho aberto? Brilhante. Eu ainda suspeitava que os golfinhos eram, na verdade, mais inteligentes do que os humanos e estavam apenas esperando que destruíssemos a nós mesmos para dominar o mundo.

cionava com perfeição. Igor ainda dava aqueles seus suaves bipes quando eu o ligava. Tudo estava bem, pelo visto.

Foi então que vi o caderno da dra. Clair. Ondas de culpa se derramaram sobre mim. O que eu tinha feito? Podia ter arruinado sua carreira com aquele roubo! Será que ela notaria o sumiço do caderno antes de notar o sumiço do filho?

Peguei o caderno e examinei a capa sob a luz da lanterna. Talvez eu pudesse remediar minha transgressão ajudando-a ao meu modo a solucionar o mistério do besouro-monge-tigre.

Abri o caderno. Do lado de dentro da capa, ela prendera o recorte de uma xerox do que parecia ser um velho diário:

> Como sempre, a srta. Osterville acordou mais cedo do que a maioria dos homens e foi fazer a leitura dos instrumentos, anotando tudo naquele seu caderninho verde. Ela é uma pessoa *curiosa* e obsessiva, diferente de todas as mulheres que já conheci. Daria para pensar que ela nasceu dentro do corpo que estaria com o sexo trocado. Não tenho certeza do que os outros pensam dela... mas não é por falta de conhecimento ou habilidade — ela talvez seja o cientista mais competente do grupo, embora eu jamais fosse anunciar uma ideia dessas em voz alta para não correr o risco de ver o dr. Hayden ter um de seus ataques.

Srta. Osterville? O nome era familiar. Num pedaço de papel solto junto à primeira página, a dra. Clair tinha escrito:

> Única menção ao nome de EOE durante toda a expedição de Wyoming. Dos diários de William Henry Jackson, o fotógrafo da expedição em 1870. Hayden uma vez descreve "a moça" e seus "vestidos enlameados", mas não dá detalhes. Muitas vezes me pergunto o que estou fazendo movendo-me furtivamente por este mundo quando os conjuntos de dados são tão fracos. Isto não é ciência. Tenho o livro de Englethorpe, alguns diários, os arquivos de Vassar, não muito além disso — por que me sinto compelida a especular? Tenho direito de fazer isso? Será que EOE aprovaria?

E então eu entendi. EOE. Emma Osterville! É claro. Ela era minha trisavó, uma das primeiras mulheres geólogas de todo o país. Eu não sabia muita coisa sobre sua história, mas sabia que de algum modo ela acabara se casando com Tearho Spivet, que em 1870 trabalhava como sinaleiro na estação de abastecimento Red Desert, em Wyoming. Depois que eles se casaram, mudaram-se para Butte, onde ele trabalhava nas minas e ela pelo visto abandonara a carreira para criar uma família em Montana. O que foi o começo da *minha* família, suponho.

A dra. Clair falara de Emma Osterville em algumas ocasiões.

— A primeira mulher a se casar com um Spivet — tinha dito ela. — *Isso* sim é um feito e tanto.

Na verdade, ela falava com tanta frequência de Emma Osterville que percebi ter acreditado erroneamente que Emma era a bisavó da dra. Clair, e não do meu pai.

Eu sempre ficava incomodado com a parte na história de Emma em que ela desistia do seu trabalho da vida inteira depois de apenas dois meses na expedição de Hayden. Alguma coisa estranha tinha acontecido no Deserto Vermelho, tanto que ela se sentira compelida a deixar sua posição na expedição, uma posição que de algum modo conquistara num clima histórico que simplesmente não aceitava a ideia de uma mulher como cientista "competente". Ela estava a caminho de ser uma pioneira do feminismo, de ser a primeira professora de geologia do país, de rasgar as barreiras desencorajadoras do sexismo erguidas em seu campo, e no entanto abandonou esse sonho para se casar com um iletrado imigrante finlandês que mal falava inglês. *Mas por quê?* Por que ela haveria de desistir de tudo isso — as manhãs passadas enchendo seus caderninhos verdes com essas anotações exatas; a superação de homens mais famosos do que ela; a inveja, a influência, os territórios a ser mapeados? Por que ela haveria de desistir de tudo isso e se mudar para Butte, em Montana, e se tornar a esposa de um minerador?

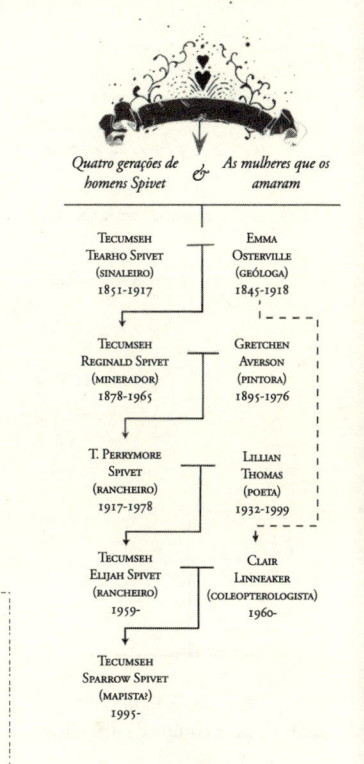

Quatro gerações de homens Spivet & *As mulheres que os amaram*

Tecumseh Tearho Spivet (sinaleiro) 1851-1917 — Emma Osterville (geóloga) 1845-1918

Tecumseh Reginald Spivet (minerador) 1878-1965 — Gretchen Averson (pintora) 1895-1976

T. Perrymore Spivet (rancheiro) 1917-1978 — Lillian Thomas (poeta) 1932-1999

Tecumseh Elijah Spivet (rancheiro) 1959- — Clair Linneaker (coleopterologista) 1960-

Tecumseh Sparrow Spivet (mapista?) 1995-

Ambas são mulheres e cientistas Devem ser parentes

Por que fazemos essas associações ilógicas em nossa mente? Ninguém jamais disse "Emma Osterville é a bisavó da dra. Clair", mas eu passara a acreditar vagamente nisso, por causa da associação frequente. Suponho que as crianças sejam particularmente suscetíveis a esse tipo de conexão irracional: com tanta coisa desconhecida, estão menos preocupadas em se ater aos detalhes pegajosos que em criar um mapa operacional do mundo.

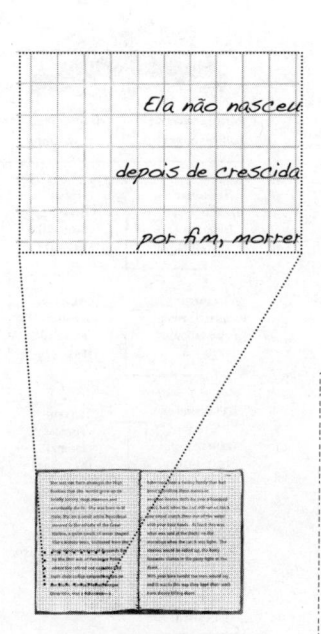

> Ela não nasceu
>
> depois de crescida
>
> por fim, morrer

O caderno EOE
Roubado do escritório da dra. Clair

Quando comecei a ler o caderno da dra. Clair, me dei conta de como a letra de cada um era algo tão pessoal. Nunca pensei na dra. Clair separada do modo como ela escrevia: aqueles *E* que pareciam o número 8 pela metade sempre foram uma particularidade sua. Mas sentado naquele trem tão longe do casulo do escritório dela, eu agora via que a letra da minha mãe não era algo inato, mas o resultado de uma vida vivida. Aqueles movimentos rápidos e familiares dos punhos tinham sido adquiridos por mil pequenas influências: professores de escola, sessões de poesia na infância, aventuras científicas malogradas, talvez até mesmo cartas de amor. (Será que minha mãe já tinha escrito uma carta de amor?) Eu me pergunto o que um perito em caligrafia diria sobre a *minha* letra.

> O início? --> 1845

Virei para a primeira página. A dra. Clair tinha escrito:

E em seguida:

Ela não nasceu em meio às Rochosas, cujo levantamento topográfico faria, depois de crescida, e nas quais viria a se casar e, por fim, morrer. Nasceu em Woods Hole, Massachusetts, num barco-casa branco atracado no meio do Great Harbor, uma pequena faixa de água abrigada do vento forte e das ondas da baía de Buzzards pela estreita faixa de terra do cabo Penzance, onde os capitães do mar aposentados tinham construído suas casas nas ribanceiras. O pai dela, Gregor Osterville, era pescador — um pescador de uma família de pescadores que patrulhava aquelas águas em esquifes gastos pelo tempo havia mais de cem anos, desde a época em que o bacalhau ainda era abundante.

A mãe dela, Elizabeth Tamour, era uma mulher forte, o tipo de mulher que podia se casar com um pescador e não se queixar uma única vez das manchas cor de amêndoa que o ar salgado deixaria na roupa de cama e mesa, do cheiro constante de peixe sob as unhas de seu marido quando se deitavam na cama à noite escutando o barulho das ondas contra as paredes de sua casa.

As contrações começaram de repente. Era um dia nublado de julho. Ela varria o convés inclinado e feito de lascas de madeira da casa flutuante, e de súbito foi como se a mão de alguém tivesse entrado nela e apertado algum órgão carnudo com o polegar e o indicador. *Com força.* Depois com mais força ainda. A vassoura quase caiu por cima da amurada, mas ela manteve-se segurando o cabo de madeira e colocou-a com cuidado na beira da porta. A casa flutuante oscilava muito de leve, como sempre.

Não havia tempo suficiente para chegar à terra firme. Gregor tinha acabado de voltar das docas; lavou as mãos no mar com um pouco de sabão e foi se ocupar da tarefa de trazer ao mundo sua filha. Quarenta e cinco minutos mais tarde, pegou uma de suas facas de peixe da caixa e cortou o cordão umbilical. Colocou a placenta numa tigela de porcelana. Depois de entregar a pequenina criança, agora envolta em um cobertor e berrando, a Elizabeth, foi lá para fora e jogou o conteúdo da tigela no oceano. A placenta flutuou na superfície como uma água-viva rubra antes de afundar nas profundezas.

Às vezes, durante aquela primeira noite, Elizabeth — que não amava o mar mas amava seu marido; não amava os peixes que eles comiam toda noite na isolada sala flutuante mas amava o modo como as mãos dele estripavam e limpavam a carne branca do bacalhau em gestos rápidos e seguros — baixou os olhos para seu bebê à luz fraca da Lua, olhou para Emma e silenciosamente desejou que aquela criatura que mais parecia uma pasta cor-de-rosa, com dedinhos se enroscando e se desenroscando feito peixinhos de água doce, não crescesse num lugar como aquele. A criança estava destinada a conhecer apenas a oscilação lenta da casa flutuante, de modo que a imobilidade da terra sempre a perturbaria. Estava destinada a ter como parquinho as escorregadias piscinas de basalto criadas pelas marés junto ao cabo; assobiar em conchas de caranguejos ermitões; amizades formadas, segredos sussurrados sob os esquifes emborcados na areia úmida da praia; sempre o cheiro de peixe podre, de algas-marinhas se putrefazendo; os constantes resmungos guturais dos homens que pescavam e repartiam os peixes; os golpes da lá molhada; o circundar das gaivotas, com seus olhos que não pestanejavam; os invernos longos e tediosos; os verões ainda mais longos e mais tediosos.

> Ler essa descrição bastante gráfica do parto fez com que eu me desse conta de que assim como Emma havia saído de Elizabeth, eu havia saído da dra. Clair. *Estranho*. Era muito esquisito ver as coisas dessa forma. Ela não era apenas uma mulher mais velha que por acaso morava na mesma casa que eu, era também minha *criadora*.

Naquela noite, talvez tocada pela estranha melancolia que sempre surpreende as mães na esteira silenciosa e lacrimosa do parto, Elizabeth desejou que Emma se afastasse do cômodo único em que eles agora flutuavam juntos. Podia ouvir o mar batendo no casco de madeira. Estavam apenas as duas. Gregor já tinha se levantado e saído para patrulhar as águas.

Elizabeth realizou seu desejo. Aquele primeiro inverno — o inverno de 1846 — foi ruim. Pior do que qualquer um conseguia se lembrar; foi tão frio que o canal para o Little Harbor congelou, os barcos pesqueiros racharam e se estilhaçaram um a um contra as lâminas de gelo. Depois a tempestade: a tempestade do século, no fim de fevereiro. Dois dias e duas noites de visibilidade zero e ventos cortantes que derrubaram o campanário da igreja logo após a hora do chá, embora ninguém estivesse tomando chá com um tempo como aquele. Em algum momento durante a segunda noite, todas as casas flutuantes — exceto uma — foram carregadas pelo vento até o alto-mar.

Por sorte, naquela noite Emma e Elizabeth estavam na casa da irmã dela, Tamsen, na cidade, onde tinham passado a maior parte daquele inverno. Tinha ficado claro que o cômodo único flutuante não era um lugar adequado para uma criança tão pequenina e frágil. Emma parecia ser um bebê sem ossos — quando Elizabeth segurava sua filha, era como se esta estivesse se dissolvendo e escorregando pelo espaço entre o cotovelo e a barriga da mãe, de modo que Elizabeth tinha que verificar de tempos em tempos se Emma ainda estava ali, a fim de ver se não tinha simplesmente evaporado no ar.

Isto não é lugar para uma criança, sussurrou Elizabeth para Gregor quando estavam deitados na cama, uma semana antes da tempestade. Lá em cima, o vento pressionava os encaixes gastos do telhado. Emma estava mamando tranquila em seu berço ao pé da cama. Elizabeth cutucou de leve seu marido, mas ele já tinha dormido. Quando ficava em casa, ele ou estava dormindo ou se aprontando para sair.

Ou para uma mulher, Elizabeth quase disse em voz alta, mas não disse. Elizabeth era uma mulher obstinada, mais obstinada do que a maioria, e sentia orgulho de como sua irmã e ela tinham escolhido caminhos diferentes: Tamsen morava na cidade e se casara com um banqueiro. Um banqueiro delicado, com delicadas mãos de banqueiro.

Ao contrário de Tamsen, Elizabeth sempre tivera uma tendência à aventura. Vários anos antes, deparara-se com um guia no correio destacando as virtudes dos vastos territórios do Oregon e um lugar chamado vale Willamette. "Uma grande viagem traz grandes recompensas aos intrépidos pioneiros", dizia o guia, fornecendo encantadoras paisagens em tons pastéis da fronteira que a aguardava para além das montanhas. Depois disso, Elizabeth se imaginou uma daquelas pioneiras no vale — construindo uma pequena choupana junto a um riacho, cortando abetos enquanto seu marido estava fora, e atirando num urso com a pesada Winchester quando a criatura de olhos pretos se aventurasse em seu jardim.

Embora ela não tivesse feito aquela grande viagem pelas montanhas, de certo modo sentia-se como se já vivesse numa espécie de fronteira, bem ali na Nova Inglaterra, a apenas 65 quilômetros ao sul de onde crescera, em New Bedford. Quando o vento soprava e roçava em sua pele através das paredes da casa flutuante — apesar do espartilho, dos vestidos de forro, do suéter, do xale — ela se sentia tão longe da terra que era como se estivesse residindo no mítico vale Willamette. Os índios do Oeste eram substituídos aqui pelo rolar das ondas: ocasionalmente perversas, sempre presentes, sempre em movimento. E as pepitas de ouro eram substituídas pelos peixes que os homens apanhavam e jogavam nos barris de madeira nas docas, o bacalhau empilhado, arfando.

Mas ela amava Gregor. Amava-o desde o momento em que o vira na Ennis Street, em New Bedford — então, como descrever a sensação que a invadiu quando ela olhou para o Great Harbor naquela manhã? A neve ainda caía, mas ela deixou o bebê adormecido para trás e saiu assim mesmo, calçando botas amarradas nos joelhos, que não tinham sido feitas para aquele clima. Suas mãos estavam embrulhadas cinco vezes com um áspero cachecol de lã vermelho que ela pegara emprestado com a irmã.

Ela correu os olhos pela enseada. O mar estava batendo, mas não em excesso. Flocos de neve caíam, indolentes, sem qualquer indicação da destruição noturna. As familiares caixas pretas, em número aproximado de doze, que conferiam ao Great Harbor seu caráter peculiar, não estavam mais ali, exceto uma, mas não era a sua.

No mesmo instante um vácuo de ar se formou na garganta de Elizabeth. Como se seus pulmões tivessem desaparecido deste mundo junto com aquelas doze casas pretas que antes flutuavam no mar. Ela podia sentir seus dedos buscando alguma coisa nas dobras do cachecol de lã, desesperadamente, como se ela pudesse encontrar sua casa, seus pulmões, seu fôlego e seu marido dentro daquele espaço pequeno e áspero.

Parei de ler e folheei rapidamente as páginas restantes do caderno. Ele estava tomado por completo com escritos sobre Emma Osterville! Nem um único desenho de um besouro-tigre, nenhum gráfico de dados de campo, nenhum itinerário de viagens de coleta, nenhuma taxonomia itemizada. Absolutamente nada de científico. Apenas aquela história.

Será que eu peguei o caderno errado? Será que aquele era uma exceção? O caderno que ela deixara como um desabafo a partir da reflexão sobre nossos ancestrais? Mas então lembrei que a coleção inteira de cadernos bordô, talvez uns quarenta, tinha a etiqueta "EOE". Todos eles devotados a Emma? Era isso o que ela vinha fazendo ao longo de todos aqueles anos? Não estava nunca procurando pelo monge-tigre? Será que minha mãe não era cientista, mas *escritora*?

Continuei lendo:

> Mais tarde, quando tinha idade suficiente para se lembrar do que não conseguia se lembrar, Emma repassava repetidas vezes em sua mente o que devia ter sido os últimos momentos de seu pai: ele se movendo calmamente de uma janela a outra, verificando os trincos, cuidando do lampião de querosene que oscilava de um lado a outro sob o açoite do vento. E em algum momento durante a noite o som devia ter mudado, quando o uivante vento nordeste por fim obteve o que queria, e por fim, depois de um repuxar constante e persuasivo, levou embora a última tábua, e a casa foi arrancada de suas amarras. Um pontinho de luz roçando a água como uma folha pela superfície encrespada do Great Harbor, passando pelo cabo Juniper, ultrapassando o Great Ledge, saindo para o estreito e para além dele.
>
> Emma, é claro, não se lembrava do que não tinha visto, mas Elizabeth contaria a Emma, mais tarde, sobre tudo isso e sobre ele, sobre suas mãos e como elas seguravam o bacalhau com precisão enquanto ele abria a barriga prateada, como ele enfiava a ponta murcha de seu polegar esquerdo nas guelras, o polegar paralisado por causa de um acidente de infância com um cavalo. E ela contaria a Emma como ele era um grande colecionador de tudo que vinha do mar: bolachas-da-praia e dentes de tubarão, vidros do mar e anzóis enferrujados, até mesmo um mosquete que, segundo ele, os britânicos tinham deixado cair quando estavam a caminho de perder a Revolução Americana. E o interior de sua casa flutuante era abarrotado dessa coleção, de modo que, quando o vento soprava com força, fazendo a casinha deles oscilar para cá e para

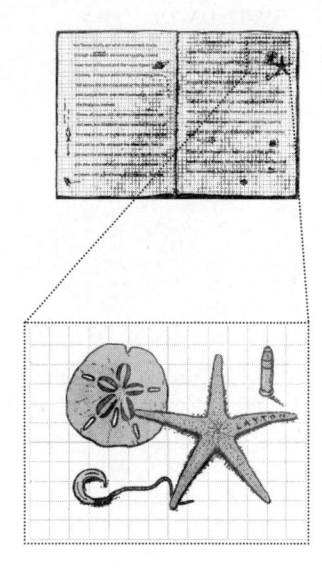

"Ele era um grande colecionador de tudo que vinha do mar."

Sem saber o que estava fazendo, me vi rascunhando uma pequena ilustração na margem do caderno dela. Eu sei, eu sei, isso é horrível. Ele pertencia a outra pessoa, mas é que não pude evitar mesmo.

lá, para cima e para baixo, as conchas iridescentes produziam pequenos ruídos ao golpear o console da lareira, como se aplaudissem a si próprias em exibição.

Os pedaços das casas flutuantes foram dar à praia durante toda aquela primavera: a cabeceira de uma cama, uma gaveta, uma dentadura. Não se encontrou muita coisa da casa flutuante deles, como se ela tivesse sido levada pelo vento mais longe do que as outras. Corpos também foram achados: John Molpy em Falmouth, Evan Redgrave na costa de Vineyard. Elizabeth continuava esperando. Parte dela se fiava numa tênue esperança de que talvez ele tivesse sobrevivido; nadava muito bem, e talvez tivesse encontrado abrigo em alguma enseada distante; estaria descansando, agora, e logo viria nadando de costas para casa, pelo pequeno canal que dava na praia, onde ela o receberia, o repreenderia, lhe levaria o chá, envolveria aquele polegar dele na quietude da palma de sua mão.

Então, certa manhã Elizabeth abriu a porta da casa de sua irmã e viu que alguém deixara ali uma cópia encharcada de *As viagens de Gulliver*. Era de Gregor. Gregor sabia ler, o que era raro para um pescador naquela época, e possuía apenas dois livros: a Bíblia King James e a história de aventuras em alto-mar de Swift. Ela pegou o livro entre o polegar e o indicador, como se fosse a carcaça de um animal das profundezas. As páginas estavam descoloridas e inchadas; só a primeira metade do livro permanecia, o resto se fora. Ela chorou. Era prova suficiente.

Uma vez, andando pelo parque Boston Common quando tinha dez anos de idade, Emma perguntou:

— Qual dos dois ele preferia? A Bíblia ou *As viagens de Gulliver*?

Ela própria acabava de descobrir os prazeres da leitura e adorava a imagem daqueles dois volumes solitários sobre a cama do seu pai.

> Meu pai e seu dedo mínimo; Gregor e seu polegar — será que *todos* os homens têm algum tipo de calcanhar de aquiles? Como super-heróis, só conseguem manter sua natureza durona se também acalentarem uma fraqueza secreta...
> Será que eu tinha um calcanhar de aquiles? Certo — sei que não sou assim tão durão. Talvez meu corpo todo fosse um calcanhar de aquiles e por isso meu pai me olhava com um ar tão desconfiado (UA-2, UA-17, UA-22).

Se fechasse os olhos e esperasse, conseguia ver a prateleira, os livros e as conchinhas, equilibradas, esperando o vento seguinte.

— É uma pergunta traiçoeira — disse Elizabeth. — Você está tentando me deixar em maus lençóis?

— O que é uma pergunta traiçoeira? — quis saber Emma. As duas caminhavam juntas, mas Emma estava mais dançando do que andando, correndo na frente e se virando para a mãe todas as vezes que fazia uma pergunta.

— Bem, para falar a verdade — disse Elizabeth —, eu nunca o vi abrir a Bíblia, nem uma vez. Talvez no Natal... Mas ele provavelmente leu *As viagens de Gulliver* uma centena de vezes. Era um livro muito estranho, mas ele adorava aqueles nomes. Lia em voz alta durante o jantar e nós ríamos dos nomes: Glub-dub-dribb e os Houyhnhnhms e os...

— Os Houyhnhnhms?

— Esses eram os cavalos que eram mais inteligentes até mesmo do que os seres humanos.

— Puxa, e nós podemos ler esse livro hoje à noite?

— Sim, acho que podemos. Não estou certa nem mesmo de que tenhamos um exemplar digno de...

— É verdade?

— O que é verdade? — Era primavera, os narcisos tinham brotado, o cheiro de sicômoro e forragem fresca em toda parte ao seu redor.

— Esses lugares existem em alguma parte? Gulliver foi mesmo a esses lugares e viu os Houyhnhnhms?

Elizabeth não respondeu; em vez disso, fez que sim de modo vago, como se não quisesse confirmar ou negar nada daquilo, como se a imprecisão do gesto a permitisse vagar por aquele espaço estreito da existência entre o que é e o que não é.

Em algum lugar, um pica-pau fez uma série de batidas curtas, em *staccato*, depois se calou outra vez. Elas deram a volta no lago duas vezes em silêncio, depois foram embora do parque para comprar um exemplar novo em folha de *As viagens de Gulliver* na Mulligan's Fine Books da Park Street. A livraria tinha cheiro de molho de tomate e mofo, então Emma tampou o nariz usando os dois polegares até a compra estar concluída.

Então, eu vi.
Na margem,
minha mãe tinha escrito:

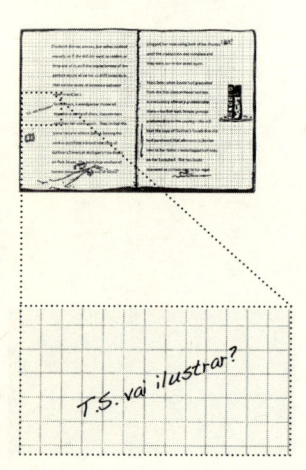

T.S. vai ilustrar?

Ela queria que eu ilustrasse? Meus olhos se encheram de lágrimas. Devo ter de algum modo pressentido seu desejo de que colaborássemos. Colaborar! (Ou: *colar-bordar.*) Não era exatamente ciência, mas teria que servir. Aninhei-me no sofá com o caderno e minha lanterna e algumas penas Gillot. Conforme prosseguia com a leitura, era como se minha mãe fosse mudando diante dos meus olhos, como se, pela primeira vez, eu a estivesse vendo em seus momentos mais particulares. Eu estava espiando pelo buraco da fechadura.

Continuei lendo:

Anos mais tarde, quando Emma se graduou na primeira turma de Vassar e recebeu, subsequentemente, o convite de ensinar lá — a primeira posição do tipo para uma mulher na cadeira de geologia no país —, ainda guardava em sua estante o exemplar de *As viagens de Gulliver* que comprara com a mãe naquela tarde em Boston junto ao meio-exemplar encharcado de seu pai. Os dois livros ficavam tão deslocados ao lado dos suntuosos volumes de taxonomia e geologia e de seus atlas que mais de um de seus céticos colegas cientistas faziam piadinhas sobre os reais proprietários do par. A maioria das troças envolvia marinheiros sensuais que tinham passado pelas águas de Emma e deixado na esteira o romance de Swift e um coração partido.

Ela nunca respondia falando do real significado dos livros, mas secretamente em seu coração ela designava uma simbologia mística àquele par de Gullivers. Sua posse dos gêmeos era sentimental, ela sabia, e conflitava com seu temperamento empírico, humboldtiano, mas de algum modo ela não podia escapar ao sentimento de que o impulso inicial e evasivo ao seu trajeto de se tornar uma topógrafa (nascida com o sexo errado) podia remontar aos silenciosos estudos noturnos de Gulliver e às viagens feitas por seu pai.

Muitos homens perguntavam a Emma — durante jantares em Poughkeepsie, nas bibliotecas em Yale onde ela completou sua dissertação, na conferência na Academia de Ciências Naturais em 1869, quando sua cátedra foi anunciada à comunidade científica em meio a um silêncio hostil — como ela por acaso acabara tendo a ciência como profissão. Em geral usavam essas exatas palavras, "por acaso", como se fosse um acidente, algum tipo de doença que a acometera contra sua vontade. Decerto ela não chegara à sua atual posição de topógrafa e desenhista pelos canais padrão, cinquenta quilômetros rio abaixo em West Point, cujos mais destacados graduandos seguiriam adiante para nomear a grande extensão de terra do Oeste.

Emma se lembrava de quando havia tido pela primeira vez as sedutoras imagens do Oeste conjuradas ao redor de uma lareira em Cambridge. Surpreendida na leve depressão de uma infância passada sem raízes e sem pai, Emma tinha se tornado uma criança melancólica e quieta, que vivia entre os livros e murmurava pouca coisa entre bocados de sopa.

Emma e Elizabeth tinham se mudado para Powder House Square, onde Elizabeth trabalhava numa casa de flores com Josephine, uma prima distante. Emma começou a frequentar um seminário para moças com uma bolsa que conseguiu apesar de ter sofrido de enxaqueca durante a prova de admissão. As enxaquecas continuariam a atormentá-la pelo resto da vida. Ela ia bem na escola, era visivelmente capaz de copiar suas lições, mas não demonstrava entusiasmo por qualquer matéria em particular, e suas amizades se limitavam a uma garota mais nova chamada Molly —

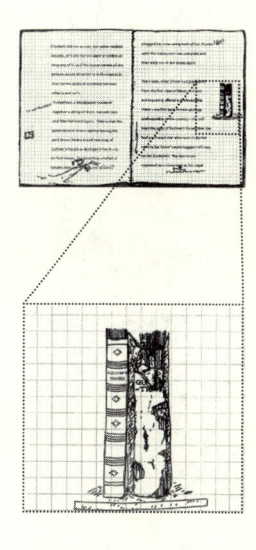

"Os dois livros ficavam tão deslocados ao lado dos suntuosos volumes de taxonomia... que mais de um de seus céticos colegas cientistas faziam piadinhas sobre os reais proprietários do par."

Ah, como eu adorava isso. Por um momento tramei arranjar dois exemplares do livro e depois deixar Muitobem atacar um deles por algum tempo para imitar os efeitos do mar. Mas depois me lembrei de que não estava indo na direção de casa nem de Muitobem. Subitamente, senti falta das estantes do meu quarto, daquelas velhas tábuas do celeiro sobrecarregadas com o peso dos cadernos. A disposição das prateleiras é algo íntimo, algo como as impressões digitais de um aposento.

Fig. 1: do livro de Layton

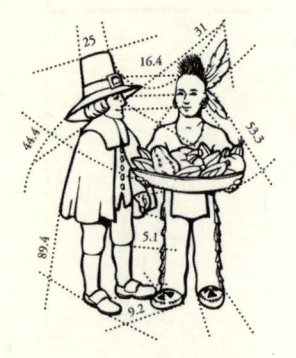

Fig. 2: do meu livro

Sim! *O livro para colorir do Primeiro Dia de Ação de Graças com os Peregrinos!* Layton e eu tínhamos ganhado esse livro há vários anos de nossa meia-tia Doretta Hastings. Mas nenhum dos dois soube usar o livro da maneira correta: Layton não conseguia colorir dentro das linhas, e eu, em vez de colorir as figuras, anotei suas medidas e assíntotas. Por baixo da mesa, será que Emma também tinha desenhado assíntotas? Não, isso era pedir demais dela. Éramos criaturas diferentes.

que era estranha, todos sabiam, e levava Emma para passear pelos sicômoros e cantava para ela em línguas peculiares, enquanto enfiava gravetos em seu cabelo.

Foi então que Tamsen e seu marido foram para Boston certo fim de semana e convidaram Elizabeth a se juntar a eles num jantar elegante perto da Universidade de Harvard. Josephine não podia cuidar de Emma, e assim, depois de repetidas recomendações quanto ao seu bom comportamento, Elizabeth levou-a à festa. Inicialmente animada com a perspectiva de comparecer a uma ocasião como aquela, Emma ficou entediada no mesmo instante e se retirou para um lugar debaixo da mesa de jantar com um estêncil colorido do Primeiro Dia de Ação de Graças. Seu vestido xadrez pinicava horrivelmente. Por algum motivo, ela acabou parando no meio de sua atividade de colorir para escutar o homem que estava sendo o centro das atenções na sala.

Talvez tenha sido a textura de aniagem na voz do orador enquanto ele descrevia os mistérios do vale de Yellowstone, os gêiseres e os rios ferventes, os lagos gigantes de montanhas e a terra da cor do arco-íris; o cheiro de súlfur, pinheiro, água coberta de musgo, excremento de alce. Ele descrevia tudo isso com o tipo de saudade e de termos hiperbólicos que as pessoas usam quando falam a respeito de um tio excêntrico porém, talvez, ligeiramente famoso que não entra em contato com a família faz algum tempo. Sua fala era salpicada de estranhos termos científicos que ficavam pairando no ar feito passarinhos exóticos. Ela não conseguia ver direito o orador pela beirada de renda da toalha de mesa, apenas seu charuto e a taça de conhaque que ele fazia oscilar para lá e para cá enquanto falava, mas de certo modo a ausência de rosto da história era melhor: o local mítico capturou sua imaginação de um modo muito parecido como os Houyhnhnhms tinham capturado antes, os cavalos falantes que eram mais inteligentes até mesmo do que os humanos. Ela queria ver as pedras amarelas, sentidas contra o rosto, sentir ela própria o cheiro de súlfur. Tudo parecia tão incrivelmente distante de seu lugar debaixo de uma mesa numa sala em Cambridge, presa dentro de um vestido xadrez que ficava pinicando suas axilas. Talvez os Houyhnhnhms pudessem levá-la até lá.

Alguma coisa estalou. Uma mola se soltou, uma engrenagem se deslocou, e toda a engenhoca dentro dela que estivera imóvel por tanto tempo começou a se mover, bem devagar.

Quatro meses mais tarde, num dia feio de abril, Emma estava de pé, tremendo, diante da loja de flores, esperando sua mãe levar as flores de volta para junto da fornalha, onde ainda estava quente. Mesmo que estivesse proibida de entrar na loja sem a permissão de Josephine, o frio em suas meias molhadas era tão intenso que ela estava prestes a entrar e perguntar por que sua mãe estava demorando tanto, quando um homem muito alto usando uma bengala veio andando em sua direção. Emma pestanejou e torceu os dedos dos pés dentro dos sapatos.

Ele se inclinou de modo a ficar com os olhos na mesma altura dos seus.

— Olá — falou, com um sotaque britânico afetado, demorando-se em cada sílaba. — Sou Orrr-win En-gle-thorp-ee. E estava ansioso para conhecê-la.

— Olá — disse ela. — Sou Emma Osterville.

— De fato — disse ele. — De fato. De fato.

Ele levantou os olhos para a loja de flores, depois para o céu e depois mais para cima, para o céu atrás dele, de modo que Emma teve medo de ele cair para trás. Então ele abaixou a cabeça outra vez e falou numa espécie de sussurro para assuntos secretos:

— Veja você, este tempo não é nada comparado com abril na Sibéria.

> Outra nota marginal: *uma certa alegria ilícita — nenhum fardo ou prova.*

Normalmente sou tão fã de provas quanto qualquer um, mas ver minha mãe anotar essas palavras me deu um delicioso estremecimento de perigo...

Sim, mãe, pensei. *Não se preocupe com esse pequeno e feio gnomo chamado Prova. Prova, que suspendeu sua carreira e a deixou chafurdando nos pântanos da obscuridade há vinte anos.*

— As provas podem ir para o inferno! — gritei; depois me senti mal por ter dito isso. Minhas palavras ficaram pairando na cabine vazia do Winnebago.

— Desculpe — disse eu me dirigindo a Valero. Ele não respondeu. Aposto que também não acreditava nas provas.

Emma deu uma risadinha. A voz do homem, sua fisionomia, tudo parecia por demais familiar.

— A Sibéria — prosseguiu ele — não é um lugar para crianças. Exceto, é claro, se você tiver nascido lá, entre os chuckchees. Se você for uma criança chuckchee, então está tudo certo.

A sensação de familiaridade deu lugar ao reconhecimento. Num instante, ela ligou o homem agora agachado diante dela à memória do conhaque oscilando para lá e para cá pela borda de renda da toalha de mesa; ali, disfarçado pela extravagância de um homem agachado sobre um dos joelhos, estava a sobriedade daquela voz que tanto a encantara. O rosto dele era longo e anguloso, com um nariz que parecia se esticar mais para cima do que para a frente, e a linha do maxilar culminando num queixo pontudo. Seu bigode era despenteado, escuro e eriçado; o sr. Englethorpe parecia não se preocupar com as tentativas do bigode de migrar para cima e para fora dos confins de seu lábio superior. Seu sobretudo de gabardine, embora sem qualquer mancha, tinha sido cortado um tanto curto demais, como se o seu criador tivesse calculado uma metragem menor. Contudo, qualquer ar de descuido era compensado pelas magníficas luvas pretas de couro que cobriam suas mãos e pela brancura polida de uma bengala de marfim que ele usava para desenhar vagos semicírculos na lama enquanto conversava com Emma. Mas eram seus olhos azuis, quase cinzentos, que pareceram o mais peculiar de tudo para ela, pois eram vivos e curiosos de um modo certeiro: seu primeiro gesto de olhar por cima e para trás de sua cabeça na direção do céu não era raro nele; ela podia ver agora que ele estava constantemente alerta, observando tudo ao redor, gravando na mente cada detalhe que transpirava à sua volta. *Os desenhos formados pelas poças nas depressões da rua de paralelepípedos. O leve arrastar dos passos do homem pelo caminho. Os quatro pombos*

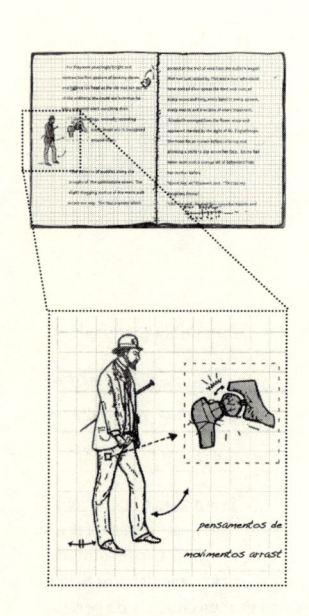

"*O leve arrastar dos passos do homem pelo caminho.*"

Eu também notava coisas como essa. Em particular claudicações, ceceios e olhos vesgos.

Isso me tornava uma pessoa má? Meu pai disse que nunca devíamos olhar com desprezo para alguém com um problema físico que Deus lhe tivesse dado, mas será que *notar* um problema e depois tentar obsessivamente *não* notar esse problema era "olhar com desprezo para alguém"? Será que eu era uma má pessoa por ficar olhando para o Velho Chiggins coxeando e depois fechar os olhos para não ficar olhando? Conhecendo Deus, eu provavelmente devia ser culpado de alguma coisa.

que bicavam a trilha de sementes da carroça do moleiro que acabara de passar ruidosamente. Aquele era um homem que podia andar pelo Oeste e notar cada pedra e cada galho, cada curva do riacho, cada estepe e precipício de cada montanha.

Elizabeth surgiu da loja de flores e pareceu sobressaltada ante a visão do sr. Englethorpe. Ficou imóvel por um instante, depois corou e permitiu que um sorriso lhe passasse pelo rosto. Emma nunca tinha visto atitudes tão estranhas por parte de sua mãe antes.

— Bom dia, senhor — disse Elizabeth. — Esta é minha filha, Emma.

— Oh! — disse ele. Recuou quatro passos, depois voltou a se aproximar e se agachou ao lado de Emma, como tinha feito antes.

— Olá — disse ele outra vez, com um sotaque inglês ainda mais exagerado. — Sou Orrr-win En-gle-thorp-eeeee. E estava ansioso para conhecê-la.

Ele piscou o olho para ela, e Emma deu uma risadinha.

Elizabeth não parecia saber o que pensar daquilo. Fez menção de voltar ao interior da loja e depois parou.

— O sr. Englethorpe acabou de voltar da Califórnia — disse ela a Emma, acentuando as palavras.

— Califórnia! — disse ele. — Imagina só! E agora tive o prazer recente de conhecer sua mãe.

Ele se levantou e se virou inteiramente para Elizabeth pela primeira vez. O cenário da rua se deslocou, se coloriu, entrou em foco outra vez. Emma observou as duas pessoas orbitarem uma em torno da outra, de modo quase imperceptível. A atração gravitacional entre eles era invisível aos olhos, mas todos presentes naquela gélida rua de paralelepípedos em Somerville — até mesmo os pombos bicando o que restava dos grãos do moleiro — estavam bastante conscientes de sua existência.

Como se veio a saber, ele não era britânico ou nem mesmo polissilábico, como fez crer naquele dia, mas seu nome era Orwin Englethorpe e ele era alguém que sua mãe conhecera havia pouco tempo. Como eles tinham se conhecido não estava claro — talvez naquela noite no salão, cercados por histórias de vales distantes, ou talvez antes, na loja de flores, ou quem sabe por meio de um amigo qualquer —, ninguém dizia. Emma acharia, mais tarde, todo aquele segredo extremamente frustrante.

Elizabeth, de sua parte, estava encantada, fascinada mesmo, com as atenções de um homem daquele. O sr. Englethorpe tinha estado por toda parte do mundo — tinha ido à Califórnia e voltado, a Paris, à África oriental, às tundras da Sibéria, até mesmo a Papua Nova Guiné, cujo nome parecia a Emma ser menos de um lugar do que de um prato elegante. O sr. Englethorpe aparecia diante dela com todos os aromas de terras distantes flutuando ao seu redor, as areias de desertos vermelhos, o orvalho de selvas equatoriais, a resina dos pinheiros de elevadas florestas boreais.

— O que o senhor faz? — perguntou Emma diante da loja de flores naquele dia em que o conheceu. Tinha ficado calada durante todo o tempo em que sua mãe e o sr. Englethorpe estiveram conversando.

— Emma! — sibilou Elizabeth, mas o sr. Englethorpe fez um sinal com a mão enluvada.

— A mocinha tem uma mente curiosa, isso é visível — disse ele. — E merece uma resposta. Temo, porém, que não seja uma resposta fácil. Veja, srta. Osterville, tenho passado um bocado de tempo da minha vida tentando responder exatamente a essa pergunta. Um dia talvez eu lhe responda dizendo que fui um garimpeiro, e um garimpeiro pobre, e noutro dia talvez diga curador, ou colecionador, ou elaborador de mapas, ou até mesmo — ele piscou para Emma — pirata.

— Ele faz mapas, Valero! — exclamei.

Valero não disse nada.

— E é um pirata! — observei agora para o Barba-Vermelha.

Silêncio.

Eu não me importava que meus amigos não estivessem falando. Tinha encontrado a nascente do rio.

Emma se retirou para dentro da loja, para a segurança de entre os lírios. Apertou o polegar esquerdo com a mão direita. Estava apaixonada.

Três chuvosas semanas mais tarde, Emma acompanharia Elizabeth no primeiro dia de sol de maio para conhecer a residência do sr. Englethorpe. Chegaram a um endereço na Quincy Street, em Cambridge, bem ao lado da bela extensão do jardim de Harvard.

No início, não podiam acreditar em seus olhos. Estavam parados diante de uma imensa mansão branca com catorze janelas, Emma contou, só na frente da casa.

— Catorze! — disse Emma. — Cabe uma casa comum dentro dessa casa. E uma casa menor dentro dessa comum. E...

— Isso não deve estar certo — disse Elizabeth. Ao lado do portão uma pequena placa amarela dizia: Escola Agassiz para Moças.

— Mamãe — disse Emma —, ele é professor?

— Acho que não — disse Elizabeth. Pegou o pedaço de papel que o sr. Englethorpe tinha lhe dado e encontrou algumas instruções a mais em letras pequenas: *siga o caminho até a edícula nos fundos.*

O amplo portão da frente não rangeu quando, com cautela, o empurraram. De algum modo, as duas esperavam que ele desse um rangido agudo que levantaria as suspeitas da vizinhança, então, quando isso não aconteceu, de repente elas se sentiram ainda mais conscientes de sua intromissão num mundo desconhecido. O caminho de cascalho tinha sido recentemente alisado com ancinho. Um pedaço de cascalho tinha escapado para dentro de um canteiro de forragem, e Emma correu para pegar a conta de calcário e colocá-la de volta no caminho.

A porta da frente da casa gigantesca subitamente se abriu. Elas congelaram. Uma menina apareceu, mais nova do que Emma. Desceu os degraus dois de cada vez antes de ver as duas mulheres de pé no caminho. A menina olhou para elas, franziu o nariz e disse: "O professor Agassiz não vai te aceitar aqui". Então ela destrancou o trinco do portão e desapareceu na rua.

Emma começou a chorar. Queria ir embora no mesmo instante, mas Elizabeth a acalmou e convenceu-a de que a menina devia tê-las confundido com outra pessoa e que, já que tinham ido até ali, podiam tentar encontrar o sr. Englethorpe.

E sua persistência foi recompensada: quando contornaram a imensa casa, foram de súbito cercadas por uma explosão de flores — gardênias e rododendros bordados de púrpura, lilases e lírios fúcsia, seu aroma suave de tangerina atingindo Emma e Elizabeth em ondas. Os pés delas pareciam repuxar o cascalho no caminho. Uma vez atrás da casa, viram a extensão do jardim. Era guardado dos dois lados por uma fileira de cornisos, e no centro havia um lago salpicado por amontoados de orquídeas orladas de amarelo, lírios, azaleias. Quatro cerejeiras se agrupavam num canto do jardim, cercando um pequeno banco de ferro batido. Chegaram a um salgueiro-chorão imenso, sob o qual tiveram que se enfiar quando o caminho abraçou a base da árvore.

— Isto parece um livro! — disse Emma. — Ele fez este jardim?

— Acho que sim — disse Elizabeth. — Ele sabe todos os pomposos nomes em latim das flores quando aparece na loja.

— Ele é latino? — perguntou Emma.

Elizabeth se virou para Emma e segurou seu punho.

— Emma, não faça mais perguntas. Não é o momento de fazer perguntas. Não quero que você arruíne isto também.

Emma se soltou com um puxão. Apertou o lábio superior e enfiou os dentes nele. As lágrimas vinham tão rápido que ela não era capaz de enxugá-las.

Elizabeth não disse mais nada, e Emma fungava enquanto seguiam fazendo ruído sobre o cascalho no caminho.

E então elas estavam diante da porta lateral da edícula. Uma pedrinha na ponta de um fio oscilava de leve diante de uma placa de metal no meio da porta. A placa estava gravada com um pequeno crescente onde a pedra roçara. Elizabeth olhou para a pedra e a placa durante um segundo, depois bateu à porta.

Fez-se silêncio, e em seguida um som de passos pesados, e o sr. Englethorpe abriu a porta, suando, como se tivesse corrido uma grande distância. Emoldurado pela porta, parecia ainda mais alto do que Emma se lembrava. Ele examinou a ambas e pressionou o indicador sobre os lábios.

— Meu bom Deus! A sra. Osterville e a srta. Osterville — disse ele, sorrindo para Emma. — Sejam bem-vindas. Que prazer.

Seu sorriso uniu mãe e filha novamente, o espaço entre elas desapareceu enquanto ele pegava seus casacos e continuava a transmitir a energia de alguém que simplesmente não havia tido tempo suficiente nesta terra para alcançar tudo aquilo que queria.

Elas o acompanharam lá para dentro. Ele se deteve na entrada, pendurando seus casacos em dois ganchos que pareciam mandíbulas. Elizabeth começou a se retrair, mas ele se virou para ela:

— Da próxima vez, sra. Osterville — disse ele —, devo...

— Por favor — disse ela rápido, um pouco rápido demais —, me chame de Elizabeth.

— Elizabeth. Sim — disse ele, experimentando o nome. — Bem, da próxima vez, Elizabeth, devo insistir que use a pedra para anunciar sua chegada. Às vezes fico tão absorvido por meu trabalho que não percebo qualquer batida. O dr. Agassiz mandou instalar o corrente aparato após repetidas frustrações tentando me despertar de minhas.... experiências.

— Sinto muito — disse ela. — Aquela, aquela... coisa me assustou um pouco, para dizer a verdade.

Ele riu.

— Não há necessidade, não há necessidade. Tais invenções servem para facilitar nossa vida, não atrapalhar. Não devíamos ter medo de nossas próprias criações. Um pouco de ceticismo, talvez, mas não medo.

— Bem, vou usar da próxima vez.

— Obrigado — disse ele. — Não queremos que vocês duas fiquem paradas no frio durante horas, queremos?

Emma fez que sim. Ela fazia que sim para tudo o que ele dizia.

Sentaram-se para o chá. O sr. Englethorpe as serviu por um elaborado processo em cinco etapas que envolvia, entre outras coisas, erguer o bule cada vez mais alto enquanto derramava o chá, até que as últimas gotas do líquido quente viajavam quase um metro no ar antes de se espalhar pela xícara, pelos pires e pela mesa.

Na margem, minha mãe tinha feito uns rabiscos.

Só uns poucos círculos superpostos, provavelmente sem qualquer significado, mas havia uma beleza quieta em ver a caneta trabalhar distraída nas margens da página enquanto a mente se alvoroçava e revolvia em algum lugar muito distante. Rabiscos eram um terreno fértil; eram a prova visual do levantamento de pesos-pesados cognitivos. Embora isso nem sempre fosse verdade: Ricky Lepardo era um rabiscador e não levantava pesos-pesados cognitivos.

Emma observou fascinada, depois olhou para sua mãe. Elizabeth estava sentada perfeitamente imóvel.

Como se por fim reconhecesse a estranheza de seus gestos, o sr. Englethorpe disse:

— É muito melhor para o chá. Faz com que esfrie, com que areje, me faz lembrar da cachoeira em Yosemite. Aprendi isto em Papua Nova Guiné. É assim que uma tribo local serve seu chá de cacau. Coisa forte.

Enquanto bebiam e conversavam, Emma observava sua mãe reunir coragem para perguntar sobre o proprietário da casa principal. Quando fez isso, falou num sussurro para o seu chá, como se não se dirigisse a ninguém em particular.

O sr. Englethorpe deve tê-la ouvido, pois sorriu e lambeu a colher. Olhou fixamente pela janela saliente da edícula.

— A propriedade pertence a um velho amigo que coleciona coisas, como eu. Ouso dizer que ele é um tanto mais inteligente do que eu e um tanto mais organizado também, mas concordamos acerca de muitas coisas. Sobre umas poucas, discordamos. Vocês certamente estão familiarizadas com a teoria da seleção natural de Charles Darwin?

Elizabeth piscou os olhos.

O sr. Englethorpe pareceu chocado, depois, de repente, riu:

— Ora, é claro que não estão. Meu Deus, olhem só para mim... Tenho passado tempo demais com esse monte de tentilhões empalhados. É preciso lembrar que os garotos do Megatério não são a norma. Não; não sei se as ideias de Darwin conseguiram chegar ao pensamento corrente; apesar de tudo o que foi escrito em Washington, a Igreja ainda tem um controle forte demais sobre os corações e as mentes das pessoas, mas não tenho dúvidas de que isso virá a acontecer. E o dr. Agassiz e eu discordamos veementemente sobre sua importância. Vejam bem, o dr. Agassiz é um homem muito religioso, talvez por demais, e essa sua parcialidade diante das Escrituras obscurece sua aceitação de novas ideias. O que me choca de verdade; não que eu seja ateu, não, mas a ciência é uma disciplina de novas ideias! Novas ideias sobre a origem de antigas criaturas. E, portanto, como um homem tão brilhante... pois tudo o que eu sei devo a esse homem... como ele pode ser tão voluntarioso a ponto de rejeitar a maior revelação do nosso tempo só por questionar alguns dogmas de sua teologia? Quer dizer, ele é um cientista ou...

O sr. Englethorpe de súbito se interrompeu e olhou ao redor.

— Minhas desculpas — disse ele. — Estão vendo que posso me empolgar bastante com esse tipo de coisa e acho que deve ser extremamente tedioso para vocês.

— Não é — disse Elizabeth de forma polida. — Por favor, continue.

— Não, não é! — disse Emma, com ansiedade em excesso. Por baixo da mesa, Elizabeth deu um tapa em sua coxa.

Englethorpe sorriu e deu um gole no seu chá. Emma o observava. Seu nariz era ligeiramente adunco, dando ao rosto um formato levemente alongado. Emoldurados por cílios longos, quase femininos, seus olhos tinham uma gentileza imperturbável e um profundo conhecimento que era suave e ao mesmo tempo hipnótico. Era como se ele estivesse desmontando tudo o que havia na sala, inspecionando seu conteúdo, e em seguida chegando a alguma piadinha que só fazia sentido para ele.

Ele colocou o polegar e o indicador nos lábios e então apontou para uma pequenina orquídea branca no parapeito da janela. A silhueta da flor estava perfeitamente delineada na luz; seis pelos grossos saíam em espirais de sua única pétala em forma de cálice.

— Observem esta *Angraecum germinyanum* de Madagascar. Vejam que as pétalas se transformaram em longas gavinhas com o passar do tempo.

Deus não as fez deste modo. Por quê?, vocês poderiam perguntar. Bem, esta gavinha central não é como as outras. É um tubo que contém o néctar da flor. É preciso que venha uma mariposa e enfie sua tromba no tubo e depois voe até outra flor para polinizá-la.

— Uma mariposa com uma tromba tão grande assim? — perguntou Emma. Ela não conseguiu se controlar.

O sr. Englethorpe ergueu uma sobrancelha. Levantou-se e saiu da sala. Pouco depois voltou, segurando um grande livro aberto. Havia uma ilustração de uma mariposa-esfinge, com sua tromba comprida e espiralada.

— Imagine quatro flores — disse ele. — Cada uma tem uma pétala de comprimento diferente. Aparece um predador mau que pretende comer o néctar. Dá uma mordida em cada flor. No caso das outras três flores, escolhe exatamente o comprido tubo cheio de delicioso néctar. Mas com essa mutação, a que se parece com nossa bela flor, em que as pétalas se parecem muito com o comprido tubo, ele comete um erro e morde inofensivamente uma das pétalas, em vez disso. Qual das flores vocês acham que vai conseguir ter filhos?

Emma apontou para a flor no parapeito da janela.

O sr. Englethorpe fez que sim.

— Exato — disse ele. — A orquídea com a transmutação mais bem-sucedida. O que é incrível sobre essas mutações é que são realmente fruto do acaso: não há um cérebro por trás dessas adaptações, e no entanto ao longo de milhares, de milhões de anos, o processo da seleção faz parecer que há um grande desígnio por trás dessa variação... porque ela é mesmo bonita, não é?

Todos olharam para a orquídea, perfeitamente imóvel sob a luz do sol.

— Talvez pudéssemos vender destas na loja de flores — disse Elizabeth. — Ela é mesmo bonita.

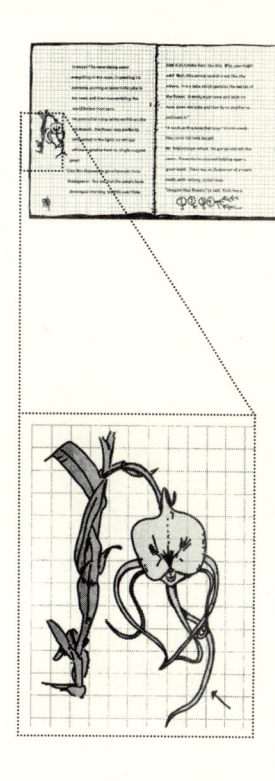

"Bem, esta gavinha central não é como as outras."

O dr. Yorn me falou a respeito dessa flor. Ele na verdade tinha um desenho de uma mariposa-falcão em seu quarto em Bozeman.

— E temperamental. *A beleza é passageira,* acho que é o que diz o provérbio.

— O que é transmutação? — perguntou Emma. Os dois adultos olharam para ela. Emma esperou um outro tapa na coxa, mas ele não veio.

O sr. Englethorpe ficou radiante. Estendeu o dedo e tocou de leve uma das pétalas da orquídea.

— É uma excelente pergunta — disse ele. — Mas...

— Mas o quê? — disse Emma.

— Mas... precisaríamos da tarde toda. Vocês têm tempo?

— Tempo? — perguntou Elizabeth, desconcertada, como se não tivesse considerado a existência da tarde depois daquele momento.

Elas tinham tempo, sim. Passaram o resto do dia andando pelo jardim, o sr. Englethorpe apontando as espécies de flores relacionadas, as suas diferenças evolucionárias, de onde eram, o que fizera com que se desenvolvessem de maneira diversa. Ocasionalmente ele ficava frustrado consigo mesmo e ia para a edícula e saía com um mapa de Madagascar, ou das ilhas Galápagos, ou dos territórios canadenses, ou uma caixa de vidro contendo uma coleção de tentilhões classificados taxidermicamente. Ele não se dava ao trabalho de colocar nenhuma dessas coisas de volta na casa, de modo que conforme a tarde avançava os caminhos ficaram entulhados com atlas, caixas coletoras, livros encadernados a couro descrevendo anatomia e diários de explorador. Ele pegou dois exemplares de *A origem das espécies,* de Darwin, e colocou-os um ao lado do outro no banco de ferro batido que havia sob os cornisos. A capa de um dos livros era verde; a outra, cor de vinho. Ambos ficavam bem sobre o banco.

Em certo momento, o sr. Englethorpe acenou para um vulto de pé na janela da casa principal, mas quando Emma tentou ver melhor através do reflexo no vidro, a janela estava outra vez vazia.

Ele deu a Emma e Elizabeth uma lupa para cada uma, para que levassem com elas por ali.

— Olhem mais de perto — ele repetia. — Não se consegue ver muita coisa apenas com os olhos. Fomos equipados com instrumentos inadequados para este tipo de trabalho. A evolução certamente não nos anteviu como cientistas!

Elizabeth parecia corada ao fim da tarde. Durante todo o tempo, quando não estava arrebatada pela diversão feroz das descobertas, Emma não parava de lançar olhares para a mãe, enquanto esta subia as saias e inspecionava um arbusto ou escutava o sr. Englethorpe falando de ventos alísios e sementes. Em geral, ela conseguia ler as reações de sua mãe com facilidade: o modo como seu dedo mínimo se contraía, a cor de seu pescoço. Mas durante toda aquela tarde sua mãe permanecera estranhamente em guarda; assim, enquanto a luz se esvaía do pequeno jardim mágico, Emma temia que sua mãe jamais fosse querer voltar a ver aquele homem e todos os seus curiosos instrumentos.

Mas enquanto guardavam os acessórios (os livros de Darwin, um em cada uma das mãos de Emma), Elizabeth tocou o braço do sr. Englethorpe. Emma fingiu não estar olhando, ocupada em colocar de volta os livros e guardar no lugar as gavetas com mariposas no pequeno armário de cerejeira.

— Obrigada — disse Elizabeth. — Eu não esperava isso... e foi adorável. Aprendemos tanta coisa... com o senhor.

— Bem, é provável que a maior parte seja inútil. Com frequência me pergunto sobre a utilidade de tais atividades para além dos muros deste jardim.

Elizabeth parecia não saber o que dizer. Ficou em silêncio por um momento, e então disse:

Outra nota na margem:

Ligar para Terry

Terry? Por que esse nome soava familiar?

— Terrence Yorn —

O sr. Jibsen tinha usado o mesmo apelido ao telefone. Sempre que os adultos se chamavam uns aos outros pelo nome eu sentia como se estivessem falando em código, fazendo referência a um mundo em que gente grande fazia coisas de gente grande, coisas que eu não conseguia entender.

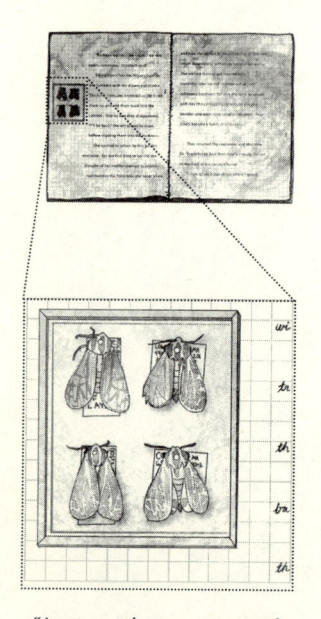

"As criaturinhas tremiam quando ela fechava as gavetas no armário."

Reconheci essa caixa de mariposas. A dra. Clair tinha uma igual. Diante do fato de que ela já tinha descrito quão poucas provas possuía para seguir em frente, quanto dessa história era ficção e quanto era apenas uma espécie de roubo de nossa vida diária? Como um empirista, meu primeiro instinto era me fiar apenas no que podia ser verificado, mas conforme continuei a ler tal distinção parecia cada vez menos importante.

— Bem, acho que nunca mais vou olhar do mesmo modo para a loja de flores. Quero tentar obter essas orquídeas, mesmo elas sendo temperadas...

— Temperamentais. Melindrosas. Preferem Madagascar à Nova Inglaterra. E eu também. — Ele riu.

— Talvez pudéssemos... fazer isso de novo em algum momento — disse Elizabeth.

Emma podia sentir seus dedos queimando enquanto manuseava atrapalhadamente as gavetas com as mariposas. As criaturinhas tremiam quando ela fechava as gavetas no armário. Uma a uma elas desapareceram.

— Eu vou voltar — sussurrou-lhes Emma antes de devolvê-las à escuridão.

Ela queria retornar àquele jardim todos os dias. Pela primeira vez na vida pensou em sua mãe casada com um outro homem além do pescador que nunca conhecera, e agora se surpreendia ansiando desesperadamente pela possibilidade daquela nova união, com cada pedaço de seu ser. Queria que eles se casassem agora, neste instante — queria que ela e a mãe se mudassem daquele apartamento mofado no subsolo com as janelas sujas para a edícula dele, com sua aldrava peculiar e seus conteúdos mais peculiares ainda. Podiam se tornar uma família de coletores.

Voltaram na semana seguinte, e dessa vez o sr. Englethorpe as levou ao seu escritório, enterrado nos fundos da edícula.

— Detesto dizer isso, mas é aqui que passo a maior parte do meu tempo.

Seus dedos brincavam com alguma espécie de bússola, nervosos, apertando as extremidades de metal até uni-las e depois separando-as repetidas vezes. Não agia desse jeito na semana anterior. Emma queria se aproximar dele e dizer: "Não fique nervoso, nós gostamos muito do senhor".

Em vez disso, ela sorriu e piscou o olho para ele, o que o confundiu por um segundo, como se decodificasse uma mensagem, depois ele sorriu em resposta. Mostrou rapidamente a língua para ela e depois devolveu um ar neutro ao rosto quando Elizabeth se virou para ele.

A sala estava totalmente abarrotada. Havia gavetas e mais gavetas de pássaros, fósseis, pedras, insetos, dentes, mechas de pelos. Uma pilha de pinturas com molduras douradas estava num canto. Uma corda comprida presa a uma âncora em formato de sereia ficava em outro. Duas paredes eram decoradas do chão ao teto com estantes de livros. Os livros eram velhos, se desfaziam, alguns visivelmente já esfarelados, parecendo tão frágeis que se alguém apenas tocasse suas lombadas as palavras dentro deles podiam se desintegrar e virar pó.

Emma andava por toda parte, pegando facas ornamentais, investigando o interior de velhas caixas de madeira.

— Onde o senhor conseguiu todas essas coisas? — perguntou Emma.

— Não seja rude — disse Elizabeth com aspereza.

Englethorpe riu.

— Posso ver que vamos nos dar maravilhosamente bem, Emma. Adquiri essas coisas durante todas as minhas viagens. Veja, eu tenho esse pequeno problema... alguns diriam *psicológico*... de querer conhecer um lugar pelos seus objetos, compreender uma cultura ou habitat por todas as inúmeras pequenas partes encadeadas. O dr. Agassiz me chama... de modo afetuoso, devo dizer... de "Museu Ambulante". E o que estão vendo aqui é a menor parte disso. O doutor gentilmente me cedeu duas de suas salas de depósito em seu novo museu para a minha coleção. Algum dia pode ser que eu comece a fazer uma seleção de todas essas coisas, mas quem sabe? A essa altura, já terei coletado mais. Será possível coletar todo o conteúdo do mundo? Se o mundo todo estiver em sua coleção, ela deixa de ser uma coleção? Uma pergunta que tem me impedido de dormir à noite.

— Quero ver tudo! — gritou Emma, dando um saltinho no ar.

Englethorpe e Elizabeth ambos olharam fixamente para a criança parada no meio da sala, segurando um dente de baleia numa das mãos e uma lança na outra.

— Temos uma pequena cientista entre nós — sussurrou Englethorpe a Elizabeth, que parecia ter sido acometida de gripe. Virou-se para Emma: — Talvez eu possa consultar o sr. Agassiz sobre matricular você na escola da esposa dele, na casa principal...

— Puxa, o senhor faria isso? — disse Emma. — Faria mesmo?

A engenhoca dentro de sua cabeça finalmente tinha sido posta em movimento, e assim que as engrenagens começaram a girar ganharam uma espécie frenética de agitação que nada, pelo visto, poderia parar.

A
Conservação
da
Migração?

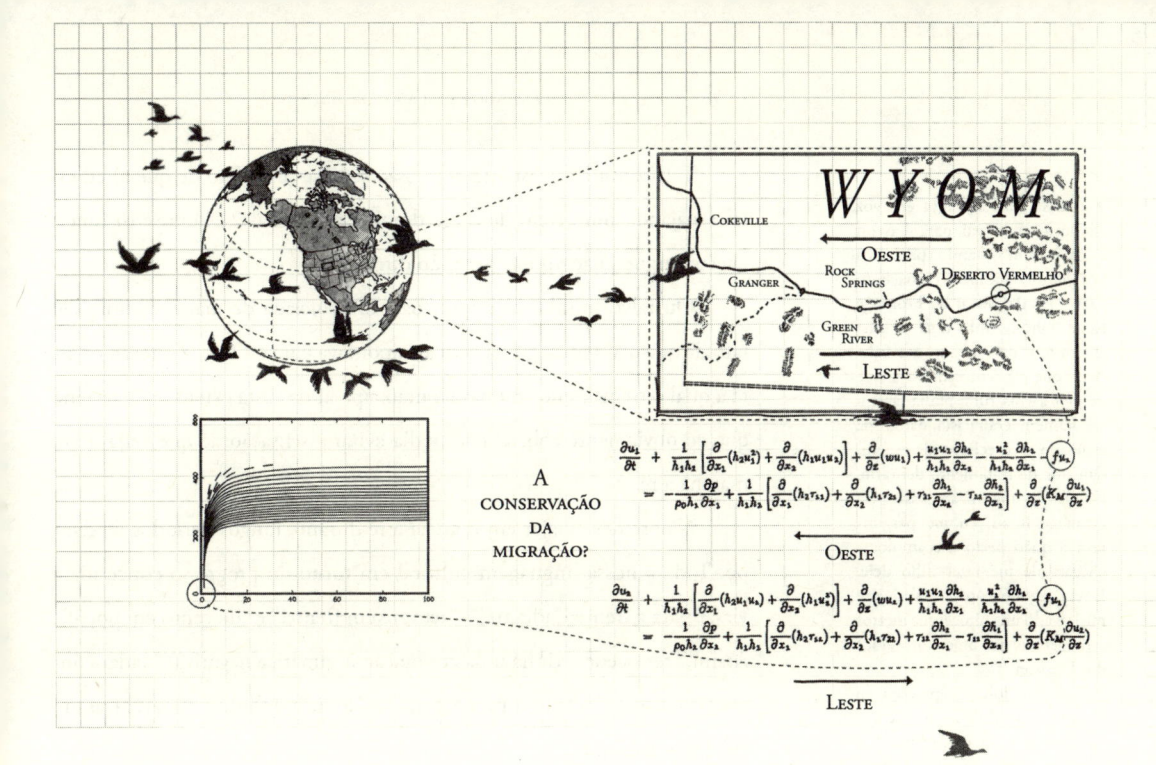

Capítulo 7

Levantei os olhos da minha leitura. O trem havia parado. Os primeiros raios de sol surgiam por trás das distantes colinas do deserto. Fazia um dia inteiro que eu estava no trem.

Levantei-me do sofá e fiz um pouco de ginástica. Encontrei uma outra cenoura que tinha migrado para o fundo da minha mala e a comi sem pudores. Fiz alguns aquecimentos vocais. E mesmo assim não conseguia me livrar da sensação de vaga melancolia que estava à espreita desde a minha partida, uma espécie de vazio persistente, similar à sensação que tinha quando comia algodão-doce. No início havia tanta nostalgia associada, tantas promessas emanando daqueles açucarados fios cor-de-rosa, mas quando eu chegava ao ato de lamber ou morder, ou seja lá o que for que se faz com algodão-doce, não havia muita coisa ali — no fim, era apenas comer uma peruca de açúcar.

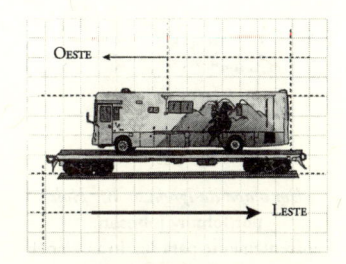

Encaminhando-se para o Leste, apontando para o Oeste
Do caderno G101

→ Essa frase foi dita em voz alta pelo meu pai para Layton e para mim quando passamos por Johnny Johnson carregando suas varas de pescar na Frontage Road. Johnny tinha uma casinha em ruínas mais adiante no vale. Acho que ele representava o que de pior a vida rural podia fazer a um homem: era racista, não tinha estudado e precisava desesperadamente de tratamento dentário. Naquele momento, ao passar pela Frontage Road, eu me perguntava o quão perto a cosmologia chegara de me fazer filho dele. E se a cegonha proverbial tivesse me largado uns oitocentos metros cedo demais nos braços atrasados dos Johnson? E se...

Então, Johnny apareceu do nada no funeral de Layton acompanhado da esposa e da irmã. Era um gesto simples de um vizinho, mas também profundamente gentil de sua parte. É claro que todas as vezes que eu o vi depois disso me senti culpado por julgá-lo. Retrospectivamente, acho que não deveria ficar surpreso: no curso da minha curta vida, aprendi que é mais comum as pessoas se revelarem diferentes do que originalmente pensávamos que eram do que o contrário.

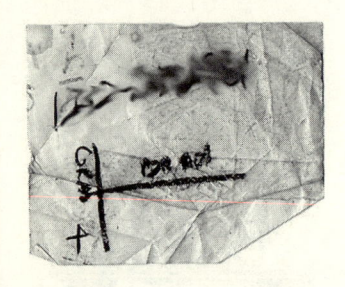

Um mapa da Igreja do Big Hole por Johnny Johnson, aparentemente para sua irmã. Papel recuperado de seu banco depois do funeral de Layton.
Da caixa de sapato 4

Talvez minha insistente depressão se devesse ao fato de que a) eu estava viajando num trem de carga durante as últimas 24 horas e b) fora o cheeseburguer, não vinha comendo direito.

Ou talvez minha condição fosse influenciada de maneira sutil pelo fato de que o Winnebago na verdade apontava para o *Oeste*, a direção oposta à qual o trem se encaminhava, então, apesar da vasta extensão de terreno que eu obviamente cobria, não podia evitar a sensação de que viajava em marcha a ré.

Não se deve viajar em marcha a ré durante longos períodos de tempo. Toda a nossa linguagem cultural em torno do progresso concernia a viajar para a frente: "adiante!", "sempre em frente!" e "de vento em popa!". Assim, "retroceder" tinha uma conotação idiomática negativa: "nadar contra a corrente", "remar contra a maré" e "Johnny Johnson é mais atrasado até que o passado".

Meu corpo tinha ficado tão habituado a viajar de marcha a ré que sempre que parávamos eu sentia todo o meu campo de visão girar diante de mim. Notara-o inicialmente quando me escondera no banheiro da Morada do Caubói durante uma de nossas várias paradas em estações. Eu me convencera cada vez mais de que a ferrovia sabia minha localização exata e era só uma questão de tempo antes que mandassem um de seus touros para me matar. Quando me sentei no sanitário do pequenino banheiro, fui dominado de súbito pela sensação de ir de encontro à parede que estava diante de mim. Era nauseante descobrir que o seu reflexo no espelho do banheiro se movia em sua direção quando você de fato estava parado, como se ele tivesse conseguido se libertar das leis normais de refração e ótica. Gradualmente, pela influência constante de vetores de movimentos orientados para trás, minha confiança estava sofrendo um decréscimo.

E então onde foi que encontrei consolo para essa irregular e difícil situação de *momentum*?

Eu sabia que havia uma razão para ter levado comigo meus estudos de sir Isaac Newton. Procurei na minha mala e agarrei meu caderno como alguém agarraria um velho ursinho de infância em momentos de aflição.

Eu estudara pela primeira vez os *Philosophiae Naturalis Principia Mathematica* de Newton quando estava esquematizando os padrões visuais de voo dos gansos canadenses sobre o nosso rancho, pois queria ter melhor compreensão das forças de conservação durante o ato do voo. Mais tarde, voltei ao trabalho de Newton com uma abordagem mais filosófica (e provavelmente inapropriada) quando comecei a conceber a conservação do comportamento migratório. Como por exemplo: *o que vai para o sul, em algum momento retornará para o norte*, e vice-versa. Tinha pensado em expandir meu caderno, transformando-o num artigo sobre "Teorias da conservação no comportamento migratório dos gansos canadenses", mas não consegui sequer fazer dele (nem de um modo extremamente forçado) um relatório de ciências do oitavo ano sobre, digamos, a "Salinidade da Coca-Cola".

Abri meu caderno sobre Newton. Na primeira página, tinha escrito as três leis do movimento de Newton:

PRIMEIRA LEI: TODO CORPO CONTINUA EM SEU ESTADO DE REPOUSO OU DE MOVIMENTO UNIFORME EM UMA LINHA RETA, A MENOS QUE SEJA FORÇADO A MUDAR AQUELE ESTADO POR FORÇAS APLICADAS A ELE.

SEGUNDA LEI: A MUDANÇA DE MOVIMENTO É PROPORCIONAL À FORÇA MOTORA IMPRIMIDA, E É PRODUZIDA NA DIREÇÃO DE LINHA RETA NA QUAL AQUELA FORÇA É IMPRIMIDA.

TERCEIRA LEI: A TODA AÇÃO HÁ SEMPRE UMA REAÇÃO OPOSTA E DE IGUAL INTENSIDADE, OU AS AÇÕES MÚTUAS DE DOIS CORPOS UM SOBRE O OUTRO SÃO SEMPRE IGUAIS E DIRIGIDAS A PARTES OPOSTAS.

Ah! Ali estavam algumas leis para ajudar a elucidar o *momentum* da minha viagem. De acordo com Newton, a força que o trem exercia

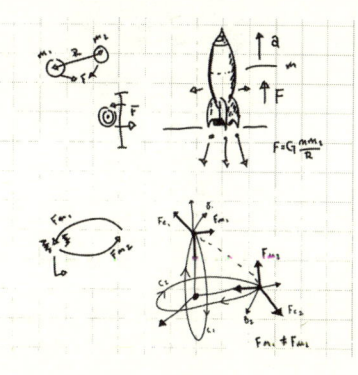

Quando meu pai me cumprimentava dando uns tapas usando um pouco mais de força que o necessário, eu recuava porque a diferença em nossas massas (meu pai tinha regulares 86 quilos e eu por volta dos 33) resultava numa mudança de *momentum* mais forte em minha direção. Com o contato daquele tapa, eu exercia uma mudança de *momentum* nele também, só que não era tanta. Do mesmo modo, quando um ônibus escolar atingia um esquilo, o esquilo e o ônibus exerciam forças iguais um sobre o outro, mas as vastas diferenças em suas massas faziam com que o esquilo ganhasse uma quantidade mortal de aceleração pós-colisão.

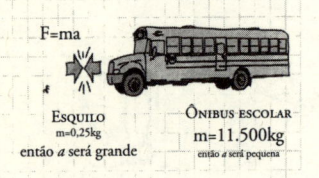

$F=ma$
Esquilo
$m=0,25kg$
então *a* será grande

Ônibus escolar
$m=11.500kg$
então *a* será pequena

Forças iguais e opostas
Do caderno G29

Mesmo que você pulasse para cima e para baixo na terra, só a estaria deslocando do eixo um bocadinho de nada. Seria ela, sobretudo, que estaria empurrando os seus pés, mas o seu pulo teria um efeito mínimo, como o efeito erosivo das patas de uma vespa numa vidraça.

sobre o Winnebago era exatamente a mesma que o Winnebago exercia sobre ele, mas, por causa da massa bem maior do trem (e, portanto, do seu *momentum* bem maior), e em particular por causa das maravilhosas propriedades da fricção, o Winnebago sucumbia gentilmente ao pedido do trem de vir junto na viagem. Eu, por minha vez, igualava a força que o Winnebago exercia sobre mim, mas também sucumbia à sua inclinação direcional devido à minha composição delgada, à gravidade e à aderência dos meus tênis.

As leis da conservação de Newton também se estendiam a forças agindo uma sobre a outra: para cada colisão ou movimento, precisava haver uma força oposta idêntica.

Mas será que essa filosofia da conservação também podia se estender ao movimento de pessoas? Às marés das gerações através do tempo e do espaço?

Eu me vi pensando no meu trisavô Tecumseh Tearho e sua longa migração rumo ao Oeste desde as frias encostas pedregosas da Finlândia. Sua rota para as minas em Butte não era uma rota direta: primeiro aquela parada em Ohio, no Whistling Cricket, onde ele adotou um novo nome (e talvez uma nova história) e então, quando seu trem quebrou numa pequena estação de reabastecimento no meio do deserto do Wyoming, ele acabaria ficando por lá durante dois anos como sinaleiro da Union Pacific.

Os trilhos que o meu trem agora seguia passariam a pouco mais de cinco metros de onde ele outrora suara, enchendo os grandes tanques daquelas locomotivas. Devia ter se perguntado em que tipo de país viera parar. O deserto era interminável, e o calor, insuportável. Mas ainda assim, será que ele tinha vindo para o lugar certo? Em algum momento em 1870, em meio a toda aquela areia vermelha e à terra irregular, entre o uivo das válvulas de vapor e o pio raquítico dos abutres que circundavam as choupanas, *ela* chegara, cercada por vinte homens do grupo de topógrafos. Talvez a expedição tivesse chegado de carruagem, talvez de trem, mas qualquer que fosse a entrada, a saída era a mesma: Tearho e Emma tinham se conhecido e se sentido motivados a nunca mais deixar um ao outro. Um da Finlândia, a outra da Nova Inglaterra — tinham abandonado suas vidas pregressas, e criaram raízes no Novo Oeste.

Um sino soou no fundo da minha mente. *Eu tinha esquematizado essa história em algum lugar.* Fui até a minha mala e encontrei o caderno intitulado "Meu pai e a curiosa variedade de seus padrões de preparação do feno". Com empolgação cada vez maior, folheei as páginas até o fim, e lá estava: um *sousplat* de genealogia que eu tinha feito para o meu pai na ocasião do seu aniversário de 48 anos.

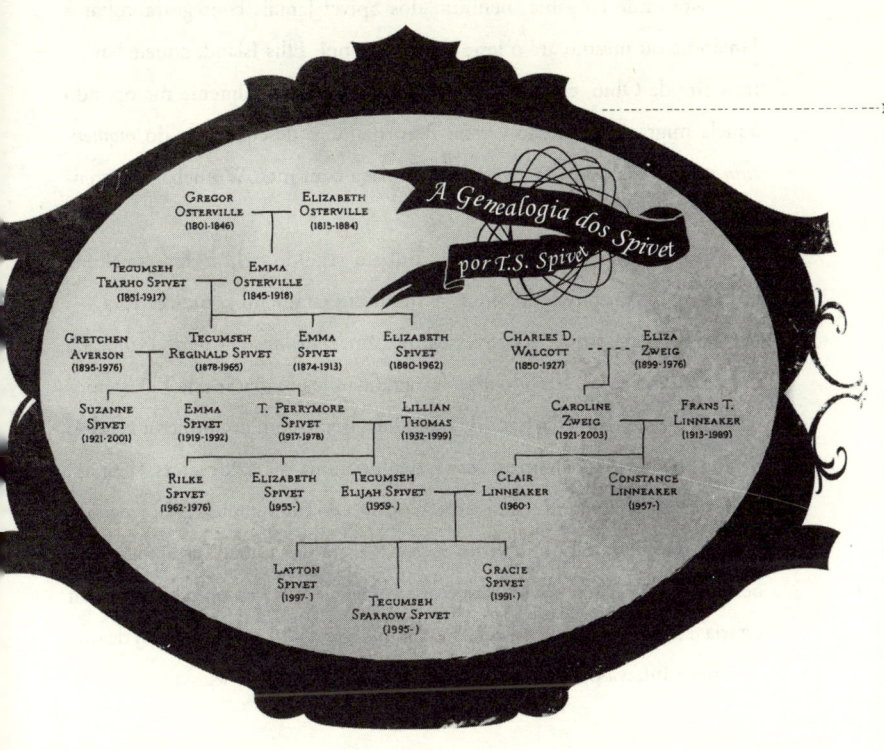

A Genealogia dos Spivet — por T.S. Spivet

- Gregor Osterville (1801-1846) — Elizabeth Osterville (1815-1884)
- Tecumseh Tearho Spivet (1851-1917) — Emma Osterville (1845-1918)
- Gretchen Averson (1895-1976) — Tecumseh Reginald Spivet (1878-1965) — Emma Spivet (1874-1913) — Elizabeth Spivet (1880-1962) — Charles D. Walcott (1850-1927) — Eliza Zweig (1899-1976)
- Suzanne Spivet (1921-2001) — Emma Spivet (1919-1992) — T. Perrymore Spivet (1917-1978) — Lillian Thomas (1932-1999) — Caroline Zweig (1921-2003) — Frans T. Linneaker (1913-1989)
- Rilke Spivet (1962-1976) — Elizabeth Spivet (1955-) — Tecumseh Elijah Spivet (1959-) — Clair Linneaker (1960-) — Constance Linneaker (1957-)
- Layton Spivet (1997-) — Tecumseh Sparrow Spivet (1995-) — Gracie Spivet (1991-)

> Eu esperava que a aversão do meu pai às minhas obsessivas tendências cartográficas fosse apaziguada por seu apreço pela tradição, pelos nomes herdados e pela comida. Depois de um mero olhar para o presente, porém, ele ergueu o dedo indicador num gesto que significava simultaneamente agradecimento e licença para eu me retirar — era o mesmo gesto que ele fazia quando passava por não locais com a picape. Durante seis meses, o jogo americano ficou dentro de uma gaveta que também incluía os pesos de papel em formato de tartaruga e o telefone do nosso pediatra, que tinha morrido dois anos antes. Em dado momento eu o resgatei e aparentemente o arquivei neste caderno, como o disparo de alguma sinapse subconsciente acabava de me lembrar.

Talvez a árvore genealógica não fosse a melhor metáfora para traçar a genealogia de alguém, voltando no tempo a partir do trêmulo e único caule da existência da pessoa até as muitas raízes dos seus ancestrais. Árvores crescem para cima; assim, estariam crescendo para trás no tempo, assim como eu agora ia em meu Winnebago para trás no tempo, até o local daquela convergência fatal. A mim pareceu melhor visualizar as bifurcações e confluências dos Spivets e Ostervilles como as bifurcações e confluências de um rio. E no entanto tal imagem levantava questões paralelas de escolha: seriam as curvas de um rio guiadas apenas pelo acaso — pelo vento, pela erosão, pelos espasmódicos arquejos e suspiros de suas margens granuladas? Ou havia uma destinação prefixada, ditada pela sequência das rochas que havia por baixo do leito do rio?

Até onde eu sabia, nenhum dos Spivet jamais conseguira voltar à Finlândia ou mesmo até o leste do Mississippi. Ellis Island, aquele bar na fronteira de Ohio, e depois o Oeste. Eu estaria naturalmente me opondo àquela migração rumo ao Oeste? Retornando o desequilíbrio do *momentum* migratório de volta a zero? Ou remava com meu Winnebago correnteza acima?

Tanto Tearho quanto Emma tinham seguido pela recém-concluída estrada de ferro transcontinental — usando exatamente a mesma rota —, mas na direção oposta. Se houvesse uma câmera de lapso de tempo colocada naquela linha férrea, tirando uma fotografia todos os dias, e rebobinássemos o suficiente, passando as fotos de trás para a frente com um projetor ruidoso devido aos anos, como um graveto raspando numa cerca de estacas, lá estaria o rosto de orelhas grandes de Tearho na janela do trem, rapidamente seguido pelo queixo fixo de Emma vários meses mais tarde, ambos apontando para oeste. Cento e trinta e sete anos e quatro gerações haveriam de passar e ali estaria eu, como um eco. Apontava para o oeste como eles, à exceção de que me encaminhava para leste, desfiando o tempo conforme seguia.

Eu chegava mais perto. Estava no Deserto Vermelho e chegava mais perto da estação de abastecimento onde Tearho outrora trabalhara. Sabia disso por causa das leituras que andava fazendo com meu sextante e meu

Rios genealógicos e árvores genealógicas
Do caderno G88b

teodolito, bem como por conta de algumas observações simples da fauna e da flora. Queria acreditar, contudo, que podia identificar os *loci* daquele lugar não apenas por meio da observação científica, mas mediante cálculos espirituais também, já que aquele lugar era o pano de fundo de um dos grandes pontos de encontro na história da minha família.

A estação de abastecimento do Deserto Vermelho era o único posto da ferrovia perdido no meio da vasta bacia que se estendia entre os Wind Rivers, ao norte, e as Sierra Madre, ao sul. Geólogos a haviam nomeado bacia da Grande Divisa por causa de sua posição singular na América do Norte como a única bacia hidrográfica que não escoava para nenhum oceano. Toda água pluvial que caía ali (e não era muita) evaporava, filtrando-se para dentro do solo, ou era espalhada pelos saltos da rã-de-chifre.

Do lugar onde eu estava no trem, apertei os olhos diante da vasta extensão de terreno vermelho. Os batidos pés das montanhas se juntavam, movendo-se devagar uns ao redor dos outros até se erguerem relutantes e se transformarem na cordilheira de montanhas que formavam a borda invisível da bacia. Eu não podia deixar de me perguntar se os vigorosos viajantes que tinham conseguido chegar ali 150 anos antes não imitavam, de algum modo, a hidrologia da própria bacia. Tearho e Emma não podiam escapar ao puxão do vórtice. Eu era quase capaz de sentir a coerção lenta e quieta da paisagem, exercendo certa força inescapável sobre todas as coisas entre suas fronteiras, de modo que nem gota d'água nem ancestral finlandês, uma vez presos na concavidade, podiam escapar. Talvez os executivos da Union Pacific tenham compreendido a natureza desse buraco negro quando estavam tentando abrir caminho à base do arado para sua ferrovia. E assim criaram a estação de abastecimento do Deserto Vermelho no meio do Deserto Vermelho, um posto de civilização para os milhares de irlandeses e mexicanos que colocavam os trilhos dia após dia em meio aos arbustos estrangeiros e às rachaduras capilares do solo ressecado.

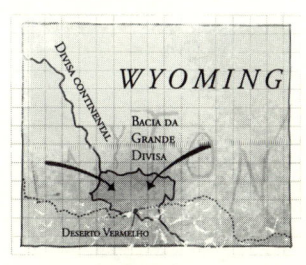

SÁLVIA FRUTICOSA
Sarcobatus vermiculatus

GRILO MÓRMON
Anabrus simplex

A vida no Deserto Vermelho

A Bacia da Grande Divisa como vórtice
Do caderno G101

Abri a porta do Winnebago. Com as duas mãos segurando firmemente a trave de apoio do vagão-plataforma, pus, com cautela, a cabeça para fora, pela lateral do trem de carga, enquanto ele avançava em alta velocidade pelo meio do deserto. No mesmo instante me atingiu uma das mais intensas e cortantes baforadas de ar que eu jamais experimentara.

Permita-me recordar-lhe um fenômeno natural que você talvez tenha esquecido enquanto se sentava na poltrona de pelúcia marrom da sua sala de estar: *vento*.

É uma daquelas coisas sobre as quais você não pensa muito até cercar você como me cercava agora; algo que você não consegue efetivamente visualizar até ela envolver todo o seu mundo, e uma vez estando dentro dela jamais consegue se lembrar de um mundo em que não seja ela o aspecto dominante da sua consciência. É como intoxicação alimentar, ou uma imensa nevasca, ou...

(Eu não conseguia pensar em mais nada.)

Coloquei a cabeça para fora de pouquinho em pouquinho, tentando captar o lampejo de uma desordenada série de construções em meio à artemísia enroscada que denotaria o local da antiga cidade. Eu não esperava muito: na verdade, estava preparado para que um antigo depósito abandonado fosse o único sinal da existência do meu trisavô por ali.

Passamos por uma garganta entre duas colinas de topo chato e eu olhei para a terra aos pés delas: era vermelha! Um giz cor de sangue denso se derramava pela encosta. Devia ser um sinal. Algum homem, um século e meio antes, devia ter visto aquelas colinas enquanto analisava a trajetória da ferrovia, enxugando a testa com o lenço e dizendo ao seu parceiro de trabalho: *Temos que chamar este lugar de Deserto Vermelho. Você tem que admitir. É justo, Giácomo.*

Lá adiante eu podia ver a fila de trepidantes vagões de carga fechados que culminava na enorme locomotiva a diesel preta e amarela da Union Pacific, que por sua vez fazia com que mergulhássemos cada vez mais no deserto, o grosso corpo da locomotiva tremeluzindo ao calor. O vento batia tão violentamente no meu rosto que comecei a conjurar imagens de um documentário que eu vira certa vez no History Channel (na casa de Charlie) sobre o gênio de Erwin Rommel e seu exército na área de confronto do norte da África durante a Segunda Guerra Mundial. Uma seção inteira do programa era sobre os simuns gigantes do Saara e sobre como os soldados se protegiam das fortes tempestades de areia.

De repente, eu era um atirador de elite tentando proteger Gazala em meio a um simum feroz, resistindo a artilharia cerrada do inimigo, fogo antiaéreo e granadas vindo de todas as direções. Os nazistas deviam estar em toda parte, mas eu não conseguia enxergar um único deles em toda a extensão daquele deserto interminável — pequeninas partículas de areia e pedras golpeavam com insistência meu rosto e invadiam meus olhos.

Onde você está, Rommel? Maldito seja você e maldito seja este simum! O mundo ficou borrado. Lágrimas escorriam pela minha face. Eu apertava os olhos diante dos ermos ofuscantes, cor de ferrugem, de Wyoming/norte da Argélia.

Onde estava a Raposa do Deserto? [E onde estava aquela cidade?]

Eu não aguentava mais. Reconhecendo o fracasso tanto na minha guerra imaginária de dez segundos de duração quanto na minha busca pela misteriosa cidade no deserto, voltei para longe do vento, apoiando-me na lateral do Winnebago, esfregando os olhos e ofegando. Era incrível a diferença que o vento fazia na transformação do cenário: lá fora, exposto

As manobras de Rommel para um ataque pelo flanco na Batalha de Gazala
Do caderno G47

aos elementos da natureza, tudo era Rommel e granadas; mas ali, abrigado pelo curioso casulo do Winnebago, o mundo era sereno e cinemático.

Conferi novamente meu atlas, fiz outra leitura com o sextante e bússola e fiquei olhando para o deserto. A estação devia estar próxima.

Quanto mais eu investigava a paisagem, no entanto, mais surpreso ficava com o número de *diferentes tons* de vermelho presentes nas rochas. Eram lindamente estriados ao longo da topografia, como camadas de algum magnífico bolo geológico. Tons de vinho e canela tingiam os lugares mais elevados; nas margens de um leito seco de rio que seguia seu caminho ao longo da ferrovia, calcário cor de mostarda infundido com rosa desbotava e se transformava em salmão e depois num luminoso magenta do fundo assoreado de rio.

Mordi o lábio e mais uma vez botei a cabeça para fora, correndo os olhos pelas moitas de artemísia e pelos arbustos *jackrabbit* verde brilhante — *Será que já tínhamos passado por ela? Será que não existia mais?* Conferi outra vez meus cálculos. *Não, não pode ter já passado...ou pode?*

E então lá estava: não passava de uma velha placa de estação cravada no chão, letras pretas sobre fundo branco — Deserto Vermelho, dizia, como uma legenda num museu. Nenhum depósito, nenhuma plataforma, apenas a placa e uma estrada de terra que cruzava os trilhos na direção de uma distante fazenda na região plana de uma ravina seca. Via-se a autoestrada interestadual logo depois da elevação, e uma velha saída levava até um posto de gasolina agora abandonado com uma placa caindo aos pedaços que dizia Posto do Deserto Vermelho. O posto tinha surgido e fechado bem depois que meu trisavô fora embora; mais uma vez as pessoas tinham tentado manter algum tipo de serviço ali, só para sucumbir à força centrífuga destruidora dos arredores.

Aquele lugar era onde Tearho decidira ficar. Em que circunstâncias conhecera Emma? O que eles tinham dito um ao outro ali, em meio à artemísia? Eu tinha que voltar à história da minha mãe. Talvez ela tivesse descoberto o segredo.

Quando é que uma placa já não é mais uma placa?

Sentei-me diante da mesinha e preparei meu espaço de trabalho. Enquanto viajávamos por entre Wyoming e Nebraska, entrei no mundo de Emma, e quando me sentia inclinado a fazê-lo, desenhava alguma coisa ao lado do texto de minha mãe. Algum dia, podíamos fazer um livro juntos.

    A oferta do sr. Englethorpe de matricular Emma na escola Agassiz se revelou prematura, pois o mês de junho já se aproximava, e logo a escola fecharia as portas no verão. Esse fato, porém, não pareceu deter a menina, pois assim que ela se viu livre das garras da sua escola religiosa, começou a visitar o jardim do sr. Englethorpe quase todos os dias. Durante os dias obstinadamente úmidos de julho, eles ficavam horas sentados fazendo esboços da flora no jardim, e, quando ficava quente demais para se concentrarem, colocavam toalhas mergulhadas em água aromatizada com limão na nuca e descansavam à sombra do salgueiro-chorão. Enquanto a água escorria por suas costas, Emma escutava o sr. Englethorpe contar histórias sobre cada elemento encontrado na terra.

    — O fósforo — disse ele — é como uma mulher que nunca está satisfeita com o que já tem em mãos.

    — Puxa, o senhor devia fazer um livro com isso — disse ela.

    — Sem dúvida alguém vai fazê-lo — disse ele. — Mais cedo do que você imagina. Estamos na grande era da categorização. Este mundo talvez esteja descrito por completo em cinquenta anos. Bem... setenta, talvez. Há muitos insetos, e besouros principalmente.

    Os dois faziam sua parte, nomeando e rotulando as orquídeas que o sr. Englethorpe havia trazido de suas viagens a Madagascar para pesquisa de campo. Ele a ensinou como usar o gigantesco microscópio ótico

A oferta do sr. Englethorpe se revelou prematura, pois fecharia as portas no verão

Esta é a rota que o trem de carga seguia enquanto eu lia o caderno da minha mãe. De vez em quando eu erguia os olhos da página e fazia anotações a respeito de nosso progresso. *Sempre devemos saber onde estamos, em todos os momentos,* esse era um dos meus lemas.

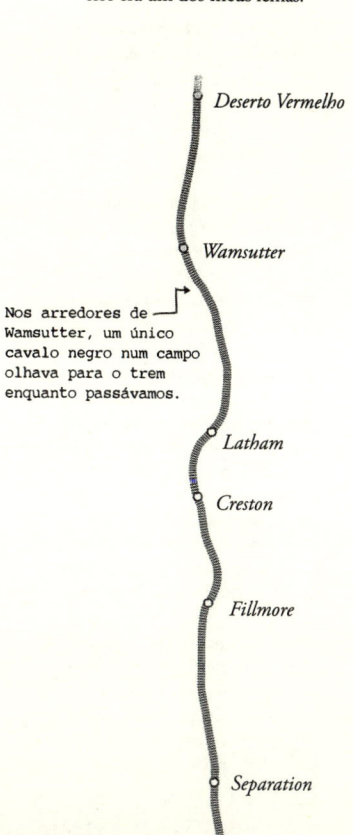

Deserto Vermelho

Wamsutter

Nos arredores de Wamsutter, um único cavalo negro num campo olhava para o trem enquanto passávamos.

Latham

Creston

Fillmore

Separation

em seu escritório e até mesmo como registrar as novas espécies no grande livro oficial que ficava em sua mesa.

— Este livro é tão seu quanto meu — disse ele. — Não podemos ser avarentos com nossas descobertas.

Em geral, Elizabeth aprovava as visitas feitas por sua filha. Havia uma mudança notável no modo como Emma caminhava, no modo como ela voltava para casa, o apartamento no subsolo, depois da hora do jantar, borbulhante de histórias sobre os desenhos reticulados dos veios das folhas, ou sobre como a antera na ponta de um estame específico de um lírio parecia exatamente uma versão felpuda da canoa que tinham remado no Boston Common.

— Então você gosta da companhia do sr. Englethorpe? — perguntou certa noite Elizabeth, enquanto trançava o cabelo de Emma. Estavam sentadas na cama em seus pijamas de flanela, os grilos cantando lá fora na umidade da Nova Inglaterra.

— Gosto... Ah! Gosto sim! — disse Emma, pressentindo alguma espécie de pergunta dentro da pergunta. — Você gosta dele? É um bom homem.

— Você passa tanto tempo lá.

— Bem, é que eu estou aprendendo muito. Veja, Darwin teve essa ideia da seleção natural das espécies e muitas pessoas gostam da ideia, como esse sujeito simpático que apareceu, chamado sr. Gray, mas muitas pessoas ainda acham que ele está errado e... Você não está zangada comigo, está?

— Não, é claro que não — disse Elizabeth. — O que desejo acima de tudo é vê-la feliz.

— Você está feliz? — perguntou Emma.

— O que quer dizer com isso?

— Quero dizer que desde que ele... desde que ele foi para o mar... — Sua voz sumiu. Ela levantou os olhos, com medo de ter cruzado alguma linha.

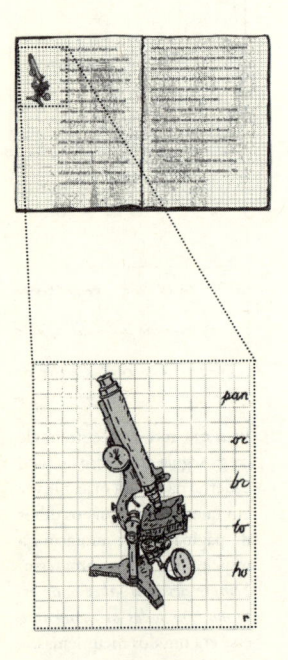

"Ele a ensinou como usar o gigantesco microscópio ótico em seu escritório..."

Durante nosso primeiro fim de semana juntos em Bozeman, o dr. Yorn me mostrou como usar o microscópio eletrônico da universidade. Que dia, aquele! Quando conseguimos focalizar um ácaro, batemos na palma da mão um do outro e soltamos exclamações de alegria.

Dá para imaginar meu pai batendo a palma de sua mão na minha por causa de um ácaro? Dá para imaginar meu pai batendo a palma de sua mão na minha? Não. Ele daria um soco no seu ombro ou faria como daquela vez que Layton acertou num coiote a grande distância com sua Winchester. Meu pai ficou tão feliz que tirou o chapéu e bateu com ele na cabeça de Layton, dizendo: "Isso aí, garoto — o fi da puta do coiote já era". Essa espontânea transferência de chapéu de pai para filho era algo belo de se testemunhar, mesmo que uma transferência semelhante jamais fosse se dar comigo.

— Estou contente, sim — disse Elizabeth, rompendo o silêncio. Elas subitamente se deram conta dos dois Gullivers pousado na estante sobre suas cabeças. — Temos muita sorte, sabe. Temos muitas perspectivas boas. Temos uma à outra.

— Quais são nossas perspectivas? — perguntou Emma, sorrindo.

— Bem, nossa amizade com o sr. Englethorpe, por exemplo — disse ela. — E a perspectiva de você crescer e se tornar uma bela jovem. Uma bela e *inteligente* jovem. Você vai ser o melhor partido de Boston!

— Mãe!

Elas riram, e Elizabeth deslizou o dedo pelo nariz de sua filha, beliscando a ponta. O nariz de Emma era o nariz de Gregor; parecia definitivamente delicado demais para um homem do mar tão calejado, mas em Emma tinha o efeito oposto: o cavalete um tanto afunilado e a abertura suave das narinas indicavam uma determinação rígida que jazia apenas aguardando sob a superfície, pronta para se precipitar.

Elizabeth observava a filha. O tempo aos poucos gastara suas memórias. O quão longe ela havia chegado desde que era aquele pedacinho de gente na casa flutuante de Woods Hole. Naquele primeiro ano, o corpinho de Emma se encolhia diante do mundo como se ela não tivesse seu próprio lugar ali, como se seu tempo tivesse chegado cedo demais, e talvez tivesse mesmo. Agora, contudo, aquela imagem estava se desenredando, substituída aos poucos pela menina de olhos vivos deitada em seu colo, os braços levantandos de modo brincalhão, dedos esticados no ar e ondulando como os tentáculos de uma água-viva. Elizabeth olhou de lado para os dedos serpenteando acima de suas cabeças.

Estou aqui agora, diziam eles. *Cheguei.*

O verão chegou a um fim vagaroso e sinuoso. Conforme cada dia minguava, Emma podia sentir o pânico surgindo dentro dela.

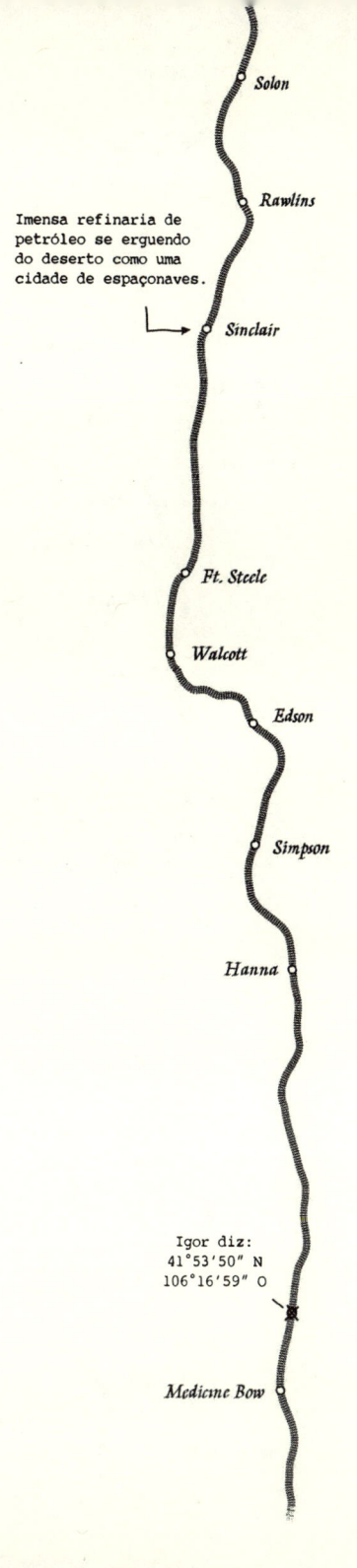

Solon

Rawlins

Imensa refinaria de petróleo se erguendo do deserto como uma cidade de espaçonaves.

→ Sinclair

Ft. Steele

Walcott

Edson

Simpson

Hanna

Igor diz:
41°53′50″ N
106°16′59″ O

Medicine Bow

Por fim, quando estavam sentados no banco de ferro batido certa tarde, no fim de agosto, Emma reuniu coragem.

— Sr. Englethorpe, o senhor poderia perguntar ao dr. Agassiz sobre a possibilidade de... eu frequentar a escola dele? — perguntou ela. A perspectiva de deixar aquele jardim mágico para trás em troca daqueles pavorosos corredores frios de pedra e do toque úmido dos dedos de uma freira em sua nuca indicando o caminho era quase demais para suportar.

— É claro! — disse o sr. Englethorpe, rápido, percebendo a proximidade das lágrimas dela. — Não tema, srta. Osterville. Pela manhã, você vai estudar na casa principal com as outras meninas. Terá aulas com um grupo cuidadosamente seleto de eruditos, assim como com o próprio e estimado dr. Louis Agassiz. Pela tarde, bem... pode vir ao meu humilde refúgio e me ensinar tudo o que aprendeu no dia.

Emma sorriu. Estava tudo acertado, então. Ela não pôde se conter: deu um pulo e abraçou o sr. Englethorpe.

— Puxa! Obrigada, senhor — disse ela.

— Senhor? — Ele estalou a língua, produzindo um som oco de estalo, e afagou seus longos cabelos castanhos. Naquele momento, ela se sentiu feliz por tudo o que viera antes; tudo, pois não podia imaginar um mundo mais perfeito do que aquele em que em breve se encontraria.

Mas não estava tudo acertado. Josephine contraiu tuberculose e de repente Emma se fez necessária na loja de flores, então uma semana e meia se passou até ela poder voltar ao jardim, período que pareceu uma eternidade. Ela por fim conseguiu implorar à mãe por uma tarde de folga e deu uma escapada até a Quincy Street. Quando chegou à edícula do sr. Englethorpe, viu que a porta já estava aberta.

— Olá? — chamou. Não houve resposta.

Hesitante, ela entrou. O sr. Englethorpe estava em sua mesa, no escritório, escrevendo com fúria. Parecia perturbado e pálido. Ela nunca o vira num estado daqueles. Por um breve instante, se perguntou se ele também contraíra tuberculose, como Josephine, e se todo mundo de repente caíra doente com aquela enfermidade e sua terrível tosse. Sua boca ficou seca.

Ela parou no meio do escritório e ficou esperando. Ele hesitou, fez um gesto como se fosse voltar a escrever, depois largou a pena.

— Ele é louco! Como é possível que... — Ele viu Emma. — Eu tentei.

— O que o senhor quer dizer? — perguntou Emma. — Está doente?

— Ah, minha querida. — O sr. Englethorpe sacudiu a cabeça. — Ele disse que a escola estava lotada. Não acredito nele, saiba disso. Não acredito numa palavra do que diz. Perguntei-lhe no meio de uma... altercação sobre este, este... foi um descuido de minha parte, e sinto muito. Sinto muito mesmo.

— O que o senhor quer dizer? — disse Emma, os braços ficando frouxos.

— Você ainda pode, é claro, vir durante a tarde se quiser...

Mas Emma não ouviu o resto. Correu para fora do jardim, passando pelo grupo de garotas que falava sem parar nos degraus da frente. Quando passou correndo, elas interromperam seus devaneios, olharam para Emma, por um momento surpresas, depois começaram a rir dela. Era demais. Emma correu pelos silenciosos caminhos do jardim ao redor da propriedade e saiu para o burburinho da praça, esquivando-se de bondes e vendedores. As lágrimas brotavam livremente. Escorriam pelo seu queixo e formavam uma poça na base do seu pescoço, molhando a gola cor-de-rosa decorada de seu vestido.

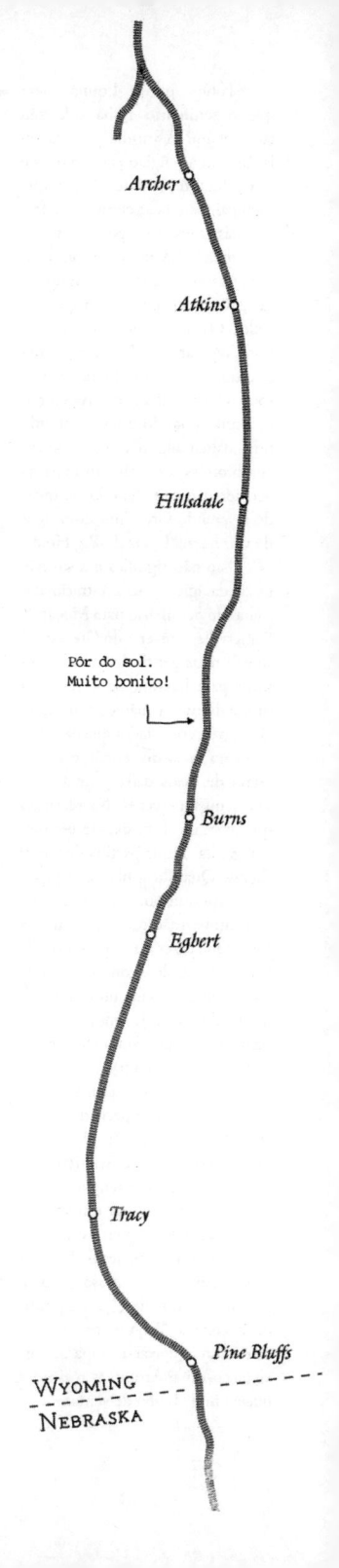

Pobre, pobre Emma. Será que o seminário tinha sido tão ruim assim? A minha própria relação com a religião era como a de um relutante satélite. Ainda que meu pai fosse ficar contente se frequentássemos o grupo de estudos da Bíblia, Gracie protestou com tamanha veemência (O Faniquito de 2004) que ele foi obrigado a ceder. Os Spivet eram frequentadores regulares da Igreja, mas fora os estranhos hábitos do meu pai de tocar seus crucifixos e massacrar as escrituras quando estava tentando nos ensinar alguma coisa, nossos compromissos cristãos formais na verdade não iam além dos sermões do reverendo Greer nos domingos de manhã, na Igreja do Big Hole.

Isso não significa que eu não goste da igreja. Ao contrário das freiras do Seminário para Moças de Somerville, o reverendo Greer era o sujeito mais gentil do mundo. Na missa para Layton, ele se referiu à morte do meu irmão de um modo tão suave e consolador que baixei os olhos no meio do sermão e vi que estava de mãos dadas com Gracie sem sequer perceber. Na recepção que se seguiu à missa, ele me deixou ganhar numa partida de Crazy Eights. Quando a fila de cumprimentos terminou, o reverendo levou minha mãe para um canto, a fim de lhe dizer umas palavras. Ela voltou chorando e com o rosto vermelho, mas apoiada no ombro do reverendo Greer de um modo confiante e relaxado, como eu nunca a vira fazer com meu pai.

Meu pai, por seu turno, tinha Greer como uma espécie de quarto eixo da Santíssima Trindade. Por mais inconstante e seletivo que fosse em sua prática religiosa, sempre que queria invocar um sistema moral coordenado meu pai usava o reverendo Greer ou Jesus. Um dia dizia: "Layton, por acaso Jesus ia roubar um biscoito?" e no outro dia decretava: "Layton, por acaso o reverendo ia deixar a roupa de baixo na cozinha? Arruma isso aí antes que eu fique brabo de verdade".

Ela jurou nunca mais visitar aquele jardim.

As aulas no Seminário para Moças de Somerville começaram na semana seguinte. A escola se revelou ainda pior do que a lembrança que ela tinha do lugar. Um verão de curiosidade e verdadeiras descobertas científicas (o sr. Englethorpe a deixara batizar sua própria espécie de orquídea, *Aerathes ostervilla!*) foi substituído por aulas monótonas de freiras idosas que pareciam pouco se importar com aquilo sobre o que falavam de forma tão monótona.

Durante setembro inteiro Emma se deslocou no mundo como que em câmera lenta, levantando a mão quando incitada a fazê-lo, fazendo fila quando as outras garotas faziam fila, e balbuciando os hinos na capela três vezes por dia (embora na verdade ela só estivesse murmurando a palavra "melancia" repetidas vezes). Comia cada vez menos. Elizabeth ficou preocupada. Perguntou a Emma por que ela não ia mais visitar o sr. Englethorpe.

— Ele diz que sente muito — disse ela. — E se ofereceu para encontrá-la depois da escola. Você não deve ser rude com ele, sabe. Ele não nos deve nada e mesmo assim tem sido muito bondoso.

— Você o tem visto? — perguntou Emma, alarmada.

— Ele é um bom homem — disse Elizabeth. — E a preocupação com você é genuína. O que mais quer dele?

— Não quero... eu... eu... — disse ela. Mas sua resistência enfraquecia.

O sr. Englethorpe foi vê-las na noite seguinte.

— Emma — disse ele —, sinto muito pela escola de Agassiz. Mas talvez seja melhor assim. E lhe dou minha palavra: vou fazer um trabalho ainda melhor do que ele poderia ter feito treinando essa pequena cientista. É melhor para nós assim. Agora ele não terá chances de contaminá-la com sua teimosia. Por que você não aparece amanhã à tarde?

— Não posso — disse Emma, os olhos baixos, sobre a mesa. — Temos atividades à tarde.

— Atividades?

Emma fez que sim. As atividades no seminário de Somerville à tarde consistiam em estudos da Bíblia, artes culinárias e "educação física", que parecia não ser mais do que um grupo de garotas perambulando com raquetes de *badminton* na mão, fazendo fofocas e dando risadinhas sob o olhar desaprovador da irmã Hengle.

— Sempre há maneiras de contornar regras institucionais, acredite em mim — disse o sr. Englethorpe. — Adquiri o hábito de burlar as regras.

Na noite seguinte, o sr. Englethorpe voltou à residência de Elizabeth com um atestado médico, diagnosticando Emma com uma estranha doença chamada osteopelenia, ou "ossos traiçoeiros", que lhe tornava impossível a oração e qualquer tipo de esforço físico.

— É terrivelmente perigoso — disse ele com uma voz grave, parecendo um médico e mantendo a expressão séria até não aguentar e cair na risada.

Emma temia que o seminário consultasse um outro médico sobre o diagnóstico, mas o diretor Mallard chamou-a em sua sala, ofereceu suas sinceras condolências por uma condição tão debilitante e a mandou embora — direto para o jardim secreto, na verdade.

— Ossos traiçoeiros? — O sr. Englethorpe riu quando abriu a porta e a viu parada ali. — Nossa, eles realmente acreditam em qualquer coisa, não é mesmo?

— Posso...? — balbuciou Emma. À noite, ela andava tendo variações do mesmo sonho: entrava pelo portão na Quincy Street e se via cercada por um bando de garotas da escola, entoando seu nome: *Emma, Emma Osterville. Ninguém a quer, ela é tão imbecil.*

Bushnell

Oliver

Kimball

Owasco

De saco cheio.

Dix

Jacinto

Potter

Brownson

— Sim?

— Existe uma... entrada dos fundos que eu possa usar?

O sr. Englethorpe olhou para ela por um momento, confuso, depois uma onda de compreensão passou pelo seu rosto.

— Ah, é claro — disse ele. — Mentes notáveis pensam de modo parecido. Bolei uma portinha na cerca dos fundos para as ocasiões em que... não esteja me entendendo muito bem com meu senhorio.

E assim os estudos recomeçaram. Quase todas as tardes ela se esgueirava pela tábua encaixada com dobradiças na cerca e entrava na solidão quieta do jardim. O sr. Englethorpe lhe mostrou como usar o sextante e os telescópios e a rede de coleta e os vidros para colocar os espécimes. Fizeram uma ampla mostra, para a aula de ciências, de todos os besouros encontrados em um campo inculto na Nova Inglaterra. A mostra valeu a ela elogios da irmã McGathrite, a professora de ciências, e estranhos olhares compridos de suas colegas de classe. Rapidamente ficava claro que Emma, com seus ossos traiçoeiros e seu apreço por brotos e criaturinhas rastejantes, não era do tipo que vivia às risadinhas por causa dos garotos.

O sr. Englethorpe lhe ensinou o sistema de classificação de Lineu e mandou que prestasse atenção na aula de latim, pois era dali que vinham todos os nomes científicos. Juntos eles estudaram minuciosamente várias famílias de tentilhões. Essa parecia ser a especialidade do sr. Englethorpe, embora Emma logo tenha percebido que o sr. Englethorpe não tinha, na verdade, uma especialidade — ele se dedicava a quase todas as disciplinas, desde a medicina até a geologia e a astronomia. Ser aprendiz de um homem renascentista daqueles formou a visão de Emma da ciência não como uma coleção de disciplinas, dentre as quais uma pessoa escolhia um campo para se especializar, mas como um modo holístico de ver o mundo que permeava cada parte da consciência. O sr. Englethorpe possuía uma curiosidade científica que estava sempre com ele, estivesse ele no banheiro

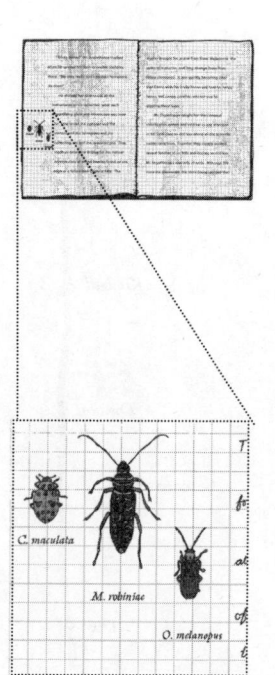

"*A exibição valeu a ela elogios da professora de ciências, irmã McGathrite, e estranhos olhares de suas colegas de turma.*"

Ah, como eu conhecia esses olhares! Vinham aos bandos, como se quando um garoto da escola o lançasse (normalmente Eric), todos tivessem subitamente permissão para começar a olhar de modo feroz; aquilo acabava se tornando uma competição para ver quem conseguia fazer a melhor imitação de pum ou quem iria proferir o melhor insulto, tudo para impressionar as garotas. Como se pode ver, não somos tão diferentes assim dos animais.

ou no laboratório, como se ele tivesse recebido de algum poder superior instruções para desfazer o grande nó da existência. Na verdade, a devoção com que o sr. Englethorpe se aproximava dessa tarefa não parecia em nada diferente da devoção religiosa com que o diretor Mallard apelava para que suas jovens se apresentassem "de modo que os jovens saibam que são boas cristãs — de mente íntegra e corpo íntegro — cuja mão eles possam pedir em casamento".

Em essência, a vida dela era separada pelo ponto de interrogação da religião — suas atividades diurnas, reguladas tanto pelas superstições individuais das irmãs ("Nunca tome banho de luz acesa", sustentava a irmã Lucille) quanto pelos ensinamentos da Bíblia cristã, com frequência pareciam a antítese das observações concisas e cursivas do sr. Englethorpe em seu diário de campo. Indicar um filamento e descrever suas propriedades parecia a Emma muito diferente das proclamações grandiosas do Senhor: "Todo animal rasteiro que se move sobre a terra será abominação", disse Ele a Moisés em Levítico 41. "Porque eu sou o Senhor, que vos fiz subir da terra do Egito, para ser o vosso Deus, sereis pois santos, porque eu sou santo." Como Ele podia alegar que todos os animais rasteiros eram uma abominação? Onde estavam Suas provas? Onde estavam Suas anotações de campo?

Apesar desse abismo, a presença constante da fé em suas vidas nitidamente também nunca estava muito longe da mente do sr. Englethorpe. Ela o observava sair da casa principal muito perturbado, andando em círculos e gesticulando como um titereiro antes de se reencontrar com ela na edícula, por fim. Sentavam-se em silêncio por vários minutos, mas então, incapaz de conter sua frustração, ele iniciava um discurso retórico sobre a seleção natural e a persistente teimosia de Agassiz, sobre os conflitos entre a "ciência pura" e o ramo de *Naturphilosophie* de Agassiz, baseado de modo incerto na mão orientadora da Divindade.

— Na teoria, os dois campos, religião e ciência, se adaptam por natureza — disse ele, enterrando os dedos dos pés no cascalho. — Por isso são tão bem-sucedidos ao se propagar, porque abrem espaço para novas interpretações, novas ideias. Pelo menos é assim que vejo a religião funcionando num mundo ideal. É claro, se algumas pessoas que conheço me ouvirem falando isso vão me rotular de herege e conclamar uma multidão para vir me enforcar. Mas a questão é: como se pode ter um único texto e não ficar editando-o? Um texto é evolucionário por sua própria natureza.

— Mas e se o texto já está certo de primeira? — perguntou Emma. — A irmã Lucille diz que a Bíblia está certa porque vem da palavra de Deus. Ele falou diretamente a Moisés. E como Deus pode estar errado quando é o Criador?

— Não existe algo a que se possa chamar certo. Só existe mais certo — disse o sr. Englethorpe. — Tenho certeza de que a irmã Lucille é uma boa mulher com boas intenções...

— Não é — disse Emma.

— Bem, que pelo menos acredite que suas palavras sejam verdadeiras — disse ele. — Mas para mim não se pode dar uma honraria maior a um texto do que voltar a ele e reexaminar seu conteúdo, perguntar-lhe: "Isso continua sendo verdade?" Um livro que é lido e depois esquecido, isso para mim é uma marca do fracasso. Mas ler e reler... isso é fé no processo de evolução.

— Bem, por que o senhor não escreve um livro? Por que não reúne todos os seus trabalhos e escreve um livro? — perguntou Emma, quase exasperada.

— Talvez — disse, pensativo, o sr. Englethorpe. — Não sei bem qual dos meus trabalhos selecionar para esse livro. Ou talvez eu apenas esteja com medo de que ninguém venha a lê-lo... e muito menos *relê-lo* e decretá-lo digno de ser revisto. Como sabemos que textos vão moldar nossa futura compreensão do mundo e que textos vão cair no ostracismo? Ah, não! Eu não suportaria correr esse risco.

Emma não demonstrou sua concordância naquele momento, pois tinha uma familiaridade emocional grande demais com a Igreja para renunciar de pronto a algumas de suas práticas mais ligadas à doutrina. Ela ainda encontrava uma espécie de conforto subconsciente na rigidez do colégio religioso, mesmo enquanto resistia a muitos de seus princípios assertivos. Mas o sr. Englethorpe, que discretamente progredira até alcançar a posição não declarada de seu melhor amigo bem como de seu mentor informal, não deixava de ter sua influência. Devagar mas com firmeza, a exposição a seus métodos, sua abordagem de problemas de heranças de estrutura e categorização, empurravam Emma de leve ao papel que sempre lhe coubera herdar. Ela se tornou uma empírica, uma exploradora, uma cientista e uma cética.

Aliás, rapidamente se tornou uma cientista. Claro que Emma, além de possuir um entusiasmo infinito para coletar praticamente tudo em que conseguisse colocar as mãos, tinha um dom incrível para a classificação e também a observação. Ela começou mantendo um caderno de desenhos de espécimes que logo rivalizava com o do sr. Englethorpe, com muita atenção para com os detalhes. Emma demonstrou ter um poço de paciência durante as mais minuciosas observações que ela e o sr. Englethorpe faziam juntos com o microscópio e a lente de aumento.

Elizabeth, do seu modo silencioso, começou a ver muito mais no sr. Englethorpe também. Com frequência cada vez maior ela ia ao jardim depois que a loja de flores fechava e observava a ele e a Emma trabalhando. Enquanto Emma fazia desenhos em seu caderno, notava o sr. Englethorpe se aproximando quase timidamente de sua mãe, sentada no banco de ferro batido à luz que declinava. Conversavam durante algum tempo, riam, o som de suas vozes cadenciado em meio às samambaias e

Mais uma vez, na margem:

Ligar para Terry

→ Que história era aquela de telefonemas para o dr. Yorn? Que eu soubesse, eles mal se falavam por telefone. Talvez ela tivesse esquecido de seguir suas anotações das margens. Ou talvez tivesse um telefone secreto, escondido em algum lugar, que ligasse direto para a casa do dr. Yorn.

→ Agora entendo por que minha mãe se sentia frustrada por não ter muitos documentos históricos com que pudesse trabalhar. Eu queria ver o caderno de desenhos da infância de Emma! Queria compará-lo aos meus próprios cadernos e ver se desenhamos as mesmas coisas.

O que havia acontecido com o caderno de desenhos? O que aconteceu com todos os detritos históricos no mundo? Alguns tinham chegado às gavetas dos museus, claro, mas e quanto àqueles antigos postais, aos negativos fotográficos, aos mapas desenhados em guardanapos, aos diários pessoais com cadeadinhos? Será que se queimaram em incêndios domésticos? Será que foram vendidos, informalmente, por 75 centavos? Ou será que só desmoronaram em si mesmos como tudo mais neste mundo, a ponto de as historinhas secretas contidas em suas páginas irem desaparecendo, desaparecendo, e agora estarem desaparecidas para sempre?

aos emaranhados de plantas que perdiam suas folhas no jardim escurecido. No pequenino lago produziam-se ondulações.

Ele ficava diferente perto dela.

— Fica menos ele mesmo — disse Emma em silêncio para o seu caderno de desenho. — Fica muito mais nervoso perto dela.

Do que perto de mim, ela queria dizer.

Quando a luz ia embora e ela não podia continuar com seus desenhos, o sr. Englethorpe voltava para ver o seu progresso. Era estranho vê-lo mudar de papéis daquele jeito, pois embora ela quisesse que sua mãe e ele fossem felizes, também se sentia cada vez mais possessiva em relação às atenções dele e não queria ter que dividi-las com ninguém, nem com sua mãe.

Ele fica à vontade comigo e não sabe o que fazer com você.

Emma sabia que sua mãe devia permanecer no cenário se aquelas tardes fossem continuar, mesmo que isso significasse ver aquela voz fluente e culta se calar ou aquelas mãos deixarem cair, desajeitadas, o par de pinças de dissecção.

— Obrigado... obrigado por ter vindo outra vez — ela o ouviu dizer à sua mãe. — Isto é... — a frase não teve fim. A tensão na voz dele a afligia, não por causa do desconforto dele, das palavras fora de lugar, mas por causa da fonte de sentimento que se escondia por baixo da sua fala. Por que isso era dirigido à sua mãe? O que ela fizera para suscitar aquela misteriosa e forte reação num homem como aquele?

Uma vez, naquele outono, ela estava sentada sozinha no jardim, desenhando uma folha caída de carvalho, quando ouviu alguém caminhando em sua direção pelo caminho de cascalho. Levantou os olhos e viu sua mãe levando um guarda-sol. Desde quando ela usava um guarda-sol? Será que o sr. Englethorpe comprara aquele presente para ela? Emma se sentiu corar de raiva. Quando chegou mais perto, porém, Emma viu que alguma coisa estava errada: a mulher se parecia com sua mãe, exceto pelo fato de que era mais jovem, com a face mais cheia e um queixo menor.

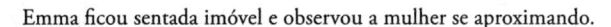

Emma ficou sentada imóvel e observou a mulher se aproximando.

— Olá — disse a mulher.

— Olá — Emma retribuiu.

— Você é a pequena protegida de Orwin?

— Como?

— O dr. Agassiz mencionou que Orwin tem uma aluna particular dele aqui fora. Qual o seu nome?

— Emma — Emma respondeu. — Emma Osterville.

— Bem, srta. Osterville, não sei por que você não está frequentando a minha escola, mas os planos de Orwin muitas vezes estão além da minha compreensão.

Ficaram paradas olhando para o jardim. Emma tentou não fitar a mulher.

— Se Orwin algum dia se tornar difícil de suportar, por favor venha me ver e mudaremos as coisas. Onde você estuda atualmente?

— Como?

— Escola. Em que escola você estuda?

— Oh, o Seminário para Moças de Somerville, perto de Powder House.

— E como é lá?

— É bom, eu acho. — Diante de tamanho escrutínio por parte daquela mulher, Emma de repente se sentiu impelida a defender sua escolinha.

— Hum. — A mulher franziu os lábios. — Bem, espero que aproveite as frutas do nosso pequeno jardim. Bom dia.

Enquanto a mulher voltava pelo caminho, o sr. Englethorpe surgiu de sua edícula. Eles pararam e conversaram por um momento. A mulher começou a girar o guarda-sol e depois seguiu seu caminho.

Quando o sr. Englethorpe chegou até Emma, ela perguntou:

— Quem era?

Vi uma águia-calva nos arredores de Roscoe.

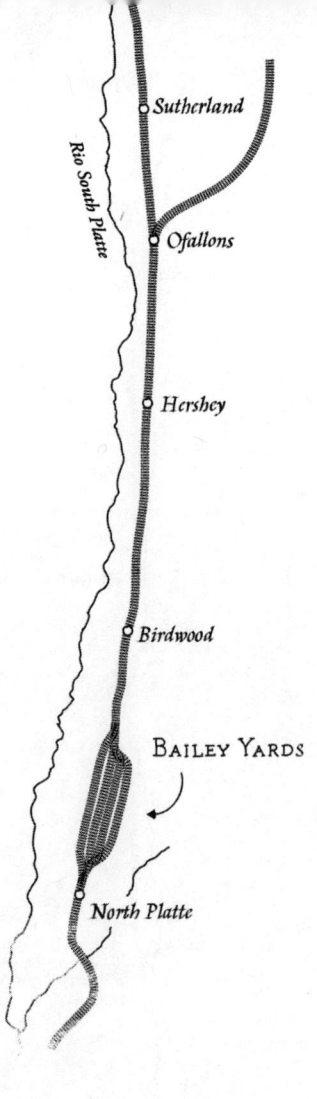

— Ah, você não conhecia a sra. Agassiz? Lizzie é quem dirige a escola — disse ele, parecendo ausente.

— Ela disse que talvez eu pudesse... — Mas Emma não concluiu o pensamento.

— Ela não gosta muito de mim. Acha que eu deixo Agassiz com dor de cabeça, o que sem dúvida é verdade.

— Bem, eu também não gostei muito dela — disse Emma.

O sr. Englethorpe sorriu.

— Puxa, você é do tipo que é melhor ter do nosso lado, não? Não devo deixá-la irritada comigo.

Durante dois fins de semana seguidos, em meados de outubro, o sr. Englethorpe levou Emma e Elizabeth às montanhas de Concord para ver as folhas mudando de cor.

— Vejam as antocianinas fazendo seu trabalho dentro das folhas! — disse ele de dentro da carruagem, quando passavam pelo mar de cores vinho, marrom e amarelo-pálido. — Eles não são um milagre?

Elizabeth vagava pelos pomares de outono colhendo cestos de maçãs enquanto o sr. Englethorpe e Emma examinavam camadas de rochas e comparavam amostras de solo.

— O outono é quando o ciclo sazonal nos revela seu funcionamento com mais clareza — disse ele. — É como se você pudesse sentir o ângulo da Terra começando a se inclinar para longe do Sol... e as árvores, pressentindo essa transformação na dança, por sua vez começam um processo químico tão notável que a ciência moderna ainda não conseguiu destrinchar alguns de seus mais básicos catalisadores. Meu dia favorito do ano é o equinócio de outono, quando tudo se encontra em perfeita transição, como se você tivesse jogado uma bola para o ar — dentro da carruagem ele jogou uma bola imaginária para cima e todos os olhos a seguiram — e depois marcado sua imobilidade no ápice exato de sua ascensão. E vejam só, já que a bola da natureza se move muito mais devagar do que o espasmo da nossa consciência, temos um dia inteiro de uma celebração como essa!

— Mas o outono é quando as coisas morrem! — disse Emma. — Essas folhas estão mortas. — Ela apontou para o âmbar com aparência de papel que passava sob as rodas da carruagem.

— Ah, mas a morte é bonita, minha querida! A morte é a colheita! Não poderíamos comer sem tais epidemias tão amplas. A evolução depende da morte tanto quanto depende da vida.

Embora Elizabeth trouxesse junto sua pequena picareta e lente de aumento para essas idas às Concord, nunca tinha tanto prazer no ato da coleta como sua filha.

— Isto é mesmo útil? — perguntou Elizabeth certa vez na hora do almoço. Estavam os três sentados numa toalha xadrez vermelha e branca sob os sicômoros das Concord, bebendo a limonada feita em casa pelo sr. Englethorpe.

— O quê?

— Tudo isto. — Ela fez um gesto para os cadernos deles, para os instrumentos de medição que estavam misturados na cesta de piquenique.

— Mãe! — disse Emma. Agora era sua vez de repreender perguntas impertinentes. — Claro que é útil! — Então, buscando reafirmação, implorou ao seu companheiro de coleta: — Não é?

O sr. Englethorpe pareceu atordoado por um momento, depois começou a rir. Caiu de lado, derramando limonada por cima da calça, o que por sua vez só fez com que risse ainda mais.

Emma e Elizabeth se entreolharam, sem entender.

O sr. Englethorpe levou alguns minutos para se acalmar da crise histérica. A cada vez que ajeitava a gravata-borboleta ou alisava a sobrecasaca, começava a se sacudir de riso outra vez, o que levava a um outro acesso. Logo Emma e Elizabeth, deparando-se com a visão contínua de um ho-

> Na margem, minha mãe havia escrito:
>
> (Eu não o amo.)
>
> Isso fez com que eu gelasse. O que isso significava? Que ela não amava meu pai? Que nunca tinha amado? Meus olhos ficaram quentes. Quase atirei o caderno pelo aposento.
> *Por que você ficou com ele se não o amava?*, era o que eu queria gritar. *Você não devia ter filhos com alguém que não ama.*
> Respirei fundo. Eles se amavam *sim*, *deviam* se amar, certo? Em seu próprio e peculiar modo de não falar sobre nada, eles se amavam, ainda que eles mesmos não se dessem conta disso.
>
> ➤ *Certo?*

mem tão controlado reduzido a tamanho estado de entrega, começaram a rir também, como se fosse tudo o que se pudesse fazer neste mundo, naquele momento, naquele campo.

Então, por fim, tudo pareceu ser um longo e extenso sonho — divertindo-se na luz brilhante da alegria coletiva, em que uma certa intimidade não expressa tinha acontecido entre todos eles. Um tipo de intimidade que só se obtém mediante uma irreprimida risada comum — quando tudo estava calmo e eles puderam ouvir o vento soprando através dos sicômoros e os cavalos nos campos arrancando o capim borrachoso com os dentes, afastando as moscas com batidas irregulares dos cascos no chão, o sr. Englethorpe disse em voz baixa:

— Bem, não posso ter certeza de que seja útil.

Isso deixou Emma chocada.

— Mas com certeza deve ser útil! O que o senhor quer dizer? — disse ela, as lágrimas brotando.

O sr. Englethorpe viu isso e se voltou para a menina.

— Ah, sim, sim, quero dizer, é claro que é valioso, importante. Mas fico pensando na palavra *útil*, sabe. Essa palavra me afligiu a vida inteira. Viajar é útil? Não sei, mas, que diabos, é interessante, perdoe o linguajar, minha jovem seminarista.

Emma sorriu por trás das lágrimas. Enxugou o rosto, e mãe e filha ficaram ouvindo o sr. Englethorpe deleitá-las com suas histórias de viagem pela África oriental e Papua Nova Guiné.

— Fui picado por uma víbora na floresta tropical de Papua Nova Guiné. Estou convencido de que a única razão para não ter morrido foi que o demônio me mordeu numa Lua nova, e seu ciclo venenoso tinha diminuído durante esse período. Essa observação se confirmou quando conversei com alguns dos aldeões locais, que disseram que a mordida de uma víbora fica muito mais "suave" quando a aldeia está sob a proteção de uma dança dos espíritos, que, descobri, corresponde a um ciclo lunar.

Alguns cavalos caminhavam perto da toalha. Emma escutava, empilhando as pedras que tinham coletado.

— Fico feliz que o senhor não tenha morrido com o veneno — disse ela.

Ele sorriu, olhando para a distância.

— Eu também — disse Elizabeth, de modo quase inaudível, as mãos atadas no canto da manta.

— Ora — disse o sr. Englethorpe, virando-se de volta para elas. — Ora, ora.

Era mais ou menos a coisa certa a dizer. Ficaram sentados na manta e deixaram essas três palavras orbitarem ao redor deles como os círculos bêbados de uma vespa no fim do verão. Embora a estrutura constituinte dos átomos só fosse ser descoberta mais de quarenta anos depois, cada um deles, a seu próprio modo, sentiu que estava compondo a mais essencial das configurações sentado naquela manta xadrez vermelha. Não tinham palavras para aquela triangulação, não podiam descrevê-la nesses termos, mas ali estavam, três elétrons separados circundando um único núcleo, cada um sabendo que em breve seriam uma família de verdade.

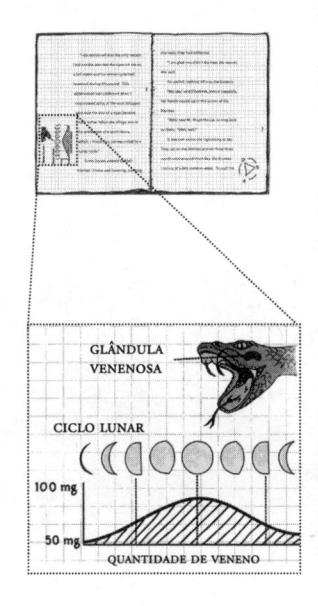

"Estou convencido de que a única razão para não ter morrido foi que o demônio me mordeu numa Lua nova."

Eu também estava contente que o sr. Englethorpe não tivesse morrido da picada da cobra. Se tivesse, a intrincada cadeia de dominós ancestrais não teria caído, meu pai não teria nascido, eu não teria nascido, Layton não teria nascido e não teria morrido, eu não teria feito meus mapas ou os mandado para a Smithsonian, Jibsen não teria ligado e eu não teria roubado este caderno ou entrado neste trem e não estaria lendo sobre essa picada de víbora neste exato instante. Ai, minha cabeça doía com todas as possibilidades e não possibilidades.

~ A CAIXA DO TÉDIO ~

Trabalhei exaustivamente com Gracie para categorizar e representar num gráfico os cinco tipos diferentes do seu tédio:

(1) Tédio antecipatório. Em que a natureza de algo assomando no futuro próximo impedia a pessoa de conseguir se concentrar em o que quer que fosse, e com isso ela ficava entediada.

(2) Tédio devido à decepção. Quando se esperava que um evento ou uma atividade fossem se desenrolar de um único modo só para que acontecessem de modo diferente, fazendo com que o sofredor recuasse para um estado (seguro) de tédio.

(3) Tédio agressivo. Nesta instância, o tédio não é tanto um estado, é sim um ato do sofredor que denota alguma mensagem comportamental. No caso de Gracie, com frequência isso era caracterizado por suspiros altos, desabamentos no sofá e a costumeira exclamação: "Ah, Deus, estou tão de saco cheio!".

(4) Tédio ritual. Para sofredores de tédio crônico feito Gracie, a sensação do tédio por si só podia ser bastante reconfortante e familiar em momentos de sofrimento ou solidão.

(5) Tédio devido à monotonia. Às vezes o tédio não era um ato ou não se devia a qualquer disparidade de expectativas. Às vezes, as pessoas simplesmente ficavam entediadas. Muitos tipos de tédio eram erroneamente incluídos nesta categoria guarda-chuva, mas eu havia descoberto que a maioria dos tédios de Gracie, se analisados minuciosamente, podia de fato ser classificada sob um dos outros quatro títulos.

Capítulo 8

Não me entenda mal: por mais que eu estivesse absorvido pelo projeto de ilustrar a história da minha mãe, eu não estava lendo o tempo *inteiro*. Não sou um nerd obcecado pela leitura. Em muitos momentos, a escrita da minha mãe ficava borrada na página diante de mim — tudo bem, talvez eu babasse um pouco enquanto olhava, mudo, pela janela. Ou às vezes eu me via lendo a mesma frase repetidas vezes durante quinze minutos, como uma vitrola deixada pulando eternamente no outro cômodo. E às vezes... eu até ficava um pouco *entediado*. Essa era uma sensação estranha para mim. Eu quase nunca ficava entediado. Havia coisas demais a esquematizar neste mundo para que eu pudesse escorregar até o pântano do tédio. O mesmo não se podia dizer de Gracie: ela era praticamente uma profissional quando se tratava de cultivar os cinco tipos de tédio.

Mas agora que eu tinha desenvolvido um caso sério de tédio induzido por monotonia, comecei até mesmo a gostar um pouco dele, a inspecionar essa recém-descoberta sensação em busca de ramificações e raízes: *O que era essa sensação vaga e pesada atrás das minhas orelhas? E por que eu de* repente me tornara levemente esquizofrênico? Parte do meu cérebro ficava perguntando: "Já chegamos?" e "E agora?" mesmo enquanto a parte mais racional do meu cérebro definitivamente sabia a resposta a essa pergunta.

Eu desejava que a paisagem parasse, que os homenzinhos em miniatura parassem de girar o cenário diante dos meus olhos com aquele simulador de paisagem deles. Ó céus, a paisagem continuava fluindo com o que parecia ser uma determinação progressivamente sádica.

De fato, após um dia e meio de viagem pelos trilhos, o movimento lento e irregular tinha se enterrado em minha pele e penetrado nos tendões em torno dos meus ossos, de modo que, quando o trem ocasionalmente fazia uma parada, aos sacolejos, em algum ramal ou terminal, meu corpo inteiro continuava tremendo na imobilidade inesperada. Eu ficava maravilhado ao ver como meus milhões de fibras musculares tinham ficado escutando quietas a sinfonia de *táqueti-tac* daqueles dormentes, ajustando-se à constante oscilação e cadência do trem. Depois de certo tempo, algum sistema interno de orientação tinha concluído que aquela cacofonia irregular de movimentos estava ali para ficar, e meus músculos respondiam criando cuidadosamente uma complicada contradança de sacudidelas e tremores que tentava trazer minha calibragem interna de volta a zero. Era estranho sentar à mesa de trabalho quando o mundo estava novamente parado e minhas mãos estavam naquele alvoroço, estremecendo. Aquele pequeno labirinto de fluidos nos meus ouvidos devia estar fazendo hora extra para manter a embarcação equilibrada.

Eu chegava a ouvir o labirinto conversando com meus músculos.

— E parou de novo! — dizia o labirinto. — Fiquem se movendo até eu mandar. — Apesar de ter apenas doze anos de idade, o labirinto era um velho profissional nesses assuntos.

— Devemos parar com os espasmos? — perguntava minha mão esquerda.

— E os tremores? — perguntava a direita.

— Não, esperem. *Esperem, eu disse.* Esperem até que...

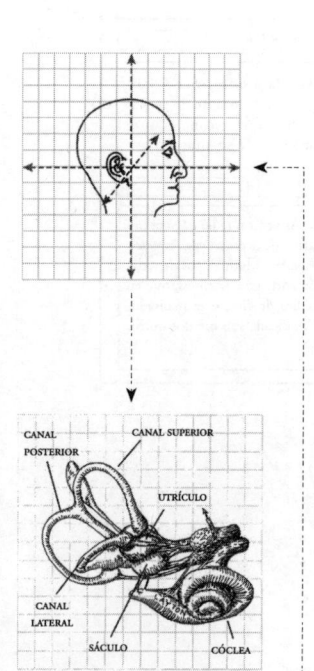

O labirinto de 12 anos de idade
Do caderno G101

Agora eu entendia o que os cauboís sentiam quando não estavam sobre seus corcéis, como a firmeza do chão devia lhes parecer curiosa depois da cadência sacolejante e orgânica das patas do cavalo. Eu me identificava com aquele cauboí de lábio rachado e mãos ásperas e marcadas, pois quando o trem estava parado eu me sentia que ao mesmo tempo ansiava por aquele embalo familiar e o temia — desejando o tremor da viagem, mas temendo o que o desejo havia criado dentro de mim.

— Estou cansada desse jogo — dizia a minha mão direita. — Eu vou...

— E estamos nos movendo outra vez! — dizia o labirinto. — Certo, 304 graus e dois quintos para a direita. *Sacudida, sacudida dupla, para trás e para a esquerda,* catorze graus e um quinto. *Sacudida dupla, sacudida dupla, estremecimento.* Muito bem, *muito bem,* continuem assim.

E assim por diante — uma complexa série de comandos contrários ao movimento que o trem fazia, e minhas duas mãos acompanhando, cansadas. Era como se o labirinto no meu ouvido estivesse tentando predizer o contorno exato dos trilhos do trem, ou do terreno pelo qual passávamos.

Será que aquilo tudo era apenas improvisação por parte do meu sistema de equilíbrio interno ou, como eu intuitivamente acreditava, havia de fato algum mapa invisível do terreno dentro da minha cabeça? Será que todos nascíamos com uma consciência de tudo? Sabendo o grau de inclinação de cada morro? A curvatura e a erosão nas margens de cada rio, a elevação e a queda das cachoeiras cinzeladas e a quietude vítrea de cada redemoinho? Será que já conhecíamos a coloração radial das íris de cada pessoa, as ramificações de pés de galinha nas têmporas de cada idoso, as espirais em sulcos de impressões digitais do polegar, de cercas, de gramados, de potes de flores, o padrão reticulado de chãos cobertos de cascalho, a trama das ruas, o súbito brotar de rampas de saída e autoestradas, das estrelas e planetas e supernovas e galáxias para além delas — será que sabíamos a localização precisa de tudo isso mas em essência não tínhamos como acessar de forma consciente esse conhecimento? Talvez somente agora, mediante a força contrária reflexiva do meu labirinto à cadência dos trilhos, aos declives e elevações no terreno, eu estivesse tendo um vislumbre do conhecimento total que meu subconsciente tinha de um lugar onde eu nunca estivera.

— *Você está maluco* — falei. — Isso é só porque o seu corpo está apavorado com todo esse movimento e não tem ideia de que outra coisa poderia fazer.

Tentei voltar à leitura, mas me vi desejando que aquele mapa oculto fosse verdadeiro, que todos tivéssemos o atlas do universo pré-carregado em nossas sinapses, porque de algum modo isso confirmaria uma sensação que eu experimentara durante toda a minha vida de cartógrafo, desde que representara graficamente como era possível subir a encosta do monte Humbug e apertar a mão de Deus.

Fiquei olhando pela janela para os morros e as vistas e os desfiladeiros distantes que se fundiam uns nos outros de um vale ao seguinte. Se de fato havia um mapa do mundo enterrado em minha cabeça, como eu poderia acessá-lo? Tentei desfocar a vista, como se faz com aqueles livros de imagens 3D, tentei simplesmente deixar as rotações da Terra entrarem em sincronia com as rotações do córtex do meu subconsciente. Ajustei o GPS de Igor ao lado da minha cabeça, e depois de um instante ele conseguiu se localizar facilmente: 45°53'50" norte, 106°16'59" oeste. Mas por mais que eu apertasse os olhos e tentasse não tentar, não conseguia elaborar nada com a mesma exatidão.

Maldito Igor, com seus satélites voando lá no alto!

Passamos pela cidadezinha de Medicine Bow, e o pequeno conjunto de ruas, o Cadillac verde estacionado, a barbearia vazia, pareciam todos de algum modo familiares, mas eu não sabia se isso era porque eu estava acessando meu mapa subconsciente ou só porque estava naquele trem fazia muito, muito tempo, e estava virando um vagabundo perturbado e sofrendo de alucinações.

Em algum lugar na periferia de Laramie nosso trem parou numa passagem de nível para permitir que uma fila de automóveis cruzasse os trilhos.

— Você está brincando? — falei a Valero. — Isso é ridículo.

Ora, que demonstrassem algum respeito pelo Cavalo de Ferro! Como chegaríamos a Washington quando tínhamos que parar para cada carro, riquixá ou freira que decidisse atravessar os trilhos? Como meu pai costumava dizer sobre a tia Suzy quando ela ainda estava viva, "a gente tava indo mais devagar do que uma lesma de muletas".

Em Cheyenne, ficamos parados durante cerca de seis horas esperando uma nova locomotiva e nova equipe. Não fui para o meu esconderijo habitual no banheiro; em vez disso, me sentei no chão e espiei pela janela

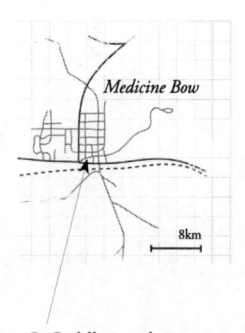

O Cadillac verde estava parado bem aqui.

com um cobertor por cima da cabeça. Se alguém viesse, eu rolaria para baixo da mesa, estilo Exército.

Observei carros e caminhões mergulhando por baixo de um viaduto cuja extensão equivalia às muitas linhas férreas do pátio de manobras. Um casal usando coletes de couro grandes demais andava ao lado da ferrovia. Eles caminhavam sem falar. Em suas vidas normais, quando falavam um com o outro, sobre o que falavam? Achava incrível que todas aquelas pessoas vivessem e trabalhassem em Cheyenne. Aquele tempo elas viveram ali! Mesmo quando eu estava no quarto ano aquela cidade já existia, bem ali! Esse conceito de consciência simultânea era de difícil apreensão para mim. Pensar que naquele instante, enquanto eu estendia a mão para pegar um de meus últimos cereais Cheerios sobre a mesa, em algum lugar naquele exato momento sete outros meninos estavam pegando um outro Cheerios com o mesmo gesto. E não qualquer Cheerios, mas o meu tipo: um Honey Nut Cheerios.

O que era confuso para mim era que esse tipo de sincronicidade invisível, não podendo ser efetivamente traçada sem o auxílio de um milhão de bilhões de câmeras e um vasto sistema de vigilância em circuito fechado, não podia ser amplificado através da história. O tempo emperrava toda essa equação. Será que podíamos sequer falar sobre um momento que acabara de passar? Como por exemplo: desde a invenção desse cereal, em 1979, tinha havido 753.362 momentos em que um menino de doze anos de idade esticara o polegar e o indicador para pegar um único Honey Nut Cheerios? Esses momentos aconteciam, talvez, mas não estavam *acontecendo*, não existiam mais, e, assim, juntá-los todos parecia um pouco falso. A história era apenas aquilo que definíamos que fosse. Nunca apenas era, como o *agora* é. Como Cheyenne era naquele exato momento. A parte confusa era que Cheyenne *continuava* sendo, mesmo depois que o meu trem partira. O casal com coletes de couro levaria sua vida adiante, vivos a cada momento, o mundo iluminado pelos faróis de sua consciência, e eu jamais voltaria a vê-los. Estaríamos conscientes ao mesmo tempo,

A sincronia dos cereais Honey Nut Cheerios
Do caderno G101

Localização de oito garotos norte-americanos com doze anos de idade, pegando Honey Nut Cheerios no mesmo exato instante.

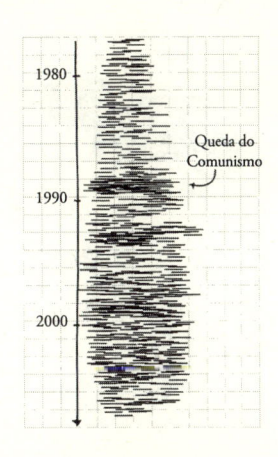

A herança da história: 753.362 vezes que pessoas pegaram um Honey Nut
Do caderno G101

Aluguei uns livros sobre mecânica quântica na Biblioteca Pública de Butte (bem, eu tinha alugado todos os três livros disponíveis), mas por algum motivo eles simplesmente tinham ficado ao lado da minha cama e depois debaixo dela, intocados. Em algum momento perdi um dos livros e, para não ter de pagar as multas, tive que inventar uma história para a bibliotecária, a sra. Gradle (que tinha um fraco por literatura envolvendo disputas de irmãos), sobre como minha irmã ficara perturbada e invadira meu quarto com ácido sulfúrico.

Acho que a instabilidade inerente à mecânica quântica, afinal, assim que se acrescentava um observador a um experimento teórico e toda a equação entrava em colapso, estava além dos limites da minha compreensão. Eu era um observador — queria que o observador coubesse no quadro.

Se por um lado não conseguia entender muito bem *superposições* e *não localidade*, a *Teoria dos muitos mundos* de Hugh Everett era a ideia em que eu podia me aferrar de maneira adequada.

Poderia haver muitos mundos paralelos
Do caderno G101

mas correndo por trilhos paralelos que estavam destinados a nunca mais voltar a se cruzar.

Tarde da noite abrimos caminho pelas montanhas do oeste do Nebraska. Eu nunca tinha estado no Nebraska. Nebraska era chegar em algum lugar. Nebraska era flertar com o Centro-Oeste, uma terra de transição e buracos de minhoca, uma grande e plana divisória entre *aqui* e *lá* — a última *terra incógnita*. No crepúsculo que se desenrolava, fiquei olhando os trailers-tratores seguindo por uma autoestrada distante. Até onde a vista alcançava, havia apenas o crepúsculo e os campos que se fundiam com o céu num horizonte infinito e plano. Durante esses momentos de escuridão, de terra espelhando o céu e nada mais, imaginei tudo exatamente daquele jeito cento e cinquenta anos antes, tanto para Tearho quanto para Emma, viajando na direção oposta. Teriam eles olhado pela janela e se perguntado como estaria aquele lugar no futuro? Quem andaria por aqueles mesmos trilhos? Naquele instante no tempo, será que todos os futuros possíveis estavam localizados no mesmo lugar? Será que a união improvável deles confinava com a minha existência, que por sua vez estava ladeada por um milhão de outras possibilidades? Estaríamos todos esperando, prontos, para ver como seria a performance, e se a nossa entrada era necessária ou não? Oh, estar consciente em semelhante momento nos bastidores! Poder olhar ao redor e refletir sobre o elenco que nunca viria a existir!

A noite passava despercebida. Por volta das três da manhã, depois de várias horas de insônia e sacolejos, fiz uma das grandes descobertas da história da humanidade. Estava andando delirante pelo trailer quando por acaso abri um armário que não notara antes. E o que havia dentro dele?

Um jogo de Boggle.

Ah, que alegria! Mas quem teria deixado um agrado tão delicioso? Certamente o vendedor do Winnebago não tinha uma paixão clandestina pelo jogo, que mantinha escondido a fim de evitar a gozação por parte dos colegas? Ou o Boggle era tirado dali em certas circunstâncias para dar uma ideia da diversão que poderia ser obtida quando todos se reunissem em torno dele na sala de estar de algum perito em palavras?

Usando a luz de minha lanterna, abri devagar a caixa, como alguém abriria a caixa de algum maravilhoso bolo de chocolate. Assim que a tampa foi retirada, porém, deparei-me com uma tragédia: sete cubos estavam faltando. Não haveria jogos de Boggle dignos do nome naquele dia. Tentanto manter o pensamento positivo, derrubei os nove cubos restantes do Boggle em minha mesa de trabalho e eles fizeram aquele ruído típico, feito galinhas bicando a mesa. Comecei a virar cada um dos cubos e aos poucos formei as palavras:

O CENTRO

Era incrível que eu tivesse todas as letras suficientes para escrever "O centro" com perfeição. Talvez eu fosse mais sortudo do que pensava. Mas então percebi que mesmo que tivesse as combinações perfeitas de cubos (e quais as chances disso?), não poderia chegar a escrever "Centro-Oeste", pois exigiria onze cubos. Faltavam dois. Estava tudo arruinado, no fim das contas. Por algum motivo a impossibilidade dessa tarefa me deixou triste, muito mais triste do que eu devia estar, considerando-se a irrelevância do Boggle em nossas vidas.

De repente, me ocorreu uma modificação bastante simples. Com a empolgação percorrendo meu espírito já sonolento, virei o cubo do B entre as mãos, esperando que, contrariando todas as perspectivas, aquela noite, em algum lugar do Nebraska, fosse a minha noite de sorte.

Era.

Ah! A vida se resumia a vitórias pouco importantes, como aquela. Por que fazer toda uma nova palavra quando você já tinha material suficiente com que trabalhar?

OESTE / CENTRO

Analisei meu trabalho exatamente como o governador Kemble ou Fremont ou Lewis ou mesmo o sr. Corlis Benefideo teriam analisado suas grandes criações. A luz parecia crescer e pulsar em torno daquele emaranhamento de três palavras.

Então olhei pela janela e notei que o trilho triplo que vínhamos seguindo por algum tempo tinha se dobrado em seis linhas, e que nos aproximávamos das fortes luzes lá em frente. Os holofotes intensos transpassavam a incerteza da noite. Era como se nos encaminhássemos diretamente a uma sala de operações. Se era assim a entrada para um buraco de minhoca, eu não sabia se queria fazer parte.

Desliguei de imediato a lanterna. Meu primeiro instinto foi correr de volta ao banheiro, mas freei o impulso (não se pode passar a vida inteira correndo para dentro de banheiros quando o perigo surge!), respirei fundo e espiei pela janela.

Nas duas direções dos trilhos, à frente e atrás, vários sinais piscavam em vermelho, branco e novamente vermelho. Passamos por um trem que levava carvão, parado nos trilhos, e depois por mais um. Mais linhas, além das seis, surgiram nos trilhos. Onde estávamos? Algum tipo de colmeia para todos os trens do universo?

Acendi minha lanterna e, colocando as mãos em concha sobre ela para que produzisse apenas uma leve iluminação, consultei com atenção meu mapa da estrada de ferro. Ogallala, Sutherland, North Platte... Em letras grandes, em negrito, BAILEY YARDS estava escrito no meio do mapa. Claro! Bailey Yards era o maior pátio de manobras ferroviário do mundo.

Fiquei observando enquanto em toda parte, ao nosso redor, mais e mais vagões apareciam. Passamos ao lado de uma colina, no topo da qual um centro de comando separava uma fila de vagões de carga usando os simples poderes da gravidade. Surpreendente! Nesta era da tecnologia, ali estava um exemplo de como era possível usar um princípio básico da força que era de graça e infinitamente disponível para separar a carga. Nada de contas de eletricidade. Nada de combustíveis fósseis. A eficiência da colina agradava tanto ao meu lado lúdico quanto ao garoto de doze anos de idade acostumado a viver com uma mesada semanal.

Seguimos deslizando pelo pátio de manobras. Eu estava esperando que parássemos a qualquer momento, que ficássemos ali por um dia, talvez dois. Centenas de vagões aguardavam ao nosso redor. Enquanto passávamos por cada um deles, houve um breve instante em que os freios de ar comprimido assobiaram bem alto, como se expressassem seu descontentamento com a demora.

Oh, temos que seguir caminho, temos que seguir caminho. O que, digam-me, está nos detendo?, um vagão assobiou quando passamos por ele. E então o som desapareceu aos poucos, apenas para ser substituído segundos depois pelo vagão seguinte assobiando sua própria série de reclamações.

Agora que eu tinha formado minhas palavras com o Boggle e resistira àquele impulso inicial de me esconder no banheiro, sentia-me um tanto

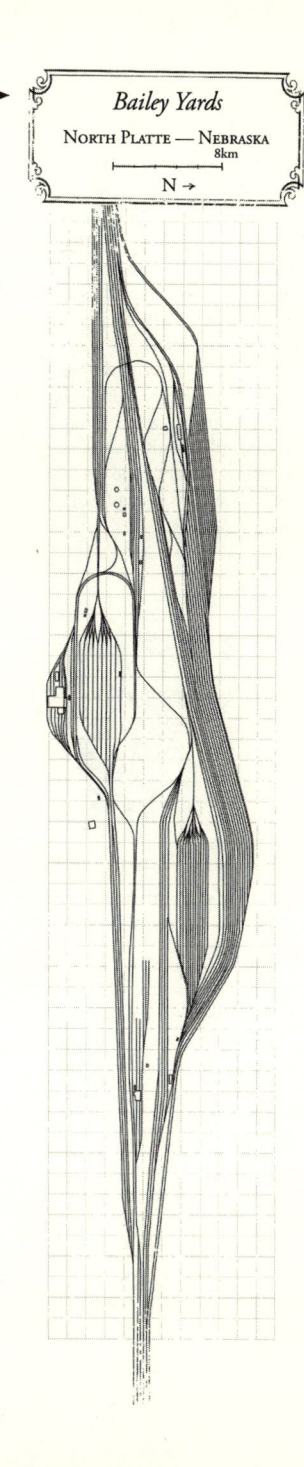

Bailey Yards
NORTH PLATTE — NEBRASKA
8km
N →

→ Acho que Layton levou sua vida mantendo uma confiança perpétua nas pequenas vitórias. Não que apreciasse e saboreasse cada detalhe; ele simplesmente achava que estava se saindo super bem o tempo todo. Depois de terminar uma tarefa, ou mesmo no meio de uma, frequentemente batia a mão do alto da cabeça até os joelhos, quase excedendo o arco normal do movimento, mas ele exagerava com tudo — não exatamente ultrapassando os limites, mas quase.

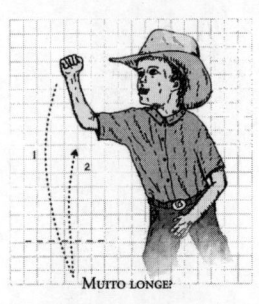

A longa batida de punho de Layton
Do caderno B41

A tendência a querer comemorar era uma das poucas diferenças entre Layton e meu pai. Meu pai nunca comemorava um momento em sua vida. Reclamava, sofria, dava socos, mas nunca se divertia. Layton se divertia. De onde ele tirou esse gene eu não sei. A maioria dos Spivet estaria ocupada demais estudando, reunindo o gado, gemendo ou fazendo mapas para se dar ao luxo de aproveitar uma viagem que estivesse fazendo.

quanto invencível (como meninos tendem a se sentir depois de uma série de pequenas vitórias). Sem me dar ao trabalho de me esconder, fiquei andando corajosamente pela Morada do Caubói como se fosse o proprietário do pátio de manobras e estivesse apenas supervisionando o local, em meu ritual das três horas da manhã, do meu Winnebago particular. Do lado direito da cabine vi centelhas de solda voando na escuridão, vindas de uma imensa estrutura cavernosa. Lá dentro, luzes brancas e azuis apontavam para o teto e as sombras de cerca de cinquenta locomotivas da UP se amontoavam.

— Bom trabalho, trabalhadores — falei em voz alta com minha voz grave de executivo-chefe. — Mantenham essas locomotivas em perfeito estado. São os burros de carga da minha frota. Sem elas não haveria uma ferrovia. Sem elas, não haveria a América.

Silêncio depois disso, enquanto a fala testava sua credibilidade e não era exatamente bem-sucedida. Um tanto embaraçado, deixei que o silêncio continuasse, marcado apenas pelo trepidar dos trilhos e pelos assobios regulares dos vagões pelos quais passávamos.

— Gracie — perguntei —, o que você faria se estivesse aqui comigo?

— Quem é Gracie? — perguntou Valero.

— Ei, Valero! — falei. — Onde diabos você estava todo esse tempo? Faz uns dois dias que estou aqui! Podíamos ter conversado um pouco, passado o tempo!

Nenhuma resposta. *Trepidação, trepidação. Assobio, assobio, assobio.*

— Desculpe — disse. — Desculpe. Ok. É sua prerrogativa determinar quando dizer alguma coisa. Estou feliz por tê-lo de volta.

— Bem. Quem é ela?

— É minha irmã. Minha única irmã. Bem, a única pessoa que tenho em termos de irmãos ou irmãs neste momento. — Fiquei em silêncio, pensando em Gracie, Layton e eu. E depois só em Gracie e eu. — Somos diferentes, sabe. Ela é mais velha. Não gosta de mapas ou da escola ou de nada desse tipo. Quer ser atriz ou se mudar para Los Angeles ou algo assim.

— Por que ela não veio com você?

— Bom — falei —, eu não cheguei a convidá-la.

— Por que não?

— Porque... porque esta era a minha viagem! A Smithsonian convidou a mim, não a ela. Ela tem essa história de ser atriz e... não ia gostar do museu. Ficaria entediada depois de umas poucas horas, e então sofreria de um profundo Acesso de Idiotice e eu teria que sair em busca de alguma bala para ela... na verdade, ela teria ficado entediada neste trem antes mesmo que saíssemos de Montana. Provavelmente teria pulado fora na primeira vez que paramos, lá em Dillon... Sem querer ofender, Valero.

— Não me ofendi. Mas você ainda a ama?

— O quê? Amo, claro — eu disse. — Quem foi que falou em não amá-la? É a Gracie. Ela é bacana. — Fiz uma pausa e depois, num gorjeio, disse: — Gracie!

— Entendo — disse Valero.

— Se ficarmos parados aqui durante muito tempo você quer brincar de vinte perguntas? — perguntei, mas no instante mesmo em que fazia a pergunta soube que ele já não estava mais ali.

E no entanto não paramos. Naquele local de treinamento, onde todas as linhas convergiam, onde cada linha de trem era separada, ordenada e depois enviada em seu caminho, não ficamos nem um segundo. Nosso trem não foi separado. Talvez ali, no coração de tudo, tivéssemos recebido algum tipo de status especial por parte dos poderosos, como se soubessem que alguma carga perecível estava sendo levada a bordo de Valero, o Winnebago. Passamos diretamente pelo maior centro de triagem da Union Pacific e saímos do outro lado. Bailey não podia tocar nem um dedo em nós.

— Ah, obrigado, Bailey, por ter nos dado o sinal verde — falei, em estilo executivo, mostrando os polegares erguidos para os sinais luminosos, ocupando meu lugar no assento do motorista da Morada do Caubói.

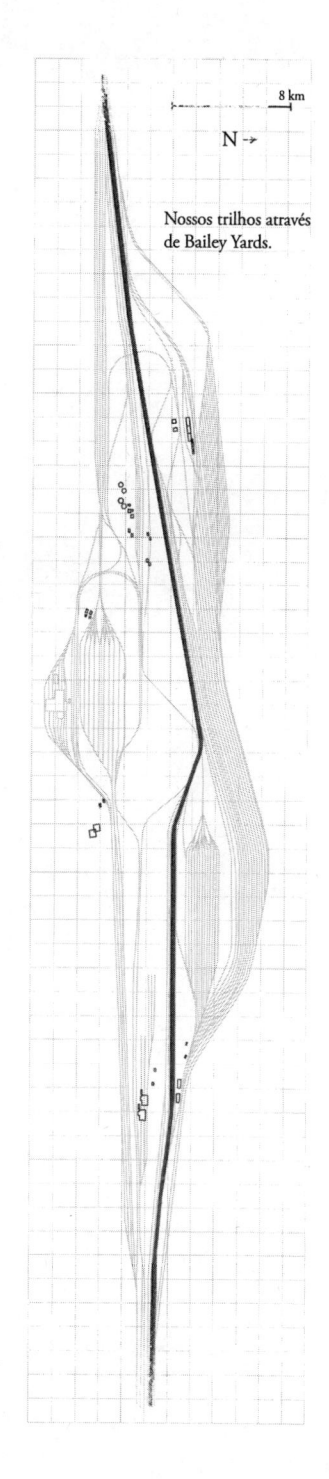

Nossos trilhos através de Bailey Yards.

— Você com certeza sabe que tenho que dar uma palestra no jantar da Academia Nacional de Ciência em Washington D.C., na noite de quinta.

Depois de dizer essas palavras, me dei conta de seu significado. Quinta? *Isso era dali a três dias.* Eu tinha que atravessar metade do país naquele intervalo, chegar à Smithsonian, me apresentar e preparar minha palestra, tudo isso antes da noite de quinta. A sensação familiar de pânico se avolumou. Respirei fundo e me aquietei. *Um trem é um trem é um trem.*

— Não posso ir mais rápido do que essa ferrovia me permite. Vou chegar lá quando o trem chegar — eu disse, resoluto.

Mas no caso de você não ter notado, é muito difícil *dizer* a si mesmo para se acalmar depois que um grão de preocupação se instalou em sua mente. Tentei me sentar na Morada do Caubói e agir de modo indiferente, assobiando, desenhando caubóis e besouros e latas de refrigerante Tab em meu caderno, mas tudo o que conseguia escutar era o ritmo dos trilhos dizendo: *Quinta quinta quinta quinta.* Eu não ia conseguir.

Em algum momento mais tarde, depois que já tínhamos saído dali e voltado às pradarias do Nebraska, olhei outra vez para as peças de Boggle. O chacoalhar da viagem as havia deslocado de suas posições. A chave para a porta mágica tinha se desintegrado. Agora estava escrito:

O C O
  EN TR O
  S
  T
  E

Com a cabeça na mesa e os olhos pesados, comecei a arrastar os cubos em círculos, escutando o som de suas superfícies polidas contra a superfície de madeira da mesa. As letras maiúsculas azul-claras eram tão precisas em sua impressão, tão completamente seguras de sua existência, que era como se não tivessem consciência das outras cinco letras que as circundavam de todos os lados. A cada vez que você girava o cubo, uma nova letra aparecia e envolvia seu mundo, apagando a letra antes daquela. Vire desse jeito e seu mundo é um O, e todas as coisas com O parecem muito relevantes. Vire desse jeito e seu mundo agora é um B, sendo o mundo do O já uma memória distante.

arame?

Dormi durante 45 minutos na Cama dos Tetons, acordei e não consegui voltar a dormir. O decalque do caubói de desenho animado na tela da televisão parecia assustador no escuro. Procurei às apalpadelas minha lanterna e a acendi. O facho de luz dançou pelos confortos falsos do Winnebago — a madeira falsa, o teto de linóleo, os cobertores de poliéster.

— Valero? — chamei.

Nenhuma resposta.

— Valero? Você conhece alguma história para a hora de dormir?

Só o chacoalhar do trem.

Será que meu pai sequer se importou com o fato de eu ter ido embora? Será que ele queria que eu fosse embora?

Peguei o caderno da minha mãe e o segurei junto ao rosto. Tinha um leve cheiro de formol e limão, como o seu escritório. De repente, desejei ver seu rosto, tocar os lóbulos das suas orelhas e seus brincos verdes reluzentes. Desejei segurar sua mão e pedir desculpas por ter pegado aquele caderno, por ir embora sem pedir permissão, por não ter salvado Layton, por não ser um irmão melhor, ou um ajudante no rancho, ou um assistente de cientista. Por não ser um *filho* melhor. Farei tudo melhor da próxima vez, *prometo*.

Levantei os olhos e à luz da lanterna pude ver que minhas lágrimas tinham produzido duas manchas em formato de pera na capa.

— Ah, mamãe — disse. Abri o caderno.

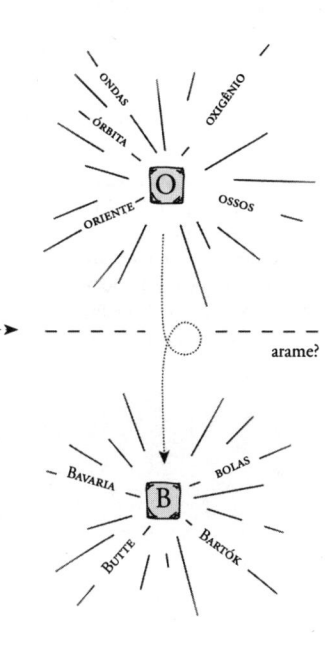

Os elétrons orbitantes finalmente encontraram seu núcleo.

> Eu estava tão cansado e fiquei tão absorvido pela história que, por mais que me sinta envergonhado em admitir, aos poucos fui perdendo a noção de minha exata localização. Logo viria a lamentar por isso.

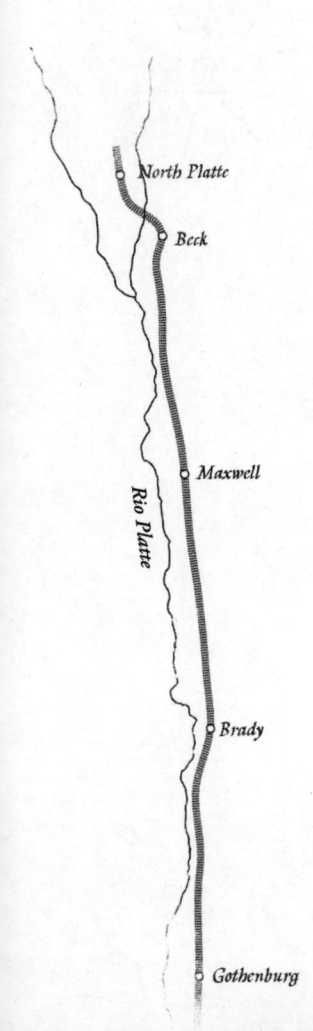

Dois anos depois daquela fria manhã de abril diante da loja de flores, Elizabeth Osterville e Orwin Englethorpe se casaram numa pequena cerimônia ao ar livre em Concord. Passagens tanto de *A origem das espécies* quanto da Bíblia King James foram lidas. O dr. Agassiz, que Emma ainda não tinha conhecido pessoalmente, não compareceu — em protesto, alegou o sr. Englethorpe, ao fato de o casamento não estar acontecendo numa igreja.

— Curioso protesto para um naturalista — riu o sr. Englethorpe, embora Emma pudesse ver que a ausência de Agassiz o chateava bastante.

Logo depois do casamento, o sr. Englethorpe se mudou oficialmente da edícula, e num bom momento: ele e Agassiz tinham parado de se falar por completo.

Um grupo de italianos foi chamado para tirar seus milhares de livros e espécimes da edícula e colocá-los numa grande carroça em geral usada para transportar feno. O sr. Englethorpe andava ao redor deles, agitado, beliscando o bigode e implorando aos homens que fossem cuidadosos. Mas de repente tirava alguma coisa das mãos de um deles e ficava completamente absorto pelo objeto esquecido.

— Oh! Eu estava pensando onde isto tinha ido parar — disse ele para ninguém em especial, segurando um grande corte transversal do tronco de uma árvore. — Isso nos permite dar uma olhadela fascinante nesse período medieval de temperaturas anormalmente quentes...

Durante a mudança, Emma ficou sentada em seu banco de ferro no jardim observando-os esvaziar a casa de seu conteúdo. Embora ela quisesse exibir um ar de maturidade e aceitar essa passagem como o inevitável caminhar das coisas, depois de algum tempo não pôde se conter e começou a chorar diante do desmantelamento daquele mundo, o seu mundo. O sr.

Englethorpe foi até ela, hesitante, colocou uma desajeitada mão em seu ombro e depois, incerto sobre o que mais poderia dizer ou fazer, voltou a cuidar da migração de seus pertences.

Em seu bolso, Emma sentia o cubo pontiagudo de quartzo que tinha descoberto numa excursão a Lincoln. Tinha decidido enterrá-lo no jardim para marcar sua despedida, mas o ir e vir constante dos italianos, gesticulando e fazendo comentários uns para os outros em sua língua irritante, arruinou a cena. Era seu último dia no jardim e ela não podia nem mesmo ter isso para si.

Decidiu tomar o caminho ao redor do outro lado da casa até um local silencioso onde havia uma pequena clareira coberta de cascalho cercada por cercas vivas. Colocaria o quartzo em meio às outras pedras.

Mas quando deu a volta na casa, um homem já estava parado na clareira.

— Oh — disse ela, alarmada.

O homem se virou. De imediato ela soube que era o dr. Agassiz, pois tinha visto sua fotografia em livros e em várias fotos no escritório do sr. Englethorpe. Com todas as histórias que Emma ouvira contar o sr. Englethorpe, ela esperava algum tipo de monstro de olhos enfurecidos, determinado a convencer o mundo inteiro de sua superioridade. Foi um momento de despertar para Emma: ela agora via que sua versão do dr. Agassiz estava influenciada pela relação tensa que existia entre os dois homens, e não correspondia ao que ele era de fato, um homem encerrado na mesma pele frágil que ela. Seus olhos eram cansados, gentis — convidativos mesmo, como se ele tivesse passado boa parte de sua vida construindo uma casa que não parava de desabar. Seus olhos fizeram com que ela tivesse vontade de abraçá-lo.

— Olá, srta. Osterville — disse ele.

Ela ficou surpresa.

— O senhor sabe quem eu sou?

— Claro — disse ele. — Posso não vir muito aqui fora, mas não sou cego.

— Não sabia que o senhor estaria aqui... hoje, quero dizer — disse ela, e depois desejou não ter dito nada.

Ele sorriu.

— Eu moro aqui.

Ela revirou o quartzo dentro do bolso, sem saber o que fazer. O dr. Agassiz, braços para trás, virou as costas para ela. O cascalho revolveu sob seus pés.

— Venho aqui de tempos em tempos para me lembrar dos meus pais. Eles estão enterrados num pequenino cemitério nas montanhas da Suíça, mas de algum modo também estão perto deste lugar. É peculiar como transpomos o tempo e o espaço desse jeito, não? Mais uma de nossas maravilhosas qualidades.

Ela esperou. E então perguntou:

— Doutor, o senhor odeia o sr. Englethorpe?

Ele riu. Era surpreendente o calor de seus olhos, talvez porque ela conseguisse ver o potencial para a raiva ali dentro.

— Minha querida, estou velho demais para odiar qualquer coisa. O Criador me abençoou com sua pena e abençoou o mundo com criaturas tão intrincadas e belas que precisaremos de um milênio para descrevê-las. Ater-se a discordâncias pessoais é uma perda de tempo.

— Bem, senhor — disse ela —, acho que ele também gosta muito do senhor, não importa o que ele diga ou faça.

— Obrigado, minha querida — disse o sr. Agassiz. — Admito que suas palavras têm significado para este velho depois de tudo o que fiz por ele.

— O senhor odeia Darwin?

— Há? — riu o dr. Agassiz. — Você foi mandada para me fazer essas perguntas? — Seu rosto ficou mais sério. — Meus sentimentos pessoais a respeito de Charles não importam. Homens brilhantes podem endurecer em sua forma de agir, isso é tudo. A inteligência deles só é comparável à sua obstinação. Temo que ninguém, contudo, possa elaborar uma teoria que exclua por completo a mão do Criador. Suas impressões digitais são simplesmente grandes demais. — Ele fez uma pausa. — Importa-se se eu lhe fizer uma pergunta?

— Não, senhor — disse ela.

— Você parece tão brilhante quanto Orwin sugeriu. Por que não quis frequentar a escola da minha esposa? Não seria ruim ter moças inteligentes como você, interessadas em ciências.

— Mas eu quis! — Emma estava confusa. — O senhor disse que eu não podia...

— Minha querida, eu não disse nada disso. Na verdade, implorei a Orwin para matriculá-la, mas ele foi inflexível, tanto quanto disse que você era. Você queria pesquisar com ele e com mais ninguém.

Emma tentou digerir essa informação. Ficou parada ali, perplexa. O dr. Agassiz pareceu ficar impaciente.

— Bem, foi um prazer, srta. Osterville, mas me desculpe, preciso retornar a esse ato infernal de escrever, um esforço a que aparentemente reservei o resto dos meus dias.

Subitamente, Emma não queria deixá-lo ir.

— O que o senhor está escrevendo? — perguntou ela.

— Uma história natural abrangente deste país — disse ele. — Porque ninguém se dedicou de modo adequado a esse campo. Para pertencer de fato a um lugar, é preciso observar por completo seu conteúdo natural. Isso aprendi com o sr. Humboldt, um amigo querido. Mas por que razão concordei em escrever dez volumes em vez de apenas três ou quatro?

— Porque há dez volumes de material?

— Há muito mais do que isso. Dez só pareceu um começo ambicioso.

— Eu gostaria de escrever dez livros algum dia.

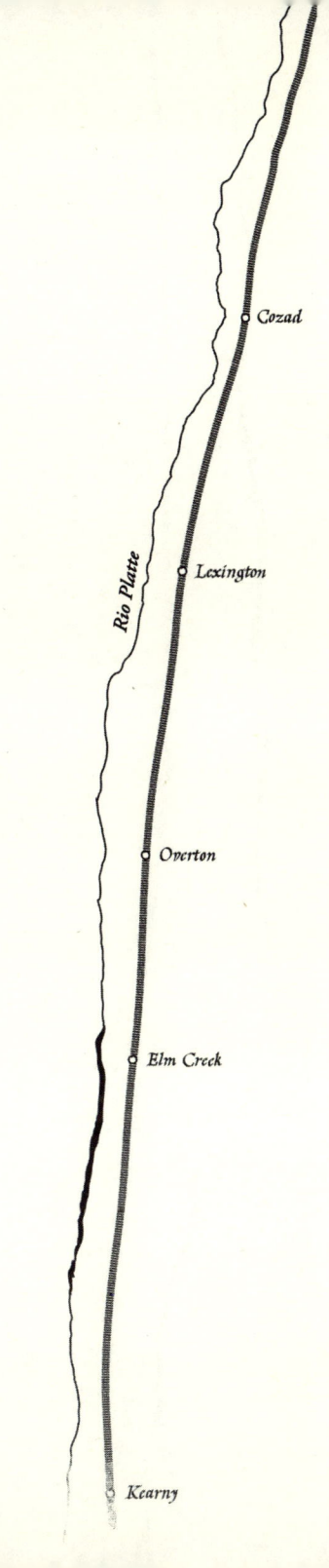

Gibbon

Shelton

Wood River

Grand Island

Chapman

Ele sorriu. E depois sua face ficou rígida. Olhou diretamente para Emma.

— Minha esposa está me ensinando que tais coisas, coisas com as quais eu não teria sonhado, talvez sejam possíveis para o outro sexo, quem sabe mesmo no futuro próximo. Por mais que eu não queira admiti-lo, esse campo está mudando, embora eu pense que não para melhor. Ao perseguir essa criatura sinuosa que com frequência rotulamos de "progresso", a moralidade parece ter se perdido no caminho. Permite-me apenas dizer que, caso queira mesmo se dedicar a essa profissão, terá que estar pronta para as muitas horas no campo que são necessárias antes que possa escrever seus dez livros. Não é possível apenas escrever uma taxonomia retirada do nada, e para dizer a verdade continuo não convencido de que a constituição delicada da mulher seja feita para tamanho rigor.

Emma sentiu seu queixo ficar rígido. Aprumou-se, estufando o peito.

— Com todo respeito, senhor — disse ela —, quanto a isso o senhor está errado. E está errado sobre Darwin também. Está simplesmente com medo da evolução. Ora, as coisas evoluem, meu senhor.

Ela pegou o pedaço de quartzo do bolso e o largou, com um pouco de ferocidade, nos pés do homem que descobrira a última era glacial, e depois, perdendo a coragem, virou-se e saiu correndo.

O recém-formado Englethorpe se mudou para uma casa no campo em Concord, um pouco adiante na mesma estrada em que ficava a nova residência dos Alcott, em Orchard House. Elizabeth iniciou uma cautelosa amizade com Louisa May, que era temperamental mas gentil, tanto com Elizabeth quanto com Emma. Quando não estava fora, viajando, lia para elas trechos de seu último livro sob os sicômoros.

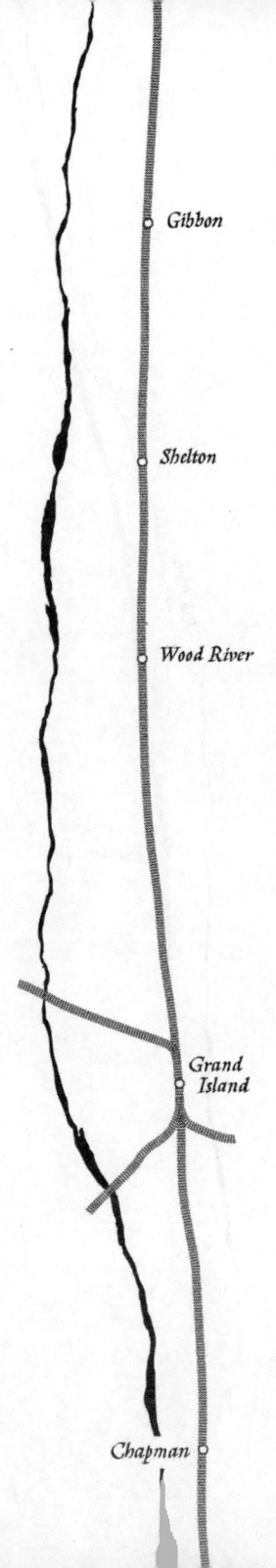

A casa Englethorpe era modesta mas teria espaço suficiente se não fosse pelas vastas coleções do sr. Englethorpe. O dr. Agassiz requisitara-lhe a remoção de seus pertences dos depósitos do museu, de modo que sua coleção inteira ficou durante meses em caixas fechadas espalhadas pela casa e no alpendre para lenha. Todos pareciam com medo de tirá-los do lugar, para não romper uma ordem que não existia.

Em vez de fazer um inventário do conteúdo da casa, o sr. Englethorpe começou a escrever o livro que sempre quisera escrever, um guia de leitura New World para *A origem das espécies,* observando os princípios da evolução de espécies invasivas de grama, pardais e pássaros costeiros pela perspectiva de americanos nativos.

Ele e Emma estavam sentados em seu novo escritório, consertando um pardal empalhado que tinha sido danificado com a mudança.

— Pretendo difundir as ideias de Darwin entre os estudiosos americanos. Não é fácil trazer ideias do outro lado do oceano. Darwin precisa de um bom tradutor capaz de interpretar sua mensagem de uma forma que este país seja capaz de entendê-la por completo. Este livro será um grande sucesso, minha querida, e poderemos comprar uma casa muito maior com um terreno que vai se estender até perdermos de vista. Pode imaginar isso?

— O senhor será lembrado por tantas pessoas! — disse Emma, prendendo com cuidado a asa na delicada criatura.

— Não serei lembrado, mas a teoria sim. A busca da verdade natural, isso importa mais. Muito mais do que você ou eu.

— Pronto — disse ela, colocando o pequeno pássaro de pé sobre a mesa.

— Bichinho engenhoso este, não? Chegou há apenas uns dois anos do Velho Mundo e já se sente em casa — disse ele, dando tapinhas na cabeça do pássaro. — Em breve será o dono do pedaço.

...

De fato, as coisas estavam melhorando para o sr. Englethorpe: ele parecia prestes a criar algo importante, algo mágico, e havia dias em que Emma quase podia sentir as importantes ideias flutuando pela casa.

Outros também pressentiam: por intermédio de Louisa Alcott, o sr. Englethorpe foi apresentado ao eminente Ralph Waldo Emerson, que também vivia na mesma rua, mais abaixo. O famoso (e intratável) transcendentalista simpatizou de imediato com o homem magro que se cercava de todo tipo de pássaros e animais, e os dois podiam ser vistos com frequência dando longas caminhadas pelo lago Walden. Emerson, já um homem de idade nessa época, não parecia gostar de crianças, e Emma, para sua grande tristeza, raramente era convidada para esses passeios.

No início de um mês de março excessivamente quente, um novo presidente assumiu o governo, na mesma época em que os primeiros e confusos brotos de crisântemo apareciam no jardim dos Englethorpe, em Concord. Uma semana mais tarde, nevou outra vez, e, para horror de Elizabeth, todos os seus brotos morreram congelados.

— Isso é terrível! — disse ela. — Terrível, terrível, terrível.

Um mês mais tarde, numa manhã chuvosa de abril, o homem que lhes levava o leite também levou a notícia de que o forte Sumter tinha sido bombardeado pela Confederação. A Guerra entre os Estados tinha começado.

Homens por toda parte se alistavam e deixavam suas fazendas, pois a memória da guerra revolucionária três gerações antes ainda era viva nas aldeias vizinhas. Mesmo na quietude do escritório, os passos das botas da milícia local podiam ser ouvidos no quartel recém-erguido ali na colina. No início, o sr. Englethorpe devorava os jornais, mas conforme a guerra se arrastava naquele verão e outono adentro, ele logo retornou ao seu estudo das gramas da pradaria.

— Isso só torna meu trabalho ainda mais importante. Se este país está disposto a destruir a si mesmo, deveríamos saber o que estamos destruindo.

— O senhor também vai? — perguntou Emma.

— As pessoas só podem fazer aquilo que lhes cabe fazer — disse o sr. Englethorpe. — E neste momento o que me cabe fazer é escutar os passos dessas botas e refletir sobre a ferocidade dos homens e depois voltar aos meus estudos. Além disso, quer me ver feito em pedacinhos por algum jovem do Bayou que só tem uma vaga ideia daquilo pelo que por acaso está lutando? Eu preferiria mostrar como esse rapaz é descendente direto dos macacos.

— Mas não somos macacos, pai — disse ela.

— Você está correta — disse ele. — Mas estamos nos esforçando ao máximo para provar o contrário.

— Eu não gostaria que o senhor morresse por isso — disse ela, segurando sua mão.

As estações se sucediam, a guerra continuava. Embora Elizabeth lhe implorasse para que não fosse, Louisa May Alcott deixou Concord para ir trabalhar num hospital de guerra em Washington. Sem o conforto de sua amiga, Elizabeth se voltou para seu jardim. Tentou esquecer o desastre dos crisântemos e começou a plantar legumes, que vendia na feira da cidade nos fins de semana.

Era estranho como tudo se desdobrara. Ela havia deixado o mar por aquilo, não pelos cenários do Oeste, amplos e de tirar o fôlego, mas por colinas suaves, uma camada superficial do solo pouco densa e uma estação curta de crescimento de uma fazenda na Nova Inglaterra. Pelo menos era um compromisso. Em seu segundo casamento, alguma coisa tinha endurecido dentro dela. Ela estava mais feliz do que jamais fora e, no entanto, não conseguia evitar a sensação de que deixara escapar aquilo a que estava destinada. Não cavalgara de Cumberland Gap até a fronteira. Não sentira os declives e sulcos do terreno embaixo da roda de uma carroça. Tinha assentado naquela vida, ali. E era uma boa vida. Seu novo marido era adorável, ainda que eclético e incorrigível, e estava aprendendo a abraçá-la à noite não como mais um de seus espécimes empalhados, mas como um homem abraça sua esposa. E mesmo assim não vinham mais filhos.

Depois de um ano escrevendo, o sr. Englethorpe não parecia mais próximo de completar seu livro do que quando começara. Emerson escreveu a alguns amigos da Academia Nacional de Ciência e conseguiu que Englethorpe fosse dar uma palestra preliminar sobre as evidências da seleção natural na América do Norte.

A Academia estava fazendo o possível para se reunir regularmente e levar adiante sua missão apesar do fato de que a atenção da maioria das pessoas estava nas horrendas imagens de corpos pálidos como cera jazendo nos campos gelados da Virgínia e não na origem do homem. Ainda assim, havia certo conforto no ato de debater, de traçar uma longa linha de descendência desde o começo da vida até agora, como se o fato de chamar a atenção para os nossos ancestrais símios fosse transformar aquela guerra em algo comum, fosse impedir que se tornasse o fim da civilização moderna que quase todos os homens de óculos na Academia secretamente temiam ser.

Uma semana antes de viajar, o sr. Englethorpe convidou Emma para ir junto.

— Eu? — perguntou ela.

— Você faz parte deste livro tanto quanto eu.

Quando ele disse isso, ela percebeu que a simbiose de causa e efeito não havia sido conferida apenas ao seu novo pai, que ela sempre vira como um homem que naturalmente afetava o curso da história; o dom também estava dentro dela: ela também tinha o poder de transformar o curso do tempo; suas mãos podiam fazer coisas que tinham significado, escrever palavras em que as pessoas prestariam atenção.

Viajaram numa cabine de trem de primeira classe de Boston até Filadélfia. Um funcionário deu doces a Emma e outro lhe deu toalhas mornas à tarde, bem no momento em que a fumaça da locomotiva ameaçava acionar mais uma de suas enxaquecas. O sr. Englethorpe estava impecável em suas roupas de viagem. Seu bigode estava engomado e cuidado, suas mãos pareciam nunca deixar seu lugar no alto da bengala.

Em certo momento da viagem, ela olhou bem nos olhos de seu novo pai e disse:

— O senhor disse ao sr. Agassiz que eu não queria frequentar a escola dele.

O rosto dele congelou. Passou um dedo pelo bigode. Seus olhos a fitaram brevemente e depois se viraram para a janela.

— Você lamenta não ter frequentado? — perguntou ele, por fim.

— O senhor mentiu para mim. Por que não queria que eu fosse estudar lá?

— Serei eu culpado? Agassiz ignora sua própria cegueira! Deus o abençoe, mas você era importante demais à nossa causa para que eu a perdesse para tamanha soberba!

— Nossa causa? — Ela estava fervendo de raiva. Queria dar um tapa nele mas não deu.

— Sim — disse ele. — Nossa causa. Você sabe que eu a amei e tratei como minha própria filha desde o momento em que a conheci, mas esse amor não obscureceu minha avaliação objetiva dos seus grandes talentos.

Você por acaso é minha filha e aprendiz, mas por acaso é também o futuro da ciência neste país.

Os olhos dela queimavam. Não sabia o que fazer. Saltar do trem? Abraçar aquele homem? Em vez disso, mostrou-lhe a língua. Ele olhou para ela, chocado por um instante, e depois riu.

— Espere até eles a conhecerem — disse ele, dando umas pancadinhas com a bengala no joelho dela. — A Academia não vai saber o que pensar, assim como eu também não sabia o que pensar. Esse lugar estará no seu futuro.

Foi o fim de semana mais memorável de sua vida. Ela conheceu centenas de cientistas de todos os campos imagináveis, e, para a diversão dos homens ao seu redor, se apresentava assim:

— Olá, sou Emma Osterville Englethorpe e gostaria de ser cientista.

— Bem, que tipo de cientista você quer ser, mocinha? — um homem rotundo a instigou, sorrindo diante das fitas espumantes do seu cabelo, um presente de Elizabeth para a viagem.

— Geóloga. Tenho certeza. Meu maior interesse é pelas eras do Mioceno e Mesozoica e em particular pelos depósitos vulcânicos. Mas também adoro botânica e a descrição das famílias de orquídeas da orla marítima índica. E meu pai diz que tenho um dos melhores olhos topográficos pelo sextante que ele jamais viu.

O homem recuou um passo, aturdido.

— Bem, menina, espero vê-la no campo! — disse ele e se afastou, sacudindo a cabeça.

Robert E. Lee se rendeu em Appomattox, em abril de 1865. Menos de uma semana depois, Lincoln estava morto. Os dois eventos não despertaram interesse na casa. O sr. Englethorpe tinha se retirado para o seu escritório, mas não estava claro o que fazia de fato, pois não parecia haver nenhum método naquela loucura: seis ou sete dos grandes caixotes estavam abertos e bandejas com espécimes, espalhadas pelo cômodo. Ele ficou irritado com Emma, algo que ela nunca tinha visto antes. Na primeira vez que ele lhe disse de maneira brusca para que o deixasse sozinho, ela correu para seu quarto chorando e não saiu mais pelo resto do dia. Gradualmente, aprendeu a criar projetos para si mesma. Fez um mapa geológico da propriedade deles e começou a fazer caminhadas com Harold Olding, seu vizinho um tanto surdo, que tinha sido ferido na guerra e descobrira um novo amor pela atividade de observar pássaros.

Ela acabava de voltar de uma dessas caminhadas quando Elizabeth foi encontrá-la na varanda.

— Ele está doente — disse ela.

Ninguém conseguia identificar a doença. O sr. Englethorpe dava para si mesmo um diagnóstico que mudava todos os dias, indo de dengue até doença do sono. Emerson aparecia quase sempre, escrevendo para médicos de toda parte da costa leste sobre a condição de seu amigo. Eles vinham: homens de cartola e maletas de médico que subiam com passos pesados a escada até o quarto dele e voltavam sacudindo a cabeça.

— Tenho palpites — um médico de Nova York disse. — Mas nunca cheguei a ver essa confluência de sintomas antes. Vou deixar-lhe isto. Deve tomar dois por dia.

Os frascos começaram a se avolumar na cabeceira do sr. Englethorpe, mas o número de remédios diferentes se tornou excessivo e nenhum parecia eficaz, então, depois de algum tempo, ele parou de tomar todos. Quando tinha energia, descia à sala de visitas da frente e se sentava no sofá-cama, fazendo anotações de modo febril, e depois dormindo por longos períodos de tempo. Seu rosto estava sempre com um tom avermelhado, seus olhos afundados. Conforme perdia peso, suas feições mudavam, e começou a parecer um homem diferente, embora seus olhos ainda mantivessem traços daquela inexaurível curiosidade. Elizabeth lhe dava sopa de esquilo e suco de beterraba. Emma tentava ajudá-lo a organizar suas notas sobre tentilhões, mas ele a dispensava com um gesto de mão.

— Emma — disse ele, por fim, certa tarde —, está na hora de mandarmos você para Vassar.

— Para Vassar?

— É uma faculdade que começou a funcionar recentemente, em Nova York. Matthew Vassar, um velho amigo, por fim conseguiu concretizar algo que foi sua ambição a vida inteira, e que é ainda mais notável por ser uma faculdade apenas para mulheres!

O coração de Emma saltou diante daquela ideia. Ela com frequência se perguntara aonde sua vida ia levá-la em seguida, se ela chegaria algum dia a cumprir sua autodeclarada profecia de ser uma cientista, para além das fronteiras de sua propriedade, para além das fronteiras de uma assistência ao sr. Englethorpe. Mais tarde, talvez no desvario da doença dele, até mesmo essa relação parecia uma esperança perdida.

O projeto de frequentar Vassar renovou a parceria. Juntos, Emma e o sr. Englethorpe elaboraram com esmero um pedido de admissão que incluía um conjunto amplo de suas anotações e desenhos. Era animador ver um portfólio tão bom de seus trabalhos reunidos num só lugar. Esse esforço mostrou não ser necessário, contudo, pois tudo o que o sr. Englethorpe precisava fazer era escrever uma carta ao sr. Vassar, o que ele fez, com o objetivo de perguntar sobre o andamento do pedido que tinham enviado vários meses antes. O sr. Vassar respondeu prontamente e declarou que não conseguia imaginar nada mais apropriado do que embarcar no tão empolgante caminho rumo à igualdade dos sexos na educação superior ao lado da "brilhante e talentosa" filha de seu amigo. Emma Osterville Englethorpe seria um membro da primeira turma de Vassar College.

Mas o sonho não estava destinado a se concretizar. Naquela tarde de fim de agosto, depois de comunicar o animador conteúdo da carta tanto à mulher quanto à filha, o sr. Englethorpe foi acometido de uma febre da qual não conseguia mais sair. Ficaram com ele naquela noite, observando enquanto o segundo homem a uni-las desaparecia aos poucos deste mundo. Emerson veio, Louisa May também; disseram algumas palavras a Elizabeth e depois partiram pela última vez.

Emma observava seu pai deitado na cama. Não conseguia imaginar o que aconteceria com toda aquela energia. O homem que tinha viajado em torno da Terra, indo do veio de granito ao bosque coberto de névoa, examinando cada majestoso bordo e cada bétula trêmula, os olhos sempre abertos, refletindo, questionando, fermentando com explicações possíveis sobre como o mundo chegara a ser como era.

Para onde aquele assombro havia ido? Mais tarde, ela viria a se perguntar se tinha simplesmente evaporado, se dissipado pela janela meio rachada, entre as árvores, pelos campos, pousando na grama como gotas de orvalho.

Ele faleceu pela manhã.

Capítulo 9

Aconteceu em algum lugar no Nebraska.
Ou talvez fosse Iowa. Não sabia direito. Ah, se eu apenas estivesse acordado naquele momento para registrar sua ocorrência (ou até mesmo apenas ver o que diziam os marcos quilométricos!). Quem sabe? Eu talvez ficasse famoso no mesmo instante. Mas quis a sorte que eu tivesse caído num daqueles raros sonos tão difíceis de ter durante aquela viagem de trem, perdido num sonho em que bebia refrigerante Tab enquanto andava pelo espelho d'água do Lincoln Memorial — só que o espelho d'água tinha vários quilômetros de extensão, e nas margens havia uma multidão de pessoas dando vivas para mim.

Quando acordei, no entanto, senti de imediato que alguma coisa estava errada. Você pode achar que essa sensação era por eu ter acordado com a bochecha na superfície da mesa, em meio a uma poça da minha própria baba — mas não era isso.

Saltei de volta à vida, embaraçado, enxugando a baba como se Valero fosse me julgar por meu desleixo.

— Desculpe — disse.

Valero não respondeu.

E foi então que fui tomado por essa sensação formigante de desconforto. Tudo estava quieto. Quieto demais.

Olhei para as letras do Boggle. Devia estar semidelirante quando as organizara assim:

```
        S
        P
        I
        V
      C E N T R O
        T
```

As letras pareciam estranhamente bidimensionais. Na verdade, toda a cabine da Morada do Caubói parecia plana, como se minha percepção de profundidade não funcionasse. Era como se pudesse apenas estender a mão e tocar todos os objetos à vista, independentemente da real distância que estivessem de mim.

Será que eu estava bêbado? Nunca tinha ficado bêbado antes, então não podia saber. Será que o Duas Nuvens tinha me dado bebida alcoólica? Mas isso tinha sido dias antes...

Olhei pela janela do Winnebago, tentando descobrir que horas eram. Estávamos em movimento — isso eu podia saber pelo familiar tremor suave do mundo —, mas eu não conseguia ver nada pelas janelas. Nenhuma paisagem. Não quero dizer apenas que estava escuro; não era esse o problema. A escuridão é totalmente relativa. Até mesmo quando está um breu completo é possível sentir a alteridade das coisas existindo *lá fora*. Aquilo era diferente. Não havia *nada* lá fora, nada que ecoasse meus pensamentos. A silenciosa confirmação que estávamos tão habituados a receber de um mundo que dizia "Sim, eu ainda estou aqui, vá cuidar da sua vida" já não era mais transmitida.

Saí, devagar, do meu assento e fui até a porta. Podia ouvir meus tênis rangendo no chão de linóleo do Winnebago. Estaria mentindo se dissesse que, naqueles momentos lentos e penosos, não considerei a possibilidade de haver uma máquina para fechar embalagens a vácuo do outro lado da porta — que, se eu fosse abri-la, seria sugado por meio do portal para o outro mundo, um lugar sem oxigênio, como Hal fez com aquele cara em *2001: uma odisseia no espaço.*

Dei uma olhada na vastidão do lado de fora do trem. Nada. Absolutamente nada. Mas alguma coisa me impelia a correr o risco. Se eu fosse morrer, não havia um modo melhor de fazê-lo do que abrindo a porta de um Winnebago que dera um jeito de voar para o espaço sideral. Talvez meu corpo fosse se tornar um pedaço de lixo espacial inteiramente preservado que uma raça de macacos inteligentes viria a encontrar mil anos no futuro e eu me tornaria o protótipo da espécie humana. Todos os outros humanos daquele ponto em diante seriam comparados comigo.

A maçaneta da porta cedeu com facilidade. *É agora...*

Nada. A porta fez seu familiar ruído de borracha desgrudando ao abrir. Não houve nenhuma forte golfada de ar, nenhuma sensação de todas as minhas mitocôndrias explodindo ao mesmo tempo. Não fui sugado pelo portal. Hal — por mais que eu quisesse falar com ele e aproveitar a lúgubre e sinfônica calma de sua voz — não existia.

Na verdade, o ar lá fora estava fresco e seco, uma temperatura e uma consistência que se poderia esperar de uma noite de início de outono em algum lugar no Centro-Oeste. Mas não havia Centro. Não havia Oeste. Não havia Leste. Não havia nada.

Contemplei o éter. Ante uma inspeção mais detalhada, parecia haver quase um tom azulado na escuridão, como se alguém tivesse andado brincando com o ajuste de cores da televisão. E não só tudo se tornara meio azulado, mas o chão já não era mais visível! Era como se o trem simplesmente estivesse flutuando no meio de um enorme vazio.

Talvez o mais desconcertante de tudo fosse o fato de eu já não mais conseguir ouvir o cláquete-claque dos trilhos. O trem ainda estremecia como se estivéssemos seguindo as curvaturas irregulares da linha, os declives e puxões dos dormentes e balastros da ferrovia, mas não havia o zumbido do contato, o eco do metal sobre o metal, nada do barulho constante e infernal que eu passara a amar e a odiar.

— Olá? — chamei. Nenhum eco. Apenas a escuridão plana e azulada. Sem um reconhecimento sônico dessa natureza, o impulso de gritar parecia inútil.

Corri de volta para dentro do Winnebago e peguei Igor. A tecnologia ajudaria a solucionar aquela questão de uma vez por todas. Outra vez lá fora, segurei Igor acima da cabeça e ordenei-lhe que me informasse nossas coordenadas. Segurei-o no alto desse jeito até meus braços ficarem cansados, então coloquei-o ao meu lado no vagão-plataforma e fiquei observando enquanto ele buscava e buscava sem qualquer resultado.

— Você é um idiota, Igor — falei, e joguei-o no abismo. Para dizer a verdade, vê-lo ir-se me proporcionou uma estranha satisfação.

Será que eu estava morto? Era isso? Será que o trem tinha batido?

Diante dessa possibilidade, fui tomado no mesmo instante por uma profunda sensação de pesar. Jamais terminaria meus mapas de Montana. Desapontaria o sr. Benefideo, que, depois de nosso breve encontro no salão de conferências, talvez tivesse se enchido de uma grande esperança, tão grande que sua viagem de catorze horas de volta a Dakota do Norte passou voando, e ele não teve nem mesmo que ouvir um único livro de áudio, sua respiração lenta e fácil agora que ele sabia que encontrara um herdeiro para o trabalho ao qual dedicara toda a sua vida. E o que ele faria apenas seis meses mais tarde, quando soubesse que seu futuro protegido tinha morrido? Que olhar cansado de resignação atravessaria seus olhos quando ele abaixasse o jornal que descrevesse o acidente de trem? Sua grande tarefa de mapear esquematicamente o continente com todas as suas minúcias regressaria ao plano de um sonho solitário, um passatempo elaborado, um começo sem fim.

E no entanto eu não podia negar: junto com o pesar e a culpa e a sensação ardente na língua vinha o arrepio formigante do alívio, pois eu tirara do meu caminho a parte desagradável da morte. Talvez meu corpo agora estivesse esmagado em mil cacos, e embora meus pais e Gracie fossem sofrer quando viessem a descobrir o meu destino, talvez isso significasse que eu também voltaria a ver Layton. Em dado momento o trem pararia, e Layton subiria a bordo em alguma estação de trem das antigas flutuando no meio do além, as suaves luzes lá no alto revelando-o de pé na plataforma com a mala na mão ao lado de um agente ferroviário gentil e barbado com um cronômetro pendendo da palma aberta de sua mão.

— Todos a bordo! — exclamaria o agente ferroviário enquanto o trem parava de modo suave e lento.

— Olá, Layton! — gritaria eu, e ele acenaria animado com a mala ainda na mão, de modo que ela balançaria e o acertaria no rosto. E o agente riria e faria um sinal com a mão e Layton subiria a bordo enquanto o trem sibilasse embaixo de nossos pés.

— Você não vai acreditar no que eu andei fazendo! — ele gritaria, jogando a mala no chão e a abrindo com um rasgão. — Olha o que eu tenho aqui!

Seria como se não tivesse passado tempo algum. Poderíamos começar com umas duas partidas de Boggle e eu poderia contar-lhe todas as coisas em que pensara desde a sua morte, todas as coisas que eu desejara não ter tido tanto medo de lhe contar se soubesse o pouco tempo que teríamos juntos. E então Layton ficaria profundamente entediado com o Boggle e gemeria e faria aqueles barulhinhos de pistola com a boca e depois talvez decoraríamos juntos a Morada do Caubói com nossos mapas indígenas da última batalha do general Custer ou brincaríamos de "Encolhemos e temos dois centímetros, e agora?".

    Pensando bem, quem saberia dizer todas as coisas que poderíamos fazer nesse novo mundo? Talvez pudéssemos até sair do trem com o Winnebago e explorar a paisagem dos mortos juntos: apenas dois caubóis no espaço metafísico. Podíamos ir encontrar Billy the Kid, ou o presidente William Henry Harrison. Ou Tecumseh! Podíamos perguntar a Tecumseh se ele realmente amaldiçoara o presidente Harrison. Na verdade, descobriríamos, de uma vez por todas, se as maldições de fato existiam! Podíamos reunir Tecumseh e o presidente Harrison e dizer: "Vejam, agora que estamos a par das regras do jogo, maldições não existem! Vamos ser todos amigos e jogar algumas partidas de Boggle. Vocês dois podem até mesmo beber uísque juntos, se quiserem... O quê? Ah, não, senhor... Layton e eu podemos estar mortos, mas ainda somos muito jovens para beber... O quê? Só um pouquinho? Ora, está bem... que mal pode fazer, não é mesmo?" Meu Deus, seria o máximo.

    Depois de ficar sentado na beira do vagão-plataforma balançando os pés por algum tempo, vi que a hipótese da morte era simples demais. Eu não estava morto. Talvez tivesse ingressado num Nebraska/Iowa paralelo, mas ainda estava vivo. Balancei os pés e olhei para o vazio.

    — Valero? — perguntei. — Você está aí?

    — Sim — disse Valero.

    — Onde estamos? — perguntei.

    — Não sei — disse Valero. — Num minuto estávamos seguindo em frente como de hábito, e no minuto seguinte estávamos aqui.

    — Então não houve um túnel? Uma troca de trilhos? Nenhuma vaca mágica pela qual passamos?

    — Sinto muito — disse ele.

    — Você acha que vamos voltar ao mundo real?

— Acho que sim — disse Valero. — Este lugar não parece o fim da linha, parece mais uma sala de espera.

— Talvez... talvez tenhamos recuado no tempo — falei.

— Talvez — disse ele.

Fiquei sentado ali esperando. Contei até cem, depois perdi a sequência dos números e apenas fiquei sentado. Minha respiração ficou mais lenta. O trem desapareceu. O velho Centro-Oeste, ou qualquer que fosse o lugar onde estivéssemos, me engoliu. Fiquei sentado. Depois de algum tempo, quando estava pronto, lentamente me levantei, entrei na Morada do Caubói e peguei o caderno da minha mãe, para terminar sua história.

Emma não queria mais ir para Vassar. Não via razão para ir, agora que ele não estava mais com ela. Era por ele que tinha feito tudo aquilo. Sem ele, voltaria ao que se esperava que ela tivesse feito todo o tempo: procurado nas salas de visita de Boston um adequado marido cristão.

Durante o jantar naquela noite ela falou à sua mãe que ficaria com ela na fazenda, que ia se casar o quanto antes para não ser um peso em suas finanças.

— Eu devia ter feito isso há algum tempo, mas estava encantada por ele.

Elizabeth baixou a colher na mesa com força, fazendo com que tanto o cabo do talher quanto o prato batessem na mesa de madeira com um ruidoso golpe duplo.

— Emma — disse ela —, eu nunca lhe pedi muita coisa. Tenho sido uma mãe exigente mas gentil, da melhor forma que posso, e desde que seu pai morreu, em Woods Hole, venho educando-a eu mesma, o que, apesar da sua benevolência, não é uma tarefa fácil. Você é a alegria da minha vida. Eu não poderia tolerar deixá-la partir agora que estamos pela primeira vez sozinhas de novo, depois de um tempo que me pareceu uma eternidade. A mera hipótese de algo assim tem me tirado o sono à noite. Nada me aterroriza mais. Nada exceto isso: que você não vá. Se você não arrumar suas roupas, desenhos, cadernos e penas até o final da semana e se não tomar aquele trem eu nunca a perdoarei. Você não pode jogar isso fora. Fechar-se àquilo que é possível é matar uma parte de você mesma, e essa parte nunca mais voltará a crescer. Pode se casar e pode ter muitos belos filhos, mas uma parte sua estará morta e você vai sentir esse frio todas as vezes que acordar pela manhã. Você está prestes a descobrir o mundo; quem sabe que coisas grandiosas e gloriosas a aguardam naquela faculdade? Este é um mundo que nunca foi testado antes, nunca foi sonhado antes. — Ela estava corada; jamais dissera tantas palavras em sua vida. — Honre-o e vá.

Emma foi. Não por ele, no entanto, mas por ela, Elizabeth, sua mãe, que tinha sido a navegadora silenciosa durante todo aquele tempo, que não gritara ordens, mas que dera uma cutucada no leme quando ninguém parecia notar.

Elizabeth some aos poucos dessa história como a vespa macho que, uma vez tendo cumprido seu papel na procriação, se arrasta para debaixo de uma folha, dobra a cabeça com as antenas para dentro das patas e espera a morte chegar. O sr. Englethorpe sempre falara desses zangões com uma espécie de admiração, como se fossem os heróis da história.

— Sem reclamações — dizia ele. — Sem reclamações.

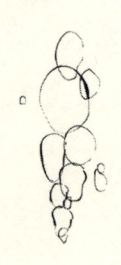

É provável que a saída de cena de Elizabeth não tenha sido tão semelhante a um postulado. Ela nunca voltou a se casar, mas fazia tudo o que podia naquela casa de campo em Concord — cultivava os mais doces tomates e chegou a escrever uns dois poemas fracos que timidamente mostrou a Louisa May, que os proclamou "emotivos e reveladores". Mas pulmões fracos a impediam de viajar, e ela nunca pôde ver o Oeste ou seus três netos que nasceram em Butte. Morreu uma morte tranquila, embora solitária, em 1884 e foi enterrada junto a Orwin Englethorpe, sob os sicômoros.

Em Vassar, Emma encontrou em Sanborn Tenney, seu professor de ciências da natureza e geologia, um importante mentor, mas foi Maria Mitchell, a professora de astronomia, que ofereceu a Emma um refúgio acadêmico genuíno. Embora a astronomia não fosse a disciplina da sua escolha, Emma e a sra. Mitchell passariam mais de uma noite estudando até tarde o cosmos e discutindo a composição do universo.

Uma noite, Emma contou a ela tudo sobre o sr. Englethorpe.

— Eu teria gostado de conhecer esse homem — disse a sra. Mitchell. — Ele permitiu que você visse seus grandes dons apesar das vozes que talvez sugerissem o contrário. Combati essas vozes durante toda a minha vida, e você também vai combater, sem dúvida. — Ela girou o telescópio na direção de Emma. — É Gêmeos.

Através da abetura fria do telescópio, Emma podia ver as duas linhas paralelas de estrelas. E ainda assim, como eram diferentes! O que levara o antigo astrônomo grego a nomeá-las assim? Será que ele estava olhando para o céu e descobriu os gêmeos, ou estava olhando para o céu *em busca* de gêmeos?

Emma se formou depois de apenas três anos, escrevendo seu trabalho sobre os depósitos sedimentários de arenito nas montanhas Catskill. Era a melhor aluna da turma, e em seu quarto ano ampliou o trabalho final e transformou-o numa dissertação, que foi publicada pela Academia Nacional naquele mês de setembro, quatro anos após o dia da morte do sr. Englethorpe. Na semana seguinte, o sr. Tenney chamou a dra. Emma Osterville Englethorpe em seu escritório. Ofereceu-lhe um conhaque, que ela recusou, e em seguida lhe ofereceu uma cátedra em geologia na universidade. Emma ficou surpresa e lisonjeada.

— Estou pronta? — perguntou ela.

— Minha cara, você está pronta desde que pôs os pés aqui pela primeira vez. Mesmo naquela época seu método já era mais extenso do que os de muitos deste corpo docente. É evidente que seus professores anteriores aos de Poughkeepsie lhe ensinaram bem; gostaria que eles também trabalhassem aqui, embora estejamos mais do que felizes em poder ficar com você.

Emma voltou, triunfante, à Academia Nacional de Ciência no ano seguinte, 1869, para apresentar seu artigo e fazer uma conferência sobre mulheres e ensino superior, que assinou em coautoria com a sra. Mitchell durante um fim de semana nas montanhas Adirondack. Não foram poucos os membros da Academia que ligaram a garota de rosto inteligente de sete anos antes à jovem confiante que estava diante deles agora. Esses homens, outrora rindo-se das ambições da garota, agora voltavam-se abismados diante dos impressionantes feitos de sua colega. A recepção a Emma foi fria, hostil. Ela notou, mas fingiu não se importar. Maria Mitchell a havia preparado para uma reação como essa.

Terminou as últimas frases de sua conferência:

— ...E então, que não perguntemos o sexo de uma cientista, mas se seu método é válido, se ela se atém aos rigorosos padrões da ciência moderna e se está avançando com o conhecimento coletivo do projeto humano. Este projeto importa acima de tudo o mais, acima de sexo, raça ou credo. Estou aqui não para defender um tratamento igual para as mulheres nas ciências em qualquer base altamente moralista, mas para lhes dizer que este projeto será muito prejudicado sem tal equanimidade: ainda há coisas demais a se saber, espécies demais ainda não descritas, doenças demais a subjugar, mundos demais a explorar. Sacrificar as mulheres cientistas significa depauperar de modo significativo o número de mentes. Meu querido professor uma vez me disse que, nesta era da categorização, conheceríamos todo o conteúdo do mundo natural em setenta anos. Está claro agora que ele se enganou por um fator de dez, se não mais, e portanto precisamos dos serviços de cada cientista, não importa qual seja o seu sexo. Como cientistas nessa busca, nos definimos, é claro, por nossa atenção ao detalhe, mas acima de tudo pela abertura de nossa mente. Sim, não somos nada se não temos uma mente aberta. Com profunda gratidão por ser aceita em seu grupo, agradeço-lhes do fundo do meu coração.

Ela fez uma pequena mesura no atril e esperou. O aplauso era débil, vindo sobretudo dos golpes úmidos das mãos de um homem rechonchudo que já tinha deixado claro seu apreço por Emma no corredor, antes da conferência. Ela apertou a mão do presidente da Academia, Joseph Henry, também o primeiro-secretário da Smithsonian, que visivelmente não gostava dela. Deu-lhe um sorriso tão falso que ela se sentiu tentada a repeli-lo ali mesmo, diante de todos, mas mordeu a língua e desceu do palco em silêncio.

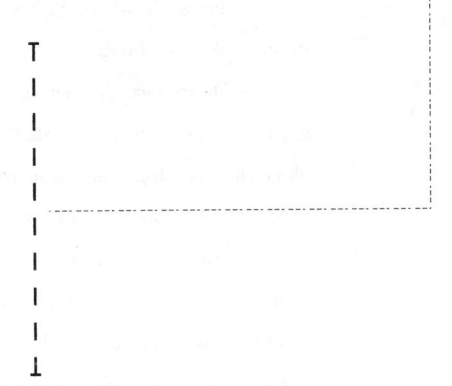

> Aqui houve uma interrupção no texto, e o espaço em branco fez com que eu de repente me lembrasse de que era minha mãe quem tinha escrito aquilo tudo, que simplesmente não havia acontecido. Na verdade, será que alguma daquelas coisas tinha acontecido de fato? Naquela primeira anotação para si mesma, a dra. Clair se preocupara com a extensão de seus dados, e eu podia ver por quê... como é que ela sabia dos pensamentos mais íntimos de Emma? Eu não podia acreditar que uma mulher de empirismo estrito e quase paralisante como a dra. Clair fosse se permitir tomar liberdades tão grandes e especular — não, *inventar* — todas essas emoções em nossos ancestrais. Embora a verificabilidade instável da narrativa me deixasse nervoso, também me fazia continuar virando a página. Eu estava cativado tanto pela crença quanto pela descrença. Talvez estivesse me tornando um adulto.

A degradante recepção solidificou sua decisão. Ela não podia ser dispensada — não ia se retirar furtivamente para as sombras a fim de abrir caminho para os velhos gordos e seus charutos. Numa recepção no dia seguinte, na qual usou um conservador vestido cinza e uma única fita preta no cabelo, alguém mencionou-lhe que Ferdinand Vandeveer Hayden, o famoso geólogo, também estava na Academia naquele fim de semana, angariando apoio para sua última expedição ao Wyoming. Emma franziu os lábios e fez que sim, bebendo seu chá como devia fazer, escutando o tópico seguinte da conversa, sobre fósseis na Nova Escócia. Uma ideia tinha se plantado em sua cabeça, porém — uma ideia que não iria embora naquele dia nem no seguinte. Não falou com ninguém sobre sua ideia até estar cem por cento segura ela mesma, e então, em seu último dia na Academia, Emma conseguiu, com ousadia, um encontro com o dr. Hayden.

Para sua surpresa, ele aceitou.

Encontraram-se num dos elegantes salões junto aos jardins da Academia, sob dois retratos gigantes de Newton e Agassiz, que parecia muito mais ameaçador a óleo do que em pessoa. Emma, sentindo a garganta se fechar diante do aceno da história, não perdeu tempo em pedir uma vaga em sua expedição.

— Na qualidade de quê? — perguntou Hayden. Seu rosto não mostrava sinais de ironia.

— De geóloga. Também sou uma competente agrimensora e topógrafa. Embora só tenha um trabalho publicado, posso lhe mostrar exemplos da minha coleção que, tenho certeza, o senhor vai achar de qualidade suficiente. Orgulho-me de meu método e de minha exatidão.

Ela não sabia, mas Hayden não tinha dinheiro suficiente para contratar mais um topógrafo além do grupo que já reunira. Ele sugou a ponta de seu charuto por algum tempo, olhando para os jardins. O que passava por sua cabeça Emma não sabia, mas ele por fim se virou e concordou em levá-la, somente depois de adverti-la, porém, dos perigos de uma viagem daquelas, o que ela desconsiderou com um gesto de mão, e também da lamentável mas inevitável circunstância de não poder pagá-la, o que ela considerou, depois aceitou. É preciso escolher suas próprias batalhas.

E assim as peças improváveis foram postas no lugar para que a professora Emma Osterville Englethorpe embarcasse num trem em Washington D.C. no dia 22 de junho de 1870 — sua bagagem cheia de dispositivos de levantamento geológico que ela herdara do sr. Englethorpe e pegara "emprestados" da coleção de Vassar — rumando a oeste na recém-concluída ferrovia Union Pacific e se reunisse a Ferdinand Vandeveer Hayden e a Segunda Expedição Geológica Anual Americana do território do Wyoming. Quais eram as chances de uma mulher numa época daquelas se reunir a tal empresa? Tudo parecia extremamente improvável. Não havia dúvidas de que certos membros da expedição, que decerto estavam aliviados e gratos por terem sido escolhidos para estar na lista de uma missão tão única e importante, ficaram ainda mais surpresos quando descobriram que uma mulher também ia acompanhá-los na aventura pioneira, num posto profissional, pelo vasto território.

Chegaram na agreste Cheyenne depois de duas semanas sofridas a bordo da ferrovia — a locomotiva quebrara duas vezes no Nebraska e Emma tinha sido atormentada por enxaquecas durante todo o trajeto. Ficou satisfeita ao finalmente se deparar com o ar livre do Oeste.

Passaram uma noite em Cheyenne. A cidade estava cheia de vaqueiros devassos, ansiosos para torrar seu pagamento pelas comitivas, e de todo tipo de personagens sombrios especulando ou mascateando esta ou aquela oportunidade única. A metade dos homens da expedição, incluindo Hayden, deixou o hotel para frequentar os famosos bordéis de Cheyenne, deixando Emma apenas com seus pensamentos e suas anotações de campo. Depois de uma única noite na cidade, ela ficou feliz por estar seguindo em frente outra vez. Ansiava por estar entre o calcário do Cretáceo, caminhar pelos anéis escancarados das lendárias montanhas Wind River e ver com

Uma fotografia, colada no caderno. Na legenda estava escrito "Expedição de Hayden, 1870".

Embora eu examinasse os rostos de cada um, não pude encontrar Emma. Talvez ela estivesse no campo, fazendo anotações em seu caderno verde. Subitamente odiei os homens naquela fotografia. Queria chutar cada um deles bem no meio das pernas.

seus próprios olhos as grandes dobras e curvas tectônicas que, diziam, fariam as paisagens de sua terra natal parecer algo diminuto.

Mas as coisas não ficaram mais fáceis. Durante dez dias acamparam em Fort Russell, o ponto de encontro da expedição. Na segunda noite, um dos homens agarrou, bêbado, o cabelo dela, e tentou forçá-la a se deitar sobre ele. Ela o chutou na virilha e ele se encolheu como um fantoche jogado de lado, desmaiando ali mesmo, e na mesma hora. Na manhã seguinte, sentado ao redor do bule de café, ele não disse nada.

Por fim, se encaminharam para oeste. Ela aprendeu a acordar mais cedo do que os outros e depois ir para o campo antes que os homens acordassem. Pouco a pouco, ela e os homens forjaram um contrato não verbalizado segundo o qual se evitavam mutuamente.

Hayden era o pior de todos. Não era o que ele dizia — era o que ele não dizia. Ele mal dava sinais de notar a presença dela. No fim do dia, ela deixava suas anotações sobre geologia na mesa do lado de fora da barraca dele, e elas já não estavam mais ali pela manhã, mas ele nunca lhe agradecia, nunca conversava com ela sobre qualquer uma de suas observações. Ela podia sentir os músculos de seu queixo se contraírem todas as vezes que estava perto dele. Aqueles eram para ser refinados homens da ciência, homens que podiam discutir Humboldt, Rousseau e Darwin com facilidade, homens de caráter, homens de observação, mas por baixo de tudo isso eles cultivavam uma espécie de cegueira que ela achava mais repugnante até mesmo do que os vaqueiros devassos de Cheyenne. Pelo menos aqueles caubóis não evitavam olhar nos olhos.

Em dois meses e meio de viagem, eles tinham percorrido toda a extensão do Wyoming, desde Cheyenne até Ft. Bridger e a estação Green River da nova linha transcontinental da Union Pacific, antes de voltar pela ferrovia. William Henry Jackson, o fotógrafo do grupo, tirou várias fotos dos trens da UP atravessando a região de pleno deserto, que ele guardava em alforjes amarrados ao seu fiel burro Hydro. Era o único aliado de Emma naquela viagem. Não a olhava de cima a baixo, não cuspia em seus pés, não murmurava comentários inaudíveis quando ela passava. À noite, a única alegria dela era ter uma conversa tranquila com ele, longe dos olhares enxeridos do grupo. Juntos, discutiam mais uma vez as decobertas do dia, perdiam-se nas vistas impressionantes ao redor. Se apenas ela pudesse encontrar seu lugar no interior daquela paisagem...

No fim da tarde de 18 de outubro eles acompanharam a ferrovia descendo pela maravilhosa vista de Table Rock, urdindo seu caminho por um vale de morros vermelhos até o posto solitário do Deserto Vermelho. Esperaram enquanto Hayden negociava com o funcionário a cargo da estação, que falava mal inglês, mas lhes mostrou uma área abrigada onde poderiam acampar nos dois ou três dias seguintes. Umas poucas colinas ladeavam o local ao sul, mas do outro lado da ferrovia, para o norte, até onde a vista alcançava, estava a infinita e ondulada extensão do Deserto Vermelho.

Ao pôr do sol, Emma observava enquanto Jackson aprontava sua câmera. Ali ao lado, Hydro escavava com a pata a argila fresca. Ela ouviu os homens no acampamento começarem a cantar uma música. Deviam ter encontrado uísque, talvez com o animalesco capataz da estação — com aquele grupo, cantar era sempre um sinal de espíritos inebriados. Aqueles homens se protegiam desesperadamente de sua própria mortalidade até mesmo enquanto se penduravam de modo precário da beira de um penhasco a fim de recolher medidas vitais para o levantamento. Ela não podia encará-los outra vez. Deixou Jackson com seus constantes ajustes dos discos fotográficos e foi andando a esmo até a estação. A torre de água projetava uma sombra comprida e fraca sobre os trilhos do trem.

Ele estava adormecido quando ela o viu pela primeira vez. Ficou parada na porta, observando-o roncar, de boca aberta, em sua cadeira. Ele *era* um bruto. Emma estava a ponto de ir embora quando ele acordou num sobressalto e a viu na porta. Ele arregalou os olhos. Enxugou os lábios com as costas da mão num gesto de surpreendente delicadeza para um homem tão evidentemente grosseiro.

— Senhorita? — disse ele com um sotaque pesado, levantando-se de seu assento. Apertou os olhos com força depois voltou a abri-los, como se para afastar uma visão. E no entanto ela permanecia diante dele.

Emma suspirou. Um zumbido em sua cabeça chegou a um cansado e relutante fim.

— Estou com sede — disse ela. — O senhor teria um pouco d'água?

O texto acabava. Folheei o resto do caderno. As últimas vinte páginas estavam vazias.

Entrei em pânico.
Está brincando comigo?
Como ela podia ter parado de escrever? Era esse o objetivo desde o início! Ela queria entender por que eles tinham ficado juntos. Por que parar agora? Eu queria os detalhes — ok, admito, talvez até mesmo alguns detalhes sórdidos. (Eu tinha até mesmo lido a página 28 no exemplar da nossa escola de *O poderoso chefão*.)

Estou com sede? O senhor teria um pouco d'água? Aparentemente, era só esse início de conversa que era necessário lá no Oeste, e então *bum* — ela não é mais a primeira geóloga do país, mas a esposa de um finlandês. *O quê?* Diante do constante tormento causado por seus colegas cientistas na viagem, Emma simplesmente desistira de seu sonho e tomara o caminho mais fácil, abandonando a ciência pelo abrigo do abraço de Tearho?

Eu sabia que os motivos para duas pessoas se apaixonarem nunca eram a simples confluência de suas respectivas disciplinas, mas por que então em nossa família, repetidas vezes, uma mulher empirista se apaixonara por um homem completamente fora de seu campo, um homem cuja profissão era guiada não por teoria ou dados de campo ou desenhos de um artista, mas pelo cabo pesado de um martelo de forja? Será que uma disciplina em comum era na verdade repulsiva, como ímãs da mesma polaridade? Será que o verdadeiro e umbilical amor que unia duas pessoas pelo resto de suas vidas requeria uma certa deslocução intelectual a fim de deixar para trás nossa insistente racionalização e entrar no espaço rude e irregular que existia dentro de nossos corações? Será que dois cientistas podiam ter esse tipo natural, *devocional*, de amor?

Enquanto eu flutuava pelo além dentro da Morada do Caubói, me perguntei se minha mãe chegara a escrever aquela cena profética em que Emma e Tearho efetivamente se apaixonam. Talvez aquilo fosse tudo. Talvez ela tivesse percebido que não podia enumerar as razões pelas quais Tearho e Emma escolheram um ao outro mais do que descrever por que escolhera meu pai. Ou talvez a cena estivesse escondida em outro caderno EOE, disfarçada de anotações de campo sobre o monge-tigre. *Oh, mãe, o que você está fazendo com a sua vida?*

Estava prestes a fechar o caderno de uma vez por todas quando vi de passagem a última folha. No topo, havia alguns rabiscos a tinta, como se a dra. Clair estivesse tentando fazer a caneta funcionar. E depois, quase no fim da folha, ela escrevera uma única palavra.

Ver o nome dele na folha me pegou completamente desprevenido. *Como é que ela também o conhecia?* Minha imagem de Layton com suas botas, seu rifle e seu pijama de astronauta parecia tão distante do mundo de Emma e Hayden e das expedições científicas do século XIX que era como se outra pessoa tivesse roubado aquele caderno e inserido o nome dele. Olhei de perto. Era a letra da minha mãe.

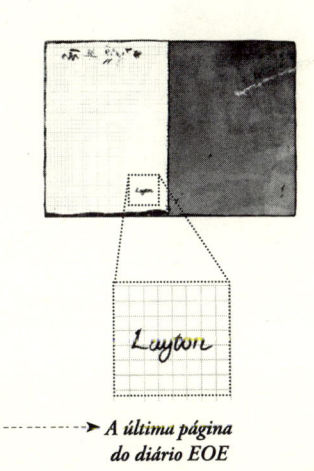

▶ A última página do diário EOE

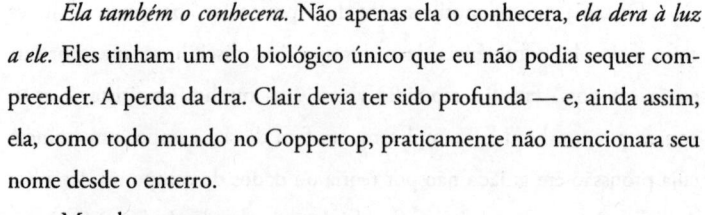

Ela também o conhecera. Não apenas ela o conhecera, *ela dera à luz a ele*. Eles tinham um elo biológico único que eu não podia sequer compreender. A perda da dra. Clair devia ter sido profunda — e, ainda assim, ela, como todo mundo no Coppertop, praticamente não mencionara seu nome desde o enterro.

Mas ela escrevera seu nome.

Layton

Fitei aquelas seis letras. Percebi que a negação da morte de Layton ou até mesmo de sua própria existência por parte da minha família não tinha nada a ver com Layton; era uma fortificação que estávamos construindo coletivamente sem ele. Era nossa escolha; era como devia ser. Por que empenhar tanto esforço em uma tarefa tão fútil? Layton existira em carne e osso. Minha memória de como ele descia a escada dos fundos três degraus de cada vez ou como perseguia Muitobem diretamente para dentro do lago, de modo que por um momento parecia que os dois podiam correr sobre a superfície da água antes de afundar — essas memórias eram reais, não eram apenas atos de criação atuais, desconectados de nossa experiência comum. Uma parte de mim não queria aceitar tudo o que acontecera até o momento, e a outra parte queria aceitar só o passado e não reivindicar posse do presente.

Layton jamais teria ficado preso em tal dilema teleológico. Teria dito: "Vam'dar uns tiros numas latas ali naquela cerca".

E eu perguntaria:

"Mas por que você atirou em si mesmo no estábulo? Foi um acidente? Eu o fiz fazer isso? Foi tudo minha culpa?"

Fitei aquelas seis letras. As respostas às minhas perguntas simplesmente não vinham.

ayton

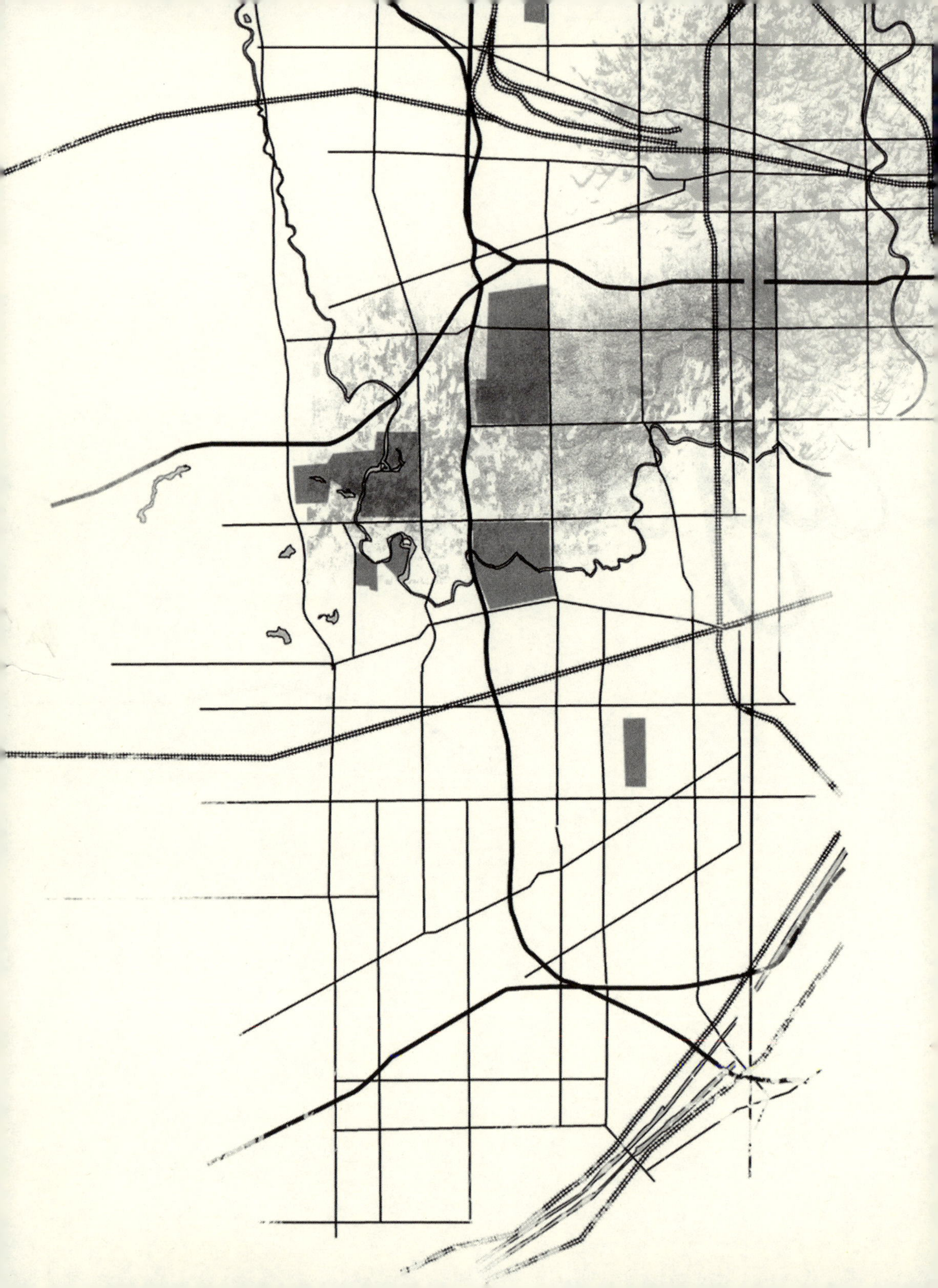

Capítulo 10

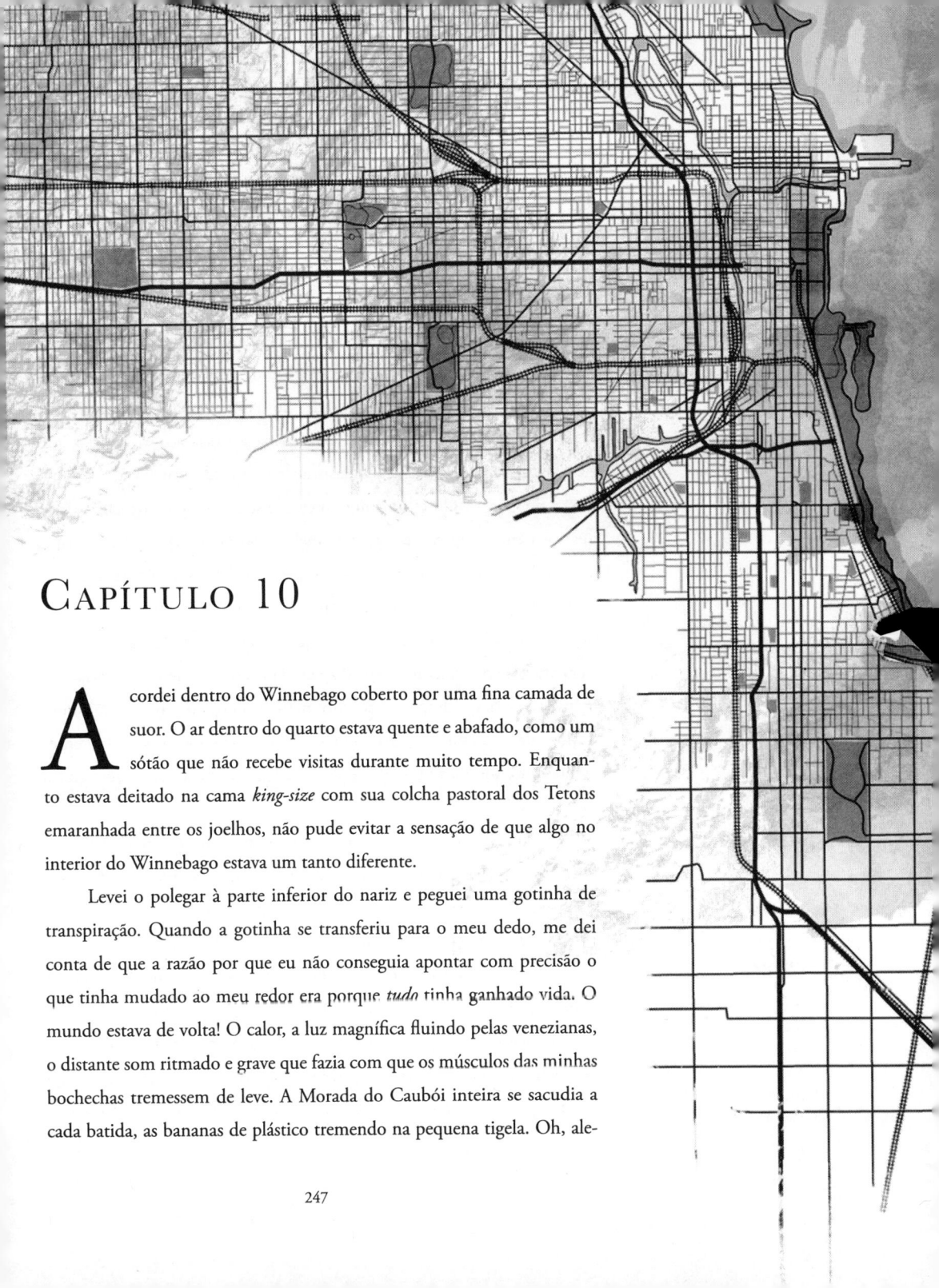

Acordei dentro do Winnebago coberto por uma fina camada de suor. O ar dentro do quarto estava quente e abafado, como um sótão que não recebe visitas durante muito tempo. Enquanto estava deitado na cama *king-size* com sua colcha pastoral dos Tetons emaranhada entre os joelhos, não pude evitar a sensação de que algo no interior do Winnebago estava um tanto diferente.

Levei o polegar à parte inferior do nariz e peguei uma gotinha de transpiração. Quando a gotinha se transferiu para o meu dedo, me dei conta de que a razão por que eu não conseguia apontar com precisão o que tinha mudado ao meu redor era porque *tudo* tinha ganhado vida. O mundo estava de volta! O calor, a luz magnífica fluindo pelas venezianas, o distante som ritmado e grave que fazia com que os músculos das minhas bochechas tremessem de leve. A Morada do Caubói inteira se sacudia a cada batida, as bananas de plástico tremendo na pequena tigela. Oh, alegria das alegrias! A termodinâmica estava de volta! Causa e efeito tinham voltado! *Bem-vindo, pessoal, bem-vindo!*

Na janela, afastei as persianas com o polegar e o indicador e então dei um único e breve gemido de assombro.

Um panorama de viadutos.

Tudo bem, tudo bem, eu já tinha visto fotos de viadutos antes — tinha até mesmo visto um filme em que um cara pulava de um ônibus de um viaduto para outro. Mas para um garoto como eu, que vivia em um rancho, aquela confluência de estradas flutuantes era quase esmagadora. Parte da minha paralisia mental sem dúvida se devia aos vários dias que eu passara preso na privação sensorial absoluta de um buraco de minhoca do Centro-Oeste ou como quer que se chame uma irregularidade quântica como aquela; emergir daquela experiência para *qualquer* tipo de realidade tátil teria causado uma espécie de forte sacudidela sináptica — mas surgir *naquela realidade*! Ali estava a sinuosa geografia da civilização: um labirinto de seis viadutos, com três camadas de altura, belos e enganosos em sua complexidade e ainda assim altamente elaborados e práticos em sua utilidade, uma torrente constante de carros avançando sinuosamente acima e abaixo uns dos outros, os motoristas aparentemente ignorando a síntese de concreto e física teórica que os sustentava em suas curvas.

E para além dos viadutos, até onde a vista alcançava, havia edifícios altos e saídas de incêndio e torres de água e imensas ruas que sumiam na distância — uma distância composta, pelo visto, de mais edifícios altos e saídas de incêndio e torres de água. A profundidade de campo e a quantidade de vias sobrepostas e de materiais à mostra me levaram aos primeiros estágios da hiperventilação. Em algum momento da história, cada um daqueles edifícios altos, cada cerca de metal, cada cornija, tijolo e capacho de "Bem-vindo" tinha sido colocado ali por alguém com suas próprias mãos. A paisagem diante de mim era um ato inimaginável da

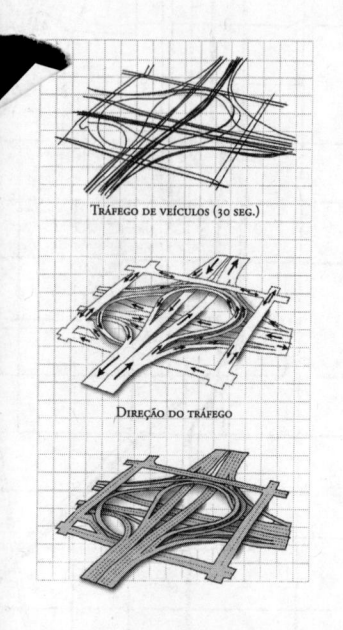

TRÁFEGO DE VEÍCULOS (30 SEG.)

DIREÇÃO DO TRÁFEGO

O milagre do concreto
Do caderno G101

criação humana. Embora as cadeias de montanhas que embalavam o rancho Coppertop fossem mais impressionantes em estatura do que a altura daqueles prédios, eu sempre as vira como uma criação inevitável, um esperado subproduto da erosão e das placas tectônicas. Aqueles edifícios, porém, não tinham essa sensação fácil de predeterminação: em toda parte — na malha das ruas, nos fios de telefone, no formato das janelas, nos feixes de chaminés e antenas parabólicas cuidadosamente dispostas — em toda parte havia provas de uma obsessão coletiva pela lógica reconfortante dos ângulos retos.

Em todas as direções, os edifícios altos bloqueavam a vista para o horizonte: era como se as estruturas fossem gigantes painéis de teatro colocados de modo estratégico a fim de impedir minha linha de visão, de modo que eu esquecesse que aspecto tinha o resto do mundo.

Isto é tudo o que há, os prédios gritavam para mim. *Tudo o que importa está bem aqui. De onde você veio não importa mais. Esqueça.* Fiz que sim com a cabeça. Sim, numa cidade como aquela Montana não parecia importar muito, afinal.

Em primeiro plano, um grande SUV preto rodava em marcha lenta ao lado dos trilhos, e percebi de que era aquilo a fonte dos ruídos giratórios e graves. Produzia a música mais estranha que eu já ouvira — uma versão masculina e mais agitada do pop para garotas de Gracie que fazia o SUV inteiro tremer, como se fosse feito de pudim. As janelas do SUV também eram pretas, de modo que eu não podia ver quem estava dirigindo. No momento em que eu me perguntava como o motorista podia ver aonde ia, o sinal de trânsito abriu e o SUV rapidamente se foi. Para minha surpresa, notei que, enquanto ele avançava, os grandes aros prateados do SUV na verdade giravam *para trás*.

O trem avançou devagar por aquele superpovoado cenário de sentidos. Abri até a metade a porta do Winnebago, ventilando o ar parado da cabine. O sol brilhou sobre o meu rosto — eu podia ver que era de manhã

> *O carro de janelas pretas que dirigia para trás enquanto andava para frente*
> Do caderno G101

A soma paradoxal desses vetores fez minha cabeça rodar. Eu me perguntei por breves instantes se as leis da termodinâmica teriam sido suspensas numa cidade como aquela. Será que todas estavam canceladas? Será que todos os residentes urbanos podiam simplesmente escolher a direção na qual suas rodas giravam apertando um botão anti-Newton em seus painéis? Será que todos os carros eram conduzidos por pilotos automáticos, de modo que era possível nem se ver para onde estavam indo?

bem cedo, mas o calor já aumentava, e era um calor espesso e pegajoso que eu nunca sentira antes. Parecia que pedacinhos de concreto e fios encapados com borracha e até mesmo algumas partículas de *shish kebab* tivessem todos se vaporizado no ar, agarrando-se às fatigadas moléculas urbanas de oxigênio.

Um ruído de construção surgiu ali perto. O cheiro de escapamento e lixo fermentando soprou para dentro das minhas narinas e depois se foi. Tudo era passageiro; nada durava mais do que uns poucos segundos. E as pessoas que se moviam por esse cenário pareciam saber disso: andavam rapidamente, os braços jogados à vontade ao lado do corpo, sem expectativas, como se tudo o que importasse fosse para onde estavam indo. Havia mais pessoas em um determinado momento do que acho que eu jamais vira em minha vida inteira. Estavam em toda parte: andando nas calçadas, dirigindo carros, acenando com os braços, pulando corda, vendendo revistas, jornais, meias. Mais baques graves vieram de outro SUV preto que passou (desta vez nada de rodas girando para trás), deixando apenas o eco do *seu* eco do primeiro carro, e os dois ressoantes SUVs se fundiram em minha mente, tornando-se um único carro com rodas que giravam tanto para a frente quanto para trás e se escarranchavam sobre o *continuum* do tempo/espaço. Cara, aquela cidade era confusa.

Em algum lugar, um cão começou a latir — cinco latidos curtos, seguidos por um homem gritando alguma coisa no que parecia ser árabe. Três garotos negros em pequeninas bicicletas passaram zumbindo numa esquina, todos eles pulando o meio-fio, rindo quando o último garoto quase caiu e depois se recuperou e se juntou aos dois companheiros. As bicicletas eram tão pequenas que eles tinham que abrir as pernas formando um V bem exagerado para que os joelhos não batessem nos cotovelos.

Do mesmo modo que algumas pessoas reconhecem que passaram a vida toda usando uma palavra sem saber seu significado correto, percebi que nunca tinha estado antes numa cidade de verdade. Cem anos antes, Butte talvez tivesse sido também uma cidade de verdade, tomada pelo virar de páginas dos jornais diários, o retinir de mil transações, o suspiro constante da lã roçando na lã em calçadas lotadas — mas não mais. *Ali* estava uma cidade real. Ali — segundo um grande painel azul do *Tribune* anunciava — ali era "Chicagolândia".

Enquanto observava, fui sendo tomado pelo feitiço da cidade, de multiplicidade e transição. Não se consegue processar uma paisagem urbana como aquela pela soma de seus detalhes. Todas as minhas habilidades habituais de observação, medição e síntese visual começaram a falhar uma após a outra. Lutando contra um crescente pânico, tentei recuar para o interior do território familiar do reconhecimento de padrões, mas, com milhares de pequenas observações entre as quais escolher, ou havia padrões demais ou nenhum em absoluto.

Lá no Oeste, podíamos nos concentrar durante dias nas particularidades da migração norte-sul dos gansos, mas aqui até mesmo o simples e peculiar corte longo dos shorts jeans daqueles três ciclistas inspiravam uma série confusa de perguntas: quão perto estavam aqueles shorts de se tornarem calças e qual era, aliás, o comprimento oficial para que alguma coisa se tornasse calça? Quantos anos tinham sido necessários para que aqueles shorts fossem aceitos culturalmente? E o que sugeria a variação de comprimento entre aqueles três garotos? Será que os líderes sempre usavam o short mais comprido?

Vi mil mapas, diagramas e esquemas se erguendo no ar como ecos fantasmagóricos da cidade que serpenteava lá embaixo: a razão entre carros e pessoas a cada quarteirão; a variação de espécies de árvores enquanto se seguia rumo ao norte da cidade; o número médio de palavras trocadas entre estranhos de vizinhança a vizinhança. Eu tinha dificuldade para respirar. Não poderia fazer todos aqueles mapas. Os fantasmas evaporaram

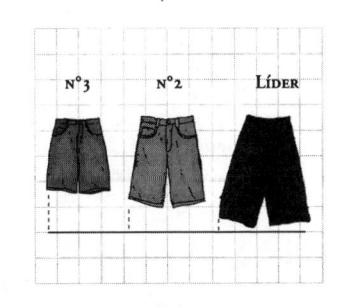

ZONA AMBÍGUA DA PANTURRILHA

1980   1987   1994

2001   2007

N°3   N°2   Líder

Quando foi que um short se tornou uma calça? (e outros dilemas modernos)
Do caderno G101

no ar com a mesma rapidez com que a cidade podia produzi-los. Todos aqueles mapas desperdiçados, nunca realizados.

Sem saber o que fazer, peguei minha Leica M1, lambi os dedos e removi a tampa da lente. Comecei a tirar fotos de todas as coisas pelas quais o trem de carga passava: uma parede com o desenho de um guitarrista de *blues* usando óculos escuros grandes; um edifício residencial com dez bandeiras de Porto Rico penduradas na saída de incêndio; uma mulher careca passeando com um gato de coleira. Tirei uma série de fotos de torres de água, tentando capturar os variados estilos de seus tetos cônicos.

A certeza e a estrutura daquelas fotos me acalmaram um pouco, mas numa questão de cinco minutos eu estava sem filme. Talvez não devesse ter me atido tanto àquelas torres de água. Não podia apenas tirar fotos ao acaso — tinha que ser muito mais seletivo com aquilo que julgava interessante.

— Ok, cérebro — falei. — Comece a filtrar.

Então abri meu caderno e, entre mil mapas possíveis, escolhi um, que intitulei "O mapa do acompanhamento; ou *Solidão no trânsito*".

Ao longo de sete minutos, registrei quantas pessoas estavam caminhando ou dirigindo pela rua sozinhas, quantas seguiam em pares, e quantas estavam em grupos de três, quatro, cinco ou mais. Cada vez que registrava uma pessoa, havia um breve momento em que seu mundo se abria para mim e eu podia sentir a urgência de sua jornada, seus pés já ansiando pelos carpetes texturizados e os vãos bem-proporcionados das escadas em seu destino. E então desapareciam e se tornavam só mais um ponto em meu gráfico.

Gradualmente, porém, uma narrativa mais ampla surgiu: das 93 pessoas observadas, 51 caminhavam ou dirigiam sozinhas. E dessas, 64% usavam fones de ouvido ou falavam em telefones celulares, talvez para distraí-las do fato de que estavam sozinhas.

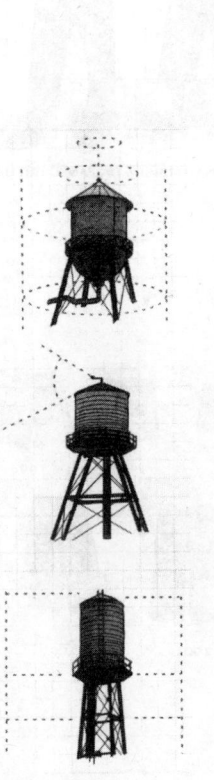

T.S. Spivet
Torres de água n° 1, n° 7, n° 12
2007 (pena e tinta)
Exibido no Museu Smithsonian
em dezembro de 2007

A Travessia

Depois de pensar por um momento, apaguei o número 51 e escrevi 52, limpando os pequeninos detritos cor-de-rosa da borracha com o polegar. Eu agora era um deles.

Nosso trem se afastou da parte da cidade onde havia pessoas e entrou num agrupamento de imensas fábricas de concreto. E ruas vazias. Os sem-teto haviam construído casinhas de papelão. Vi um pé dentro de uma meia azul espiando para fora de uma delas. Um homem tinha feito uma pequena fortificação num terreno baldio, coberto de mato — colocou seis carrinhos de compras em torno de um oleado e decorara sua moradia com uma dúzia de flamingos de plástico. Os flamingos tinham um aspecto triste mas alerta, cercados por todo aquele concreto, como se estivessem contabilizando suas horas de trabalho antes de poder voar de volta à Flórida e se aposentar para viver uma vida de resmungos e reclamações sobre o tempo empoleirados naquela miséria industrial. Sob a segurança distante da palmeira, porém, eles em algum momento ficariam entediados, e, em segredo, sentiriam saudades da urgência e da crueza de sua antiga vida no terreno sujo.

Quanto mais eu olhava ao redor, mais lixo notava no chão. Aparecia em todas as formas imagináveis: garrafas, sacos de batata frita, pneus de carro, carrinhos de compras sem as rodas, sacolas plásticas, embalagens vazias de carne desidratada Slim Jim. Tudo aquilo tinha sido produzido em fábricas, provavelmente na China, enviado para os Estados Unidos num navio de carga pilotado por um russo que fungava, usado e descartado por um habitante de Chicago, e agora se encontrava jogado na paisagem, flutuando com a brisa suave (à exceção dos pneus, que não flutuavam). E se alguém mapeasse uma cidade apenas por seu lixo? Que lugares seriam os mais densamente povoados?

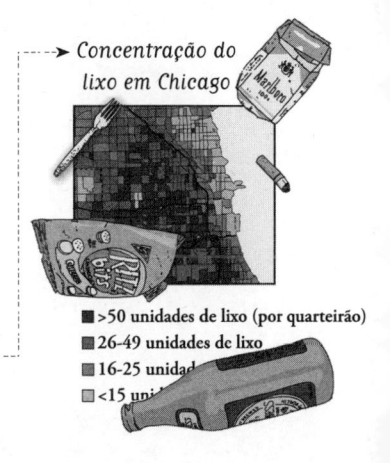

Você não está sozinho.

Concentração do lixo em Chicago

■ >50 unidades de lixo (por quarteirão)
■ 26-49 unidades de lixo
■ 16-25 unidades
□ <15 unidades

E então o trem foi parando, devagar e chiando. Parou! Eu tinha esquecido como era isso. Meu corpo ficou ali, tremendo, cumprindo seu nostálgico dever de neutralizar os efeitos de uma viagem que, cada vez mais, eu sentia finalmente ter acabado. Tinha chegado a Chicagolândia, o grande Marco, a capital de *la terra incógnita,* e agora minha temporada na Morada do Caubói tinha terminado. Valero fora um corcel confiável, me levara até ali, pelas montanhas Rochosas, pelo Great Basin e pelo Deserto Vermelho, pelas planícies e pelo centro nervoso confluente de Bailey Yards e para dentro e para fora do buraco de minhoca, e agora eu estava na Cidade dos Ventos, a uma curta distância da minha cidade-destino. Tudo o que eu tinha de fazer era seguir o conselho de Duas Nuvens e procurar aqueles esplêndidos trens de carga azuis e amarelos da CSX que iam me levar para leste, à capital de nossa nação, ao presidente, a um mundo de diagramas, mapas, fama e fortuna. (E também me faria encontrar um pouco de comida, pois a alegria que eu tivera ao comer minha última barra de cereal estava aos poucos sendo substituído pelo pânico de encarar uma existência sem sustento.)

— Adeus, Valero — falei, e esperei. — Adeus — disse outra vez, dessa vez mais alto. — Não sei como você nos tirou daquele buraco de minhoca ou o que quer que fosse. Obrigado por isso. Espero que quem vier a comprá-lo seja uma boa pessoa, com um bom senso de direção, porque estará comprando uma formidável Morada do Caubói.

Ainda nenhuma resposta.

— Valero? — falei. — Amigo?

Na cidade grande, Winnebagos não falavam. Parece que isso só ocorria ao longo da página aberta do Oeste. As coisas estavam mudando.

Tentei me limpar. Ao longo da minha viagem, tomar banho tinha sido um certo desafio, mas parecia haver um pouco d'água nos tanques do Winnebago, então eu podia pelo menos tomar umas chuveiradas gotejantes no banheiro minúsculo. Ao lado da pia, havia um outro adesivo gigante do caubói de desenho animado, Com ele dizendo "Tome banhos de verdade entre as montanhas!" e debochando de mim enquanto eu esfregava o corpo com velocidade frenética sob o fino e gélido fiapo de baba que emanava do chuveiro. Eu era durão, como meu pai, que nunca havia tomado banho com uma gota de água quente em sua vida. Cantei uma coisinha estimulante qualquer sob o gotejar gélido e apertei os dedos dos pés para não tremer.

Ainda assim, imaginei que mesmo depois de me lavar e colocar roupas limpas, eu ainda pareceria bastante desgrenhado — talvez não exatamente como Hanky, o vagabundo, mas com certeza bem diferente daqueles elegantes moradores da cidade. Vesti um dos meus coletes cinza de lã. Naquele momento, precisava fazer o possível para me misturar aos habitantes de Chicago. Depois de cogitar levá-lo por um segundo, deixei o Barba-Vermelha onde ele estava, no painel. Se Valero algum dia voltasse à vida, talvez precisasse de um amigo.

Depois de me certificar que a barra estava limpa, puxei minha mala para fora do Winnebago e baixei-a com cuidado até o chão. Havia centenas de vagões de carga ao redor. Procurei as locomotivas azuis e amarelas. Parecia haver um grupo delas um pouco adiante nos trilhos.

Tentei arrastar minha mala por um tempo, mas o progresso era lento. Por mais que eu detestasse admitir, percebi que provavelmente teria que esconder minha mala ali enquanto examinava a situação. Mas como deixar aquele conjunto de itens essenciais que eu passara horas reunindo? Quase comecei a sofrer de hiperventilação ali mesmo, mas para evitar um ataque de pânico peguei logo minha mochila e coloquei nela só o que era mais essencial: 34 dólares e 24 centavos, binóculos, meus cadernos, uma foto da minha família, minha bússola da sorte e, por algum motivo, o esqueleto do pardal.

Comecei a caminhar pelos trilhos do modo mais indiferente possível, mexendo no colete com o polegar como se eu pertencesse àquele pátio de manobra, como se estivesse apenas dando minha caminhada diária pe-

> *Esta é a única canção que sei de cor:*

MEU VELHO CAUBÓI

PARA ONDE VOCÊ FOI,
MEU VELHO CAUBÓI?
MAMÃE TÁ NA COZINHA
E É PRECISO JUNTAR AS VACAS.

PARA ONDE VOCÊ FOI,
MEU VELHO CAUBÓI?
O CAPIM TÁ FICANDO ALTO
E O INVERNO TÁ CHEGANDO.

PARA ONDE VOCÊ FOI,
MEU VELHO CAUBÓI?
A SOLIDÃO É GRANDE AQUI
QUANDO OS COIOTES DÃO PRA UIVAR.

PARA ONDE VOCÊ FOI,
MEU VELHO CAUBÓI?
FUI ENCONTRAR MEU CRIADOR
E NÃO VOLTO MAIS NÃO.

— T.Y.

► *Que horror, que horror!* Deixar para trás meu teodolito e Tangencial, a Tartaruga! Eu não podia pensar nisso durante muito tempo. Tinha que aprender que não precisava ter todos os aparelhos à minha disposição, que levar um antigo teodolito por Chicago afora era pouco prático, se não fosse um convite para uma surra. Tentei não pensar muito no que aconteceria se eu me perdesse e nunca mais conseguisse encontrar aquela mala. Adultos faziam escolhas difíceis o tempo todo, e estava na hora de eu começar a pensar como adulto.

los vagões-plataforma e chaves seletoras dos sinais, como se não estivesse a 1.600 quilômetros de casa, da fazenda, das cercas e dos bodes burros.

Eram de fato locomotivas da CSX. Aproximei-me delas como quem chega perto de uma grande criatura adormecida. Eram coisas imensas, bonitas, elegantes. Davam a impressão de ser mais lisas, mais modernas do que as locomotivas da UP, com as quais eu ficara tão familiar. Comparado com aquela sofisticação da CSX, o grupo da Union Pacific era como um bando de matutos. As locomotivas da CSX estavam paradas nos trilhos, sibilando e esperando, como se dissessem: "Quer vir conosco? Você nunca viajou com algo do nosso calibre antes. É digno de uma viagem dessas? Nós somos do Leste. Se pudéssemos, usaríamos monóculos por cima do farol da locomotiva e falaríamos de Rousseau. Você já leu Rousseau? É o nosso preferido".

Eu era capaz de superar aquelas locomotivas e suas ideias empoladas. Podia ser filho de um estancieiro, mas tinha condições de ruminar sobre o legado híbrido do Iluminismo com a melhor delas — ou pelo menos fingir. A verdadeira pergunta era: como saber para onde aquelas locomotivas dândis e almofadinhas iam? Será que eu deveria ousar perguntar a um funcionário do pátio de manobras? Será que tinha que me aproximar levando pornografia e cerveja de presente? Talvez eu devesse trocar com eles meu Mapa da Solidão pelos horários dos trens? Layton não teria tido problemas em se aproximar de qualquer um daqueles mecânicos e iniciar uma conversa. Olha, depois de uns poucos minutos de sua adorável conversa de caubói, provavelmente eles iam deixá-lo dirigir o trem pelo trajeto todo, até Washington.

Então eu lembrei: a Linha Direta dos Vagabundos. Era muito menos aterrorizador, e eu podia evitar conversas com troncudos funcionários da ferrovia. Embora fosse preciso encontrar um telefone celular, o que provavelmente significava pedir emprestado a um homem na rua. Perguntaria ao homem muito bem-apessoado, com um lenço de seda e um cachorrinho e um nariz pequeno, o tipo de homem que gostava de música clássica e canais de televisão estatais.

Remexi na minha mochila e encontrei o caderno G101. Tinha prendido o papelzinho com o número da Linha Direta dos Vagabundos na parte interna da capa. Usaria a tecnologia como uma força do bem. Tudo o que precisava era encontrar um amigável residente de Chicagolândia usando um lenço de seda para ajudar um garoto de Montana.

Primeiro me pus a anotar os números dos vagões-plataforma conectados com cada um daqueles três trens da CSX.

Depois tentei encontrar um homem com um cachorrinho. Isso não era tão fácil num pátio de manobras perdido num deserto industrial. As pessoas não passeavam com seus cachorrinhos por aquelas bandas. Na verdade, pelo visto ninguém andava por aquelas bandas, exceto talvez para jogar suas embalagens de Slim Jim no chão e depois ir embora.

Eu estava parado junto aos portões do pátio de manobras, pensando se deveria apenas escolher um daqueles trens CSX e torcer pelo melhor ou se de fato podia reunir coragem para me aproximar de algum daqueles funcionários tatuados da companhia ferroviária, quando um carro preto com vidros fumê parou ao meu lado. Um homem troncudo saiu dali. Eu soube de imediato: era um touro da ferrovia. Era o inimigo.

— O que você está fazendo, *stitch*? Procurando encrenca?

— Não senhor — falei. Fiquei pensando no que seria um "stitch", mas não ousei perguntá-lo a um homem com queixos múltiplos que carregava um cassetete de sessenta centímetros pendurado na cintura.

— Você está invadindo propriedade. O que tem nessa mochila? Tinta spray? Anda fazendo vandalismo, *stitch*? Se eu descobrir que você tocou num desses vagões, está ferrado, sabia disso? Merda, você escolheu o dia errado para criar problemas, sabia? Venha comigo, vamos fichar você, *stitch*. Dia errado, dia errado, seu filho da puta — ele murmurou essas últimas palavras como se falasse consigo mesmo.

CSX 69346 ←

CSX 20004 ←

CSX 59727 →

Para onde ←
está indo?

Entrei em pânico. Não sabia o que dizer, então disse:

— Eu gosto de Chicagolândia.

— O quê? — disse ele, chocado.

— Bem, é meio agitado, mas tem um burburinho legal. Quer dizer, a gente leva um tempo até se acostumar. Quer dizer, ainda não me acostumei, no rancho é muito mais silencioso, só a Gracie e a música dela, você sabe, mas não tem muitos graves. Mas este lugar é legal, é legal. Bom, então você teria um celular que eu pudesse usar? — Eu estava fora de mim; tinha esquecido como se falava inglês. Não tinha mais ideia do que dizia.

— De onde você é? — perguntou ele, me analisando, a mão esquerda acariciando o topo daquele cassetete.

Comecei a dizer a verdade, depois tentei mentir no meio do caminho:

— Mont...tenegro.

— Bem, seu merdinha, bem-vindo ao grande estado de Illinois. Tenho certeza de que você vai conhecê-lo bem, assim que nós ficharmos você e avisarmos seus pais das multas: invasão de propriedade, destruição de propriedade da ferrovia, e o que mais você tenha aprontado. Ah, rapaz, você vai ter umas boas-vindas em grande estilo, sr. Monta-*nii*-gro!

— Monte-*nei*-gro — falei.

— Você se acha muito espertinho, não é, *stitch*? — disse ele. — Entra no carro.

Mais uma vez eu me via diante de duas escolhas:

1) Podia me curvar ao queixo duplo e suado da autoridade e ir até a delegacia para ser fichado e interrogado sob luzes fortes que rangeriam quando ajustadas. Eu cederia, sem dúvida, e revelaria que era de Montana e não de Montenegro que eu vinha e eles ligariam para os meus pais e seria o fim de tudo.

2) Eu podia correr. (Isso parecia bastante autoexplicativo.)

Eu disse:

— Tudo bem, deixa só eu amarrar o meu cadarço.

Ele fez que sim com uma espécie de resmungo e foi até o outro lado do carro abrir a porta para mim.

Então, comecei a correr. O truque mais velho do mundo. Podia ouvir o som dos meus pés sobre o cascalho do balastro dos trilhos. Corri para fora do pátio de manobras, desci uma rua, depois virei à esquerda, à direita, à esquerda e à esquerda outra vez, subindo alguns degraus até uma passagem de pedestres — pela qual corri sem admirar sua beleza utilitária. Não tinha ideia de aonde estava indo — podia muito bem estar seguindo a minha bússola da sorte quebrada que estava na mochila. Virei à esquerda, à esquerda e depois à direita, atravessei um campo coberto de mato com dois grandes contêineres — um virado e um de pé —, pulei uma cerca e, por fim, antes que meus pulmões explodissem, me vi na margem de um canal industrial cheio de água amarela, espessa e leitosa. Dos dois lados do canal, vistosos navios rebocadores estavam amarrados, adormecidos a enormes ganchos com cordas gigantescas da grossura do meu pescoço.

Agachei-me nos tijolos irregulares que ladeavam o canal, ofegante. Estava quente ali fora. Rajadas de cheiro de gasolina e algas pútridas vinham pela água. Em algum momento aquele deveria ter sido um riacho de drenagem natural, mas agora? A melancolia contida, a audácia dos homens, evidente naquele lugar, me recordava a sensação que tive quando saí do túnel de observação no poço Berkeley, em Butte, e encontrei aquela extensão de água metálica cor de berinjela lentamente subindo até a borda daquele imenso buraco na terra. No início houve um pestanejar, uma alteração no cenário como se tudo fosse um sonho que poderia ser desfeito com um descer e subir das pálpebras. Então você era lentamente tomado por uma solidão resoluta: a insistência daquele poço, daquele canal, a realidade da superfície da água — não um mar da imaginação, mas a água real que podia cobri-lo e afogá-lo —, a realidade da superfície da

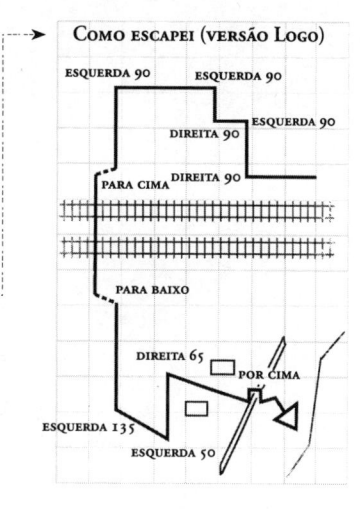

T.S. como tartaruga
Do caderno G101

água forçando-o a confrontar as escolhas de nossa civilização e aceitá-las de modo inevitável como suas.

Eu não tinha ideia de onde estava ou do que ia fazer. Peguei minha bússola da mochila, sem ter certeza do que estava procurando. Um milagre, talvez. Ela ainda estava quebrada, apontando para leste/sudeste como sempre fazia.

Comecei a chorar. Meu pai não estava ali para me repreender, então chorei abertamente diante da determinação falha de minha bússola. O objeto já não parecia guardar segredo em sua insistência numa única direção. Agora era apenas um instrumento quebrado, e eu, um topógrafo perdido buscando um sentido em seu defeito de funcionamento. Havia desaparecido aquela determinação que eu tive a vida toda: aquela sensação de que tudo ficaria bem, que um propósito superior cuidava de mim e guiava minhas mãos na mesa de trabalho. Essa sensação de abrigo desaparecera deixando um gosto metálico: éramos somente eu e a solidão irregular da cidade interminável.

Estava sentado junto ao canal fitando meu esqueleto de pardal. Ele não tinha passado bem a viagem: sua caixa torácica estava rachada, sua cabeça estava virada de lado, um de seus pés estava faltando. Seus ossos pareciam tão frágeis, quase aquosos, como se já não estivesse claro onde acabava o ar e começava o cálcio.

— Senhor Pardal, se o senhor se desintegrar — falei —, eu ainda continuo vivendo? Posso manter o meu nome? Como é exatamente a nossa relação? Como meu anjo da guarda, que tipo de contrato nós temos? Pode me levar voando para fora da Chicagolândia?

— Você abandonou Jesus? — disse uma voz.

Levantei os olhos. Um homem gigante numa capa impermeável estava parado diante de mim. Seu aparecimento súbito era muito desconcertante, pois ele tinha surgido do nada, e eu acreditava estar sozinho, então vê-lo parado ali na frente me perguntando sobre Jesus me fez sentir como se ele tivesse interrompido algo muito particular, o que suponho ter conseguido.

A primeira coisa que notei nesse homem foi a barba. Não era uma daquelas barbas compridas, em cascata, como as que se vê nos homens saindo do bar M&M à tarde; era simplesmente enorme, esponjosa e ampla. A barba fazia com que seu rosto inteiro parecesse mais largo do que comprido, como se tivesse sido esmagado de leve por um polegar e um indicador gigantes. Em meio a toda aquela ferocidade capilar, um de seus olhos era estrábico — tão estrábico que olhava para a longa distância do canal, mesmo ele se encontrando ali, olhando para mim. Devo admitir que dei uma olhada rápida na direção para onde seu olho estrábico apontava, só para ver se estava perdendo alguma coisa importante.

— Você abandonou a palavra do Senhor? — disse ele, elevando a voz. Apontou para o esqueleto do pardal com um dedo de unha comprida. — Essa é a forma do Diabo? Levítico diz que detestamos o falcão. Detestamos! Aquele que tocar a carcaça será impuro, e é um agente do Diabo.

Ele estava sujo, mas não sujo demais, um pouquinho como eu, talvez. O cabelo ao lado de sua cabeça estava cuidadosamente penteado por cima da careca no alto, mas estava sujo e oleoso, e fazia cachos desagradáveis ao redor das orelhas. Por baixo da capa de chuva, dava para ver que ele usava algum tipo de smoking branco velho, cujas lapelas estavam manchadas com o que parecia ser ketchup. Numa das mãos ele segurava uma Bíblia — ou pelo menos algo do gênero bíblico. Todos os seus dedos tinham aquelas unhas compridas e macabras. De todas as características peculiares, essa era a que me deixava mais desconfortável. Se havia algo que a dra. Clair me havia ensinado era que as unhas tinham que ser mantidas curtas.

— Isto não é um falcão — falei, na defensiva. — É um pardal.

— Quando ele mente, fala em sua língua nativa, pois é um mentiroso e o pai de todas as mentiras.

A BARBA

O OLHO ESTRÁBICO

O CABELO PENTEADO POR CIMA DA CARECA

AS MANCHAS NA LAPELA

AS UNHAS

O medo é a soma de vários detalhes sensoriais
Do caderno G101

— O senhor sabe onde há um telefone público, por acaso? — perguntei, tentando fazer daquele homem estrábico de unhas compridas que derramava ketchup um amante de música clássica com um cachorrinho.

Subitamente pensei no reverendo Greer. Bondoso e afetuoso, o reverendo Greer falava de um jeito religioso, como aquele homem, mas o fazia de um modo que os músculos nos nossos pés relaxavam e a gente se sentia seguro, seguro, seguro para deixar que os hinos cantados nos absorvessem por completo. O que o reverendo Greer diria àquele homem?

— Você não pode correr d'Ele porque Ele observa com o único olho, sempre — disse o homem. — Ele sabe quando você se voltou para Satã. Deve aceitar Sua mão ho-je, e louvá-Lo ho-je, e então Ele, o Todo-Poderoso, o salvará.

— Tudo bem — disse. — Obrigado, mas preciso encontrar um telefone. Tenho uma ligação urgente para fazer.

— A tentação e as mentiras — resmungou ele.

— As o quê? — perguntei.

Subitamente ele pegou o pardal das minhas mãos e o jogou contra os tijolos. O esqueleto se despedaçou.

— Destrua a carcaça maligna — gritou ele. — Purifique sua alma! Chame-O para que Ele o salve! — Os ossinhos se separaram uns dos outros com grande facilidade, como se há muito tempo quisessem se partir de seus irmãos. Pareciam unhas dos pés espalhadas sobre os tijolos, balançando na brisa quente e ácida.

Deixei escapar um grunhido de incredulidade. Os ossos! Aqueles ossos estavam intactos desde o meu nascimento. Achei que meu corpo fosse se esmigalhar, que meus próprios ossos se estilhaçariam.

Nada aconteceu.

— Isso era o meu presente de nascimento, seu idiota! — gritei. Levantei-me do meu banco e empurrei o homem. Podia sentir como ele era magro por baixo das roupas.

Não foi uma coisa inteligente a fazer. Por um segundo o homem pareceu surpreso com a minha explosão, depois me agarrou pela gola e literalmente me levantou do chão com apenas uma das mãos. Enquanto ele me puxava para si, pude ver o olho bom do sujeito se movendo rápido ao redor, enquanto seu outro olho continuava a vagar na distância, desfocado.

— O Diabo penetrou no seu coração — ele rosnou junto ao meu rosto. Eu podia sentir seu hálito de repolho rançoso.

— Não, não, não — disse, choramingando. — Desculpe por ter empurrado o senhor. Por favor. Não há nenhum Diabo aqui. Sou só eu. T.S. Eu faço mapas.

— Se alegamos que não pecamos, fazemos d'Ele um mentiroso e Sua palavra não tem lugar em nossas vidas.

— Por favor! — exclamei. — Eu só quero ir para casa.

— Você esteve com o Diabo, mas não tema, pois aqui está Josiah Merrymore, Reverendo dos Filhos de Deus, Antigo Profeta dos Israelitas Escolhidos, Senhor dos Senhores, e eu vou salvá-lo das garras do Mentiroso.

— Salvar?

Ele começou a tremer outra vez, o olho bom e o olho ruim, ambos se revirando para dentro de sua cabeça. A Bíblia caiu de sua mão, aterrissando nos tijolos ao lado do esqueleto despedaçado do pardal, mas ele continuava segurando minha gola com força com a outra mão. Não podia fazer nada. Apesar de sua aparência bagunçada, aquele homem parecia possuir uma força sobre-humana. E então, do bolso de sua capa de chuva, Josiah Merrymore tirou uma faca de cozinha gargantuesca, com trinta centímetros de comprimento e imunda, com pedacinhos de comida e ferrugem por toda a lâmina.

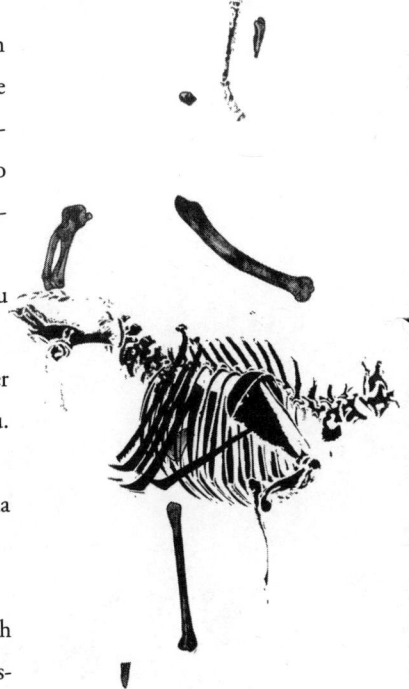

— Senhor Todo-Poderoso — disse ele —, expulse o Diabo do coração deste menino, abra seu peito e o liberte de seu pecado terreno, do manuseio da carcaça proibida, por todos os seus pensamentos perversos, por sua fraternidade com o Anjo Negro. Aceite-o de volta ao Seu rebanho, pois ele será abençoado quando o livrarmos de seu fardo.

Ele levou a faca ao meu peito e começou a cortar meu colete com golpes lentos e metódicos. Mordia a língua ao fazê-lo, como Layton costumava fazer ao amarrar os cadarços de seus sapatos usando dois arcos.

Então era assim que era para ser. Cada força exigia uma força oposta igual. Desde aquele dia em fevereiro eu sempre tivera uma profunda suspeita de que para que as coisas voltassem a estar certas, meu papel na morte de Layton em algum momento exigiria minha própria morte repentina. E então ali estava a força oposta: um pregador maluco abrindo minha cavidade peitoral nas margens de um canal em Chicago. Não era bem o que eu havia imaginado, mas os caminhos de Deus (ou seja lá o que fosse) são insondáveis. Fechei os olhos e tentei aguentar.

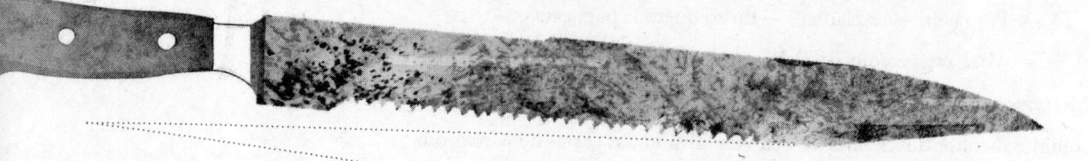

Isto é por você, Layton, eu disse a mim mesmo. *Sinto muito por tudo o que fiz.* Podia sentir o ar frio no meu peito nas partes em que meu suéter e minha camisa estavam sendo cortados, e podia sentir como se fosse graxa úmida, o sangue empoçando no meu esterno e correndo pela superfície da minha barriga. Eu estava morrendo e agora estava provavelmente morto.

Mas somos criaturas com instinto de autopreservação. A dor nos faz reagir de maneiras muito estranhas. Por mais que eu quisesse aguentar minha desagradável sentença de morte e depois me juntar ao meu irmão no céu... *doía pra caramba!*

Depois de uns poucos segundos, tive que reagir. Talvez fosse apenas um reflexo instintivo. Ou talvez fosse porque eu, T.S. Spivet, não estivesse pronto para aceitar aquele destino — minhas funções na vida ainda não estavam concluídas. Pessoas dependiam de mim; eu ainda tinha que dar uma palestra em Washington. Não tinha nem mesmo terminado a série de mapas de Montana para o sr. Benefideo!

Eu também era um ator naquele palco — podia me mover, falar, reagir de acordo com minha própria vontade. A força oposta inevitável teria simplesmente que esperar.

Ainda suspenso no ar, coloquei a mão no bolso, puxei dali meu Leatherman (Edição do cartógrafo), abri a faca e apunhalei Josiah Merrymore onde pude, o que por acaso foi no peito, logo abaixo do braço esquerdo. Apunhalei-o como devia ter apunhalado aquela cascavel, da forma como meu pai atirava nos coiotes — com grande confiança e sem hesitação.

Ele uivou e recuou, cambaleante. A faca de cozinha caiu com um ruído metálico sobre os tijolos. Levei a mão ao peito e meus dedos voltaram cobertos de sangue. Minha boca ficou seca. Levantei os olhos e vi Josiah Merrymore cambaleando, tentando localizar a fonte de sua dor.

— Por quê, Diabo? Por que me atingir quando o estou libertando de seu fardo? Deus, que piedade o Senhor mostrou a Josiah? Que piedade, quando levo a Sua palavra?

E então ele tropeçou num dos ganchos firmes de metal do cais e caiu para trás, por cima do beiral de pedra, para dentro do canal. Enquanto ele caía, vi que usava botas de combate, e que essas botas não tinham cadarços. Corri até a beirada e o vi caindo.

— Eu não sei nadar! — disse ele. — Deus Todo-Poderoso! Deus, me salve! — Ele sangrava dentro da água leitosa; eu podia ver as poças cor-de-rosa ao redor dele, depois ele submergiu, reapareceu, submergiu de novo e então ficou tudo parado.

Abaixei os olhos para o meu peito. Sangrava bastante. Meu colete estava ficando escuro de sangue. Comecei a ficar tonto.

— Não — falei. — Caubóis não ficam tontos. Jesus não ficava tonto.

Mas eu *estava* tonto, e não era um caubói, nem Jesus, pelo visto. Caí sobre um dos meus joelhos. Podia sentir o sangue empoçando ao redor do umbigo e começando a se empapar na bainha da minha calça. Apesar dos meus esforços, talvez a força oposta tivesse ocorrido, afinal. Mesmo que involuntariamente, Merrymore e eu tínhamos encenado o antigo ritual do duelo que acontecia repetidas vezes pelas ruas onde o vento soprava e pelos campos cobertos de neve da história — Puchkin, Hamilton, Clay, e agora nós. No curso daquela dança atemporal, tínhamos infligido feridas mortais um no outro, completando o aperto de mãos honorário do destino.

Quando levantei os olhos, pude vê-los vindo em minha direção: na distância, pareciam um redemoinho de terra, uma densa aglomeração de mãos se abrindo e se fechando, zumbindo pelo ar, deslizando sobre a superfície da água. Eu não tinha medo. Conforme se aproximavam, pude ver que eram pássaros, centenas deles, talvez milhares, voando tão juntos que parecia impossível para qualquer um dos pássaros bater as asas sozinho. De fato, o amontoado de asas e corpos e bicos se movia como uma unidade dotada de uma mente, cada ponta de asa preenchendo o minúsculo espaço que acabava de ser desocupado pela ponta de asa anterior, e assim a massa se movia como os dentes azeitados de muitas engrenagens articuladas. Quando desceram sobre o canal, pude ouvir o bombear de seus músculos, o roçar de pena sobre pena sobre pena. Os olhos fitavam todas as direções ao mesmo tempo, vendo tudo e nada, fios de compreensão se estendendo a todos os objetos no espaço. O som de mil estações de rádio emanava de suas bocas. De quando em quando, o bando estremecia e arrancava para a esquerda ou para a direita muito depressa, apenas para voltar *on course* depois de um ou dois segundos. A nuvem de pardais parou sobre o lugar onde Josiah Merrymore tinha desaparecido, e eu vi a superfície da água se abrir e se separar enquanto vários pássaros mergulhavam naquele líquido leitoso.

Então os pássaros todos voaram acima de mim. Vi-os mergulhando e bicando o chão, onde os pedaços do esqueleto do pardal ainda jaziam. Em meio a todo aquele redemoinho centrípeto, vi de relance um pássaro engolindo um osso, sua garganta sofrendo um espasmo para trás e vibrando enquanto o pequenino elemento descia por ali.

Eu estava absorvido pelo ruído branco do pio quieto dos pássaros — suas vozes ondulando frequências como se eles repetissem a soma de todas as conversas jamais tidas ao longo da história, e eu escutava e ouvia meu pai, e ouvia Emma e o idioma finlandês vacilante de Tearho ecoando pelo deserto, e ouvi Puchkin e cantigas de ninar italianas e um jovem árabe chorando por seu filho perdido.

Então os pardais passaram por mim, seguindo por sobre o canal, o som do pio deles diminuindo lentamente. Minha cabeça começou a latejar. Tive vertigens. As pequeninas manchas pretas evaporavam no céu. Fui tropeçando tentando segui-las.

— Para onde eu vou? — gritei. — Para onde eu...

Mas os pássaros já tinham ido embora. Só havia o silêncio do canal e o ronco distante da cidade lá adiante. Fiquei parado ali, vacilante. Estava sozinho.

Sem mais nada a fazer, fui na direção em que os pássaros tinham desaparecido. Depois do que pareceram séculos, cheguei ao pé de uma escada de pedra. Senti uma vertigem outra vez; minha garganta estava completamente seca. Agarrei com as duas mãos o corrimão de metal e me arrastei escada acima. A cada passo meu peito começava a latejar mais e mais. Minha cabeça girava. Alcancei o topo da escada, caí de joelhos e vomitei num bueiro.

Levantei os olhos, enxugando os lábios. Estava numa espécie de estacionamento cheio de caminhões. Com grande esforço, fui cambaleando até um homem encostado num caminhão roxo de dezoito rodas. Ele sugava um cigarro com muita força.

Quando me viu, ele tossiu, expelindo fumaça, esfregou um dos olhos com o nó do dedo e se sobressaltou.

— Ei, rapaz, o que diabos aconteceu com você?

— Fui agredido por um homem.

— Cara, você precisa ir para o hospital, tipo, agora mesmo, cara.

Eu sabia que eu não estava bem, de jeito nenhum, mas sabia que ir para o hospital agora significava desistir da minha viagem. E potencialmente eu não tinha acabado de matar um homem para chegar até ali? Eu chegaria à Smithsonian nem que fosse a última coisa que fizesse na vida.

— Eu estou bem, eu estou bem — falei, com uma careta de dor. — Posso lhe pedir um favor?

— Claro, cara — disse ele. Deu mais uma tragada no cigarro.

— Você pode me levar até Washington D.C.?

— Cara, estou lhe dizendo, você precisa mesmo ir ao médico.

— Eu só quero ir para Washington. Por favor, cara.

— Bem... — Ele baixou os olhos para o cigarro e esfregou um olho com o nó do dedo outra vez. Notei que seu braços estavam cobertos de tatuagens. — Você é um carinha durão, hein? Estou indo para Virgínia Beach, mas, cara, parece que você está precisando de uma ajuda, e Ricky nunca foge da batalha, está me entendendo? Um irmão nosso está mal, porra, e Ricky está aqui para levá-lo aonde ele precisar ir.

— Obrigado, Ricky — falei.

— Ei, cara, isso não é nada. — Ele deu uma última tragada no cigarro e depois esfregou-o cuidadosamente numa das gigantes rodas do caminhão. Então pegou uma caixinha cilíndrica do bolso e colocou a guimba do cigarro ali dentro. Ricky devia se preocupar muito com o meio ambiente. Nunca tinha visto alguém jogar fora um cigarro daquele jeito.

— Ei, Rambo — disse ele —, posso pelo menos te arranjar uns band-aids?

— Está tranquilo — respondi. Prendi a respiração para não começar a chorar.

— Bem — disse ele —, vamos levar você para casa. Sobe aí na Comedora Roxa de Gente.

Tentei pular para dentro da cabine mas caí de costas no pavimento, arquejando.

— O cara te pegou de jeito — disse Ricky. Cantarolando o que parecia ser o "Hino de Batalha da República", gentilmente me levantou e me colocou no banco da frente.

— Tem uma guerra correndo lá fora, mas agora você está a salvo, rapaz — disse ele, e fechou a porta.

20 ' 30

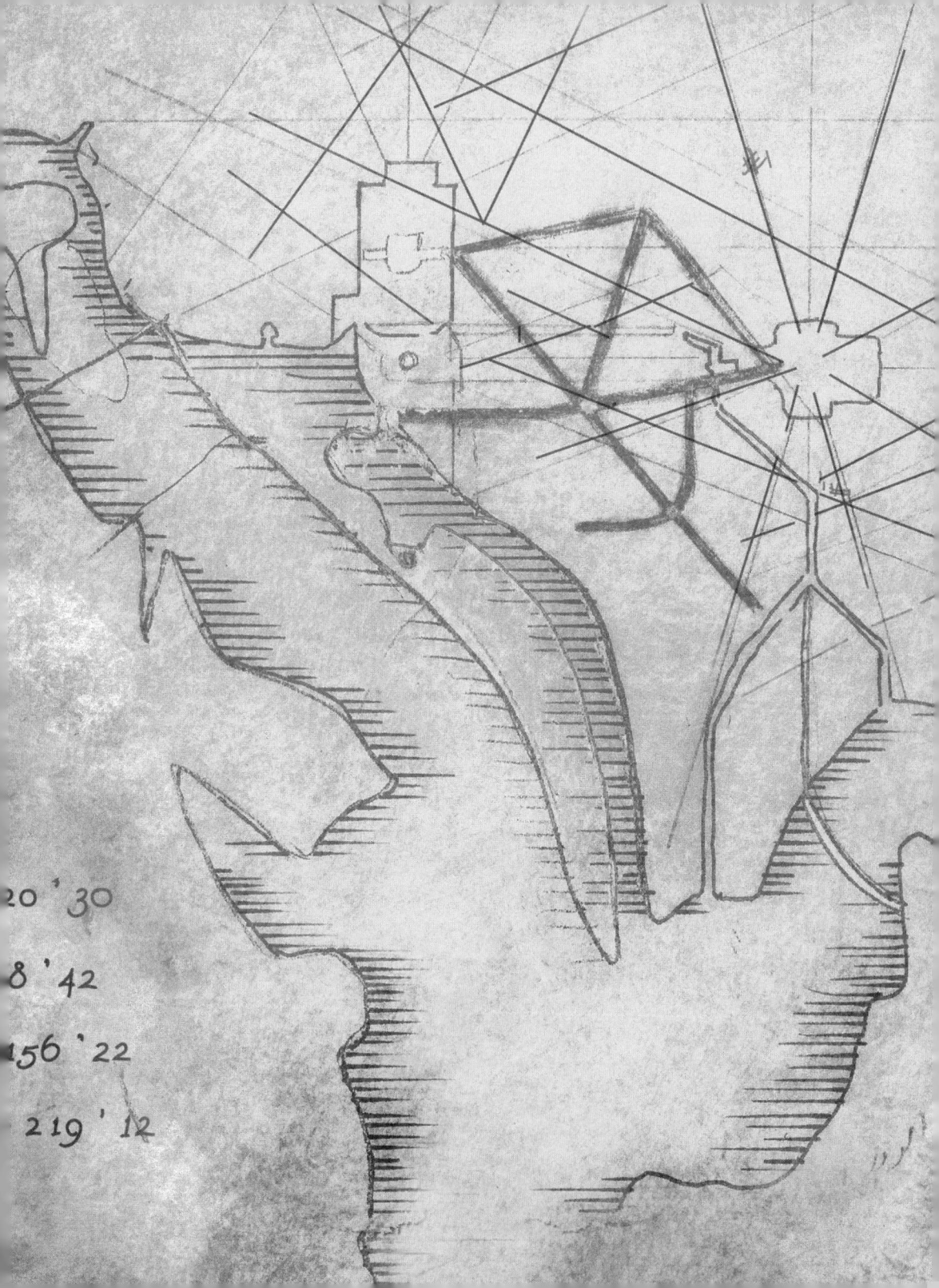

8 ' 42

156 ' 22

219 ' 12

PARTE III: O LESTE

A Comedora Roxa de Gente dirigida pelo sr. Ricky

Esta ilustração foi deixada no porta-luvas da CRG.

Capítulo 11

— Na minha opinião — dizia Ricky —, e eu estou falando muito sério, cara, você descobre quem são os seus amigos e diz "vai se foder" para todas as outras pessoas. Você *tem* que fazer isso, sabe, porque, porra, o mundo é tão grande e fica maior a cada dia, e as raças se misturaram tanto que daqui a pouco a gente não vai saber mais em quem confiar. Quer dizer, tem os orientais vindo para cá, tem os árabes e os mexicanos e sei lá mais que porra de outros países, e eu fico aqui sentado me perguntando, tipo, "eu lutei por esta merda?" e "*este é o american way?*". De jeito nenhum, cara. — Ele cuspiu dentro da garrafa térmica dos Flinstones. — Ei, cara, está tudo bem com você?

Minha cabeça fez que sim outra vez. Era de noite. Eu dormi durante quase todo o trajeto, sendo lançado para dentro e fora da esfera da consciência pelo latejar insuportável da dor em meu peito. De modo geral, meu corpo inteiro doía. Eu me sentia febril.

— Quer um pouco de carne desidratada? — perguntou Ricky, me oferecendo o pacote.

O SAQUINHO DE SUCO

A CAIXINHA DE SUCO

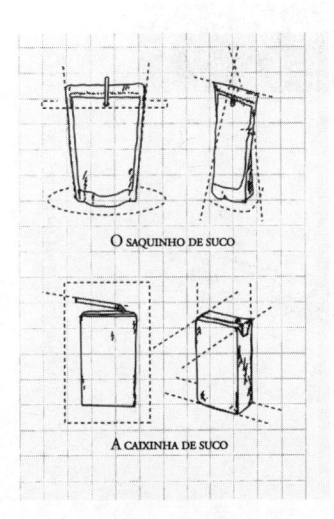

Saquinho x caixinha
Do caderno G63

Tive muitos debates sobre qual dos dois tinha o melhor design. Cada um tinha seus próprios méritos: a caixinha ficava melhor em pé mas o saquinho cabia mais facilmente no bolso.

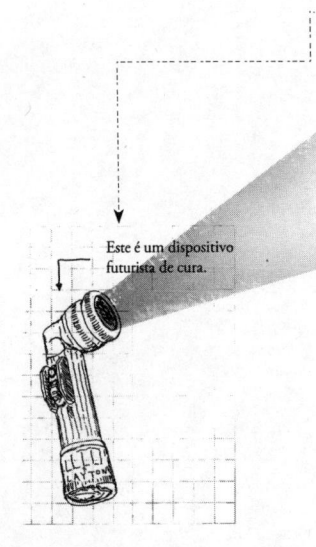

Este é um dispositivo futurista de cura.

— Obrigado — falei, pegando a carne por educação. Meu pai disse que nunca se deve recusar comida, mesmo que você deteste a comida que está sendo oferecida.

— Capri Sun?

— Obrigado — falei, pegando o saquinho prateado de suco. — Onde estamos?

— Ohio, bonito pra cacete — disse ele. — Eu nasci aqui, sabia? Mas nunca senti que aqui era a minha casa porque o meu pai era um puta babaca. Quebrou o meu nariz com um bastão. Esse tipo de coisa faz você sair correndo para o Exército, sem escala. — Ele deu uns tapinhas no painel. — A CRG é minha casa agora, não é?

Tentei imaginar meu pai me batendo com um bastão. Não consegui.

— Mas escuta, T.S. — dizia Ricky —, deixa eu contar essa teoria que eu ando bolando sobre os mexicanos, porque vejo mexicanos todos os dias neste meu trabalho, é que eles não seriam tão ruins se não fossem...

E assim continuou. Com os olhos semicerrados, eu via as luzes do painel e os lampejos de faróis traseiros vermelhos passando por nós. Imaginei que estava na cabine de uma espaçonave que me levaria até uma distante estação espacial, onde iam me curar em dois segundos com um dispositivo futurista de aspecto semelhante a uma lanterna em formato de L.

Quando acordei novamente, o horizonte diante de nós tinha começado a clarear com os primeiros traços da aurora. Duas horas tinham se passado, mas Ricky ainda estava tagarelando como se eu nunca tivesse dormido:

— Não estou querendo dar uma de babaca, cara, só estou sendo realista. Se você deixar *alguns* deles entrar, então como vai saber em quem confiar, entende o que eu digo? O Pedro vai dizer uma coisa para conseguir o que quer, mas depois vai virar e apunhalar você pelas costas. Ah, não, a gente tem que colocar essas cercas para impedi-los de entrar e nem olhar para trás. — Ele gesticulava para o para-brisa com outro daqueles cigarros.

Virou-se para mim.

— Como você está, cara?

Levantei o polegar, mas esse simples gesto implicou um puxão doloroso no meu peito.

— Sabe do que mais, T.S.? Eu já estive na merda e posso dizer na boa que você é um puta de um sujeito durão — disse Ricky. — Sério, o Exército ia adorar ter você.

Sorri em meio à dor. Imaginei Ricky chegando para o meu pai, dando nele um daqueles fortes apertos de mão, dizendo-lhe que seu filho era "um puta de um sujeito durão". Meu pai podia sorrir em resposta, mas nunca acreditaria nele.

Estava dormindo outra vez quando Ricky bateu no meu ombro.

— Fim da linha, cara.

Levantei a cabeça e fitei os imensos edifícios de concreto.

— Aqui é Washington? — perguntei.

— Capital deste grande país. Pelo menos o que sobrou da cidade.

— Onde fica o Mall?

— A dois quarteirões naquela direção. A polícia não deixa a CRG chegar muito perto — disse ele. — Espera aí um segundo. — Ele desapareceu atrás dos assentos por um momento e voltou com um lenço camuflado.

— Usei isso em combate. É para o sangue. — Ele fez um gesto circular diante do meu peito. — Não se pode fazer uma cena diante dos civis, está me entendendo?

Baixei os olhos. Meu colete estava manchado de marrom com sangue seco. A pele sobre a minha caixa torácica parecia quente e inchada.

— Obrigado, Ricky — falei. Não sabia o que mais lhe dizer. Como é que dois soldados se despediam no campo de batalha?

---> Sinto-me envergonhado ao admitir isto, mas mesmo tendo certeza de que o que ele dizia era racista e muito ruim, eu meio que gostava de Ricky. Para um homem com tatuagens tão ameaçadoras, ele era surpreendentemente atencioso: não parava de perguntar como eu estava me sentindo, oferecendo-me o tempo todo um pedaço de carne-seca Beef Jerky, suco Capri Sun e analgésico Advil. Havia algo reconfortante em sua tagarelice constante e rouca, pontuada por cuspidelas dentro da garrafa térmica dos Flinstones e a ocasional gargalhada autoinduzida. Eu não ouvia suas palavras, só me agarrava à sensação de lugar seguro da cabine. Isso era ruim? O que acontece quando as palavras são ruins mas a sensação *em torno* das palavras é boa? Talvez eu devesse ter dito a ele para calar a boca e saído da cabine ali mesmo, mas eu estava tão cansado e ali dentro tinha uma temperatura tão agradável, quentinha...

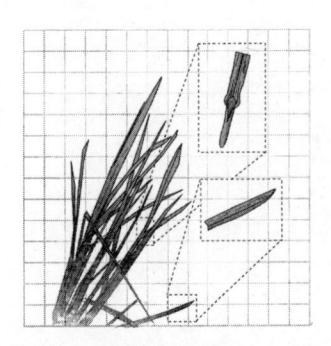

As folhas da grama azul me dão uma nova sensação do lugar
Do caderno G101

Quando você entra num novo lugar e percebe o "clima" desse lugar, pode ser difícil detectar o que exatamente contribui para essa sensação sutil e líquida de algo não familiar. Mais do que se originar de monumentos grandiosos, museus ou catedrais, essa sensação emergia da soma de várias coisinhas que faziam com que eu me sentisse um estranho numa terra estranha: a paleta texturizada da grama azul; o modo como os milhares de olmos americanos se curvavam preguiçosos para fora se comparados à rígida retidão dos pinheiros lá de casa; a pigmentação um pouco mais escura do verde nas placas de rua; o cheiro doce e melancólico das castanhas assando dentro daqueles carrinhos.

— Espero que você encontre o seu pinheiro — disse, e fiz uma careta ao ver como aquilo soava mal. Antes que ele pudesse rir de mim, peguei minha mochila, abri a porta e dolorosamente cambaleei pelos degraus até a calçada.

Ricky colocou a cabeça para fora do caminhão.

— Adorei você, rapaz — disse ele. — Olhos abertos, cabeça erguida. Um mangusto sempre reconhece a cobra. — Então ele apertou a buzina, engrenou a marcha e foi embora.

Estava chuviscando. Tentei limpar meu peito com o lenço, mas todas as vezes que eu tocava na ferida a dor era tão intensa que eu me sentia prestes a desmaiar, então só enfiei o lenço camuflado na gola como um babador e deixei-o pendurado na frente do ferimento. Devo ter parecido um idiota com aquilo, mas àquela altura já não me importava. Só queria chegar lá.

Segui mancando pelo que parecia uma interminável procissão de edifícios governamentais sem janelas. Quando estava achando que tinha virado num lugar errado, dobrei uma esquina e dei de cara com uma imensa faixa retangular de esplêndida grama, bem no meio da cidade. O National Mall.

A grama dali era diferente da de Montana. De longe, tinha o aspecto usual, de verde tipo grama, mas quando parei e de fato examinei as lâminas e lígulas, vi que aquela *não era* a mesma grama *Pseudoroegneria spicata* que meu pai insistia em usar em nossos campos dos fundos. Aquela era a adorável grama azul.

Três mil e duzentos quilômetros depois, eu finalmente conseguira.

E ali estava *ele*: projetando-se do parque, equilibrado de modo estruturalmente perfeito apesar de sua simetria irregular de torreões, o amplo Castelo cor de vinho era tão majestoso e complexo quanto eu imaginara. Como suspeitava, não havia nada que pudesse substituir a experiência da Instituição ao vivo. Era preciso que as pessoas sentissem suas próprias moléculas vibrando na proximidade dos tijolos vermelhos a fim de experimentar o "clima" do lugar. Fui tomado por uma quentura absoluta, uma gratidão pela insistência da história, uma gratidão por sótãos, por estojos de coleta, por formol, pelo sr. James Smithson, o filho bastardo inglês que doou sua herança inteira aos adolescentes dos Estados Unidos da América para promover o "aumento e a difusão do conhecimento" no Novo Mundo.

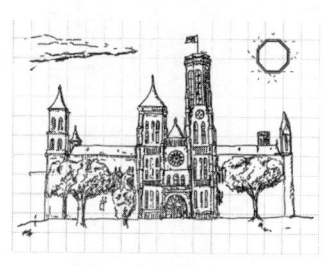

O Castelo da Smithsonian: como é assimétrico! Como é bonito!
Do caderno G101

Fiquei parado na chuva, olhando para cima, na direção da torre octogonal com a bandeira americana pendendo murcha no topo do mastro, e imaginei tudo que havia transcorrido dentro dos limites das oito paredes daquela torre, cada momento de suposição, de amor, de busca de um nome, de discordância e de descoberta.

Um chinês veio arrastando os pés até onde eu estava. Puxava desajeitado um cesto de guarda-chuvas pelo caminho de cascalho.

— Guarda-chuva? — disse ele. — Muito úmido hoje.

Ele me ofereceu um imenso guarda-chuva, grande demais para alguém da minha altura.

— Tem de outro tipo? — perguntei. — Este é muito grande e eu sou uma criança. Tem algum do tamanho que uma criança possa querer?

O homem sacudiu a cabeça.

— Criança. Muito úmido hoje — disse ele. — Obrigado.

Era um agradecimento antecipado, mas eu lhe paguei assim mesmo, o que me deixou com apenas $2,78 no bolso. Se eles cobrassem entrada na Smithsonian, eu não teria como pagar. Talvez pudesse fazer uma troca com eles, e dar minha bússola quebrada em troca de entrar naquele templo do conhecimento. Teríamos que ver.

Respirando fundo, comecei a andar com meu imenso guarda-chuva até a entrada principal do Castelo. Turistas se misturavam ao longo dos amplos caminhos de cascalho. Uma criança maníaca segurando um tigre

Esta é a minha altura.

de pelúcia apontou para mim e disse alguma coisa à sua família. Olhei para mim mesmo: estava sujo, vestido com um colete rasgado e um lenço camuflado coberto de sangue, segurando um guarda-chuva gigante. Não era bem a entrada que eu tinha planejado: os serviçais me acompanhando, o desfile de elefantes, o desfraldar de mapas antigos, todo mundo ajustando seus monóculos e batendo com suas bengalas em sinal de apreciação. Talvez fosse melhor assim.

Ajustei meu colete da melhor forma que consegui para ocultar o talho sangrento no meio do meu peito.

— Uma ferida superficial — falei, para animar o espírito e as forças. — Eu estava abrindo uma carta muito importante com minha faca de abrir cartas e ela simplesmente escorregou. Acontece o tempo todo, meu senhor. Tenho tantas cartas importantes para abrir, sabe?

O saguão do Castelo era impressionante. Dentro do salão imenso tudo era silencioso e dava para ouvir o som do rangido dos pés ecoando no teto de quase vinte metros. Todo mundo, até mesmo a criança maníaca com o tigre de pelúcia, parecia agora estar sussurrando coisas importantes sobre ciência e história uns para os outros. No meio do salão havia um balcão de informações com panfletos para os visitantes. O resto do salão estava cheio de antigos quadros e mapas e linhas do tempo da história da Smithsonian. Também havia um diorama do National Mall com botões que se podia apertar para poder acender vários pontos de interesse. A criança maníaca descobrira esses botões e agora estava acendendo cada edifício e depois tentando se deitar sobre os botões para poder acender tudo ao mesmo tempo. Uma parte de mim queria se juntar a ele naquele jubiloso apertar de botões.

Fui até o balcão de informações. A senhora no balcão, que conversava com a colega, se virou para mim e me fitou. Percebi que não tinha fechado meu guarda-chuva gigante.

— Desculpa, dá azar — disse, e lutei para contê-lo, mas o guarda-chuva não parava de abrir. Meu lenço camuflado caiu no chão. Senti como se estivesse encenando um número de comédia num filme mudo até que um visitante ao meu lado gentilmente pegou o guarda-chuva da minha mão, fechou-o com um clique e em seguida devolveu-o para mim.

— Obrigado — disse. Peguei o lenço de Ricky e o guardei no bolso. Depois me virei para a senhora no balcão, que agora olhava fixamente para o meu peito.

— Querido, você está bem? — perguntou ela. — Está machucado?

— Estou bem — respondi. Na lapela, a mulher usava um crachá que dizia "Laurel" e um grande broche vermelho que dizia "Precisa de informação?".

Me deu branco, então eu disse:

— Laurel, preciso de informação.

— Está parecendo que você precisa de assistência médica, posso chamar alguém para você?

— Não, está tudo bem — acrescentei. O salão oscilou levemente. Todo mundo sussurrava alguma coisa sobre ciência. Tentei manter o controle. — Obrigado. Mas eu gostaria de falar com o sr. G.H. Jibsen.

A senhora se levantou.

— Quem?

— O sr. Jibsen — disse novamente. — Ele é chefe de ilustração e design na Smithsonian.

— Onde estão seus pais? — perguntou ela.

— Estão em casa — respondi.

Ela olhou para mim, depois para a sua colega, que era mais jovem (crachá = Isla) e também usava o broche grande oferecendo informação, embora ela tivesse escolhido prendê-lo não em sua lapela mas a uma cordinha de pescoço, para que pudesse retirá-lo com mais facilidade e não oferecer informação em determinados momentos. Isla deu de ombros.

ELA VAI LHE DAR INFORMAÇÕES.
É UMA SENHORA PRESTATIVA.

ELA NÃO VAI LHE DAR INFORMAÇÕES.
NÃO É UMA SENHORA PRESTATIVA.

As correias permitem que naveguemos através de nossas vidas
Do caderno G101

Laurel olhou outra vez para mim.

— Tem certeza de que está bem? Parece que você se machucou feio.

Fiz que sim. Quanto mais ela dizia que eu tinha me machucado feio, mais eu acreditava que isso devia ser verdade. Meu peito começou a latejar outra vez.

— A senhora poderia ligar para o sr. Jibsen e dizer a ele que estou aqui? Tenho que fazer um discurso amanhã à noite.

O mundo de Lauren estava visivelmente desconcertado. Ela fez um assobio silencioso com os lábios e depois disse:

— Só um momento, por favor. — Numa voz profissional. Deu uma olhada em alguns papéis atrás do balcão e pegou o telefone. — Qual o seu nome, por favor? — perguntou, com o fone debaixo do queixo.

— T.S. Spivet.

Ela esperou e depois virou de costas para mim enquanto falava baixinho ao telefone. Peguei um panfleto de uma exposição sobre os índios *blackfeet*.

Quando ela se virou outra vez para mim, sua testa franzida, como se ela tentasse solucionar um problema difícil de matemática.

— Você é T.S. Spivet? Ou seu pai é T.S. Spivet?

— Eu sou T.S. Spivet. Meu pai é T.E. Spivet.

Ela voltou ao telefone.

— Ora, eu não sei — disse ela mais alto ao fone depois de um tempo, e em seguida desligou. — Ora, eu não sei — repetiu ela, não exatamente para mim, mas para todo mundo. — Ele está vindo. Vai saber do que se trata. Você pode esperar aqui. Gostaria de alguma coisa? Água?

— Sim, obrigado — respondi.

Laurel voltou trazendo um copinho de papel com água. Notei que ela olhava fixamente para o meu peito mais uma vez. Voltou ao balcão de informações e murmurou qualquer coisa com Isla, que ajustou nervosamente sua cordinha de pescoço. Um grupo de japoneses se aproximou do balcão e as duas mulheres desapareceram atrás deles.

Encontrei um banco e me sentei, examinando meu panfleto da nação *blackfeet* com meu imenso guarda-chuva ao lado. Para dizer a verdade, embora eu normalmente me interessasse por todas as coisas relativas aos *blackfeet*, estava encontrando um bocado de dificuldade para ler o panfleto e comecei a me distrair.

— Sou o sr. Jibsen — disse uma voz surgida do éter, o "s" de Jibsen se enroscando em si mesmo como um gato, despertando sinapses familiares em meu cérebro. De repente senti falta do cheiro da cozinha de casa, da lenha empilhada, dos pauzinhos de comida oriental, do som que a tampa do pote de biscoitos fazia quando se tentava abri-lo em silêncio.

— Posso ajudá-lo, meu jovem? — perguntou ele.

Levantei os olhos. O sr. G.H. Jibsen não se parecia em nada com o que eu imaginara por telefone. Não era um homem alto e gracioso com um terno de três peças, um cavanhaque estilo Van Dyke e uma bengala. Pelo contrário: era atarracado e careca, e usava uns óculos de armação grossa e estilosa que o deixavam com cara de nerd e ao mesmo tempo consciente de si mesmo apenas o bastante para manter uma aura de frieza. Usava uma blusa de gola rulê preta e um paletó preto, e seu único elemento que fazia referência a uma era de antiguidade que eu pelo visto lhe imputara era uma estranha argola na orelha esquerda, como se ele tivesse acabado de vir de um baile de piratas e removido todos os adereços de sua fantasia exceto aquele.

— Posso ajudá-lo? — ele perguntou outra vez.

Quando um momento muito esperado como aquele acontece, a solução é ficar remoendo incansavelmente a ideia do que ele possa ser, representar. Uma vez eu me revirei na cama por muitas noites insones antes de uma obturação dentária ou uma prova final só para me deparar com a anticlimática e silenciosa maquininha do dr. Jenks ou a expressão de vago

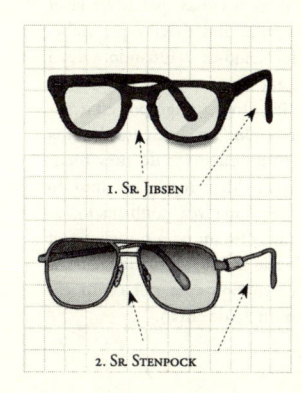

1. Sr. Jibsen

2. Sr. Stenpock

▸ *A moda é difícil*
Do caderno G101

Os óculos do sr. Jibsen desempenhavam a mágica dupla função de transmitir partes iguais de obsessividade e indiferença (Fig. 1). Eu, por outro lado, como o sr. Stenpock, jamais conseguia manter esse nível de autoconsciência por mais do que alguns minutos. Para mim, uma consideração calculada da minha aparência requeria uma quantidade enorme de concentração que invariavelmente drenava a força de meu cérebro para longe da confecção dos mapas e o que quer que eu estivesse fazendo no momento (em geral mapas).

Gracie, toda gentil, me deu no Natal uma calça cargo verde que tinha catorze tiras de tecido penduradas. Disse que era a última moda, e quando eu lhe perguntei para que servia aquele monte de tira pendurada, ela revirou os olhos e disse:

— Bem, para não entrar muito na psicologia, mas talvez seja para se fazer um tipo, uau, tenho um monte de tiras aqui porque o que eu faço normalmente é pular de paraquedas ou alguma coisa muito intensa, mas neste momento só estou de bobeira, com todas as tiras abertas... Mas elas só são maneiras, está bem?

→ Eu as usei por um dia, mas fiquei tão distraído com todas as coisas que *podia* fazer com as tiras abertas que acabei fechando-as. Quando desci para jantar daquele jeito, Gracie gritou comigo por estar parecendo "um paciente de uma instituição para doentes mentais". Meu lugar no mundo mais uma vez confirmado, as calças foram para o meu closet e não saíram mais. Gracie nunca confiou cem por cento em mim desde então.

tédio no rosto do sr. Edward enquanto eu desenhava meus complexos diagramas da expansão para o oeste nas margens do meu livro azul.

Por que eu esquentei tanto a cabeça com isso?, eu me perguntei, mas mesmo assim, quando a prova seguinte era marcada, lá estaria eu, às três da manhã, inutilmente insone.

Repetidas vezes durante minha interminável viagem rumo ao Leste, preso nas garras sombrias do meu purgatório no buraco de minhoca e abandonado aos meus cenários do dia do juízo final, eu pensara no que diria naquela circunstância, as incontáveis maneiras de conseguir transmitir minha perícia por meio de referências indiretas à glicólise ou a controvérsias relativas ao sistema métrico. Mas não fiz uso de nenhuma de minhas elaboradas explicações do desenvolvimento cognitivo acelerado, do nanismo, das viagens no tempo ou dos poderosos cereais para o café da manhã.

Eu simplesmente disse:

— Olá, sou T.S. Spivet. Consegui.

E depois esperei que o mundo voltasse a mim.

O sr. Jibsen inclinou a cabeça, olhou para Laurel atrás do balcão, e depois se virou para mim. Seu polegar e seu indicador foram até o brinco e começaram a girar e girar nervosamente a argola.

— Deve haver... — Ele parou, olhando para o meu peito. — Você está machucado? — perguntou ele.

Fiz que sim, à beira das lágrimas.

Ele olhou para mim dos pés à cabeça. Nunca havia me sentido tão abertamente examinado em minha vida. Meu pai me examinava, mas nunca olhando direto para mim.

— Falamos ao telefone na última sexta?

Fiz que sim.

— T.S. Spivet? — disse ele, como se experimentasse um novo casaco. Levou as mãos ao rosto, esmagando o nariz entre elas, e então soltou o ar pelas narinas com um ruído bem alto. Deixou as mãos caírem ao lado do corpo outra vez.

— Você desenhou o bombardeiro? — perguntou ele, muito devagar.

— Sim.

— Você desenhou o esquema social das mangangabas? O tríptico da rede de esgotos? A linha do tempo das máquinas voadoras? O... o esquema da circulação sanguínea do caranguejo-ferradura? Aquela coisa sobre os rios mais encurvados? Você desenhou tudo isso?

Eu não precisei fazer que sim.

— Meu Deus — disse ele, e se afastou. Mais voltinhas na argola. Pensei que ele iria até os dioramas e começaria a apertar loucamente os botões que iluminavam as coisas, mas após um momento ele voltou.

— Meu Deus — disse ele novamente. — Quantos anos você tem?

— Treze — respondi. E então: — Bem, doze, na verdade.

— Doze?! Ora, isso... — ele parou no ceceio do "s", sacudindo a cabeça.

— Sr. Jibsen, não quero ser rude, mas não estou me sentindo muito bem. Talvez pudessem só dar uma olhada em mim e depois podemos conversar sobre amanhã à noite?

— Há! Está brincando? Isso não vai... *Oh!* — Ele parou a frase na metade. — É claro, vamos arranjar alguém para cuidar de você.

Ele deslizou suavemente até Laurel no balcão e logo em seguida voltou. Olhava para mim fixamente.

— Está vindo alguém — disse ele, ainda me fitando daquele jeito estranho.

— Obrigado — disse. — Logo vou me sentir melhor. E aí podemos falar sobre... — De repente, fui tomado por uma dor aguda que começava no meu esterno e se enroscava em torno da minha cabeça como uma faixa. Era bem diferente de qualquer dor que eu já tivesse sentido, mais intensa do que na vez em que Layton jogou por acidente um dardo em minha cabeça ou quando batemos numa árvore com o trenó e eu quebrei o braço enquanto ele saiu ileso mesmo tendo acertado a árvore primeiro. Já não mais preocupado com o mundo de Jibsen e do decoro polido, deixei escapar um gemido.

Jibsen não pareceu notar.

— T.S.! — disse ele. — Doze anos de idade! Onde você aprendeu a desenhar desse jeito?

Eu não tinha resposta para essa pergunta. Em vez disso, desmaiei.

Quando recobrei a consciência, um homem da emergência me examinava. Eu usava uma daquelas máscaras de oxigênio, que tinha um cheiro forte de plástico. Eles me levaram numa maca até a ambulância parada bem na entrada do Castelo. Quando vi a ambulância à espera, as luzes ainda girando, as portas traseiras escancaradas, senti-me um pouco orgulhoso por ter interrompido o fluxo da capital.

Chovia com mais intensidade do que antes. O sr. Jibsen segurou meu imenso guarda-chuva sobre mim enquanto eu estava deitado na maca, o que foi muito gentil de sua parte. Entrou na ambulância comigo e apertou minha mão com força.

— Não se preocupe, T.S. — disse ele —, vou levar você bem depressa ao médico especial da Smithsonian. Não vamos ter que enfrentar nenhuma burocracia ou espera na fila. Vamos cuidar de você.

Enquanto seguíamos pelas ruas da capital, conectaram uma bolsa de soro no meu braço. Fiquei olhando o soro gotejar e a bolsa oscilar de um lado a outro. Mesmo transparente, eu sabia que havia ali todo tipo de deliciosos pequenos nutrientes dissolvidos, que eu comia por meio do furo no meu braço. Isso era bem legal.

No Washington Hospital Center, dr. Fernald, o médico da Smithsonian, me examinou. Dois assistentes vieram dar os pontos. Estalaram a língua e sacudiram a cabeça quando lhes contei o que acontecera comigo em Chicago. Deixei de fora a parte em que eu esfaqueava Josiah

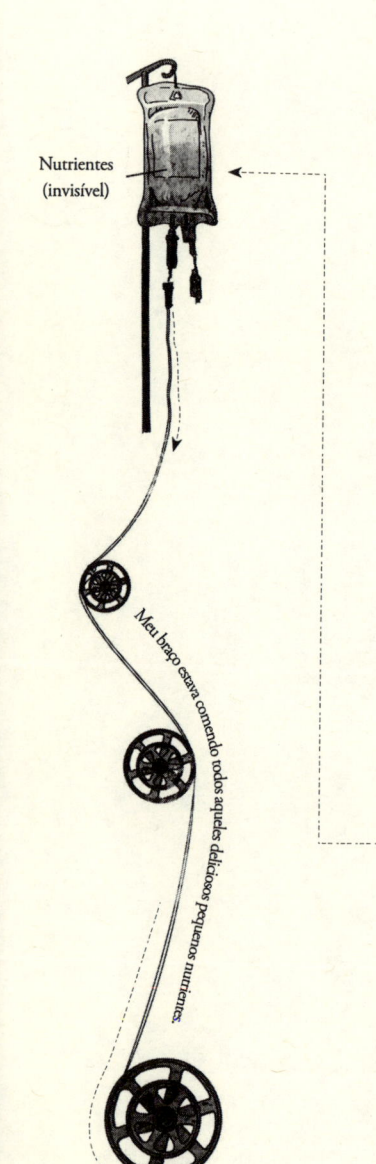

Merrymore e ele caía no canal e como era possível/provável que estivesse morto. Era melhor deixar algumas coisas fora do mapa.

Enquanto faziam seu trabalho, o sr. Jibsen estava lá fora andando de um lado para outro no corredor, falando em seu celular. No meu estado, convenci-me de que ele estava tendo uma conversa longa e reprovadora com a dra. Clair sobre mim e minha mania de deixar Cheerios nos bolsos. Sabia que logo ela apareceria no hospital para me levar de volta a Montana. Estava preparado para isso. Ei — pelo menos eu chegara até ali, e era uma boa distância para alguém com doze anos.

Depois que fizeram uma série de testes a fim de se certificar de que eu não tinha nenhum problema interno de maior gravidade (era assim que eles falavam: "problema interno de maior gravidade"), aplicaram em mim uma vacina antitetânica e dois tipos diferentes de antibióticos. Por fim, em torno da meia-noite, Jibsen e eu deixamos o hospital. Eu me perguntei se ele estava me levando ao aeroporto.

— Vou deixá-lo na casinha anexa — disse ele, e deu uns tapinhas na minha perna. — Você está a salvo agora.

— Obrigado — falei, embora não tivesse a menor ideia do que isso significava.

Assim que minha cabeça encostou no travesseiro, caí num dos sonos mais profundos que jamais tivera. Era a primeira noite, depois de bastante tempo, em que eu de fato me encontrava deitado e imóvel.

Quando acordei na manhã seguinte, meu peito doía. Pestanejei, meio que esperando estar de volta ao meu quarto em Montana, despertando do sonho mais intenso da minha vida, mas três das paredes não estavam cobertas de cadernos, e não vi o contorno familiar dos meus equipamentos para desenhar mapas. Em vez disso, estava em um quarto nada familiar em que tudo era muito limpo e ornamental e feito de car-

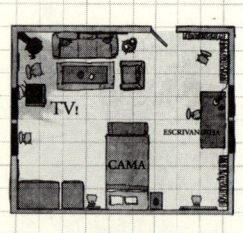

A EDÍCULA

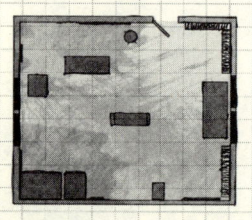

MOBÍLIA DE CARVALHO NO QUARTO

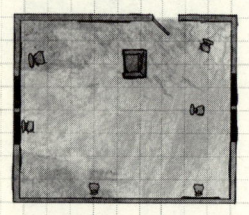

TODAS AS CADEIRAS DO QUARTO

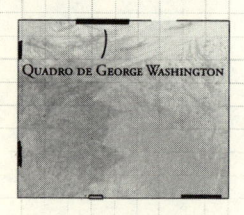

QUADRO DE GEORGE WASHINGTON

TODOS OS QUADROS NO QUARTO

Imagens da edícula
Do caderno G101

valho. Havia um monte de cadeiras em toda parte. As paredes estavam cobertas de quadros, incluindo um quadro imenso e dramático de uma batalha junto a um rio. Acho que George Washington estava de pé no meio da luta, mas, para lhe dizer a verdade, naquele momento eu não me importava que fosse George Washington ou qualquer outro. Eu me sentia péssimo.

Tentei me sentar na cama e de imediato senti o aperto no peito. Era como se eu tivesse levado um coice de uma mula no peito, frase usada com frequência por meu pai, que já tinha de fato levado um coice de uma mula no peito. Eu nunca tinha compreendido o caráter cem por cento apropriado da analogia até aquele momento.

— Maldita mula — disse, e me senti um cara durão ao dizê-lo. — Ela me deu um coice dos brabos, pai.

Depois de ficar pensando em como seria doloroso sair da cama, chegou um momento em que eu apenas afastei a coberta e fiz isso. Parecia que uma armadura tinha sido pregada em minha pele. Fui me arrastando pela edícula como um quebra-nozes: torso reto e braços pendendo rígidos do lado. Tinha começado a examinar os objetos de carvalho do quarto, recuperando um pouquinho da minha curiosidade, quando bateram à porta.

— Sim? — perguntei.

O sr. Jibsen entrou. Seu aturdimento da véspera desaparecera. Ele recuperara o gracioso cecear do Velho Mundo.

— Ah, T.S., você está de pé! Meu Deus, ficamos tão preocupados na noite passada, você não faz ideia. Que coisa horrível essa que aconteceu com você. Sinto muito por isso, não sabia que Chicago andava tão mal assim, deve ter sido um terrível choque para alguém vindo dos campos elísios de Montana.

— Estou bem — comentei, embora tenha sido tomado pelo desesperado desejo de falar "Matei um homem e ele está morto num canal em Chicago e seu nome é...".

— Ouça — disse o sr. Jibsen. — Quero pedir desculpas pelo meu comportamento ontem. Sabe, eu não fazia ideia da sua idade. Não mesmo. Falei com seu amigo Terry ontem à noite e ele me explicou tudo. No início, devo dizer, fiquei um pouco desconcertado com essa história toda, mas agora me dou conta da natureza singular da situação, e, bem, é claro que o prêmio foi dado estritamente pela qualidade do seu trabalho. — Ele fez uma pausa e me olhou de banda. — O trabalho é seu, não é?

— Sim — confirmei, e suspirei. — É meu.

— Ótimo, excelente! — disse ele, voltando à vida. — Então, todos tínhamos um tipo de bolsa em mente antes... em geral o prêmio Baird vai para... um *adulto,* sabe... mas acho que tudo isso talvez funcione com perfeição. E minha única outra pergunta é... e seus pais? Sinto-me envergonhado por admitir que, em minha pressa, esqueci-me de dizer ao dr. Yorn para contactá-los. Posso perguntar por que eles não o acompanharam nesta viagem?

Embora minha cabeça ainda estivesse nublada, não posso culpar meu estado de saúde pelo que disse em seguida.

— Eles... morreram — disse. — Eu moro com o dr. Yorn.

— Minha nossa — disse o sr. Jibsen. — Puxa, eu sinto muito.

— E a Gracie — continuei. — Gracie e eu moramos com o dr. Yorn.

— Bem, isso é ainda mais notável, não é? — disse o sr. Jibsen. — Ouso dizer que Yorn não mencionou isso, mas ele é... um homem modesto, suponho.

— Sim — disse concordando. — Ele é um bom homem e um bom pai adotivo.

O sr. Jibsen pareceu se sentir desconfortável.

— Bem, você ainda deve estar se recuperando. Vou deixá-lo descansar. Esta edícula serve de moradia para o bolsista da Baird, então está ao seu dispor. Desculpe-me pela falta de equipamento e essa horrorosa... — ele fez um gesto com a cabeça indicando o quadro de Washington ou quem quer que fosse — decoração. Mas deve ser o bastante para todas as suas necessidades.

O quê?! Eu tinha perdido o juízo?!

Sim, isso se confirmou: eu tinha perdido o juízo. Mas parte de mim sempre desejara que isso fosse verdade, e dizê-lo agora, neste mundo, quase o tornava verdade.

— Obrigado — disse. — Está ótimo.

— Se houver qualquer coisa que deseje requisitar, por favor, não hesite em me contactar, e verei o que podemos fazer para deixá-lo mais confortável.

— Bem — disse, procurando a minha mochila, que felizmente vi sobre uma cadeira ao lado da porta. — Acabei perdendo quase todos os meus instrumentos em Chicago. O museu tem algum material de desenho?

— Tenho certeza de que poderemos fornecer qualquer material de que você precise. Basta fazer uma lista e hoje à tarde teremos tudo.

— Hoje à tarde?

Ele deu uma curta risada.

— Claro! Lembre-se, você é ilustrador da América agora.

— Sou?

— Embora talvez o serviço e o orçamento não reflitam isso, nunca devemos perder de vista o fato de que somos uma instituição com 150 anos de existência que representa a história da rica tradição científica deste país. Contudo — disse ele —, embora admiremos nosso rico passado, temos sempre que olhar para a frente, para o futuro, e é por isso que estou tão entusiasmado com a sua entrada um tanto dramática ontem à noite. Quem teria imaginado?

— Desculpe — disse, de repente me sentindo muito cansado. — Eu não pretendia...

— Não, não, não, pelo contrário, toda essa confusão talvez se mostre perfeita para a instituição, a longo prazo. Já mencionei sua idade a alguns colegas e eles simplesmente ficaram de queixo caído, então você talvez seja o instrumento ideal para atrair muita atenção e deixar todo mundo bem animado com a Smithy outra vez.

— A Smithy?

— Sim. Sabe, todo mundo adora crianças, é o que todos dizem. Não que você seja inteiramente uma criança. Isto é, vejo o seu trabalho como o trabalho de um cientista... mas é que... — ele pareceu ficar sem palavras outra vez, a língua parada no "s" de "só". Seus dedos voltaram ao brinco.

Pensei na dra. Clair sentada em seu escritório, escrevendo sobre a palestra de Emma na Academia Nacional de Ciência quase 150 anos antes. Minha mãe, sentada numa sala abarrotada com seu próprio trabalho, conjurava o mundo de outra pessoa: a curva da coluna de Emma enquanto ela devia estar de pé diante daquele atril; os olhos de Joseph Henry abrindo um buraco em suas costas; a expressão hostil dos homens na primeira fileira enquanto ela falava aquelas palavras que havia escrito com Maria Mitchell numa cabana em Adirondack certa noite, as estrelas dando voltas acima delas:

"...E então, que não perguntemos o sexo de uma cientista, mas se seu método é válido, se ela se atém aos padrões rigorosos da ciência moderna e se está avançando com o conhecimento coletivo do projeto humano. Este projeto importa acima de tudo mais, acima de gênero, raça ou credo..."

Respirei fundo.

— O que o senhor quer que eu diga hoje à noite? — falei.

— Hoje à noite? — Ele riu. — É claro que você não tem que falar! Tudo isso tinha sido acertado antes... antes que isto acontecesse e...

— Eu gostaria de falar.

— Você gostaria de falar? Você...? Mas se sente em condições?

— Sim — respondi. — O que o senhor quer que eu diga?

— O que quero que diga? Bem, nós... nós vamos pensar em algo. A menos, é claro, que você mesmo queira escrever.

Cada uma das bandejas que passava no salão de baile, levadas pelos funcionários de luvas brancas, estava cheia de um elenco rotatório de pequenas e esplêndidas misturas, como eu nunca tinha visto antes. Apesar da dor persistente, estava encantado com aquela opulenta exibição de acesso e excesso gastronômico. Aquele evento facilmente levava a melhor sobre a

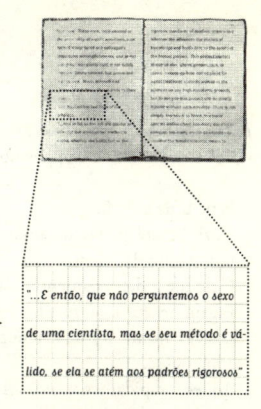

"...E então, que não perguntemos o sexo de uma cientista, mas se seu método é válido, se ela se atém aos padrões rigorosos"

E no entanto no fim essas não eram as palavras nem de Maria Mitchell nem de Emma Osterville.

Oh, mãe. Por que você inventou isso? O que você esperava alcançar? Por acaso desistiu de sua carreira para estudar outra pessoa da família Spivet cujas próprias aspirações desbotaram nas montanhas secas, rachadas e esburacadas do Oeste? Será que eu também estava fadado a tamanho fracasso metarrecíproco? Será que simplesmente estava em nosso sangue estudar um outro enquanto negligenciávamos a nós mesmos?

Receita do
Especial de Inverno de Gracie
Do livro de receitas de Coppertop

1. Fatie uma salsicha.
2. Cozinhe até passar do ponto uma xícara de vagens.
3. Coloque delicadamente as vagens moles e as rodelas de salsicha num leito de ketchup e maionese.
4. Aqueça rapidamente no micro-ondas duas fatias de queijo Kraft. (25 seg.)
5. Coloque o queijo sobre as rodelas de salsicha e as vagens.
6. Sirva morno.

comida habitualmente servida em Coppertop — A Segunda Melhor Coisa ou o Especial de Inverno de Gracie.

Por exemplo: o garçom de luvas brancas parava diante de mim e dizia, de modo muito polido:

— Boa noite, senhor, gostaria de um pouco de *tartar* de atum com aspargos grelhados salpicado com vinagre balsâmico?

E eu dizia "Sim, obrigado" e queria comentar algo sobre suas luvas brancas mas resistia à tentação, e ele colocava um guardanapinho na palma da minha mão e em seguida colocava aquela esplêndida mistura no guardanapo usando um par de pequeninas pinças.

— Obrigado — eu dizia.

E ele dizia:

— De nada.

E eu dizia "Obrigado" de novo, porque estava realmente muito agradecido.

E ele fazia uma pequena mesura e seguia em frente.

Eu queria provar tudo que me era oferecido, mas comecei a me sentir bastante cansado e tive que me sentar. Pouco antes de irmos para a recepção, o sr. Jibsen me dera analgésicos de um frasco sem rótulo.

— Esse é o meu garoto — disse ele gentilmente enquanto eu os engolia com a ajuda de um copo d'água.

Por um momento eu me perguntei se aqueles comprimidos eram soro da verdade e se ele não começaria imediatamente a me fazer todo tipo de perguntas de sondagem, mas o sr. Jibsen apenas sorriu e disse:

— Remédio milagroso este, você vai estar ótimo logo, logo. Hoje é a sua grande noite. Não podemos deixar você sentindo dores na sua grande noite.

O sr. Jibsen também providenciara, em pouquíssimo tempo, o aluguel de um elegante smoking para mim. Um alfaiate viera por volta das duas da tarde e tomara meticulosamente minhas medidas. Era um homem gentil, e tocou meu ombro e falou de seu primo que vivia em Idaho. Perguntei-lhe se podia ter uma cópia das minhas medidas, e ele confirmou, então anotou-as num pedaço de papel, junto com um pequeno esboço do meu corpo. Foi uma das coisas mais gentis que alguém já fez por mim: um espaço improvisado das minhas dimensões.

Quando chegamos ao jantar, Jibsen me sentou numa mesa na frente e disse:

— É só olhar e cumprimentar, T.S. Os discursos só vão começar em meia hora mais ou menos. Não se preocupe, você não terá que falar muita coisa. Se por acaso for demais para você, é só dar um tapinha no meu ombro duas vezes, assim.

— Tudo bem — falei.

Meu lugar na mesa tinha uma quantidade incrível de ferramentas cuidadosamente organizadas ao redor do meu prato. Aquilo me fazia lembrar o modo como meus instrumentos de cartografia estavam organizados em meu quarto. De repente senti uma pontada de saudade, aquele puxão doloroso no presente. Queria cheirar meus cadernos, passar os dedos pelos meus instrumentos.

Havia três garfos, três facas, quatro copos (todos de formatos ligeiramente diferentes), uma colher, dois pratos, um guardanapo e um treco esquisito. Atrás do meu prato, um cartão dizia *T.S. Spivet*, em escrita cursiva dourada.

O salão de baile era grande e produzia eco; tinha cerca de cinquenta mesas, todas com três garfos, três facas, quatro copos, uma colher e um treco esquisito em cada lugar. Cerca de mil e duzentos garfos. E quatrocentos trecos esquisitos, embora eu não soubesse para que serviam. Para evitar uma situação constrangedora, fiz meu treco esquisito deslizar de modo casual para dentro do meu bolso. Se ele não estivesse ali, então eu não poderia usá-lo de modo incorreto.

Fiquei sentado sozinho por algum tempo, desenhando numa folha de papel pequenos esquemas de como as pessoas caminhavam pelo salão, como eu costumava fazer quando estava nervoso. Ninguém parecia reparar em mim. Eu podia ser a criança infeliz cujos pais não tinham conseguido deixar com uma babá.

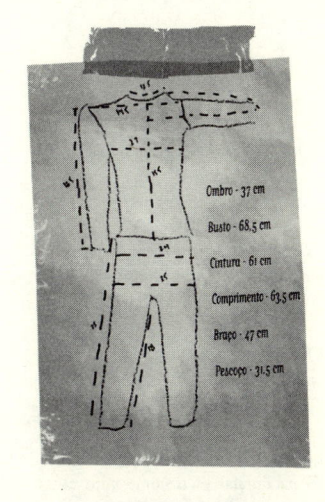

Um mapa improvisado das minhas dimensões
Preso no caderno G101

Mapas improvisados eram uma das minhas coisas favoritas, pois eram improviso e descoberta e se originavam de uma necessidade direta do momento. Coloquei o mapinha do meu corpo no bolso com a intenção de emoldurá-lo e guardá-lo para o resto da vida.

***Diagrama de um lugar na mesa
ou "Agora sou parte deste mundo"*
Do caderno G101

O cartão no meu lugar era uma das coisas mais incríveis que já tinha visto em meus curtos doze anos. Alguém usara propositalmente uma máquina que escrevia com letra cursiva dourada para grafar meu nome num cartãozinho dobrado com beiradas em alto-relevo. (*Meu nome!* T.S. Spivet! E não o nome de alguma outra pessoa famosa como um dançarino ou um ferreiro que por acaso se chamasse T.S. Spivet!) E então o organizador da festa tinha colocado esse cartão dobrado ao lado de todas aquelas taças e talheres esperando que eu fosse me sentar e usar todas aquelas taças e talheres. Agora sou parte deste mundo.

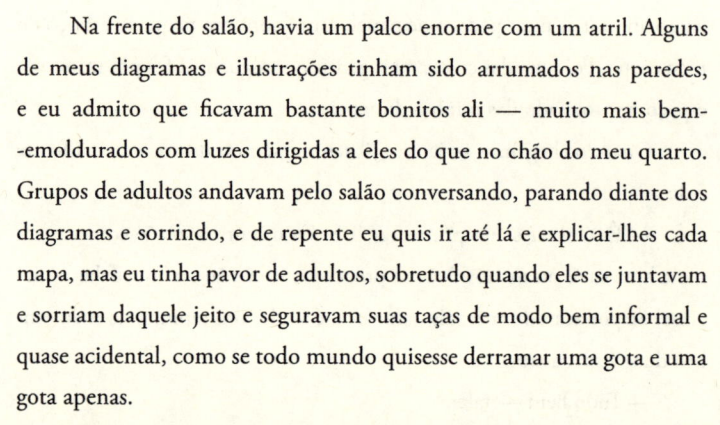

Na frente do salão, havia um palco enorme com um atril. Alguns de meus diagramas e ilustrações tinham sido arrumados nas paredes, e eu admito que ficavam bastante bonitos ali — muito mais bem-emoldurados com luzes dirigidas a eles do que no chão do meu quarto. Grupos de adultos andavam pelo salão conversando, parando diante dos diagramas e sorrindo, e de repente eu quis ir até lá e explicar-lhes cada mapa, mas eu tinha pavor de adultos, sobretudo quando eles se juntavam e sorriam daquele jeito e seguravam suas taças de modo bem informal e quase acidental, como se todo mundo quisesse derramar uma gota e uma gota apenas.

Jibsen se aproximou e prendeu um crachá no paletó do meu smoking.

— Esqueci isto! Você acredita? As pessoas devem ter pensado que você era apenas um garoto qualquer — disse ele. Então ele viu alguém no outro lado do salão, bateu palminhas e desapareceu numa multidão de gente.

Eu estava considerando tirar o treco esquisito do bolso para poder talvez descobrir a sua função quando uma mulher loura e de idade se aproximou de mim e disse:

— Eu queria ser a primeira a parabenizá-lo; que sorte a nossa ter um menino como você. Que sorte.

— O quê? — perguntei. O rosto dela parecia estranho e coriáceo, como a barriga de uma cabra assim que o bicho acabava de dar à luz.

— Meu nome é Brenda Beerlong — disse ela. — Sou da Fundação MacArthur. Estamos de olho em você... espere só mais alguns anos... — Ela riu. Ou melhor: seu rosto estava rindo, mas seus olhos não.

Sorri, sem saber o que dizer, mas ela já se dissolvia outra vez na multidão e outra pessoa se aproximava de mim.

— Belo trabalho, filho — disse um homem de idade. Cheirava a galhos podres. Ao apertar minha mão, senti que todo o seu braço tremia de modo incontrolável. Ele se parecia de leve com Jim, um dos bêbados de Butte, exceto pelo fato de estar usando um smoking.

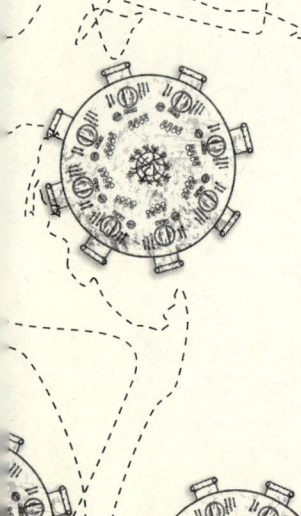

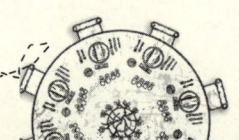

— Trabalho muito, muito bom mesmo. Como você aprendeu a desenhar desse jeito em Montana? Foi alguma coisa que havia na água? Ou só não tinha mais nada a fazer além de desenhar? — Ele deu uma risadinha e correu os olhos pelo salão. Suas mãos ainda tremiam.

— Na água? — perguntei.

— O quê? — disse ele. Ele levou os dedos até os ouvidos; mexeu num aparelho para surdez.

— O que tem a água? — questionei, alto.

— A água? — disse ele, confuso.

— O que tem ela? — perguntei.

Ele sorriu para mim, seu olhar se desgrudando do meu rosto e indo parar em meu diagrama dos talheres.

— É, deve ser — disse ele de modo distante, como se estivesse se recordando de alguma guerra.

Esperei.

— Dane-se — disse ele, e se foi.

Depois disso, houve um fluxo constante de gente vindo me parabenizar. As frases sorridentes começaram a se misturar umas às outras, e eu nunca sabia ao certo o que dizer em momento algum. Jibsen pareceu perceber isso, pois em dado momento ficou plantado ao meu lado e começou a responder a todo mundo com aquele seu jeito de falar performático.

— Bem, quando soube que ele era jovem é claro que fiquei cético, mas achei que podíamos fazer uma tentativa, e vocês estão vendo como ele é encantador? Olha, esse garoto tem mesmo potencial.

— Não sabíamos exatamente, *per se*, mas tínhamos uma ideia... e simplesmente achamos que devíamos arriscar.

— Eu sei, estamos todos animados. As possibilidades são infinitas. Departamento de Educação? Bem, me dê seu cartão, e podemos conversar na segunda.

Banheiro = segurança ◀------

Depois que aconteceu, fiquei olhando para a sua cabeça sangrando sobre o feno no inverno e então corri até o campo dos fundos para chamar meu pai. Seu rosto assumiu uma expressão fixa quando eu disse que Layton tinha se ferido gravemente, levado um tiro talvez, e ele começou a correr na direção do estábulo. Eu nunca o havia visto correr antes. Ele não era um corredor gracioso. Fiquei parado no campo, sem saber para onde ir. Agachei-me ali onde estava e puxei o capim e depois corri para casa e me escondi no banheiro. Fiquei olhando para os cartões em preto e branco de navios a vapor que tinha colado nas paredes e aguardei o rugido familiar de Georgine para saber que meu pai estava levando Layton para o hospital. O rugido não veio. Depois de algum tempo, ouvi passos na varanda, e ouvi meu pai usando o telefone na cozinha. Apertei os olhos e imaginei os navios a vapor flutuando não através do oceano mas através da terra, através das montanhas até o nosso rancho, para nos buscar e nos levar embora para o Japão. Um a um, faríamos um grande esforço para empurrar nossas malas pela íngreme prancha de embarque até o espaçoso convés do grande navio.

Por fim ouvi o ruído da terra sob as rodas e olhei através do vidro jateado, vendo o contorno borrado de um carro da polícia. Meu pai estava falando com dois policiais. E então uma ambulância veio serpenteando pela entrada de veículos. Ainda assim eu continuava no banheiro com os navios a vapor, mesmo depois que a ambulância foi embora com as luzes acesas. Achei que viriam me fazer perguntas, mas nunca vieram. Só *Gracie* entrou depois de algum tempo e ela estava chorando e só entrou e se sentou ao meu lado e me abraçou e ficamos sentados no chão durante um bom tempo, e não dissemos nada mas eu nunca tinha sentido mais perto de outra pessoa.

— Sim, sim, foi sempre dessa maneira que encaramos isso desde o início... Eu estava sentado em meu escritório antes de telefonar para ele e disse a mim mesmo: "Ele tem doze anos, mas vamos mesmo assim levar isto adiante!". E está claro que valeu a pena...

Enquanto eu escutava, a história do que havia acontecido começou a se metamorfosear em algo totalmente diferente. Comecei a me sentir desconfortável. *Minha* história estava silenciosamente se transformando na história *dele*. Era como se alguém aos poucos aumentasse o volume de um som bastante incômodo, devagar, até que no fim, eu me sentia como se sofresse de constrição da mandíbula. Até mesmo os garçons de luvas brancas começaram a assumir um aspecto sinistro. Quando uma mulher veio completar meu copo d'água, dispensei-a com um gesto da mão, desconfiado de que ela estivesse tentando me envenenar.

A um dado momento, o sr. Jibsen se inclinou para mim e sussurrou:

— Eles o estão devorando...

Eu me sentia mal. Dei dois tapinhas em seu ombro, mas ele deu tapinhas em meu braço e continuou falando com uma mulher muito polida que usava um tapa-olho:

— Oh, sim, sim, é claro. Eventos externos, a coisa toda. Ele fica aqui por seis meses pelo menos, mas tudo é negociável.

Levantei-me e caminhei rígido até os fundos do salão. Podia sentir as pessoas me observando. Quando eu passava por seus pequenos grupos de conversa, elas paravam de falar e fingiam que não estavam olhando para mim, mesmo que praticamente me encarassem. Tentei continuar sorrindo. Podia ouvir os grupos de pessoas voltando a si depois que eu passava e começando a falar animados outra vez. Se isso alguma vez já aconteceu com você, sabe como pode ser uma experiência estranha, daquelas em que você se sente como se estivesse fora do seu corpo.

— Onde é o banheiro, por favor? — perguntei a uma das garçonetes. Ela parecia gentil, mesmo estando de pé junto à parede com as mãos nas costas, escondendo aquelas luvas brancas.

Apontou para uma porta.

— Seguindo o corredor, à direita.

— Obrigado — respondi. — Por que você está parada desse jeito? Está escondendo suas luvas brancas?

Ela olhou para mim de um modo estranho e trouxe as duas mãos para a frente do corpo.

— Não... — disse ela. Então colocou-as de volta na posição original. — É assim que nós devemos ficar. Senão, meu chefe me manda embora — disse ela.

— Puxa — comentei. — Bom, eu gosto das suas luvas. Você não devia escondê-las. — E depois saí do enorme salão.

Dois homens riam alto no corredor; pareciam velhos amigos que não se viam fazia algum tempo. Um deles apontou para o gancho da calça e o outro deu um soco em seu ombro. Deram risadas altas e apoiaram a cabeça na parede, tentando recuperar o fôlego. Estavam se divertindo muito. Por sorte não olharam para mim quando passei.

Acontece que o banheiro também tinha um servente. Eu nunca encontrara um servente de banheiro antes, já que eles não eram muito comuns em Montana. Só vira um num programa de TV, em que um espião se fazia passar por servente de banheiro e assassinava um homem dando-lhe uma pastilha de menta que na verdade era veneno.

O servente do banheiro parecia ser jovem e estar um pouco entediado. Não parecia um espião que iria tentar me envenenar. Em sua lapela, havia um pequeno broche vermelho com a letra "M". Quando ele me viu entrar no banheiro, seus olhos se iluminaram.

— Como é que está lá fora? — perguntou ele num estilo um tanto conspiratório.

— Muito ruim — disse. — Os adultos são estranhos às vezes.

Com esse pronunciamento, eu corria o risco de excluí-lo da "categoria adultos", mas excluindo-o também o trazia para a camaradagem do não ser adulto, e eu tinha a sensação de que era onde ele queria estar, quer ele fosse tecnicamente um adulto ou não.

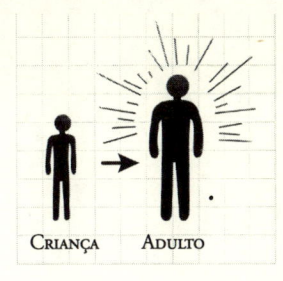

CRIANÇA ADULTO

> *Quando é que uma criança se torna um adulto?*

Estava claro que aquele era um diagrama que eu não podia desenhar, pois não era um observador imparcial. Mas era uma questão que com frequência me incomodava: havia vários jovens em Butte que pareciam até mais velhos do que aquele servente do banheiro, mas que eu não caracterizaria como adultos. Como Hankers St. John. Ele ainda não era *de jeito nenhum* um adulto a essa altura, embora devesse ter, o quê — 35? Então, se não era a idade *per se*, o que era? Eu não tinha certeza, mas conhecia um adulto quando via um. Você podia identificá-los pelo seu comportamento.

Você era um adulto se:

1. Tirava cochilos sem motivo.
2. Não ficava animado com o Natal.
3. Estivesse muito preocupado com a sua memória.
4. Desse duro no trabalho.
5. Usasse óculos de leitura pendurados no pescoço mas com frequência se esquecesse de que estava usando óculos de leitura pendurados no pescoço.
6. Dissesse a frase "Eu me lembro quando você era deste tamanho" e depois sacudisse a cabeça e fizesse uma UA-1, UA-24, UA-41 que podia ser traduzida toscamente por uma expressão "Estou tão triste por já estar velho e ainda não ser feliz".
7. Pagasse imposto de renda e gostasse de ficar zangado discutindo "o que diabos eles estavam fazendo com a droga do seu dinheiro trocado".
8. Gostasse de beber álcool diante da televisão todas as noites sozinho.
9. Desconfiasse das crianças e de suas intenções.
10. Não ficasse animado com nada.

— Eu sei — disse ele, confirmando minhas suspeitas. — Como é que você veio parar numa coisa como esta? Não sabia? Esses caras sugam a força vital da pessoa para sobreviverem. Não me admira que as pessoas achem que a ciência já está morta e enterrada.

Considerando por um breve momento mentir para manter o nível descolado da conversa com aquele cara, que eu cada vez mais queria ser quando crescesse, optei por não fazê-lo.

— Bem — disse —, na verdade, sou um dos convidados de honra. Acabei de ganhar o prêmio Baird na Smithsonian.

Ao me ouvir falar, de repente fiquei entediado comigo mesmo, e percebi que aquele rapaz provavelmente não tinha qualquer interesse em saber do prêmio Baird ou qualquer coisa que eu tivesse a dizer sobre sistemas de esgoto, buracos de minhoca ou mudança climática. Ele só estava jogando conversa fora, o que em tese devem fazer os serventes de banheiro.

Mas seus olhos brilharam.

— Uau — disse ele. — Sr. Spencer Baird, nosso destemido líder. — Fez um estranho arremedo de saudação em que primeiro apontou para a própria cabeça e depois para o teto, com três dedos. — Parabéns. O que você faz?

Fiquei tão surpreso com aquilo por um instante que não soube o que dizer; me limitei a ficar com água na boca. Mas vendo que ele ainda esperava uma resposta e não tinha feito a pergunta apenas por educação, eu disse:

— Bom, acho que eu faço mapas.

— Mapas? Que tipo de mapas?

— Todos os tipos, na verdade... mapas esquemáticos de pessoas cortando lenha... diagramas sobre cortar lenha... — Por algum motivo, tudo em que eu conseguia pensar eram pessoas cortando lenha.

— Mapas de pessoas cortando lenha? — Ele ergueu uma sobrancelha.

— Não, não, não... Também faço mapas das unidades do McDonald's na Dakota do Norte, e da curvatura dos rios e dos padrões de drenagem, mapas da rede elétrica de uma cidade, antenas de besouros...

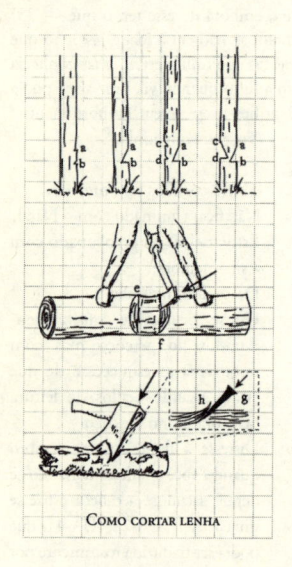

Como cortar lenha

Do caderno B43

Eu na verdade tinha desenhado um diagrama de como cortar lenha depois de observar meu pai derrubar os pinheiros colina abaixo durante um dia e meio. Rapaz, como ele sabia cortar lenha.

— Uau — disse. Ele de repente tinha adquirido uma expressão bastante misteriosa. Foi até a porta e espiou o corredor, numa direção, depois na outra. Talvez ele *fosse* um espião. Talvez estivesse prestes a me matar, terminar o trabalho iniciado pelo reverendo Merrymore, que também era um espião, atuando sob o disfarce de um pregador maluco. E agora que eu havia matado um deles, aquele círculo de espiões estava furioso e terminaria o serviço num banheiro, me asfixiando com um desentupidor de pia.

O servente do banheiro fechou o trinco da porta e voltou até onde eu estava. Tenho que admitir, fiquei apavorado. Revirei o interior do meu bolso, mas me dei conta de que tinha deixado meu Leatherman (Edição do cartógrafo) na cena do crime, naquele frio e isolado canal em Chicago.

— Bem — disse ele, quase num sussurro —, você já ouviu falar do Clube do Megatério?

— Do... do Megatério? — Eu tremia.

Ele fez que sim e apontou para a prateleira sob o espelho, onde toalhinhas de mão, colônias e pastilhas de menta potencialmente venenosas estavam dispostas. Ao lado da tigela com as pastilhas estava um ser em miniatura que parecia uma grande preguiça pré-histórica. Aquilo, concluí, era um megatério.

— *Made in China* — disse ele. — Mas, de acordo com informações provenientes dos fósseis, de uma fidelidade surpreendente.

— É claro — disse, expirando. — Sempre quis entrar para o Clube do Megatério, até me dar conta de que estava cerca de cento e cinquenta anos atrasado.

— Você não está atrasado — disse ele. E depois, num sussurro ainda mais baixo: — Ainda nos reunimos.

— O Clube ainda existe?

Ele fez que sim.

— E você é membro?

Ele sorriu.

O bonequinho do megatério

— Mas por que eu nunca ouvi falar nisso?

— Há — disse ele. — Nesta cidade existe um bocado de coisas de que você nunca ouviu falar. Se você ou qualquer outra pessoa ouvissem falar delas, elas deixariam de existir.

— Como, por exemplo, o quê?

— Siga-me — disse ele. Colocou a miniatura do megatério no bolso e deixou um elegante cartão de visita sobre o balcão.

— Às vezes o cartão funciona melhor do que se eu estivesse aqui — disse ele. — As pessoas gostam da ideia de dar, mas não gostam do *ato* de dar.

Saímos do banheiro juntos e seguimos pelo corredor. Os dois homens que riam aparentemente tinham voltado a se sentar.

Eu disse:

— Tenho que fazer um discurso muito em breve.

— Isto não vai levar nem um minuto. Só quero lhe mostrar uma coisa.

— Tudo bem — falei.

Continuamos até o fim do corredor e descemos um lance de escada até o porão.

— Qual o seu nome? — perguntei.

— Boris — disse ele.

— Oi — disse.

— Oi, T.S. — disse ele.

— Como você sabe o meu nome? — perguntei, desconfiado.

Ele apontou para o meu crachá.

— Ah — disse e também ri. — Certo. Crachá, dá. Eu normalmente não...

— São iniciais de quê?

— Tecumseh Sparrow.

— Bonito — disse ele.

No porão, passamos por vários aquecedores de água e chegamos então a um armário de zelador. Mais uma vez, visões de assassinato e corpos enterrados passaram num lampejo pela minha cabeça.

Boris olhou para mim e sorriu. Mas não era um sorriso estilo agora-vou-te-matar, era mais o tipo de sorriso conspiratório que Layton exibia para mim antes de revelar seu novo truque aéreo ou artefato explosivo caseiro.

Então Boris bateu palmas duas vezes, como um daqueles mágicos de cartola nas festas de aniversário de Gracie, e abriu a porta do armário. Olhei lá para dentro com cautela, esperando ver um jacaré vivo ou algo dessa natureza. Mas o armário parecia normal. Havia os esfregões. Havia os baldes.

— O que é? — perguntei.

— Olhe — disse ele, apontando para o fundo do armário. Olhei, e no escuro divisei uma porta de ferro com cerca de um metro e vinte de altura e uma grande maçaneta, como a porta de um grande e antiquado forno. Empurramos para o lado os cabos dos esfregões e nos ajoelhamos diante da porta. Boris cuspiu na palma das mãos e fez certa pressão na maçaneta. Dava para ver que ele estava fazendo um esforço grande de torção. Ouvi-o grunhir de leve e então, depois de um instante, a maçaneta deu um gemido baixo e girou no sentido anti-horário.

Boris abriu a porta de ferro, revelando um pequeno túnel que se inclinava íngreme para dentro da escuridão. O túnel era um pouco pequeno demais para que um adulto passasse por ali de modo confortável, embora eu pudesse consegui-lo com facilidade. Inclinei-me para a frente. O sopro de ar frio vindo do túnel era surpreendentemente seco, não embolorado como eu poderia esperar. Fechei os olhos e tentei subdividir os componentes do cheiro: uma pontada de metal enferrujado e o frescor acolchoado de terra velha e talvez o ressaibo queimado de um lampião a querosene. E agora que eu sentia o cheiro com tanta concentração, cheguei a sentir um toque de umidade, algo que me lembrava girinos. Todos esses cheiros se reuniam para formar o cheiro: *túnel*. Inspirei.

— O que é... — perguntei, depois de um segundo.

— Uma rede de túneis — disse ele, enfiando a cabeça ali dentro. — Datam da época da Guerra Civil. Encontramos um par de botas de cavalaria num deles. Vão da Casa Branca ao Capitólio e à Smithsonian. — Ele traçou um pequeno triângulo na palma da mão. — Foram construídos para possibilitar uma fuga fácil para os caras importantes caso a cidade fosse sitiada. A ideia era que eles podiam se refugiar na Smithsonian e depois dar o fora da cidade antes que os rebeldes conseguissem encontrá-los. Os túneis foram desativados depois que a guerra terminou, mas um megatério os encontrou nos anos 1940 e nós os utilizamos desde então. Claro, é secreto. Então, se você contar a alguém terei que matá-lo. — Ele abriu um sorriso largo.

Eu não estava mais com medo.

— Mas eu fiz um mapa do sistema de esgotos de Washington e revirei todos os antigos mapas subterrâneos e nunca vi esses túneis.

— Sinto dizer isso, cara, mas tem uma porção de coisas que não aparecem nos mapas. E o que não aparece é justo aquilo em que estamos mais interessados.

— Você por acaso sabe alguma coisa sobre buracos de minhoca?

Os olhos dele se estreitaram.

— Que tipo de buraco de minhoca?

— Bem, quando eu estava vindo para cá, acho que meu trem atravessou algum tipo de buraco de minhoca...

— Onde foi isso? — perguntou ele.

— Em algum lugar do Nebraska — respondi. Boris fez que sim, demonstrando compreensão. Continuei: — Quero dizer, eu não tenho certeza, mas era o que parecia, porque o mundo sumiu por algum tempo e então de repente estávamos em Chicago. Lembro-me de ter lido alguma

---

TERRA VELHA METAL ENFERRUJADO

CHEIRO DO TÚNEL

QUEROSENE QUEIMADO GIRINOS

Cheiros são evocativos, mas são difíceis de descrever
Do caderno G101

Eu me pergunto se em algum momento houve um cheiro *por si só*, ou se todos os cheiros podem ser decompostos em componentes menores, *ad infinitum*. O sistema olfatório parecia o mais traiçoeiro de todos os nossos sentidos, porque nos faltava uma linguagem real para ele. Minha família sempre falava dos cheiros em termos de gostos ou memórias ou metáforas. Uma vez, quando uma das torradeiras da dra. Clair estava queimando, meu pai entrou na cozinha e disse:

— Isso aqui 'tá com o cheiro dos infernos. Mulher, você dormiu no volante?

E Layton gritou do andar de cima:

— É, 'tá com cheiro de cocô queimado!

E Gracie levantou os olhos de seu computador vaso sanitário e disse:

— Está com cheiro da minha infância.

E ela não estava errada.

coisa sobre algum estudo dos buracos de minhoca no Centro-Oeste uma vez...

Ele fez que sim.

— O relatório do sr. Toriano?

— Você conhece?

— Ah, sim, ele é famoso nos círculos do Megatério. Uma verdadeira lenda. Desapareceu cerca de quinze anos atrás, tentando documentar a instabilidade da continuidade espaço-tempo em Iowa. *Foi pego e nunca mais voltou*, se é que você me entende. Mas eu posso conseguir para você uma cópia do relatório, fácil. Onde eles o estão alojando?

— Na edícula.

— Ah, a edícula... onde todos os nossos hóspedes distintos ficaram. Você sabe, está dormindo na mesma cama que Oppenheimer, Bohr, Sagan, Einstein, Agassiz, Hayden e William Stimpson, nosso fundador. Você agora é parte de uma longa linhagem.

— Agassiz? — perguntei. Queria perguntar *E Emma Osterville?*, mas tive medo de que ele nunca tivesse ouvido falar. Ninguém ouvira. *Ela abandonou a ciência.*

— Vamos conseguir para você uma cópia do relatório de Toriano até amanhã de manhã. Um cara chamado Farkas vai entregar. Você vai saber quem é quando o vir.

Eu queria fazer um monte de perguntas sobre túneis e buracos de minhoca e sobre quem era Farkas e como eu podia conseguir um daqueles broches com a letra "M", mas um alarme disparou em minha cabeça.

— Obrigado — disse. — Acho que preciso ir. Tenho que explicar para eles o que estou fazendo aqui.

— Mostre a eles a que veio — disse ele. — Mas lembre: nada de conversa fiada. Não se deixe levar pelos jogos deles. Mesmo que nunca admitam, eles trouxeram você aqui para lhes dar uma surra no salão. Querem que alguém lhes abra os olhos.

— Ok — disse. — Como encontro você?

— Não se preocupe — disse ele. — Nós vamos encontrar você. — E ele fez novamente aquela pequena saudação, que terminava apontando três dedos para o teto do armário do zelador. Fiz o melhor que pude para reproduzir a saudação, embora soubesse que eu devia ter feito errado alguma parte.

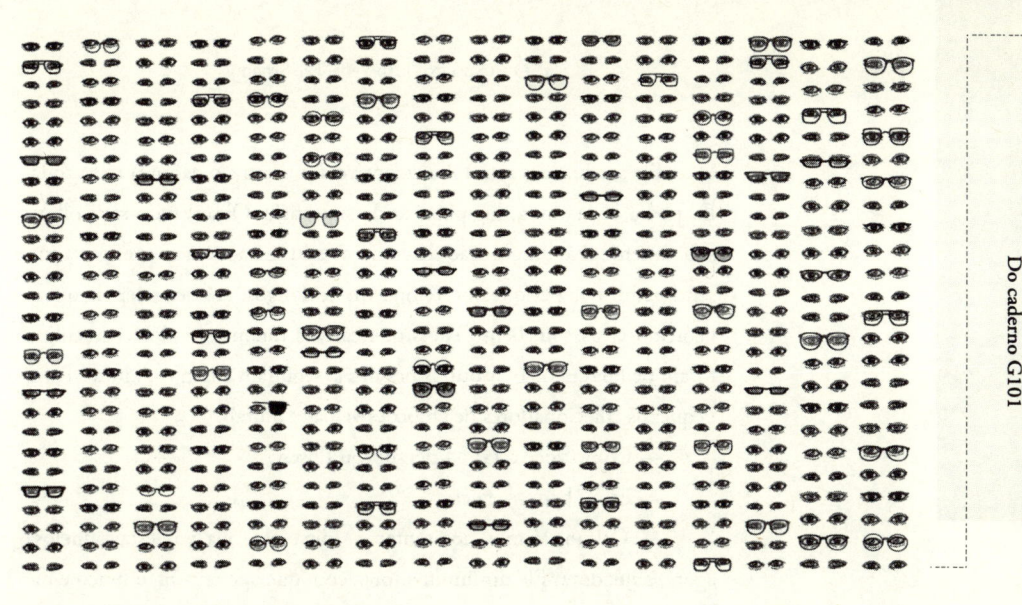

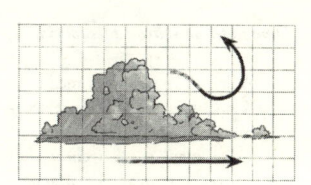

Esta é a sensação de um ambiente com 783 olhos me fitando
Do caderno G101

Capítulo 12

Quando voltei para o andar de cima, as luzes já tinham diminuído. As últimas pessoas estavam se encaminhando para seus assentos. Por um segundo me senti desorientado — fiquei tão acabrunhado pela conflagração de mangas negras, alianças e halitose que esqueci onde estava sentado.

Alguém me segurou pelo cotovelo e me puxou para trás. Uma pontada de dor atravessou meu corpo inteiro — senti como se os pontos tivessem de repente se aberto em meu peito.

— Onde você esteve? — Jibsen sussurrou em meu ouvido. Estremeci de dor. — *Onde você esteve?* — repetiu ele. Seus olhos tinham se transformado; procurei em seu rosto pelo Jibsen Bonzinho mas não consegui encontrar nenhum vestígio de seu antigo eu.

— Eu estava no banheiro — falei, sentindo as lágrimas brotarem. Não queria desapontar Jibsen tão cedo.

Ele abrandou.

— Desculpe — disse ele. — Eu não queria... Só quero que tudo isto corra bem.

A impermanência da raiva, nuvens com trovões
Do caderno G101

Eu nunca tinha ouvido esse tipo de voz antes. Era uma espécie de raiva vocal e focalizada que meu pai nunca demonstrou — a dele era um ressentimento difuso com relação às inadequações do mundo físico. Esse ressentimento se manifestava em resmungos, ordens para que nos retirássemos e uma ocasional descompostura que terminava assim que começava, como as nuvens e os trovões passageiros do começo da primavera.

Ele sorriu, mas seus olhos mantiveram um traço daquela raiva toda. Eu podia vê-la ainda, logo abaixo da superfície. Observando seus olhos, subitamente tive uma noção de como os adultos podem se prender a um sentimento por períodos de tempo muito longos, até bem depois que o ocorrido já passou, bem depois que cartões foram enviados e desculpas foram pedidas e todas as outras pessoas já seguiram adiante. Adultos eram pequenos colecionadores de emoções velhas e inúteis.

— Como você está? — perguntou Jibsen.

— Estou bem — falei.

— Ótimo. Vamos nos sentar — disse ele. Sua voz estava melosa agora, aduladora. Ele diminuiu a força com que apertava meu braço e me guiou de volta à nossa mesa. Nossos colegas de mesa abriram semissorrisos para mim quando me sentei. Semissorri também.

Meu prato continha uma microssalada. Havia pedaços de tangerina. Olhei ao redor e vi que todos já estavam bicando as suas, como passarinhos. Na salada de uma mulher já não havia mais nenhum pedaço de tangerina.

Então um homem de uma mesa ao lado se levantou e foi até o palco, sob um discreto aplauso. Percebi que ele apertara minha mão mais cedo, durante a confusão das apresentações, mas agora eu notava quem ele era na verdade: o secretário da Smithsonian. *Ali estava ele, em carne e osso!* De algum modo, vê-lo ali em cima, o cabelo penteado, a cara rechonchuda e a papada mole balançando enquanto ele sorria e assentia indicando que queria silêncio, transformou toda a minha expedição ao longo de 3.983 quilômetros de solo americano num *fato tangível*. Eu estava ali. Apertei meu dedo mínimo e passei a língua pelos lábios de ansiedade.

Assim que ele começou a falar, porém, meu cérebro começou a rachar, e, sem saber, a estima e o conceito que eu tinha pela Smithsonian começou a se afastar daquele homem rechonchudo de sorriso insincero. Sua fala foi de uma mediocridade surpreendente: flutuou pelo salão e depois acabou, fazendo com que todos se sentissem bem, porém nada mais.

Uma notinha sobre a mediocridade ◂

A dra. Clair detestava mediocridade. E até onde eu podia dizer, achava a maioria das coisas medíocres.

Certa manhã, ela fechou com força nosso exemplar do *Montana Standard* e disse:

— Oh, medíocre, medíocre, medíocre, medíocre.

— Medíocre, medíocre, medíocre — Layton prontamente começou a repetir enquanto comia seu cereal de café da manhã. Logo me uni a ele.

— Parem com isso — disse ela.

— Isto é sério. A mediocridade é um fungo da mente. Temos que nos unir conta ele constantemente. Ele tenta se insinuar em tudo que fazemos, mas não devemos deixar. Não, não devemos.

Layton continuou repetindo "medíocre, medíocre" num sussurro, mas eu não podia mais me unir a ele, pois acreditava no que a minha mãe dizia. Estava declarando em silêncio minha fidelidade à sua causa, mesmo no modo como comia meu Honey Nut Cheerios com mordidas cuidadosas e determinadas.

Um log *do discurso muito chato do secretário*

Tempo	O secretário disse isto:	O velho ao meu lado fez isto:	Meu nível de interesse (1 a 10):
0:05	"Temos o enorme prazer de receber..."	Sorriu; bebeu seu drinque	8
0:32	"o estado atual da ciência é entusiasmante..."	Comeu um pouco de salada	7
1:13	"...na Smithsonian estamos expandindo nossos horizontes..."	Olhou para o teto; deu uns tapinhas na perna da sua esposa	5
2:16	[mais palavras...]		2
3:12	"...e isso me recorda uma história..."	Sorriu para a esposa (espero que fosse sua esposa)	4
3:45 4:01	[piada]... [outra piada]...	Riu (mas mais da segunda piada)	5
4:58	[mais palavras]...		2
5:48	[pausa estudada]...	Limpou o nariz com um lenço; bebeu seu drinque	3
6:03	"Senhores e senhoras, o futuro é mesmo agora. Obrigado."	Aplaudiu; sorriu para a esposa/mulher	4

MEU NÍVEL DE INTERESSE

PIADAS

TEMPO

Depois de apenas um minuto, queria ver se conseguia acertar uma flácida rodela de cenoura dentro da minha taça de vinho. Eu tinha dificuldades em ouvir adultos que não queriam realmente dizer aquilo que estavam dizendo; era como se a linguagem deles se derramasse dentro dos meus ouvidos só para escorrer pela ponta de um tubo na parte posterior da minha cabeça. Mas como você sabia que uma pessoa não estava sendo sincera? Isso, assim como as expressões do meu pai, era algo que eu jamais seria capaz de esquematizar. Era uma mistura de várias coisas: gestos incorpóreos das mãos; sorrisos ocos; pausas longas e enrugadas; inoportunas erguidas de sobrancelha; um tom oscilante de voz que era bastante medido e calculado. E ainda assim não era nada disso.

Comecei a ficar muito nervoso. Tinha escrito um discurso que estava enfiado no bolso interno do meu smoking, mas na verdade eu nunca tinha feito um discurso antes, só imaginei ter feito um discurso, então me perguntei se seria capaz de evitar aqueles suaves semissorrisos e elevações de sobrancelha.

Então o presidente da Academia Nacional de Ciência saltou de seu assento e apertou a mão do secretário com uma expressão de polido entusiasmo embalado cuidadosamente em torno de um núcleo de ameno des-

Gestos incorpóreos da mão
Do caderno G101

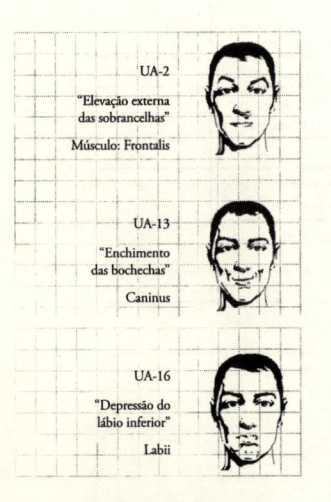

| UA-2 |
| "Elevação externa das sobrancelhas" |
| Músculo: Frontalis |

| UA-13 |
| "Enchimento das bochechas" |
| Caninus |

| UA-16 |
| "Depressão do lábio inferior" |
| Labii |

Componentes do sorriso-esgar
"Obrigado, por favor, saia"

dém, o que era uma expressão (uma UA-2, UA-13, UA-16, para ser exato) que a dra. Clair assumira quando a tia Hastings tinha vindo reconfortar nossa família na primavera anterior com um potinho plástico repleto de sua famosa sopa de esquilo.

O presidente da NAS, a Academia Nacional de Ciência, saudou o atril agarrando-o com as duas mãos e mexendo a cabeça para cima e para baixo em reconhecimento aos aplausos. Tinha barba e seus olhos eram totalmente diferentes dos do secretário. Na verdade, quanto mais ele sorria e se balançava, mais seu rosto começava a evocar os maneirismos e as enérgicas contrações musculares da dra. Clair. Nos olhos dele, reconheci o mesmo impulso faminto que eu vira nos olhos da dra. Clair durante seus mais vociferantes momentos de examinação, quando não era possível arrancá-la de sua busca pelo enigma taxonômico de um ponto de interrogação nos cílios ou um padrão do exoesqueleto. Era como se o mundo tivesse se reduzido ao ato de solucionar um determinado problema e cada mitocôndria de seu ser dependesse dessa solução.

Ele fez uma mesura, embaraçado com o aplauso prolongado. Eu aplaudia junto com todo mundo. Parecia que não sabíamos por que continuávamos aplaudindo, mas sabíamos que era agradável: demonstrar nosso apreço a outro ser humano que talvez conhecêssemos ou não, mas que sabíamos ser merecedor.

Quando o salão por fim se aquietou, ele disse:

— Muito obrigado, senhoras e senhores, nosso convidado de honra. — Ele olhou diretamente para mim e sorriu. Eu me contorci, sem graça. — Senhoras e senhores, gostaria de contar-lhes uma pequena história. Essa história é sobre nosso amigo e colega dr. Mehtab Zahedi, um dos principais pesquisadores do mundo sobre os usos medicinais do sangue do caranguejo-ferradura. Ontem mesmo eu lia no *Post* que o dr. Zahedi foi detido pela segurança do aeroporto de Houston por ter cinquenta espécimes de caranguejos-ferradura em sua bagagem. Os espécimes e o equipamento eram todos legais para se transportar, mas o dr. Zahedi, que por acaso é paquistão-americano, foi detido por suspeita de terrorismo e depois interrogado por *sete horas* antes de ser libertado. Seus espécimes, representando seis anos de trabalho e quase dois milhões de dólares de investimento em pesquisa, foram confiscados e depois "acidentalmente" destruídos pela segurança do aeroporto. No dia seguinte, a manchete do jornal local era "Árabe detido no aeroporto com cinquenta caranguejos na bagagem" — O salão riu à beça. — Sim, visto por esse ângulo é uma anedota bem-humorada que sem dúvida provocou risadas em vários casais a caminho da igreja. Mas, por favor, notem o absurdo: o dr. Zahedi é um dos mais importantes biólogos moleculares do mundo, cuja pesquisa até o momento salvou milhares de vidas, e já que entramos em contato com cada vez mais doenças resistentes a penicilina, esse número deve chegar a milhões no futuro. Aqui, no entanto, ele é apenas um "árabe com cinquenta caranguejos" que é importunado e cujo trabalho é, então, destruído.

"Para não dar a essa história importância demasiada — e serei honesto, depois de ler isto atirei o jornal do outro lado da sala, quase atingindo minha esposa na cabeça —, vou apenas dizer que esse absurdo ocorrido com o dr. Zahedi tem a ver com muitos dos complexos obstáculos com os quais nos deparamos hoje. Na verdade, 'obstáculo' já não é mais a palavra correta: no clima atual de xenofóbica pseudociência, estamos de fato sob ataque de todos os lados. E não apenas nas salas de aula do Kansas; em toda parte do país, há alfinetadas sutis e não tão sutis no método científico, vindas da direita, da esquerda e do centro, sejam elas por parte de grupos pelos direitos dos animais, executivos do petróleo, evangélicos, grupos de interesses especiais e mesmo, ouso dizer, das grandes empresas farmacêuticas."

Houve um murmúrio e um rebuliço no salão.

O homem no atril deu um sorriso compreensivo e esperou que o rebuliço diminuísse antes de continuar:

— Espero que a Smithsonian, a Academia Nacional, a Fundação Nacional de Ciência e toda a comunidade científica possam trabalhar juntas

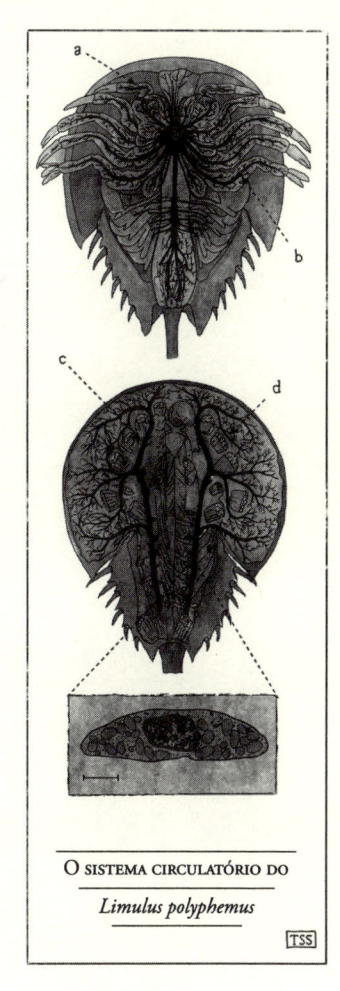

O SISTEMA CIRCULATÓRIO DO
Limulus polyphemus

Dr. Mehtab Zahedi?! Eu tinha ilustrado um de seus artigos no ano passado! Tínhamos nos correspondido durante vários meses por correio, o que tanto eu quanto o dr. Zahedi parecíamos preferir, e uma vez eu lhe enviara as provas finais e ele me escrevera de volta: "Estão bonitas. Como as imagens dos meus sonhos. Da próxima vez que eu estiver em Montana, convido-o para um drinque, T.S. — MZ". E eu me lembro de ter pensado que MZ era o par mais legal de iniciais que eu conseguia imaginar.

para lutar contra esse cenário hostil de irrisão e estreiteza de pensamento. Por mais agradável que fosse retirarmo-nos dos nossos laboratórios e campos de pesquisa, já não podemos mais nos recostar de modo passivo, pois é, de fato, e perdoem o mal uso desse termo tantas vezes mal-utilizado, numa *guerra* que nos encontramos. Não se deixem enganar: estamos em guerra. Qualquer impressão mais branda seria um engano, e neste momento tal cegueira é criminosa, pois eles estão em ação enquanto falamos.

"Recentemente, os cientistas fizeram uma descoberta fundamental, uma descoberta *monumental*, do gene que poderia conectar o desenvolvimento evolucionário de nosso cérebro aos grandes primatas. E no entanto o que faz o nosso presidente no dia seguinte ao dessa grande descoberta? Recomenda de modo enfático que os americanos continuem céticos diante da 'teoria' da evolução, como se 'teoria' fosse uma palavra obscena. Temo que precisemos aprender a lutar com as mesmas armas e entrar na arena das relações públicas, da sabedoria midiática; temos que apresentar nossa mensagem de modo convincente ou ela em dado momento vai murchar e ser posta de lado em nome de mensagens mais persuasivas, explicações de amplo alcance baseadas apenas na fé e no medo. Isto não quer dizer que a fé seja nossa inimiga; muitos de nós aqui são crentes, e muitos de nós depositaram sua fé não num poder superior mas no teste duplo-cego."

Houve uma risada coletiva no recinto. Estávamos todos rindo. Eu ria com eles. Era agradável rir com eles. *Teste duplo-cego. Isso é hilário!*

— Sim, colegas, a fé, em si mesma, é uma coisa bela, talvez *a* coisa bela, mas é uma fé descontrolada, uma fé que obscurece o julgamento, uma fé que dispersa o rigor e encoraja a mediocridade, uma fé que sofreu abusos e uso indevido, uma fé que nos trouxe a esta perigosa encruzilhada. Todos nós depositamos nossa fé na inevitabilidade do processo científico, da grande marcha rumo à verdade, por meio da hipótese, dos testes e dos relatórios, mas isso não é algo dado de presente; é uma criação, e como todas as criações do homem, nossos métodos e sistemas de crença nos podem ser tirados. Não há inevitabilidade na civilização humana exceto a destruição final. Assim, se não fizermos algo, o campo das ciências na América será amplamente distinto para a próxima geração e talvez irreconhecível em cem anos, isto é, se a nossa civilização não entrar em colapso antes disso devido à iminente crise de combustíveis fósseis.

Ele agarrou o atril. Era o tipo de homem que eu queria ser.

— Esse é o motivo pelo qual estou ansioso para conhecer nosso convidado de honra hoje à noite, um membro da próxima geração, uma pessoa em que estamos todos, quer gostemos disso, quer não, depositando nossa fé. E, como podem ver por seu extraordinário talento para ilustrar o que com frequência é tão difícil de comunicar, este jovem está fazendo mais do que a sua parte para manter a ciência viva, e fazendo-o bem, muito bem, ao que parece.

Houve aplausos, e o presidente estendeu a mão para mim. A plateia se alvoroçou em seus assentos e tive a sensação agradável de todos os olhos do salão nas minhas costas, o que de imediato me fez querer hiperventilar. As luzes piscaram. Apertei meu dedo mínimo.

Jibsen se inclinou para mim e tocou meu ombro.

— Está se sentindo bem? — perguntou.

— Estou — respondi.

— Mostre a eles a que veio — disse ele, e me deu um soco no ombro. Doeu.

Enquanto os 783 olhos (pela minha estimativa) me observavam coletivamente, levantei-me devagar do meu assento e desenhei meu caminho em torno das mesas com as dezenas de trecos esquisitos ainda não utilizados, à espera. Subi os degraus até o palco um de cada vez. Cada movimento de subir o degrau era como se eu estivesse abrindo meu peito mais um centímetro. Assim que pisei no palco, o resto do salão desapareceu sob o brilho das luzes. Pisquei os olhos. Para além das luzes, ele podia ouvir um grande silêncio de expectativa.

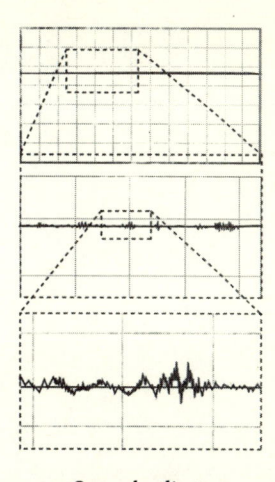

> *O som do silêncio*

Havia muitos tipos de silêncio neste mundo e quase nenhum deles era realmente silencioso. Mesmo quando dizíamos que um cômodo estava silencioso, o que na verdade queríamos dizer era que ninguém falava, mas é claro que ainda havia os sons sutis de tábuas do piso arqueando, de relógios tiquetaqueando, ou o barulho de gotas d'água extraviadas nos radiadores, o roçar aveludado dos carros na rua lá fora. E assim, enquanto eu me encontrava de pé no palco olhando para aquela extensão de luzes brilhantes, o que havia começado como silêncio se dividiu no gemido das luzes acima de mim, na colagem das 392 pessoas do auditório tentando ficar quietas enquanto seus pés batucavam nervosos o chão e seus braços tremiam com várias doenças neurológicas e seus corações se contraíam por baixo de suas lapelas, sua respiração passando por suas narinas com um som sibilante. Eu podia ouvir o barulho do trabalho na cozinha, o deslocamento do ar e o giro das portas da cozinha quando alguém passava por elas, as vozes da cozinha momentaneamente mais altas e depois caladas outra vez. E então, por baixo de tudo isso, veio o zumbido grave dos ventiladores lá em cima, que eu não havia notado antes. Por um momento me perguntei se o discreto e persistente *huwuwuu* era na verdade o som do mundo girando em torno de si mesmo, mas não, eram só os ventiladores.

Apertando os olhos e tentando sorrir, cumprimentei o presidente da Academia, assim como Emma tinha feito com Joseph Henry.

— Parabéns — disse ele num sussurro, e foi a primeira palavra falsa que disse em toda a noite. Lançou-me uma UA-17. Aquele homem gostava da ideia de eu estar ali, mas, agora que estávamos de pé cara a cara, eu sem dúvida lhe recordava um garoto de doze anos.

Eu mal conseguia enxergar por cima do atril. O presidente notou isso e arranjou um banquinho, o que causou um leve alvoroço e alguma risada por parte da plateia. Subi com insegurança no banquinho e tirei o pedaço de papel amarrotado do bolso.

— Olá a todos — disse. — Meu nome é T.S. Spivet. Uma homenagem a Tecumseh, o grande general *shawnee*, que tentou unir as tribos de todas as nações indígenas antes de ser abatido a tiros pelo exército americano na Batalha de Thames. Meu trisavô Tearho Spivet, que era da Finlândia, adotou esse nome quando chegou aos Estados Unidos, e todas as gerações têm tido pelo menos uma pessoa a receber o nome de Tecumseh desde então... portanto, às vezes quando digo T.S. posso sentir meus antepassados ali dentro. Posso sentir T.T. e T.R. e T.P. e até mesmo T.E., meu pai, que é muito diferente de mim. Posso senti-los todos em meu nome. Talvez até mesmo o próprio Tecumseh esteja saltitando por ali, bastante confuso sobre os motivos que levaram essa linhagem de fazendeiros finlandeses-alemães a cooptar seu nome. Mas é claro que não penso em meus antepassados todas as vezes que digo meu nome, sobretudo quando digo rápido, como em "Sim, é T.S.", numa ligação telefônica ou algo assim. Se eu ficasse o tempo todo pensando em meus antepassados, meu Deus, isso seria ridículo. — Fiz uma pausa. — Mas acho que provavelmente estão se perguntando o que significa minha outra inicial.

Desci do banquinho e caminhei até a tela atrás de mim onde se projetava o gigantesco Sol da Smithsonian. Com os polegares entrelaçados, fiz o melhor que pude para recriar a sombra de pardal que Duas Nuvens me mostrara.

— Conseguem adivinhar o que é? — perguntei, longe do microfone. Ouvi as pessoas se alvoroçando. Apertei os olhos e vi Jibsen sorrindo desconfortavelmente em seu assento. Seus olhos imploravam: *O que você está fazendo? Por favor, meu bom Deus, não estrague tudo.*

Olhei de novo para a sombra e vi que ela não parecia coisa alguma. Faltava-lhe a vivacidade trêmula da criatura que Duas Nuvens conjurara sobre o vagão-plataforma em Pocatello.

— É um tipo de pássaro — comentei, começando a ficar ansioso.

Alguém gritou:

— É uma águia!

Sacudi a cabeça:

— "Águia" não começa com S. A menos que você se refira ao *Spizaetus lanceolatus*, o falcão-águia de Sulawesi.

Spizaetus lanceolatus

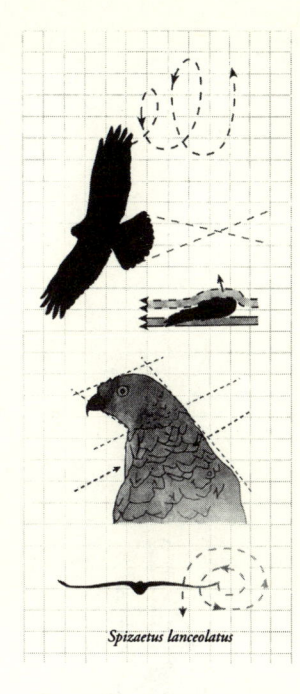

⇢ **O falcão-águia de Sulawesi**
Do caderno G77

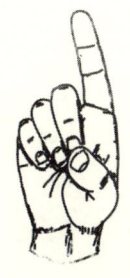

Uma mulher riu. As pessoas relaxaram.

— É um *sparrow*, um pardal! — alguém disse lá do fundo. A voz era incrivelmente familiar. Apertei os olhos e tentei enxergar por entre o brilho das luzes, mas só conseguia ver uma imensa multidão de smokings e vestidos de festa sentada na escuridão.

— Isso — respondi, tentando extrair do meu cérebro de onde conhecia aquela voz. — Tecumseh Sparrow Spivet. Bom palpite. Acho que o pardal é meu animal guardião. Talvez alguns de vocês sejam ornitólogos e possam me falar um pouco sobre pardais, o que eu gostaria muito.

Respirei fundo e prossegui:

— Vocês devem ser pessoas muito inteligentes que receberam seu PhD e sabe-se lá o que mais, então não vou tentar lhes dizer coisas que não saibam porque estou só no oitavo ano e não sei tanto quanto vocês. Mas, além do meu nome, gostaria de lhes contar três coisas esta noite.

Levantei o primeiro dedo. Apertei os olhos examinando a primeira fila e lhes mostrei meu dedo. Eu podia ver Jibsen. Ele sorriu e levantou o dedo. Alguma coisa pegou, e então todo mundo ali na frente levantou o dedo. Pude ouvir um grande farfalhar enquanto imaginava 392 dedos coletivamente sendo levantados no ar.

— A primeira coisa que quero é agradecer por me deixarem falar e por não cancelarem minha bolsa porque sou mais jovem do que esperavam. É comum eu ser mais jovem do que eu mesmo poderia esperar, mas isso não me impede de fazer meu trabalho. Porém, é um sonho que virou realidade estar na Smithsonian. Sempre quis sentir o "clima" e agora estou aqui. Vou me esforçar muito para mostrar que vocês não cometeram um erro ao me escolher para esse prêmio. Vou passar cada segundo do dia fazendo mapas e novos diagramas para o museu, e espero que todos fiquem felizes com meus mapas e diagramas.

Levantei um segundo dedo. Isso me ajudava a não perder o fio da meada. Jibsen e a plateia seguiram meu gesto, obedientes. Um monte de números dois.

— A segunda coisa que gostaria de dizer é por que faço mapas. Muitas pessoas já me perguntaram por que passo meu tempo desenhando mapas e esquemas em vez de ir brincar lá fora com outros meninos da minha idade. Meu pai, um estancieiro de Montana, não me entende muito bem. Tento mostrar a ele como esses mapas podem ser úteis para o seu trabalho, mas ele não me escuta. Minha mãe é cientista como vocês, e eu gostaria que ela pudesse estar aqui hoje, porque, mesmo dizendo que a Smithsonian é um clube de meninos velhos, ela teria muitas coisas interessantes a dizer para vocês e também poderia aprender como ser um cientista melhor. Por exemplo, poderia aprender que talvez fosse melhor para ela não perseguir mais o besouro-monge-tigre, que na verdade há um bocado de coisas mais úteis a fazer além de buscar uma coisa que não existe. Mas sabem o que é estranho? Mesmo sendo uma cientista, ainda assim ela não me compreende. Não chega a ver sentido em registrar esquematicamente todas as pessoas que conheço, todos os lugares que vejo, todas as coisas que já testemunhei ou sobre as quais li. Mas não quero morrer sem ter tentado descobrir como a coisa toda funciona, feito um carro muito complicado, um carro muito complicado em quatro dimensões... ou talvez seis ou onze, ou talvez eu esteja me esquecendo de quantas dimensões em tese existem.

Parei. Devia haver muitas pessoas na plateia que sabiam quantas dimensões existiam. Talvez tivessem descoberto essas dimensões. Engoli em seco, nervoso, e consultei minhas anotações. Percebi que não tinha escrito um terceiro ponto. Deve ter sido quando o alfaiate entrou e Jibsen me deu aqueles analgésicos não identificados. Todos esperavam, os dois dedos no ar.

— Há... — continuei. — Alguma pergunta até o momento?

— Qual é a terceira coisa? — perguntou alguém.

— Então — disse. — Qual é a terceira coisa?

— T.S.! — gritou um homem atrás do clarão. Era a mesma voz familiar. — Não se preocupe com a morte! Você tem uns cinquenta anos, vai viver ainda muito mais que nós! Nós é que devíamos nos preocupar em fazer nosso trabalho. Você tem a vida inteira pela frente.

Essas palavras causaram um rebuliço no salão. As pessoas sussurravam.

— Está bem. Obrigado — disse. — Está bem — disse de novo. As pessoas ainda sussurravam. Abaixei os olhos para onde Jibsen se mexia, desconfortável. Fez um gesto com a mão para que eu continuasse. Eu os havia perdido. Eu era um fracasso. Não tinha a menor ideia do que estava fazendo. Era uma criança.

— Meu irmão morreu este ano — falei.

O salão fez silêncio. Silêncio mesmo.

— Ele atirou em si mesmo no estábulo... É estranho dizer isso em voz alta, porque nunca foi dito desta forma. Ninguém jamais falou "Layton atirou em si mesmo no estábulo". Mas foi exatamente o que aconteceu. Eu não queria que acontecesse. Estávamos trabalhando jun-

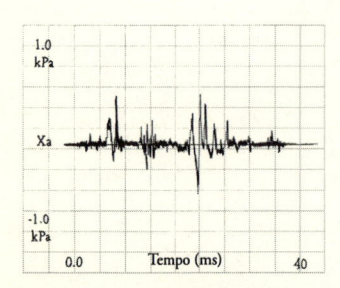

Mosquete Flintlock calibre 72, 1815

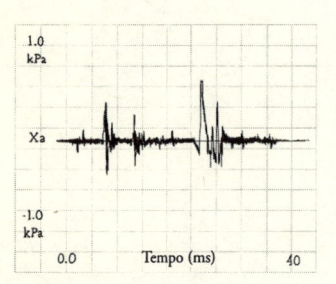

Espingarda de cano duplo Kentucky calibre 40, 1860

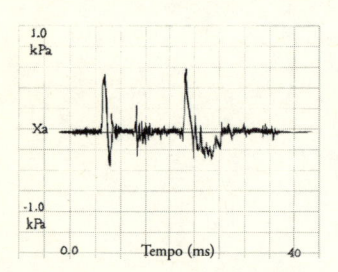

Rifle Winchester de cano curto calibre 56, 1886

tos no diagrama de um sismoscópio. Eu estava tão animado. Sabem, ele colecionava armas e era tão difícil nós dois brincarmos juntos... Acho que ele me achava muito esquisito, sempre desenhando e gravando, e ele me dava um soco e dizia "Para de escrever!". Ele nunca entendeu. Não era desse tipo... ele, ele só se atracava com tudo sem hesitar. Adorava armas. Passava o dia inteiro atirando em latas vazias de feijão que colocava em cima das pedras ou caçando aves nas ravinas. Então eu tive essa ideia... podíamos brincar juntos com as armas. Faria um diagrama da onda sonora de cada arma, e poderia acrescentar todo tipo de informação a esses esquemas sônicos, como calibre e precisão e distância, e achei que seria uma forma de fazermos coisas juntos. De nos sentirmos ambos confortáveis e agindo como irmãos. E foi ótimo. Trabalhamos juntos por três dias. Ele adorava disparar as armas para mim e eu estava reunindo informações muito boas mesmo. Vocês nunca acreditariam se eu dissesse como os disparos são diferentes uns dos outros... E então uma de suas Winchesters carregada engasgou. Ele foi limpar a parte de cima ou algo assim, só estava verificando a boca, e eu fui segurar a extremidade, só para firmar a base, entendem? Nem cheguei a encostar no gatilho. Mas houve essa explosão. E ele voou pelos ares. Olhei e então... Ele estava sangrando e sua cabeça estava virada para o outro lado, mas pude sentir que ele não era mais o meu irmão. Ele não era mais ninguém... Eu sabia apenas pela minha própria respiração que havia dois de nós e de repente havia um de nós. E eu... — Deixei escapar uma arfada; depois, com uma voz tensa e fraca prossegui: — Não era a minha intenção. Não era, não era.

O salão estava em silêncio. Todos esperavam. Respirei fundo.

— E desde aquele momento em que eu estava olhando e sentindo minha respiração e a respiração dele, que cessara, sinto que alguma coisa vai acontecer comigo. É como as coisas funcionam. Sir Isaac Newton diz que cada força requer uma força igual e reativa. Então, estou esperando.

A caminho daqui, quase morri, talvez para equilibrar as coisas. Porque Layton não devia ter morrido. Talvez *eu* devesse. Porque o rancho ficaria para ele. Ele faria daquele rancho um lugar bonito. Imaginem só o Layton no comando do Coppertop?

Imaginei, e depois recomecei:

— Enquanto aquela faca abria o meu peito em Chicago, eu pensei: "T.S., aí está. Finalmente você está recebendo o que merece. É assim que termina." E pensei que nunca teria uma chance de falar com todos vocês do modo como estou fazendo agora. Foi aí que eu reagi. E fiz uma força igual e oposta contra o pregador. Ele caiu no canal, e o equilíbrio voltou. Ou... será que está tudo mais desequilibrado agora? Tudo o que sei é que senti como se devesse estar aqui. Meus antepassados tiveram que ir para o Oeste, e eu tinha que estar aqui. Isso significa que Layton tinha que morrer? Entendem o que eu quero dizer?

Fiz uma pausa. Ninguém falava.

— Vocês saberiam me dizer qual a extensão da relação de causa e efeito celular? Até que ponto o nanoacaso dita o curso do tempo? Às vezes tenho a sensação de que tudo é predeterminado, e de que eu ajo no sentido de traçar uma existência mas ela será aquilo que já está estabelecido. — Fiz outra pausa. — Posso lhes perguntar uma coisa?

Dei-me conta de que era uma tolice dizer isso a 392 pessoas, mas era tarde demais agora, então segui em frente:

— Vocês às vezes têm a sensação de que já conhecem tudo que existe no universo em algum lugar da sua cabeça, como se tivessem nascido com um diagrama completo do mundo já enxertado nas dobras do seu cerebelo e vocês só estivessem passando a vida inteira tentando descobrir como acessar esse diagrama?

— Sim, como o acessamos? — perguntou uma mulher. Era surpreendente ouvir a voz de uma mulher. Senti, de súbito, saudades da minha mãe.

— Há — disse. — Não sei bem, minha senhora. Talvez se ficarmos sentados imóveis por três ou quatro dias e nos concentrarmos de verdade. Tentei fazer isso quando estava a caminho daqui, mas fiquei entediado. Sou jovem demais para prender minha atenção por tanto tempo, mas também tenho essa leve sensação que está sempre presente, como um zumbido baixinho que continua ressoando sob todas as coisas, de que já sabemos tudo, apenas, de algum modo, esquecemos como captar esse conhecimento. Quando faço um mapa que captura com exatidão aquilo que estou tentando mapear, é como se eu já soubesse que aquele mapa existia, e só o estivesse copiando. E isso me faz pensar: se todos os mapas já existem, então o mundo já existe e o futuro já existe. Isso é verdade? Aqueles de vocês que têm PhD em ciência do futuro: esta reunião já estava predeterminada? O que estou dizendo já era parte do mapa? Não sei. Sinto que poderia ter falado um monte de coisas diferentes das que estou falando agora.

Silêncio. Alguém tossiu. Eles me odiavam.

— Bem, tudo isso é para dizer que vou fazer o melhor para corresponder à confiança que vocês depositaram em mim. Sou só um garoto, mas tenho meus mapas. Vou fazer o meu melhor. Vou tentar não morrer e fazer tudo o que vocês querem que eu faça. Não acredito que finalmente esteja aqui; é como um novo começo, um novo capítulo para a minha família. Talvez eu possa decidir. E estou decidindo continuar a história de Emma. Estou muito feliz por estar aqui. Talvez eles também estejam, todos os Tecumseh e Emma e o sr. Englethorpe e o dr. Hayden e todos os outros cientistas que já pegaram uma pedra e se perguntaram como ela chegou ali.

"Isso é tudo o que eu tenho a dizer. Obrigado", disse. Dobrei o pedaço de papel e o enfiei no bolso.

Não houve silêncio dessa vez. As pessoas bateram palmas, e, pelo modo como o faziam, dava para ver que o aplauso era genuíno. Sorri, e

Jibsen estava de pé e todo mundo na primeira fila estava de pé. Foi um grande momento. O secretário da Smithsonian subiu ao palco e pegou minha mão e, enquanto davam mais vivas, ele ergueu meu braço no ar e eu ouvi uma espécie de rasgão e dei um grito sufocado quando meu peito explodiu. As pessoas davam vivas e ele segurava meu braço no ar como um lutador de boxe e eu mal podia respirar e meus pés cediam sob o meu corpo. Então Jibsen estava ao meu lado me apoiando. Com o braço em volta do meu corpo, guiou-me para fora do palco. Eu estava incrivelmente tonto.

— Temos que tirá-lo daqui antes que haja uma cena.

— O que está acontecendo? — perguntei.

— Você está sangrando outra vez. Não queremos assustá-los.

Olhei para baixo e vi uma mancha de sangue logo acima daquela coisa que me servia de cinto. Jibsen me fez avançar em meio a multidão. Todo mundo nos cercava, falando alto.

— Me liga — alguém disse.

— Perdão, perdão, temos que ir a um lugar — disse Jibsen.

As pessoas lhe entregavam cartões de visita e ele os pegava com uma das mãos, enfiando-os no bolso, enquanto me protegia da multidão com o outro braço. Por baixo do braço dele olhei para cima e vi um mar de sorrisos terríveis, e houve o flash de uma câmera, e então, por um breve instante, pensei ver o dr. Yorn na multidão, mas Jibsen me empurrava para frente, me sufocando. Percebi que devia ter sido uma ilusão, porque muitos cientistas usam óculos imensos e têm calvícies amplas e descuidadas. Além disso, o dr. Yorn jamais usaria um smoking.

Por fim, atravessamos as portas vaivém e saímos para o corredor vazio. Os ecos da festa diminuíam lá atrás. Vários membros da equipe de garçons estavam de pé ali perto, nos observando ir embora. Ainda usavam suas luvas brancas.

Enquanto pegávamos nossos casacos no saguão, eu estava tão trêmulo que Jibsen teve que literalmente me apoiar num grande vaso com uma palmeira. Vi Boris do outro lado do saguão. Ele estava sozinho, apoiado na parede. Sorri para ele um sorriso fraco. Ele me cumprimentou, mas eu estava exausto demais para retribuir o gesto.

Já com nossos casacos, Jibsen me carregou lá para fora, onde caía uma chuva suave. Eu fiquei feliz com o interior do carro preto que esperava do lado de fora do saguão e o rangido do assento. Era bom ser um convidado de honra e ter coisas como carros esperando por você. Ouvindo o oscilar reconfortante dos limpadores de para-brisa do carro, fiquei olhando as gotas d'água nas janelas se unindo umas às outras. Gotas d'água eram algo admirável: sempre seguiam o caminho de menor resistência.

O MUNDO DE EARL

Fig. 1 — ESTOU CANSADO DESSES POLÍTICOS DIZENDO ESSE MONTE DE BOBAGENS.

Fig. 2 — NÓS PESSOAS NORMAIS SÓ QUEREMOS PALAVRAS DIRETAS, SÓ ISSO... / EARL, VOCÊ LIMPOU A GELADEIRA COMO EU TE PEDI?

Fig. 3

Fig. 4 — NÃO LIMPOU, NÃO É MESMO? / BEM, VEJA, É CURIOSO VOCÊ PERGUNTAR ISSO PORQUE EU IA LIMPAR... MAS ENTÃO O GATO DO VIZINHO FICOU PRESO NA ÁRVORE...

Capítulo 13

Na manhã seguinte, quando acordei, vi que alguém já estava na edícula e deixara uma bandeja com café da manhã sobre a mesa. Na bandeja havia uma tigela com cereal Honey Nut Cheerios, um jarrinho de porcelana com leite, uma colher, um guardanapo, um copo de suco de laranja e um exemplar do *Washington Post* cuidadosamente dobrado ao meio.

Esse inventário fez com que de imediato eu me perguntasse como o remetente anônimo do café da manhã sabia da minha obsessão quase filosófica pelo Honey Nut Cheerios, mas admito que não ponderei sobre esse mistério por muito tempo. Uma tigela de cereal tem um modo de chamar sua atenção. Encharquei o Cheerios com leite e mergulhei de cabeça no delicioso mundo de pequeninas roscas crocantes. Quando terminei, encenei então minha parte favorita do ritual: beber o leite que sobrou e que ficou levemente infundido com um doce toque de mel, como se uma vaca mágica produtora de mel tivesse derramado seu leite bem dentro da minha tigela.

Então me apoiei na cama e fui me dedicar à tarefa de "terminar" os quadrinhos matinais, o que sempre elevava meu estado de espírito.

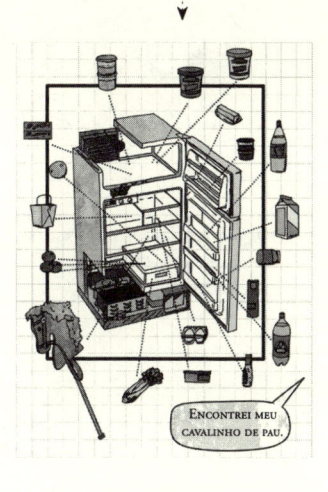

ENCONTREI MEU CAVALINHO DE PAU.

O quinto quadrinho
Do caderno G101

Logo depois que Layton morreu, comecei a desenhar um quinto quadrinho para os quadrinhos matinais. De algum modo, o exercício me reconfortava. Eu gostava do modo como podia entrar nesses mundos imaginários e sempre ter a última palavra, mesmo que os meus esforços diluíssem o humor da tira original. A finitude de um quadrinho era satisfatória, pois nada poderia penetrar na insularidade daquele mundo. Mas a finitude era o que estava me deixando um tanto quanto oco, mesmo depois de desenhar o quinto quadrinho para um jornal inteiro. E no entanto, na manhã seguinte, lá estava eu outra vez, desenhando.

$\{X, P\} = XP - PX = \bar{i}h.$

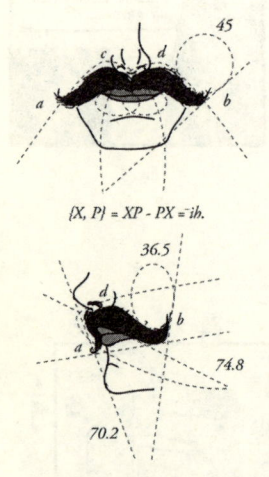

*O bigode estranhamente
bem-cuidado*
Do caderno G101

Em algum momento durante a tarefa me lembrei dos eventos da noite anterior. A imagem de mim mesmo me dirigindo a um salão com centenas de pessoas elegantes me parecia tão estranha que comecei a me perguntar se a coisa inteira não tinha sido uma alucinação induzida por analgésicos, se meu subconsciente não tinha na verdade inventado Boris e a mulher de um olho só e os garçons de luvas brancas.

Vi meu smoking caído no chão com a camisa amassada ainda dentro dele. Envergonhado, pendurei-as e tentei esconder as manchas de sangue cruzando as mangas do smoking sobre o peito e depois por cima dos ombros. Recuei um passo. Era como se um homem invisível dentro do smoking estivesse se abraçando.

Ainda admirava o amoroso autoabraço do homem invisível quando alguém bateu à porta.

— Pode entrar! — disse.

Um jovem com um bigode estranhamente bem-cuidado abriu a porta. Trazia várias caixas grandes.

— Olá, sr. Spivet — disse ele. — Aqui está seu material.

— Oh — disse surpreso. — Como você sabia... do que eu precisava? Ainda não anotei nada.

Não queria parecer esnobe, mas era muito exigente com os intrumentos para fazer mapas. Embora grato pelos esforços deles, duvidava que fossem capazes de adivinhar minha preferência peculiar por certas penas e sextantes.

— Ah, nós tínhamos uma boa ideia. A série Gillot 300? O teodolito Berger? Já o vimos trabalhar antes.

Meu queixo caiu.

— Espere um minuto — disse. — Foi você que me trouxe o Honey Nut?

— O quê?

— Hum... nada — comentei. De repente me lembrei que só tinha 2,78 dólares no bolso da calça. — Sabe, acho que não posso pagar por tudo isso neste momento.

— Está brincando? A conta é com a Smithy. Pelo menos para isso eles servem — disse ele.

— É mesmo? — perguntei. — Uau! Coisas de graça.

— As melhores coisas da vida — disse ele. — Se precisar de mais alguma coisa, é só escrever neste formulário e trazemos logo em seguida.

— E balas? — perguntei, testando os limites do meu poder.

— Podemos trazer balas — disse ele.

O homem terminou de empilhar as caixas ao lado da mesa e em seguida trouxe vários portfólios.

— Aqui está o seu trabalho lá do Oeste — disse ele.

— Lá do Oeste?

— É — disse ele. — O dr. Yorn acabou de mandá-los de lá do outro lado da divisa.

— Você conhece o dr. Yorn? — perguntei.

O homem de bigode sorriu.

Comecei a folhear um de meus portfólios. Ali estavam todos os meus projetos mais recentes. Achava que ninguém os havia visto além de mim. Ali estava o começo da minha grande série sobre Montana: antigas trilhas de migração das hordas de bisões cobrindo o sistema de rodovias interestadual; relevos de elevação e camadas superficiais do solo; um esquema experimental estilo *flip book* mostrando a vagarosa transformação de pequenas fazendas e ranchos familiares ao longo da High Line em gigantescos lotes do agronegócio.

Aqueles eram os meus mapas. Aquele era o meu lar. Toquei as capas, tracei as linhas firmes feitas a caneta com meus dedos, passei o polegar num lugar onde lembrava ter apagado um traço errado. Lembrei-me do guincho *hi-hó* que minha cadeira de desenho emitia sempre que me curvava para a frente. *Ah, estar em casa novamente!* Podia sentir o cheiro do café forte do meu pai sendo preparado no andar de baixo, a riqueza do aroma dos grãos se misturando ao leve traço do cheiro de formol, do escritório da dra. Clair.

— Está tudo bem com você?

Levantei o rosto e vi o jovem me fitando.

— Sim — respondi, envergonhado, enxugando rapidamente o rosto e fechando o portfólio. — Ótimo, está tudo ótimo.

— Olha — disse ele —, não quero estar aqui quando trouxerem todos os seus cadernos.

— Meus cadernos?

— É — disse ele. — Yorn os está arrumando para serem enviados para cá. Incluindo as estantes e todo o resto do seu equipamento.

— O quê? — perguntei. — Meu quarto inteiro?

— Eu vi fotografias do seu quarto. Muito bacana. Parece um centro de operações. Mas tome cuidado: antes que você se dê conta a Smithy vai querer fazer uma exposição com ele. Se eu fosse você mandaria eles irem se ferrar. Eles estão famintos por qualquer coisa que tenha pulso. Em algum momento eles esqueceram que ciência é ultrapassar os limites, viver perigosamente, e não se submeter às massas.

Eu estava quieto. Tentava imaginar como o dr. Yorn tinha esvaziado o meu quarto sem meus pais notarem. *Com certeza eles tinham notado. Com certeza pelo menos Gracie tinha lhes falado do bilhete no pote de biscoitos!*

— E aqui estão algumas cartas para você — disse o homem.

Ele entregou-me dois envelopes padrão e um envelope pardo maior. O primeiro envelope estava endereçado a:

Sr. T.S. Spivet
Instituição Smithsonian
Edícula, MRC 010
Washington D.C. 20013

Reconheci a letra do dr. Yorn. Também notei que a data de postagem da carta era 28 de agosto, o dia em que eu deixara Montana. Estava prestes a abrir o envelope rasgando-o quando o homem me entregou um abridor de cartas de prata.

O Leste

— Obrigado — disse. Nunca tinha usado um antes. Aquilo tornava todo o gesto de abrir uma carta algo muito oficial.

Caro T.S.,

Sei que tudo isso deve ter sido um choque para você. Eu ia lhe contar que tinha inscrito você para o prêmio Baird, mas não queria que você ficasse com falsas esperanças. A maioria das pessoas se inscreve para concorrer a esse prêmio durante vários anos até eles começarem a sequer considerar seu nome. Mas assim foi, e eles me contactaram logo após terem contactado você e, quando liguei para a sua casa, você já tinha ido embora!

Imagine só! Que susto você deu nos seus pais. Conversei com sua mãe por um longo tempo. Acho que ela estava em estado de choque, e eu também, devo acrescentar, porque até aquele momento não tinhamos sido informados por parte da Smithsonian se você tinha chegado. Diga-me, é mesmo verdade que você atravessou o país a bordo de um trem? Que perigo! Por que você não veio falar comigo? Poderíamos ter providenciado seu transporte. É claro que me sinto responsável. E sua mãe não quer mais falar comigo. Tive que contar a ela sobre todo o nosso trabalho juntos, e ela, compreensivelmente, se sentiu traída, com ciúmes ou protetora — às vezes não entendo muito bem a Clair. Só gostaria que ela visse a oportunidade extraordinária que é isto para você.

Vou lhe telefonar em breve. Parabéns e boa sorte.

Tudo de bom,
dr. Terrence Yorn

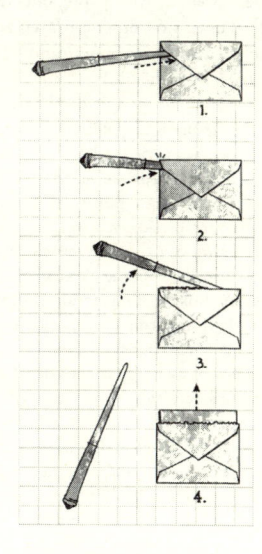

Como abrir uma carta com um abridor de cartas
Do caderno G101

A real sensação de júbilo vinha não com o passo 3, mas com o passo 2, quando você estava com a lâmina da faca aprumada na dobra do envelope e antegozava o curso certo da sua incisão.

Fig. 1

Fig. 2

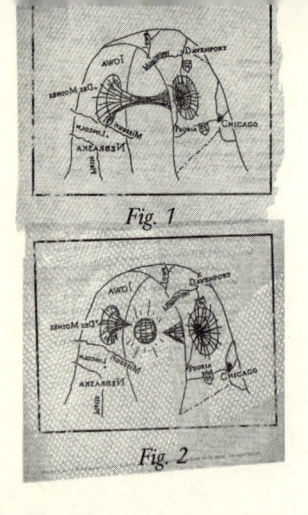

Atalho do buraco de minhoca em Iowa

De Toriano, P.: "A preponderância dos buracos de minhoca lorentzianos no Centro-Oeste americano, 1830-1970". p. 4 (inédito)

Até onde eu podia dizer, o relatório era o artigo de um leigo adaptado da dissertação de Toriano na South Indiana State, embora, por razões desconhecidas, a dissertação não tenha sido aceita. Em seu relatório, O sr. Toriano alegava que no curso de 140 anos, quase seiscentas pessoas tinham desaparecido no vale do rio Mississippi entre os paralelos 41 e 42, incluindo oito trens da Union Pacific. Tinham sido incluídos trechos de relatórios internos da Union Pacific, que recomendavam com insistência que a companhia evitasse um pesadelo de relações públicas pondo de lado os desaparecimentos como "vários atos de Deus".

O que me interessava mais, claro, eram as incidências de viagem acelerada de certos indivíduos rumando para o oeste. O sr. Toriano tinha relativamente poucos desses casos documentados, o que era surpreendente, pois eu esperaria que alguém que tivesse entrado num buraco de minhoca e saído começasse a alardear sua experiência a quem quer que se dispusesse a ouvir. No século XIX, acho que ninguém acreditaria em você. Caramba, no século XX ninguém acreditaria em você. Acho que eu era um exemplo ilustrativo — tinha guardado segredo absoluto sobre minha experiência. Havia algo sobre ter estado num buraco de minhoca que era um pouco vergonhoso.

Então ela sabia.

Levantei o rosto. O jovem ainda estava de pé no quarto, sorrindo para mim. Parecia não ter qualquer intenção de ir embora. Tentei não demonstrar sinais de que o plano inteiro talvez estivesse arruinado, que minha mãe talvez estivesse a caminho naquele exato momento para me colocar de castigo para sempre. Em vez disso, voltei minha atenção ao envelope pardo. Um grande M estava carimbado na frente do envelope. Percebi que o abridor de cartas estava gravado com a mesma inicial.

— Você é...?

— Farkas? — disse ele. — Achei que você nunca fosse perguntar. Farkas Estaban Smidgall, aos seus serviços. — Ele fez uma pequena mesura e puxou uma das pontas de seu bigode.

Abri o envelope com o abridor de cartas. Estava ficando bom naquilo. Dentro estava o relatório do sr. Toriano, o mesmo que eu havia descoberto nos arquivos de Butte, mas depois perdera no banheiro: "A preponderância dos buracos de minhoca lorentzianos no Centro-Oeste americano, 1830-1970". Era uma cópia que decerto tinha sido xerocada muitas vezes.

— Obrigado — disse.

Farkas olhou ao redor do quarto, depois fez um gesto para que eu me aproximasse.

— Não podemos falar com segurança aqui — sussurrou ele. — Nunca se sabe quando a Smithy está ouvindo... Mas eu adoraria conversar melhor com você em algum momento. Boris disse que você esteve dentro de um buraco de minhoca a caminho daqui?

— Sim — sussurrei, achando legal o caráter sigiloso de nossa conversa. — Isto é, *acho* que sim. Não tenho certeza. É por isso que eu queria ler esse relatório. Por que eles estão concentrados no Centro-Oeste?

Farkas lançou um olhar de suspeita ao quadro de George Washington.

— Vou deixá-lo a par de tudo que sabemos, mas não aqui — sussurrou ele. — Estou continuando tudo do ponto em que Toriano parou... ele nunca chegou ao cerne da questão, de por que o Centro-Oeste. Sua hipótese era de que a dobra ímpar na placa continental por baixo do vale do rio Mississippi criava uma espécie de soluço no contínuo do espaço-tempo. A teoria é de que a composição particular do leito de rocha firme na região, combinada a alguns outros complicados fatores subatômicos, criam essa concentração extraordinariamente alta de espuma quântica entre os paralelos 41 e 42... o que, é claro, resulta em mais frequentes cortes e singularidades. A verdadeira pergunta é de onde a *matéria negativa* vem e como ela consegue manter esses buracos abertos por tempo suficiente de modo a fazer com que qualquer coisa passe por eles. Deixe eu lhe dizer: um buraco de minhoca não se cria facilmente.

— Toriano está morto? — sussurrei.

— Ninguém sabe — sussurrou Farkas. E então, num tom de voz mais alto do que o normal: — Bem, sr. Spivet, é um prazer tê-lo aqui.

— Pode me chamar de T.S., por favor.

— Ora, ora, T.S. — disse Farkas, em voz baixa outra vez. — Esperamos um bom tempo até que você chegasse aqui.

— Sério? — perguntei.

— Você encontrará instruções no verso dos pardais — sussurrou ele.

— O quê?

Ele fez a saudação e se esgueirou para fora do quarto, fechando a porta em seguida.

Confuso, abri o envelope pardo outra vez e encontrei um segundo maço de papel lá dentro: "Comportamento do pardal doméstico em bando", de autoria de Gordon Redgill. Mais uma vez, o artigo tinha sido xerocado várias vezes, e certas páginas já estavam muito apagadas.

— Farkas! — gritei.

Como eles sabiam a respeito dos pardais em bando que tinham me salvado em Chicago? Eu não tinha contado isso a ninguém. Se eles sabiam a

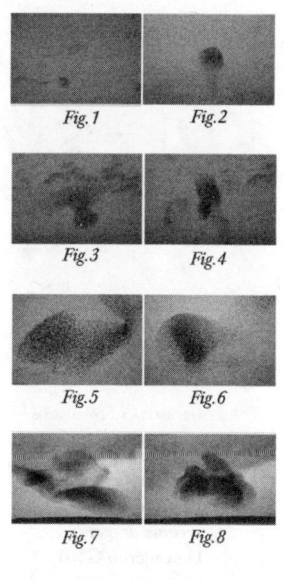

Fig. 1   Fig. 2
Fig. 3   Fig. 4
Fig. 5   Fig. 6
Fig. 7   Fig. 8

▶ Passer domesticus, *bandos nos arredores de Davenport, Iowa*

De Redgill, G. "Comportamento do pardal doméstico em bando" (inédito)

respeito dos pardais, será que também sabiam sobre Josiah Merrymore? Sabiam que eu era um assassino? Iam me chantagear?

Virei as páginas até o verso do relatório. Alguém escrevera:

Segunda-feira, meia-noite
Salão dos pássaros de Washington D.C.

— Farkas! — gritei. Corri até a porta e a abri. Naquele exato momento, o sr. Jibsen estendia a mão para a maçaneta, do outro lado.

— Oh, T.S., você já acordou! Esplêndido! E vejo que entregaram as suas coisas.

— Onde está o Farkas? — perguntei.

— Quem?

— Farkas — repeti, impaciente, tentando olhar além dele.

— O mensageiro? Ora, acabei de vê-lo saindo daqui. Por quê? Precisa de mais alguma coisa?

— Não — respondi. — Não.

— Como está a dor, meu rapaz?

Dei-me conta de que com todo o tumulto em torno da entrega dos portfólios, dos relatórios e das cartas, eu me esquecera por completo do meu ferimento. Agora que Jibsen tocara no assunto outra vez, meu peito começou a latejar de leve.

— Está doendo — suspirei. *Salão dos pássaros de Washington D.C.? Meia-noite?*

— Imaginei que sim — disse Jibsen. — Então trouxe mais algumas pílulas mágicas para você.

Tomei, obediente, mais duas pílulas, e me deitei de novo na cama.

— Bem — disse Jibsen —, você foi fantástico ontem à noite. — As palavras foram ditas de modo suave e quase sem ceceio. Ele parecia falar mais calmamente pela manhã. Talvez os músculos de sua mandíbula respondessem à tração gravitacional da Lua, como as marés.

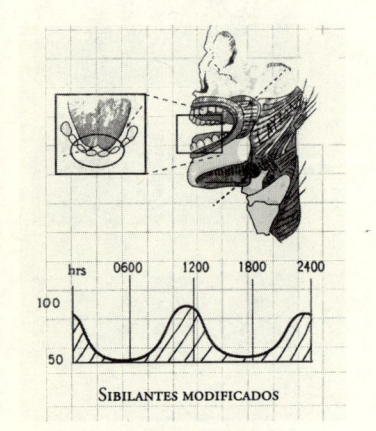

SIBILANTES MODIFICADOS

Os músculos da mandíbula do sr. Jibsen funcionam como as marés
Do caderno G101

Quantas coisas na vida eram na verdade comandadas pela atração da Lua?

— Eu não poderia ter imaginado algo melhor — disse ele. — Eles o adoraram. Claro, são um bando de cientistas, mas se isso for alguma indicação da reação do público, temos uma mina de ouro. Isto é, você é uma mina de ouro. Quero dizer, sinto muito pelo que lhe ocorreu. Deve ter sido...

Ele se sentou na cama. Sorri de leve. Sorrimos um para o outro. Ele deu uns tapinhas na cama e se pôs de pé outra vez.

— Mas que história! Meu celular não para de tocar. Eles adoram, simplesmente adoram esse tipo de coisa! Dor, juventude, ciência. Oh, é o tridente!

— O tridente?

— O tridente — disse ele. — As pessoas são tão ridiculamente previsíveis. Eu devia escrever um livro sobre como dar um murro na cara das pessoas para fazê-las se importar com algo. — Ele foi até a pintura de George Washington e ficou parado refletindo diante dela. — Washington tinha seu tridente e veja como as coisas acabaram acontecendo com ele.

— Qual era o tridente dele?

— Ah, eu não sei — disse Jibsen, irritado. — Não sou historiador.

— Desculpe — disse.

Jibsen pareceu ficar mais gentil:

— Mas não quero sobrecarregá-lo... tem certeza de que dá conta disso?

— Acho que sim — disse.

— Esplêndido. — Ele abriu um largo sorriso. — A CNN quer a primeira entrevista. O *release* para a imprensa já saiu e Tammy acabou de receber um telefonema... não quero que você fique com muita expectativa... mas a Casa Branca andou nos sondando.

— A Casa Branca?

— O discurso do presidente é na próxima semana e eles adoram ter na plateia pessoas ligadas aos assuntos sobre os quais ele está falando. Não que o nosso destemido líder dê a mínima para a ciência, mas temos que

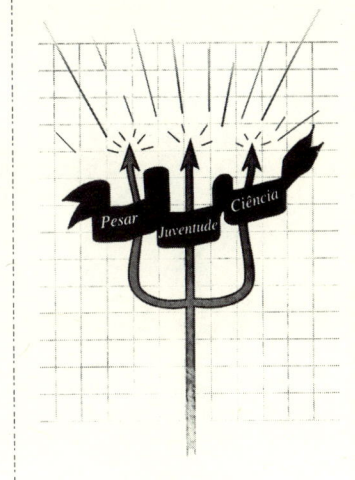

O tridente
Do caderno G101

E quantos tridentes havia nesta vida? Por que sempre agrupamos as coisas em três? (Era provável que a resposta fosse profundamente neurocognitiva e pudesse ser relacionada diretamente a uma parte do cérebro que tinha três depósitos para grandes ideias.)

admitir, você é bom demais para eles te ignorarem. Posso ouvi-lo neste exato momento: "Vejam, o sistema educacional americano está funcionando! Nossos estados do interior estão criando pequenos gênios para o futuro!" Oh, vamos deixar que ele tenha seus minutos de sucesso com a ciência. Quem sabe ele até aumente nossas verbas.

— Uau — vibrei. Por um segundo, esqueci quem era o presidente. Tentei imaginar como seria apertar sua mão.

— Bem, sugiro que telefone para o dr. Yorn, seu padr... bem, sugiro que telefone para o dr. Yorn e para a sua irmã e lhes diga que venham para cá agora mesmo.

— Gracie?

— Sim, Gracie, e também precisamos de algumas fotos dos seus pais e de... seu irmão. Você tem alguma foto de família deles?

Percebi que eu tinha evitado que o cartão de Natal com a foto de nossa família se perdesse em Chicago, pois colocara-o na mochila. Ainda estava ali naquele exato momento, no canto daquele quarto. Mas de repente eu não queria dar aquela foto para Jibsen ou para qualquer pessoa da Smithsonian. Não queria que vissem minha família nos jornais e na televisão, pensando que estavam todos mortos. Gracie viria, é claro, ela posaria feliz da vida no tapete vermelho da ciência, ou em qualquer tapete desde que fosse vermelho, aliás, e era provável que ela fosse aceitar numa boa a história de que "a família Spivet está morta", mas eu não podia levar adiante aquele lamaçal de fraudes.

— Não — respondi. — Eu tinha uma foto deles, mas perdi em Chicago.

— Pena — disse ele. — Bem, quando falar com o seu... com o dr. Yorn, diga-lhe para nos enviar pela FedEx algumas fotos. Vamos pagar por tudo. E não esqueça de pedir que nos envie uma foto do seu irmão em particular.

— Ele não tem nenhuma foto — comentei, meus molares latejando.

— Nada?

— Não, ele acha que é muito doloroso guardá-las, então as queima.

— Mesmo? Que pena. O que eu não faria para ter uma foto do seu irmão, de preferência com uma arma, e você em segundo plano. Puxa, seria demais, demais! Qual era mesmo o nome dele?

— Layton.

Ficamos sentados olhando um para o outro.

O celular dele soou um bipe.

— Muitas pessoas famosas já dormiram neste quarto? — perguntei.

— O quê? — disse Jibsen, remexendo nervosamente no telefone. — Talvez. Outros bolsistas da Baird, com certeza. Por quê?

— Por nada — comentei, me sentando na cama.

— Alô? ALÔ? — disse ele ao telefone. — ESTÁ ME OUVINDO? Ah, sim, aqui é Jibsen, da Smithsonian.

Ele deu um pulo e começou a andar de um lado a outro.

— Sim... o quê?! Mas vocês disseram... Isso é ridículo! — Ele consultou o relógio de pulso. — Tammy disse... Sim, compreendo, mas... sim, mas... não podemos apenas...

Fiquei observando aquele homenzinho engraçado andar de um lado a outro, gesticulando de modo animado, puxando de leve o brinco.

— Ah, certo, *está bem*... sim, sim, não, compreendo. Agora *está bem*. Bem... Entendo... Até logo, minha senhora.

Virou-se para mim.

— Vista-se. Eles mudaram o horário... querem entrevistá-lo ao vivo dentro de duas horas.

— Devo usar o smoking?

— Não, *você não precisa usar um smoking*, só vista algo respeitável.

— Não tenho mais nada, na verdade.

— Nada? Bem, então coloque o smoking, mas... — Ele inspecionou o terno, descruzando os braços da roupa. — Minha nossa, está todo... Bem, vista-o, e vamos ver o que conseguimos encontrar no caminho.

▶ *A ânsia paralela nos une*

Na verdade, *havia* uma foto dessas, tirada por Gracie para sua aula de fotografia, um belo ponto de partida para a sua série de 125 elaborados autorretratos. Só pude ver de relance a foto quando Gracie arrumava seu portfólio na mesa da sala de jantar. Na ocasião, perguntei-lhe se podia ficar com a foto depois que ela tivesse terminado de usá-la. Claro, como com tudo que Gracie faz, promessas eram feitas e promessas eram descumpridas, e a fotografia desapareceu em meio ao mal-estar do seu closet. Agora, junto com Jibsen, eu me vi ansiando pelo retorno da imagem de fato do mesmo modo como ele ansiava pela imagem imaginária. Juntos, retratamos na mente a abstração indistinta do meu vulto contrastada com o foco nítido do aperto determinado de Layton no cano na arma. Nossa ânsia paralela na verdade fez com que eu me sentisse próximo de Jibsen pela primeira vez.

Eu estava num outro carro preto. Este era dirigido por um homem que parecia recém-saído de um filme *noir*. Enquanto ele segurava a porta para eu entrar, senti o cheiro de sua colônia. Era tão forte que por um instante achei que estava tentando me fazer desmaiar com clorofórmio. Tive que respirar pela boca e deixar uma fresta na janela o caminho todo.

— Para onde, campeão? Vegas? — perguntou ele, piscando o olho para mim pelo retrovisor.

— CNN, Pennsylvania Avenue, por favor — disse Jibsen.

— Valeu, cara — disse o motorista. — Eu sei aonde vocês dois estão indo. Só estava tentando fazer o garoto relaxar.

Jibsen se mexeu, desconfortável, no assento.

— CNN, por favor — repetiu ele. — Ah, e precisamos parar para comprar um terno para T.S.

— Não tem nada no caminho que venda coisas do tamanho dele. O Hollaway fechou faz dois anos e o Sampini fica a noroeste.

— Nada? Nem um K-Mart ou algo do tipo?

O motorista deu de ombros.

Jibsen se virou para mim.

— Tudo bem, T.S., você vai ter que usar o smoking. Mas deixe-o fechado, está bem? Deixe-o fechado.

— Tudo bem — respondi.

— Então, direto para a CNN — disse Jibsen, bem alto.

O motorista revirou os olhos e piscou para mim outra vez. Usava um bocado de brilhantina no cabelo. Parecia-se de leve com Hetch, nosso barbeiro em Butte. O motorista tinha ajeitado com esmero a parte da frente do seu cabelo, de modo que ela estava no formato de uma onda imóvel que caía em cascata sobre o alto de sua testa. Era como se ele estivesse desafiando o vento, a gravidade, ou qualquer força da natureza que tentasse puxar a onda para baixo.

O Leste

No caminho, ele começou a cantarolar junto com o rádio e a batucar no painel com os dedos indicador e médio. Gostei daquele homem. Ele era um navegador.

Fiquei olhando os edifícios de concreto passarem. *Estávamos indo para uma emissora de TV a cabo.* Um lugar onde o sinal da TV era criado e depois transmitido por todo o país a famintas antenas parabólicas e pequeninas caixas de fios. *Oh, ter uma TV a cabo.* Um dos sonhos eternos de Gracie. (E, tenho que admitir, meu também.)

— Então, você está entendendo?

— O quê?

— Preste atenção. Isto é importante. Quero que você entenda isso direito. — O ceceio de Jibsen estava de volta com força total. Ele começou a me explicar como eu devia responder ao entrevistador. Eram pequenas mentiras, disse ele, mas fariam com que fosse muito mais simples contar a história. — Esses meios de comunicação, de qualquer forma simplificam tudo demais, mesmo — disse ele. — Podemos então fornecer a versão simplificada que *nós* queremos.

Então era assim que funcionava, ele me disse: a Smithsonian sabia tudo sobre a minha idade, desde o início. Depois que meus pais morreram...

— Quando eles morreram? — perguntou Jibsen.

— Há dois anos — respondi.

Depois que meus pais morreram, dois anos antes, e o dr. Yorn começou a cuidar de mim, eu iniciara um longo relacionamento com a Smithsonian, no qual de fato floresci sob sua orientação. Meu sonho sempre tinha sido trabalhar ali. Quando Layton morreu, fiquei arrasado, e decidi num impulso me candidatar ao prêmio Baird para poder deixar Montana, embora nunca acreditasse realmente que receberia tão prestigiosa honraria.

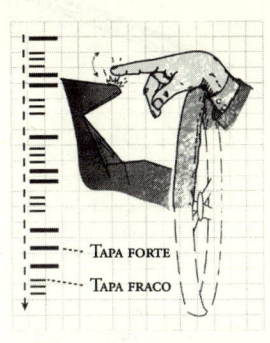

TAPA FORTE
TAPA FRACO

➤ *O motorista dá tapinhas naquele seu ritmo*
Ele é um navegador
Do caderno G101

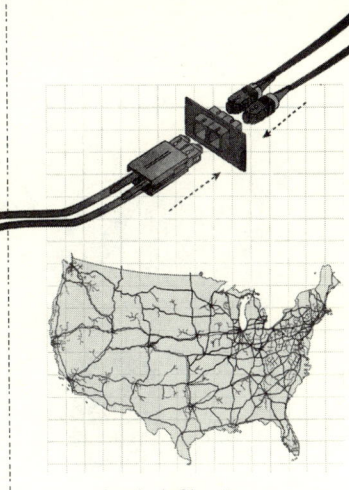

➤ *A rede de fibra ótica nos Estados Unidos*
Do caderno G78

Embora só tivéssemos westerns para saciar nossa fome pelos *media* no Coppertop, Charlie tinha DirecTV (Charlie! Meu único amigo no mundo! Como eu sentia saudades de seu cabelo lambido e suas qualidades caprinas!). Na primeira vez que fui à casa dele, apertei o botão que mudava o canal e fiz o ciclo de todos os 1.001 canais três vezes, paralisado pelas minhas opções.

➤ E pensar agora que em apenas uma hora e quinze minutos Charlie e sua mãe preguiçosa poderiam estar assistindo à DirecTV em seu pequeno *trailer* e *BAM!* — lá estava seu amigo T.S. na TV. Fiz uma anotação mental para dizer alô a Charlie só para o caso de ele estar assistindo, embora sua mãe nunca assistisse à CNN. Ela em geral assistia àqueles programas de jurados. Não havia nada a mapear.

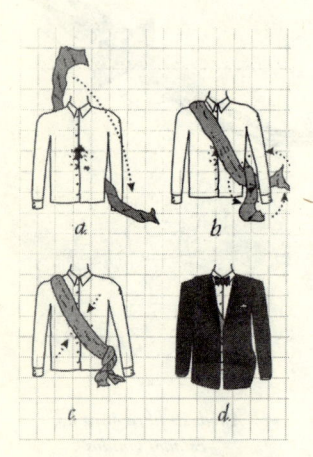

Como amarrar uma faixa no meio do peito de modo a cobrir uma mancha de sangue
Do caderno G101

Olhar a mim mesmo no espelho me fez ter vontade de conhecer o avô daquela mulher. Devia ter sido um sujeito do exército, um religioso ou um ator. Eu me perguntei se ele tinha orgulho de sua neta e seus incríveis talentos de maquiagem. Eu teria.

— E mais um detalhe: até falarmos com nossos advogados, você precisa se distanciar de qualquer tipo de culpa com relação à morte do seu irmão. Não queremos complicações. Você testemunhou o tiro e correu para buscar ajuda. Está bem?

— Está bem — disse.

Entramos no estacionamento subterrâneo de uma grande construção de cimento.

— Chegamos — disse o motorista, numa risada. — A fábrica de mentiras. Ou talvez ela fique um pouco mais adiante.

— Obrigado — disse Jibsen, saindo rapidamente do carro.

— Qual o seu nome? — perguntei ao motorista enquanto saía.

— Stimpson — disse o homem. — Já nos conhecemos antes.

Deram-me um pirulito e me sentaram numa cadeira de barbeiro e começaram às pressas a pintar meu rosto com maquiagem e delineador para os olhos. Gracie teria morrido de rir se tivesse visto. Arrumaram e pentearam meu cabelo e depois a mulher recuou um passo e disse: "Adorável, adorável, adorável." Muito rápido, muitas vezes seguidas. Ela não parecia ser americana, mas quando me olhei no espelho tive que admitir: ela era boa no que fazia. Eu parecia um cara da televisão.

Quando viu minha camisa ensanguentada, ela estalou a língua e gritou para que um dos assistentes encontrasse uma muda de roupas para mim. Voltaram alguns minutos depois, de mãos vazias.

— Temos muito pouco tempo — disse ela, sacudindo a cabeça. Pegou um pedaço de pano azul e amarrou ao redor da minha camisa como uma faixa, depois colocou o paletó do smoking por cima. Balançou a cabeça com satisfação. — Como meu avô costumava fazer.

As pessoas não paravam de aparecer e apertar meu braço logo acima do cotovelo e depois esfregar minha nuca. Uma mulher com uma prancheta e fones de ouvido se aproximou e me abraçou, depois começou a chorar. Em seguida se afastou, enxugando o rosto com as costas da mão.

Ouvi-a dizer:

— Dá vontade de mordê-lo.

Primeiro houve certa controvérsia sobre Jibsen, se ele deveria ficar sentado ao meu lado durante a entrevista, mas o apresentador do programa vetou essa ideia. Queria que eu estivesse sozinho, "em estado bruto", disse ele, o que deixou Jibsen nervoso e ativou mais uma vez seu ceceio.

— Quando alguém que tem vontade de morder você... — comecei a perguntar a Jibsen, mas houve certa gritaria e meu cotovelo doeu quando alguém me puxou pelo braço e me levou às pressas ao cenário da entrevista.

Sentei-me no grande sofá diante da mesa do sr. Eisner. Ele era o entrevistador. As luzes eram muito fortes. Antes de as câmeras começarem a gravar, o sr. Eisner me perguntou qual o meu filme preferido. Tive a sensação de que era um procedimento padrão que ele seguia com qualquer criança que fosse ao programa. Falei-lhe da Sala d'Está e desenhei um diagrama com os meus nove filmes preferidos. O sr. Eisner pareceu gostar disso.

Um homem com uma prancheta e um gorro cheio de pontas disse "No ar em cinco, quatro, três, dois, um", e assim que a luz vermelha se acendeu sobre a câmera, o sr. Eisner se transformou numa criatura da TV. Sua voz ficou plástica e ele se sentou muito reto na cadeira. Tentei fazer o mesmo.

— Meu primeiro convidado esta manhã é o recém-anunciado bolsista Baird na Smithsonian, sr. T.S. Spivet. Spivet é um cartógrafo, ilustrador e cientista de muito talento, e fez ilustrações para o museu durante um ano antes de receber essa grande honraria. Seus desenhos são altamente detalhados e bastante impressionantes. Basta uma olhada para perceber que isso é verdade. Mas a parte mais notável dessa história é que T.S. Spivet tem só doze anos de idade. — A câmera abriu para me incluir no quadro. Tentei sorrir. — T.S., um órfão, que também perdeu tragicamente seu irmão, está aqui conosco hoje para dar início a uma série sobre crianças-prodígio; de onde elas vêm e o que farão em nossa sociedade.

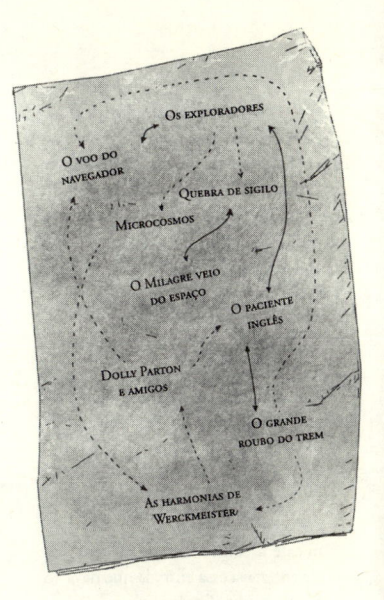

> **Meus nove filmes favoritos e suas relações temáticas**
> **Num guardanapo**
> **(Propriedade do sr. Eisner)**

Nosso tempo acabou antes que eu pudesse falar de um décimo filme, mas retrospectivamente teria que dizer que era *Aguirre, a cólera dos deuses*, de Herzog. Acho que a mesma parte de mim fascinada com a tragédia do poço Berkeley de mineração também se sentia atraída pelo conquistador cheio de imperfeições de Klaus Kinski.

A dra. Clair quase não me deixou alugar o filme por mostrar violência contra os animais, e ela tinha razão. Havia uma cena em particular que eu nunca tinha conseguido tirar da cabeça: o grupo de conquistadores, liderado por Kinski cada vez mais maníaco, está flutuando pelo rio Amazonas quando de repente um de seus aterrorizados cavalos cai dentro d'água. Enquanto o cavalo nada até a margem, a expedição continua rio abaixo. O cavalo simplesmente é deixado ali, na gigantesca selva, olhando para as balsas que desaparecem com um ar pesaroso que as câmeras de Herzog não podem ter simulado.

— O que aconteceu com o cavalo? — gritou a dra. Clair para a televisão. E depois, de modo menos compreensível:
— Odeio esses alemães!

Três rituais

Era verdade: se eu nunca mais voltasse a ver meu pai, acho que me lembraria dele pelos seus rituais. Eram muitos. Talvez seu dia inteiro fosse simplesmente passado cumprindo uma série de rituais elaborados; mas vou me lembrar mais destes três:

1. Todas as vezes que ele entrava em casa, tocava a cruz ao lado da porta da frente duas vezes, levava o dedo ao lábio, fazia uma pausa, e só então ia desamarrar as botas. *Todas as vezes.* Não era o ato singular, mas a acumulação dos atos, a cronometragem metronômica e a consistência total com que ele encenava essa entrada que dava ao ritual seu significado.

2. Todos os Natais ele escrevia para os membros da família uma carta muito breve, em geral fazendo referência ao clima frio e a "como mais um ano passou tão rápido por nós" — uma fala que ele colhera de um de seus westerns. Nunca questionei o quão era estranho escrever cartas para pessoas que moravam na mesma casa que você; ao crescer, a presença daqueles envelopes na árvore era apenas mais uma indireta visual pavloviana de que os presentes viriam em seguida.

3. Antes de cada refeição (pelo menos para aqueles que estavam presentes), meu pai nos fazia rezar. Nunca dizia coisa alguma; sua cabeça apenas se inclinava para baixo, e sabíamos que devíamos inclinar nossa cabeça para baixo também, fechar os olhos e esperar ouvir aquele murmúrio baixo e rouco que lembrava de modo vago um "amém" para que pudéssemos começar com segurança a devorar nossa comida. Quando meu pai não estava presente para o jantar, Layton conduzia esse ritual, mas depois que ele se foi, Gracie, a dra. Clair e eu abandonamos em silêncio o ato.

Virou-se para mim:

— Então, T.S., você cresceu num rancho em Montana, correto?

— Sim.

— E seu pai, sinto muito, quantos anos você tinha quando ele morreu?

— Tinha... 9 ou 10 — disse.

— Pelo que sei ele era uma espécie de caubói?

— Sim — respondi.

— Uma vez ele transformou sua casa num *set* de filmagem de faroestes.

— Bem, isso... — eu podia sentir os olhos de Jibsen em mim. — Sim, é verdade — concordei. — Acho que ele queria viver dentro do mundo de *No tempo das diligências* ou *Um homem difícil de matar*.

— *Um homem difícil de matar*?

— É um faroeste como... como é mesmo o nome dele? Na verdade é um dos...

— E qual foi a coisa mais importante que seu pai lhe ensinou antes de morrer? — interrompeu o sr. Eisner.

Eu tinha a sensação de que ia responder mal a essa pergunta. Não era o tipo de pergunta de que você pudesse se livrar de primeira. Sentado ali olhando fixamente para aquela luz vermelha acima da câmera, porém, eu sabia que ficar em silêncio não era uma forma de agir aceitável. Disse a primeira coisa que me veio à mente:

— Acho que aprendi a importância do ritual com ele. Não, espere, posso dar outra resposta? — perguntei.

— Claro, claro. Você pode dizer o que quiser! Você é o bolsista Baird.

— Acho que ele me ensinou por que a família é tão importante. Nossos antepassados, quero dizer. Nosso nome. Tearho Spivet.

O apresentador sorria. Eu podia ver que ele não sabia do que eu estava falando, então eu disse:

— Meu trisavô era da Finlândia e foi mesmo um milagre que ele tenha conseguido chegar até Montana e se casar com minha trisavó, que estava numa expedição ao Wyoming...

— Wyoming? Achei que você fosse de Montana.

— E sou. Mas as pessoas costumam viajar por aí.

O sr. Eisner consultou suas anotações.

— Então... crescendo nesse rancho com gado e ovelhas e tudo mais, como foi afinal que você se meteu com ilustrações científicas? Parece a coisa mais distante que existe de tirar leite de vacas num estábulo!

— Bem, minha mãe. — Fiz uma pausa.

— Sinto muito — disse ele.

— Obrigado — agradeci, corando. — O passatempo da minha mãe era colecionar besouros. Então comecei a desenhá-los. Mas minha trisavó foi uma das primeiras geólogas mulheres de todo o país. Então talvez apenas esteja no meu sangue.

— No sangue, é? — disse o sr. Eisner. — Então você sempre quis ser esse pequeno mapófilo?

Pequeno mapófilo? "Mapófilo" nem sequer era uma palavra.

— Não sei — respondi. — Você sempre quis ser apresentador de TV?

O sr. Eisner riu.

— Não, não. Pensava em ser uma estrela da música *country* quando crescesse... *Hey li'l darling...*

Como eu não reagi, ele parou e rearrumou seus cartões com as anotações.

— Veja, uma das perguntas que vamos fazer nos próximos dois dias é como os prodígios surgem? Você tinha uma predisposição inata em seu cérebro ou aprendeu tudo isso com alguém?

— Acho que nascemos com um mapa esquemático do mundo inteiro na cabeça — afirmei.

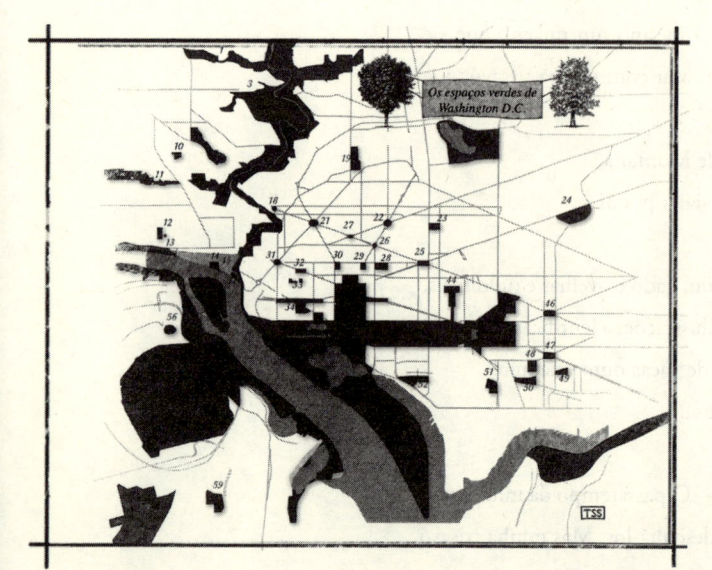

Os espaços verdes de Washington D.C.
Do caderno G45

Isto foi parte da exposição comemorativa do Dia da Terra no Museu de História Natural. Foi um dos primeiros mapas que cheguei a fazer para a Smithsonian.

— Bem, isso com certeza seria conveniente, só não conte às empresas de GPS — disse o sr. Eisner. — Embora eu ache que talvez seja mais acurado dizer que *alguns* de nós nasceram com um esquema do mundo em nossas cabeças, e minha esposa não é uma dessas pessoas. Por falar nisso, eu trouxe comigo alguns dos seus mapas. — Ele levantou um mapa de sobre sua mesa e o mostrou para a câmera. — E este aqui é... um mapa dos parques de Washington?

— Sim. E do norte da Virgínia.

— Em primeiro lugar, um trabalho de primeira este aqui. Simples e elegante.

— Obrigado.

— Olho para este mapa e digo a mim mesmo: há cinquenta parques no centro de Washington? E isso faz com que eu veja este lugar de modo um pouco diferente, o que, suponho, é o que você está tentando fazer aqui. Mas minha pergunta é, como você descobre a maneira de fazer algo como isto aqui? Isto é, meu cérebro não funciona desta maneira. Eu me perco vindo para o escritório de manhã. — Ele riu da própria piada. Tentei rir também.

— Não sei direito — respondi. — Não sinto como se fosse algo que eu faço. O mundo está lá fora, e eu só estou tentando vê-lo. O mundo fez todo o trabalho para mim. Os padrões já estão lá, eu vejo o esquema na minha cabeça e depois o desenho.

— Palavras sábias, muito sábias, para um jovem erudito. Temos sorte que o futuro do mundo repouse sobre seus ombros.

De repente senti muito sono.

— Daqui a pouco em nosso programa vamos conversar com a dra. Ferraro sobre suas descobertas a partir dos estudos de imagens de ressonância magnética de crianças-prodígio, e tenho certeza de que ela vai querer dar uma olhada dentro da sua cabeça e tentar encontrar esse mapa de que você está falando.

Depois da entrevista na CNN, comi rosquinhas nos camarins enquanto Jibsen marcava uma ressonância magnética com a dra. Ferraro para o dia seguinte. Conversei, então, durante algum tempo com um homem legal usando fones de ouvido, sobre como operar o ponto mecânico. O sr. Eisner passou por ali e bagunçou meu cabelo, embora meu cabelo não tenha sido realmente bagunçado porque estava imobilizado com gel.

— Se você por acaso quiser dar um passeio com meus filhos, telefone — disse ele.

O resto do dia foi uma confusão. Dei mais quatro entrevistas para a televisão. Stimpson nos levou por todo o quadrante do Distrito Federal e depois para uma emissora de televisão no norte da Virgínia.

No fim do dia, voltando para a cidade, estávamos todos exaustos, até mesmo Stimpson, que tinha parado de piscar o olho para mim havia já um bom tempo.

— Bem-vindo ao Distrito — disse ele, quando cruzamos o rio Potomac. — Onde nunca se cansam de você mesmo quando já se cansaram de você.

— Como você está se sentindo? — perguntou Jibsen, ignorando-o. — Só temos mais um lugar a ir hoje. É uma foto para a revista. Você está na matéria de capa do mês que vem. Temos algumas ideias, mas eu queria lhe dar uma chance de dizer alguma coisa também. Onde gostaria que tirassem a sua foto?

Onde eu gostaria que tirassem a minha foto? Num certo sentido, a pergunta era um sonho, mas era uma pergunta difícil, pois em essência Jibsen estava perguntando: de todos os lugares do mundo, onde você

Metropolitan Museum of Art (1º piso)

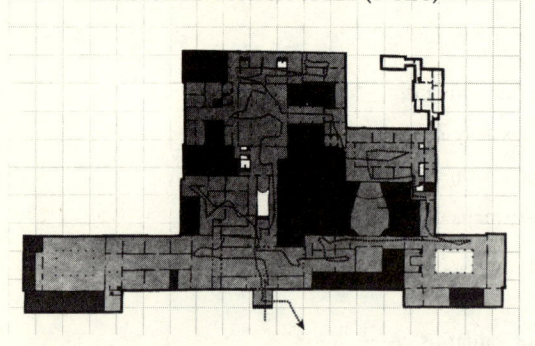

Mapa FTMUFMBEF nº 4 ←
*O primeiro dia de Clara
e Jamie no Museu
Do caderno B45*

Era o sonho de toda criança permanecer enquanto a multidão desaparecia, esconder-se debaixo de um banco enquanto o guarda girava a chave na fechadura. Eu tinha lido *From the Mixed Up Files of Mrs. Basil E. Frankweiler*, de E.L. Konigsburg, em um dia, debaixo do choupo. Ao virar a última página e me deparar apenas com o papelão duro e o tecido da capa (era um livro da Biblioteca Pública de Butte), dei-me conta de que aquela era uma obra de ficção, que eventos como aqueles jamais tinham ocorrido conforme descrito entre os limites daquele tecido.

Então desenhei uma série de mapas documentando as viagens de Clara e Jamie. Primeiro fui tomado pela sensação vazia que com frequência acompanha a paisagem inventada (a mesma sensação que experimentei quando tentei mapear *Moby Dick*), mas aos poucos foi me ocorrendo que o romance da srta. Konigsburg tinha sido na verdade escrito de modo inteiramente livre do peso do mundo mapeável. Eu podia desenhar esse mapa inventado de mil formas diferentes e nunca estar errado. Infelizmente, essa liberdade de escolha me paralizou depois de algum tempo, e acabei voltando à minha tarefa de vida inteira que era mapear o mundo em sua totalidade.

gostaria de se localizar visualmente numa fotografia que deverá ser a mais representativa de suas esperanças e de seus sonhos e a arquitetura do seu projeto de vida? Parte de mim queria voltar para casa, ser fotografado na estaca da cerca, ou na porta do escritório da dra. Clair, ou na escada para os aposentos de Layton no sótão. Seriam boas fotografias. Mas eu não estava em Montana. Estava passando por uma instituição de representação.

— Que tal o Salão dos Pássaros? — sugeri. — Diante do pardal doméstico?

— Oh, brilhante — disse Jibsen. — Compreendo. Pardal. É sutil e brilhante. Melhor do que qualquer coisa em que poderíamos ter pensado. É por isso que temos você conosco.

Levantei os olhos e vi Stimpson sorrindo para mim:

— Boa escolha — disse ele. — Mas o pássaro fugiu da gaiola.

Enquanto esperávamos pelos fotógrafos no saguão do Museu de História Natural, aconteceu uma coisa engraçada: o museu fechou. Todo mundo começou a sair pela porta principal, e eu olhei para Jibsen, mas ele pareceu não notar esse fato e continuamos onde estávamos.

Duas meninas negras segurando garças de pelúcia idênticas correram em disparada para longe de uma mulher de macacão vermelho. Enquanto elas saíam pelas grandes portas duplas, eu podia ouvir o som dos gritos da mulher ecoando no teto alto lá em cima. Por fim, depois que todos saíram, o lugar ficou quieto. Só ficou o segurança ali no lobby. Jibsen foi até lá falar com ele e depois voltou. Estávamos a salvo.

Toda a onda de sentimentos deliciosamente travessos causados pelo fato de eu estar num museu depois do horário de funcionamento era diminuída, porque eu estava acompanhado por adultos: era para eu estar ali. Eu sabia, porém, que havia uma entrada para um túnel secreto em algum lugar, embora minhas chances de divisar a tal entrada secreta fossem pequenas, tive que reconhecer.

Os dois fotógrafos por fim apareceram com suas grandes bolsas penduradas no ombro e nós quatro fomos para o salão no andar de baixo. Bem, o Salão dos Pássaros não era exatamente um *Salão* com S maiúsculo; na verdade, era apenas uma *saleta* espremida atrás do auditório Baird.

— Onde está aquele pardal? Onde está aquele pardal? — Jibsen murmurava de um lado a outro diante dos mostruários dos pássaros. — O quê? Não está aqui.

— Mas o pardal doméstico é um pássaro de Washington — afirmei.

— Não, quero dizer que o lugar é esse aqui, mas falta o pássaro.

De fato, ele tinha razão. Havia uma legenda dizendo: PARDAL DOMÉSTICO (*Passer domesticus*), mas o pedestal estava vazio.

— Logo hoje resolveram fazer uma reforma no animal. Realmente, que sorte a nossa. Bem, vamos ter que tirar uma foto sua na frente de outra coisa. De volta ao plano A. Vamos colocá-lo olhando com admiração para o elefante no saguão principal, fazendo desenhos no seu caderno.

— Mas eu não trouxe meu caderno.

— George — disse Jibsen a um dos fotógrafos. — Dê a ele um caderno.

— Mas não é a cor certa. Eu não desenharia nesse tipo de caderno.

— T.S.! Ninguém se importa — disse Jibsen, seu ceceio se movendo furtivo por entre as aves imóveis. — Foi um longo dia. Vamos tirar as fotos e assim podemos todos ir para casa.

...

No caminho de volta até a edícula, o telefone de Jibsen tocou outra vez. Ele atendeu com má vontade, mas depois de uns poucos segundos seu rosto se iluminou. Tentei acompanhar a conversa, mas estava cansado demais para isso. Tinha chegado à conclusão de que não gostava mais daquele lugar. Talvez se pudesse instalar meu escritório na edícula e voltar ao trabalho de fazer mapas as coisas fossem mudar, mas até ali aquele prêmio parecia envolver tudo, exceto mapas.

Jibsen desligou.

— Conseguimos — disse ele.

— O quê? — perguntei.

— Era o sr. Swan, secretário da Casa Branca. Somos o sétimo e o décimo sexto pontos do discurso dele, mencionados duas vezes, nas seções de educação e de segurança nacional. A câmera vai se virar em nossa direção *duas vezes*. Oh, isso é maravilhoso, T.S., é tão maravilhoso. Você poderia achar que isso sempre acontece nesta cidade, mas não acontece. *Você* chega e as portas começam a se abrir por toda parte.

— O presidente é um babaca — disse Stimpson do banco da frente.

— Ninguém lhe perguntou nada — respondeu Jibsen com aspereza. Virou-se para mim: — Sei que isso tudo pode ser um pouco demais, mas você está fazendo coisas fantásticas por nós. E depois desta semana tenho certeza de que tudo vai se acalmar.

— Está tudo bem — disse. No retrovisor, Stimpson colocou a língua para fora e balbuciou "babaca". Embora possa ter sido também "É uma vaca". De qualquer forma, eu sorri e fiquei vermelho com o uso da palavra feia. Assim como Ricky, aqueles eram adultos de verdade, que diziam palavrões sempre que desejavam.

Logo antes de ir para a cama, lembrei-me da terceira carta que Farkas trouxera aquela manhã. O envelope ainda estava sobre a mesa. Estava lacrado, mas não havia nada do lado de fora — nenhum endereço, nenhum nome manuscrito, nenhum selo.

O Leste

Peguei o abridor de cartas e pressionei a lâmina sobre a dobra. O envelope se abriu.

Lá dentro, encontrei apenas um pequeno bilhete:

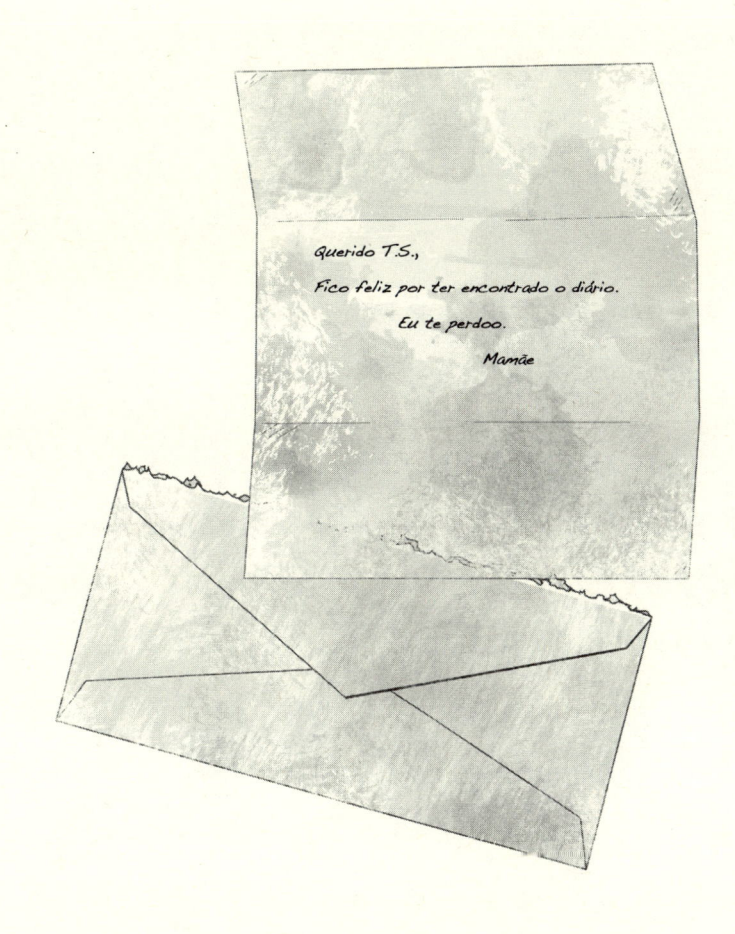

> Querido T.S.,
> Fico feliz por ter encontrado o diário.
> Eu te perdoo.
> Mamãe

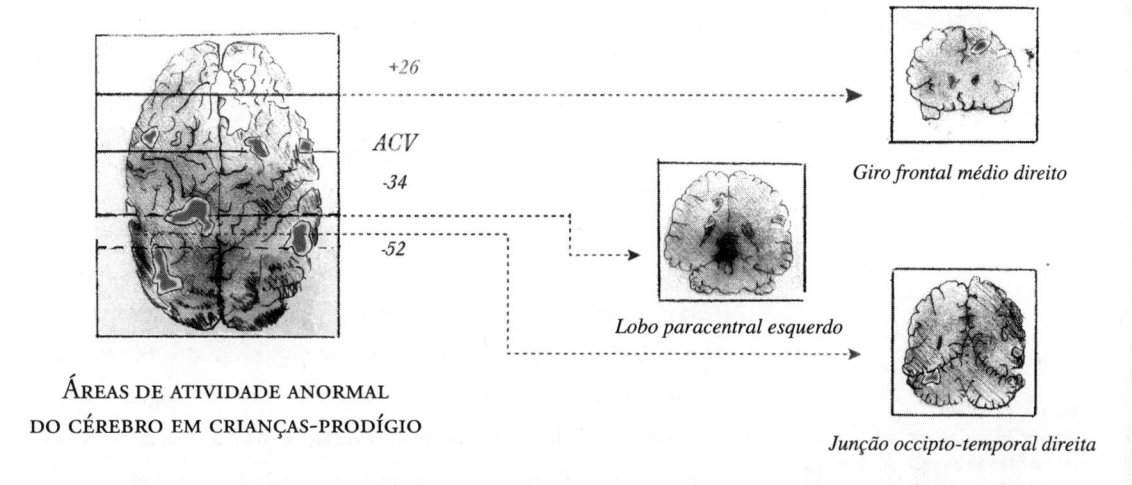

ÁREAS DE ATIVIDADE ANORMAL
DO CÉREBRO EM CRIANÇAS-PRODÍGIO

+26

ACV
-34

-52

Giro frontal médio direito

Lobo paracentral esquerdo

Junção occipto-temporal direita

Capítulo 14

N a tarde de sábado, Stimpson nos levou de volta ao Washington Medical Center para a dra. Ferraro fazer os exames de ressonância magnética em mim.

O centro de Washington estava quase completamente deserto. Um homem maltrapilho de barba comprida estava de pé num tapete indiano no meio de uma das calçadas, as mãos nos quadris, como se prestes a executar algum truque, embora não houvesse ninguém por perto para ver. Enquanto seguíamos pelas ruas vazias, sacolas plásticas voavam, engatando-se em parquímetros e sinais de trânsito. Era como se todo mundo na cidade tivesse parado de fazer o que estava fazendo e iniciado uma hibernação de dois dias.

— O que aconteceu com todo mundo? — perguntei a Jibsen.

— Não se preocupe, é só a calmaria antes da tempestade — disse ele, mexendo no brinco. — Eles vão voltar. Toda segunda-feira eles voltam, sempre.

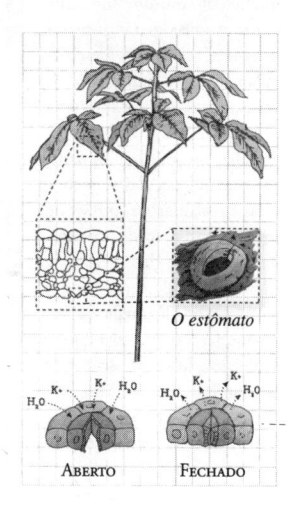

O estômato

ABERTO   FECHADO

*O abrir e fechar
do estômato*
Do caderno G45

Esse ciclo semanal de silêncio e renovação urbanos me lembrou o abrir e fechar do estômato de uma planta, que eu mapeara na aula de ciências durante nossa unidade sobre a fotossíntese. O sr. Stenpock me deu um C pelo projeto, por eu não seguir adequadamente as instruções, mas mais tarde tive certa vingança ao publicar a ilustração na *Discover*.

Este é o silêncio urbano americano nos fins de semana.

> *Mulheres adultas e café*
>
> Eu me perguntava se a dra. Ferraro se daria bem com a minha mãe, se haveria respeito intelectual mútuo suficiente entre as duas para sustentar uma relação. Queria desesperadamente que minha mãe tivesse amigas, colegas mulheres com quem ela pudesse compartilhar um café, rir da natureza melindrosa das mitocôndrias e reclamar das provas de fogo da avaliação dos colegas. Talvez com a dra. Ferraro a dra. Clair pudesse desvendar a natureza do silêncio de seu marido ou fazer o que quer que as mulheres adultas fizessem atrás de portas fechadas. Mas será que as sobrancelhas da dra. Ferraro iam se franzir quando ela se desse conta de que minha mãe na verdade não estava indo a lugar nenhum com sua carreira? Ela apoiaria sua caneca de café e faria que sim com a cabeça de modo vago, esperando o momento de se livrar daquela cientista fracassada. Pararia de retornar as ligações da minha mãe. Ocorreu-me que essa rejeição por parte dos colegas provavelmente já tinha acontecido; cientistas já tinham apoiado suas canecas de café e decretado minha mãe uma fracassada.

CROMOSSOMOS X

Encontramos a dra. Ferraro em sua sala e de lá nos encaminhamos à sala de ressonância magnética no subsolo do hospital. No elevador, eu ficava toda hora olhando para ela. Não consegui evitar. Algo em sua presença me recordava a dra. Clair. A dra. Ferraro não usava joias e sua aparência era um pouco mais arrumada, e mais zangada, talvez, pois ela fazia cara feia para tudo: os botões do elevador, sua pasta, meu smoking — mas a saliência de sua mandíbula e um certo brilho em seus olhos me recordavam os momentos mais sérios de pesquisa científica da minha mãe. A dra. Ferraro visivelmente levava seu trabalho a sério — estava se dedicando a alguma coisa *real* —, e estar ao lado de uma cientista dedicada ao mundo real criava em mim um novo tipo de empolgação ao qual eu não estava acostumado.

Uma vez na sala de ressonância magnética, a dra. Ferraro me deu um bloco e um lápis. Notei que ao lápis faltava a borracha e o anelzinho de metal com ranhuras, de modo que o topo era um quadradinho de madeira pura.

Para o primeiro teste, a dra. Ferraro me pediu para imaginar um lugar que eu conhecesse bem e então desenhar um mapa daquele lugar no papel. Decidi desenhar um mapa de nosso estábulo, porque mesmo o conhecendo bem ele parecia muito distante, e acho que essa era parte do motivo para que eu desenhasse mapas, em primeiro lugar: devolver o não familiar ao familiar.

Pensei que esse seria um exercício bastante simples, até a dra. Ferraro me mandar deitar na mesa de ressonância magnética e começar a me amarrar. Como é que eu deveria desenhar *qualquer coisa* quando: a) mal podia mexer os braços e b) aqueles dois tenazes de plástico estavam apertando com força (e depois com mais força ainda) minhas têmporas?

A dra. Ferraro disse alguma coisa ao técnico da ressonância magnética quando a mesa começou a deslizar para dentro da máquina. Enquanto eu desaparecia no interior do tubo branco, a dra. Ferraro me disse que o mais importante era não mexer a cabeça, *nem sequer um milímetro, ou eu poderia arruinar tudo.*

Apesar de a parte superior dos meus braços estar amarrada, consegui levantar o bloco de papel de modo a segurá-lo contra o teto do tubo, que na verdade ficava só uns quinze centímetros acima do meu peito. Eu podia ver o papel na parte inferior do meu campo de visão. Não seria o meu melhor mapa, mas eu podia fazer o que ela queria. Tentei não mexer a cabeça nem sequer um milímetro.

Então ligaram a máquina, que começou a produzir uma série muito desagradável de sons fortes e agudos que depois começaram a se repetir, como um alarme de carro. *Olha, vou te dizer, aquilo era irritante.* O ruído interminável e repetitivo perturbou por completo minha concentração na tarefa de desenhar meu mapa do estábulo — em vez disso, me vi querendo desenhar o diagrama do alarme de um carro e do raio das ondas sonoras e de como ruídos agudos podem destruir as delicadas sinapses em nosso cérebro.

Depois de um tempo muito longo, a máquina parou. Saí do túnel branco como se já tivesse enlouquecido, como se estivesse voltando à realidade como um garoto profundamente mudado, sem qualquer tipo de percepção dos hábitos socialmente aceitos. A dra. Ferraro não pareceu notar o que deve ter sido uma expressão confusa em meus olhos; pegou meu bloco, sorriu e me colocou de volta na máquina.

Dessa vez ela me pediu para resolver de cabeça uma série de problemas matemáticos bastante difíceis. Eu não consegui nem *começar* a resolver os problemas. Estava só no oitavo ano. Não tinha feito Álgebra 1. Ela pareceu desapontada.

— Nada? — disse ela, do lado de fora da máquina.

Eu me senti péssimo. *Mas veja bem, minha senhora,* eu não era um desses gênios malucos da matemática ou algo do tipo.

Então ela me disse que apenas ficasse deitado ali sem pensar em nada, embora eu tenha pensado, claro, em alarmes de carro. Torci para que isso não arruinasse seu conjunto de dados: sem saber, ela mostraria

O quadrado nu de madeira fazia com que eu me sentisse desconfortável, embora eu não soubesse dizer por quê.

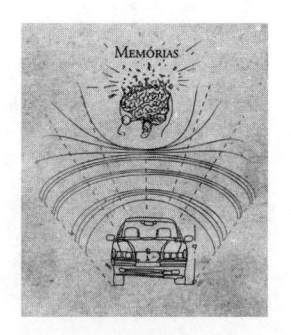

*Alarmes de carros e
seu efeito em nosso cérebro
(um diagrama não específico)*
Dos arquivos da dra. Ferraro

uma ressonância magnética de um "garoto contemplando o nada" aos seus colegas numa grande conferência quando na verdade seria uma ressonância magnética de um "garoto contemplando a terrível natureza dos alarmes de carro".

Antes que eu pudesse avisá-la de que na verdade estava tendo bastante dificuldade em não pensar em nada, ela me devolveu o lápis e o papel e me disse para desenhar o que eu quisesse, então, no fim, pude desenhar meu pequeno diagrama do alarme de carro e seu efeito na nossa autopercepção.

Depois disso, a dra. Ferraro me agradeceu pelo meu trabalho e até sorriu para mim.

Estava prestes a perguntar se ela gostaria de conhecer minha mãe quando me dei conta de que minha mãe em tese estava morta, então falei:

— Minha mãe teria gostado da senhora.

— Quem é a sua mãe? — perguntou a dra. Ferraro.

— A mãe e o pai dele faleceram — disse Jibsen rapidamente. Apontou para os meus desenhos. — Podemos obter cópias disso?

— Claro — disse a dra. Ferraro.

Enquanto eles falavam, me aproximei da técnica da ressonância magnética. Seu crachá dizia "Judi".

— Obrigado por escanear meu cérebro, Judi — disse.

Ela me dirigiu um olhar estranho.

— Tenho uma pergunta — disse. — Parece que... com a tecnologia que se tem nos dias de hoje, poderíamos encontrar uma forma de escanear o cérebro das pessoas sem a parte do alarme de carro.

Ela ficou me olhando de modo inexpressivo, então apontei para a máquina.

— Por que tem que fazer aquele barulho horroroso lá dentro? Você sabe: *iir iir iir iir uí uu uí uu uí uu...*

Judi pareceu quase insultada pela pergunta.

— São os *magnetos* — falou, devagar e de modo exagerado, como se falasse com uma criança.

Naquele domingo, choveu o dia inteiro. Sentei-me à minha mesa na edícula, tentando retomar meu trabalho. Jibsen requisitara um diagrama molecular da variedade H5N1 da gripe aviária. Sem ter nada melhor para fazer, comecei a desenhar a molécula da H5N1 e como a tempestade de citocinas resultante rapidamente destruía os tecidos do corpo, o que, em certas densidades populacionais, podia desencadear uma pandemia de massa. Mas logo descobri que não queria fazer aquele diagrama. Não estava interessado em pandemias naquele momento. Não estava interessado em nada naquele momento.

Fiquei contemplando a página, depois peguei o telefone e disquei o número do dr. Yorn em Bozeman. Não sei dizer por que fiz isso — eu não era muito bom em bater papo ao telefone —, mas de repente o fone estava em minhas mãos, e chamava.

Para o meu alívio, ele não atendeu. O telefone tocou e tocou e então, pela segunda vez em pouco mais de uma semana, me vi deixando uma mensagem para um adulto do outro lado do país. Exceto pelo fato de que dessa vez eu ligava do Leste (a terra das ideias) para o Oeste (a terra dos mitos, da bebida e do silêncio).

— Oi, dr. Yorn, aqui é T.S.

Silêncio. Não havia uma outra pessoa do outro lado da linha. Eu precisava continuar falando.

— Então... eu estou em Washington, mas acho que você já sabe disso. Seja como for, obrigado por enviar meu trabalho para o prêmio Baird. Está tudo muito divertido por aqui, eu acho. Talvez o senhor possa aparecer algum dia. Bem, recebi a sua carta, e queria conversar com o senhor sobre a dra. Clair, porque... bem, porque eu disse por aqui algumas coisas que não são verdade...

Mais silêncio.

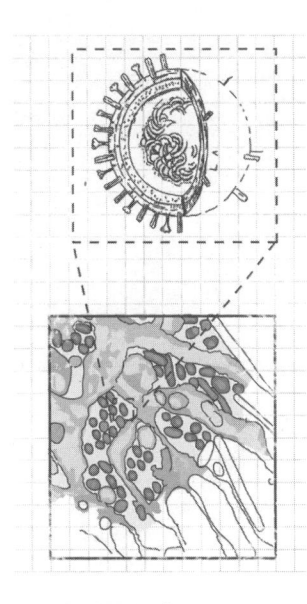

Vírus H5N1 da gripe aviária

Este diagrama nunca foi completado. Como a segunda Estrela da Morte, foi destruído, embora, ao contrário da segunda Estrela da Morte, tenha sido destruído por acidente, por uma faxineira com uma definição generosa do que se qualificava como lixo.

— Bem, para ser específico, eu disse que meus pais já não estavam mais exatamente vivos e que eu morava com o senhor. E com a Gracie. Não sei por que eu disse isso, mas me parecia uma história melhor do que a história real e eu não queria que o pessoal da Smithsonian ligasse para a dra. Clair ou para o meu pai e os envolvesse em tudo por aqui, porque é uma loucura isso aqui. É mesmo. Não sei bem se...

Respirei fundo.

— Está bem. Peço desculpas por ter mentido. Eu não pretendia mentir, mas talvez o senhor possa me dar algum conselho sobre o que eu deveria fazer, porque não tenho a menor ideia...

A secretária eletrônica bipou e cortou a ligação.

Pensei em telefonar novamente e deixar outra mensagem dizendo um "até logo" formal, mas depois pensei melhor: ele podia completar por conta própria essa parte.

Voltei ao meu diagrama do vírus H5N1 da gripe aviária. Depois de esboçar umas poucas linhas mais, ainda não me sentia bem. Olhei para o telefone.

Liguei para casa.

O telefone tocou dez vezes, depois vinte. Imaginei-o tocando na cozinha, os pauzinhos de comida oriental vibrando de leve com cada clamor da campainha. A cozinha, vazia. A casa ao redor, vazia. Onde estariam eles? Àquela altura, com certeza já teriam voltado da missa. Meu pai estaria no campo, chutando bodes, consertando cercas como se seu primogênito nunca tivesse ido embora? A dra. Clair estaria numa de suas infrutíferas expedições de pesquisa de campo? Estaria escrevendo mais uma parte da história de Emma? Por que ela quisera que eu encontrasse o caderno? E pelo que ela me perdoava? Por ter ido embora? Por ter conseguido mais reconhecimento do que ela? Por ter matado Layton?

Minha última esperança era que Gracie saísse de seu feminino mundinho pop, repleto de futilidades, monólogos, esmalte de unhas, e descesse para atender ao telefone. *Gracie! Venha aqui! Preciso de você neste exato minuto. Preciso que você construa uma ponte nesse espaço entre nós.*

O telefone continuava tocando. Não tínhamos secretária eletrônica. Fiquei esperando. Como tinha acontecido com a ressonância magnética, eu podia sentir as sinapses no meu córtex auditivo começando a se moldar sob a batida repetida do toque do telefone:

tuuum   tuuum   tuuum   tuuum

(Eu estava sendo hipnotizado.)

tuuum   tuuum   tuuum   tuuum

Senti com aquela cozinha distante uma afinidade, como se eu de algum modo tivesse tomado à força o espaço com minha constante barreira de som, os pauzinhos de comida oriental tremendo no jarro.

E então, por fim, desliguei. Eles não iriam atender.

Na segunda, o dia em que teria meu encontro secreto com o megatério à meia-noite, Jibsen comprou três ternos para mim.

— Teremos três coletivas de imprensa hoje...

— E eu preciso de um terno diferente para cada uma?

— Não. Se tivesse me deixado terminar, eu ia dizer que temos três coletivas de imprensa hoje, o discurso do presidente amanhã, depois pegamos um avião até Nova York na quarta e na quinta para o *Letterman*, para o *Today* e o *60 Minutes*, embora eles andem um pouco arredios no momento, o que é só conversa fiada porque eu não tenho tempo para eles. Se dormirem no ponto, eles é que vão perder. Temos uma lista de pedidos de um quilômetro de extensão e eles têm muita sorte por eu estar topando jogar o jogo deles há tanto tempo. *Filhos da puta pretensiosos.*

Enquanto ele falava, percebi que na verdade eu não queria fazer nada daquilo. Não queria mais coletivas de imprensa. Não queria aparecer na televisão, sentar em salas superiluminadas e fazer brincadeirinhas com homens estranhos maquiados. Não queria mais nem conhecer o presidente.

tuuum

tuuum

tuuum

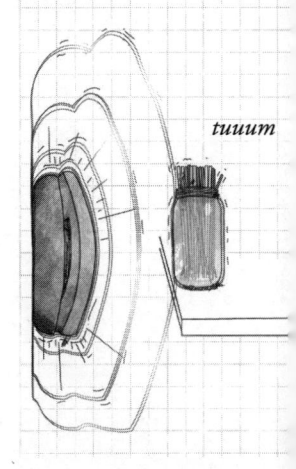

A jarra de pauzinhos treme; o telefone toma à força a cozinha
Do caderno G101

E não queria ficar sentado naquela edícula desenhando mapas para a Smithsonian. Queria ir para casa. Queria chorar, queria que minha mãe viesse me abraçar, sentir seus brincos sobre as minhas pálpebras, queria chegar de carro à estrada que levava ao rancho e ver Muitobem debaixo da macieira, roendo algum ossinho que tivesse encontrado. Que sorte eu tinha por ter crescido numa fazenda daquelas, um verdadeiro castelo da imaginação, onde cães roíam ossos e as montanhas suspiravam com o peso dos céus em suas costas.

— Sabe de uma coisa? — disse Jibsen. Ele estava olhando fixamente para o meu armário. — Vamos esquecer os ternos. Vamos de smoking. Em tudo. Sim, é uma imagem melhor para você. Sempre formal. Vamos comprar mais dois conjuntos.

Se havia alguma boa-nova em tudo isso era que meu ferimento parecia estar se curando aos poucos. Aqueles momentos de dor aguda — em que eu virava meu corpo de um certo jeito e sentia que ia desmaiar — tinham se tornado bem menos frequentes. Eu não morreria de gangrena. Imagino que as pessoas sempre podem se sentir reconfortadas ao superar os riscos de gangrena.

Nas coletivas de imprensa, eu sorria e assentia. Jibsen mandava eu me levantar e fazer uma mesura enquanto ele me apresentava; em seguida ele contava uma versão cada vez mais compacta dos eventos ocorridos: ele tinha nascido em Montana; sempre tivera um interesse na área e no povo do local; ele me havia descoberto durante uma palestra que dera em Montana Tech; tinha se tornado meu mentor mesmo estando do outro lado do país; tinha ido até lá quando meus pais morreram no acidente de carro; tinha encontrado o dr. Yorn; tinha de fato virado minha vida noutra direção, *muito obrigado*.

Eu já não me importava. Fazia que sim. A cada novo flash, a cada gesto incorpóreo da mão de alguém, mais eu queria ir embora daquele lugar.

O Leste

Os jornalistas tiravam fotos e me faziam perguntas e eu olhava para Jibsen antes de cada uma das minhas respostas e era como se ele estivesse me dizendo, com os olhos, exatamente o que falar. Eu aprendera a ler seus olhos, quase conseguia ouvir sua voz ceceada em meu ouvido, então repetia o que sabia que ele queria que eu dissesse, e as pessoas pareciam acreditar naquilo, e meus pais permaneciam mortos. Depois de algum tempo, eu podia visualizar o acidente de carro que matara a ambos. Georgine, virada de cabeça para baixo à margem da I-15 logo ao sul de Melrose, os faróis traseiros iluminando a suave extensão de zimbros na escuridão da madrugada pré-amanhecer.

Jibsen estava feliz como pinto no lixo.

— Você é mesmo um gênio, T.S. — dizia ele depois. — Nós vamos longe, sabia? Nós vamos muito longe.

Por fim chegou a noite. Eu fiquei o tempo todo pedindo ao ponteiro do relógio que chegasse para mais perto da meia-noite, para que eu pudesse me encontrar com o pessoal do Megatério. Algo me dizia que eles eram as últimas pessoas neste mundo que realmente cuidariam de mim.

Mas primeiro tive que passar por um jantar demorado num restaurante chique com um bando de adultos, incluindo o secretário da Smithsonian, que estava com sua papada e sua chatice como sempre. Ele beliscou meu queixo quando me viu e não me dirigiu mais uma única palavra durante o resto da noite.

Pedi lagosta. Era divertido: abri cada parte do corpo (mesmo as partes que não precisava abrir) e pude usar o treco esquisito para cavar a carne como se eu tivesse passado a vida toda usando aquilo. Dava satisfação associar um utensílio ao seu uso tão particular.

De volta à edícula depois do jantar, liguei a televisão para passar o tempo. Assisti a um programa sobre reencenações da Guerra Civil. Aquelas

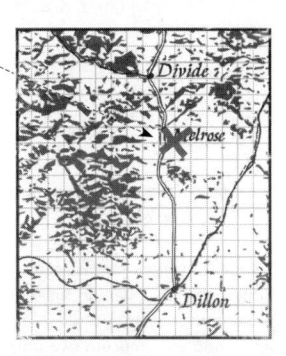

Este é o lugar onde meus pais morreram.

A cartografia é inútil

Quando você desenha um mapa de alguma coisa essa alguma coisa se torna então verdade, pelo menos no mundo do mapa. Mas será que o mundo do mapa nunca era o mundo do *mundo*? Então, nenhuma verdade-de-mapa era uma verdade-verdade. Acho que era uma profissão beco sem saída. Acho que sabia estar me dedicando a uma profissão beco sem saída, e seu caráter de beco sem saída era o que a tornava tão atraente. No fundo do meu coração havia certo conforto em saber que estava condenado ao fracasso.

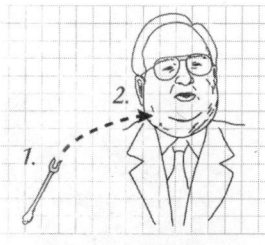

Eu era mau ou apenas pré-adolescente?

Quando terminei minha lagosta, fiquei sentado ouvindo os homens conversando e rindo e me ignorando e de repente tive uma sensação muito estranha, que nunca tinha tido antes: queria pegar meu treco esquisito e enfiá-lo na papada do secretário. Fiquei surpreso com a urgência inocente do impulso se comparado à carnificina que tal ação viria a criar.

Será que essa urgência indicava que eu tinha me tornado uma pessoa fundamentalmente má, ou era apenas um sentimento passageiro randômico, um sintoma inofensivo do crescimento cerebral na pré-adolescência? (Oh, mas aquela papada.)

Estes seis minutos levaram doze minutos.

A passagem do tempo Do caderno G101

O tempo passa com um ritmo relativamente constante (pelo menos quando a sua velocidade é menor do que a velocidade da luz), mas nossa percepção de *como* o tempo passa com certeza *não* é constante.

pessoas de fato adoravam a Guerra Civil. Corriam pelos campos com a fantasia completa, caíam no chão se contorcendo, fingindo estarem mortas. Meu pai teria detestado aquelas pessoas. Eu meio que detestava aquelas pessoas. Desliguei a televisão.

22h30 22h45 23h00 23h05

23h09

23h12

23h13

23h15

23h23 Estava na hora de ir.

Percebi que já não tinha mais minha roupa de vagabundo/ninja; junto com quase todas as outras coisas da minha vida, ela estava perdida em algum pátio de manobra de trens em Chicago. Eu só tinha três ternos e o smoking. Vesti o mais escuro dos ternos e amarrei a faixa azul da CNN na cabeça.

Na garagem que dava para a edícula, encontrei uma velha bicicleta empoeirada com um cesto. A bicicleta era grande demais para mim, mesmo depois que abaixei o selim ao máximo. Ia ter que servir. Saí para ir me encontrar com os megatérios.

Enquanto pedalava pelas ruas desertas de Washington, percebi que tinha me esquecido de consultar um mapa da cidade, a fim de ver exatamente como chegaria ao museu. Achava que seria fácil, pois a maioria das ruas em Washington recebe como nome letras ou números, mas aí meu cérebro travou e eu não conseguia me lembrar se as letras iam para norte ou sul ou leste ou oeste. No escuro, o mundo real tinha ficado distorcido.

Andei em círculos até acabar num estacionamento. Desci da bicicleta e me aproximei do guichê do funcionário do estacionamento, cujo interior estava iluminado por uma única lâmpada. O funcionário dormia. Conforme eu chegava mais perto, notei o mesmo bonequinho da preguiça pré-histórica na janela do guichê, aquele que eu tinha visto no banheiro de

Boris. Meu coração deu um pulo. Bati na janela. O funcionário acordou alarmado. Olhou para mim de modo ameaçador.

Sem saber que outra atitude tomar, fiz minha versão da saudação do megatério, decerto estragando-a por completo. O rosto dele se modificou.

— Opa — disse ele. — Longevidade e Recursão. O que você está fazendo aqui?

— Sou T.S....

— Sei quem você é. Devia estar na reunião.

— Como você sabe da reunião?

— As palavras voam pelos subterrâneos — disse ele. O que você está fazendo aqui? Por que o lenço na cabeça?

Levei a mão à cabeça.

— Estou perdido — falei, envergonhado.

— Puxa, o pequeno mapófilo está perdido.

— Acho que *mapófilo* não é uma palavra.

— Agora é. Esta é a beleza da coisa: você diz, e ela vira uma palavra.

Refleti sobre aquilo, mas decidi não entrar numa discussão com aquele homem. Eu inventava palavras o tempo todo; só que, bem, eu era uma criança.

Em vez disso, falei:

— Belo guichê.

— Bem, é um modo de manter os olhos acima da superfície. Ver quem está indo e vindo. Um monte de gente poderosa estaciona o carro aqui. — Ele fez um gesto na direção do estacionamento atrás dele com a língua, o que era uma coisa estranha de se fazer.

Abaixei os olhos para minha bicicleta grande demais, com seu cesto e o selim afundado até onde conseguia chegar. Era embaraçoso.

— Mas você tem que ir para o museu! — disse ele, de repente. Me explicou como voltar ao Mall. — Não se atrase — disse ele, e fez aquele estranho gesto com a língua outra vez.

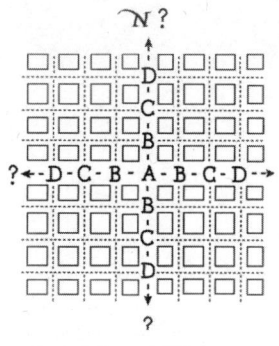

Se você fosse o alfabeto, para que direção ia se encaminhar?

Virei-me, depois perguntei:

— Quantos megatérios há nesta cidade? Você parece estar em todo lugar.

— Não muitos. Nós só estamos nos lugares certos nas horas certas. Gostamos de manter nosso contingente baixo. As pessoas não são boas em guardar segredos.

Cerca de 17 minutos depois da meia-noite, cheguei pedalando à entrada principal do Museu de História Natural. Fiquei parado com minha bicicleta diante da escada gigante de pedra que levava à enorme entrada e suas colunas. Lá no alto, flâmulas prometendo mostras empolgantes sobre os *vikings* e valiosas pedras preciosas pendiam frouxas na escuridão. Um carro passou.

Como eu entraria no museu? Não podia apenas ir até a porta e tocar a campainha: *Olá, obrigado por atender. Meu nome é T.S. e estou aqui para o encontro secreto à meia-noite...*

Justo quando eu estava prestes a começar algum tipo de embaraçosa tentativa para entrar ali envolvendo a escalada e depois a provável queda de uma árvore, vi uma lanterninha piscar duas vezes ao lado da estátua da cabeça de um triceratops. Apoiei minha bicicleta numa árvore e segui a luz. Um lance de escada levava a um estacionamento, lá embaixo. Quando estava no pé da escada, outra luz brilhou, dessa vez num pequeno túnel sob uma imensa escadaria de pedra. Alguém tinha deixado aberta uma portinha de serviço com uma pedra (ou uma valiosa pedra preciosa?).

Uma vez dentro do museu, segui furtivo por um corredor escuro, passei por um banheiro com um aviso de CHÃO MOLHADO bloqueando-lhe a entrada, e depois, sem mais nem menos, fui dar nos fundos do Salão dos Pássaros de Washington D.C. Fileiras de mostruários pouco iluminadas formavam estranhas sombras de aves pelas paredes. Não havia como evitar: um grande número de pássaros empalhados era algo de fato assustador.

Na penumbra das sombras dos pássaros, divisei um vulto do outro lado do salão. O vulto fez um gesto para que eu me aproximasse dele. Quando eu estava na metade do corredor, vi que era Boris. Suspirei de alívio.

Ele estava junto com outras quatro pessoas, e quando me aproximei percebi que estavam agregados em torno do lugar de onde sumira o pardal, embora, ao chegar até eles, pude ver que o pardal estava de volta.

— Ora, ora, T.S.! — saudou-me Boris. — Longevidade e Recursão. Estou feliz por ter podido se juntar a nós.

Tentei saudá-lo.

— Três dedos — disse ele.

— O quê? — falei.

— Três dedos: comece no coração, depois olhos, depois mente, depois céu.

— Por que três dedos?

Boris refletiu sobre isso durante um segundo.

— Na verdade não sei — disse ele. Virou-se para o restante das pessoas ali reunidas: — Alguém sabe?

— Foi Kennicott quem inventou isso, devíamos perguntar a ele — disse alguém, aproximando-se da luz. Era o dr. Yorn. — Embora ele tenha morrido faz algum tempo. Suicídio, pobre coitado.

— Dr. Yorn?

— Olá, T.S. Belo turbante.

— Oh, obrigado — falei. — Acabei de deixar uma mensagem em sua secretária eletrônica em Montana.

— É mesmo? Agora? O que você disse?

Olhei ao redor para as pessoas ali reunidas, de repente tímido. Estavam ali Boris, Farkas, Stimpson, um jovem de barba que não reconheci e o dr. Yorn. Todos sorriam para mim e bebiam alguma coisa em canecas iguais. Devia ser o *eggnog* batizado! Perguntei-me se o *eggnog* seria delicioso.

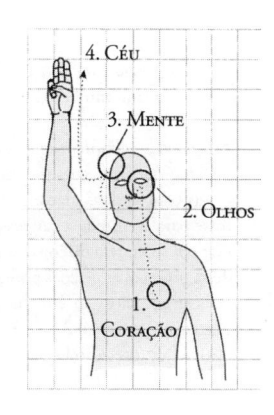

A saudação do megatério
Do caderno G101

Mas por que três dedos?

delicioso

Segurando a caneca
Do caderno G101

As pessoas sempre seguravam bebidas particularmente deliciosas com as duas mãos. Talvez fosse para o caso de a caneca falhar em sua tarefa de contenção; dessa posição, as pessoas podiam colocar as mãos em concha rapidamente e salvar o que fosse possível do precioso líquido.

Minha mãe como minha mãe

Senti minha mente estalar e se mexer tentando abrir espaço para mais uma versão da dra. Clair. Não apenas ela era uma *escritora* além de ser uma *cientista*, mas talvez também fosse uma *mãe* com projetos reais para o futuro de seus filhos. Ela sabia de tudo desde o início? Queria que eu tivesse sucesso? Que ficasse famoso em seu lugar? No instante mesmo em que sentia minha mente se mexendo para acomodar essa nova versão sua, não tinha certeza de gostar da ideia do dr. Yorn e da dra. Clair desenvolvendo um plano elaborado para o meu futuro, em particular porque não parecia estar me fazendo muito bem. Agora, sabendo de suas maquinações sub-reptícias, eu me vi desejando o conforto de minha antiga mãe: a mãe distraída e obcecada por besouros que não perguntava quem telefonava para os seus filhos. Aquela era a mãe que me criara até eu me tornar a pessoa que era agora.

Parecia delicioso, só pelo modo como eles seguravam as canecas junto à barriga com as duas mãos.

O dr. Yorn pigarreou.

— T.S., eu lhe devo uma espécie de pedido de desculpas. Veja, não fui cem por cento sincero com você... embora isso tenha sido para o seu próprio bem.

— Andei mentindo — disse.

— "Mentindo" é uma palavra forte — disse ele. — Uma mentira depende do motivo. Mentimos quando enviamos o seu trabalho, mas com boas intenções. A maior parte das coisas neste mundo não seria feita sem uma pequena distorção da verdade.

— Mas eu disse...

— Escute: sua mãe sabia o tempo todo.

— O quê?

— Ela sabia o que estávamos fazendo. Sabia de todos os seus trabalhos para as revistas. Ela tem um exemplar de cada uma no escritório. De tudo: os números da *Science*, *Discovery*, *SciAm*... Acha que ela não saberia? Foi ela quem sugeriu o prêmio Baird...

— Por que ela não me disse?

Ele pôs a mão em meu ombro e apertou.

— A Clair é complicada. Adoro aquela mulher, mas às vezes ela tem dificuldades em traduzir os pensamentos dentro de sua cabeça em ações.

— Mas por que ela não...

— A situação saiu do controle. Eu não sabia que eles telefonariam primeiro para você. Nem mesmo sei como conseguiram seu telefone no rancho. Pensei que se você ganhasse o Baird seria um bom momento para que todos confessassem tudo e poderíamos todos vir juntos até Washington.

Meus olhos ficaram quentes. Pestanejei.

— Onde está minha mãe? — perguntei.

— Ela não veio.

— Onde ela está?

— Ela não está aqui — disse ele. — Eu *disse* a ela para vir. Você sabe que eu disse a ela para vir... mas ela ficou com aquela *expressão* no rosto e... e disse que seria melhor se eu viesse em seu lugar. Acho que ela não se considera uma boa mãe.

— Uma boa mãe?

Ele me fitou.

— Ela está tão orgulhosa de você — disse ele. — Ela te ama e está muito orgulhosa de você. Às vezes ela apenas não acredita ser a pessoa que sei que pode ser.

— Eu disse que meus pais tinham morrido — falei.

Ele piscou os olhos.

— Como assim?

— Falei à Smithsonian que eles tinham morrido.

Ele inclinou a cabeça para o lado, olhou para Boris, olhou novamente para mim, depois assentiu.

Tentei ler a expressão em seu rosto.

— O senhor não está furioso? — perguntei. — Isso não é ruim? Eu não deveria dizer a eles que estou mentindo?

— Não — disse ele, devagar. — Vamos ver como as coisas caminham. Pode ser melhor assim.

— Mas eu disse a eles que o senhor era meu pai adotivo e que Gracie morava conosco.

— Está bem. — Ele sorriu e fez uma pequena mesura. — Estou honrado. O que mais você disse a eles? Quero me certificar de que vou contar a história certa.

Pensei a respeito por um momento.

— Disse-lhes que o senhor detesta fotos de pessoas e queima todas.

— Eu de fato detesto fotos minhas, embora tenda a guardar triplicatas de tudo. Mas posso aceitar o lado piromaníaco. Mais alguma coisa?

— Não — respondi.

→ Não seria o primeiro clube ao qual eu me associaria, mas seria o primeiro clube ao qual eu me associaria em pessoa, e de algum modo isso o tornava mais típico.

Lista de clubes, grupos e sociedades de que eu era membro:

* Sociedade Geológica de Montana
* Sociedade Histórica de Montana
* Sociedade de Escritores e Ilustradores de Livros Infantis de Montana
* Sociedade de Entomologia da América
* Sociedade Norte-Americana de Informação Cartográfica
* Sociedade de Apreciadores de Tab Soda do Noroeste
* Sociedade Nacional dos Apicultores
* Sociedade Internacional dos Barcos a Vapor
* Sociedade Norte-Americana de Apreciadores do Monotrilho
* Fans da Leica nos EUA!
* O Clube dos Jovens Cientistas
* Clube de Ronald McDonald
* Sociedade de westerns
* Museu de Tecnologia Jurássica (Membros Jovens)
* Liga de Ciência da Buttle Middle School
* Clube de Senhoras Observadoras de Pássaros de Butte
* Amantes da Natureza de Montana
* 4H Jovem Couro Cru (Divisão do Sudoeste em Montana)
* Aliança das Trilhas da Divisa Continental
* Besouros-Tigre da América do Norte
* Clube de Crianças da National Geographic
* Entusiastas de Maglev
* Fã-clube Oficial de Dolly Parton
* Associação Nacional do Rifle (Membros Jovens)
* Família Spivet

— Bem, então... *filho,* vamos dar início a esta reunião.

— Espere, o senhor também é do Megatério?

— Chefe da sede ocidental — disse ele, e estalou a língua. — Longevidade e Recursão.

— Bem-vindos a todos — disse Boris, e deu pancadinhas secas num dos mostruários de vidro. — Convocamos esta reunião de emergência devido à chegada do nosso amigo aqui. E gostaríamos de começar convidando-o formalmente para o Clube do Megatério. De hábito a cerimônia de iniciação é um pouco mais... rigorosa, mas dado o ritmo em que vêm ocorrendo os eventos recentes, parece apropriado abrir uma exceção desta vez e esquecer as corridas de saco de batata.

— Corridas de saco de batata?

— Bem, podemos marcar de fazer isso mais tarde — disse Boris. — Preciso alertá-lo, você será nosso membro mais jovem, mas tem o Megatério escrito em você todo.

— Tenho? — fiquei radiante, enxugando o nariz, quase me esquecendo de minha mãe e sua ausência.

→ Estufei o peito:

— Eu aceito o convite.

— Excelente — disse ele. Tirou um livro do bolso. Vi de relance a lombada: *Cosmos: um esboço da descrição física do universo, volume 3*, de Alexander von Humboldt. — Por favor, coloque sua mão esquerda no livro e levante a mão direita.

Em meu nervosismo, coloquei primeiro a mão direita sobre o livro. Boris esperou pacientemente até que eu me corrigisse, antes de continuar:

— Você, Tecumseh Sparrow Spivet, se compromete a preservar o espírito e os princípios do Clube do Megatério, questionar o que não pode ser questionado, mapear a Terra Incógnita da Existância, honrar nossos antepassados e não se curvar diante de Estado, organização ou homem algum para preservar o caráter secreto de nossa irmandade, mas nunca perder de vista a confraternização com as canecas, e empenhar sua fé na longevidade e na recursão?

Esperei, mas ele parecia ter terminado, então falei:

— Sim.

Todos irromperam em aplausos.

— Ora, ora, T.S., bem-vindo — disse Stimpson. Todos os homens me deram tapinhas nas costas. O dr. Yorn apertou meu ombro.

Boris continuou:

— Bem-vindo, bem-vindo, você é um megatério agora. Parece que desde a sua chegada a Washington D.C. o interesse em você cresceu de forma exponencial. Está a caminho de se tornar uma pequena, *pardon*, celebridade nesta cidade, e sem dúvida muito em breve um nome familiar em todo o país. Sendo um membro do nosso clube, sentimos que é nosso dever proteger seus interesses. Por favor, nos avise se lhe pudermos ser úteis, a qualquer momento.

— Como entro em contato?

— Bem, estaremos por perto, mas se tiver que entrar em contato conosco de imediato use a Linha Direta dos Vagabundos.

— A Linha Direta dos Vagabundos? — Meu queixo caiu.

Ele me entregou um cartão.

— Sim, a ligação vai para a nossa sede, que na verdade é um guichê de estacionamento a noroeste daqui. Tem sempre alguém, 24 horas por dia, sete dias por semana. Telefone com sua pergunta ou dúvida e quem quer que esteja de serviço terá como encaminhar seu telefonema.

— A menos que seja Algernon, aí você está fodido — disse o homem de barba.

Stimpson deu um tapa em sua nuca.

— Os ouvidos do garoto, Sundy, por favor. Não somos selvagens.

Todos riram e deram um gole em suas canecas. Parecia a forma correta de fazer as coisas: uma risada, depois um gole em uma caneca cheia de algo delicioso.

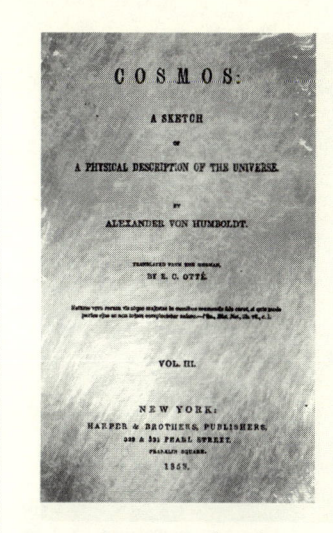

Cosmos: um esboço da descrição física do universo, de Alexander von Humboldt

Eu gostava do subtítulo da obra-prima de Humboldt — indicava certa modéstia diante daquela tarefa hercúlea... talvez fosse apenas um esboço... ou talvez fosse Uma Descrição do Universo. O impacto de *Cosmos* não pode ser subestimado: era a primeira tentativa científica empírica de descrever o universo por completo, e embora fosse um fracasso em muitos sentidos — Humboldt não tinha acesso a todas as teorias unificadoras àquela época — sua influência foi duradoura e penetrante. Humboldt foi amplamente responsável por todos os sistematistas por aí, todas as dras. Clair tentando descrever o mundo através de cada uma de suas antenas de besouro.

A Linha Direta dos Vagabundos

((308-535-1598))

— Podem me dar um pouco? — perguntei, apontando para a caneca do dr. Yorn.

— É, deem para o garoto um pouco do suco mágico — disse Sundy.

— O que é o suco mágico?

— Está maluco? — Stimpson sacudiu a cabeça para Sundy. — Coitados dos seus filhos.

— O suco mágico é *eggnog* batizado? — perguntei, me sentindo orgulhoso por saber a palavra "batizado".

— Acho que você não sabe muito sobre crianças — Sundy falou para Stimpson.

Farkas se inclinou, mexendo com o polegar naquele seu bigode fantástico.

— Sim, é o *eggnog* de Sundy com um toque da bebida dos piratas — disse-me ele.

— Um toque? — Sundy olhou para nós, se afastando de repente de Stimpson, que parecia prestes a lhe dar mais um tapa. — Gostaria de apresentar um protesto formal diante da definição feita pelo sr. Smidgall do teor alcoólico da minha bebida. Eu mesmo preparei e por acaso sei que...

— Por favor, cale-se, Sunderland — disse Boris com calma. Virou-se para mim e sorriu. — Talvez tragamos mais opções de bebidas da próxima vez. Do que você gostaria?

— Hm... Tab, o refrigerante.

— Tab, o refrigerante, será — disse Boris.

— Você sabia que foi um computador que inventou esse nome? — perguntou Farkas. — O IBM 1401. Nos idos de 1963. A Coca-Cola queria inventar um refrigerante diet que fosse *diferente*, então pediram a resposta ao computador. Naquela época, eles achavam que aqueles novos computadores tinham todas as respostas. Pediram ao computador todas as possíveis combinações de quatro letras com uma vogal, e o IBM 1401, que era do tamanho de um carro pequeno, cuspiu 250 mil nomes possíveis, a maioria dos quais era uma porcaria. — Ele fez um ruído estilo computador com a língua e um movimento ondulado com os dedos, o que, imagino, deviam ser as folhas de papel saindo do IBM 1401. — O esforço extremo de computar aquilo aumentou a temperatura da sala em 3 graus. Então a equipe, que a essa altura provavelmente já estava suando, fez uma triagem dos nomes, reduzindo a lista a vinte, que deu para o chefe. E ele escolheu "Tabb". Com dois bs. O segundo "b" mais tarde foi excluído em prol da beleza de incrível eficiência que temos hoje: T maiúsculo, a minúsculo, B maiúsculo.

— É a evolução — disse Sundy.

— *Não* é a evolução — disse o dr. Yorn. — Não foi seleção natural. Foi algum sujeito numa mesa de diretores...

— *Foi* evolução! Foi...

— Obrigado, Farkas, por essa informação fascinante — interrompeu Boris. Voltou-se outra vez para mim. — Então, T.S., do mesmo modo que estamos aqui para ajudá-lo, há algo que você pode fazer por nós.

— Está bem — disse. Eu faria qualquer coisa por aqueles caras com suas canecas cheias de suco mágico e suas histórias sobre computadores antigos.

— Você é um megatério agora, e portanto já concordou com nossos elos de sigilo, mas eu gostaria de reiterar: o que é dito aqui não deve ser repetido para nenhuma outra pessoa. Compreende?

Fiz que sim.

— Um de nossos principais projetos neste momento se chama *Olhos em toda parte/Olhos em lugar nenhum...*

— *O Projeto de Segurança Nacional* — interpôs-se Sundy.

— Ou... *O Projeto de Segurança Nacional.* Temos um membro no Nebraska que coordena os detalhes de ordem prática, mas, resumindo, é uma *ação* de guerrilha que vai acontecer dia 11 de setembro. Vamos projetá-la ao lado do memorial Lincoln a partir da van Módulo Móvel de Comando de Ação de Stimpson.

— Duas trancas de rodas nos pneus traseiros. Muito difícil de remover — disse Stimpson.

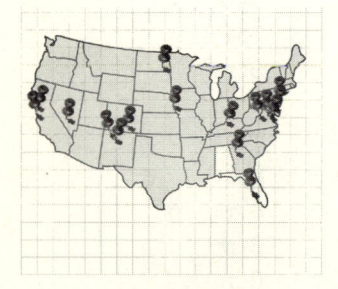

As 16 localidades mais restritas nos Estados Unidos
Do caderno G101

O mapa original foi mais tarde confiscado pelo FBI.

— Isso mesmo — disse Boris. — O filme a ser exibido será composto por dezesseis fontes transmitindo imagens diretamente de dentro dos banheiros das localidades mais restritas do país: San Quentin, Los Alamos, Langley, Ft. Meade, o laboratório do 4º andar do Centro de Controle e Prevenção de Doenças, Fort Knox, monte Cheyenne, a Área 51, o Comando Estratégico dos Estados Unidos, a base Dulce, o Greenbrier, o bunker de Ike que fica debaixo da Casa Branca... estamos contrabandeando webcams para dentro dos banheiros masculinos de todos esses lugares.

— Como vocês fariam isso? — perguntei.

Boris refletiu sobre a pergunta por um momento.

— Digamos apenas que as pessoas gostam do desafio de plantar câmeras pequeninas em lugares onde câmeras pequeninas não deveriam estar. Contanto que ninguém se machuque, as pessoas certas não precisam de muita coisa para se convencer. Umas cervejas, uma noitada, e estamos todos no mesmo time.

— Por que vocês vão fazer isso?

— Bem — disse Boris —, isso fica aberto a interpretações.

Sundy riu.

— Não fica não. É um comentário sobre nossa continuada cumplicidade ao apoiar um Estado totalitário que se faz passar por uma democracia livre e aberta. É uma representação visual das fronteiras que existem neste país para separar o público das maquinações secretas de seu próprio governo, e é um modo de dizer que podemos derrubar essas fronteiras se quisermos, mas, apesar de nosso julgamento, escolhemos de modo ativo não fazê-lo, e essa escolha é o mais triste de tudo. Preferimos assistir às sombras na caverna a deixar o sol atingir o nosso rosto.

— Bem, alguns de nós, pelo visto, têm opiniões bastante fortes sobre como interpretar a ação, mas isso não significa que você tenha que concordar com a visão deles, certo, Sundy? — disse Boris.

Sundy fitou Boris, olhou para Stimpson, que ainda parecia querer dar um soco na cara de Sundy, depois deu de ombros.

— Sim, destemido líder, a ação significa o que você quiser. Um viva ao abraço lépido do relativismo!

Eu não compreendia muito bem o que estava acontecendo, mas minha compreensão não parecia ser uma parte importante da equação.

— Então, eis aqui nosso pequeno pedido: amanhã, no discurso, precisamos que você faça o presidente usar esta caneta no bolso enquanto fala. — Boris apanhou uma caneta e a entregou a mim. — Tem uma pequenina câmera de controle remoto no alto. Se a metragem for boa, esta pode ser nossa peça central para *Olhos em toda parte...*

— *O Projeto de...* — corrigiu Sundy.

— *...Olhos em lugar nenhum* — disse Boris com irritação.

Os dois homens se entreolharam. Boris fungou.

— Mas como eu faço para que ele a apanhe? — perguntei logo, tentando evitar a briga que parecia iminente.

— *Ora essa*, é só inventar alguma coisa — disse Sundy. Ele pôs as mãos debaixo do queixo e ficou inclinando a cabeça para um lado e para o outro, falando com uma voz aguda de menina: — "Hm, o senhor pode, por favor, usar isto, senhor presidente? É do meu falecido pai... e significaria tanto... e ele era o seu maior fã... ele adorava a guerra do Iraque... blá, blá, blá." Eles vão engolir essa merda toda.

— Eles *já engolem* essa merda toda — disse Farkas.

— Ululu! — exclamou Sundy, imitando índios.

— Ululu! — disse o dr. Yorn.

— Ululu! — disse Farkas.

— Ululu! Ululu! — gritou Sundy outra vez, e depois começou a dançar de modo muito estranho, mexendo os quadris em movimentos circulares repetidos, em câmera lenta, como se fingindo fazer girar um bambolê. Logo os outros se juntaram a ele, e todos faziam aquele lento

---

Na sexta série, tivemos uma unidade sobre cavernas subterrâneas e sua exploração, e todos tivemos que escrever um relatório sobre uma caverna famosa do mundo, então escolhi a caverna de Platão. Olhando em retrospecto, não estou certo de que tenha sido uma boa escolha, pois acredito que todas as crianças passam algum tempo necessário na caverna em seu caminho rumo ao pensamento intelectual e à razão. Você não devia se censurar por permanecer na caverna quando criança. Diabos, mesmo hoje em dia não tenho certeza de que consegui sair e ver a luz do sol. Nem mesmo saberia qual a sensação da luz do sol sobre minha pele. Será que tudo apenas seria diferente? Seria como emergir de um buraco de minhoca?

Crianças não deveriam ler Platão. Do caderno G26

1.

2.

3.

Homens adultos dançando
Do caderno G101

Era hilariante ver homens adultos dançando desse jeito, mas eu também ficava um pouco desconfortável e envergonhado, como quando você via alguém da 2ª série inocentemente mexer no nariz enquanto esperava na fila do banheiro.

EU SOU UM:

LADRÃO...
Uma vez roubei $21,75 da vaca de moedas de Gracie para comprar um caleidoscópio (acabei pagando-a de volta, mas o dano já tinha sido causado).

MENTIROSO...
Ao longo da última semana e meia, menti sobre minha idade, sobre de onde era, sobre a morte dos meus pais — havia ainda alguma coisa sobre a qual mentir?

ASSASSINO...
~~Jubiah Merrymore! Layton!~~

MÁ PESSOA...
Quando tinha cinco anos, escondi as botas do meu pai no porão. Ele procurou durante o dia inteiro, resmungando, periodicamente atacando e quebrando coisas na casa. Eu não tinha certeza de por que fizera uma coisa dessas, mas por algum motivo me dava um prazer enorme saber que eu era a única pessoa na face da terra que sabia onde aquelas criaturas de couro se escondiam.

---

movimento de bamboleio, vindo em minha direção e sacudindo a cabeça para trás e para a frente como se soubessem de algo que eu não sabia.

Boris era o único que não dançava.

— Tome — disse ele, deixando cair algo na minha mão. Era um minúsculo broche em forma de M.

— Puxa, obrigado — eu disse, e prendi o M em minha lapela. *Eu era um deles, agora.*

Boris apontou para o pardal doméstico.

— Temos até uma câmera ali dentro, gravando tudo o que ele vê.

Olhamos para o pardal, que estava pousado, imóvel, em seu galho. O pardal também olhava para nós.

— O relatório que Farkas me deu — disse. — Como vocês sabiam do bando de pardais em Chicago?

— Olhos em toda parte — disse Boris, ainda fitando o pardal.

Esfreguei o nariz e pisquei os olhos para afastar as lágrimas.

— Vocês também sabem sobre...?

— Merrymore? — disse Boris. — Ele está vivo. Seria preciso bem mais do que um mergulho para derrubar aquele homem.

— Oh — disse.

Ele me olhou nos olhos.

— Não foi sua culpa — disse. — Não mesmo.

— Oh — comentei, outra vez. Meus olhos começaram a se encher de água. Respirei fundo. *Pelo menos eu podia riscar "assassino" da lista.*

— Minha mãe não vem mesmo? — perguntei.

— Gostaria que ela viesse, meu caro — disse ele. — Faz dez anos que ela não vem a uma reunião dos membros.

Estávamos esperando, Jibsen e eu, na edícula. Eu estava deitado na cama, usando um dos meus novos smokings (com o broche em forma de M na lapela). Jibsen andava de um lado a outro feito louco. Eu nunca o vira tão nervoso. Seu ceceio estava com força total, e pela primeira vez ele parecia estar envergonhado de seu modo de falar; tentava interromper as palavras que pronunciava mal no meio do ceceio, o que o deixava toda hora sem fôlego.

Ele não parava de ligar a televisão, passando furioso pelos diferentes canais, e depois desligando-a com desgosto.

— O que você quer descobrir? — por fim perguntei. — Se o discurso foi cancelado?

— Como se você soubesse *alguma coisa* desta cidade — disse Jibsen, desligando outra vez a televisão. — As coisas mudam com muita rapidez por aqui. Isso é algo que você precisa aprender. Uma história vira notícia, e *bum!*, de repente estamos fora do programa. Crianças morrem, alguém está sobrevivendo por meio de aparelhos, e de repente a ciência já não interessa mais. Você tem que aproveitar a oportunidade quando ela se apresenta.

Então Jibsen recebeu um telefonema. Ele estava tão ansioso com a possibilidade de ser "o telefonema" que deixou cair o celular enquanto tentava abri-lo. Na verdade, de fato era "o telefonema". Jibsen gritou comigo para que eu me levantasse e me mexesse, e eu achei isso injusto de sua parte, porque eu *estava* me levantando e me mexendo — fibras musculares humanas simplesmente não respondem com tanta rapidez. Jibsen era um babaca.

Lá fora, Stimpson esperava por nós no carro. Enquanto eu entrava, ele fez um gesto na direção do bolso de sua camisa e pôs os dedos sobre os lábios. Assenti. Dentro do bolso da minha calça, segurei a caneta-câmera. Pelo menos tentaria deixar os megatérios orgulhosos. Eles eram as últimas pessoas que tinha ao meu lado. Mesmo não entendendo muito bem o projeto, ainda assim tentaria fazer de *Olhos em toda parte/Olhos em lugar nenhum* um sucesso retumbante.

Passamos por duas guaritas policiais, nas duas vezes Stimpson murmurou umas poucas palavras, mostrando um passe, e o policial fazendo

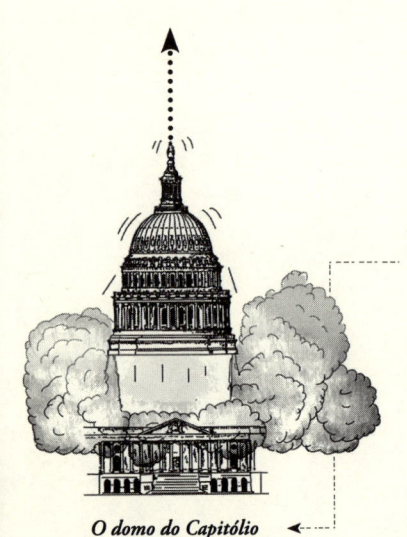

*O domo do Capitólio
sobe ao espaço*
Do caderno G101

Isso na verdade seria bastante difícil.

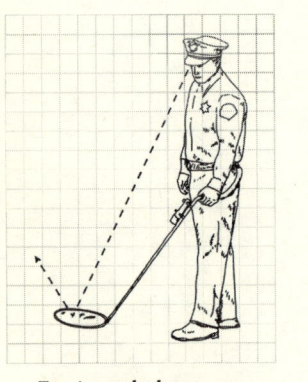

*Este é o modo de usar um
grande espelho de dentista*
Do caderno G101

um gesto com a mão para que seguíssemos. A polícia tinha interditado uma área imensa ao redor do Capitólio. O domo gigante estava iluminado de modo bem dramático, do jeito que iluminavam espaçonaves nos filmes, e eu me perguntei qual seria a dificuldade de projetar uma maneira de fazer o domo realmente decolar em tempos de guerra.

Por fim paramos diante de um portão de aspecto assustador ao sul do Capitólio, guardado por dois homens usando coletes à prova de balas e brandindo armas imensas. Ver aquelas grandes armas pretas me fez, é claro, pensar em Layton. Ele teria adorado aqueles homens. Na verdade, ele teria adorado toda aquela experiência: as armas e os domos que poderiam decolar até os céus e o presidente aguardando ansioso por nossa chegada. Como eu gostaria que Layton estivesse sentado ao meu lado.

Stimpson abriu a janela e falou com um dos homens portadores de armas. Stimpson parecia muito calmo e equilibrado, nem um pouco perturbado com a visão daquelas armas tão perto do seu rosto. Outro guarda com um espelho de dentista enorme verificou se havia explosivos debaixo do nosso carro. Alguém revistou o porta-malas. Depois de um minuto, fizeram um sinal com a mão para que seguíssemos em frente e chegamos a uma entrada lateral do Capitólio.

Ao sair do carro, fomos de imediato saudados por um homem com uma prancheta. Era o sr. Swan. Ele se abaixou ao meu lado e disse, com um sotaque sulista:

— Seja bem-vindo ao Capitólio dos Estados Unidos da América, meu jovem. O presidente está muito feliz por você poder vir como convidado de honra para o 217º discurso *State of the Union*. — Seu sorriso era simpático mas muito falso.

O sr. Swan fazia que sim de modo vigoroso com a cabeça para alguma coisa que Jibsen perguntava e dizia "Certo, certo, certo", e enquanto fazia isso colocou a pasta de encontro às minhas costas e me empurrou com gentileza em direção à entrada. Isso me deixou pau da vida. Eu sabia perfeitamente onde ficava a entrada, muito obrigado.

Tivemos que passar por um detector de metais antes que nos deixassem entrar no prédio. Tirei a caneta do bolso e a coloquei numa bandejinha plástica, que eles passaram pelo raio X. Depois que ela saiu, um dos guardas de colete à prova de balas pegou a caneta. Meu coração deu um salto. Ele provavelmente ia me acusar de ser um espião e me levar para a cadeia e o *Projeto Segurança Nacional* falharia e Sundy ficaria muito zangado porque as pessoas não perceberiam que vivemos numa caverna e eu não estaria à altura de nenhuma das expectativas de Boris. *Ele era tão promissor*, Boris falaria de mim com tristeza, anos mais tarde. *Mas não tinha sido feito para esse tipo de trabalho. Ele não era quem pensávamos que era.*

O guarda girou a caneta entre seus dedos grandes.

— Bela caneta — falou, e então me devolveu.

— Canetas são belas — falei, como um idiota, e me apressei.

Jibsen não teve tanta sorte. Não parava de fazer disparar a máquina. Esvaziou os bolsos e chegou até a tirar o brinco, mas a máquina ainda uivava todas as vezes que ele passava.

— Meu Deus do céu, vocês estão de brincadeira comigo! — disse Jibsen. O guarda teve que revistá-lo, e Jibsen ficou zangado com isso e o guarda teve que ficar explicando que era o protocolo habitual. Eu estava torcendo para que o guarda tivesse odiado Jibsen.

Enquanto eu esperava que terminassem, olhei para a caixa com itens que tinham sido confiscados de visitantes. Os itens não pareciam muito perigosos: cremes para as mãos, latas de refrigerante, um sanduíche de manteiga de amendoim com geleia. Mas suponho que um dos trabalhos dos terroristas seja inventar maneiras engenhosas de fabricar bombas usando creme para as mãos.

Jibsen, corado e ainda murmurando alguma coisa consigo mesmo, por fim terminou sua sessão com o segurança. Acompanhamos então o sr. Swan pelos vários e longos corredores. Ele apontava para algumas sa-

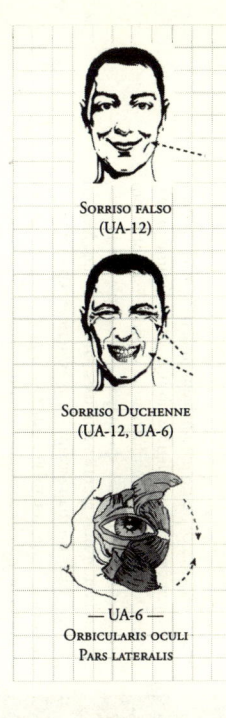

SORRISO FALSO
(UA-12)

SORRISO DUCHENNE
(UA-12, UA-6)

— UA-6 —
ORBICULARIS OCULI
PARS LATERALIS

▸ *Como você pode saber quando os adultos estão fingindo*
Do caderno B57

Nos idos de 1862, um francês chamado Guillaume Duchenne descobriu a diferença entre sorrisos falsos e genuínos, e ele fez isso eletrificando os músculos das bochechas de um paciente para que somente os músculos zigomáticos maiores se contraíssem. Duchenne notou que em sorrisos genuínos os músculos dos olhos também se contraem como um reflexo inconsciente de prazer, levantando as bochechas, abaixando as sobrancelhas de leve e criando pés de galinha no canto dos olhos. O dr. Paul Ekman mais tarde nomearia um sorriso genuíno, que demonstrava tanto a UA-12 (zigomático maior) quanto a UA-6 (*Orbicularis oculi, pars lateralis*), um "Sorriso Duchenne".

O sr. Swan tinha de pouca a nenhuma ação do Orbicularis no canto dos olhos. Como a maioria dos adultos que eu havia encontrado naquela viagem, ele era todo zigomático.

Qual é a parada, América?

Este mapa era parte do meu projeto final para uma unidade que tivemos sobre as religiões do mundo na última primavera. Depois de fazer minha pesquisa, pensei em cortar por completo as Américas do mapa; elas simplesmente não forneciam muitas grandes religiões para o mundo. Mas eu gostava mais do mapa assim — as Américas representam a fronteira aberta que foi conquistada a partir daqueles locais simples de nascimento tão distantes. Minha professora de estudos sociais da sétima série, srta. Gareth, não gostou das Américas vazias. Ela era mórmon.

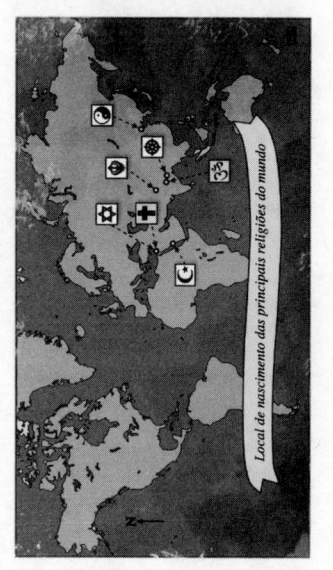

Local de nascimento das principais religiões do mundo

las conforme passávamos, mas continuava andando, andando, andando. Todas as pessoas com que cruzávamos tinham uma cordinha pendurada no pescoço e carregavam uma prancheta. Tantas cordinhas e pranchetas. Tanta pressa para um lado e outro. Todo mundo parecia infeliz. Não com uma tristeza profunda, era mais um leve desdém com o qual haviam se acostumado; a dra. Clair muitas vezes ficava com aquela expressão na igreja, aos domingos.

Então fomos levados a uma sala, e o sr. Swan disse que aguardaríamos ali por cerca de 45 minutos até que o presidente viesse nos receber. A sala tinha cheiro de queijo.

— Bom, *tralalá* — disse Jibsen. — Então vamos esperar.

Mais gente começou a entrar na sala. Primeiro chegaram duas mulheres negras, ambas usando camisetas estampadas com os números 504 em grandes caracteres brancos. Depois, seis ou sete homens com uniformes do Exército, um deles sem as duas pernas. Depois um reverendo, um rabino, um clérigo muçulmano e um monge budista, todos conversando animados sobre alguma coisa importante.

A sala começou a parecer os bastidores de uma grande peça sobre guerra e religião. O ar na sala ficou abafado e tenso. Comecei a me sentir mal. Meu peito começou a latejar de novo.

— Quer uns sanduíches? — perguntou Jibsen, apontando para a mesa de comida, em que de fato havia uma série de sanduíches triangulares em várias bandejas grandes de prata.

— Não, obrigado — respondi.

— Você devia comer uns sanduíches. Vou pegar uns sanduíches para você.

— Não quero sanduíche nenhum.

Talvez minha frase tenha saído um pouco áspera demais, pois Jibsen levantou as mãos de modo defensivo e foi sozinho até a mesa dos sanduíches. Eu não queria mesmo sanduíche nenhum. Não queria estar ali. Não queria dar ao presidente a caneta-câmera de Boris. Queria me enroscar feito uma bola em algum canto e dormir por um tempo.

Fui andando aleatoriamente até o canto e me sentei numa cadeira ao lado do homem do Exército que não tinha as pernas.

— Olá, sou Vince — disse ele, oferecendo a mão.

— Olá, T.S. — respondi cumprimentando-o.

— De onde você é, T.S.?

— Montana — respondi. E em seguida: — Estou com saudades de lá.

— Sou do Oregon. Também tenho saudades de lá. Lar. Não tem nada melhor que o lar da gente. E você não precisa que o Faluja lhe diga isso.

Começamos a conversar, e por um momento eu esqueci onde estava. Falamos dos cães que ele tinha no Oregon e eu lhe falei de Muitobem e depois falamos da Austrália e nos perguntamos se a água do vaso sanitário girava ao contrário lá. Ele não sabia. Então arranjei coragem de lhe perguntar sobre a síndrome do membro fantasma e se ele ainda conseguia sentir as pernas.

— Sabe, é meio engraçado — disse ele. — Sei que a minha perna direita já era. Sinto que ela já era mesmo, meu corpo sabe, eu sei. Mas a esquerda volta. Sinto como se fosse um homem com uma perna só, mas aí eu olho para baixo e, *que merda, nem isso eu tenho.*

Houve uns gritos no corredor.

— Seria ruim da minha parte se eu não fizesse isto? — perguntei.

— Fizesse o quê? — perguntou ele.

Apontei para a sala, para a mesa de comida.

— Isto — respondi. — O presidente, o discurso, tudo. Quero ir para casa.

— Ah — disse ele, e olhou ao redor da sala. — Bem, há muitos momentos na vida em que você não pode pensar apenas em si mesmo, sabe. Seja o seu país, a sua família, o que for. Mas se eu aprendi alguma coisa com esta maldita experiência foi que na hora em que o circo pega fogo você tem que cuidar do *numero uno*. Sabe o que estou querendo dizer? Porque se *você* não fizer isso, quem diabos vai? — Ele deu um gole em sua bebida e olhou ao redor. — Deus é que não vai.

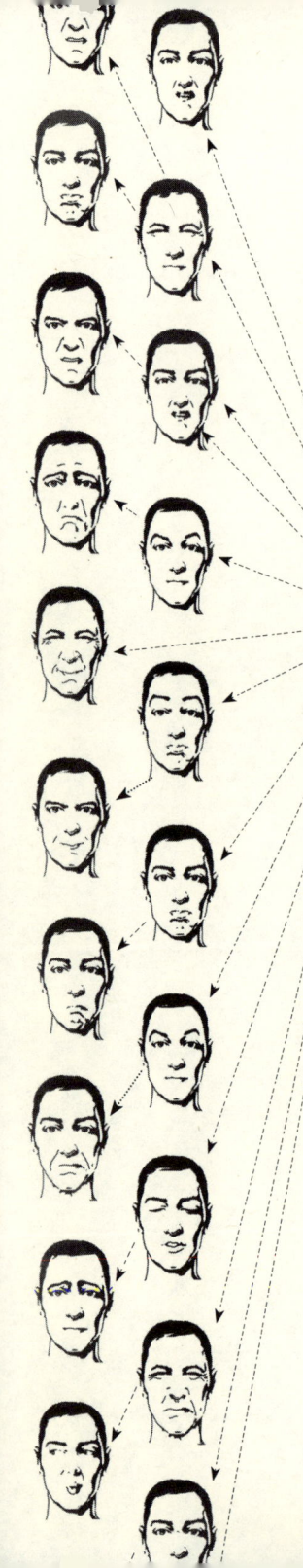

Naquele momento a porta da sala se abriu com violência e um Jibsen de olhos coléricos entrou. Pelo visto ele migrara para longe da mesa de sanduíches. Alguns passos atrás dele, segurando nas mãos o chapéu de caubói, estava o meu pai.

Foi a visão mais gloriosa da minha vida, e naquele único instante a concepção que eu tinha do meu pai se alterou, para sempre modulada com a expressão que estava no rosto dele quando entrou naquela sala do Capitólio dos Estados Unidos e me viu sentado na cadeira. Mil diagramas das unidades faciais do dr. Ekman não poderiam capturar o alívio, a ternura e o amor tão profundo que havia, combinados, no rosto do meu pai. E não apenas isso: percebi que aquelas emoções *sempre* tinham estado lá, apenas escondidas por trás das cortinas de sua postura silenciosa com as mãos na cintura e os ombros para fora. Agora, num único instante, ele se revelava e eu o enxerguei. *Eu o enxerguei.*

Jibsen veio diretamente até mim.

— T.S., este homem é seu pai? Basta dizer uma única palavra, T.S., *uma única palavra*, e vou mandar prendê-lo por invasão de propriedade e falsidade ideológica e todas as outras coisas que puderem jogar sobre ele — Jibsen gritava, e as pessoas olhavam. — Eu devia saber que as pessoas tentariam esse tipo de coisa, mas não tinha ideia de que seriam tão insis... insistem... — ele não conseguia pronunciar a palavra por inteiro.

O rabino e o clérigo olhavam.

Olhei para o meu pai. Que olhou para mim. Sua expressão se recolhera novamente ao seu habitual silêncio cansado; ele deslocava o peso do corpo de maneira desconfortável de uma bota a outra, como sempre fazia que estava num lugar fechado, mas isso não foi suficiente para apagar o que eu tinha visto antes. Eu estava radiante. Estava chorando, talvez; já não tinha mais importância.

— ...ele confirma coisas que não divulgamos para o público — ceceava Jibsen. — Mas seu pai está morto, não está? Então isto é alguma brincadeira cruel e sádica que... este impostor está fazendo, não é?

— Ele é o meu pai — disse.

Jibsen ficou sem palavras. Seu corpo balançava.

— Pai — disse —, vamos embora.

Meu pai assentiu devagar. Transferiu o chapéu de uma das mãos para outra e estendeu a primeira para mim. Eu podia ver seu dedo mínimo inerte. Segurei sua mão.

Os olhos de Jibsen pularam do rosto.

— O quê? — gritou ele. — Seu pai... é... o quê? Espere... *Vamos embora para onde? Como vocês podem ir embora num momento como este?*

Caminhamos em direção à porta.

Ele correu na nossa frente e agarrou o braço do meu pai.

— Meu senhor, eu peço desculpas, peço muitas desculpas, mas o senhor não pode ir embora agora, o... há, o sr. Spivet. Seu filho vai assistir ao...

Quando vi, já tinha acontecido; e Jibsen também. Meu pai o derrubou com um soco. "De pernas pro ar", como ele costumava dizer quando ensinava Layton a lutar. Jibsen cambaleou para trás, estatelando-se sobre a mesa de comida e mandando os sanduichinhos triangulares pelos ares. Acho que ele caiu no chão, mas não consegui ver direito, pois já estávamos na porta.

— Reverendo — disse meu pai, e fez um gesto com a cabeça para o pastor ao sair. O pastor respondeu com um humilde sorriso.

Estávamos lá fora no corredor.

— Como é que a gente vai sair dessa joça? — perguntei, voltando ao conforto do vernáculo do meu pai.

— Vou dizer procê que não sei não — disse meu pai. *Puxa, era como vestir um velho casaco familiar.*

E então ali estava Boris, diante de nós, numa elegância absoluta, com smoking e luvas brancas. Devo ter ficado surpreso ao vê-lo, porque Boris fez uma pequena mesura e depois disse:

— Mesmo os congressistas precisam dar uma cagada de tempos em tempos. E onde há gente cagando há um servente no banheiro. Cavalheiros, posso ajudá-los?

— Este é o meu pai — disse eu a Boris. — Pai, este é Boris. Não bata nele. Ele é um dos nossos.

— Prazer — disse Boris, apertando a mão do meu pai.

— Hum, Boris, precisamos ir embora — disse. — Rápido. — A porta atrás de nós se abriu. Vi o sr. Swan com sua prancheta. Nós três começamos a avançar às pressas pelo corredor.

— Desculpe, mas não posso fazer o que vocês querem — comentei enquanto andávamos.

— Tem certeza? — perguntou Boris, calmamente.

— Tenho — respondi. — Quero ir para casa.

Boris fez que sim.

— Então me sigam — disse ele.

Andamos até o fim do corredor e depois descemos três estreitos lances de escada até o porão. Seguimos então por outro corredor, passamos por aquecedores e um painel de controle. Boris pegou um molho de chaves. Olhei para trás, mas ninguém parecia estar nos seguindo. Boris abriu a porta e entramos no que parecia ser um depósito para canos, tábuas, baldes de tinta e trapos. Umas poucas mesas extraviadas estavam empilhadas num canto. O ar ali tinha um cheiro abafado.

Fomos até o outro lado do depósito. Boris empurrou para o lado um carrinho de mão. A parede dos fundos era feita de tijolos. Ele apanhou alguma coisa (não consegui ver o quê), deu um puxão e a parede inteira começou a oscilar para fora, rangendo enquanto abria. No momento seguinte estávamos contemplando a entrada de um túnel.

Boris me entregou uma lanterna.

— Após cerca de duzentos metros, o túnel bifurca. Peguem o túnel da esquerda. Dali, são quinze metros até o castelo. O túnel acaba num armário de zelador no porão. Vocês poderão fugir pela saída sul. Não peguem o túnel da direita. Leva até a Casa Branca, e não posso garantir que vão estar em segurança se seguirem por ali.

Meu pai se inclinou para o interior do túnel, cético.

— Tá estável, esse teto? — perguntou.

— Provavelmente não — admitiu Boris.

Meu pai cutucou a parede do túnel e deu de ombros.

— Diacho, fiquei enterrado perto de Anaconda um dia e meio. Isso não é tão ruim.

— Boris — disse, e tirei a caneta-câmera do bolso. — Desculpe...

— Não se preocupe — disse ele, pegando-a. — Temos outras pessoas para nos ajudar. Um bom sujeito chamado Vincent. Um jogador de sinuca daqueles. A caneta pode agora ser a do pai *dele*. Uma boa história sempre pode ser traduzida.

Comecei a tirar o broche do Megatério da lapela, mas Boris me impediu com um gesto da mão.

— Fique com isso — disse ele. — Associação vitalícia.

— Obrigado — disse.

Liguei a lanterna. Boris fez a saudação, e depois fechou devagar a porta às nossas costas. Ela fechou com um estalo do trinco. Estávamos sozinhos.

Juntos, meu pai e eu nos pusemos a caminhar na escuridão. O túnel era fundo e terroso. Coisas pingavam em nossa cabeça. Por um momento, tive medo de que o túnel desabasse sobre nós ali mesmo, mas conforme começamos a andar o mundo se distanciou.

Por algum tempo, não falamos. O único som era o ruído dos nossos passos.

Então perguntei:

— Por que o senhor não me deteve naquela manhã em que eu estava indo embora do rancho?

Esperei. Talvez eu tivesse superestimado o afeto profundo de sua expressão quando ele me vira pela primeira vez no Capitólio. Talvez fosse por acaso. Talvez ele não me amasse de verdade e nunca tivesse amado.

No entanto, ele deixara o rancho e percorrera um longo caminho até Washington. Por *mim*.

Então ele começou a falar:

— Sabe, toda essa situação era coisa da sua mãe. Eu achava tudo uma baboseira, mas aquela mulher parece que sabe dessas coisas melhor que eu, então deixei por conta dela. Foi uma baita duma surpresa ver ocê tão cedo na estrada com o carrinho do Lay, mas eu achei que era algum plano e eu não soubesse. Queria pelo menos desejar boa viagem e tudo mais, vendo meu garoto saindo aí pelo mundo, mas... não queria estragar tudo pra sua mãe. Ela se preocupa um bocado, sabia? Pode não parecer... diacho, nenhum de nós é uma manteiga derretida, mas aquela mulher é muito ligada a você. Só que agora tô vendo que tudo isso virou uma boa bosta, sua mãe estava me traindo e eles não trataram você direito. Então tamos aqui quase quatrocentos quilômetros debaixo de Washington, tropeçando que nem um bando de rebeldes planejando explodir o Lincoln. Mas cê tá bem... cê tá bem, e essa é a minha prioridade no momento.

Em meus doze breves anos de vida, era a fala mais longa que meu pai já pronunciara.

Meu garoto tá bem.

Então ele lambeu os dedos e tirou o chapéu e o colocou na minha cabeça. Deu um soco no meu ombro, um pouco forte demais. Fiquei maravilhado com o peso do chapéu na minha testa, a sensação do suor frio na aba.

Caminhamos em silêncio pelo resto do caminho, a luz da lanterna balançando adiante na escuridão, nossos passos produzindo ruídos altos contra o chão do túnel, mas não importava. Nada mais importava. Estávamos fora do mapa.

Quando o túnel começou a subir, eu me vi desejando que aquele mundo subterrâneo nunca acabasse. Queria andar lado a lado com meu pai para sempre.

Então minhas mãos estavam na porta. Eu hesitei. Meu pai estalou a língua e fez que sim com a cabeça. Abri a porta e caminhei para a luz.

Mapa da solidão
Chicago-Illinois

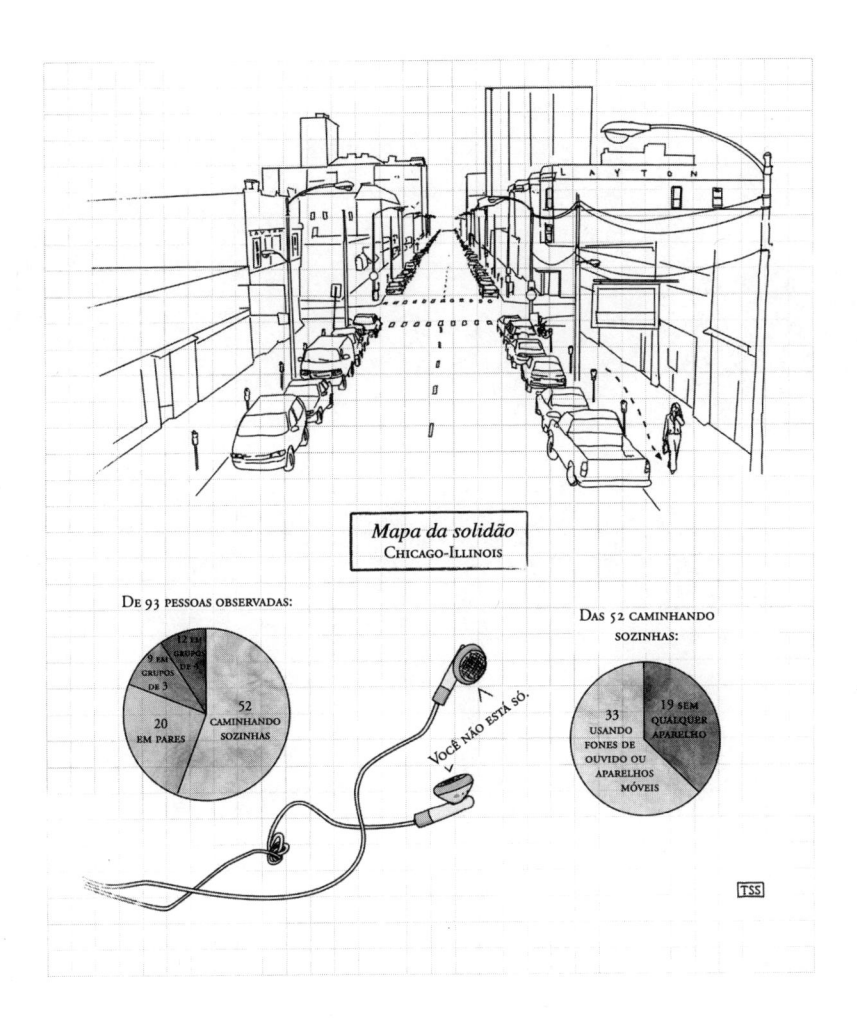

De 93 pessoas observadas:
- 12 em grupos de 4
- 9 em grupos de 3
- 20 em pares
- 52 caminhando sozinhas

Você não está só.

Das 52 caminhando sozinhas:
- 33 usando fones de ouvido ou aparelhos móveis
- 19 sem qualquer aparelho

T.S. gostaria de agradecer:

a Jason Pitts e Laurence Zwiebel pela ajuda que lhe deram com a pesquisa sobre a probóscide do *Anopheles gambiae*. Ao dr. Paul Ekman por ajudá-lo a entender os modos dos adultos por meio do Sistema de Codificação da Ação Facial do dr. Ekman. A Ken Sandau, do Serviço de Minas e Geologia de Montana, por lhe fornecer mapas aéreos e estudos topográficos de Butte. Ao Instituto de Artes de Minneapolis e ao Christina N. e Swan J. Turnblad Memorial Fund por autorizar a reprodução de um detalhe da "Guerra de Custer" do chefe One Bull montado em Georgine (embora ele jamais o tenha terminado). Ao Centro de Recursos Hídricos do Missouri pelos diagramas dos lençóis freáticos e pelo seu amor generalizado pela água. Aos representantes legais da Universidade de Cambridge, na longínqua Inglaterra, por autorizar o uso da uma página das anotações de Darwin sobre a transmutação. A Raewyn Turner pela paciência demonstrada diante dos erros de ortografia encontrados na correspondência que ambos mantiveram e por deixá-lo usar o seu "Desenho do som da Dança Húngara nº 10 de Brahms". Ao sr. Victor Schrager por suas belas fotos de pássaros, de mãos e de pássaros em mãos, entre as quais se inclui o "Warbler Canadense"© Victor Schrager. A Max Brödel por seu desenho de vestíbulos cujo original se encontra nos Arquivos Max Brödel, Departamento de Artes aplicadas à Medicina, Faculdade de Medicina da Universidade John Hopkins, Baltimore, Maryland, Estados Unidos. Ao Scotts Bluff National Monument pela foto de William Henry Jackson da Expedição de Hayden em 1870. Ao pessoal de Autry por lhe permitir usar o Código dos Caubóis, de Gene Autry © Autry Qualified Interest Trust, reproduzido com a devida autorização. A Martie Holmer pelos seus mapas, sua sabedoria e seus esboços de como pôr uma mesa em estilo formal tirados do livro *Etiqueta*, de Emily Post, 17ª ed., por Peggy Post. À Paccar Inc. pelo diagrama da cabine de um caminhão e pelas informações gerais sobre coisas que vão em frente. A Bjarne Winkler por suas fotos mágicas dos estorninhos em Sol Negro na Dinamarca. À biblioteca do Laboratório de Biologia Marinha do Instituto Oceanográfico Woods Hole e a Alphonse Milne-Edwards por seus fantásticos desenhos anatômicos do *Limulus polyphemus*. À Publications International Ltd. pelo diagrama sobre o funcionamento de um refrigerador, © Publications International Ltd. A Rick Seymour, da Inquiry.net e a *Shelters, Shacks, and Shanties*, de Daniel Beard, que lhe forneceram indicações e diagramas sobre o corte da madeira. E, é claro, ao dr. Terrence Yorn, por reunir sua obra escolhida.

Obrigado a todos os seres sencientes, mas, mais especificamente, à turma tão generosa e prestativa de Montana: Ed Harvey, Abigail Bruner, Rich Charlesworth, Eric e Suzanne Bendick e àquelas almas diligentes do Arquivo Público de Butte-Silver Bow.

Obrigado a Barry Lopez por criar a personagem de Corlis Benefideo.

Obrigado aos professores e alunos do programa de Mestrado em Belas-Artes da Universidade de Columbia por sua infinita sabedoria e seu trabalho incansável. Um agradecimento especial a Ben Marcus, Sam Lipsyte, Paul La Farge e Katharine Webber por seus inestimáveis comentários. Sinto-me uma pessoa de muita sorte por ter trabalhado com todos vocês.

Também tive muita sorte por contar com um grupo de leitores brilhantes: Emily Harrison, Alena Graedon, Rivka Galchen, Emily Austin, Elliott Holt e Marijeta Bozovic. Um verdadeiro exército... e que ninguém se meta com eles.

Sou profundamente grato à minha agente, Denise Shannon, talvez a melhor agente do mundo, que sempre manteve o controle da situação fizesse chuva ou fizesse sol. E à incrível Ann Godoff, que me ensinou tanto ao longo de todo esse processo. Obrigado também a Nicole Weisenberg, Stuart Williams, Hans Juergen Balmes, Claire Vaccaro, Veronica Windholz, Lindsay Whalen, Darren Haggar, Tracy Locke e Martie Holmer. Sou grato a todos vocês por sua paciência e sua benevolência. E talvez o maior de todos os agradecimentos seja para Ben Gibson que foi tão incansável nesse projeto, conseguiu deixá-lo maravilhoso e aguentou as minhas chatices e manias.

Obrigado a Lois Hetland, minha professora do sétimo ano, por me ensinar (quase) tudo que sei.

E Jasper, mamãe, papai & Katie, obrigado. Amo vocês. Vocês me fizeram dar certo.

Gasho.

MOBY-DICK

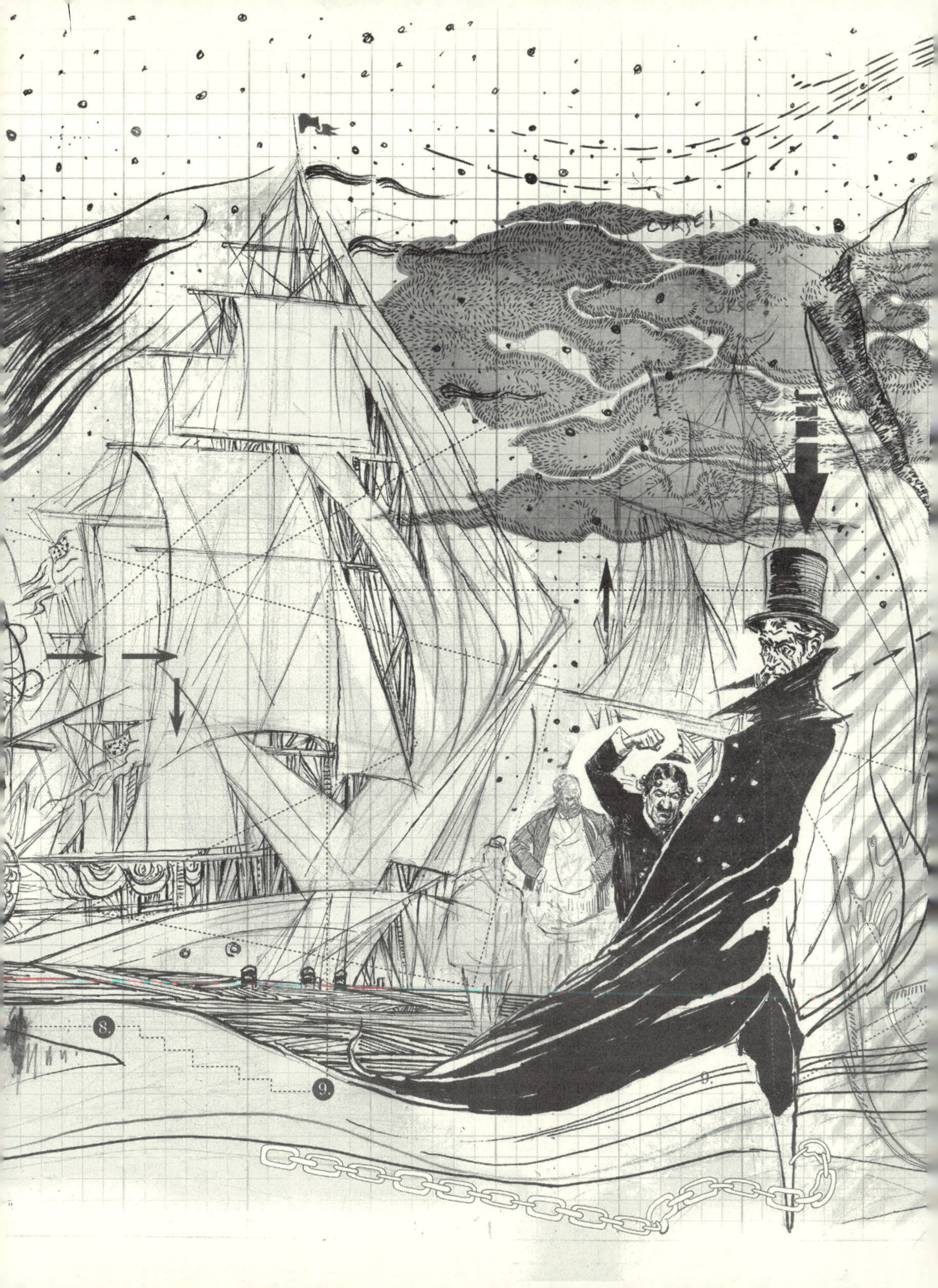
CURSE!
CURSE!
8.
9.

TUDO É FICÇÃO.

PRODUÇÃO EDITORIAL
Daniele Cajueiro
Janaína Senna
Maria Cristina Jeronimo

REVISÃO DE TRADUÇÃO
Diogo Gomes
Sheila Louzada

REVISÃO
Flávia Midori
Maria Clara Jeronimo
Mariana Oliveira

DIAGRAMAÇÃO
Filigrana

Este livro foi impresso no Rio de Janeiro, em julho de 2010,
pela Ediouro Gráfica, para a Editora Nova Fronteira.
A fonte usada no miolo é Adobe Garamond Pro, corpo 10,5/17,5.
O papel do miolo é pólen soft 70g/m², e o da capa é cartão 250g/m².

Visite nosso site: www.novafronteira.com.br